CLAUDIA PUHLFÜRST
Sensenmann

Buch

Viele Jahre waren Matthias Hases Erinnerungen an seine Zeit im Kinderheim tief in seinem Unterbewusstsein vergraben. Doch ein Fernsehbericht über grausame Funde in einem Heim auf Jersey bringt alles sorgsam Verborgene wieder ans Tageslicht: die brutalen Erzieher, ihre niederträchtigen Spielchen und erbarmungslosen Strafen, die Misshandlungen, die sie ihren Zöglingen angedeihen ließen. Matthias Hases Meinung nach sind diese Taten bereits viel zu lange ungesühnt geblieben. Jetzt sinnt er auf Rache ...

Die junge Journalistin Lara Birkenfeld recherchiert gerade den Fall einer mysteriösen »Plattenbauleiche«, der sie einfach nicht loslässt und von dem in gewisser Weise auch ihre berufliche Zukunft abhängt. Dass nun auch noch ihre Halluzinationen vermehrt auftreten, deutet in eine verhängnisvolle Richtung ...

Autorin

Claudia Puhlfürst, Jahrgang 1963, stammt aus Zwickau, wo sie nach wie vor lebt. *Ungeheuer*, ihr erster Thriller bei Blanvalet, hat bereits viele Leser begeistert. Das Spezialgebiet von Claudia Puhlfürst ist die Humanethologie (menschliches Verhalten), insbesondere die nonverbale Kommunikation. Wenn sie nicht gerade schreibt, arbeitet sie als Schulberaterin für den Duden Schulbuchverlag. Zudem ist sie Organisatorin der Ostdeutschen Krimitage, Mitglied im »Syndikat« und bei den »Mörderischen Schwestern«, dem deutschen Ableger der amerikanischen »Sisters in Crime«.

Weitere Thriller von Claudia Puhlfürst sind bei Blanvalet bereits in Vorbereitung.

Außerdem lieferbar: Ungeheuer (37354).

Claudia Puhlfürst

SENSENMANN

Thriller

blanvalet

Die Handlung und alle handelnden Personen sind frei erfunden. Jegliche Ähnlichkeit mit lebenden oder realen Personen wäre rein zufällig.

Verlagsgruppe Random House FSC-DEU-0100
Das FSC®-zertifizierte Papier *Holmen Book Cream*
für dieses Buch liefert Holmen Paper, Hallstavik, Schweden.

1. Auflage
Originalausgabe Juli 2011 bei Blanvalet,
einem Unternehmen der Verlagsgruppe Random House GmbH, München.
Copyright © 2011 by Blanvalet Verlag
Dieses Werk wurde vermittelt
durch die Literarische Agentur
Thomas Schlück GmbH, 30827 Garbsen
Umschlaggestaltung: © Artwork HildenDesign, München
Umschlagmotiv: © plainpicture / Arcangel / Gloria Miguelez
Redaktion: Eva C. Seifert
Herstellung: sam
Satz: Uhl + Massopust, Aalen
Druck und Einband: GGP Media GmbH, Pößneck
Printed in Germany
ISBN 978-3-442-37355-0

www.blanvalet.de

Prolog

Die Stille vor den Plattenbaublöcken wird von Motorengebrumm gestört. Mit toten Augen starren die leeren Fenster der Häuser auf die beiden Fahrzeuge, die direkt vor dem mittleren Kubus parken. Vier Männer steigen aus, Bauarbeiter in Blaumännern, mit staubigen Stiefeln. Ihre Helme baumeln an ihren Armen, ihre Gespräche durchbrechen polternd die Stille. Das Haus scheint sich kurz zu schütteln und wirft seine Hitzestarre ab. Vielleicht ist es auch nur das Flirren heißer Luft über dem Betonklotz, der schon morgen abgerissen werden soll.

Der Größte, ein Zwei-Meter-Hüne, beschirmt die Augen mit der flachen Hand, blickt nach oben und mustert das leerstehende Gebäude, das sie gleich betreten werden, nichts ahnend von dem, was sie dort erwartet.

Überall liegen Glassplitter herum. In den unteren zwei Stockwerken fletschten die gezackten Ränder eingeworfener Scheiben drohend die Zähne. Der Bautrupp jedoch marschiert unbeeindruckt drauflos, ihre Stiefel wirbeln lehmgelbes Pulver aus ausgetrockneten Pfützen hoch, der Staub scheint eine Weile in der Luft zu schweben und sinkt erst ab, als die vier schon im linken Eingang verschwunden sind.

Den Gestank bemerken sie erst im vierten Stock. Einer zieht ruckartig die Luft ein wie ein schnüffelnder Hund, dann fällt es auch den anderen auf. Eine Wolke aus Verwesung und ranzigem Fleisch, die umso stärker wird, je näher sie dem Ende des Flurs kommen. Die Bauarbeiter schauen sich an, bleiben schließlich stehen, versuchen durch den Mund zu atmen.

»Wahrscheinlich ein toter Vogel?« Es klingt wie eine Frage.

»Das will ich hoffen.« Der Zwei-Meter-Mann setzt sich in Bewegung. »Schauen wir nach.« Er glaubt nicht, dass diese massiven Ausdünstungen von einem toten Kleintier verursacht werden. Das, was da verrottet, muss größer sein. An der hintersten Wohnungstür wird der Gestank unerträglich. Der kleine Dicke, der sich gewünscht hat, es möge bloß ein toter Vogel sein, schluckt mehrmals. »Ich kann das nicht.«

»Dann bleibst du mit Manfred hier draußen.« Der Große hat das Ruder an sich gerissen. Er ist hart im Nehmen. »Holger und ich gehen rein.«

Holger nickt und streift sich die dicken Handschuhe über, ehe er den Knauf berührt. Die Tür ist nur angelehnt und schwingt langsam nach innen. Ein heißer Schwall faulig-stechender Luft quillt heraus, legt sich wie ein fettiger Film auf die Atemwege. Der Große hustet kurz. »Bringen wir es hinter uns.«

Aus der halboffenen Badezimmertür surren fette Fliegen. Ihre Körper schillern im Licht in allen Regenbogenfarben. Dem Lärm nach zu urteilen, müssen es Tausende sein. Holger schaut zuerst um die Ecke, prallt zurück. Dann schlägt er die Hand vor den Mund, würgt und taumelt rückwärts. Der Zwei-Meter-Mann denkt noch darüber nach, dass seine Kollegen alle miteinander Weichlinge sind, ehe auch er sieht, was da in der Badewanne liegt, bedeckt von diesem wimmelnden Teppich aus Fliegen und Maden, der den Anschein erzeugt, das verwesende Etwas, das einmal ein Mensch gewesen ist, vibriere im Takt des Summens.

1

Grell blendeten die aufflackernden Neonlampen. Matthias Hase kniff die Augen zusammen und öffnete sie gleich wieder. Das Kunstlicht verlieh seiner Haut jedes Mal eine kränkliche Farbe, und doch wollte er im Badezimmer keine andere Beleuchtung. Er trat an das Waschbecken heran, seifte die Hände gründlich ein und erwiderte dabei im Spiegel seinen eigenen kritischen Blick. Unter den Augen hatte die Haut einen bläulichen Schimmer. Und es zeigten sich feine Knitterfältchen, die man nur sah, wenn man so dicht vor dem Spiegel stand, dass er beschlug. Sein Mund hatte einen wehmütigen Zug, und Matthias Hase zog probehalber die Mundwinkel nach oben. Weil die Augen nicht mitlächelten, wirkte es ein wenig gezwungen. Er stellte das Wasser ab und griff nach dem Handtuch, ohne den Blick vom Spiegel zu nehmen. Der vierzigjährige Mann, der ihm entgegenschaute, war attraktiv, ohne schön zu sein. Er hielt seinen Körper in Schuss, trieb regelmäßig Sport und achtete auf seine Ernährung. Seine Haare waren in den Jahren weder schütter noch merklich grau geworden, was daran liegen mochte, dass sie blond waren. Auch von auffälligen Falten war er bisher verschont geblieben. Das Schicksal hatte es gut gemeint mit seinem Äußeren. Ihm fehlte ein bisschen Schlaf, aber das war auch schon alles.

Nachdenklich ging er zurück ins Wohnzimmer. Es war Zeit für sein abendliches Ritual: zuerst die Nachrichten und dann das Abendbrot.

»Einzelhaft, Schläge, Vergewaltigungen. In einem Heim auf der Kanalinsel Jersey wurden Waisenkinder über Jahre hinweg systematisch gequält. Nach ersten Vermutungen soll es sogar Tötungen gegeben haben.« Die Fernsehkamera schwenkte langsam von dem hellen Mittelgebäude über ein davor aufgebautes weißes Zelt zu einem der beiden spitzgiebeligen Seitenteile und glitt dann von oben nach unten über die braunroten Natursteine und die in viele Fächer geteilten Fenster.

Matthias Hase legte die Fernbedienung wieder zurück auf den kleinen Beistelltisch und beugte sich nach vorn, als habe er Witterung aufgenommen.

»Alles fing damit an, dass der Keller des heute als Jugendherberge genutzten Hauses marode war und modernisiert werden sollte.« Jetzt kam die Reporterin ins Bild. Sie hielt ein zottiges Mikrofon in der Rechten. Ihre blonden Haare wurden vom Wind zerzaust. Mit der linken Hand zeigte sie auf das altertümliche Gebäude im Hintergrund.

»Bei diesen Sanierungsarbeiten wurden erste Knochenteile entdeckt. Die hinzugezogene Polizei suchte den Keller des viktorianischen Gebäudes daraufhin mit Spürhunden ab...«, die Reporterin machte eine dramatische Pause, »... und wurde fündig.« Das Bild zweier Männer in den typischen weißen Anzügen der Spurensicherung wurde eingeblendet. Sie hockten auf dem Boden, umgeben von gelben Tüten, und kratzten im Beton.

Matthias Hase versuchte zu schlucken, aber sein Mund war eine Wüste. Er konnte den Blick nicht vom Bildschirm abwenden.

»Die auf Leichengeruch spezialisierten Hunde schlugen über einer massiven Betonschicht an. Darunter fand man den Schädel eines Kindes, das vermutlich in den achtziger Jahren starb. Dicht daneben wurden Stoffreste, ein Knopf und eine Haarspange entdeckt. Die Fundstücke sind mittlerweile zu forensischen Untersuchungen aufs britische Festland gebracht worden. Die Polizei sucht inzwischen mit Spezialausrüstung nach weiteren Leichen; vor allem in einem zugemauerten Kellerraum; denn hier, im

Keller, so berichten ehemalige Insassen, wurden die Kinder bei schlechtem Betragen eingesperrt.«

Das Foto der Spurensicherer verschwand und wurde durch eine Grafik der Räume ersetzt. Von oben konnte man sehen, dass die Gebäudeteile zu einem Rechteck mit Innenhof angeordnet waren. Das helle Frontgebäude, vor dem das weiße Zelt stand, schien nachträglich zwischen die langen Seitenflügel eingefügt worden zu sein. Der rückwärtige Trakt war breiter. An der linken oberen Ecke stand das Wort *skull*. Matthias musste nicht auf die erklärende Stimme der blonden Reporterin warten, um zu wissen, was das hieß. Dort war also der Schädel gefunden worden.

Vor der rechten Längsfront – er konnte nicht verhindern, dass in seinem Kopf jemand die Anzahl der Fenster zählte – waren zwei kleinere, halbrunde weiß-blaue Aufblaszelte und das Wort *cellar* eingezeichnet. Cellar hieß Keller. Matthias Hase hatte in Englisch immer gut aufgepasst. Sein Mund war noch immer trocken, und er sehnte sich nach etwas zu trinken, konnte aber jetzt nicht aufstehen. Zuerst musste er diesen Bericht bis zum Schluss ansehen.

»Auch außerhalb des Gebäudes werden mit den Hunden sechs *hot spots* untersucht, an denen Leichenteile vermutet werden.« Hinter dem linken Seitenflügel zeigten zwei Pfeile auf das Wort *pits* – Gruben.

»Der Leiter der Suchaktion, Jerseys stellvertretender Polizeichef Sam Lowell, bestätigte, dass die Polizei mit Listen mit den Namen vermisster Kinder arbeitet.« Die Grafik verschwand und die Reporterin erschien wieder im Bild. Der Wind wehte jetzt offenbar stärker, denn Matthias hatte das Gefühl, sie müsse sich regelrecht dagegenstemmen.

»Die mutmaßlichen Morde an den Heimkindern sollen in der Zeit von 1960 bis zum Jahr 1986, als das Kinderheim geschlossen wurde, geschehen sein. Die Ermittler gehen überdies davon aus, dass außer Tötungen hier auch zahlreiche andere Straftaten stattgefunden haben. Heimkinder wurden sexuell missbraucht, gequält, eingesperrt, geschlagen.« In Matthias' Kopf bildeten die Worte der Reporterin einen Strudel, der immer schneller kreiselte und alle klaren Gedanken zu verschlingen drohte.

»Bereits vor fünf Jahren hatte man hier bei Bauarbeiten Knochen gefunden. Diese wurden jedoch für Tierknochen gehalten – obwohl man sie in unmittelbarer Nähe zu Kinderschuhen gefunden hatte. Angesichts der sich anbahnenden Morduntersuchung versucht die Polizei jetzt, diese Knochen wiederzufinden, damit sie noch einmal untersucht werden können.« Die Reporterin hielt kurz inne und holte tief Luft. Hinter ihr kam Bewegung in das Bild. Ein blau-gelb gestreiftes Auto mit der Aufschrift *Police* rollte vor das Gebäude. Ein Mann mit neongelber Weste und Schirmmütze stieg aus, gefolgt von einem dunkel gekleideten Herrn. Beide verschwanden in dem weißen Zelt.

Die Journalistin erklärte unterdessen weiter. »Inzwischen haben sich mehr als achtzig ehemalige Insassen bei der Polizei gemeldet, unter ihnen auch Zeugen, die inzwischen im Ausland leben. Sie alle berichteten von systematischem Missbrauch im *Haut de la Garenne*.«

Matthias Hase spürte sein Herz pochen. Es hämmerte mit weit über hundert Schlägen und er überlegte, ob es womöglich schlappmachen würde. *Ehemalige Insassen.* Der Begriff schnürte ihm die Kehle zu. Er war selbst in so einer Einrichtung gewesen. Seine Erinnerung war verschwommen, aber er musste damals ungefähr acht Jahre gewesen sein. Seine kleine Schwester Mandy war zu dem Zeitpunkt erst vier gewesen. Jahrelanger Aufenthalt in einem Kinderheim prägte das ganze weitere Leben. Er war wie gelähmt. Seine Kaumuskeln schmerzten.

Nun wurde ein grobkörniges vergilbtes Foto, auf dem ungefähr vierzig Jungen in drei Bankreihen saßen, gezeigt. Am hinteren Rand stand ein Mann mit schwarzem Anzug und weißem Hemdkragen. Das Gesicht des Lehrers war ein verwaschener grauer Fleck, und doch vermeinte Matthias, die Bösartigkeit darin zu erkennen.

»Das Kinderheim *Haut de la Garenne* wurde 1867 als Schule für ›junge Menschen der unteren Klassen und vernachlässigte Kinder‹ gegründet. Zu Beginn besuchten nur Jungen die Institution. Sie waren zwischen sechs und fünfzehn Jahren alt. Erst ab dem Jahr 1959 nahm man auch Mädchen auf...«

Jungen, Mädchen, vernachlässigte Kinder. Matthias schüttelte den Kopf und öffnete die Augen, die er, ohne es zu merken, geschlossen hatte. Das Boulevardmagazin hatte sich inzwischen anderen Themen zugewendet. Mühsam erhob er sich und tappte wie ein alter Mann in die Küche. Das Mineralwasser schmeckte nach Blut. Seine Unterlippe schmerzte. Er leckte mit der Zunge darüber und spürte an der Innenseite eine wunde Stelle. Was war in diesem Kinderheim auf Jersey geschehen? Und warum wühlte ihn das bis ins Innerste auf? Was war in *seinem* Kinderheim vor dreißig Jahren geschehen? Wo zum Teufel waren eigentlich alle seine Erinnerungen an diese Zeit?

Die Wasserflasche unter den Arm geklemmt, marschierte er ins Arbeitszimmer. Vielleicht würde eine Internetrecherche seinem Gedächtnis auf die Sprünge helfen.

Hastig tippten die Finger Kinderheim + »*Ernst Thälmann*« in die Suchmaschine. Fast 4000 Einträge erschienen. Es gab Einrichtungen mit dem Namen des Arbeiterführers in Dessau, Eisenhüttenstadt, Kyritz, Flöha, Pillnitz, Eilenburg und noch in vielen weiteren Städten. Zu einigen existierten sogar Foren und Weblogs. Es folgten Kinderheime in Ernst-Thälmann-Straßen und Heime, die in anderer Form mit dem Namen verknüpft waren.

Nur zu dem Kinderheim, in dem er und Mandy gewesen waren, fand sich nichts als zwei uralte Zeitungsmeldungen von der Schließung 1989. Keine »Ehemaligen-Seiten«, keine Foren.

Matthias betrachtete abwesend das Etikett der Wasserflasche. War das ungewöhnlich oder nicht? Da er nicht wusste, wie viele Heime mit dem Namen »Ernst Thälmann« es gegeben hatte, fiel es ihm schwer, das zu entscheiden. Sein Blick wanderte zu der Holzschatulle, in der er seine wenigen persönlichen Erinnerungen aufbewahrte. Er musste sie nicht öffnen, um zu wissen, was darin war: ein paar kleinformatige Fotos, Notizen, Briefe, eine Haarspange seiner Schwester Mandy.

Die Jahre im Heim waren ihm in der Erinnerung immer so nichtssagend wie die Schwarz-Weiß-Bilder in dem Kästchen erschienen, ein ewig gleicher Reigen von Schule, Hausaufgabenbetreuung, schlechtem Essen und mürrischen Erziehern. Was also hatte ihn vorhin an diesem Bericht über das *Haut de la Garenne* dann so aufgewühlt? Erinnerte ihn irgendein unwichtiges Detail der Berichterstattung an etwas? Er brauchte detaillierte Informationen, dann würde es ihm vielleicht wieder einfallen. Wie von selbst huschten die Finger über die Tastatur.

> Schon seit Jahren hatte es im idyllischen St. Martins auf Jersey Gerüchte über Vorfälle in dem Kinderheim *Haut de la Garenne* gegeben. Die Gerüchte blieben jedoch immer ohne Folgen, bis im Jahre 2006 eine verdeckte Ermittlung zu dem vermuteten Kindesmissbrauch ihren Anfang nahm, in deren Folge immer mehr grausige Details ans Licht der Öffentlichkeit gelangten.
>
> Ein ehemaliger Heimbewohner, der inzwischen verstorben ist, berichtete, Direktor Badham sei für seine Grausamkeit bekannt gewesen: »Er hat mich vor versammelter Mannschaft so lange mit dem Stock geschlagen, bis ich blutete. Einem Jungen hat er dabei einen Finger abgetrennt.«

Matthias schluckte mehrmals. In seinem Kopf lief ein Film ab, in dem ein Mann im schwarzen Anzug auf einen kleinen Jungen eindrosch. Wie lange musste man mit einem Rohrstock auf eine Hand schlagen, bis ein Finger abgehackt wurde?

> Seit den Knochenfunden der vergangenen Woche haben sich bereits zehn weitere Personen gemeldet, die den sexuellen und körperlichen Missbrauch in dem Heim bestätigt und weiterführende Aussagen gemacht haben. Damit steigt die Zahl der Zeugen auf über hundert. Insgesamt wurden seit Beginn der Ermittlungen schon dreißig Verdächtige von der Polizei vernommen. Nur einer von ihnen wurde bisher angeklagt: Der ehemalige Wachmann Allan Waterford, der zehn Jahre in *Haut de la Garenne* tätig war, muss sich seit Januar wegen Kindesmissbrauchs vor Gericht verantworten. Er wurde wegen sexueller Übergriffe in drei Fällen angeklagt, weil er zwischen 1969 und 1979 mehrere Mädchen unter 16 Jahren missbraucht haben soll.

Etwas flammte in Matthias' Kopf auf wie eine altertümliche Blitzlichtlampe und verlosch sofort wieder.

> Laut den Angaben der Ermittler werde es immer deutlicher, dass sich möglicherweise noch Schlimmeres in dem ehemaligen Kinderheim abgespielt habe. Sie erhielten mehrere separate Hinweise, dass sich sterbliche Überreste von Kindern hier befinden könnten. Aus sicherer Quelle war zu hören, dass in den Kellerräumen verkohlte Knochenteile, Kinderzähne und Gegenstände, die wie Fußfesseln aussahen, gefunden worden seien. In einer Badewanne habe man eindeutige Blutspuren entdeckt.
> Die Polizei vermutet, dass es sich um Folterkeller gehandelt habe, in denen mindestens fünf Kinder im Alter von vier bis elf Jahren brutal ermordet worden seien. Die Untersuchungen werden noch mehrere Wochen andauern. Erste Obduktionser-

gebnisse der gefundenen Leichenteile werden frühestens in vierzehn Tagen erwartet.«

Der nächste Link führte ins Nichts. Die Seite war nicht erreichbar. Matthias griff nach der Wasserflasche, um zu trinken, und stellte fest, dass sie leer war. Seine Hände zitterten. Eine Stimme in ihm flüsterte, er sollte den Computer ausschalten, sollte die schrecklichen Berichte vergessen, die Bilder verdrängen. Wenn er nicht damit aufhörte, würde es schlimme Folgen für ihn haben.

Nach dem Bericht eines ehemaligen Heimkindes, das in den 1960er Jahren dort untergebracht war, floh dessen damals 14-jähriger Freund Michael C. aus dem Heim und wurde nur kurze Zeit später erhängt an einem Baum aufgefunden. In zwei weiteren Fällen seien Jungen spurlos verschwunden. Man habe sie als vermisst gemeldet und es hieß: »Sie sind wieder nach Hause gegangen.« Der Zeuge sagte aus, dass ihm dies aus heutiger Sicht fraglich erscheint.
»Wissen Sie, das waren alles Kinder, die keiner wollte«, sagte ein ehemaliger Anwohner. »Jeder in St. Martin wusste, dass in dem Heim hart durchgegriffen wurde, aber nichts anderes wurde in der damaligen Zeit erwartet.« Er zieht das Fazit: »Es wundert mich eigentlich nicht, dass dort Kinder verschwunden sind. Sie waren ja schon fast verschwunden, als man sie dahin brachte.«

Ein Name loderte in dunkelroten Lettern vor Matthias' Augen: Peter. Dann machte irgendetwas in seinem Kopf *Knack*. Eine Tür ging auf. Es wurde dunkel.

2

WASSER IST EIN GUTES MITTEL, UM MENSCHEN ZU QUÄLEN. ES HINTERLÄSST KEINE KÖRPERLICHEN SPUREN UND IST DAMIT EINE KLASSISCHE METHODE DER »WEISSEN FOLTER«. WASSER GIBT ES ÜBERALL. MAN KANN ES LEICHT BESCHAFFEN UND EINFACH WIEDER LOSWERDEN, UND ES BEDARF KEINER AUFWÄNDIGEN VORBEREITUNGEN.

DIE MÖGLICHKEITEN, JEMANDEN MITTELS WASSER ZU FOLTERN, SIND SO VIELFÄLTIG WIE IHRE ANWENDER. DIE INQUISITION ZWANG IHRE OPFER ZUM TRINKEN. MASSKRUG UM MASSKRUG WURDE DEM GEFESSELTEN DELINQUENTEN EINGEFLÖSST, SECHS LITER BEI DER »KLEINEN WASSERFOLTER«, ZWÖLF BEI DER GROSSEN, BIS SEIN BAUCH SCHIER ZU PLATZEN DROHTE UND ER GESTAND, WAS IMMER DIE PEINIGER VON IHM VERLANGTEN. EINE VERFEINERTE FORM WURDE »CHINESISCHE WASSERFOLTER« GENANNT, OBWOHL ES KEINE BEWEISE DAFÜR GIBT, DASS SIE TATSÄCHLICH IN CHINA ERFUNDEN WURDE. ANALOG ZU EINEM STETIG FALLENDEN WASSERTROPFEN, DER EINEN STEIN HÖHLEN KANN, ZURRTE MAN DIE OPFER IN VORRICHTUNGEN FEST, DAS GESICHT NACH OBEN GERICHTET, DAMIT SIE DIE TROPFEN SEHEN KONNTEN, DIE IHNEN ÜBER STUNDEN UND TAGE HINWEG AUF DAS GESICHT FALLEN WÜRDEN, EIN STETIGES TRÖPFELN EISIGEN REGENS.

DER »TAUCHSTUHL«, EIN GERÄT, DAS IM MITTELALTER VORDERGRÜNDIG ZUR BESTRAFUNG »ZÄNKISCHER WEIBER UND HUREN« DIENTE, BESTAND AUS EINEM HOCKER, DER AN EINEM LANGEN BALKEN BEFESTIGT WAR. DAS OPFER WURDE DARAUF FESTGEBUNDEN UND DANN LANGSAM INS WASSER HINABGELASSEN, BEVORZUGT IN SCHLAMMIGE, FAULIGE

TÜMPEL, BIS DER SCHEITEL BEDECKT WAR. MAN KONNTE DIE GEFESSELTEN NACH BELIEBEN WIEDER HERAUSZIEHEN, ZUR BESINNUNG KOMMEN UND WIEDER HINABTAUCHEN LASSEN. »WATERBOARDING« WIRD BIS IN DIE HEUTIGE ZEIT VON VERSCHIEDENEN GEHEIMDIENSTEN ANGEWENDET. DAS OPFER WIRD SO FIXIERT, DASS SICH SEIN KOPF TIEFER ALS DER KÖRPER BEFINDET. SAUGFÄHIGES TUCH ÜBER DEM GESICHT WIRD STÄNDIG MIT WASSER ÜBERGOSSEN. DIE ATMUNG DES GEFOLTERTEN IST STARK ERSCHWERT, DAS GEFÜHL ZU ERTRINKEN NIMMT ÜBERHAND, SCHON NACH WENIGEN MINUTEN ERLISCHT DER WIDERSTAND.
NOCH BESSERE ERGEBNISSE ERZIELT MAN MIT HEISSER ODER GAR KOCHENDER FLÜSSIGKEIT, DOCH NUR KALTES WASSER HINTERLÄSST KEINE SPUREN BEIM GEFOLTERTEN.

Matthias Hase warf den Knebel auf den Boden und wischte sich mit dem Ärmel den Schweiß von der Stirn. Die Gestalt vor ihm lag wie ein nasser Sandsack auf den schmutzigen Fliesen. Die Augen hatte der Mann geschlossen. Leises Wimmern zeigte, dass er bei Bewusstsein war. Eine Fliege surrte durch die halbgeöffnete Tür.

»Steh auf. Du bist nicht verletzt, also hoch mit dir.« Matthias trat gegen die Speckwülste an der Hüfte des Mannes, doch der krümmte sich nur stärker zusammen und schniefte. Von selbst würde der Typ sich nicht erheben. Er würde nachhelfen müssen.

Jetzt bewegte sich der Gefangene leicht, drehte den Kopf zur Seite und schielte nach oben. »Lassen Sie mich frei, bitte. Ich habe Ihnen doch gar nichts getan!« Das weinerliche Gewinsel ging Matthias auf die Nerven. Wenn es um ihre eigene Gesundheit ging, wurden sie alle wehleidig. Er packte die auf dem Rücken gefesselten Arme und zerrte den Fettwanst in eine hockende Position. Der Mann öffnete die Augen, sah die Badewanne und die leeren Kanister daneben und heulte auf. Er schien zu ahnen, was ihm bevorstand. Matthias überprüfte die Fesseln und schob den Gefangenen näher an die Badewanne heran. »Schau ruhig hinein! Ich habe genug Wasser aufgefüllt!« Das Winseln wurde zu einem Schluchzen. Gelber Rotz lief aus der Nase des Mannes. Matthias wandte den Blick ab und unterdrückte den Brechreiz. Er musste anfangen, bevor sein Gefangener wieder zu Kräften kam. Mit dem ganzen Körper drückte er den Mann dicht an die Wanne, packte dann die fettigen Haare und drückte den Kopf ins kalte Wasser.

*

Dienstag, der 14.07.
Liebe Mandy,

wahrscheinlich wirst Du diesen Brief nie zu Gesicht bekommen. Wenn Du ihn aber liest, ist entweder irgendetwas verdammt schiefgegangen, oder ich habe meine Vorhaben geschafft.
Ein Anfang ist jedenfalls gemacht – einen von ihnen habe ich gefunden und bestraft. Davon will ich hier berichten, und da Du mir immer am nächsten gestanden hast, sollst Du auch als Einzige davon erfahren.

Vielleicht erinnerst Du Dich nach all den Jahren längst nicht mehr, vielleicht denkst Du aber auch täglich an mich – so wie ich an Dich –, meine kleine Schwester. Eigentlich kann man diese Vergangenheit nicht vergessen, unsere gemeinsame Vergangenheit, man kann sie nur verdrängen; und manchmal wünschte ich mir, ich könnte das auch. Andererseits muss es aber jemanden geben, der Rechenschaft ablegt, der sich an jedes Detail erinnert. Und derjenige bin anscheinend ich.
Das ist einerseits gut so, andererseits eine schwere Bürde.
Wie gern würde ich auch Dir ein wenig von dem Kummer

nehmen, indem ich Dir schon jetzt diese Nachricht von meiner – unserer – Rache zukommen lasse, aber das wäre in diesem frühen Stadium zu gefährlich. Ich habe noch so viel zu erledigen, und ich möchte nicht, dass meine weiteren Vorhaben gefährdet werden. Nicht durch Dich, meine Kleine – nie könnte ich glauben, dass Du mich verrätst! –, aber durch unglückliche Umstände, Zufälle, Neugier anderer könnten die Pläne ans Licht kommen. Und das darf nicht geschehen, bevor ich mich dem Ziel nähere.

Jetzt, meine liebe Mandy, jetzt aber will ich Dir endlich vom ersten Schritt berichten! Sicher bist Du schon gespannt, wen ich mir als Erstes vorgenommen und wie ich ihn bestraft habe ... Ist Dir Siegfried Meller noch gegenwärtig? »Fischgesicht« nannten wir ihn im Geheimen, weil er diese hervorstehenden Augen hatte und seine aufgequollenen, viel zu roten Lippen immer ein erstauntes »O« formten. Eigentlich sah er ganz harmlos aus, fast ein bisschen dumm, was er nicht war. Er liebte Wasser in jeder Form, dieses Schwein. Daran erinnerst Du Dich aber noch? (Oder vielleicht hast Du aus gutem Grund gerade das »vergessen«?)
Es tut mir sehr leid, wenn dies alles durch meinen Brief wieder in Dir aufgewühlt wird, aber vielleicht tröstet es Dich, dass Fischgesicht seine gerechte Strafe bekommen hat.

Als ich ihn endlich aufgespürt hatte – wie, ist nicht weiter wichtig, entscheidend ist nur, dass ich ihn aufgestöbert habe – da musste ich feststellen, dass Meller sich nach fast dreißig Jahren gar nicht groß verändert hatte. Du hättest ihn bestimmt auch wiedererkannt. Noch immer glotzten diese wässrig blauen Augen aus dem aufgedunsenen Gesicht. Dazu der widerliche Mund! Am liebsten hätte ich ihm sofort die Faust in die Fresse – entschuldige bitte den Kraftausdruck – gehauen, aber ich konnte mich dann doch beherrschen. Schläge wären für ihn viel zu einfach gewesen. Nein, mein Plan sieht vor, dass jeder auf die Art und Weise bestraft wird, die er damals selbst angewandt hat. Und Mellers Strafe musste mit Wasser zu tun haben, das ist doch klar, oder? Erinnerst Du Dich noch an das, was wir »chinesische Wasserfolter« nannten? Wie er uns immer und immer wieder den Kopf unter Wasser gedrückt hat? Nein? Vielleicht ist es besser so. Es war grausam. Meller jedoch liebte es, weil es keine sichtbaren Spuren an seinen Zöglingen hinterließ. Nichts, was man hätte vorzeigen können. Keiner hätte uns geglaubt.

Ich hatte ziemlich lange mit den Vorarbeiten zu tun. Denn natürlich habe ich ihn nicht sofort besucht, nachdem ich endlich herausgefunden hatte, wo das Schwein wohnt. Ich musste zuallererst einen geeigneten Ort finden, an dem er und ich genügend Zeit miteinander hätten, ohne dass uns jemand störte. Die abbruchreifen Plattenbaublöcke am Rande Leipzigs waren für meine Pläne wie geschaffen. Wenn ich Glück hatte, würden sie die Betonklötze einfach abreißen, würden Mellers Leiche unter Bergen von Schutt begraben und seine zertrümmerten Knochen auf eine Halde fahren. Wenn nicht – auch egal. Es kommt ja nicht darauf an, dass man die Leichen niemals findet. Natürlich ist es von Nutzen, wenn die Überreste nicht gleich entdeckt werden. Schließlich brauche ich noch Zeit, um mich um die anderen zu kümmern. Wenn sie mich zu schnell erwischen, schaffe ich nicht alle.

Aber ich rede zu viel. Vielleicht, weil ich möchte, dass Du mich verstehst.
Kanister für Kanister habe ich nachts in den vierten Stock geschleppt, einen Aufzug gab es nicht, und das Wasser war ja längst abgestellt. Bestimmt kannst Du Dir vorstellen, was das für eine Arbeit war! Aber die Mühe hat sich gelohnt!

Nach den Vorbereitungen bin ich zu ihm gefahren. Er wohnte ganz allein in Wurzen. Oder vielleicht sollte ich besser sagen, er hat gewohnt. Eigentlich müsste man doch annehmen, dass ein Mensch mit so einer Vergangenheit misstrauisch ist, aber weit gefehlt! Ein Paket – da öffnet man doch gern seine Tür. Danach war alles ganz einfach. Schließlich bin ich mindestens fünfunddreißig Jahre jünger als das Schwein. Und ich habe seit Jahren im Fitnessstudio auf Kraft trainiert. Ehe er es sich versah, hatte ich die Pistole auf ihn gerichtet, ihn in seine verlotterte Küche gedrängt und gefesselt. Dass es nur eine, zugegebenermaßen ziemlich echte Nachbildung einer Pistole war, hat er in seiner Angst gar nicht bemerkt.

Liebe Mandy, Du hättest sein Gesicht sehen sollen, als es ihm endlich dämmerte, wer ich bin! Urkomisch war das. Er hat so sehr gezittert, dass sogar sein Gebiss angefangen hat, zu klappern. Ich musste ein wenig lachen. Ein Karpfen mit Gebiss! Natürlich hat er nichts bereut. Das hatte ich auch nicht erwartet, nicht bei Fischgesicht. Zuerst hat er so getan, als sei alles gar nicht wahr, hat versucht, meine Erinnerungen zu diffamieren, ein Kind könne sich doch nicht an alles genau entsinnen, ich würde ihn verwechseln … Als er gemerkt hat, dass ich mich nicht in die Irre führen lasse, ist er umgeschwenkt und hat mir zu erklären versucht, dass seine Methoden dazu dienten, uns zu disziplinieren. Schließlich hätten er und die anderen Erzieher es nicht leicht mit uns gehabt. Was für ein Hohn! Uns, den Kindern, den schwarzen Peter zuzuschieben!
Das hat mich dann ziemlich wütend gemacht, wie Du Dir bestimmt vorstellen kannst. Als er sein Blut gesehen hat, war es ganz vorbei mit seiner Contenance. Er hat so sehr geheult, dass ihm der Rotz aus der Nase lief.
Danach war er bewusstlos und ich musste ihn in die Garage tragen. Ich fand es besser, ihn mit seinem Wagen zu transpor-

tieren, der Spuren wegen – Du verstehst? – auch wenn das bedeutete, dass ich in der nächsten Nacht zu seinem Haus zurückfahren und seinen dicken Wagen wieder in der Garage parken musste. Kein Problem das Ganze, es gab ja niemanden, der zu Hause auf ihn gewartet hätte.

Vor den Plattenbaublöcken ist er wieder aufgewacht und hat richtig Schiss gekriegt. Wahrscheinlich ahnte er, was in dem leerstehenden Gebäude auf ihn zukommen würde, aber das war genau das, was ich wollte. Ebendiese Furcht vor dem Unbekannten, vor drohenden Strafen, die Angst vor den Schmerzen; Meller sollte genau das fühlen, was wir damals im Vorfeld seiner Bestrafungen gefühlt haben.
Als wir endlich oben angekommen waren, lief mir der Schweiß in Strömen herunter, und ich musste erst einmal verschnaufen. Mit weit aufgerissenen Augen hat er dann die Badewanne und die Kanister betrachtet. Wahrscheinlich ist ihm erst da wirklich aufgegangen, was gleich mit ihm passieren würde. Trotzdem habe ich mir die Zeit genommen, ihm noch einmal ausführlich zu erklären, was ich mit ihm vorhatte. An seinen Augen konnte ich erkennen, dass er sich erinnerte. Er wusste ganz genau, was er damals mit Dir, mit mir und mit all den anderen im Keller gemacht hatte, auch wenn er fast bis zum Ende alles abgestritten hat.
Die Badewanne war dem Waschkessel von damals nur entfernt ähnlich, aber das spielte keine Rolle. Meller sah sie, bemerkte das Wasser darin, erblickte die Tücher und Fesseln und wusste, was geschehen würde. Seine Glotzaugen quollen wie zwei trübe Glasmurmeln noch weiter aus dem verfetteten Gesicht hervor.

»Ein Fisch muss schwimmen!«, habe ich zu ihm gesagt, aber er hat mich nur angestiert, das Maul halb offen. Kann es sein, dass er den Spitznamen, den wir ihm verliehen hatten, gar nicht kannte?

Als sein Kopf das erste Mal unter Wasser tauchte, sah ich die kleine Heike vor mir. Sie war noch nicht mal sechs Jahre alt, als er sie sich das erste Mal geholt hat.
Dann begann Fischgesicht zu zappeln, und ich drückte seinen Kopf fester unter die Wasseroberfläche.
Ich habe es gesehen. Als die kleine Heike aus dem Keller zurückkam, war ihr Blick wie tot, und sie ist gelaufen wie einer dieser Blechroboter zum Aufziehen. Es hat Tage gedauert, bis sie wieder mit uns gesprochen hat. Wahrscheinlich erinnerst Du Dich nicht daran, denn Du warst damals ja auch noch ziemlich klein, und ich habe, so gut es ging, versucht, Dich von solchen Erlebnissen fernzuhalten.
Mellers Zappeln wurde schnell schwächer. Ich zählte bis fünfzehn und zog seinen Kopf dann mit einem Ruck aus dem Wasser. Er röchelte und hustete. Es klang genauso wie bei uns, wenn das Gesicht aus dem Waschkessel auftauchte. Da wusste ich, dass er das Gleiche empfand wie die kleine Heike und all die anderen Kinder, die er aus purer Lust am Quälen gepeinigt hatte. Diese Panik, wenn man keine Luft bekommt, wenn die Kehle immer enger wird, wenn der Brustkorb sich zusammenzieht, wenn man weiß, man muss den Mund geschlossen halten, und es doch nicht beherrschen kann. Dann dieses schreckliche Gefühl, nach Luft zu schnappen und Wasser einzuatmen – Todesangst.
Ich gab ihm ein paar Sekunden Zeit, dann drückte ich seinen Kopf wieder unter Wasser. Nachdem wir das viermal wiederholt haben, hat Meller irgendwie aufgegeben. Dann hat er sich nassgemacht. Irgendwann war plötzlich Ruhe. Ich habe ihn noch exakt fünf Minuten untergetaucht, um sicher zu sein, dass er auch wirklich tot war.
Zum Schluss habe ich das Wasser abgelassen und ihn so da liegen lassen. In einer leeren Badewanne.

Die nächsten Schritte sind nicht mehr ganz so einfach. Zuerst muss ich die anderen Scheusale finden, eines nach dem anderen. Ich hoffe nur, sie leben noch alle. Einige waren damals ja schon älter. Aber ich schwöre Dir, dass ich alles dafür tun werde, um unsere Rache zu vollenden. ALLES.
Meine liebe Mandy, mit diesem Versprechen möchte ich meinen Brief beenden. Ich werde ihn an einem sicheren Ort verwahren, bis es an der Zeit ist, ihn abzuschicken.

In Gedanken bin ich immer bei Dir, meine Kleine. Ich bin mir sicher, Du spürst das.
Bis bald.
Ich liebe Dich.
Dein Matthias

3

Lara Birkenfeld wischte sich mit dem nackten Unterarm über die Stirn. Die Redaktionsräume glichen einer Sauna. Seit Tagen lag eine glühende Hitze über der Stadt, die den Aufenthalt in den Büros schon vormittags unerträglich machte. In ihrem Kopf verwoben sich das hämmernde Geräusch der Tastaturen, das unverständliche Murmeln an den Telefonen und das Rattern des Faxgerätes zu einer Kakophonie des Schmerzes.

Sie stand auf, um eines der Fenster zu öffnen, und lehnte sich einen Augenblick hinaus. Die Sonne brannte ihr entgegen. Hinter Lara kicherte Isabell ihr albernes Kleinmädchenlachen. Wie eine heiße Wand aus zähem Honig stand die Luft vor dem Gebäude. Lara schloss das Fenster wieder und seufzte. Wenn sie jetzt noch einen Kaffee trank, würde ihr Kopf wahrscheinlich wie ein überdehnter Luftballon platzen. Die Klimaanlage brachte auch nichts. Es zog höchstens an allen Ecken und Enden, und am nächsten Tag waren garantiert drei Leute heiser.

Lara setzte sich auf ihren Drehstuhl, starrte auf den Bildschirm und dachte an ihren Urlaub und dass sie es noch immer nicht geschafft hatte, sich für ein Reiseziel zu entscheiden. Am Ende würde es wieder irgend so eine Last-Minute-Reise werden, an die sie sich im Nachhinein gar nicht mehr richtig entsinnen konnte.

Ihr gegenüber zuckte Tom plötzlich unmerklich zusammen. Sein Blick huschte hin und her, danach beugte er sich nach vorn und schob seinen Kopf dichter an den Monitor. Lara kannte die Anzeichen. Eine interessante Meldung war hereingekommen, und Tom wollte der Erste sein, der sie las, um den Artikel an sich reißen zu können. Es konnte eigentlich nur eine unerwartete Agenturnachricht oder ein Computerfax von der Polizei sein. Ohne den Oberkörper zu bewegen, drückte Lara leise ein paar Tasten und hatte die Nachricht auf dem Bildschirm.

> Leichenfund in Abbruchhaus. Todesursache unbekannt.

Lara konnte Tom schnaufen hören, während sie den kurzen Text überflog. Vier Bauarbeiter hatten in einem leerstehenden Plattenbaublock, der diese Woche abgerissen werden sollte, eine verweste Männerleiche gefunden. Allerdings würde man die Obduktion abwarten müssen, um festzustellen, ob es sich um ein Tötungsdelikt, einen Unfall oder Selbstmord handelte.

Vor Laras innerem Auge tauchte das Plattenbaugebiet im Südwesten der Stadt auf. Ein Viertel, in dem vor der Wende zehntausende Menschen gewohnt hatten. Jetzt waren viele Wohnungen verwaist, und es hatte ein Prozess begonnen, den man »Rückbau Ost« nannte.

Tom schnaufte jetzt leiser. Seine Nasenspitze zuckte so wie immer, wenn er Witterung aufgenommen hatte, wenn er die Möglichkeit sah, einen Vorteil für sich herauszuschinden. Wahrscheinlich wappnete er sich schon mit Argumenten, warum er und nicht seine Kollegin Lara Birkenfeld über diesen Fall berichten müsste. Dabei war das gar nicht sein Ressort. Aber das hatte Tom noch nie interessiert.

Das Pochen in Laras Kopf verstärkte sich. Wenn die *Tagespresse* ihre Leser über die »Plattenbauleiche« informierte, dann war das *ihre* Aufgabe. Jetzt hatte sie dem Fall schon einen Namen verpasst. »Plattenbauleiche« – das klang seltsam pedantisch, so als wäre der Tote nie ein lebendiger Mensch mit Wünschen und Träumen gewesen.

Tom lehnte sich zurück, bemerkte, dass seine Kollegin ihn beobachtete, setzte ein schnelles Grinsen auf und ging sofort zum Angriff über. »Du siehst geschafft aus!«

»Findest du? Mir fehlt nichts.« Lara hatte keine Lust, mit ihm über die Hitze oder ihre Kopfschmerzen zu diskutieren und das geheuchelte Mitleid zu ertragen, das sich in Schadenfreude verwandelte, sobald sie ihm den Rücken kehrte.

»Hast du heute noch Außentermine?« Tom deutete mit dem Kinn in Richtung Fenster.

»Bis jetzt noch nicht. Warten wir die Redaktionskonferenz ab. Und du?«

»Ich muss nachher zur Neueröffnung des Mehrgenerationenhauses in Grünau. Ein paar städtische Prominente habe ich im Vorfeld schon interviewt. Daraus machen wir morgen ein Meinungsbild.«

»Ach ja. Wie schön.« Lara griff nach ihrer Wasserflasche, während sie beschloss, so bald wie möglich Kriminalobermeister Schädlich anzurufen und ihn ein bisschen wegen der Plattenbauleiche auszuhorchen. Kampflos würde sie Tom das Feld nicht überlassen.

»So liebe Kollegen.« Gernot Hampenmann straffte den Rücken und legte beide Handflächen auf die Tischplatte. »Dann wollen wir mal. Zuerst der Wochenfahrplan.« Im Eiltempo ging der Redaktionsleiter die Termine durch, vermerkte die diensthabenden Journalisten und teilte ihnen Fotografen zu.

»Und nun die neu reingekommenen Sachen.« »Hampelmann« machte seinem Spitznamen alle Ehre. Er konnte einfach nicht stillsitzen. Sein Oberkörper bewegte sich vor und zurück, und die Hände flogen wie zwei aufgescheuchte Tauben durch die Luft, während er sprach. Ohne dass sie hinsehen musste, wusste Lara, dass auch seine Dackelbeine unter dem Tisch hin- und herschwangen, wobei die Fußspitzen den Boden gerade so berührten.

»Da hätten wir als Erstes die Protestdemonstration zur geplanten Biogasanlage.« Der Redaktionsleiter lehnte sich kurz zurück, faltete die Hände vor dem Bauch, ließ dabei den Blick über seine Kollegen schweifen und wartete darauf, dass sich jemand freiwillig meldete. Lara verbarg ein Grinsen, während sie wie alle anderen auf ihre Notizen schaute. Es war immer das Gleiche. Manche Themen wollte einfach niemand haben. Hampenmann verharrte noch einen Augenblick lang in seiner gestrafften Haltung, dann flatterte seine Rechte nach oben und deutete auf Hubert. »Herr Belli – was ist mit Ihnen?«

»Ich, äh...« Hubert hatte sich im Vorfeld keine unaufschiebbaren Aufgaben zurechtgelegt, was ihm jetzt zum Verhängnis wurde.

»Dann machen Sie das.« Die Hand des Redaktionsleiters klatschte auf die Tischplatte und besiegelte seine Worte. Hubert schob die Unterlippe nach vorn, wagte es aber nicht zu protestieren.

»Kommen wir zu dem Leichenfund im Abbruchhaus.« Lara hob den Kopf, um zu antworten, und hörte im gleichen Moment Toms Stimme. »Das übernehme ich.«

»Tom, alles klar.« Gernot Hampenmann zückte den Kugelschreiber, um den Namen in seine Liste einzutragen. Lara öffnete den Mund und wollte protestieren, brachte aber kein Wort heraus, während Tom schon weiterredete. »Ich habe deswegen schon mit KK Stiller telefoniert.« Laras Mund öffnete sich noch ein bisschen weiter. Ihr Kollege hatte den Kriminalkommissar schon angerufen? »Ich bin heute Nachmittag sowieso in Grünau, das Mehrgenerationenhaus, Sie wissen…?« Tom zögerte gerade so lange, dass Hampenmann nicken konnte, und redete dann schnell weiter. »Da kann ich auch gleich ein paar Bilder vom Fundort der Leiche schießen, und wir brauchen nicht erst einen Fotografen hinzuschicken.«

»Sehr gut.«

In Laras Kopf rauschte das Blut. »Das ist eigentlich mein Ressort.« Sie hatte Mühe, ihre Stimme unter Kontrolle zu halten.

»Oh, entschuldige, Lara.« Tom klang zuckersüß. »Ich will dir nichts wegnehmen. Aber da du diese Woche schon mehrere Gerichtstermine hast und deshalb dauernd außer Haus bist, dachte ich, es wäre dir recht, wenn du heute nicht auch noch rausmüsstest.« Lara spürte, wie ihr linkes Augenlid zu zucken begann. Das hatte Tom ja geschickt eingefädelt. Er musste das Ganze geplant haben, seit die Nachricht heute Morgen über den Ticker gekommen war. Der Wochenplan hatte ihm dann noch die nötigen Argumente geliefert.

»Tom hat vollkommen recht. Sie können sich dann ja absprechen, wer den Fall weiterverfolgt.« Hampenmanns Tonfall gab zu verstehen, dass die Diskussion damit beendet war.

Lara versuchte, ihre Atmung unter Kontrolle zu bekommen. Ihr Lid zuckte unaufhörlich, und sie war sich ziemlich sicher, dass Tom das bemerkt hatte. Dem Rest der Besprechung hörte sie nur mit halbem Ohr zu, während sie sich fieberhaft zu erinnern versuchte, wann der Kollege die Gelegenheit gehabt hatte, den Kriminalkommissar anzurufen. Dauernd musste Tom in ihr Ressort eindringen. Wahrscheinlich machte er das, weil ihm die Polizei- und Gerichtsberichterstattung prestigeträchtiger erschien als der allgemeine Lokalteil.

»Das war's. Und nun wieder an die Arbeit, Kollegen. Ich bin heute bis halb drei hier, dann habe ich einen Termin außer Haus.« Hampenmann sprang wie ein Schachtelmännchen auf und eilte hinaus.

»Ich koche Kaffee. Wer möchte alles?« Isabell stolzierte in Richtung der Büros, schwenkte dabei ihre Hüften vor Tom her und zählte durch.

»Ich gehe eine rauchen.« Friedrich schlurfte zur Tür.

»Ich komme mit.« Lara folgte ihm. »Ich brauche frische Luft.« Nebeneinander gingen sie die Treppen hinunter.

»Hättest *du* lieber über die Leiche geschrieben?« Friedrich schnippte Asche in das große Silbermaul des Standaschenbechers neben der Eingangstür.

»Für Straftaten und Gerichtsberichte bin ich zuständig.« Lara versuchte, tief ein- und auszuatmen.

»Aber wenn Tom eh dort ist ... und auch schon mit Stiller gesprochen hat ...«

»Das wäre auch meine Aufgabe gewesen!«

»Er will dir doch nur helfen. Und mit KK Stiller kannst du doch eh nicht.«

»Ja, aber ...«

»Dann lass ihn das doch machen, und sieh es einfach als Arbeitserleichterung. Ich glaube nicht, dass Tom dir eins auswischen will.« Friedrich drückte den Stummel aus. »Gehen wir wieder hoch. Manchmal klappt halt nicht alles so, wie man sich das wünscht.«

Lara schluckte. So wie Friedrich das sagte, klang alles ganz stimmig. Sah denn niemand, dass Tom versuchte, sie auszubooten?

4

An Mama und Papa

*Wo seit ihr? Ich vermisse euch so ser. Liebe Mama, hoffendlich bist du wieder gesund. Bitte kommt und hohlt mich hier ab.
Bitte bald.
Ich habe euch ser lieb.*

Eure Melissa

Matthias Hase betrachtete die Kinderschrift. Das Papier zitterte in seinen Händen. Es war schon ein bisschen vergilbt und die Ecken zerbröselten allmählich. Unter die Zeilen hatte das Kind noch ein großes rotes Herz gemalt.

Melissa war nicht lange bei ihnen gewesen, und doch hatte sich ihr Bild tief in sein Herz gegraben. Genau wusste er es nicht mehr, aber es konnte höchstens ein halbes Jahr gewesen sein. Eines Tages verschwand sie, wie sie gekommen war, verschwanden ihre Sachen auf geheimnisvolle Weise aus ihrem Schrank, verschwanden alle materiellen Erinnerungen; so als sei die Kleine nie dagewesen. Bis auf diesen Brief.

Matthias' Gedächtnis hatte die Szene konserviert. Jede Einzelheit war noch vorhanden: der stickige Schlafsaal mit den Doppelstockbetten, sauber übereinandergefaltete Decken, das rötliche Muster des Linoleums, die müden Sonnenstrahlen, die zu den Fenstern hereinschienen, die tote Fliege auf dem Fußboden neben dem Tischbein. In der rechten Ecke des großen Zimmers, dort, wo es auch am Nachmittag dämmrig war, hatte Melissa gehockt, die Arme um die dünnen Beinchen geschlungen, das Gesicht zwischen den Knien versteckt. Sie musste ihn gehört haben, weil er sehen konnte, wie sie bei seinen Schritten erschauerte, aber sie hatte nicht aufgeschaut, hatte sich stattdessen nur noch stärker zusammengekrümmt.

Erst als seine Hand ihre Schulter sanft berührte – die Knochen waren unter der Haut deutlich zu spüren –, erst dann hob sie den Kopf und sah ihn an. Ihre Augen waren gerötet und schimmerten feucht, und sie schniefte. Matthias wusste noch, dass er in seiner Hosentasche nach einem Taschentuch gesucht, aber keines gefunden hatte. Sie trug »Affenschaukeln«, die gleiche Zopffrisur, die auch seine Schwester Mandy liebte. Vielleicht war es das gewesen, was sein Herz am stärksten berührt hatte.

Warum waren er und Melissa an diesem Tag eigentlich nicht bei den anderen gewesen? Nachmittags hatten die Kinder in den Schlafsälen nichts zu suchen, von zwei Uhr bis zum Abendessen saßen alle in dem Raum, den sie das »Hausaufgaben-Zimmer« nannten, und befassten sich mit Schularbeiten. Auch an den Wochenenden verbrachten sie die Nachmittage dort. Es gab immer etwas zu lernen oder vorzubereiten für das Kollektiv des Kinderheims, wie man die Kinder nannte. Irgendwie jedoch musste es ihnen an diesem Tag geglückt sein, sich der Aufsicht zu entziehen, und da hatten sie nun gehockt – der große, schlaksige Vierzehnjährige und das kleine, zarte Mädchen.

Nach einer Weile hatte Melissa aufgehört, zu schluchzen und ihm gezeigt, was sie in der Tasche ihres Kleidchens verbarg wie einen kostbaren Schatz. Diese Nachricht an Mama und Papa, die sie in ihrer schönsten Kinderschrift geschrieben hatte; heimlich, am Abend vorher, unter der Bettdecke.

Es war nicht erwünscht, dass die Kinder Botschaften an Verwandte schickten, und jeder Brief wurde vor dem Absenden sorgfältig kontrolliert. Melissa hatte Matthias erzählt, dass sie nicht wusste, wie sie ihre Eltern erreichen konnte, sie hatte keine

Adresse, besaß keinen Umschlag und auch kein Geld für eine Briefmarke. Dann hatte sie wieder zu schniefen begonnen, und weil das kleine Häufchen Elend ihm fast das Herz brach, beschloss er, sich der Sache anzunehmen; auch wenn er sich sonst aus den Angelegenheiten der anderen heraushielt, um sich selbst zu schützen.

Die Kleine erinnerte sich nicht an besonders viele Details, nur dass ihre Mama sehr krank geworden war und der Vater jeden Tag Bier und Schnaps getrunken hatte. Irgendwann war die Mutter in eine psychiatrische Klinik – Melissa sagte »Klapse« und Matthias hörte die verächtliche Stimme ihres besoffenen Vaters heraus – eingeliefert worden. Der Vater war anscheinend schnell mit den Kindern überfordert gewesen. Und so war sie hier gelandet. Sie hatte keine Ahnung, was mit ihren beiden älteren Schwestern geschehen war. Dann hatte sie wieder zu weinen begonnen.

Matthias faltete den Brief vorsichtig, um ihn nicht weiter zu beschädigen, und legte ihn in die geschnitzte Schatulle zurück. Draußen hupte ein Auto. Ein salziger Schweißtropfen rann an seiner Stirn herunter und bog an der Augenbraue rechts ab.

Melissas Brief hatte ihre Eltern nie erreicht, obwohl er ihr das hoch und heilig versprochen hatte, nachdem die Tränen versiegt waren. Matthias hatte ihr geschworen, ihn sicher für sie aufzubewahren, weil sie glaubte, dass er dies besser könne als sie. Keiner der Schränke war abschließbar, immer wieder verschwanden Sachen, aber die Älteren hatten fast alle irgendwo ein Versteck.

Es war ihm nie gelungen, herauszufinden, wo Melissas Eltern lebten oder was mit ihren Schwestern geschehen war. Und so war dieser Brief bis heute bei ihm geblieben. Eines aber hatte sich damals verändert – seit der Begegnung im Schlafsaal hatte Matthias Hase die kleine Melissa in sein Herz geschlossen und bemühte sich, so gut er konnte, sie zu beschützen.

Es waren damals nicht nur die Erzieher. Auch die Kinder, besonders die älteren unter ihnen, konnten grausam zueinander sein. Das schien unlogisch, schließlich wäre es für sie alle sinnvoller gewesen zusammenzuhalten, sich gegen die Willkür der Erwachsenen gemeinsam zur Wehr zu setzen, aber Logik funktionierte hier nicht. »Fressen oder gefressen werden« war die Devise. Entweder man hielt das alles aus oder man zerbrach. Matthias hatte es ausgehalten.

Aber jetzt, fast dreißig Jahre später, war es an der Zeit, Gleiches mit Gleichem zu vergelten. Bedächtig schmeckte er den letzten Schluck Cola, ehe er den Computer einschaltete. Den Kindern im Heim vergab er ihre Bosheiten. Schließlich kannten die meisten von ihnen es nicht anders. Einige stammten aus Elternhäusern, in denen Schläge, Misshandlungen, Beleidigungen und Vernachlässigung an der Tagesordnung gewesen waren. Die Ungewollten waren schon im Babyalter fortgegeben worden. Andere waren krank oder schwer therapierbar – ab mit ihnen ins Heim. Ältere hatten die Schule geschwänzt, gestohlen oder einfach nur die falsche Musik gehört. Woher hätten diese Kinder und Jugendlichen wissen sollen, wie man sich »normal« verhielt? Und nicht zu vergessen – sie alle waren Kinder gewesen. Nein, den anderen Kindern konnte er verzeihen, nicht aber den Erziehern. Vor allem die Kleinen hatten es schwer gehabt. Sie waren eine leichte Beute für die Erzieher, konnten sich kaum zur Wehr setzen und litten meist schweigend. Melissa war es besonders schlecht ergangen, gerade weil sie so zart und klein gewesen war. Es war ein Glück für sie gewesen, dass ihr Aufenthalt nur ein halbes Jahr gedauert hatte.

Matthias hatte nie wieder etwas von ihr gehört. Die Erzieher erteilten den Kindern keine Auskunft, aber es gab nur zwei Möglichkeiten: Entweder war Melissa adoptiert worden – von liebevollen Pflegeeltern, die sich genau so ein kleines Mädchen immer gewünscht hatten – oder ihre Mutter war gesund geworden und hatte sie wieder zu sich genommen. Matthias' Gedächtnis hatte zwar die Szene mit dem Brief bis ins kleinste Detail behalten, aber vieles von dem, was danach passierte, war verwischt, unscharf wie ein zu lange belichtetes Foto.

Der Rechner summte. Es war an der Zeit, ein wenig zu recherchieren. Wie jedes Mal gab er zuerst Namen und Ort des Kinderheims in die Suchmaschine ein, um festzustellen, ob neue Artikel erschienen waren, und wie immer war das nicht der Fall.

Matthias Hase lehnte sich kurz zurück und schloss die Augen. Dann hämmerte er den Namen der Frau in die Tasten, die den Spitznamen »Walze« gehabt hatte – Isolde Semper.

Während sein Blick über die Einträge huschte, zischelte die eisige Stimme der Gesuchten durch seinen Kopf und befahl: »Du isst das jetzt auf, sofort!« Ein klatschendes Geräusch. Der rote Abdruck einer Handfläche in einem Kindergesicht. Tränchen kullerten über rosige Wangen. Ein Löffel zitterte in der Luft und dicke Tropfen einer undefinierbaren Suppe platschten zurück auf den halbvollen Teller.

»Ich kann das nicht essen, bitte.« Leises Flehen. »Es ist zu salzig.«

»Willst du damit sagen, ich hätte dein Essen versalzen?« Bis auf das erneute Klatschen herrschte Totenstille. Matthias Hase hatte die Augen geschlossen und versuchte, ein Bild zu dem Dialog heraufzubeschwören, aber es wollte ihm einfach nicht gelingen zu sehen, wer da von der Walze gequält wurde.

»Was meinen die anderen? Ist eure Suppe auch zu salzig?« Auch wenn er keine Bilder zu dem Fragment fand, Matthias wusste, dass niemand etwas geantwortet hätte. Ein vorsichtiges Kopfschütteln war alles, was man auf diese rhetorische Frage erwidern durfte. Die Speisen und Getränke der anderen waren ja auch stets in Ordnung. Es betraf immer nur *ein* Kind – dasjenige, das die Semper gerade auf dem Kieker hatte, und es war nie jemand von den Älteren. Die Walze schikanierte bevorzugt die Kleinen.

Auch Melissa, seine kleine Schutzbefohlene, bekam verdorbenes Essen vorgesetzt. Keiner wusste, wie Isolde Semper es anstellte, denn die Suppe wurde immer aus der großen Terrine geschöpft, kein Kind bekam eine Extrawurst, aber die Erzieherin schaffte es irgendwie gleichwohl.

Matthias hatte die Augen wieder geöffnet. Seine Finger glitten über die Tasten und hinterließen klappernde Echos in der Stille des Nachmittags. Die Luft im Arbeitszimmer roch nach staubigem Papier.

Er musste Isolde Semper finden, wo auch immer sie jetzt lebte. Und er hoffte inständig, *dass* sie noch lebte. Sie musste inzwischen auf die sechzig zugehen, genau wusste er es nicht.

Die Walze war nicht die Schlimmste gewesen. Im Vergleich zu den anderen erschienen ihre Quälereien sogar fast harmlos, alle Betroffenen hatten die Marter überlebt. Dennoch durfte auch sie nicht ungestraft davonkommen. Auf eine Reihenfolge hatte er sich nicht festgelegt. Matthias Hase überließ sich ganz seinen Eingebungen, wartete darauf, dass sein Gehirn ihm den Namen des Nächsten, den er suchen sollte, eingab. Er vertraute seinem Unterbewusstsein, das die schrecklichen Erinnerungen nur nach und nach an die Oberfläche ließ, in kleinen Portionen, die der Geist gerade noch bewältigen konnte. Das diffuse Gefühl, dass da weit schrecklichere Dinge im Verborgenen lauerten, verstärkte sich zwar mit zunehmender Konfrontation mit der Vergangenheit, aber noch war er anscheinend nicht bereit, sich all dem zu stellen.

Den Erinnerungen an die Essensfolter hielt sein Geist stand. Vielleicht auch deswegen, weil er nie selbst betroffen gewesen war. Die Walze hasste zarte, kleine Mädchen wie Melissa am meisten. Das jeweilige Kind wurde gezwungen, Löffel für Löffel hinunterzuschlucken. Wenn es sein musste, auch mit Schlägen. Irgendwann waren alle anderen fertig und verließen den Speiseraum, das würgende Geräusch von Nahrung, die die Speiseröhre wieder nach oben quoll, im Ohr.

Matthias hatte es nie mit eigenen Augen gesehen, aber wenn die Kinder ihr Essen tatsächlich erbrachen, mussten sie den sauersalzigen Brei erneut auflöffeln. Geschah dies, konnte sich die Prozedur über Stunden hinziehen, manchmal bis zum Abendessen. Übergeben – Verzehren. Erneutes Speien – nochmaliges Aufessen.

Bis auf die Schläge ins Gesicht hatte die Semper keine Gewalt angewendet, und sie beteiligte sich auch nicht an den nächtlichen »Aktivitäten« der männlichen Betreuer. Isolde Semper hatte eine sadistische Freude daran, Kinder mit verdorbener Nahrung zu drangsalieren, das war aber auch alles. Mochte manch einer meinen, solcherart Quälerei sei nicht lebensbedrohlich; der Selbstekel jedoch, der bei den Kleinen zurückblieb, die ihr eigenes Erbrochenes gegessen hatten, führte zu seelischen Verletzungen, die oft schwerer heilten als körperliche Wunden.

Vielleicht hatte die Walze den Tod nicht verdient. Das würde sich zeigen, wenn er ihr gegenüberstand.

Matthias Hase betrachtete sein leeres Colaglas. Seit dem Aufenthalt im Heim hatte er nie wieder Tee getrunken. Schon der Geruch von Fenchel oder Kamille verursachte ihm Übelkeit. Er richtete den Blick zurück auf den Bildschirm.

Von draußen drang Kindergeschrei herein. Staubfünkchen tanzten im Licht der Nachmittagssonne. Wohlwollend summte der Rechner. Lautlos erschien eine Liste von Namen und Adressen auf dem Bildschirm.

»Da haben wir dich ja.« Matthias Hase biss sich auf die Unterlippe und grinste dann. Jetzt war alles Folgende ein Kinderspiel.

5

»Hier ist Lara Birkenfeld. Von der *Tagespresse*, genau. Ich hätte ein paar Fragen zu dem Toten im Plattenbaublock.« Lara lauschte einen Moment und betrachtete dabei die Mutter mit den zwei kleinen Jungen an der Eisbude gegenüber. Der Eismann drückte jeweils zwei Kugeln in die Tüten und reichte sie über die Theke. An ihrem Ohr hörte sie Kriminalobermeister Schädlich schnaufen. Wahrscheinlich dachte er darüber nach, wie er sich unverfänglich aus der Affäre ziehen konnte. Sie setzte hinzu: »Das kam heute Vormittag über den Ticker.«

»Das stimmt.« Kriminalobermeister Schädlich war wortkarg. Kein Wunder bei dem Theater, das sein Vorgesetzter letztes Jahr veranstaltet hatte. Angeblich hatte sein Untergebener vertrauliche Informationen an die Zeitung und insbesondere an sie herausgegeben. Lara verzog das Gesicht. Und das alles, weil Kriminalkommissar Stiller sie nicht leiden konnte.

»Ich kann aus ermittlungstaktischen Gründen nichts dazu sagen, Sie verstehen?«

Die Standardantwort. Jetzt seufzte Lara, sodass er es hören konnte. Die Sonne hatte inzwischen die Eingangstür zum Zeitungsgebäude erreicht. Es musste schon mindestens sechzehn Uhr sein.

»Rufen Sie unsere Pressestelle an.« Schädlich klang bekümmert.

»Ich dachte, der direkte Weg wäre günstiger...« Sie ließ das Satzende in der Luft hängen. Manchmal fühlten sich die Gesprächspartner dadurch zum Reden animiert. Schädlich gehörte nicht dazu. Die Stille dehnte sich aus wie ein schwarzes Loch.

»Na gut. Es war ein Versuch.« Sie ließ es fröhlich klingen, um dem Beamten kein schlechtes Gewissen zu verursachen. Er sollte sich nicht unwohl fühlen. Sie brauchte seine Hilfe bestimmt noch.

»Tut mir leid, Frau Birkenfeld, wirklich. Aber ich *kann* definitiv nicht. Nicht am Telefon.«

»Ich verstehe das.« Noch während sie sprach, dachte Lara darüber nach, ob der Nachsatz etwas zu bedeuten hatte. Schädlichs bulliges Gesicht tauchte vor ihrem inneren Auge auf. Wollte der Beamte ihr zwischen den Zeilen mitteilen, dass er zu Aussagen bereit wäre, wenn sie sich persönlich begegneten? Sie beschloss, alles auf eine Karte zu setzen. »Haben Sie Lust, sich mit mir auf einen Kaffee zu treffen?«

Es dauerte mindestens zehn Sekunden, dann antwortete der Kriminalobermeister mit einer Frage. »Wo denn?«

Lara grinste. Ihr Arm wollte einen »Strike« vollführen, aber sie verbot es ihm. »Wie wäre es mit dem *Lindencafé*?«

»Aber heute wird das nichts mehr, ich habe bis achtzehn Uhr Dienst.«

»Morgen?« Lara wollte keine Zeit verschwenden. Mochte sein, dass ihr Kollege Tom sich bei der Tatortrecherche vorgedrängt hatte, aber die Berichterstattung über Kriminalfälle war immer noch ihr Ressort. Und so einfach ließ sie sich die Butter nicht vom Brot nehmen.

»Das ginge.« Schädlich klang unschlüssig.

»Dann treffen wir uns morgen Nachmittag im *Lindencafé*. Gegen sechzehn Uhr?«

»Lieber um fünf.«

»Fein. Ich freu mich.« Lara wartete noch einen Moment, aber der Beamte hatte schon aufgelegt.

Sie schob ihr Handy in die Hosentasche. Die Sonne war in der Zwischenzeit bis zu ihren Knien gewandert. Es wurde Zeit, dass sie wieder nach oben ging. In der Redaktion würde jetzt auch Ruhe einkehren. Wenn sie noch ein wenig dablieb, erwischte sie Tom vielleicht noch, wenn er von seiner Tour zurückkam.

Die Tachonadel bewegte sich auf die siebzig zu und Tom bremste. Es fehlte noch, dass er geblitzt wurde. Sein Punkteregister in Flensburg war schon groß genug.

Dieses verlotterte Plattenbauviertel hatte ihn depressiv gemacht. Depressiv und wütend. Die überall gleich aussehenden Betonklötze widerten ihn an. Das war doch keine Architektur!

Zuerst hatte er schnell die Eröffnung des Mehrgenerationenhauses abgehakt, Alltagsarbeit. Das Konzept war eine nützliche Sache, aber es riss einen Journalisten nicht vom Hocker. Er hatte Meinungen eingeholt, Fotos gemacht und ein paar Details auf sein Diktiergerät gesprochen; in Gedanken war er jedoch schon bei seinem Treffen mit Kriminalkommissar Stiller gewesen. Stiller mochte ihn. Tom hatte sich vorgenommen, ihn so lange zu löchern, bis er mit Details zu der Leiche im Abbruchblock herausrückte.

Links vor ihm ratterte die Straßenbahn in Richtung Innenstadt. Tom scherte auf die linke Spur aus und überholte einen Škoda.

Grünau war immer staubig. Schien die Sommersonne auf den Beton, wirkte das Wohngebiet noch schmutziger. Irgendwann würde er eine kunstvoll-literarische, schwermütige Reportage über die dem Tod geweihten Plattenbausiedlungen in der ehemaligen DDR schreiben. Etwas Preisträgerverdächtiges.

Tom hatte dreihundert Meter vor dem Gebäude gehalten, in dem die Leiche gefunden worden war. Alles war vollständig mit rotweißem Polizeiband abgesperrt gewesen. Er hatte ein paar Fotos geschossen und sich vorgenommen, die Namen der Bauarbeiter herauszufinden, die die Leiche entdeckt hatten. Sie zu befragen war schließlich nicht verboten. Die Spurensicherung würde ihn nie und nimmer in das Gebäude lassen, und der Tote war auch schon längst in die Rechtsmedizin abtransportiert worden. Details über Fundort und Aussehen der Leiche würde er also, wenn überhaupt, höchstens von den Arbeitern der Abbruchfirma erfahren.

Wenn er Glück hatte, konnte eine ganze Artikelserie daraus entstehen. Er war fest angestellt und hatte es nicht nötig, Zeilen zu schinden wie die freien Journalisten, aber dies war eine gute Möglichkeit, sein Profil in der Redaktion zu schärfen. Hampenmann hatte Ambitionen, aufzusteigen. Auch wenn der Chef nicht darüber redete, wusste es doch jeder. Und wenn der Hampelmann die Leiter nach oben fiel, musste ein neuer Redaktionsleiter her. Empfehlungen von Vorgesetzten in Bezug auf ihren Nachfolger waren da Gold wert.

Tom schob seine Dauerkarte in das Lesegerät an der Einfahrt des Parkhauses. Es piepste und dann fuhr die Schranke nach oben. Die Typen von der Spurensicherung hatten ihn vorhin einfach ignoriert, und er hatte sich beherrschen müssen, seine Wut wegen ihres elitären Gehabes nicht zu zeigen. Stiller war erst kurz vor halb fünf aufgekreuzt und hatte auch nicht sofort Zeit für ihn gehabt, sich aber schließlich doch noch zu einem kurzen Gespräch mit Tom herabgelassen und ein paar Fragen beantwortet. Leider rückte er dabei nicht mit Details über den Zustand der Leiche, die mögliche Todesursache oder Vermutungen zum Tathergang heraus. Es gäbe noch keinen Bericht der Rechtsmedizin, daher wolle er sich nicht zu weit aus dem Fenster lehnen.

Insgesamt war das trotz allem jedenfalls mehr, als Lara je erreicht hätte. Tom wusste nicht genau, warum Stiller sich weigerte, mit seiner Kollegin zu reden, aber es passte ihm gut in den Kram.

Die Zentralverriegelung klickte. Er machte sich auf den Weg in die Redaktion. Die kühle Luft im Treppenhaus trocknete die feinen Schweißperlen auf seiner Stirn, während er gemächlich nach oben stieg. Er würde zuerst die Fotos herunterladen und bearbeiten und danach den Artikel schreiben, damit dieser noch in die morgige Ausgabe kam. Lara durfte keine Chance haben, sich in diese Geschichte hineinzudrängen, auch wenn Gerichts-

und Kriminalberichte eigentlich zu ihrem Arbeitsbereich gehörten. Tom setzte in Gedanken ein »noch« hinzu. Voriges Jahr war es ihm fast gelungen, sie bei Hampelmann in ein schlechtes Licht zu rücken, aber die kleine Schlange hatte es verstanden, sich geschickt aus der Schlinge zu winden. Das hier war eine neue Chance, einen Fuß in die Tür zu kriegen.

Und heute Abend würde er Isabell so richtig rannehmen. Das kleine Dummchen war ganz heiß auf ihn.

Er war ganz in Gedanken und hatte das breite Grinsen noch im Gesicht, als er die Tür zu den Redaktionsräumen aufstieß und direkt vor Lara Birkenfeld stand. Seine unvermittelten Schuldgefühle beiseiteschiebend, registrierte er das rotgoldene Funkeln ihrer Haare und sah, dass ihre Augen sich ganz kurz verengten, bevor sie lächelte und »Hallo Tom!« sagte. Das Gefühl, ihr Blick brenne Löcher in seinen Hemdrücken, verstärkte sich auf dem Weg zu seinem Schreibtisch. Sein Computer summte bereits vor sich hin. Wahrscheinlich hatte wieder einer dieser Freien daran herumgepfuscht. Es war ein Kreuz, dass man hier seinen Rechner nie für sich hatte.

Tom steckte die Kamera an und begann, Fotos auf die Festplatte zu kopieren. Ein Blick aus den Augenwinkeln bestätigte ihm, dass Lara noch immer am Kopierer stand und auf die herausgleitenden Blätter sah. Sie schien auf ihn gewartet zu haben. Genauso wie Isabell. Tom hörte das Klacken ihrer Absätze in der Küche. Jetzt kam die Praktikantin, einen Kaffeebecher in der Linken, herausstolziert, stakste heran und stellte die Tasse auf den Rand seines Schreibtisches.

»Wie war's?« Ihr Atem kitzelte seinen Nacken. Sämtliche Härchen an Toms Körper richteten sich auf. Isabell säuselte weiter. »Hast du alles erfahren, was du wolltest?«

Und nicht nur die Härchen erhoben sich. Tom grinste kurz, ohne sich umzudrehen. Er würde dem kleinen Luder jetzt mit Sicherheit keinen Bericht erstatten. Heute Abend vielleicht. Wenn sie nett zu ihm gewesen war. »Danke für den Kaffee, Bella.« Sie liebte es, wenn er sie so nannte. »Ich habe noch mindestens zwei Stunden zu tun.« Ein schneller Blick zu Lara, dann senkte er die Stimme. »Ich rufe dich nachher auf dem Handy an.«

»Oh, gut.« Isabell klang kurzatmig. In Toms Kopf hockte sie auf allen vieren vor ihm. Er beugte den Oberkörper vor und schob den angewinkelten Unterarm zwischen Tischplatte und Brust, um die Ausbuchtung in seiner Hose zu verdecken. Hatte die Kleine verstanden, dass sie verschwinden sollte? Isabell löste sich von seiner Rückenlehne und trippelte in Richtung Tür. Ihre viel zu hohen Schuhe verstärkten die Ausgleichsbewegungen des Beckens, was ihren Gang – zumindest in Toms Augen – unnachahmlich aufreizend machte.

»Ich gehe jetzt nach Hause.« Das trompetete sie heraus, damit auch Lara es hören konnte: Isabell begab sich *allein* heim.

Tom nickte. »Bis morgen, Isi.« Obwohl sie nun schon seit über einem Dreivierteljahr etwas miteinander hatten, wollte er nicht, dass ihre Affäre publik wurde. Wahrscheinlich wusste in der Redaktion zwar ohnehin jeder Bescheid, aber wenn man es im Geheimen trieb, konnte man es jederzeit abstreiten. Tom hatte keine Lust, sich die Karriere zu verbauen, bloß weil er auf eine kleine Praktikantin geil war.

Lara kam vom Kopierer zurück und nahm ihm gegenüber Platz. Tom starrte auf das Bildbearbeitungsprogramm. Was wollte die Kollegin eigentlich noch hier? Sie ging doch sonst, wenn sie Frühschicht hatte, auch spätestens um siebzehn Uhr. Solange sie noch hier herumlungerte, konnte er den geplanten Artikel über die Plattenbauleiche schlecht schreiben. Und die Zeit wurde allmählich knapp. Er hatte sich vorgenommen, nachdem die Arbeit hier beendet war, noch einmal nach Grünau hinauszufahren und ein paar Leute zu befragen. Irgendjemand konnte ihm sicher Auskunft geben, welche Baufirma den Abriss betreute. Und dann wäre es ein Leichtes, die Namen der Arbeiter herauszufinden, die die Leiche entdeckt hatten, um sie gleich morgen früh, vor seinem Dienst zu befragen, solange ihre Erinnerungen noch frisch waren. Womöglich hatte auch der eine oder andere Anwohner noch Details beobachtet, die ihm Stiller verschwiegen hatte.

Tom rief das Layoutprogramm auf und begann, den Bericht über das Mehrgenerationenhaus in die Tasten zu hämmern.

6

Isolde Semper zog die Haustür ins Schloss, drehte den Schlüssel und rüttelte an der Klinke, um sich zu vergewissern, dass die Tür auch wirklich verschlossen war. Kater Minkus hatte sich wie eine pelzige Statue auf dem Fensterbrett des Wohnzimmerfensters drapiert. Nur seine Augen bewegten sich und beobachteten, wie sein Frauchen, die Linke fest um das Geländer geklammert, langsam die vier Stufen zur Straße hinabstieg. Sie hatte Schmerzen. Ihr Knie machte sich bei jedem Schritt bemerkbar. Sie war gerade mal vierundsechzig und fühlte sich wie achtzig. Unten angekommen, sah sie in alle Richtungen. Ihre schmalen Lippen kräuselten sich unwirsch, als aus dem benachbarten Haus eine junge Frau mit einem etwa siebenjährigen Jungen an der Hand herauskam. Die junge Mutter wühlte in ihrer Handtasche. Der Junge nutzte ihre Unaufmerksamkeit aus und streckte Isolde Semper die Zunge heraus. Im gleichen Augenblick, in dem seine Mutter den Autoschlüssel gefunden hatte, schloss der kleine Frechdachs den Mund und lächelte treuherzig, während er sich in Richtung der geparkten Autos ziehen ließ.

»Tag, Frau Semper.« Die junge Frau sah ihre Nachbarin nicht an, sondern hetzte weiter. Die gemurmelte Antwort nahm sie kaum wahr. Im Vorbeigehen fraß sich das Grinsen des Kindes förmlich in Isolde Sempers Gesicht. Sie spürte eine Ader an ihrer rechten Schläfe pochen. Ihre Augen verengten sich, während sie den beiden nachsah. Diese Kinder wurden von Jahr zu Jahr unerträglicher. In der Tasche ihrer altmodischen Jacke hatten sich die Finger wie von selbst zur Faust geballt, und sie malte sich in den glühendsten Farben aus, wie sie dem rotznäsigen Bengel Manieren beibringen würde.

Die Sonne stach herab. Isolde Semper fühlte, wie sich das Pochen in ihrem Kopf zu einem Dröhnen verdichtete. Nicht dass die Bälger früher folgsamer gewesen wären. Aber zumindest hatte man damals andere Möglichkeiten gehabt, die Gören zu disziplinieren. Sie prustete verächtlich. Antiautoritäre Erziehung, was für ein hirnloser Quatsch!

Langsam schlurfte sie vorwärts, sah, wie die junge Frau aus dem Nachbarhaus ihr Balg im Kindersitz festschnallte – als ob das Beachten der Sicherheitsbestimmungen eine verantwortungsvolle Erziehung ausgleichen könnte – und passierte einen schwarzen Golf mit abgedunkelten Scheiben, der in der Sonne nachtblau schimmerte. Der Peugeot mit Mutter und Sohn kurvte aus der Parklücke und fuhr davon.

Isolde Semper spürte ihre Knie bei jedem einzelnen Schritt. In ihrer Fantasie saß die Rotzgöre bei ihr am Küchentisch. Sie dachte darüber nach, wie das Balg noch hieß – Dustin, Justin, Kevin? Dann verkniff sie sich ein Ächzen. Egal, was sie sich ausmalte, sie würde keine Gelegenheit bekommen, Dustin-Justin zu erziehen.

Vor dem Supermarkt kläffte ein struppiger Köter. Sein Besitzer hatte den Hund direkt neben den Einkaufswagen angebunden. Isolde Semper dachte an Minkus und daran, wie wenig Sorgen man doch mit einer Katze hatte. Katzen äußerten ihren Unmut nicht geräuschvoll, man musste nicht bei jeder Witterung mit ihnen Gassi gehen, sie fielen keine Leute an und nervten die Nachbarn nicht. Sie zog einen Wagen heraus und rammte im Vorbeifahren die Flanke der Töle, was diese zu einem jämmerlichen Aufheulen veranlasste. Ein schadenfrohes Grienen im Gesicht, betrat Isolde Semper den Supermarkt.

»Sieben, acht, neun.« Matthias Hase hielt inne und spähte über den niedrigen Gartenzaun. Von der Rückseite betrachtet sahen die Häuser alle unterschiedlich aus. Wie gut, dass er an der Straßenfront mitgezählt hatte.

Das Haus, in dem Isolde Semper wohnte, hatte im Gegensatz zu allen anderen Nachbardächern in der Magdeburger Reihenhaussiedlung graubraune statt dunkelroter Schindeln. Er schlenderte langsam weiter, scannte dabei Isolde Sempers kleinen Garten und die hohen Thuja-Hecken, die den Blick in die Nachbargärten fast vollständig abschirmten. Der Eindruck, dass die Frau, die hier wohnte, nichts mit den anderen zu tun haben wollte, verfestigte sich. Auch als Matthias sie vorhin aus dem Auto heraus beobachtet hatte, war ihm aufgefallen, dass sie anscheinend mit niemandem auskam. Der kleine Junge hatte ihr die Zunge gezeigt; seine Mutter war, ohne die Alte eines Blickes zu würdigen, an ihr vorbeigerauscht. Isolde Semper schien nicht sehr beliebt zu sein. Schlecht für sie, gut für ihn. Kein Nachbar wäre um ihr Wohlergehen besorgt. Ihr Verschwinden würde niemandem auffallen.

Kater Minkus, der vom Wohnzimmer in die Küche gewechselt war, betrachtete den Fremden am Gartenzaun noch einen Augenblick, dann begann er hingebungsvoll, seine rechte Pfote zu säubern. Er wusste nicht, dass der Unbekannte ihm in den kommenden Tagen eine wichtige Rolle zugedacht hatte.

Matthias Hase warf zum Abschied einen Blick auf die kleine Terrasse und spazierte davon. Das ganze Haus bestand aus festem Mauerwerk. Trotzdem würde er sich das Ganze noch von Nahem ansehen müssen, um zu entscheiden, wie hoch das Risiko war, die Walze daheim zu verarzten. Der erste Erkundungsgang war erfolgreich gewesen. Er hatte Isolde Semper gefunden und das Umfeld ausgekundschaftet. Schon bei ihrem ersten Schritt aus der Tür war ihm klar gewesen, dass sie die Richtige war. Das mürrische Gesicht mit den verquollenen Augen und ihre massige Figur ließen keinen Zweifel zu. Während die ehemalige Heimerzieherin an seinem Auto vorbeitrampelte, ertönten leises Kinderweinen und würgende Geräusche in seinem Kopf, feine Stimmchen forderten Rache. Matthias Hase beschwichtigte sich selbst. Es hatte keine Eile. Die Walze würde ihm nicht davonlaufen. Er hatte alle Zeit der Welt, und es sollte nichts schiefgehen.

Der schmale Trampelpfad hinter den Gärten führte in einem Bogen wieder auf die Straße zurück und mündete direkt neben einem Supermarkt. Ein schwarzer Hund saß mit hängendem Kopf neben den Einkaufswagen und schielte in Richtung Eingang. »Na, du Armer?« Matthias Hase schob das Geldstück in den Schlitz, zog den Karren heraus und ging in den Laden.

Isolde Semper trat von einem Fuß auf den anderen. Der Schweiß rann ihren Rücken hinab in den Hosenbund, und sie knöpfte die Jacke auf, um etwas Luft an den Oberkörper zu lassen. Das Mädchen vor ihr trug ein ärmelloses Top und keinen BH darunter. Über die Schultern führten lediglich zwei dünne Bändchen. Bei ihren Armen konnte sie sich das leisten. Isolde Semper unterdrückte ein wütendes Schnaufen. In ihrem rechten Knie glühte der Schmerz. An der Fleischtheke bediente nur eine einzige Verkäuferin, und die schien alle Zeit der Welt zu haben. Die zehn Minuten, die sie bereits hier anstand, kamen ihr vor wie eine Stunde. Die beiden alten Schachteln vor ihr hatten ewig gebraucht, um sich zu entscheiden. Jetzt war das Mädchen mit den Spaghettiträgern dran. Isolde Semper rückte auf und sah sich um. Im Supermarkt herrschte mittägliche Ruhe. Im rechten Gang wühlten zwei Teenager in den Sonderangeboten. An der

Käsetheke nebenan wartete ein etwa vierzigjähriger Mann darauf, dass ihn jemand bediente. Er schaute herüber. Seine Augen funkelten smaragdgrün. Hinter ihm stellte sich eine schlanke Frau mit blondem Pagenkopf an. Ihr Blick folgte dem des Mannes, ehe sie sich desinteressiert umdrehte. Die Käseverkäuferin kam aus einer Schwingtür und trocknete sich die Hände am Kittel ab. Isolde Semper vermeinte, ein kurzes Grinsen aufblitzen zu sehen, bevor der Mann den Blick von ihr abwandte. Es dauerte einen Moment, bis sie realisiert hatte, dass das »Und Sie bitte?« ihr galt. Die Bedienung lächelte beflissen und entblößte dabei schiefe Zähne. Das Spaghettiträgertop-Mädchen war bereits weg.

Sie las die Posten auf ihrem Zettel vor und nahm zusätzlich noch fünfzig Gramm Hackepeter für Minkus mit.

Auf dem Weg zu den Kassen machte Isolde Semper noch am Weinregal Halt und watschelte dann langsam in Richtung Ausgang. Sie hatte keine Ahnung, dass sie nicht mehr dazu kommen würde, die vier Flaschen Merlot zu leeren.

7

»Kommen Sie bitte rauf, zweiter Stock.«

Tom las den Text auf dem Schild und drückte gleichzeitig den Knauf. *Leißmann GmbH – Baudienstleistungen, Schnell-sauber-flexibel.* Der Türöffner summte. Er nahm die Treppe, immer zwei Stufen auf einmal, und sah dabei Isabells festen kleinen Hintern vor sich. Seine Zungenspitze kam herausgekrochen und leckte die Oberlippe. Das kleine Luder würde ihm leider nicht ewig Freude bereiten. Als ihr Journalistikstudium abgelehnt worden war, hatte Isabell beschlossen, es erst einmal mit einem Praktikum bei einer Tageszeitung zu versuchen. Nach einer dreimonatigen Verlängerung endete dies nun in drei Wochen endgültig. Tom war gewillt, die Galgenfrist weidlich auszunutzen. Die Kleine war ein scharfer Feger. Wenn sie weg war, herrschte wieder Ebbe auf dem Frischfleischmarkt. Bis zur nächsten.

Er war im zweiten Stock angekommen, sah sich um und kontrollierte dabei seine Atmung. Sie ging nur unmerklich schneller. Der gute Tom Fränkel war super in Form.

»Guten Morgen.« Die Glastür quietschte beim Schließen. Eine Sekretärin mit Vogelnestfrisur sah ihn über ihre Halbbrille hinweg an. »Sie sind der Herr von der *Tagespresse*?«

»Genau. Tom Fränkel.« Er ging direkt auf die ältliche Frau zu, sein Herzensbrecherlächeln im Gesicht, und reichte ihr die Hand. »Ich hatte angerufen.«

»Sie wollten den Chef sprechen.« Das Vogelnest wippte. »Da haben Sie aber Glück, dass Herr Franz noch da ist!« Tom unterdrückte den aufwallenden Ärger. Er hatte sich doch nicht umsonst gestern noch angemeldet. Die Sekretärin beugte sich über die Wechselsprechanlage und flötete »Herr Fränkel von der *Tagespresse* für Sie« hinein. Ein metallicblau lackierter Fingernagel deutete nach links. »Gehen Sie rein.«

Die Kamera klickte wie ein mechanisches Modell. Es würde nicht mehr lange dauern, und von den in der DDR als moderne Architektur gerühmten Neubaublocks wäre nur noch ein grauer Bodensatz übrig. Metallenen Riesenkraken gleich hakelten Bagger in den Resten der Betonmauern herum. Schmutzfahnen wehten über das Trümmerfeld. Laster mit übergroßen Rädern kurvten beladen davon. Tom ignorierte die Verbotsschilder und marschierte auf das Gelände. Ein hünenhafter Gelbbehelmter eilte herbei und fuchtelte Abwehrbewegungen. In Rufweite begann er zu dröhnen: »Halt, Halt! Sie dürfen hier nicht rein! Das ist gefährlich!«

Das musste Fred Möllek sein. »Sie können ihn gar nicht verfehlen«, hatte der Chef der Abbruchfirma gesagt, »er ist der Einzige, der zwei Meter groß ist.« Tom lächelte beschwichtigend und blieb stehen, bis der Bauarbeiter heran war.

»Guten Tag, Herr Möllek. Tom Fränkel von der *Tagespresse*.« Ein ehrlich aussehendes Lächeln, ein ausgestreckter Arm, die Handfläche leicht nach oben gekehrt. Es funktionierte. In Fred Mölleks Gesicht glätteten sich die Falten, er zog den rechten Handschuh aus und ergriff die dargebotene Hand. Tom ließ ihn gar nicht nachdenken, sondern setzte gleich fort. »Ich habe eben mit Ihrem Chef gesprochen. Er sagte mir, dass Sie gestern Früh die Leiche entdeckt hätten.«

»Ja?«

»Ich hätte dazu ein paar Fragen.« Toms Mundwinkel taten langsam weh vom vielen Grinsen. Und seine Finger fühlten sich an, als seien sie gebrochen, so derb hatte der Mann seine Hand beim Schütteln gequetscht.

»Hm.« Fred Möllek war nicht gerade gesprächig. Jetzt kratzte er sich unter dem Helm.

»Es dauert nicht lange.«

»Na gut.«

»Das ist super.« Tom grinste noch ein bisschen breiter und suchte in seiner Tasche nach dem Diktiergerät.

»Nicht jetzt sofort.« Der Bauarbeiter hatte sich schon halb abgewandt. »Wir machen in einer Viertelstunde Frühstück. Da drüben.« Er zeigte auf einen Bauwagen, und Tom beeilte sich zu nicken.

»Warten Sie hier.« Fred Möllek stampfte davon.

»Natürlich!« Tom sah dem Mann nach. Sein Rücken war breiter als der eines Gorillas.

»Beschreiben Sie doch bitte einmal Schritt für Schritt, wie Sie die Leiche entdeckt haben.« Tom sah einen nach dem anderen an, um ihnen das Gefühl zu geben, er nehme sie ernst. Das Diktiergerät lag neben der Thermoskanne auf dem Tisch. Er würde nicht in ihre Schilderungen eingreifen. An schlagkräftigen Formulierungen konnte er später feilen.

Der Dicke neben Fred Möllek legte sein angebissenes Brot beiseite, schnaufte und schluckte, ehe er zu einer längeren Erklärung ansetzte. Die anderen nickten ab und an zu seinen Worten, sagten aber nichts. Erst als er dazu kam, wie sie zu viert vor der halboffenen Wohnungstür gestanden hatten, deutete er auf seinen Kollegen; einen dünnen, großen Mann mit sehnigen Unterarmen: »Holger und Fred sind dann reingegangen.«

»Erzählen Sie, was danach passierte.« Tom wandte sich dem Dünnen zu, und dieser begann zu sprechen, wobei er die ganze Zeit auf die Tischplatte schaute, als sähe er dort die Geschehnisse noch einmal ablaufen. Fred Möllek hielt sich zurück. Wahrscheinlich redete er nicht gern.

»Die Wohnungstür war offen. Das ist nichts Besonderes. Die sind immer auf, wenn die Mieter alle raus sind, damit die Firmen rein- und rauskönnen.« Er hielt kurz inne. »Ich bin in den Wohnungsflur gegangen. Der Mief war kaum zum Aushalten. Es kam aus dem Bad. Da kamen auch die Fliegen her. Massenhaft Fliegen. Ich habe dann um die Ecke geschaut.« Der Bauarbeiter schluckte wieder. Er würde dem Pressemann nicht auf die Nase binden, dass er draußen den Flur vollgekotzt hatte.

»Was haben Sie im Bad gesehen?« Tom schob den Kopf nach vorn, um kein Wort zu verpassen.

»In der Badewanne lag etwas.«

»Etwas?«

»Nun, für mich sah es aus wie ein menschlicher Körper. So richtig hat man das nicht erkennen können, weil unheimlich viele Fliegen darauf waren. Das hat gewimmelt und gesummt, dazu dieser Verwesungsgeruch – widerlich!«

Fred Möllek nickte bedächtig. Er hatte nichts hinzuzufügen. Neben ihm schlürfte der kleine Dicke seinen Kaffee.

»War in der Badewanne Wasser?«

»Nein, natürlich nicht.« Holger machte ein ungläubiges Gesicht. Der Pressefuzzi hatte keine Ahnung von den Abläufen. »Die Versorgungsleitungen werden lange vorher abgestellt. Alles – Strom, Wasser, Gas.«

»Ah, ja. Das wusste ich nicht.« Tom hatte kein Problem, sein Unwissen einzugestehen. »Ist Ihnen sonst noch etwas aufgefallen? Irgendwelche Dinge, die dort nicht hingehörten?«

»Nicht dass ich wüsste.« Holger kratzte sich hinter dem Ohr und setzte hinzu: »Nein. Da war nichts.«

Wieder nickte Fred Möllek zu den Worten seines Kollegen. Dann trank er seinen Kaffee aus und sah auf die Uhr. »Die Pause ist vorbei, Männer.« Stuhlbeine scharrten.

»Könnte ich bitte noch Ihre Namen haben?« Tom nahm das Diktiergerät vom Tisch und richtete es nacheinander auf die vier Bauarbeiter. Holger hieß mit Nachnamen Schmalmann – wie passend. Der Typ links von ihm hatte kein einziges Wort gesagt.

»Darf ich Sie in meinem Artikel zitieren?« Fred Möllek und Holger Schmalmann sahen sich an. Holger antwortete zuerst. »Von mir aus. Wann erscheint denn der Bericht?«

»Der erste Teil sicher schon morgen. Je nach Fortschritt der Ermittlungen und danach, welche Informationen ich bekomme, werden vermutlich noch einige Artikel folgen. Wenn Ihnen also noch etwas einfällt – Details, Kleinigkeiten, alles ist von Bedeutung –, dann rufen Sie mich bitte an.«

»Machen wir.« Möllek steckte die Visitenkarte achtlos in die Brusttasche seines Blaumannes und stapfte ohne ein Wort davon. Seine Kollegen taten es ihm nach. Tom sah ihnen noch ein paar Sekunden nach.

Am Auto schaute er auf die Uhr. Es war erst kurz nach zehn. Er hatte noch eine gute Stunde Zeit, um ein bisschen herumzufragen und bei der Pressestelle der Kripo anzurufen. Inzwischen musste der Rechtsmediziner die Leiche obduziert haben. Die Frage war nur, ob man ihm Auskunft geben würde. Wahrscheinlich eher nicht, aber Tom würde den Leuten gehörig auf die Nerven gehen. Er musterte, den Arm lässig auf dem Autodach, die triste Umgebung. Da fiel ihm eine ältere Dame mit Rollator und Einkaufstüte auf. Vielleicht wohnte sie in der Gegend?

»Hallo, junge Frau!«

Die Angesprochene drehte sich fragend um. Es war nirgends eine »junge Frau« zu sehen. Meinte der Mann mit den Strubbelhaaren da drüben etwa sie?

»Ja, Sie! Ich möchte Sie etwas fragen!« Er kam näher. »Wohnen Sie hier in der Nähe?« Die alte Dame nickte würdevoll.

»Ich bin von der Zeitung.« Tom sah, wie die Augen der Alten aufblitzten. Dann straffte sie sich. »Was wollen Sie denn wissen?«

Er lächelte sein Charmeurlächeln und zückte das Diktiergerät.

*

Mark Grünthal schrieb die Medikation in die Patientenakte und sah dann hoch. Die junge Frau neben seinem Schreibtisch saß auf der Stuhlkante, den Rücken durchgedrückt, die Hände im Schoß verkrampft. An ihren hochgezogenen Schultern konnte er sehen, dass sie noch immer Angst hatte, auch wenn sie dies vehement leugnete.

»Wir versuchen es zuerst mit einem sanften Mittel, um nicht gleich mit der chemischen Keule zu arbeiten. Gleichzeitig beginnen wir mit einer Gesprächstherapie.« Damit war sie nicht einverstanden, nickte aber.

»Hier ist Ihr Rezept, Frau Berg. Meine Sprechstundenhilfe füllt es draußen noch aus.« Mark reichte den rosa Zettel über den Tisch. »Sie nehmen zuerst eine Woche lang jeden Tag morgens und abends eine viertel Tablette, dann jeweils eine halbe und ab der dritten Woche dann eine ganze. Nicht mehr!« Er sah sie an, und sie wandte den Blick ab und murmelte etwas, das wie »Okay« klang.

»Erwarten Sie nicht sofort eine Besserung. Wir schleichen uns sozusagen in die Medikation hinein.« Frau Berg reagierte nicht, sondern starrte zu Boden.

»Vorher sehen wir uns aber noch. Ich schlage vor, Sie kommen in der Anfangszeit zweimal die Woche.« Mark registrierte, dass die Patientin die Schultern noch etwas höher zog, und fragte sich, ob sie zur nächsten Sprechstunde überhaupt erscheinen würde. Aber schließlich war sie von sich aus zum Psychotherapeuten gekommen und hatte Hilfe gesucht.

»Vereinbaren Sie die Termine mit der Schwester.« Er erhob sich, ging voran und öffnete die Doppeltür. »Auf Wiedersehen, Frau Berg.« Ihr Händedruck war schlaff.

Mark Grünthal schloss die Tür und ging zurück zu seinem Schreibtisch. Das war die letzte Patientin für heute gewesen. Mittwochs war sein »Familientag« und die Praxis hatte nur bis sechzehn Uhr geöffnet.

Das Klingeln des Telefons ertönte im gleichen Augenblick, in dem er sich auf seinen Drehstuhl fallen ließ. Mark betrachtete kurz das Display und hob dann ab.

»Hallo, Mark, ich bin's!« Laras Stimme klang heller als sonst.

»Das habe ich schon an der Nummer gesehen.« Er grinste.

»Ich wollte mich mal wieder melden.«

Na klar. Und du hast auch bestimmt nichts auf dem Herzen. Mark grinste stärker.

»Wie geht es euch?«

»Bei uns ist alles in Ordnung. Joanna kann es kaum erwarten, in die zweite Klasse zu kommen, und Franz wünscht sich, dass die Sommerferien ewig dauern mögen. Aber mit sechzehn ist die Vorfreude auf das kommende Schuljahr wohl eher gering.« Er lachte sein gackerndes Lachen.

»Und Anna?«

»Anna kümmert sich um Haus und Garten, fährt Franz zum Tennis und Joanna zum Schwimmen, kauft ein, kocht, malt ihre

Bilder. Also alles wie immer. Und bei dir?« Mark wusste, dass der Smalltalk zuerst abgearbeitet werden musste, ehe Lara zu ihrem Anliegen kommen würde, also tat er ihr den Gefallen. Nach Laras Ansicht gehörte es sich nämlich nicht, gleich mit der Tür ins Haus zu fallen.

»Mir geht's auch gut. Wir haben hier unheimlich viel zu tun, aber das ist ja nichts Neues. Mein Hausarzt ist der Meinung, dass ich ab und zu an Unterzuckerung leide, aber das ist auch nichts Neues.« Von ihren einsamen Abenden und Wochenenden erzählte sie Mark nichts.

»Du musst mehr komplexe Kohlenhydrate essen. Vollkornprodukte, Gemüse, Getreide, Hülsenfrüchte. Die werden nur langsam aufgespalten und halten den Blutzucker immer schön konstant.«

»Das hat mir mein Arzt auch gesagt.« Lara schnitt eine Grimasse. »Ich hätte ein paar Fragen an dich. Hast du fünf Minuten Zeit?«

Die gute Seele seiner Praxis, Sprechstundenhilfe Annemarie, steckte den Kopf zur Tür herein, und Mark machte ihr ein Zeichen, dass er gleich fertig sein würde. »Wenn es nicht so lange dauert? Mittwoch ist unser Familientag, und ich darf mich nicht verspäten, sonst gibt es Ärger.« Er versuchte, es fröhlich klingen zu lassen, um dem Satz die Schärfe zu nehmen.

»Danke. Ich werde mich kurz fassen.«

Die nächsten Minuten hörte Mark zu, wie Lara ihm von der Leiche im Plattenbaublock berichtete. Sie hatte kaum Details, nur die offensichtlichen Tatsachen. Aus der Ferne konnte er gar nichts dazu sagen. Es wären reine Spekulationen gewesen. Er gab ihr ein paar Tipps, wonach sie die Kripo fragen könnte, verabschiedete sich mit dem Versprechen, ihr in den nächsten Tagen mit seinem Fachwissen zur Verfügung zu stehen, und legte dann auf.

Er hatte seit über einem Jahr nicht mehr für die Kriminalpolizei gearbeitet. Nicht dass ihm die Fallanalyse fehlte, er hatte genug mit seinen Patienten zu tun, aber etwas merkwürdig war es schon. Wahrscheinlich bevorzugten sie mittlerweile ihre eigenen Leute, Kriminalpolizisten des Bundeskriminalamtes oder der Landeskriminalämter, die nach ihrer Polizeiausbildung noch Psychologie studiert hatten. Ihm dagegen fehlte diese gewisse Zugehörigkeit. Vielleicht war das der Grund, dass sie seine Fachkenntnisse verschmähten. Vielleicht trauten sie ihm aber auch einfach nicht genug Verschwiegenheit zu? Schließlich war er mit einer Journalistin befreundet. Den Verdacht, im Falle des Serienmörders Mühlmann, der sich selbst »Doktor Nex« genannt hatte, Insiderinformationen an die Presse weitergegeben zu haben, war Mark Grünthal nie ganz losgeworden.

Annemarie öffnete erneut die Tür und kam herein, als sie sah, dass er das Telefonat beendet hatte. Sie wuselte hin und her und murmelte dabei Anweisungen an sich selbst, was für Donnerstag alles vorbereitet werden musste.

Mark betrachtete das Foto seiner Familie auf dem Schreibtisch und erhob sich. Es war höchste Zeit aufzubrechen. Mittwochs gingen sie immer essen, und jedes Mal durfte sich ein anderes Familienmitglied aussuchen, wohin es gehen sollte. Zum Glück für ihn und Anna war heute sein »Wunschtag«. Bei den Kindern lief es nämlich immer auf *Burger King* oder *McDonald's* hinaus. Heute würde es thailändisches Essen geben.

Mark blinzelte dem Foto zu, verstaute seine Utensilien in der Aktentasche und verließ die Praxis.

*

Lara schaltete das Handy auf »Stumm«, damit es beim bevorstehenden Gespräch mit Kriminalobermeister Schädlich nicht störte, und steckte es in die hintere Hosentasche. Dann sah sie sich nach einer Bedienung um.

Das war ja nicht gerade sehr ergiebig gewesen. Aber Mark hatte recht. Ohne konkrete Informationen zum Leichenfundort, zur Auffindesituation oder zum Tathergang – wie sie dieses Polizeideutsch hasste – konnte er natürlich keine Aussagen über psychologische Hintergründe machen. Das war ihr eigentlich schon vor dem Telefonat bewusst gewesen. Im Grunde hatte sie ihn nur darauf vorbereiten wollen, dass er in den nächsten Tagen weitere diesbezügliche Anrufe von ihr erhalten würde.

Das *Lindencafé* war gut besucht. Bei schönem Wetter wimmelte es in dem Gartenlokal von Familien mit Kindern, Bier trinkenden Studenten und älteren Damen mit Hündchen. Es lag verkehrsgünstig, am Rande des Clara-Zetkin-Parks, der von den Einheimischen nur »Clara-Park« genannt wurde, hatte moderate Preise und einen überdachten Bereich, in dem man es auch bei Regen aushielt.

Lara hatte sich einen Platz abseits des Trubels im hinteren Bereich gesucht, der von der Straße aus nicht einsehbar war. An den Seiten bildeten von Buchenhecken umwachsene Nischen natürliche Séparées.

Während sie noch ein paar Spatzen beobachtete, die sich laut um eine heruntergefallene Scheibe Brot stritten, eilte der Kellner herbei. Kies knirschte unter seinen Schritten. Zwanzig Meter hinter ihm tappte Schädlich, sein bulliger Kopf schwenkte von rechts nach links. Jetzt hatte er sie entdeckt, und ein Leuchten überzog sein Gesicht. Bei diesem Anblick fühlte Lara sich für einen Moment unbehaglich. Sie fragte sich, was der Kriminalobermeister von dem Treffen erwartete.

Schimpfend flog die Spatzenschar auf, nur um sich gleich darauf wieder niederzulassen.

Lara bestellte sich einen Kaffee. Schädlich nahm ein Schwarzbier. Der Kellner huschte davon. Unbehagliches Schweigen schien sich wie eine dunkle Wolke über den Tisch zu senken. Der Polizeibeamte verknotete seine Finger und löste sie wieder voneinander. Dabei sah er Lara nicht an. Sie beschloss, dem albernen Tun ein Ende zu bereiten. Das war hier kein Date, und sie beide keine schüchternen Teenager mehr, die nicht wussten, was sie miteinander anfangen sollten.

»Schön, dass Sie kommen konnten.«

»Ich hoffe, mich sieht hier keiner.« Jetzt blickte er auf. Seine Augen waren von einem intensiven Grau.

»Das glaube ich nicht. Andererseits – was sollte schon dabei sein?«

»Sie sind von der Presse.«

»Ich werde nichts schreiben, was man mit Ihnen in Verbindung bringen könnte. Sehen Sie es einfach als ein formloses Treffen an.« Die Getränke kamen, und Lara wartete, bis der Kellner wieder verschwunden war, ehe sie fortsetzte: »Außerdem ist mein Kollege für die Berichterstattung im Fall dieser Plattenbauleiche zuständig, nicht ich.« Hoffentlich nicht auf Dauer, aber das brauchte Schädlich ja nicht zu wissen.

»Aha.«

»Unabhängig davon interessieren mich schon ein paar Dinge aus beruflicher Neugier, wie Sie sich bestimmt vorstellen können. Ich verspreche Ihnen, ich werde nichts notieren, und niemand wird erfahren, dass wir miteinander über diesen Fall geredet haben.« Dass in der Zigarettenschachtel, die plakativ auf dem Tisch lag, ein eingeschaltetes Diktiergerät lief, verriet Lara nicht. Sie hatten alle ihre Berufsgeheimnisse. Und der Kripomann war mit Sicherheit entspannter, wenn er das Gefühl hatte, dass sie nichts aufzeichnete.

»Na dann.« Schädlich ließ die Schultern herabsacken, hob sein Bierglas und prostete ihr zu. »Ich darf eh keine Interna ausplaudern. Nur das, was sowieso offiziell bekanntgegeben wird.«

»Das ist doch in Ordnung. Wir sind ja auch nicht hier, um nur über die Arbeit zu sprechen.« Lara schaute in die grauen Augen, lächelte und fühlte sich mies dabei. Sie schlug die Speisekarte auf, überflog die aufgeführten Snacks und bemühte sich, ihre Fragen beiläufig klingen zu lassen.

»Die Leiche war doch männlich, nicht?« Aus den Augenwinkeln sah sie Schädlich nicken.

»Und ist denn mittlerweile sicher, dass es sich um ein Tötungsdelikt und nicht um Selbstmord handelt?« Dass der Tote ein Obdachloser war, der sich zum Schlafen in die Badewanne eines Abbruchhauses gelegt hatte und dort verstorben war, schloss Lara von vornherein aus.

»Es war weder ein Unfall noch Suizid.« Damit hatte Schädlich die Antwort geschickt umgangen.

»Wie heißen Sie eigentlich mit Vornamen?«

»Wer, ich?« Es dauerte ein paar Sekunden, bis ihm bewusst wurde, dass Lara nur ihn gemeint haben konnte. »Ralf.«

»Schön.« Lara fixierte die Spalte mit den Nachspeisen. Sie hatte ihn aus dem Konzept gebracht. Das war gut, würde aber nicht lange anhalten, also setzte sie schnell hinzu: »Was sagt denn der Obduktionsbericht?«

»Dass er ertränkt wurde.« Ralf Schädlichs Hand zuckte zum Mund und senkte sich dann wieder. Jetzt sah er schuldbewusst aus.

»In dieser Badewanne, in der die Leiche gefunden wurde?«

»Das nehme ich an. Ich hätte Ihnen das gar nicht sagen dürfen.« Lara konnte förmlich zusehen, wie sich das breite Gesicht des Polizisten verschloss.

»Ich behalte es für mich, habe ich doch versprochen.« Sie hielt nach dem Kellner Ausschau. Damit hatte sich das Treffen schon gelohnt. Mit dieser Information konnte Mark sicher etwas anfangen.

»Lassen Sie uns von etwas anderem reden. Der Tag ist so schön, und wir sprechen über Leichen.« Sie hatten zwar nicht wirklich viel gesprochen, aber Lara wollte ihm das Gefühl geben, es sei eine ganz normale Unterhaltung gewesen. »Essen Sie auch eine Kleinigkeit?« Das bullige Gesicht hellte sich wieder auf, und Ralf Schädlich nickte.

»Das machen wir mal wieder.« Lara marschierte vorneweg und hoffte, der Kies würde keine Kratzer an ihren Absätzen hinterlassen.

Ralf Schädlich murmelte ein »Gern« und folgte ihr, den Blick auf Laras Beine gerichtet. Sie trug dunkelgrüne Schuhe. Zwischen den Steinchen lagen Zigarettenstummel. Welche Schmutzfinken warfen denn ihre aufgerauchten Kippen einfach auf den Boden, wenn auf jedem Tisch ein Aschenbecher stand? Lara Birkenfeld dagegen hatte die ganze Zeit nicht eine einzige Zigarette geraucht.

Sie waren auf dem Parkplatz angekommen. Laras gelber Mini Cooper leuchtete in der Abendsonne.

»Das war nett. Bis bald.« Sie streckte die Hand aus. In Gedanken war sie schon bei den Einkäufen, die sie auf dem Heimweg erledigen wollte.

Ralf Schädlich stieg in sein Auto und brauste davon. Lara sah ihm nach und atmete dann tief durch. Hoffentlich bildete sich der Mann jetzt nichts ein. Was für eine Schnapsidee das Treffen gewesen war! Sie war für solcherart »Recherchen« einfach nicht geschaffen. Am Ende hatte sie nichts von Belang erfahren, außer der Tatsache, dass der unbekannte Mann ertränkt worden war. Tom hätte sich damit garantiert nicht zufriedengegeben oder sich gar mit derartigen Skrupeln geplagt.

Im Auto nahm sie das Diktiergerät aus der Zigarettenschachtel und schaltete die Aufnahme ab. Ihr Finger verharrte über der »Löschen«-Taste. Dann legte sie das Gerät vorsichtig auf den Beifahrersitz. Vielleicht hatte Mark noch Hinweise zu dem Gesagten. Sie schnallte sich an und fuhr los.

»Los, iss!« Die Stimme kam von hinten, und sie klang drohend. *»Mach schon!«* Ein Klatschen folgte. Lara bremste unwillkürlich. Beim Blick in den Rückspiegel sah sie ihr Gesicht. Zwischen den Augenbrauen standen zwei senkrechte Falten. Die Rückbank war

leer. Wie konnte es auch anders sein. Sie hatte eingekauft und war jetzt auf dem Weg nach Hause – allein. Niemand begleitete sie. Hinter ihr hupte ein ungeduldiger Fahrer, und sie bog in eine Bushaltestelle ein und hielt an.

»*Du sollst das essen!*« Ein schärferes Klatschen folgte. »*Hab dich nicht so!*« Jetzt drehte Lara sich um und sah hinter die Sitze. Da war nichts. Und doch waren die Kommandos direkt hinter ihrem Rücken gewesen.

Wie ein schizophrener Patient hörte sie Stimmen, die ihr Befehle erteilten. Das hatte ihr noch gefehlt. Davon einmal abgesehen, dass sich nichts Essbares in ihrer Nähe befand.

Es dauerte einige Sekunden, ehe Lara klar wurde, dass das eben kein Anzeichen einer Geisteskrankheit gewesen war. Ihre »Gabe« war zurückgekehrt.

8

AUCH SPEISEN UND GETRÄNKE KÖNNEN VERWENDET WERDEN, UM MENSCHEN ZU QUÄLEN. DAS ESSEN KANN ÜBERMÄSSIG GEWÜRZT, FLÜSSIGKEITEN KÖNNEN ZU HEISS SEIN. IM DREISSIGJÄHRIGEN KRIEG WANDTEN SÖLDNER DES SCHWEDISCHEN HEERES DEN SCHWEDENTRUNK AN. DEN OPFERN WURDEN MIT EINEM TRICHTER JAUCHE, URIN, KOT ODER ABWASSER EINGEFLÖSST. DIE FLÜSSIGKEITEN VERÄTZTEN DIE SPEISERÖHRE DER GEFANGENEN, VERURSACHTEN ERSTICKUNGSANGST, MAGENSCHMERZEN UND ERZEUGTEN STARKE EKELGEFÜHLE. IM MITTELALTER WURDE LÜGNERN GESCHMOLZENES BLEI IN DIE KEHLE GEGOSSEN. ANALOG VERWENDETE MAN AUCH SIEDENDES ÖL ODER HEISSES PECH. MÜTTER, DIE AM MÜNCHHAUSEN-STELLVERTRETER-SYNDROM LEIDEN, QUÄLEN IHRE KINDER MIT ÜBERWÜRZTEN,

VERDORBENEN ODER UNGENIESSBAREN SPEISEN ODER MISCHEN DEN WEHRLOSEN KLEINEN BRECHMITTEL ODER ABFÜHRMITTEL INS ESSEN.

»Du sollst das essen!« Matthias Hase versetzte Isolde Semper einen weiteren Hieb. Er mochte das Geräusch, wenn die Handfläche die feiste Wange traf.

»Das werde ich *nicht* tun. Und wenn Sie noch so oft zuschlagen!« Die dicke Frau in dem Sessel kochte vor Wut. Er konnte es an ihrer Stimme hören. »Außerdem habe ich Sie heute Mittag im Supermarkt gesehen!«

»Na und? Ich habe Käse gekauft, Sie Fleisch. Glauben Sie, irgendjemand bringt uns miteinander in Verbindung?« Matthias Hase ging um ihren Stuhl herum und betrachtete das hochrote Gesicht. Isolde Semper hatte die Lippen fest zusammengepresst und schnaufte empört. Wahrscheinlich überlegte sie, was als Nächstes passieren würde. Er nahm ihr gegenüber Platz, blendete das Schnaufen aus und dachte nach.

Er hatte viel Mühe in die Vorbereitungen investiert, hatte diesen abnorm fetten Kater hinter der Thuja-Hecke mit einem Stück Räucherlachs in die Falle gelockt und war dann stundenlang mit dem Auto herumgefahren. Alles nur, damit die Alte Zeit hatte, zu realisieren, dass ihr Liebling nicht wiederkam, auch wenn sie noch so lange auf der Terrasse nach ihm rief. Wie ein weiches, warmes Tuch hatte die Dämmerung sich über die Reihenhaussiedlung gelegt und alle Farben gelöscht, bis nur noch ein mattes Grau übrig war. Erst als die ersten Sterne am Nachthimmel aufblinkten, war Matthias Hase losmarschiert, den in einer Reisetasche versteckten Tragekäfig in der Hand. Der Weg hinter den Gärten war stockfinster. Obwohl er zweimal fast gestürzt wäre, war die Dunkelheit willkommen.

Neben der Terrassentür hatte er dann im Schatten der Nacht gewartet, bis sie das enervierende Maunzen ihres fetten Katers gehört und die Tür geöffnet hatte. Es war ein Leichtes gewesen, die schwere Frau in den Raum zurückzustoßen und die Tür zu schließen. »Wenn du schreist, bist du tot!« Die leisen Worte im Zusammenhang mit dem Anblick der Pistole hatten gewirkt. Isolde Semper war ohne einen Mucks in ihre Küche getaumelt und hatte sich auf einen Stuhl plumpsen lassen.

Die Leute waren so dumm. Schreien war das einzige Mittel, um auf sich aufmerksam zu machen, aber alle glaubten sie, wenn man nur den Kommandos folgte, würde sich alles noch zum Guten wenden.

Und da saß er nun. Mit Isolde Semper an einem Tisch. In fast der gleichen Konstellation wie damals im Heim, nur dass sie die Rollen vertauscht hatten. Die Peinigerin war jetzt das Opfer und er der Strafende.

Die Suppe musste inzwischen fast kalt sein. Aber es ging hier ja nicht um Genuss. Er hatte ihr Bohneneintopf vorgesetzt – weil er es sich witzig vorstellte, wie sie die halbzerkauten Bröckchen wieder herauskotzte. Der Eintopf allein war noch nichts Schlimmes. Die halbe Packung Salz, die er darin aufgelöst hatte, jedoch schon. Doch nun wollte die Walze nicht nach seinen Vorstellungen agieren. Matthias Hase strich sich mit den Fingerspitzen über die Stirn, horchte nach innen. Betrachtete dann das rote Gesicht mit den verquollenen Augen. Ihr Blutdruck musste auf zweihundert sein, so wie sie aussah. *Beeil dich*, flüsterte die Stimme der kleinen Melissa in seinem Kopf, *nicht dass sie noch kollabiert!*

»Na gut. Dann machen wir es anders.« Matthias Hase stand auf und ging um den Tisch herum. Die Semper *musste* diese Suppe essen. Und dann noch einen Teller und noch einen. Bis sie kotzte. Das war das Mindeste, was er tun konnte.

Es war zu erwarten gewesen, dass sie sich weigern würde, ihr Erbrochenes wieder aufzulöffeln, aber nun wollte sie noch nicht einmal den Mund aufmachen. Sie war eben auch kein Kind, das man mit Drohungen und Schlägen einschüchtern konnte. Doch er hatte vorgesorgt. Dann würde der Marmeladentrichter eben sofort zum Einsatz kommen. Matthias legte seine Hände auf die Schultern der Frau und betrachtete das dünne Haar. Am Scheitel wuchs es grau nach.

Da hatte er nun vorhin einen dieser alten Sessel mit hölzernen Armlehnen aus dem Wohnzimmer herangewuchtet, um sie darauf ordentlich festschnallen zu können, aber an ein Fixieren des Kopfes hatte er nicht gedacht. Die Rückenlehne des Sessels reichte leider nur knapp bis über die Schultern der Alten. Und er würde beim Füttern keine Hand frei haben, um auch noch ihren Kopf festzuhalten.

Matthias Hase sah sich in der Küche um und begann dann, das Sitzmöbel mitsamt der gefesselten Frau in Richtung Wand zu zerren. Das Knirschen und Quietschen erschien ihm übermäßig laut. Die geschwungenen Holzbeine hinterließen tiefe Kratzspuren auf dem Linoleum. Der fette Kater, der das Ganze bisher mit gelangweiltem Gesichtsausdruck aus dem Wohnzimmer beobachtet hatte, kam herbeistolziert und streckte sich beim Gehen.

»Was soll das denn werden?« Isolde Semper klang noch wütender als vorher. Sie war noch genauso herrisch wie früher, und sie hatte augenscheinlich noch immer nicht begriffen, dass Zorn und Starrsinn in ihrer Lage mit Sicherheit kontraproduktiv waren.

»Warte es ab, meine Beste.« Matthias Hase machte einen fast tänzerisch anmutenden Schritt zur Seite und schob den Sessel dann die letzten Zentimeter bis dicht an das hohe Regal, das der Semper als Raumteiler diente. Es besaß keine massive Rückwand, sondern die Bretter waren lediglich mit kupferfarbenen Metallstäben verbunden.

Als er die Rolle Gewebeband holte, flackerte das Verstehen wie ein unruhiges Feuer in Isolde Sempers Augen, und sie begann, heftig an ihren Fesseln zu zerren, aber das nützte ihr nichts. Es dauerte nur wenige Minuten, dann war ihr Kopf nach hinten geneigt und an einem der Stäbe fixiert. Wie ein silbernes Stirnband schmückte das Klebeband ihren Kopf. Matthias Hase lächelte.

»So, und nun zurück zu der Suppe, die ich für dich vorbereitet habe. Möchtest du, dass ich sie noch einmal aufwärme?«

Isolde Semper schielte zur Mikrowelle und presste dann ihre Lippen fest zusammen. Er nahm es als ein Nein. Wahrscheinlich wollte sie nicht mehr mit ihm kommunizieren. »Wie du willst.« Ein nochmaliges kurzes Grinsen. Sie würde schon noch begreifen, dass das hier kein Spiel war. Der Kater saß jetzt neben der Spüle auf der Arbeitsplatte und betrachtete mit schiefgelegtem Kopf den kalten Bohneneintopf. Matthias Hase zupfte seine Gummihandschuhe zurecht, suchte dann in den Schränken der Frau nach einem Krug und füllte die Suppe hinein.

»So, und nun wirst du dein Süppchen essen. Und mit ›essen‹ meine ich ›aufessen‹.«

Isolde Sempers Augen verengten sich, während er sich mit Trichter und Krug näherte. Ihr Gesicht war noch immer hochrot, und sie schnaufte wie ein asthmatisches Walross. Warum schrie die Frau nicht? Stattdessen knurrte sie nur tief im Hals und kniff die Lippen aufeinander. Womöglich war es ihr vor den Nachbarn peinlich, dass sie hier saß und malträtiert wurde?

»Los geht's.« Mit der linken Hand drückte Matthias Hase die Nasenflügel der Frau zusammen, seine Rechte hielt den großen Trichter wartend über ihren Mund. Es dauerte nicht lange und sie schnappte nach Luft. Schnell rammte er die metallene Öffnung zwischen ihre Zähne und hob den Krug.

»Guten Appetit.« Mit leisem Plätschern plumpsten braunrote Kidney-Bohnen in das Edelstahlrund und verschwanden in der Öffnung. Er trat einen Schritt zurück, weil er wusste, was jetzt kam. Isolde Semper gurgelte und begann zu husten. Da ihre Hände gefesselt waren, konnte sie sich nicht helfen und sprudelte einen Teil des Bohneneintopfs auf ihr faltiges Dekolleté.

»Schmeckt wohl nicht?«

»Entfernen Sie sofort die Fesseln!« Die Augen der Frau glühten, während sie die Worte hervorfauchte.

»Liebe Frau Semper, Sie haben noch immer nichts begriffen.« Er kniff ein Auge zu. »Sie und ich, wir brauchen dieses Hilfsmittel, da Sie sich strikt weigern, Ihre Suppe allein zu essen.«

»Das, was Sie Suppe nennen, ist total versalzen!«

»Ach ja?«

Matthias Hase dachte für einen Moment an die kleine Melissa, während er Krug und Trichter auf einem Beistelltischchen absetzte. »Da ist nichts versalzen. Das muss eine Sinnestäuschung sein. Und nun empfehle ich Ihnen, dass Sie endlich vernünftig sind und kooperieren, sonst wird es unangenehm.«

»Nichts werde ich tun! Machen Sie endlich die Fesseln ab!«

Fast hätte er über ihre Dummheit gelacht. »Jetzt mal im Ernst, Frau Semper. Vergegenwärtigen Sie sich Ihre Lage, und erzählen Sie mir dann, wer hier das Sagen hat.« Die Angesprochene schüttelte heftig den Kopf.

»Nicht? Auch gut. Ich glaube, Sie wissen es auch so. Was Ihnen aber noch nicht aufgegangen zu sein scheint, ist der Grund, warum dies alles geschieht. Oder dachten Sie, ich bin zufällig bei Ihnen gelandet, um Sie mit Suppe zu füttern, die nach Ihren Worten auch noch versalzen ist?« Matthias Hase machte eine kurze Pause und ließ die Worte wirken, ehe er fortsetzte. »Zum letzten Mal: Essen Sie jetzt von allein oder nicht?«

Isolde Semper schob den Unterkiefer vor und quetschte ein »Nein« heraus. Ihre Augen lauerten.

»Dann muss ich Sie weiter füttern.« Matthias Hase griff nach ihren Nasenflügeln.

Wieder quoll braunrote Flüssigkeit in den Trichter. Erneut hustete und spuckte die Frau, aber diesmal trat er nicht zurück, sondern füllte einfach weiter halbflüssigen Brei nach.

Während die Walze an versalzenen Bohnen und Kartoffelstückchen würgte, überlegte er, dass die Methode mit dem an den Metallstab geklebten Kopf nützlich für das Einfüllen der Suppe war, aber nicht dafür taugte, wenn sie sich erbrach. Was unweigerlich passieren würde, wenn sie zwei, drei Rationen und damit auch eine halbe Packung Salz intus hatte. Er wollte nicht, dass sie an ihrem Erbrochenen erstickte, also würde er sie vom Rohr losschneiden und an den Tisch setzen müssen, bevor der Brei wieder aus ihr herauskam.

Die letzten Tropfen platschten in den Trichter. Matthias Hase wartete noch einen Augenblick und stellte dann die Gerätschaften auf den Beistelltisch.

»Na, wie hat dir das geschmeckt?« Er konnte sie mit dem Würgereiz kämpfen hören, während er das Gewebeband zwischen Kopf und Rohr vorsichtig mit dem Teppichmesser durchtrennte. Vielleicht würde er die beiden weiteren Büchsen, die schon geöffnet neben dem Herd standen, gar nicht brauchen.

Wieder ratschten die Sesselbeine über das Linoleum. Er ruckte und schob, bis Isolde Sempers unförmiger Bauch die Tischkante berührte. Da ihre an die Lehnen gefesselten Arme unter der Platte verschwunden waren, hätte ein Außenstehender den Eindruck gewinnen können, sie habe sich ganz normal zu einer Mahlzeit an ihrem Küchentisch niedergelassen. Matthias Hase ging, eine große Schüssel und eine weitere Dose Suppe zu holen. Das Keuchen der Frau verfolgte ihn. Ihr hasserfüllter Blick schien Löcher in seinen Rücken zu brennen.

Als er die orangefarbene Schüssel vor ihr platzierte, verstärkte sich das Keuchen zu einem Hecheln. Dicke Schweißtropfen rollten über die Stirn nach unten. Ihre Augen öffneten sich, als er den Inhalt der nächsten Dose vorsichtig in den Krug umfüllte. Im gleichen Augenblick begann sie zu kreischen.

Jetzt hatte sie sich also doch fürs Schreien entschieden. Matthias Hase stellte die Suppe beiseite, holte sich die Fernbedienung aus dem Wohnzimmer, schaltete den Fernseher ein und drehte die Lautstärke auf maximal. Dann zappte er sich durch die Kanäle. Beim Gesicht von Andy Borg hielt er inne, fragte sich kurz, wieso er den Namen des aufgedunsenen Moderators kannte, und verwarf den Gedanken als unwichtig. Volksmusik war genau das Richtige, um das Gejaule zu übertönen. Das schien auch Isolde Semper zu finden, denn sie hörte mit dem Lärm auf. Er stellte den Ton etwas leiser, sodass sie seine Worte verstehen konnte.

»Erinnerst du dich eigentlich an deine Arbeit als Heimerzieherin?« Isolde Sempers verkniffenes Gesicht verriet ihm die Antwort. »Und an die Kinder – erinnerst du dich auch an die? An die kleine Melissa zum Beispiel?«

»Ich kann mich nicht an jeden Insassen erinnern.«

»*Insassen* nennst du sie, ich verstehe. Aber die gemeinsamen Mahlzeiten werden dir doch noch im Gedächtnis sein?«

»Was wollen Sie, zum Teufel?« Sie wurde wieder lauter, aber er ließ sich nicht beirren.

»Ich möchte, dass es dir wieder einfällt. Alles. Du sollst wissen, warum ich hier bin, auch wenn du es sicher schon längst ahnst.« Die Walze schüttelte heftig den Kopf.

»Dann hör mir gut zu.« Er begann mit seinen Erklärungen. Die Worte flossen wie ein stetiger Strom aus seinem Mund, ohne dass er darüber nachdenken musste. Er hatte sie sich schließlich auch lange vorher zurechtgelegt. Neben der Spüle leckte sich Kater Minkus die Pfoten. Dann rollte er sich ein und beobachtete unter herabhängenden Lidern das weitere Geschehen. Es schien ihm völlig egal zu sein, was mit seinem Frauchen geschah.

9

Wenn die Sonne über Grünau aufgeht, spiegelt sich der endlose Himmel in den Fensterscheiben der verwaisten Wohnungen. Die meisten Menschen sind längst fortgezogen, die grauen Betonquader warten auf ihren Abriss. Wie die *Tagespresse* gestern schon berichtete, entdeckten Bauarbeiter der mit den Abbrucharbeiten beauftragten Firma Leißmann GmbH am Dienstag in einem dieser leerstehenden Blocks die Leiche eines unbekannten Mannes.

Lara wandte den Blick vom Bildschirm. Sie ärgerte sich. Darüber, dass Tom einen mehrspaltigen Artikel über die Plattenbauleiche geschrieben hatte. Noch mehr aber ärgerte sie sich, dass der Text gut war. Er enthielt ausreichend Tatsachen, um die Leser anzufüttern, aber nicht zu viel Technisches, was sie langweilen könnte. Und der lakonisch-depressive Schreibstil vermittelte ein plastisches Bild vom Zustand dieses Viertels. Er musste den Artikel gestern am späten Nachmittag geschrieben haben, als sie mit Kriminalobermeister Schädlich im *Lindencafé* gesessen hatte.

Nach Polizeiangaben handelt es sich bei dem Toten um einen Mann europäischer Herkunft zwischen sechzig und siebzig Jahren. Da die Untersuchungen in der Rechtsmedizin noch nicht abgeschlossen sind, können derzeit keine Angaben über die Todesursache gemacht werden. Sicher ist jedoch, dass Fremdeinwirkung im Spiel war.

Wieder blickte Lara auf. Nach »Polizeiangaben«? Wenn Tom so etwas schrieb, dann hatte er die Polizei auch befragt. Und jemand musste ihm die – wenn auch spärlichen – Informationen gegeben haben, mit denen Kriminalobermeister Schädlich gestern nicht hatte herausrücken wollen. Mit Sicherheit war den Beamten ein Maulkorb verpasst worden. Lara hatte gestern Abend noch einmal ihr Diktiergerät abgehört. Bis auf den Satz: »Er wurde ertränkt« war nichts von Belang dabei gewesen, und auch das war Schädlich nur aus Versehen herausgerutscht. Tom schien von diesem »Ertränken« keine Kenntnis zu haben. Oder er hob sich die brisante Information für die Fortsetzung auf. Denn dass es eine Fortsetzung dieses Artikels geben würde, war so gut wie sicher. Und auch, wer der Verfasser sein würde. Lara atmete tief durch, kritzelte »Pressesprecher Polizei« auf ihren Notizblock und las den Artikel zu Ende.

»Vor dem Abbruch führen wir immer eine Gesamtkontrolle durch.« Fred Möllek, Chef der Abrisstruppe, erklärte, dass er und seine Kollegen immer alle Räume überprüfen. Die Abnahme begänne immer im obersten Stockwerk, dann arbeiteten sich die Männer bis zum Erdgeschoss vor.
Im vierten Stockwerk sei ihnen als Erstes der Geruch aufgefallen. Ein Geruch von verwesendem Fleisch, der die Bauarbeiter zuerst an einen toten Vogel denken ließ. »Manchmal fliegen sie durch die kaputten Fenster und finden nicht wieder heraus«, so Holger Schmalmann, der die Wohnung zuerst betreten hat. Schon im Korridor seien ihm dann Unmengen von Fliegen entgegengekommen. Die Leiche habe im Bad in einer Badewanne gelegen, doch »anfangs haben wir gar nicht sehen können, dass sich dort tatsächlich menschliche Überreste befanden, weil die Fliegenlarven sie von oben bis unten bedeckt hatten«, setzt Schmalmann fort.

Neben den Spalten prangte ein großformatiges Foto mit der Unterschrift »Foto Tom Fränkel«. Ein Plattenbaublock ragte leicht schräg nach oben, die eingeschlagenen Fenster fletschten schwarzen Mäulern gleich gezackte Zähne. Am unteren Rand leuchtete rot-weißes Absperrband mit den schwarzen Blockbuchstaben »Polizeiabsperrung«.

Lara trank einen Schluck Wasser. In ihrem Kopf begann es schon wieder zu pochen. Sie betrachtete mit aufeinandergepressten Lippen den verwaisten Schreibtisch gegenüber. Tom hatte genau wie sie Frühschicht, war aber außer Haus. Vielleicht recherchierte er für *seine* Fortsetzung.

Sie klickte den Artikel weg und rieb sich mit den Fingerspitzen über die Stirn.

»Lara Birkenfeld von der *Tagespresse*, genau. Ich hätte noch ein paar Fragen zu dem Toten aus dem Abbruchhaus in Grünau.« Lara klemmte das Handy zwischen Ohr und Schulter und betrachtete die weiß-grauen Rauchspiralen, die sich von Friedrichs Zigarette nach oben kringelten. »Ich *weiß*, dass Sie meinem Kollegen gestern schon Auskunft erteilt haben. Tom Fränkel und ich bearbeiten den Fall gemeinsam.« Kurze Pause. »Ich verstehe. Können Sie mir denn wenigstens sagen, ob der Obduktionsbericht inzwischen vorliegt?« Während sie der Antwort des Pressesprechers lauschte, verdrehte sie die Augen nach oben. Friedrich grinste.

»Dann danke. Ja, das machen wir.« Lara legte auf.

»Ihr bearbeitet den Fall also ›gemeinsam‹, hm?« Friedrich grinste.

»Was soll ich denn deiner Meinung nach machen? Alles, was mit Gericht und Polizei zu tun hat, ist mein Ressort. Tom hat den Fall einfach an sich gerissen.«

»Lass ihn doch einfach. Sieh es mal so«, Friedrich nahm noch einen tiefen Zug, dann drückte er den Stummel aus, »es erspart dir allerhand Arbeit. Und der nächste Fall gehört dann wieder dir.«

»Dein Wort in Gottes Ohr.« Lara schaute in die grelle Nachmittagssonne und unterdrückte ein Niesen. Vorn links bog Jo um die Ecke und kam schnell näher. Seine Fotoausrüstung schaukelte im Takt seiner Schritte vor und zurück. »Na, ihr zwei Hübschen?« Dabei blickte er Lara an. Sie fand, dass seine Augen in der Sonne in einem noch intensiveren Blau strahlten als sonst.

»Hallo, Jo.« Friedrich setzte sich in Bewegung. »Ich geh wieder rauf, sonst meckert der Hampelmann, wenn die Rauchpause zu lange dauert.« Der Fotograf folgte ihm.

Lara warf einen sehnsüchtigen Blick auf die gegenüberliegende Seite des Platzes, wo Springbrunnen und Eisverkäufer Urlaubsflair verbreiteten. »Ich komme auch gleich. Muss noch ein Telefonat erledigen.« Sie wartete, bis die beiden Männer im Eingang verschwunden waren, und wählte dann Marks Telefonnummer.

»Ich habe bis jetzt nichts Interessantes herausfinden können. Seit ich nicht mehr mit der Kripo zusammenarbeite, sind meine Quellen versiegt. Tut mir leid, Lara.«

Mark klang kurzatmig, und Lara fragte sich, wobei sie ihn gerade gestört hatte. »Ich wollte auch keine Interna hören, nur deine fachliche Meinung über den Fall, das hatte ich dir ja gestern Nachmittag schon gesagt. Mein Kollege Tom hat sich in die Berichterstattung hineingedrängelt, und ich will ihm das Feld nicht kampflos überlassen. Leider hält sich auch der hiesige Pressesprecher bedeckt, sie geben aus ermittlungstaktischen Gründen keine Details aus dem Obduktionsbericht bekannt. Aber einem der Kripobeamten ist etwas herausgerutscht. Er hat wortwörtlich gesagt: ›Er wurde ertränkt.‹« Lara hörte Mark atmen. Es dauerte einen Moment, bis er antwortete.

»Er wurde ertränkt? Ja, dann war es eindeutig Mord. Es gab also einen Täter, der den Mann aktiv unter Wasser gedrückt hat.«

»Mord. Das dachte ich mir auch schon. Was fällt dir noch dazu ein?«

»Die Leiche lag in einer Badewanne?«
»Ja.«
»Die Wasserleitungen waren aber abgestellt, oder?«
»Soweit ich weiß.« Lara begann zu schwitzen.

»Ich gehe jetzt der Einfachheit halber davon aus, dass der Täter das Opfer an Ort und Stelle ertränkt hat. Er muss das Wasser mitgebracht, oder besser noch, vorher dort deponiert haben. Eine haushaltsübliche Badewanne hat eine Füllmenge von ungefähr 150 Litern Wasser.« Lara war verblüfft, was Mark alles wusste, aber er redete schon weiter. »Zieht man den Raum ab, den das Opfer einnimmt, bleiben immer noch einige Liter übrig. Vorausgesetzt, der Mann *saß* in dieser Wanne.«

»Was meinst du damit, vorausgesetzt, er ›saß‹ darin? Wie könnte es denn sonst abgelaufen sein?«

»Nun, ertrinken kann man auch, wenn man vor der Wanne kniet und jemand einem den Kopf unter Wasser drückt. Aber auch dazu braucht man *viel* Wasser. Der Täter könnte ihn auch in einem großen Eimer ertränkt haben.« Mark holte Luft. »Es gibt zwei grundsätzliche Möglichkeiten. Entweder wurde der Mann woanders ertränkt und die Leiche dann in das Abbruchhaus geschafft oder der Täter erledigte ihn an Ort und Stelle.«

Lara trat in den Schatten und sah auf ihre Armbanduhr. Es wurde allmählich Zeit, dass sie wieder nach oben ging. Der Redaktionsleiter mochte es nicht, wenn die Kollegen ihre Mittagspause über Gebühr ausdehnten. Aber sie hatte dieses Gespräch auch nicht in der Redaktion führen wollen. Journalisten waren von Berufs wegen neugierig. Mark dagegen schien sich jetzt regelrecht in das Thema zu verbeißen. »Ich finde Variante zwei schlüssiger, denn es ist unlogisch, eine Leiche in den vierten Stock zu schleppen, nur um sie dort, für jeden offensichtlich, in der Badewanne zu drapieren. Wenn ich sie nur loswerden wollte, würde ich – wenn es schon ein Abbruchhaus sein muss – ein Versteck suchen. In einem der Keller zum Beispiel, wo die Gefahr, dass Bauarbeiter sie vor dem Abriss finden, geringer ist. Diesem Täter aber war es egal, ob man das Opfer findet. Lara, ich bin davon überzeugt, dass dieser Tatort und das Ertränken keine Zufälle sind. Er hat den Plattenbaublock wahrscheinlich ausgewählt, weil er dort in Ruhe agieren und niemand die Schreie des Opfers hören konnte.« Lara verzichtete auf Kommentare, warf nur ab und zu ein »Hm« ein und versuchte, sich all das zu merken, um es nachher zu notieren.

»Gleichzeitig ist der Tatort meiner Meinung nach symbolisch für das, was der Täter dem Opfer antun wollte. Ich weiß nur nicht, wofür die Symbolik steht. Er könnte zum Beispiel einen Wasserfetisch haben. Die grundsätzlichen Fragen also sind: Warum musste es gerade Tod durch Ertrinken sein, und warum war gerade dieser Mann das Opfer? Wenn du das herausgefunden hast, dann hast du auch deinen Täter.« Mark schnaufte leicht. »So, ich bin fertig mit meiner Fallanalyse.« Sie konnte hören, wie er kurz grinste, ehe er hinzusetzte: »Du solltest an der Badewanne dranbleiben. Wurden Wasserbehälter gefunden? Haben die Anwohner etwas beobachtet? Zum Beispiel wie jemand Kanister hochgeschleppt hat? Manchmal treffen sich auch Jugendliche in solchen Abbruchhäusern. Die könnte man ebenfalls befragen.«

»Mark, ich fürchte, mir fehlt die Zeit, in meiner Freizeit all das zu recherchieren. Offiziell ist *Tom* an dem Fall dran.«

»Na, dann überlass das Ganze doch einfach ihm. Wo ist das Problem?«

Mark Grünthal verabschiedete sich, während Lara noch über seinen letzten Satz nachsann. Sollte sie Tom seine Spielchen spielen lassen? Sie öffnete die Eingangstür. In der dämmrigen Kühle des Treppenhauses beschloss Lara Birkenfeld, genau dies *nicht* zu tun. Ihr Ehrgeiz war geweckt. Man würde ja am Ende sehen, wer die Nase vorn hatte.

Und was war eigentlich ein »Wasserfetisch«?

10

»Los komm, Justin!« Der rothaarige Junge stupste seinen Freund in die Seite. »Lass uns hintenrum gehen! Da schauen wir gleich nach, ob das Baumhaus von Richard endlich fertig ist. Vielleicht können wir am Wochenende darin spielen!« Max lief ein paar Schritte voraus und drehte sich dann nach seinem Freund um.

»Heute nicht.« Justin zog eine Schnute. »Ich muss nach Hause. Meine Mama hat gesagt, sie wird wirklich böse, wenn ich *wieder* nicht pünktlich zum Mittagessen da bin. Und heute Nachmittag wollen wir in die Stadt fahren, Schuhe kaufen.«

»Ach, komm! Es ist doch erst halb zwölf. Du kannst nachher bei mir durchgehen, und dann bist du gleich daheim.« Die Reihenhäuser am Rande Magdeburgs hatten an der Rückseite alle kleine Gärten, von denen jeder einen separaten Eingang besaß.

»Na gut.« Justin gab sich geschlagen. Schnell öffnete Max das Tor zu dem Schotterweg, und die beiden verschwanden um die Ecke.

Justin schob die Daumen unter die Träger seiner Schultasche und zerrte daran. Er konnte es nicht ausstehen, dass seine Mutter ihn zwang, den Ranzen auf dem Rücken zu tragen. Wie ein Kleinkind kam er sich vor, und dabei ging er doch schon in die zweite Klasse! Max dagegen hatte eine schicke neongrüne Umhängetasche.

Am liebsten hätte Justin sich des Ungetüms entledigt und den Ranzen hier am Anfang des Weges unter den Büschen versteckt. Aber das würde bedeuten, dass er nachher noch einmal zurückkehren musste, um die Schultasche abzuholen. Und dann würde er sich noch mehr verspäten. Max war schon vorneweg gehüpft. Sein Haar leuchtete in der Mittagssonne kupferfarben. Er drehte sich um und flüsterte: »Sei vorsichtig, wir müssen bei der alten

Semper vorbei!« Dann grinste er, wobei links oben eine große Zahnlücke sichtbar wurde.

Justin rannte Max nach. Alle kannten die alte Semper. Sie war eine griesgrämige Frau, die alles und jeden hasste, außer ihren Kater, das fette Vieh. Sie meckerte, wenn die Jungs auf dem Wäscheplatz Ball spielten, sie meckerte, wenn Frau Selig von gegenüber mit dem Kinderwagen am Sandkasten saß und das Baby weinte, sie meckerte, wenn Sarah und Sophie – zwei Mädchen aus Justins und Max' Klasse – zwei Gärten weiter mit ihren Barbiepuppen spielten. Niemand konnte die Alte leiden; Justin hatte sogar ein kleines bisschen Angst vor ihr, aber das brauchte niemand zu wissen.

Max hatte inzwischen an einem der Gartentore angehalten und seine Umhängetasche abgelegt. Justin warf seinen Ranzen daneben, und dann spähten die beiden Jungs gemeinsam durch die Brombeerhecke auf das Grundstück von Richards Eltern.

»Kannst du was erkennen?«

»Sieht noch genauso aus wie vorgestern.« Max seufzte hörbar. »Die Leiter fehlt auch noch. Das kannste vergessen.«

»Mist.« Auch Justin seufzte. Sie hatten sich die ganze Woche ausgemalt, was sie ab heute alles mit ihrem Freund Richard aus der 3b in dessen neu errichteten Baumhaus anstellen wollten. Sie könnten sogar dort übernachten, wenn ihre Eltern es erlaubten, hatte Richards Mutter gesagt. Und nun das! Er griff nach den Trägern seines Ranzens. Richards Eltern hatten es wieder nicht geschafft. »Ich gehe heim. Sonst kriege ich echt Ärger.«

»Kommst du nachher rüber, wenn ihr vom Einkaufen zurück seid?« Auch Max schnappte sich seine Tasche.

»Auf jeden Fall.« Justin zerrte an den Schulterriemen und beide liefen los. Ein merkwürdiges Geräusch ließ sie innehalten.

»Was war das?« Max war stehen geblieben. »Klingt wie Kinderweinen. Warte mal.« Er hielt Justins Ärmel fest. »Das kommt von dahinten.« Beide Jungen standen reglos und spitzten die

Ohren. Dann setzten sie sich ohne ein Wort gemeinsam in Bewegung. Das Wimmern wurde lauter.

»Frau Seligs Baby?«

»Glaub ich nicht. Das hört sich anders an.« Justin rannte jetzt fast. Am Sandkasten vorbei. Bis zum übernächsten Tor nach dem Wäscheplatz. Dort war das Greinen am lautesten.

»Hier wohnt die dicke Semper.« Max war an dem schmiedeeisernen Tor stehen geblieben.

Aneinandergedrängt lugten die beiden über den Zaun, konnten aber nichts erkennen.

»Das ist kein Baby.« Justin schüttelte den Kopf. »Hört sich eher an wie ein Tier.«

»Könnte es diese Katze sein?« Max stieß mit dem Mittelfinger an die Gartenpforte. Sie war offen. Er drückte stärker, und das Tor schwang nach innen. Die Scharniere ächzten.

»Max! Das dürfen wir nicht!«

»Vielleicht hat die Katze sich verletzt und braucht Hilfe.« Max ignorierte seinen Freund. Sich nach allen Seiten umsehend, marschierte er vorsichtig den Trampelpfad zwischen den Beeten entlang in Richtung Terrasse.

»Es ist ein Kater. Ein verfettetes Vieh. Keine niedliche kleine Katze. Komm zurück, sonst taucht sicher gleich diese Hexe hier auf!« Justin wartete noch einen Augenblick, entschloss sich dann aber doch, Max zu folgen. Zehn Meter vor den Stufen machte er neben seinem Freund halt. Der dicke Kater saß oben, direkt vor der Terrassentür, und jammerte zum Gotterbarmen. »Der sieht doch ganz gesund aus. Lass uns gehen, bevor die Semper merkt, dass wir in ihrem Garten herumschleichen!«

»Warte!« Max kratzte sich an der Nase. »Wieso lässt sie ihn nicht rein?«

»Vielleicht ist sie einkaufen oder so. Lass uns verschwinden!«

»Ich schau mal nach.« Max ließ seine neongrüne Umhängetasche ins Gras fallen und betrat die erste Stufe. Justin spürte seine Blase. Er musste plötzlich ganz dringend. Während er noch dachte, dass das Wimmern des Katers tatsächlich dem Weinen eines Babys glich, hörte er Max' Aufschrei.

Dann rannte er die Stufen hoch, sah, was Max in der Küche gesehen hatte, und begann ebenfalls zu schreien.

Vergessen waren die Befürchtungen, dass sie wegen all dem wahrscheinlich großen Ärger bekommen würden. Vergessen Justins Mutter, die mit dem Essen wartete, vergessen das Verbot, fremde Gärten zu betreten. Max und Justin schrien sich die Kehle aus dem Leib. Dann rannten sie, so schnell sie konnten, nach Hause.

11

Lara betrachtete gedankenverloren den Kaffeesatz in ihrer Tasse. Wie konnten manche Menschen darin etwas Ungewöhnliches entdecken? Dann wanderte ihr Blick zur Uhr. Erschrocken beschloss sie, sich nun endlich an die Arbeit zu machen. Das Wochenende dauerte nicht ewig. Wenn sie ihren Plan, in Grünau zu recherchieren, in die Tat umsetzen wollte, würde sie allmählich aufbrechen müssen. Es war schon kurz vor zehn.

Noch einmal durchdachte sie ihr Vorhaben und schob dann den Stuhl mit einem Ruck nach hinten. Nach dem Telefongespräch mit Mark am Donnerstag war ihr bewusst geworden, dass sie Toms Verhalten nicht akzeptieren konnte. Mochten Friedrich, Mark und Jo recht damit haben, dass sie sich einige Arbeit ersparte, aber Lara Birkenfeld wollte niemand sein, der sich einfach unterbuttern ließ. Wenn sie jetzt nachgab, würde die Brüskierung monatelang an ihr nagen.

Bei jeder Mahlzeit saß sie mit uns am Tisch. Und wehe, eins der Kinder wollte nicht aufessen!

Laras schweißnasse Hand hielt sich am Küchenschrank fest. Schwungvoll nach rechts geneigte Buchstaben oszillierten vor ihr auf der elfenbeinfarbenen Tür des Hängeschrankes. Wie war sie überhaupt hierhergekommen? Lara kniff die Augen zusammen, riss sie gleich darauf wieder auf und drehte sich um. Ihre Küche war leer. Leer wie immer, seit Peter ausgezogen war. Kopfschüttelnd ließ sie etwas Leitungswasser in ihre Kaffeetasse laufen.

versalzen, mit Essigessenz versetzt, übermäßig gepfeffert, mit ungarischen Peperoni vermischt

Du meine Güte. Was war das denn? Machte ihr Kopf jetzt schon schriftliche Vorschläge für das Wochenendmenü? Lara rieb sich die Augen, tappte zum Tisch und setzte sich. Am Mittwoch hatte sie Geräusche gehört, und jetzt materialisierten sich Buchstaben in der Luft! Bei einer Computertomografie ihres Kopfes vor einigen Monaten war nichts Auffälliges gefunden worden, kein Tumor, nichts. Nach und nach musste sie sich eingestehen, dass die Idee, die Ärzte würden in ihrem Gehirn etwas finden, nur daher rührte, dass sie sich vor der Alternative fürchtete. Und zwar vor dem Eingeständnis, *anders* zu sein. Sie wollte es nicht wahrhaben, dass sie Geschehnisse »sehen« konnte. Dass sie von Dingen wusste, die sich zur selben Zeit an anderen Orten ereigneten. Das hatte etwas von Verrücktsein an sich. Seit ihrer Kindheit hatte sie versucht, diese Ahnungen zu unterdrücken, bis sie im vergangenen Herbst zum ersten Mal seit Jahren mit brachialer Gewalt zurückgekommen waren.

Als ich ging, entwischte ihr Kater durch die Terrassentür in den Garten. Im Dunkeln habe ich nicht richtig aufgepasst. Ich hatte ihn eigentlich im Haus einsperren wollen. Aber das spielt nun auch keine Rolle mehr. Vielleicht ist das Vieh draußen sogar besser aufgehoben. Es kann lernen, Mäuse zu fangen.

Jetzt erschien auch ein verwaschenes Bild zu den Buchstaben. Ein schwarzer Kugelschreiber flimmerte über ein Blatt. Am linken Rand kringelten sich stilisierte Weinranken. Das Blatt sah aus wie Briefpapier. Jemand schrieb einen Brief, in dem es um das Würzen von Speisen und einen fetten Kater ging, der auf die Terrasse gelaufen war. Lara schloss die Augen und versuchte, Details zu erkennen; mehr von der Umgebung und der Person, die da schrieb, aber stattdessen entfärbte sich das Bild, die Buchstaben verblassten und verschwanden ganz. Es hatte keinen Zweck. Sie öffnete die Augen wieder und blinzelte zweimal, um die Schlieren zu entfernen. Sie stand noch immer in ihrer Küche, gegen den Hängeschrank gelehnt, es war Sonnabendvormittag, draußen schien die Sonne, und die Vögel zwitscherten. Lara blies mit geblähten Wangen Luft aus. So war das früher schon gewesen. Immer wenn sie sich Mühe gab, mehr zu »sehen«, wenn sie sich besonders anstrengte, verschwanden die Gesichte. Sie ließen sich nie erzwingen und auch nicht bewusst herbeirufen.

Lara begann, den Inhalt ihrer Tasche zu sortieren und ging dabei in Gedanken ihr Vorhaben durch, um nichts zu vergessen. Handy, Notizbuch, Diktiergerät, Digitalkamera. Zwei Ersatzbatterien, Autoschlüssel, Papiere, Portemonnaie und ein Päckchen Taschentücher.

Letztes Jahr hatten ihre Vorahnungen etwas mit einem Mörder zu tun gehabt. Einem wahnsinnigen Serienmörder, der junge Frauen abschlachtete. Sie hatte nie wieder daran denken wollen, was dieser Psychopath den Opfern angetan hatte, was er *auch ihr* fast angetan hätte, aber nun kamen die Erinnerungen wieder hervor. Die damaligen Gesichte waren – genau wie eben – unscharf und verworren gewesen, mal hatte es sich um Bruchstücke einer nächtlichen Verfolgung, dann um Fragmente einer Sektion gehandelt. Die Bedeutung all dessen war ihr erst im Nachhinein klar geworden, als die Puzzleteile sich in das Täterbild einfügten. Was, wenn die erneuten Halluzinationen wieder Hinweise auf ein Verbrechen waren? Wenn die wahrgenommenen Splitter mit etwas zu tun hatten, das hier und jetzt geschah?

Sie drückte das Schloss der Tasche zu und nahm sich vor, gleich nachher die Gedankenfetzen aufzuschreiben.

»Guten Tag, Frau Ehrsam! Ich komme von der *Tagespresse*.« Lara musterte die alte Frau verstohlen, während sie ihr freundliches Lächeln beibehielt und hoffte, dass der Name vom Klingelschild auch tatsächlich zu der alten Dame gehörte und diese nicht nur zu Besuch hier war. »Ich hätte ein paar Fragen an Sie.« Hinter der Alten kläffte ein struppiger weißer Hund, traute sich jedoch nicht hervor.

»Bist du ruhig, Struppi! Was für Fragen?« Frau Ehrsam trug eine ausgeleierte Jogginghose und eine Flauschjacke darüber. Anscheinend fror sie, obwohl draußen mindestens fünfundzwanzig Grad waren. Wenigstens hatte sie die Tür nicht gleich wieder zugeschlagen. Lara hatte jetzt ohne Ergebnis alle Wohnungen in den vier Aufgängen dieses Blocks abgeklappert und verlor allmählich die Lust. Eben war ihr sogar schon der Gedanke gekommen, das Feld doch Tom zu überlassen. Sollte er sich mit den Bewohnern hier herumschlagen, die alle entweder vergesslich, krank oder alt oder alles zusammen waren; und wenn nicht das, dann am Sonnabendvormittag schon besoffen die Tür aufmachten. Sie blickte auf ihre Armbanduhr: halb drei. »Da drüben«, Lara deutete diffus hinter sich, »ist doch letzten Dienstag eine Leiche gefunden worden. Sicher haben Sie davon gehört?« Die Alte nickte.

»Ich berichte über diesen Fall.«

»Aha.« Frau Ehrsam reckte das Kinn noch ein wenig weiter vor, wobei sie einem Huhn auf der Suche nach Regenwürmern glich. Der Hund schnüffelte jetzt innen an der Türschwelle.

»Könnte ich Sie dazu befragen? Vielleicht ist Ihnen etwas aufgefallen?«

»Na gut. Kommen Sie rein.« Die Neugier schien geweckt. Die Frau schlurfte vorneweg. Ihre Pantoffeln lösten sich bei jedem

Schritt von der Ferse und machten dabei ein schlappendes Geräusch auf dem braungrünen Linoleum. Lara folgte ihr in die Küche, wobei sie sich unauffällig umsah und versuchte, sich aus dem Zustand der Wohnung ein Bild von der alten Frau zu machen.

In der Küche angekommen, deutete diese auf einen Stuhl. »Möchten Sie Kaffee?«

»Gern.«

Schweigend marschierte Frau Ehrsam hin und her, immer gefolgt von ihrem Hund, brachte Tassen, Zuckerdose und Milchkännchen sowie eine weiße Thermoskanne. Anscheinend war der Kaffee schon fertig, und Lara fragte sich, wie lange er schon darauf wartete, getrunken zu werden.

Mit einem Ächzen nahm die alte Frau Platz und wischte sich die Hände an der Jogginghose ab. Das Zittern ihrer Hände verstärkte sich, als sie eingoss. »Dann mal los. Was wollen Sie denn wissen?«

»Die Polizei geht bei dem Fall von Mord aus.« Damit verriet Lara kein Geheimnis. »Mich interessiert nun, ob Sie in den Tagen davor irgendetwas Ungewöhnliches beobachtet haben.«

»Was meinen Sie damit?« Die Alte war ein bisschen begriffsstutzig. Oder sie wollte die Journalistin aus der Reserve locken.

»Auswärtige Autokennzeichen. Unbekannte, die sich auffällig benommen haben.« Lara ging in Gedanken ihre Liste durch. Konnte man davon ausgehen, dass sich die Leute hier alle kannten? Würde ein Fremder überhaupt auffallen? Schließlich war das ein ziemlich anonymes Plattenbauviertel, keine Vorortsiedlung.

»Oh.« Frau Ehrsam goss reichlich Sahne in ihre Tasse und hob sie mit beiden Händen zum Mund. Erst nachdem sie mehrere winzige Schlucke genommen und den Kaffee wieder abgestellt hatte, sprach sie weiter. »Ich kann oft nachts nicht schlafen. Im Sommer setze ich mich dann mit Struppi auf den Balkon. Wussten Sie, dass die Vögel schon ab halb vier zu zwitschern beginnen?« Lara tat so, als sei sie erstaunt. Vielleicht kam noch etwas Interessantes hinterher.

»Um diese Zeit ist es immer am ruhigsten hier.« Die Alte verschränkte ihre zitternden Finger. Ihr Hund saß neben dem Stuhl und ließ kein Auge von seiner Besitzerin. Wahrscheinlich hoffte er auf ein Stückchen Zucker. »Bis auf die Vögel wie gesagt. Sie glauben gar nicht, was wir hier alles haben. Meisen, Grünfinken, Amseln natürlich, aber auch Stare. Und die Spatzen. Aber die sind ja überall.«

»Das ist ja toll.« Vielleicht wollte die Alte sich nur mal wieder mit jemandem unterhalten. Lara stellte ihre Tasse ab und setzte sich gerade hin.

»Und letzte Woche stand drüben dreimal ein schwarzes Auto, das sonst nicht dort steht. Da drüben steht eigentlich *nie* ein Auto. Weil die Blocks doch alle abgerissen werden sollen.«

»Ein schwarzes Auto sagen Sie?«

»Ob es wirklich schwarz war, kann ich natürlich nicht sagen. Nachts erkennt man das nicht richtig. Es könnte auch dunkelgrau oder dunkelblau gewesen sein.«

»Können Sie mir zeigen, wo es geparkt hat?« Lara hatte sich im Stuhl aufgerichtet. Was die Alte beobachtet hatte, klang interessant.

»Gehen wir auf den Balkon.« Frau Ehrsam watschelte voraus. »Es war da drüben.« Ein zittriger Zeigefinger deutete auf die gegenüberliegende Seite, wo Bagger lehmigen Staub aufwirbelten. »Da waren ja letzte Woche noch Häuser.«

»Warum ist Ihnen dieses Auto überhaupt aufgefallen?«

»Warum?« Die Runzeln auf der Stirn der alten Frau schienen sich zu vertiefen. »Wie gesagt, weil da sonst nie jemand parkt. Die Leute, die hier wohnen, haben alle Stellplätze.«

»Das leuchtet mir ein. Und das gleiche Auto stand an mehreren Abenden dort, sagen Sie? Sind Sie sicher, dass es ein und derselbe Wagen war?«

»Nicht abends – *nachts*. Ich höre zwar ein bisschen schwer, aber meine Augen sind noch ganz gut.« Zur Bestätigung rückte sie die Brille gerade.

»Haben Sie jemanden ein- oder aussteigen sehen?«

»Einmal ist eine Gestalt in einem der Hauseingänge verschwunden. Ich habe nur noch den Rücken gesehen. Könnte sonst wer gewesen sein. Und muss auch nicht aus dem schwarzen Auto gekommen sein.« Die Alte zuckte mit den Schultern und machte sich wieder auf den Weg nach drinnen.

»Und die Automarke haben Sie nicht erkannt? Oder das Kennzeichen?«

Sie waren wieder am Küchentisch angekommen. »Nein, leider.«

Lara unterdrückte ein Seufzen. Das wäre ja auch zu schön gewesen. »Trotzdem danke. Das war sehr interessant für mich. Wenn Ihnen noch etwas einfällt ...«

Frau Ehrsam war neben dem Stuhl stehen geblieben. Ein Zeichen, dass sie das Gespräch beenden wollte. »Und wann erscheint der Bericht?«

»Das kann ich noch nicht genau sagen.« Beim Einsortieren ihrer Utensilien schaute Lara nicht hoch. Vielleicht würde Tom am Montag wieder einen seiner elegischen Artikel schreiben – wenn *er* neue Erkenntnisse hatte –, aber dieser würde nichts von Frau Ehrsam enthalten. »Mein Kollege und ich bearbeiten das parallel. Wir müssen unsere Erkenntnisse erst sammeln und mit der Polizei abgleichen. Und das mit dem Auto ist ja momentan auch noch ziemlich vage.«

Auf dem Weg zur Wohnungstür fiel Lara noch etwas ein. »Wissen Sie, wo sich die Jugendlichen hier treffen?«

»Hier gibt es kaum noch Jugendliche.« Die Alte schlurfte vor Lara her. »Nur noch Rentner, so wie mich.« Ihre Schuhe schlappten. »Als die das hier in den Siebzigern gebaut haben, wimmelte es von jungen Familien mit Kindern. Jeder wollte in so eine Neubauwohnung mit Fernheizung ziehen. Dann sind die Kinder größer geworden und weggezogen. Und nun sind nur noch wir Alten übrig.« Frau Ehrsam holte röchelnd Luft. Der kleine weiße Hund rannte aufgeregt auf und ab. Wahrscheinlich dachte er, es ginge nun hinaus.

»Ich verstehe. Schade.«

»Ein paar sind natürlich noch da. Alles Asoziale, wenn Sie mich fragen.« Die Alte öffnete Lara die Tür. »Sie treffen sich drüben an der Kaufhalle zum Rauchen, Saufen und Rumgrölen.«

»Danke, Frau Ehrsam. Vielleicht fällt Ihnen noch mehr ein. Dann können Sie mich jederzeit anrufen.« Lara reichte der Alten ein Kärtchen, schob die Tasche auf der Schulter zurecht und eilte die Treppen hinab. Sehr ergiebig war das ja nicht gewesen, aber immerhin hatte sie einen Anhaltspunkt, und das war besser als nichts. Hatte eigentlich die Polizei alle Anwohner befragt?

Sie öffnete die schmierige Glastür und trat auf den Gehweg. Auf ihrem gelben Mini hatte sich eine braungraue Schicht niedergelassen. Wahrscheinlich hatten die Bullen keine Leute dafür. Im wahren Leben lief es fast nie wie im Film ab.

Der Häuserblock gegenüber war schon dem Erdboden gleichgemacht. Daneben lud ein Bagger unentwegt Betonbrocken auf bereitstehende Laster. Nicht mehr lange und die gegenüberliegende Straßenseite würde sich in eine Wiese, oder was auch immer die Stadtplaner damit vorhatten, verwandeln.

Lara wandte sich nach links und marschierte in Richtung des Supermarktes. Schon von Weitem konnte sie eine Gruppe schwarzgekleideter Jugendlicher an einem stillgelegten Springbrunnen ausmachen. Auf in den Kampf.

12

Sonnabend, der 18.07.
Liebe Mandy,

nur wenige Tage sind vergangen, seit ich den ersten Brief an Dich geschrieben habe, und heute sitze ich schon wieder an meinem Schreibtisch, um Dir von spannenden Neuigkeiten zu berichten – das geht ziemlich schnell, nicht?
Damit Du die von mir gewählte Züchtigung verstehst und gutheißen kannst, musst Du Dich zuerst erinnern. An die Person selbst und ihr Auftreten im Kinderheim.

Bist Du bereit?
Dann schließe kurz die Augen und erinnere Dich.
Die Frau hieß Isolde Semper und war Erzieherin in unserem Heim. Wir nannten sie »Walze«, weil sie ziemlich unförmig war und überhaupt keine Taille hatte. Fällt es Dir wieder ein? Frau Semper hat uns tagsüber beaufsichtigt, sobald wir aus der Schule kamen; jeden Tag, auch an den Wochenenden. Manchmal frage ich mich, ob sie keine Angehörigen gehabt hat, denn mir kam es so vor, als wäre sie Tag und Nacht dagewesen. Wenn Du Dich erinnerst, dann weißt Du jetzt auch wieder, was die Passion dieser Frau war – die Nahrungsaufnahme. Bei jeder Mahlzeit saß sie mit uns am Tisch. Und wehe, eins der Kinder wollte nicht aufessen! Wenn sie jemanden besonders quälen wollte, präparierte sie dessen Essen gezielt. Es war versalzen, mit Essigessenz versetzt, übermäßig gepfeffert, mit ungarischen Peperoni vermischt. Vor den Jungs fürchtete sie sich ein wenig, so glaube ich heute, und deshalb waren ihre bevorzugten Opfer immer die kleinen Mädchen.

Heute frage ich mich manchmal, warum wir ihr nicht Einhalt geboten haben, schließlich saßen wir ja mit euch im Speiseraum, aber auch wir waren eingeschüchtert.

Es war gar nicht so schwierig, sie zu finden, wie ich angenommen hatte. Das Internet ist ein tolles Instrument, um zu recherchieren.
Die Walze ist auch im Osten geblieben. Ich entdeckte sie in Magdeburg. Nachdem ich ihre Adresse kannte, habe ich die Gegend inspiziert. Ich erspare Dir die unwichtigen Einzelheiten. Es war jedenfalls für meine Belange fast ideal. Eine Reihenhaussiedlung in Magdeburg-Stadtfeld. Frau Semper wohnte allein in ihrem Häuschen. (Ich benutze die Vergangenheitsform, denn Du ahnst ja sicher schon, dass sie nicht mehr unter uns weilt.)
Wenn Du jetzt fragst, ob ich wieder den Trick mit dem Hermes-Paket angewendet habe, dann kann ich Dir sagen, dass das nicht nötig war. Die Semper hatte einen Kater. Ein vollgefressenes, träges Vieh. Stell ihn Dir so ähnlich wie diese Comicfigur Garfield vor. Das Tier kam mir wie gerufen. Ich benutzte ihn, um sie spät abends auf ihre Terrasse zu locken.
Auch sie ließ sich, genau wie Fischgesicht Meller, ohne Weiteres von meiner Pistole einschüchtern. Als wir dann in der Küche waren, war sie allerdings nicht mehr ganz so kooperativ. Ich hatte ihr versalzenen Bohneneintopf mitgebracht. Aber sie weigerte sich, auch nur davon zu kosten. Ich musste sie zwingen. Und die Alte war zäh. Sie hat im Gegensatz zu Meller nicht ein einziges Mal um Gnade gefleht, dabei musste sie ganz schön schlucken, im wahrsten Sinne des Wortes. Musst Du bei der Formulierung auch ein bisschen lachen, meine kleine Mandy? Auch das, was sie herausgekotzt hat, wollte sie partout nicht wieder essen. Darin glich sie uns Kindern damals aufs Haar, nur dass wir irgendwann nachgeben mussten. Ich habe eine

Kelle und einen großen Trichter benutzt, um ihr das Erbrochene wieder einzuflößen. Trotzdem hat die Semper sich geweigert zu bereuen. Ich werde das Gefühl nicht los, sie war bis zum Schluss der Überzeugung, ihre Bestrafungen an den Kindern wären nötig gewesen. Dass mich das ziemlich wütend gemacht hat, kannst Du Dir bestimmt lebhaft vorstellen!

Liebe Mandy, es tut mir unendlich leid, aber ich kann leider nicht schreiben, dass die Walze Buße getan hätte. Sie wurde zwar gerichtet, eingesehen hat sie ihre Schuld jedoch nicht. Nachdem sich das Spiel »Essen-Kotzen-Essen-Kotzen« mehrmals wiederholt hatte, reichte es mir. Ich wollte ja nicht die ganze Nacht dort verbringen. Ich habe ihr einfach ein großes Handtuch fest auf Mund und Nase gedrückt und gewartet. Die Semper hat sich ganz schön gewehrt, bis sie endlich an ihrer eigenen Kotze erstickt ist. Ich hätte nicht gedacht, dass eine alte Frau so zäh sein kann! Und dieser fette Kater hat mein Tun die ganze Zeit beobachtet wie ein gelangweilter Buddha. Ich bin froh, dass sie keinen Hund hatte, denn Hunde verteidigen ihre Besitzer doch, oder? Dieser Garfield-Verschnitt jedoch rührte keine Pfote, um sein Frauchen zu beschützen.
Dann war es endlich vorbei. Die Semper hing zusammengesackt in ihrem Sessel, nur gehalten von den Verschnürungen. Ihr Gesicht war rotblau angelaufen, die Zunge quoll wie ein vergammeltes Rumpsteak aus dem halb offenen Mund. Einfach ekelhaft! Nicht dass sie vorher viel besser ausgesehen hätte – das nicht, aber dieser Anblick überbot alles.
Dieses Mal hatte ich weniger Nacharbeiten zu erledigen. Ich lerne dazu. Dass ich Meller mit seinem Auto durch die Gegend gefahren habe, war ein Fehler. Was, wenn mich eine Verkehrsstreife angehalten hätte? Oder wenn mich jemand beim Abbruchhaus beobachtet hätte? Ich hätte ihn auch gleich in seinem Haus erledigen sollen.

Bei der Semper war alles einfach.
Ich habe sie da sitzen lassen, an ihrem Küchentisch, vor sich die orangefarbene Schüssel. Wäre das Gewebeband um ihre Arme und Beine nicht gewesen, hätte es von Weitem ausgesehen, als wäre sie beim Essen eingeschlafen.
Als ich ging, entwischte ihr Kater durch die Terrassentür in den Garten. Im Dunkeln habe ich nicht richtig aufgepasst. Ich hatte ihn eigentlich im Haus einsperren wollen. Aber vielleicht ist das Vieh draußen sogar besser aufgehoben. Es kann lernen, Mäuse zu fangen.

Auf der Heimfahrt habe ich an den Fall gedacht, der erst vor kurzem in einem Kindergarten im Vogtland passiert ist, heute – mehr als zwanzig Jahre nach der Wende! Erzieherinnen haben Kinder, die ihre Mahlzeiten nicht mochten, gezwungen, diese aufzuessen. Erbrachen die Kleinen ihr Essen, mussten sie auch das auflöffeln. Wie abscheulich können Menschen sein? Ich hätte nicht übel Lust, dorthin zu fahren und diesen Frauen die gleiche Strafe zukommen zu lassen wie der Walze! Denn was wird ihnen in diesem Staat schon groß geschehen? Sie verlieren vielleicht ihre Jobs. Das war es dann aber auch schon. Dann ziehen sie in ein anderes Bundesland und können sich von Neuem in Kindertagesstätten bewerben – oder als Tagesmutter arbeiten! Jammerschade, dass ich mich nicht um alles selbst kümmern kann. Ich habe leider vorher noch andere Aufgaben zu erledigen. Ich muss unsere anderen Peiniger suchen. Unangenehmerweise kann ich mich im Moment partout nicht an weitere Namen erinnern. Mein Gehirn ist wie leergefegt, das gesamte Bild unscharf. Nur eine unklare Ahnung, dass da noch viel Schlimmeres im Verborgenen lauert, quält mich von Tag zu Tag mehr. Immer, wenn ich mich zu erinnern versuche, was genau geschehen ist, entgleitet mir die Erinnerung wie ein schmieriger Aal. Aber auch das wird sich lösen lassen. Das Einzige, was ich im

Moment sehen kann, ist ein Ringelschwanz von einem Schwein. Seltsam, nicht wahr?
Vielleicht brauche ich ein bisschen mehr Zeit, aber ich habe schließlich alle Zeit der Welt, oder? Niemand verdächtigt mich. Vielleicht muss ich mich auch auf die Suche nach anderen Zöglingen machen, um mit ihnen zu sprechen und sie zu befragen. Lass Dich einfach überraschen, mein blonder Engel. Bist Du überhaupt noch blond? Frauen wechseln ja heutzutage öfters die Haarfarbe, nicht?

Noch werde ich die Briefe nicht abschicken. Aber Du kannst Dir bestimmt vorstellen, dass ich das unheimlich gern tun würde. Ich möchte, dass Du davon erfährst. Du stehst mir am nächsten. Und bei Dir brauche ich auch keine Angst zu haben, dass Du mich verrätst. Deshalb denke ich jeden Tag darüber nach, ob ich Dir die Briefe – oder wenigstens den ersten, in dem ich Dir von Fischgesicht berichte – schicke. Vielleicht tue ich das bald. Ich bin so aufgewühlt!

Bevor ich mich nun für heute von Dir verabschiede, meine Mandy, noch ein Letztes: Vielleicht kann ich Dich eines Tages sogar besuchen, und wir nehmen uns in die Arme wie früher. Noch ist es aber nicht so weit, meine Kleine, noch bin auch ich nicht so weit, weil ich noch nicht alles gefunden habe, was in meinen Erinnerungen schläft. Ich muss es nach und nach erwecken, und erst wenn ich mich wirklich an alles erinnere, werde ich bereit sein. Eines ist aber heute schon gewiss, dass ich mich über alle Maßen auf diesen Augenblick freue.

Ich schließe wie im letzten Brief: In Gedanken bin ich bei Dir, meine Kleine. Tag und Nacht.
In Liebe,
Dein Matthias

13

»Guten Morgen, liebe Kollegen. Hatten Sie ein schönes Wochenende?« Der Redaktionsleiter reckte sich, um größer zu wirken. Papier raschelte. »Sie haben den Ausdruck vor sich?« Alle nickten, und so setzte er fort: »Am Gesamtplan für diese Woche hat sich nichts geändert. Alle langfristigen Termine sind geblieben. Gehen wir das noch einmal schnell durch. Isabell – Sie schreiben.« Die Praktikantin nickte eilfertig und klickte mit ihrem Kuli. Nach zehn Minuten war alles besprochen. Hampenmann blickte in die Runde. »Und nun noch ein paar Bemerkungen zum Schluss. Tom?« Der Angesprochene schaute auf, und Hampenmann lächelte ihm väterlich zu. »Die beiden Artikel über den Leichenfund in Grünau – große Klasse. Das hast du sehr schön geschrieben. Weiter so. Gibt es in dem Fall schon Neuigkeiten?«

»Nein, Chef. Jedenfalls noch nichts, was wir veröffentlichen könnten.«

Lara hatte das Gefühl, Tom drücke seinen Brustkorb noch ein bisschen weiter heraus, während er sich Mühe gab, nicht *zu* erfreut dreinzuschauen. Sie grub die Schneidezähne in die Unterlippe. *Weiter so.* Das bedeutete wohl, der Kollege sollte Fortsetzungen über die Plattenbauleiche schreiben. Nicht etwa *sie.* Andererseits hatte er noch nichts Neues erfahren. Sagte er zumindest.

»Das war's für heute. Wer Fragen hat – ich bin bis vierzehn Uhr in meinem Büro, danach habe ich einen Außentermin. An die Arbeit.« Hampenmann erhob sich. Das war das Zeichen für alle anderen, es ihm nachzutun. Mappen wurden zugeklappt, Stühle scharrten. Einer nach dem anderen marschierte hinaus.

Lara betrachtete Friedrichs rosakariertes Hemd. Gewagte Farbe für einen fast Sechzigjährigen. »Außentermin, hm?« Friedrich grinste zu seinen gemurmelten Worten. »Wahrscheinlich in einem Edellokal mit einem dieser unheimlich wichtigen Managertypen. Oder noch besser – mit einer gutaussehenden Tussi, die ihre Lippen viel zu rot geschminkt hat.« Lara musste lächeln.

»Ihr solltet nicht lästern.« Tom ging an ihnen vorbei und steuerte seinen Platz an.

»Du musst dich gerade aufregen ...« Friedrichs Antwort hörte Tom nicht. Er hatte sich schon auf seinen Drehstuhl plumpsen lassen und fixierte angestrengt den Bildschirm.

»Ich geh eine rauchen.« Friedrich verschwand nach draußen. Lara setzte sich an ihren Schreibtisch und begann, den Redaktionsplan mit ihren Terminen abzugleichen.

»Was ist eigentlich mit dem Prozess gegen diesen ehemaligen Klinikarzt, der Kinder missbraucht haben soll?« Toms Stimme durchkreuzte ihre Überlegungen.

»Was soll damit sein?«

»Machst du die Berichterstattung?«

»Wer sonst?« Vor Laras Augen flackerten die Tabellenzeilen.

»Ich hab ja nur gefragt. Hast du etwa schlechte Laune?«

»Nein. Ich war in Gedanken.« Lara versuchte, ihren rasenden Puls unter Kontrolle zu bekommen. Wollte der Lackaffe ihr diesen Fall jetzt auch noch abspenstig machen?

»Dann ist es ja gut.« Sie hörte an Toms Stimme, dass er aufgestanden war. Sehen konnte Lara es nicht, weil sie noch immer auf ihren Terminplaner starrte. Der Kollege sollte auf keinen Fall merken, dass sie sich von ihm provozieren ließ. Ihr Zorn verlieh dem Papier einen rötlichen Schimmer. *Pass bloß auf, mein Freund, dass du nicht zu übermütig wirst!*

»Hallo miteinander!« Die Tür flog an die Wand, und Jo stürmte herein, ein breites Grinsen im Gesicht. »Tolles Wetter heute!« Der Fotograf hob kurz die Hand und winkte den aufschauenden Kollegen zu. Dann lächelte er Lara an. Ihre Empörung verflog so schnell, wie sie gekommen war.

»Trinkst du einen Kaffee mit mir?« Jo nahm seine Kameraausrüstung von der Schulter und legte sie auf eine Ecke von Laras Schreibtisch.

»Gern.« Im Aufstehen erhaschte sie Toms argwöhnischen Blick. Er schien sie auf dem Weg in die kleine Küche zu verfolgen.

»Na, wie stehen die Aktien?« Jo hielt die bauchige Tasse mit beiden Händen umfasst.

»Alles wie gehabt. Hampenmann spielt den Zirkusdirektor, Hubert ist maulfaul wie immer, Christin habe ich seit einer Woche nicht gesehen, Friedrich qualmt eine nach der anderen, Tom sieht zu, dass er seine Schäfchen ins Trockene bringt, und Isabell ist bald weg.« Lara dachte kurz darüber nach, ob Tom der Praktikantin auch nur eine Träne nachweinen würde, fand den Gedanken dann aber nebensächlich. Es würde sicher bald naiver Nachschub kommen.

»Ärgert dich dein Kollege immer noch?«

»Was heißt ›ärgern‹, Jo? Ich werde das Gefühl nicht los, dass er dauernd an meinem Stuhl sägt.«

»Kannst du das beweisen?«

»Nicht so richtig.« Sie fasste im Telegrammstil die Ereignisse um die Plattenbauleiche zusammen.

»Davon habe ich gehört. Der gute Tom macht jetzt sogar die Fotos selbst, hm?«

»Eines. Weil er gerade ›in der Nähe‹ war, hat er gesagt.«

»Aha. Ich hoffe nicht, dass der Mann denkt, er könnte ausgebildete Fotografen ersetzen.« Jo goss sich noch eine halbe Tasse nach. »Überlässt du ihm denn nun den Fall?«

»Er *hat* ihn doch schon. Ich habe aber trotzdem am Wochenende ein bisschen recherchiert.« Lara dachte an ihre fruchtlosen Versuche, den Jugendlichen in Grünau irgendwelche Informationen zu entlocken, und daran, wie sie entnervt nach Hause gefahren war. Sie sprach leiser weiter: »Vielleicht finde ich noch etwas Interessantes heraus, was er nicht weiß.«

»Du lässt dich nicht unterkriegen, was?« Jo zwinkerte wieder und Lara hatte für einen kurzen Augenblick das Gefühl, er flirte mit ihr.

»Hast du mal wieder was von Mark gehört?« Der Fotograf hatte den Psychologen letztes Jahr bei der gemeinsamen Jagd auf den Serienmörder Martin Mühlmann, der auch Lara in seinen Fängen gehabt hatte, kennengelernt.

»Wir telefonieren fast jede Woche.« Lara fiel wieder ein, dass sie ihre neuen »Halluzinationen« mit Mark besprechen wollte. Draußen klapperten leise die Tastaturen. Irgendwo klingelte ein Telefon. Sie stellte ihre leere Tasse in die Spüle.

»Hi, Lara! Hi, Jo!« Isabells Stilettos klapperten im Takt zu ihren Worten über die Bodenfliesen. »Wir gehen jetzt was essen!«

»Wer ist wir?« Lara beobachtete, wie Jo den kurzen Rock der Praktikantin musterte, und verkniff sich ein Grinsen.

»Ich und Tom.«

»Na dann, guten Appetit!« Der Esel nannte sich immer zuerst. Isabell und Tom gingen gemeinsam essen, wie könnte es anders sein. Und als Nachtisch gab es dann ein schnelles Nümmerchen auf der Damentoilette.

»Wollen wir zwei auch etwas essen gehen?« Lara hörte Jos Frage, sah sich selbst mit dem Fotografen in einer Toilettenkabine, spürte Hitze von ihrem Hals nach oben steigen und wandte sich ab. »Gern. Ich spül das hier nur schnell ab.«

»Dann lade ich eben noch die Fotos von dem Auffahrunfall auf der Autobahn herunter.« Jo verschwand aus der Küche, und Lara strich sich mit dem nackten Arm über die Stirn. Das hatte ihr noch gefehlt.

Anscheinend vermisste ihr Körper Sex. Es waren mittlerweile – sie rechnete kurz nach – schon fast elf Monate, seit Peter ausgezogen war.

»So, meine Liebe. Ich verabschiede mich gleich hier.« Jo war vor dem Bistro stehen geblieben und blinzelte in die Sonne. »Hab noch ein paar Außentermine.«

»Und ich mache mich auf den Rückweg. Nicht dass der Hampelmann auf die Idee kommt, ich dehne meine Mittagspause zu lange aus.«

»Und was machst du heute noch?«

»Zuerst rufe ich noch einmal in der Rechtsmedizin an.« Lara spürte die trockene Wärme von Jos Handfläche.

»Wegen dieser Plattenbauleiche?«

»Ja. Ich wüsste gern, ob bei der Obduktion noch etwas Interessantes entdeckt wurde, außer der Tatsache, dass der Mann ertränkt wurde.«

»Er wurde *ertränkt*?« Das letzte Wort betonte Jo. »Das hast du vorhin aber nicht erzählt. Ich hatte angenommen, dass das irgendein Penner war. Totgesoffen oder Herzstillstand, so etwas in der Art.«

»Scheiße.« Lara griff nach Jos Oberarm. »Das ist absolut vertraulich. Ich habe es von einer ›zuverlässigen Quelle‹, wie es so schön heißt. Du musst das für dich behalten, bis die offizielle Verlautbarung raus ist.«

»Klar doch. *Ertränkt* bedeutet doch aber ...«

»Vergiss es Jo, bitte. Ich komme sonst in Teufels Küche.«

»Na gut. Weil du es bist.« Er grinste dabei und rückte dann den Schultergurt seiner Kameraausrüstung zurecht. »Glaubst du, die werden dir in der Rechtsmedizin Auskunft geben?«

»Wenn ich Doktor Seiler persönlich drankriege, dürfte es kein Problem sein. Er kennt mich von früheren Fällen.«

»Na, dann viel Glück!« Jo lächelte stärker, drehte sich um und marschierte davon. Seine Kamera schwang bei jedem Schritt fröhlich von vorn nach hinten.

Lara sah ihm noch einen Moment nach, dann suchte sie nach ihrem Handy und ging in die andere Richtung.

Auf Laras Computer erschien der letzte Artikel, an dem sie geschrieben hatte, ein Bericht über das Feuerwehrfest für die morgige Ausgabe. Sie ging ihn noch einmal Zeile für Zeile durch, während sie über das Gespräch mit dem rechtsmedizinischen Institut nachdachte. Mit der Frau, die am Telefon gewesen war, hatte sie noch nie zu tun gehabt. Nach eindringlicher Nachfrage war diese schließlich damit herausgerückt, dass der endgültige Bericht nicht vor morgen vorliegen werde. Die Journalistin könne sich ja dann beim Pressesprecher der Polizei danach erkundigen.

Lara spürte noch immer Reste von Groll in ihrem Innern. Dieser Montag schien nicht ihr Tag zu sein.

Sie speicherte den Feuerwehrartikel und fragte sich gleichzeitig, wieso die Rechtsmediziner dieses Mal eigentlich so lange für ihren Abschlussbericht brauchten. Eine ganz »normale« Autopsie dauerte im Höchstfall einen Tag. Und die Plattenbauleiche war letzten Dienstag gefunden worden – vor fast einer Woche. Eigentlich konnte es nur zwei Gründe geben – entweder die Rechtsmediziner waren dermaßen überlastet, dass die Toten sich türmten, oder man wartete erst noch das Ergebnis weiterer Untersuchungen wie Drogenscreening und Laboranalysen ab. Ersteres erschien unwahrscheinlich. Schließlich hatte Kriminalobermeister Ralf Schädlich sich schon letzten Mittwoch wegen des Ertränkens verplappert. Diese Information konnte er nur aus der Gerichtsmedizin gehabt haben. Was wiederum hieß, dass die die Leiche am Mittwoch schon unter dem Messer gehabt hatten.

Lara fand ihre Beweiskette schlüssig. Sie sah zu Toms leerem Stuhl hinüber. Entweder dehnte der Kollege seine »Mittagspause« mit Isabell über Gebühr aus oder er war schon wieder zu einem Termin außer Haus, was auch immer das heißen mochte. Da Hampenmann ihnen heute Vormittag verkündet hatte, dass er ab vierzehn Uhr unterwegs sein würde, gab es keine Kontrollinstanz.

Der Bildschirm erwachte zum Leben. Neue Kurzmeldungen liefen über den Newsticker. Lara überflog die Zeilen flüchtig. Es war nichts Relevantes für die *Tagespresse* dabei.

Aus der Kaffeeküche drang Isis schrilles Kichern. Lara registrierte, dass sich damit die Frage, ob Toms Mittagspause mit der Praktikantin schon beendet war, erledigt hatte.

Ihre Gedanken kreisten noch immer um den Autopsiebericht, während sie lustlos ihre Notizen für die geplante Hintergrund-Serie zum Thema »Gewalt gegenüber Wehrlosen – Verbrechen an Kindern« aufrief.

Wenn der vollständige Bericht der Rechtsmedizin morgen kommen sollte, dann hieß das noch lange nicht, dass dieser auch an die Öffentlichkeit gelangen würde. Oft hielten die Ermittler Erkenntnisse zurück, um ihre Jagd nach den Tätern nicht zu gefährden.

Sie konnte morgen den Pressesprecher anrufen und nachfragen, aber damit war noch nicht gesagt, dass er ihr auch etwas mitteilen würde. Dazu kam, dass Tom mit Sicherheit das Gleiche vorhatte. Hampenmann hatte ihn mit seinem »Weiter so« ja förmlich angestachelt, an der Sache dranzubleiben.

Lara zog ihr Handy heran und suchte im Menü nach der Telefonnummer von Kriminalobermeister Schädlich. Vielleicht hatte er Lust auf einen Kaffee mit ihr, morgen oder übermorgen. War es letzte Woche im *Lindencafé* nicht nett gewesen?

Das schlechte Gewissen regte sich nur kurz. Die insistierende Stimme in ihrem Kopf verstummte fast augenblicklich, als die Tür aufschwang, Tom hereinspazierte und sich umsah. Seine Augen glühten förmlich. Nein, wenn sie es recht bedachte, fühlte sie sich nicht schlecht bei der Sache. Ungewöhnliche Ereignisse erforderten ungewöhnliche Maßnahmen.

14

Ich schließe wie im letzten Brief: In Gedanken bin ich bei Dir, meine Kleine. Tag und Nacht.
In Liebe

Matthias Hase betrachtete noch einmal die nach rechts geneigten Buchstaben. Dann faltete er den Brief zweimal und fuhr mit dem Daumennagel über die Knickstellen. Seine kleine Mandy, sein Püppchen. Ihr Bild war Tag und Nacht bei ihm. Die feinen blonden Haare zu Zöpfchen geflochten, die hochgebunden worden waren und so eine Schlaufe bildeten. »Affenschaukeln« hatten sie es genannt. Im hellen Licht hatten Mandys Haare immer einen rötlichen Schimmer gehabt. Sonnenlicht verstärkte auch ihre Sommersprossen, die im Winter fast unsichtbar waren.

Er konnte sich gar nicht vorstellen, wie sie heute, als erwachsene Frau, aussah. Für ihn war sie immer noch die Kleine, sein Püppchen, was wohl auch daran liegen mochte, dass er nicht miterlebt hatte, wie sie zur Frau herangereift war.

Seine Schwester war ein kleines, zartes Kind gewesen. Und immer ein bisschen ängstlich. Sie hatte sich nie ganz fallenlassen können, war immer auf der Hut gewesen. Andererseits war das unter den Umständen, unter denen sie lebten, auch nicht verwunderlich.

Er hatte sich bemüht, ihr beizustehen, für sie da zu sein, aber es war ihm nicht ständig möglich gewesen, Mandy zu beschützen. Die älteren Kinder hatten fast immer länger Unterricht als die jüngeren. Außerdem erledigten Ältere und Jüngere die Hausaufgaben in verschiedenen Räumen. Nur zu den gemeinsamen Mahlzeiten waren alle Heimkinder beisammen, saßen aber in Gruppen an Vierertischen – Plätze zu tauschen war nicht erlaubt und Sprechen unerwünscht. Auch an den Wochenenden gab es strenge Vorschriften und wechselnde Unternehmungen, die die Kinder zu absolvieren hatten.

Die Schlafsäle für Jungen und Mädchen waren streng getrennt, und so war seine Kleine Nacht für Nacht auf sich allein gestellt gewesen.

Matthias hatte damals schon die Vermutung gehabt, dass in den Stunden, in denen er nicht anwesend war, Schlimmes geschah, konnte es aber in seiner Zeit im Kinderheim nie beweisen. Und Mandy sprach nicht darüber. Von Monat zu Monat wurde sie stiller, zog sich immer mehr in sich zurück, sprach kaum noch, ihre Haare verloren den seidigen Glanz, der Blick ihrer hellen Augen wurde matt.

Nicht zuletzt war er damals selbst noch ein Kind gewesen, ein Junge zwar, aber eben doch nur ein Jugendlicher, der es mit der Perfidie der Erwachsenen nicht hatte aufnehmen können.

Heute konnte er anders vorgehen. Er war stark und unnachsichtig, nicht mehr der empfindsame Junge, er hatte Kraft, und er hatte die Macht, sich für all die Marter zu revanchieren.

Matthias schob den Brief in einen gefütterten Umschlag und legte ihn in die Schatulle. Dorthin, wo schon der erste Brief an Mandy wartete. Noch war es nicht so weit, sie abzuschicken.

Zum einen hatte er noch längst nicht alle Peiniger gefunden und gerichtet. Die Suche nach ihnen und die Vorbereitungen der Bestrafungen würden noch viel Zeit und Mühe in Anspruch nehmen. Und bevor nicht jeder seine Untaten gesühnt hatte, wollte er sich nicht der Gefahr einer Entdeckung aussetzen.

Das war aber nicht der Hauptgrund. Matthias Hase hatte Angst, große Angst. Davor, dass Mandy mit den Erinnerungen nicht fertigwurde. Seine Briefe würden den fauligen Schlamm vom Boden ihres Bewusstseins wieder aufwühlen. Er hatte seine Schwester seit vielen Jahren nicht gesehen, wusste nicht, ob sie die Vergangenheit komplett verdrängt hatte, um ruhig leben zu können.

Was, wenn die Schreiben alte Wunden bei ihr aufrissen? Würde sie ihr jetziges Leben weiterführen können? Aus eigener Erfahrung wusste Matthias, dass die Erinnerung an längst vergangene Qualen genauso schmerzhaft sein konnte wie das ursprüngliche Erlebnis. Die Wunden der Seele vernarbten nie.

Noch mehr fürchtete er sich jedoch vor einer möglichen Antwort seiner Schwester. Was, wenn sie ihn treffen wollte, um mit ihm über früher zu reden? Matthias hatte keine Ahnung, ob er dies würde ertragen können.

Eines Tages jedoch würde er die Briefe abschicken. Sein Unterbewusstsein würde ihm sagen, wann es so weit war.

Der Deckel der geschnitzten Schatulle schloss sich mit einem Klacken. Matthias stellte das Kästchen in den Schrank zurück. Zwei der Täter von damals hatten ihre gerechte Strafe erhalten. Sie waren mit der gleichen Methode bestraft worden, die sie selbst angewendet hatten – Fischgesicht Meller mit Wasser und Isolde Semper, die Walze, mit verdorbener Nahrung.

Er ging in die Küche, setzte sich, stemmte die Ellenbogen auf die Tischplatte und legte die Handflächen über das Gesicht. Jetzt kam der schmerzhafte Teil. Matthias Hase musste sich erinnern. Musste Dinge hervorholen, die besser im Verborgenen geblieben wären.

Um auch die anderen Peiniger zu bestrafen, um die passenden Sanktionen vorzubereiten, musste er sich zuerst exakt daran erinnern, was diese den Kindern alles angetan hatten.

Mit Mellers chinesischer Wasserfolter und dem Aufessen von Erbrochenem war es nicht getan. Das waren in einer Reihenfolge der Schrecklichkeiten harmlose Vergehen gewesen. Es hatte Schlimmeres gegeben, das *wusste* Matthias, aber sein Geist weigerte sich hartnäckig, die Erinnerungen daran preiszugeben.

Er schloss die Augen.

Zerkratzter Linoleumboden. Das Summen einer Fliege. Ein schmaler Lichtstreifen. Derbe Schuhe. Ein dumpfer Schlag.

Matthias kniff die Augen noch ein wenig fester zusammen, aber das Bild blieb diffus. Er sah nichts als wirre Bruchstücke. Stattdessen verstärkten sich seine Kopfschmerzen, die die ganze Zeit latent vorhanden gewesen waren. Sein Gehirn verweigerte den Dienst. Es wollte einfach nicht mit den Namen der anderen Erzieher herausrücken. Matthias wusste, dass sie da waren, dass all die schrecklichen Taten, Namen, Gesichter gespeichert waren, sauber abgelegt in verschiedenen Schubladen, aber er konnte diese nicht öffnen. Seinem Bewusstsein fehlte der Schlüssel. Aber ohne die Namen gäbe es keine Recherche und ohne Recherche keine Abrechnung.

Vielleicht half es, wenn er sich den Tagesablauf im Heim noch einmal vergegenwärtigte. Mit noch immer geschlossenen Augen kehrte Matthias Hase in die alte Villa vor dreißig Jahren zurück.

»Ruhe dahinten! Es ist längst Schlafenszeit!« Eine barsche Männerstimme. Das Rascheln von grobgewebter Baumwolle. Ein Schalter klickte, es wurde hell. Feste Schritte näherten sich. »Hört ihr schwer? Jeden Abend das gleiche Theater! Ihr lernt es nie!« Mehrmaliges Klatschen, gefolgt von leisem Wimmern. Die Schritte tappten zurück, der Lichtschalter klickte erneut. Hinter Matthias' fest geschlossenen Augen wurde es dunkel. Stuhlbeine kratzten über den Boden. Dann war Stille.

Die Zeiten für die Nachtruhe im Heim waren gestaffelt. Dabei wurde nach Schulklassen eingeteilt. Alle Kinder bis Klasse vier wurden um halb acht ins Bett geschickt, um acht Uhr folgten alle Kinder bis zur Klassenstufe acht, um neun Uhr schließlich Klasse neun und zuletzt, um halb zehn, die Zehntklässler und Lehrlinge bis achtzehn Jahre.

»Bettruhe« bedeutete nicht etwa, dass sie noch lesen oder sich unterhalten durften. Es wurde absolutes Schweigen verlangt, jeder hatte in seinem Bett zu liegen, die Augen geschlossen. Man konnte sich vorstellen, dass es einem Jugendlichen mit zwölf, dreizehn Jahren schwerfiel, um acht Uhr abends schon schlafen zu gehen, besonders im Sommer. Diskutieren nützte jedoch nichts. Es gab Regeln, und diese wurden eingehalten. Damit es in den Schlafsälen trotzdem ruhig war, saß an jeder Tür ein »Wachhund« und beaufsichtigte die Kinder, bis irgendwann tatsächlich alle schliefen.

Die Erzieher teilten sich die Dienstzeiten untereinander auf. Manche machten nur die Tagschicht, andere wechselten. Es gab drei Schichten, die Früh-, Mittags- und Nachtaufsicht.

Der Nachtdienst – immer mindestens zwei Erzieher, einer für die Mädchen, einer für die Jungen – verschwand nach dem Frühstück, wenn die Kinder in die Schule gingen. Die Frühschicht blieb bis zur »Lernzeit« am Nachmittag, wenn die Hausaufgaben gemacht wurden, und wurde vom Spätdienst abgelöst. Die Semper war immer vor dem Abendbrot gegangen. Fischgesicht Meller hatte den Nachtdienst bevorzugt.

Matthias öffnete die Augen. Das Sonnenlicht blendete ihn. Aus dem dumpfen Pochen hinter seiner Stirn war ein stetiges Hämmern geworden. In ein, zwei Stunden würde er eine ausgewachsene Migräne haben. Sein Körper wehrte sich mit allen Mitteln gegen die Erinnerungen.

Im Medizinschrank stapelten sich die Schächtelchen zu Türmen. Matthias betrachtete die Aufschriften der Medikamente. Manches lag schon so lange hier, dass er gar nicht mehr wusste, wozu es gut war. Doch eine Tablettenpackung wurde regelmäßig erneuert. Seine Finger fanden sie zielsicher – ein Mittel mit Triptan, wirksam bei schweren Migräneanfällen.

Er marschierte in die Küche zurück und spülte die Tablette mit Cola hinunter. Den Schmerzen war vorgebeugt, jetzt sollte sein Kopf keine Ausreden mehr haben. Matthias Hase rückte den Stuhl zurecht, stützte abermals den Kopf in die Hände und schloss die Augen. So konnte er am besten nachdenken.

Die Nachtwache. Er war bei der Nachtwache stehen geblieben. Etwas geschah in den Nächten.

Das Feuerrad in seinem Schädel begann sich zu drehen und schleuderte Gedächtnisfetzen wie Protuberanzen nach außen.

Einmal war er aufgewacht, als ein Junge in den Schlafsaal zurückgebracht worden war. Der Kleine hatte geschwankt wie ein Schilfrohr im Wind. Ein Erzieher stützte ihn, half ihm in sein Bett, deckte den Kleinen zu und schlich wieder auf den Gang. Das alles hatte sich im Dunkeln und fast lautlos abgespielt. Matthias hatte keine Ahnung, was ihn geweckt hatte. Das Einzige, an das er sich noch erinnerte, war, dass der Kleine danach noch eine ganze Weile lang leise geschnieft hatte. Und auch das hatte er nur hören können, weil er direkt nebenan lag.

Etwas war in dieser Nacht geschehen. Etwas Schlimmes. Mehr als das gab sein Gehirn nicht frei. Die Schublade, in der das Wissen verborgen war, blieb geschlossen. Wer war dieser Erzieher gewesen? Und was hatte er dem Jungen angetan?

Matthias öffnete die Augen wieder, blinzelte mehrmals und starrte blicklos auf die Küchenfliesen.

Er hatte geweint, ohne es zu merken. Mit dem Ärmel wischte er sich über die Augen und schluckte mehrmals. Etwas zog ihn förmlich ins Arbeitszimmer. Er musste recherchieren. Routiniert fuhr er den Computer hoch.

Matthias starrte auf den Monitor. Seine Unterlippe zitterte, und er versuchte, seine Kaumuskeln im Zaum zu halten, damit die Zähne nicht unkontrolliert aufeinanderklapperten. Er beugte sich zur Seite. Seine Finger machten sich selbstständig und drückten den rot leuchtenden Knopf auf der Steckdosenleiste. Mit einem Knistern erlosch das Bild.

Die plötzliche Stille im Arbeitszimmer wurde nur vom rhythmischen Hämmern seiner Zähne unterbrochen. Das Pochen im Kopf kam mit der Macht einer Dampframme zurück. Er rieb sich so heftig mit den Fingern über die Stirn, dass rote Flecken entstanden. Matthias ging ins Bad, um sich noch eine Tablette zu holen. Die Blisterpackung in der Rechten, blieb er vor dem Medizinschränkchen stehen.

Er war vorgegangen wie immer: den Computer hochfahren und die Suchmaschine aufrufen. Den Namen des Kinderheims plus Ort eingeben. Der Form halber nach aktuellen Veröffentlichungen schauen und anschließend die E-Mails abrufen. Nur dass es dieses Mal nicht *wie immer* abgelaufen war, denn Google hatte einen neuen Eintrag ausgespuckt.

Beim Klick auf den Link war ein Schwarz-Weiß-Foto eines Hauses erschienen, das Matthias nie wieder hatte sehen wollen.

Er drückte eine Kapsel aus der Packung und versuchte, sie trocken hinunterzuschlucken, aber die Tablette rutschte nicht. Matthias beugte sich vor und trank direkt aus dem Hahn. Dann schüttete er sich mit beiden Händen reichlich kaltes Leitungswasser ins Gesicht, während in seinem Kopf die Gedanken wie wilde Mauersegler umeinanderjagten. Das Wasser hatte einen kupfernen Nachgeschmack. Zurück in der Küche holte er den Kräuterlikör aus dem Vorratsschrank und nahm einen kräftigen Zug direkt aus der Flasche. Matthias Hase trank sonst nie Alkohol, weil ihn das wirr im Kopf machte, aber heute war eine Ausnahme. Das Geschrei in seinem Kopf wurde leiser und verstummte. Nach einem weiteren Schluck des bitteren Schnapses fühlte er sich ausreichend gewappnet, ins Arbeitszimmer zurückzukehren und sich den Erinnerungen zu stellen.

Das Gebäude auf dem Bildschirm hatte sieben Fenster im Erdgeschoss und sieben darüber. Die drei mittleren Fenster im ersten Stock öffneten sich auf einen Balkon. Darüber waren noch einmal drei Fenster, gekrönt von einem dreieckigen, verzierten Giebel. Matthias brauchte das Bild nicht zu vergrößern, um zu wissen, dass in dem Dreieck zwei stilisierte Löwen ihre Tatzen auf ein Blumenbukett gelegt hatten. Daneben ragte die Drahtkonstruktion einer Fernsehantenne in den Himmel. Gardinen gab es keine. Das Stückchen Garten, das man auf dem Foto vor der Villa sehen konnte, war ungepflegt. Es sah nicht so aus, als sei das Haus noch bewohnt.

Vorsichtig glitt sein Blick über den Text neben dem Bild.

Kinderheim »Ernst Thälmann« – Ein Haus mit Vergangenheit
– Historie
– Tagesablauf
– Gästebuch
– Fotos
– Mein Leben im Heim
– Kontakt

Ganz langsam wanderte der Mauszeiger zu dem Menüpunkt »Tagesablauf«, der linke Zeigefinger drückte die Taste.

Liebe Besucher! Diese Seite befindet sich noch im Aufbau. Weitere Infos folgen in Kürze.

Matthias atmete heftig. In seinen Ohren rauschte das Blut. Eine kleine Fliege landete auf dem oberen Rand des Monitors und begann, sich die Beinchen zu putzen. Er fühlte sich körperlich erschöpft, so als habe er einen anstrengenden Sportwettbewerb hinter sich. Würden sich auf den anderen Seiten echte Informationen oder auch nur die Vertröstung auf später verbergen? Noch einmal huschte sein Blick über das Menü, während er gleichzeitig überlegte, was sein ramponierter Verstand am ehesten ertrüge.

> Historie:
> Bevor es ein Kinderheim wurde, hieß das Haus »Villa Rosengarten«. Bis 1945 gehörte es einem Tuchfabrikanten. Die Villa Rosengarten wurde 1860 im Renaissancestil mit klassizistischen Einflüssen erbaut.
> Nach dem Zweiten Weltkrieg wurde der Besitzer enteignet. Nur kurz darauf begann man, Kinder – Kriegswaisen zuerst – in der Villa unterzubringen, die 1950 den Namen »Ernst Thälmann« erhielt.
> Fast fünfzig Jahre lang, bis zur Wende 1989, fungierte die ehemalige Villa Rosengarten dann als Kinderheim.

Auch hier wieder ein grobkörniges Foto. Es zeigte den Seiteneingang. Acht Stufen führten zu einer zweiflügligen Rundbogentür aus Holz. Das verschnörkelte Geländer an der Seite der Treppe war verrostet. Über dem Eingang fletschte ein glotzäugiges Dämonengesicht die Zähne. Solche Gestalten sollten böse Geister abschrecken und vom Haus fernhalten. Für Matthias war die Fratze immer ein Symbol gewesen. Ein Sinnbild für das, was im Haus geschah.

> Zahlreiche Mädchen und Jungen verbrachten hier ihre Kindheit. Das Kinderheim »Ernst Thälmann« war ihr »Zuhause«, manchmal über viele Jahre hinweg. Freud und Leid, Erfahrungen mit dem Leben fanden hier statt, Menschen wurden geprägt. Wie sehr – das muss jeder selbst beurteilen.

Matthias hörte sich selbst keuchen. Freud und Leid? Was für *Freude* konnte der Verfasser gemeint haben? Hatte es jemals schöne Augenblicke gegeben? Er jedenfalls erinnerte sich an nichts dergleichen. Aber vielleicht war ja der Verfasser dieser Seiten auch bloß vorsichtig mit dem, was er ins Netz stellte. Er überflog den Rest.

Am 1. Januar 1986 wurde das Kinderheim von der VEB Gebäudewirtschaft an den Rat der Stadt, Abteilung Volksbildung übergeben.
Ab 1988 erfolgten umfangreiche Umbauten. Das Nebengebäude wurde durch einen Verbindungsgang an das Haupthaus angeschlossen. Im Nebengebäude entstanden neue Wohneinheiten. Hier wohnten Jugendliche, die zur »Wiedereingliederung in den sozialistischen Alltag« vorbereitet werden sollten und meist aus Jugendwerkhöfen kamen. Im Zuge dessen wurden auch die Räume im Hauptgebäude verkleinert, und jede Etage erhielt eine eigene Küche und ein Bad.
Am 30. Juni 1990 schließt das Kinderheim für immer seine Pforten.

»Jugendwerkhöfe«, was für ein unschuldiges Wort für Strafanstalten, in denen Jugendliche zu systemtreuen DDR-Bürgern erzogen werden sollten!

Neben dem Text waren weitere Fotos, alle in Schwarz-Weiß. Die Rückansicht des Hauses mit der verglasten Veranda, das halb verfallene Pförtnerhaus, der Jugendstilzaun und zum Schluss noch das Wirtschaftsgebäude. Noch einmal ließ Matthias seinen Blick von oben nach unten rutschen. Am Pförtnerhäuschen blieb er hängen. Ein Spitzdach über Fachwerk, zwei schmale Fenster, eine mannshohe Birke direkt vor der Tür. Etwas blitzte in seinem Kopf auf, aber er konnte den Gedanken nicht einfangen.

Auch die rechteckigen Kellerfenster im Haupthaus, in einer Reihe unter den sieben Rundbogenfenstern im Erdgeschoss wirbelten Staub in seinem Hirn auf. *Konzentrier dich!*, flüsterte eine Stimme in seinem Kopf. Diese neu aufgetauchte Seite hatte ihn völlig aus dem Konzept gebracht, besonders die Bilder irritierten ihn. Matthias beschloss, nicht weiter darüber nachzugrübeln, und klickte sich zurück auf die Startseite. Die Erinnerungen würden wiederkommen, wenn er bereit dafür war. Sein ursprüngliches Ziel war es gewesen, zu recherchieren, weitere Namen herausfinden.

Wer hatte die Seite eigentlich ins Netz gestellt? Er suchte nach einem Impressum, fand jedoch nur das Datum der letzten Aktualisierung und eine E-Mail-Adresse mit der Bezeichnung »postmaster«.

Die Seite *Über mich* war noch leer. So war nicht einmal ersichtlich, ob der ehemalige Heiminsasse männlich oder weiblich war. Matthias rückte den Mauszeiger auf die Mailadresse und das Outlook-Fenster öffnete sich. Seine Kopfschmerzen waren wie weggeblasen.

15

»Mein Mandant räumt die ihm vorgeworfenen Missbrauchsfälle ein. Wir wollen den Opfern damit eine Aussage vor Gericht ersparen.« Der Verteidiger zupfte seine Krawatte zurecht und wandte dabei den Blick nicht vom Richtertisch. Die beiden Jugendschöffen versuchten, ihren angewiderten Gesichtsausdruck unter Kontrolle zu bekommen.

Lara kritzelte »räumt Vorwürfe ein« in ihr Notizbuch und fügte »Strafminderung?« hinzu. Während der Richter antwortete, schaute sie sich verstohlen im Gerichtssaal um. Neben ihrem Kollegen Frank Schweizer von der *Tagespost* saßen noch vier weitere Journalisten, zwei Männer und zwei Frauen, die sie hier noch nie gesehen hatte. Auch die Reihe hinter ihnen war mit Pressevertretern besetzt. Sie alle hatten strikte Order bekommen, keine Details über die Straftaten des angeklagten Klinikarztes zu veröffentlichen. Trotzdem oder vielleicht gerade deswegen war das Interesse der Medien groß. Das regionale Fernsehen wartete vor dem Gerichtssaal im Flur, um ein paar Bilder zu erhaschen. Sie wussten es nicht genau, aber dies konnte der letzte Verhandlungstag vor der Urteilsverkündung sein. Mit der Jugendkammer des Landgerichtes hatte Lara bisher wenig Erfahrung. Der Prozess fand wegen des Alters der Opfer nicht vor der sonst üblichen Großen Strafkammer statt.

Der Rechtsanwalt hatte inzwischen wieder neben seinem Mandanten Platz genommen. Nachdem der Richter eine Mittagspause von einer Stunde angeordnet hatte, erhoben sich beide und verschwanden, gefolgt von zwei Beamten, in Windeseile durch eine kleine Seitentür.

»Kommst du mit in die Cafeteria?« Frank Schweizer packte seine Sachen in eine schwarze Aktentasche und sah dann hoch.

»Gern.« Lara folgte ihm zu der riesigen zweiflügeligen Tür. Da es schon in einer Stunde weitergehen würde, lohnte sich ein Abstecher in die Stadt nicht.

»Wie findest du seinen Schachzug?« Frank flüsterte fast, als sie sich auf dem Flur an dem jungen Mann mit der Fernsehkamera auf der Schulter vorbeimogelten.

»Dass er den Missbrauch einräumt? Das habe ich erwartet. Seine Strafe würde mit Sicherheit höher ausfallen, wenn er alles abstreitet und die Mädchen vor Gericht aussagen müssten.«

»Ich finde den Typ widerlich.« Frank sprach noch immer leise, obwohl niemand mehr in ihrer Nähe war. Sie schritten die Treppen zur Cafeteria hinunter. »Ein Arzt! Hoffentlich bekommt er ordentlich was aufgebrummt!« Er stieß die Schwingtür auf. Sofort waren sie von Stimmengemurmel und Essensdunst umgeben. Fast alle Stühle waren besetzt. Lara ließ ihren Blick über die Anwesenden schweifen und entdeckte einen freien Tisch am rückwärtigen Ende des Raumes. Frank Schweizer im Schlepptau steuerte sie im Zickzack auf den Platz zu. Sie deponierten ihre Taschen auf den Stühlen und stellten sich dann an der Schlage an.

Jeder mit einem Tablett beladen kehrten sie zurück, nahmen Platz und begannen zu essen. Lara verglich den Sauerbraten des Kollegen mit ihrem Salat und lobte sich im Stillen für ihre Entscheidung.

»Schmeckt gut.« Frank Schweizer nahm einen Schluck Cola und sah sich dabei um. »Dahinten sitzt der Staatsanwalt.« Franks Kinn ruckte in Richtung Tür. »Und Roland Westwald von *Leipzig heute* ist bei ihm. Die verstehen sich anscheinend super.«

»Glaubst du, die werden heute noch mit allem fertig?« Lara war mit ihren Gedanken ganz woanders. Ihre Verabredung mit Ralf Schädlich nachher ging ihr nicht aus dem Kopf. Der Kriminalobermeister hatte sich bei ihrem gestrigen Anruf fast *zu* bereitwillig gezeigt, sich mit ihr zu treffen. Seine Freude darüber, dass sie ihn angerufen hatte, war nicht zu überhören gewesen, und Lara hatte den ganzen Abend mit Schuldgefühlen gekämpft, weil sie dem Beamten Interesse vorgaukelte, wo keines war. Sie wurde das klebrige Gefühl nicht los, sich damit auf eine Stufe mit Tom Fränkel herabbegeben zu haben.

»Das hoffe ich. Soweit ist alles durch, nur die psychologischen Sachverständigen haben noch nicht ausgesagt. Vielleicht werden die Gutachten auch nur verlesen.«

»Darauf bin ich gespannt.«

»Ich kann mir denken, was darin steht. Du hast den Typen doch gesehen und gehört. Ein manipulativer Pädophiler. Kaum anzunehmen, dass seine Zurechnungsfähigkeit eingeschränkt ist.«

»Warten wir es ab.« Lara pikte die Gabel in die letzten beiden Tomatenscheiben.

»Ist hier noch Platz?«

Lara ließ die Gabel wieder sinken und schaute auf. Eine schlanke Frau um die vierzig mit blondem Pagenkopf und auffallend grünen Augen stand vor ihr. Sie trug ein Nadelstreifenkostüm. In einer Hand balancierte sie einen Teller mit Suppe, in der anderen ein Glas Mineralwasser.

»Aber gern. Bitte sehr!« Frank hatte schon einladend genickt und auf den Stuhl neben sich gezeigt. Die Frau lächelte verlegen, stellte ihr Geschirr ab und setzte sich, nicht ohne vorher den Rock glattzustreichen.

»Lassen Sie es sich schmecken!«

Die Fremde nickte und griff zum Löffel. Lara verkniff sich ein Lächeln. Franks Interesse an der schönen Blonden war nicht zu übersehen.

»Trinken wir noch einen Kaffee?« Frank wartete auf Laras Nicken und erhob sich. »Bleib sitzen. Ich bringe dir eine Tasse mit. Wollen Sie auch einen?« Die blonde Frau sah zu dem leeren Stuhl hinüber und realisierte dann, dass sie gemeint war. »Das wäre nett. Schwarz bitte.«

Frank verschwand in Richtung der Essensausgabe.

»Sie beide waren auch bei dem Verfahren gegen Doktor Schwärzlich?« Lara runzelte die Stirn, deshalb setzte die Fremde schnell noch hinzu: »Der Anästhesist, der sich an den Kindern vergangen hat.«

Lara nickte langsam und ging dabei in Gedanken die Reihen im Gerichtssaal durch. Die Frau im Nadelstreifenkostüm hatte in der vorletzten Reihe gesessen. »Sie beobachten den Fall? Sind Sie auch von der Presse?«

»Nein, ich komme vom Jugendamt. Ich berate die betroffenen Mädchen und ihre Eltern. Laut Jugendgerichtsgesetz sollte bei solchen Verfahren immer jemand von uns mit dabei sein. Ich habe mich gar nicht vorgestellt, entschuldigen Sie. Sandmann.« Sie streckte die Hand aus, und Lara ergriff sie.

»Lara Birkenfeld von der *Tagespresse*. Und da kommt mein Kollege, Frank Schweizer, von der *Tagespost*.« Frank balancierte heran, den Blick starr auf den Kaffee gerichtet, um nichts zu verschütten. Mit einem Seufzen stellte er die drei Tassen ab und nahm Platz.

»Wir haben uns inzwischen bekannt gemacht. Das ist Frau

Sandmann vom Jugendamt.« Lara öffnete das Döschen mit der Kaffeesahne.

»Vom *Jugendamt* sind Sie?« Franks Stimme kippte bald über. Es hörte sich an, als sei dies eine sensationelle Enthüllung. »Das ist ja interessant!«

»Da die Opfer minderjährig sind, steht ihnen eine Beratung zu.« Die blonde Frau knetete ihre Hände und begann dann schweigend, den schmalen Granatring an ihrem linken Ringfinger zu drehen.

»Ich finde das Ganze unglaublich. Da vergeht sich ein angesehener Arzt über mehrere Jahre hinweg an zehn- bis zwölfjährigen Mädchen, teilweise in seinem Büro im Klinikum. Er erklärt den Eltern, an einer Studie über Bronchialasthma bei Kindern teilzunehmen – ganz im Dienste der Wissenschaft natürlich –, und das alles nur, damit sich die Mädchen vor ihm ausziehen.« Frank sah sich in der Kantine um und dämpfte seine Stimme etwas. »Und wie wir an den vorhergehenden Prozesstagen gehört haben, hat Schwärzlich die Kinder nicht nur begrabscht, sondern sich vor einigen auch noch selbst befriedigt.«

»Vergiss nicht die versteckte Kamera, mit der er alles gefilmt hat.« Lara rührte um und betrachtete die im Kreis wirbelnden Milchschlieren in ihrer Tasse. »So etwas wird als schwerer Missbrauch eingestuft. Außerdem hat man Kinderpornos bei ihm gefunden.«

»Ich verstehe bloß nicht, warum es die Anweisung gegeben hat, die sexuellen Neigungen des Beschuldigten nicht öffentlich auszubreiten. Wen will man damit schützen?« Jetzt klang Frank ärgerlich.

»Vielleicht hat auch er Familie?« Frau Sandmann legte die Hände auf den Tisch, als wolle sie diese damit zur Ruhe zwingen. Für ein paar Sekunden schwiegen die drei. Geschirr klapperte, die Espressomaschine gab mahlende Geräusche von sich. Im Hintergrund kicherte eine Frau. Es war drückend heiß.

»Wer weiß. Ich finde es trotzdem nicht richtig. Schwärzlich ist doch nachgewiesenermaßen ein pädophiler Straftäter. Manchmal habe ich das Gefühl, dass in Deutschland Täterschutz vor Opferschutz geht.« Frank musterte sein Gegenüber. Die beherrschte Miene unterstrich die Schönheit ihres Gesichtes noch. »Ein Glück, dass die Mädchen nicht aussagen müssen. Wie verkraften sie das Ganze denn?«

»Dazu möchte ich hier nichts sagen. Es ist für die betroffenen Familien schon schwer genug, dass einige Details an die Öffentlichkeit gelangt sind.« Frau Sandmann sah sich um.

Lara überlegte, ob die letzten Worte einen versteckten Vorwurf gegen die Presse enthielten. Frank schwieg, und so antwortete sie: »Das verstehen wir. Aber vielleicht kommt es Anfang nächster Woche schon zur Urteilsverkündung, dann ist zumindest der Prozess vorbei.« Sie trank ihren Kaffee aus und sah zur Uhr. »Es wird Zeit.«

»Ich bringe das Geschirr weg.« Noch ehe die beiden Frauen etwas entgegnen konnten, hatte Frank schon begonnen, alles auf ein Tablett zu stapeln.

Gemeinsam machten sie sich auf den Rückweg zum Gerichtssaal. Lara hatte keine Ahnung, dass Frau Sandmann in den nächsten Wochen noch eine große Rolle in ihrem Leben spielen würde.

»Hallo!« Ralf Schädlich war schon da und hatte Lara, die suchend am Eingang stand, entdeckt. Jetzt winkte er und versteckte dann den Arm schnell unter dem Tisch, als schäme er sich, seine Freude so öffentlich zu zeigen. Lara spürte erneut das nagende Schuldgefühl in ihrem Bauch, während ihr Mund sich wie von selbst zu einem netten Begrüßungslächeln verzog.

»Es ist etwas später geworden, Entschuldigung.« Der Korbstuhl knarrte beim Setzen. »Ich war bei Gericht, und es hat mal wieder länger gedauert.«

»Das macht nichts.«

»Ein Prozess gegen einen Arzt. Eigentlich sollte um sechzehn Uhr Schluss sein. Aber ehe die Gutachten verlesen und ausgewertet waren... Dann haben Verteidiger und Vorsitzender Richter ewig herumdiskutiert. Immer das Gleiche. Wenigstens sind sie jetzt durch. Nächsten Montag wird das Urteil verkündet. Na, Sie kennen das ja, nicht?« Lara holte tief Luft. Sie redete zu viel und zu schnell.

»Ist nicht schlimm. Ich habe inzwischen einen Saft getrunken und die Zeitung studiert.« Ralf Schädlich zeigte auf die gefaltete *Tagespresse* neben seinem Glas. »Der Artikel über das Feuerwehrfest ist sehr anschaulich.« Er lächelte.

Lara musste auch lächeln. Schädlich wusste natürlich, dass der Text von ihr war, schließlich standen ihre Initialen darunter. Ein etwas plumpes Kompliment, aber gerade das Ungeschickte daran machte es sympathisch. Ein Kellner erschien, und sie bestellte sich eine Weinschorle. Der Kriminalobermeister nahm noch einen Orangensaft. Der Kellner verschwand, und Schweigen breitete sich wie eine unbehagliche graue Wolke über dem Tisch aus.

»Etwas essen?« Ralf Schädlich schob die Karte über den Tisch. Vor Verlegenheit war er in den Telegrammstil verfallen.

»Vielleicht.« Lara nahm das Heft und blätterte darin. Sie hatte Hunger. Der Salat im Gericht war schon wieder fünf Stunden her.

»Werden Sie über den Prozess gegen diesen Arzt schreiben?«

»Am Montag sicher. Dann ist die Urteilsverkündung. Bisher war wegen der minderjährigen Opfer der Deckel auf der Sache, und wir durften keine Details schreiben.« Die Getränke kamen.

»Was wird dem Angeklagten denn vorgeworfen?«

Lara dachte kurz nach, ehe sie antwortete. Sie hatten zwar einen Maulkorb verpasst bekommen, aber erstens war Schädlich Polizist und zweitens bestand die Hoffnung, dass er ihr Vertrauen erwiderte und im Gegenzug mit Neuigkeiten über die

Plattenbauleiche herausrückte. In Kurzform begann sie, die Ereignisse um Doktor Schwärzlich zu schildern, nur unterbrochen vom Kellner, der ihre Speisenbestellung aufnahm.

Ralf Schädlich war ein guter Zuhörer. Er nickte ab und zu und warf Bemerkungen wie »Das ist ja schrecklich« oder »Unglaublich« ein, die einzig dazu dienten, ihren Erzählfluss zu unterstützen.

Als das Essen gebracht wurde, war Lara fast fertig. Zum Schluss betonte sie noch einmal, dass dies alles streng vertraulich sei. Der Kriminalobermeister riss die Augen etwas weiter auf und nickte heftig. Sein bulliges Gesicht glänzte. Lara faltete die Serviette auseinander und beschloss, während des Essens über unverfängliche Themen zu reden. Danach würde sie versuchen, Antworten auf ihre Fragen nach der Plattenbauleiche aus Schädlich herauszukitzeln.

»Das war sehr gut.« Der Kellner näherte sich, um abzuräumen, und Lara bestellte noch eine Weinschorle. Dann schielte sie unauffällig auf ihre Uhr. Das Unbehagen, Schädlichs Vertrauen auszunutzen, wuchs mit jeder Minute. Sie gab sich einen Ruck. »Wie weit sind Sie denn in dem Fall mit der Leiche in dem Abbruchhaus vorangekommen?«

»Meinen Sie den Toten in Grünau von letzter Woche?« Ralf Schädlich klang verwirrt.

»Genau den. Mein Kollege Tom Fränkel«, sie deutete auf die gefaltete Zeitung, die noch immer neben ihnen auf dem Tisch lag, »hat darüber zwei Artikel geschrieben.« Sollte der Kripobeamte ruhig wissen, dass *sie* eigentlich gar kein persönliches Interesse an der Story hatte.

Lara setzte ihr »Eigentlich-interessiert-mich-das-alles-gar-nicht«-Gesicht auf. *Na komm schon! Ich habe dir doch vorhin auch fast alles über den pädophilen Arzt erzählt!* »Hat denn die Obduktion etwas Neues ergeben?«

»Ich glaube nicht.«

Lara sah, wie Ralf Schädlich sich in der Gaststätte umblickte, als fürchte er, beim Ausplaudern interner Informationen beobachtet zu werden. Dabei hatte er bis jetzt noch gar nichts Spannendes von sich gegeben. Und was sollte »ich glaube« heißen? Wusste er es nicht besser, oder wollte er nichts sagen? Der Pressesprecher, den sie heute Vormittag vom Gericht aus angerufen hatte, war auch ziemlich wortkarg gewesen. Der Obduktionsbericht läge vor, man könne jedoch aus ermittlungstaktischen Gründen keine Details an die Öffentlichkeit geben. Die üblichen Floskeln. »Steht denn die Identität des Opfers schon fest?« Sie bemerkte, wie Schädlich unbewusst den Kopf schüttelte, und setzte schnell hinzu: »Keine Angst, davon wird nichts in der *Tagespresse* stehen. Ich frage nur aus persönlicher Neugier.«

»Wir überprüfen gerade alle infrage kommenden Vermisstenfälle.«

»Und? Gibt es schon Ergebnisse?« Das war ja Schwerstarbeit. Ihr Gesprächspartner ließ sich jede Einzelheit aus der Nase ziehen.

»Wir haben eine Spur zu einem vermissten Mann aus Wurzen.«

»Aha!« Schnell wandte Lara den Blick ab, um das Funkeln ihrer Augen zu verbergen, und trank noch einen Schluck von der Schorle, die inzwischen lauwarm geworden war.

»Es ist aber nur eine Möglichkeit von vielen.«

»Na, da haben Sie wenigstens etwas, dem Sie nachgehen können.« Lara stellte ihr Glas ab und lächelte beschwichtigend. *Aber sicher, mein Lieber. Rudere nur zurück.* Sie würde jetzt noch ein bisschen auf den Busch klopfen und dann zum Ende der »Verabredung« überleiten. Es ging auf zwanzig Uhr zu, und sie musste morgen wieder in die Redaktion. »Ich frage mich, warum das Opfer gerade in diesem Haus ertränkt wurde. Das kann doch eigentlich nur bedeuten, dass der Täter Grünau kennt, nicht? Das wiederum heißt, es kann eigentlich nur ein Einheimischer gewesen sein.«

»Das ist möglich, aber nicht zwingend.« Der Kerl war eine

Auster. Sie musste jetzt aufhören, Fragen zu stellen, sonst roch der Kriminalobermeister Lunte. Lara startete einen letzten Versuch. »Und etwas, worüber ich noch gestolpert bin: Warum hat der Täter das Opfer ertränkt? Das war doch nur mit ziemlichem Aufwand zu bewerkstelligen, nicht? Schließlich war das Wasser in den Blocks längst abgestellt.«

»Das sehen wir auch so. Ich kann aber auch dazu noch nichts sagen.« Seine Finger schoben den Bierdeckel auf der Tischdecke hin und her.

»Das verstehe ich doch.« Lara streckte ihre Hand aus, um sie auf die des Kriminalobermeisters zu legen, zog sie aber im letzten Moment zurück. Sie wollte keine falschen Hoffnungen in ihm wecken. Aber vielleicht hatte sie das längst getan. Das schlechte Gewissen erwachte und nagte erneut an ihr. Es wurde Zeit, dem Ende des Abends entgegenzusteuern. Lara kramte in ihrer Tasche und legte das Portemonnaie auf den Tisch, während sie kurz darüber nachdachte, ob sie Ralf Schädlich von der alten Dame und dem schwarzen Auto vor den Abbruchhäusern erzählen sollte. Das würde jedoch bedeuten, dass sie ihre privaten Nachforschungen gestehen müsste. Und das wiederum würde den Argwohn des Kripobeamten mit Sicherheit wecken, so er denn nicht schon erwacht war. »Ich muss morgen wieder früh raus.« Ein entschuldigendes Lächeln.

»Ich auch. Bezahlen wir.« Ralf Schädlich hob den Arm und winkte dem Kellner. »Das war ein netter Abend, Lara.«

Lara? Wollte er sie jetzt duzen? Sie tat, als habe sie den letzten Satz nicht gehört, und steckte die Rechnung ein. Sie erhoben sich gleichzeitig, dann marschierte Schädlich vorneweg. Er war ein paar Zentimeter kleiner als Lara. Sie betrachtete die bullige Gestalt vor sich und dachte dabei an Mark. Sie brauchte jetzt den Rat eines Freundes. Auf dem Parkplatz vor dem Lokal verabschiedeten sich Lara und Ralf Schädlich mit einem Handschlag voneinander.

Lara setzte sich in ihren Mini Cooper, schloss die Tür und atmete tief durch. So etwas war nichts für sie. Ralf Schädlich war ein netter Mann, aber gar nicht ihr Typ. Sie spürte noch die Wärme seiner Handfläche in ihrer Rechten. Hoffentlich wollte er sich jetzt nicht öfter mit ihr treffen. Die Luft im Wagen war stickig und roch nach Staub. Das Auto des Kripobeamten kurvte schwungvoll aus der Parklücke. Im Vorbeifahren winkte er ihr zu, und Lara zwang ihre Mundwinkel nach oben.

Erst als er verschwunden war, griff sie nach ihrem Handy und wählte Marks Nummer.

»Was ich noch fragen wollte: Was ist eigentlich ein ›Wasserfetisch‹?«

Während Mark kurz überlegte, konnte Lara leises Klappern von Geschirr und eine Kinderstimme hören. Sie hatte ihn zu Hause erreicht, und anscheinend war die Familie gerade mit dem Abendessen fertig geworden.

»Das ist gar nicht so leicht zu erklären. Warte kurz.« Mark flüsterte jemandem zu: »Ich bin im Arbeitszimmer«, dann klappte eine Tür, und die Hintergrundgeräusche verstummten schlagartig.

»Der Fetischbegriff wird verschieden benutzt. In der Religion ist Fetischismus die Verehrung von Gegenständen, weil man an ihre übernatürliche Eigenschaften glaubt. Fetische findet man oft bei Naturvölkern. Sie werden auch in der Naturheilkunde eingesetzt, zum Beispiel von Schamanen. Aber das passt in dem Fall mit deiner Badewannenleiche natürlich nicht.« Er machte eine kurze Pause. »Hier ist ein sexueller Fetisch wahrscheinlicher. Es gibt dabei harmlose und gefährliche Fetische, was aber allen gemein ist, ist die Tatsache, dass die benutzten Dinge oder Fantasievorstellungen immer zur Stimulierung und Befriedigung dienen. Wurden bei der Leiche in der Badewanne irgendwelche Spuren sexueller Aktivitäten gefunden?«

»Nicht dass ich wüsste.«

»Dann ist es unwahrscheinlich, dass dein Täter einen Wasserfetisch hat.«

Lara nickte. Mark hatte recht. »Du hattest den Begriff nur letztens erwähnt, und Wasser scheint hier ja eine große Rolle zu spielen.«

»Das stimmt. Im Moment sehe ich allerdings keine Ansatzpunkte für mögliche Nachforschungen. Aber wenn sich etwas Neues in dem Fall ergibt, kannst du mich gern wieder um Rat fragen.«

»Danke, das mache ich.«

»Du wolltest mir aber noch etwas anderes erzählen, hast du vorhin erwähnt?«

Lara seufzte unhörbar, betrachtete den Schmutz auf dem Armaturenbrett und löste die Finger vom Zündschlüssel, den sie gerade hatte umdrehen wollen. »Ja, das stimmt. Meine Halluzinationen sind zurückgekehrt.«

16

Matthias Hase ließ die Kiste mit den Einkäufen auf den Küchentisch poltern und keuchte dabei. Aus den feinen Schweißperlen auf seiner Stirn hatten sich warme Rinnsale gebildet, die nun langsam in Richtung der Augenbrauen sickerten.

Er öffnete das Fenster, holte die Küchenrolle und wischte sich mit einem Stückchen Krepp über die Stirn. Sein Appetit auf ein warmes Mittagessen war ihm gründlich vergangen. Jedes Mal das gleiche Theater. Er schaffte es nie, in der Woche einzukaufen, und musste sich am Wochenende ins Getümmel stürzen. An den Sonnabenden war es in den Supermärkten immer besonders voll. Er hasste es, zwischen all den Menschen nach Lebensmitteln suchen zu müssen. Noch mehr als Einkaufen aber hasste er das Auspacken und Einräumen der Lebensmittel.

Mit einem Seufzen betrachtete Matthias den Inhalt der blauen Klappkiste. Es nützte nichts. Die Sachen würden sich nicht von allein in den Kühlschrank stapeln. Und lange auf dem Tisch stehen lassen konnte man sie bei der Wärme auch nicht. Noch einmal tupfte er sich mit dem Küchenkrepp über das Gesicht und machte sich dann an die Arbeit.

Ein laues Lüftchen wehte durch das Fenster herein und kühlte sein erhitztes Gesicht. Draußen surrte ein Fahrrad vorbei. Ein Kind kicherte. Doch Matthias Hase hörte nichts davon. Seine Gedanken waren bei einer Gründerzeitvilla mit einem Dämonengesicht über der Tür.

Seit letztem Dienstag, als er die Seiten über das Kinderheim – *sein* Kinderheim – im Internet entdeckt hatte, hatte Matthias es jeden Abend kaum erwarten können, den Computer hochzufahren und in seinen Posteingang zu schauen, aber der »Postmaster« hatte ihm bisher nicht geantwortet. Auch die Seiten über das Heim waren nicht mit weiteren Inhalten gefüllt worden. Vielleicht war der Verfasser im Urlaub oder hatte wenig Zeit. Oder er wollte nichts mit den ehemaligen Zöglingen zu tun haben.

Davor fürchtete sich Matthias am meisten, denn er brauchte den anderen, brauchte dessen Wissen, seine Informationen über andere Kinder, mehr noch aber über die Erzieher, denn obwohl er sich seit einer Woche den Kopf zermarterte, wollten ihm weder weitere Details über das Leben im Heim noch die fehlenden Namen der Aufpasser einfallen.

Mit sanftem Schmatzen saugte sich die Kühlschranktür fest. Matthias faltete die Klappkiste zusammen und brachte sie in den Flur. Dann holte er sich eine *Pepsi light* und ging ins Arbeitszimmer. In seinem Kopf begann es zu summen.

Die Windows-Musik ertönte. Matthias nahm einen Schluck Cola. Nach dem Abstellen zitterte die Flüssigkeit im Glas noch ein bisschen. Vorsichtig senkte er die Finger auf die Tasten und loggte sich in seinen E-Mail-Account ein. Es dauerte scheinbar endlose Sekunden, bis das Bild sich aufgebaut hatte. Matthias kniff die Augen zusammen und öffnete sie sofort wieder. Das Summen hinter seiner Stirn verdichtete sich zu einem Raunen. Wie von selbst senkte sich der Zeigefinger auf die linke Maustaste und klickte auf die Mail mit dem Absender »postmaster@kinderheim-ernst-thaelmann.de«.

Lieber Matthias,

vielen Dank für Deine Zeilen! Ich habe mich unheimlich darüber gefreut!
Ich will mich kurz vorstellen, denn wie Du ja schon selbst bemerkt hast, habe ich es noch nicht geschafft, die persönlichen Informationen über mich ins Netz zu stellen. Mein Name ist Sebastian Wallau, und ich bin im Frühjahr 1988 in das Kinderheim »Ernst Thälmann« gekommen. Bei meiner Ankunft war ich dreizehn.
Du schreibst, Du warst von 1976 bis 1987, als Du achtzehn geworden bist, im Heim. Fast elf Jahre – Mann, das ist ganz schön lang!
Da ich erst 1988 da war, können wir uns also nicht begegnet sein. Aber das macht nichts, wir können uns trotzdem austauschen, oder?
Weil das Heim zum Jahresende 1989 aufgelöst wurde, dauerte mein Aufenthalt nur anderthalb Jahre. Zu meinem Glück, kann ich heute sagen. Ich war dann noch bis zu meinem 18. Lebensjahr in der Kinderarche Sachsen. Jetzt lebe ich in Zwickau. Ich bin verheiratet und habe zwei Kinder, einen Jungen und ein Mädchen.

Nun aber zu Deinen Fragen. Ich kann mich nicht mehr an alles erinnern. Es gab ja etliche Erzieher – Frühschicht, Mittagsschicht und Nachtschicht –, und man hatte nicht mit allen zu tun.
Als ich im Frühjahr 1988 hinkam, war die Heimleiterin eine Frau Sagorski. Kanntest Du sie auch? Sie machte anfangs einen sehr netten Eindruck, war herzlich, bemühte sich um mich und gab die liebenswürdige, besorgte Erzieherin. Ich war ziemlich entsetzt, als sich herausstellte, dass diese Freundlichkeit nur Heuchelei war. Sehr schnell wurde deutlich, dass diese Frau immer nur dann die Nette mimte, wenn jemand Offizielles im Heim war. Kaum verließen uns die Besucher, fiel ihre Maske, und sie wurde mit einem Schlag herrschsüchtig, zänkisch und bösartig. Eine richtige Domina!
Wir Kinder versuchten, ihr tunlichst aus dem Weg zu gehen, aber immer gelang uns das nicht. Die Sagorski hockte zwar die meiste Zeit in ihrem Büro, telefonierte, füllte Akten aus oder hielt Besprechungen ab, aber ab und an zitierte sie einen von uns zu sich.

Matthias ballte die Fäuste, schloss die Augen und ließ das Kinn auf die Brust sinken. Eine kleine dicke Frau tauchte vor seinem inneren Auge auf. Sie saß hinter ihrem riesigen Schreibtisch, fuchtelte mit den Armen und grinste dabei höhnisch. Ihr Mund öffnete und schloss sich, aber er konnte kein Wort hören. Wieso hatte er sich bis jetzt nicht an die Sagorski, diese gefühllose, unbarmherzige Heimleiterin erinnert? Auch ihn hatte sie in ihr Büro zitiert, auch er musste vor ihr auf dem harten Bürostuhl sitzen und ihre keifende Stimme über sich ergehen lassen, auch er hatte unter ihrer Großmannssucht gelitten. Die Sagorski hatte die Kinder nicht persönlich gequält, das überließ sie ihren Untergebenen. Matthias öffnete die Augen wieder. Die Sternenpunkte des Bildschirmschoners flogen auf ihn zu. War jemand wie die

Sagorski es wert, bestraft zu werden? Körperlich hatte sie niemandem Schaden zugefügt, aber die Demütigung durch permanente Erniedrigung war schrecklich gewesen. Er hielt die Hände mit den Handflächen nach unten vor sich hin und betrachtete seine Fingerspitzen. Sie zitterten.

Matthias beschloss, die Entscheidung auf später zu vertagen. Vielleicht hatte Sebastian noch mehr Namen für ihn.

Dann war da noch Herr Meller. Ich glaube, er hieß mit Vornamen Siegfried, aber wir nannten ihn nur »Fischgesicht«. Du müsstest ihn kennen, denn es hieß, dass Meller schon ewig im Kinderheim gearbeitet hätte. Er hatte diese ekelhaft roten Schlauchboot-Lippen. Hätte es das in der DDR schon gegeben, ich hätte geschworen, dass er sie sich hat aufspritzen lassen! Meller war ein Schwein. Ich weiß von mehreren Kindern, dass er sie im Keller gequält hat. Dabei war Wasser sein bevorzugtes Mittel. Ich blieb zum Glück verschont, vielleicht weil ich ein Junge war – Meller mochte lieber kleine Mädchen –, vielleicht auch, weil ich mich sehr schnell anpasste und alles tat, was er anordnete. Ich habe keine Ahnung, was aus ihm geworden ist. Ich möchte ihm jedenfalls nie wieder begegnen!

Das wirst du auch nicht. Meller wird niemanden mehr mit Wasser foltern. Matthias Hase lächelte sanft und bedauerte es, Sebastian nichts von Mellers Strafe schreiben zu können. Wohlige Wärme breitete sich in seinem Bauch aus und flutete langsam nach oben. Es war ein atemberaubendes Gefühl. Er nahm einen Schluck Cola und las weiter.

Außer Meller erinnere ich mich noch an eine Frau Gurich. Ihren Vornamen weiß ich leider nicht. Die Sagorski und die Gurich sahen sich ziemlich ähnlich. Sie hätten Schwestern sein können. Kanntest Du die Gurich auch? Ihr Spitzname war

»Miss Piggy«, weil ihre Nase wie die eines Schweines aussah. Kindern, die ins Bett gemacht hatten, hängte sie einen Schweineschwanz an den Rücken. Sie hat sicher nicht geahnt, wie wir sie genannt haben.

Matthias betrachtete den Namen auf dem Bildschirm und buchstabierte ihn noch einmal stumm, aber weder bei GURICH noch bei »Miss Piggy« tauchten irgendwelche Bilder in seinem Kopf auf. Wahrscheinlich hatte die Erzieherin erst nach seinem Aufenthalt angefangen, im Heim zu arbeiten. Er nahm sich vor, seinen neuen Brieffreund danach zu fragen.

Matthias betrachtete die Fernbedienung in seiner Rechten und wusste im ersten Augenblick nicht, was er damit anfangen sollte. Er saß auf dem Sofa, gemütlich in eine Ecke gekuschelt, die Patchworkdecke über den Füßen, neben sich auf dem flachen Tisch ein halbvolles Glas Rotwein. Im Fernsehen liefen die Nachrichten. Der Ton war auf stumm gestellt. Er musste eingeschlafen sein, ohne es zu merken. Die Arbeitswoche hatte ihn anscheinend mehr geschafft, als er es gedacht hatte.

Nur langsam arbeiteten sich die Erinnerungen in seinem Bewusstsein ans Licht. Diese E-Mail von Sebastian Wallau hatte ihn ziemlich durcheinandergebracht. All die Einzelheiten, die Spitznamen, die Ereignisse wirbelten durch seinen Kopf wie trockenes Laub im Herbstwind. Er schaltete den Fernseher aus und wurstelte die Beine aus der Decke.

In der Küche goss er den restlichen Rotwein in die Spüle. Draußen wurde es schon dunkel. Ein Blick auf die Uhr zeigte ihm, dass er fast drei Stunden geschlafen hatte. Aber das machte nichts, schließlich war Wochenende, und er konnte so lange auf dem Sofa schlafen, wie er wollte. Und jetzt hatte er Hunger.

Matthias Hase dachte über den weiteren Verlauf des Abends nach. Er hatte zwei neue Namen – Gurich und Sagorski. Da er diese Frau Gurich nicht kannte, würde er zuerst Nachforschungen über die Heimleiterin anstellen, auch wenn noch nicht entschieden war, ob er sie überhaupt bestrafen wollte. Darüber konnte er sich später noch Gedanken machen.

Sagorski

Obwohl es ein seltener Name war, spuckte das Internet-Telefonbuch hunderte von Einträgen zu dem Namen aus. Matthias betrachtete die rosa unterlegte Seite und überlegte dabei, wie er die Trefferzahl eingrenzen konnte. Der Vorname der mopsgesichtigen Frau wollte ihm noch immer nicht einfallen, aber vielleicht wohnte die Heimleiterin noch in der Nähe des ehemaligen Kinderheims. Mit der Umkreissuche fand er drei Sagorskis, allerdings alle drei mit männlichen Vornamen. Das musste jedoch nichts bedeuten, denn oft wurde nur der Name des Mannes in die Telefonbücher eingetragen. Schnell kritzelte Matthias Adressen und Telefonnummern auf einen Zettel und schaute dann bei Google Maps nach, wo die drei wohnten. Morgen war Sonntag. Er würde genug Zeit haben, der Reihe nach zu den drei Häusern zu fahren und zu schauen, ob »seine« Frau Sagorski dabei war. Ein Vorwand, um an der Tür zu klingeln und, falls sie nicht selbst öffnete, nach ihr zu fragen, würde sich auch noch finden. Alles zu seiner Zeit. Auch die Entscheidung, ob die Heimleiterin ebenfalls bestraft werden sollte, ließ Matthias Hase offen. Seine innere Stimme würde es ihm sagen, wenn er ihr gegenüberstand.

17

»Aufstehen!« Zeitgleich mit dem barschen Ruf knallte die Tür gegen die Wand. Grell blendete das Licht der aufflackernden Neonröhren schlaftrunkene Kinderaugen.

»Los, los, raus!« Die herrische Stimme entfernte sich in Richtung Nachbarzimmer. Leises Seufzen und Rascheln erfüllte den Raum. Über Mia ächzte das metallene Bettgestell. Dünne Beine baumelten von oben herab. Dann ein Hopser, und Karla – die von allen nur Karli genannt wurde – stand vor dem Doppelstockbett. Ihr geblümtes Nachthemd reichte bis an die Kniekehlen. »Komm, Mia. Ich weiß, du bist noch müde. Aber das nützt nichts. Wir müssen in den Waschraum.« Karla wartete geduldig.

Mia – die eigentlich Maria hieß, aber so nannte sie niemand, weil Maria ein in der DDR verpönter Vorname war – rieb sich die geschlossenen Augen. Sie wollte in ihrem warmen Bett bleiben, die Lider fest geschlossen, wollte zurück ins Traumland, in dem sie mit Mama im Garten gespielt hatte – zu Hause –, nur sie und ihre Mutter. »Mama!«

»Deine Mama ist nicht hier. Komm jetzt, sonst kriegen wir Ärger!« Karli zog an Mias Decke. Wenn sie sich morgens nicht beeilten, gab es Ärger. Großen Ärger. Und auch wenn Karli sich bemühte, der kleinen Mia zu helfen, Scherereien mit den Erziehern konnte sie nicht gebrauchen.

Mia öffnete die Augen. Draußen war es noch finster. Vorsichtig streckte sie ein Bein nach draußen. Dann das andere. Im Schlafsaal war es bitterkalt. Ihre nackten Fußsohlen berührten den Boden und zuckten sofort wieder nach oben. Das Linoleum war eisig. Neben ihr huschte ein größeres Mädchen vorbei.

Karli war zu den mannshohen Schränken gegangen und hatte die Waschtaschen geholt. Jetzt wartete sie an der Tür darauf, dass Mia ihre Pantoffeln fand. Sie waren die beiden letzten. Schnell hasteten die Mädchen hinaus. Die Korksohlen verursachten schmatzende Geräusche auf dem Fußboden.

Mias Augen tränten, während sie sich bemühte, die korrekte Zahnputztechnik anzuwenden, die Angela ihr gezeigt hatte. Angela war eine von den Großen. Sie hatte die Aufgabe, die Neuankömmlinge in hygienische Grundregeln einzuweisen und deren Einhaltung zu kontrollieren. Man wusste schließlich nie, welche Bedingungen in den Elternhäusern geherrscht hatten, aus denen die Kinder kamen. Manche von den Kleinen waren sich anfangs nicht einmal im Klaren darüber, dass man sich täglich waschen musste.

Auf die Hygiene legte man im Kinderheim größten Wert. Alles musste sauber und ordentlich sein. Jeden Morgen ging es zuerst in den Waschraum, dann wurden die Betten gemacht, und anschließend traf man sich frisch gekämmt und angekleidet im Frühstücksraum. Nicht, um zu frühstücken, nein, zuerst gab es eine zehnminütige Morgenbesprechung für alle, in der das Weltgeschehen kurz erörtert wurde. Das Ganze diente der »politischen Meinungsbildung« im Kollektiv. Erst danach durften die Kinder frühstücken.

Mia beobachtete, wie Angela ihren Waschlappen auswrang und das Handtuch an die Hakenleiste hängte. Neben ihr gurgelte Karli und spuckte Wasser ins Waschbecken.

»Los, Mia. Mach ein bisschen hin. Es wird knapp. Wir müssen noch die Betten machen. Ich möchte keinen Ärger mit Miss Piggy.« Mia dachte kurz an die kleine Erzieherin mit der Schweinchennase, blinzelte schnell die Tränen weg und beeilte sich, ihren Mund ebenfalls auszuspülen.

Hastig tappten die beiden Mädchen zurück, vorbei am Schlafraum der Jungs.

»Dein Nachthemd ist hinten nass.« Karli fasste im Gehen nach Mias Schulter. Mia dachte an die Bescherung in ihrem Bett, schwieg und schluckte mehrmals. Im Schlafraum herrschte mittlerweile geschäftiges Treiben. Die Mädchen kleideten sich an und richteten ihre Betten her, zogen die Laken glatt, falteten die Ränder der Decken exakt auf Kante.

»Zieh dich schnell an, dann helfe ich dir bei deinem Bett.« Karli wartete nicht auf Mias Antwort, sondern ging zu ihrem Schrank. Der Ablauf war jeden Morgen der gleiche, und Mia war nun auch schon mehrere Wochen hier und sollte allmählich selbst wissen, wo es langging.

»Was ist denn hier passiert?« Karli betrachtete den nassen Fleck auf Mias Matratze. Diese holte tief Luft und versuchte, die hervorquellenden Tränen hinunterzuschlucken. »Hast du wieder ins Bett gemacht?« Die Kleine nickte und begann zu zittern.

»Verflucht! Das kann ich nicht vertuschen. Wir brauchen neue Wäsche für dich.« Ehe Mia es sich versah, hatte Karla schon begonnen, das Laken abzuziehen. »Der Fleck auf deinem Nachthemd ist auch davon?« Sie wartete die Antwort nicht ab, sondern murmelte weiter. »Du weißt, was das bedeutet. Ich kann dir da nicht helfen.«

»Mia hat ins Bett gemacht! Mia hat ins Bett gemacht!« Die kleine Susi, ein stämmiges Mädchen von zehn Jahren, hopste wie ein Springball auf und ab und grinste dabei übers ganze Gesicht.

»Halt dein Schandmaul!« Karla warf die Bettwäsche auf den Fußboden.

Susi hüpfte hinaus. Ihr triumphierendes Geschrei wurde leiser und verklang. Mia konnte die Tränen jetzt nicht mehr zurückhalten. Sie wusste, was geschah, wenn eins von den Kindern ins Bett machte. Sie hatte es bereits am eigenen Leib erfahren.

»Jetzt bist du fällig, Pissnelke.« Susi rannte vorneweg, auf das große schmiedeeiserne Tor zu und stieß es auf. Sie warf keinen Blick zurück. Zwei Mädchen und drei Jungen folgten ihr. Die Jüngeren hatten heute schon nach der fünften Stunde Unterrichtsschluss gehabt.

Mias Schritte wurden immer langsamer. Sie durchquerte das Tor als Letzte und stolperte mehr über den Kiesweg, als dass sie ging. Vor ihr schwang die schwere Haustür ins Schloss. Alle anderen Kinder waren schon hineingegangen. Mia schniefte und suchte dann in ihrem Ranzen nach einem Taschentuch. Miss Piggy mochte es nicht, wenn Kinder die Nase hochzogen. Miss

Piggy hieß in Wirklichkeit Frau Gurich. Mia hatte keine Ahnung, was »Miss Piggy« bedeutete, aber alle Kinder nannten die Erzieherin hinter ihrem Rücken so.

Frau Gurich machte immer die Tagesschicht. Sie kam morgens halb sechs und ging, wenn die Hausaufgabenstunde begann. Langsam tastete Mia sich die geschwungene Treppe hinauf in den ersten Stock. Nach der Rückkehr aus der Schule mussten die Kinder sich umziehen. Beim sogenannten »Kleiderwechsel« wurden die »guten« Schulsachen gegen »Freizeitkleidung« getauscht. Frau Gurich war für alles verantwortlich, was mit Kleidung zu tun hatte. Für die Bettwäsche war sie auch verantwortlich.

Mia schnaubte sich noch einmal aus und überlegte, ob sie zuerst die Sachen wechseln und dann neue Bettwäsche holen sollte oder umgedreht. Sie entschied sich fürs Umziehen. Das verschaffte ihr noch eine Gnadenfrist. Dachte sie.

Vor der hohen Flügeltür im zweiten Stock blieb sie erneut stehen. Obwohl Mia die Treppen eher hinaufgeschlichen denn gerannt war, rang sie nach Luft. Ihre Arme hingen kraftlos nach unten. Dann sprang die Tür ihres Gemeinschaftszimmers auf und Susi kam herausgerannt. »Pissnelke!«, flüsterte sie im Vorbeihuschen, gerade so laut, dass niemand anderer es hören konnte.

Im Schlafsaal wartete Frau Gurich bereits auf Mia. Wie ein fleischiger Racheengel stand sie in der Mitte des großen Raumes, die Hände in die Seiten gestemmt, und sah ihr entgegen, ein feistes Grinsen im Schweinchengesicht.

Die beiden Mädchen, die mit Mia und Susi aus der Schule gekommen waren – Sandra und Kerstin hießen sie –, hängten hastig ihre Schulkleidung in den Schrank und beeilten sich, ihre Schürzen über dem Arm, aus dem Schlafsaal zu verschwinden, um nicht auch noch in den Fokus der Gurich zu geraten. Die Tür fiel hinter ihnen zu. Mia war allein.

Miss Piggys Mundwinkel wölbten sich noch ein bisschen weiter nach oben. Das Lächeln erreichte ihre Augen nicht. Mia begann zu zittern. Dann veränderte sich das schwabbelige Gesicht der Erzieherin, das breite Grienen verschwand, die kleinen Augen funkelten heimtückisch.

»Ich habe gehört, du hast heute Nacht mal wieder dein Bett beschmutzt?«

Mia bemühte sich, das Zittern zu unterdrücken, aber es wurde stärker. Sie biss die Zähne aufeinander, bis die kleinen Muskeln an ihren Schläfen schmerzten.

»Antworte mir! Hast du eingenässt?«

Ein »Ja« wollte nicht herauskommen, und so nickte Mia nur.

»So ein Schwein!« Die Gurich machte zwei Schritte auf Mia zu. »Du weißt, was das bedeutet, Mädchen?« Mia schüttelte zaghaft den Kopf. Miss Piggy nannte alle Kleinen »Mädchen« oder »Junge«, so, als wollte sie sich die Namen der Kinder nicht merken, als seien sie alle nur anonyme Schachfiguren.

»Bettnässer werden bei uns bestraft. Aber das weißt du ja schon. Und trotzdem hast du wieder in dein Bett gemacht. Du ignorierst unsere Erziehungsmaßnahmen, Mädchen.« Sie schüttelte den Kopf, als könnte sie es selbst nicht glauben, wie jemand so renitent sein konnte. »Machst du das, um uns zu ärgern? Ich hoffe jedenfalls für dich, dass das nicht so weitergeht, denn beim nächsten Mal werden wir *ernsthafte* Maßnahmen ergreifen müssen.«

Mia schaffte es nicht mehr, die Zähne zusammenzubeißen. Sie begannen in dem Augenblick zu klappern, in dem sie die verkrampften Muskeln löste.

»Führ dich nicht so auf!« Die Gurich hatte ihre Stimme jetzt wieder erhoben. »Du tust ja gerade, als wollte ich dich züchtigen! Dabei werde ich dir kein Haar krümmen!« Jetzt schrie sie fast, weil sie wusste, dass die anderen Kinder auf dem Gang atemlos lauschten.

»Zieh deine Schulkleidung aus, los!« Mia machte einen Schritt auf ihren Spind zu, stolperte und fing sich wieder. In ihrem Schrank waren nicht viele Sachen. Nachmittags zog sie immer eins der Kleidchen an, die Mama ihr noch gekauft hatte. Mama! Mia schluchzte, zog die Nase hoch und erstarrte. Sie konnte fühlen, wie der Blick von Miss Piggy ihre knochigen Schulterblätter versengte. Jetzt hätte sie lieber lange Hosen gehabt, aber es gab niemanden, der ihr diese gekauft hätte. Eilig zerrte Mia die Strumpfhose hoch, warf sich das Kleid über den Kopf und nestelte viel zu lange an den Knöpfen. Die Erzieherin schnaufte ungeduldig. »Wird's bald, lahme Ente? Und jetzt komm her zu mir!«

Mia konnte sich nicht bewegen, und so marschierte die Gurich zu ihr. »Dreh dich um!« Sie suchte in ihrer Kitteltasche. Dann spürte Mia eine Hand an ihrem Rücken. Ohne es sehen zu können, wusste sie, was die Erzieherin dort mit Sicherheitsnadeln befestigte. Es war ein geringelter Schweineschwanz. Die Frau musste ihn heute Vormittag extra aus dem Schlachthof geholt haben.

Dann krallte Miss Piggy ihre Finger um die Schultern des Mädchens und riss das Kind mit einem heftigen Ruck zu sich herum. Mia konnte den Busen der Frau wogen sehen. Sie roch nach Essen und altem Schweiß.

»Und das kennst du ja auch noch!« Die Gurich zog ein Pappschild aus der Tasche. An den beiden oberen Ecken war eine Schnur befestigt. Fast liebevoll legte die Erzieherin die Kordel über Mias Kopf und rückte das Schild zurecht. Dann schob sie das Kind auf Armeslänge von sich und betrachtete mit zusammengekniffenen Augen die Blockbuchstaben.

»So, Mädchen. Ich hoffe für dich, dass dir das dieses Mal eine Lehre sein wird.« Das feiste Grinsen erschien wieder. Die Gurich gab Mia einen Schubs, sodass diese zwei Schritte rückwärts taumelte.

»Jetzt wirst du dein Bett neu beziehen, und dann gehen wir zu den anderen.« Mit ausgestrecktem Finger wies sie auf einen sauber gefalteten Stapel blaukarierter Wäsche, der auf dem Tisch lag. Mia tappte hinüber, bemüht, nicht zu schniefen. Sie sah nur verschwommene Umrisse, weil die Tränen sie blind gemacht hatten.

Das Laken widersetzte sich ihren Bemühungen. Das tat es immer. Aber morgens war Karli da und half. Mias Arme waren einfach noch zu kurz, um die Ecken unter der Matratze einzuschlagen. Sie musste dazu auf das Bett krabbeln, und auch dann gelang es ihr nur unzureichend. Die Gurich betrachtete das Ganze mit versteinerter Miene und vor der Brust verschränkten Armen.

Als Mia endlich fertig war, drehte die Erzieherin sich um und marschierte vorneweg zur Tür. Sie wusste, dass das Mädchen ihr folgen würde, folgen musste.

Mia nestelte in ihrer Seitentasche nach dem zerdrückten Stofftaschentuch, das sie sich gestern eingesteckt hatte, und bemühte sich dabei, das Pappschild nicht zu berühren. An ihrem Rücken brannte der Schweineschwanz.

»Die Pissnelke kommt!« Die dicke Susi war von ihrem Stuhl aufgesprungen. Jetzt kam sie näher, musterte Mia und tat so, als lese sie den Text auf dem Pappschild zum ersten Mal: »Ich bin das größte Schwein im ganzen Kinderheim!« Susi kicherte hysterisch. »Und was hast du dahinten dran? Zeig mal!« Mia schüttelte den Kopf. Tränen rollten heiß über ihre Wangen.

»Na los, zeig schon!«

Auch Sandra und Kerstin sahen von ihren Heften hoch. Die Gurich packte Mias Schultern und drehte das Mädchen mit dem Rücken zu den anderen.

»Ein Schweineschwanz!« Susi quiekte die Worte heraus und sprang, noch immer wie irre kichernd, zu ihrem Stuhl zurück. »Die Pissnelke hat einen Schweineschwanz! Schweine dürfen angespuckt werden, nicht, Frau Gurich?« Die Erzieherin nickte würdevoll und lächelte dann. Susi hatte vollkommen recht. Bettnässer waren Schweine und wurden bestraft, indem sie den ganzen Tag das Schild und den Ringelschwanz tragen mussten und von allen Kindern angespuckt werden durften. Das wurde ausdrücklich erwartet. Allen Zöglingen war klar, was die Maskerade bedeutete.

»Du bist ein Schwein. Ein Pissschwein!« Susi kam näher, den Mund gespitzt. Mia wusste, was nun kommen würde. Sie kniff die Augen zu und wartete auf das schmatzende Geräusch des Speichels in ihrem Gesicht.

In diesem Moment ging das Licht in ihrem Kopf aus.

18

Mia ließ die Augen geschlossen. Noch immer wollten heiße Tränen hervorquellen. Das schmierige Gefühl eines nassen Speichelfetzens auf ihrer Wange wollte nicht weichen.

Nimm dich zusammen, Heulsuse! Mit einem Ruck öffnete sie die Lider. Hell brannte die tiefstehende Sonne auf ihrer Netzhaut. Die polierten Oberflächen ihrer Arbeitszimmerschränke glänzten. Weiche Sommerluft fächelte zum Fenster herein und ließ die Rosengardinen hin und her wehen. *Na bitte! Alles ist in Ordnung. Du bist daheim, in deiner Wohnung. Niemand hat dich angespuckt, an deinem Rücken hängt kein Schweineschwanz.*

Vorsichtig stand Mia auf. Das war alles richtig, und doch konnte sie noch immer die kratzende Schnur um ihren Hals fühlen, spürte den Druck der großen Sicherheitsnadel am Rücken. Hörte das denn nie auf?

Im Badezimmer schaute sie ein müdes Gesicht aus dem Spiegel an. Die Haut unter ihren Augen wirkte im Neonlicht violett. Mia näherte sich dem Spiegel bis auf wenige Zentimeter. Die Fältchen in ihren Augenwinkeln schienen sich von Tag zu Tag tiefer einzugraben. Mit dem Ellenbogen schob sie den Hebel des

Wasserhahns nach oben und hielt das Seifenstück darunter. Sie rieb es, bis überreichlich Schaum entstanden war, und begann dann, ihr Gesicht damit zu bearbeiten. Erst nach fünf Minuten hatte sie das Gefühl, der Druck des Schleimklumpens auf ihrer Wange löse sich allmählich auf. Viel kaltes Wasser zum Abspülen ließ das Lärmen in ihrem Kopf schrittweise verschwinden, und Mia griff zum Handtuch.

Das Gesicht im Spiegel war jetzt gerötet, es wirkte lebendig und erfrischt. Sie zog probehalber einen Mundwinkel nach oben und fand, dass es ganz gut aussah. Die Gefahr schien fürs Erste gebannt.

Auf dem Weg in die Küche versuchte Mia, sich zu erinnern, was sie im Arbeitszimmer gewollt hatte, aber es fiel ihr partout nicht ein. Die Erinnerungen an das Kinderheim waren mit der Macht eines Panzers über sie gerollt und hatten alles an Gedanken plattgewalzt, was vorher da gewesen war.

Obwohl das Geschehen schon so lange zurücklag, brachten die Erinnerungen sie noch immer durcheinander. Mia hatte angenommen, dass die »Rückblenden« im Lauf der Jahre verblassen und die Schmerzen weniger werden würden, stattdessen schien sich das Ganze jedoch zu verschlimmern. Schon das Wort »Heim« brachte sie mittlerweile aus dem Konzept. Während ihre Hände mechanisch das schmutzige Geschirr neben der Spüle stapelten, dachte Mia darüber nach, was die Ursache dieser Flashbacks war. Viele Jahre hatte sie Ruhe gehabt, mit keiner Silbe an die Geschehnisse im Heim und die Nachwirkungen gedacht, aber seit einigen Monaten drängten sich wie ein verstümmelter Film vermehrt Bilder und Sequenzen hervor und überfielen sie in den unmöglichsten Momenten. Es musste einen Auslöser gegeben haben, aber sie konnte sich nicht besinnen, was das gewesen sein könnte.

Heftig rieb der Schwamm über den Teller mit den angebackenen Pizzaresten. Weißer Schaum quoll aus den gelben Poren.

Mia rubbelte stärker. Dieses unsägliche Heim! Sie vermied es möglichst, an die Zeit zurückzudenken, um nicht noch mehr widerwärtige Erinnerungen heraufzubeschwören, aber anscheinend hatte ihr Unterbewusstsein etwas anderes beschlossen.

Das musste aufhören! Mia schnaufte. Der letzte Teller landete auf dem Abtropfgestell, der Stöpsel löste sich mit einem Schnalzen und dann wirbelte das Wasser im Kreis in den Abfluss.

»Mia? Mia! Sei ruhig, bitte!« Karlis Stimme war ein heiseres Flüstern. »Los, wach auf!« Ein Stupsen. »Du hast geträumt!« Wieder rüttelte etwas an Mias Schulter. Fester jetzt. »Nicht mehr schreien! Mach schon, Kleine. Nicht dass dich noch jemand hört!« Karli klang jetzt ängstlich. Mia bemühte sich, ihre Augen zu öffnen. Ihre Lider waren wie zugeklebt.

»O Scheiße.« Karlis Stimme entfernte sich schnell. Die Sprungfedern über Mia ächzten. Decken raschelten, dann war es still. Totenstill. Bis die Schritte kamen. Harte Schritte. Stiefelsohlen. Mia kniff die Augen noch fester zu. *Sehe ich ihn nicht, sieht er mich nicht.*

»Was ist hier los?« Herrisch der Klang der Männerstimme. Schroff und ein bisschen spöttisch. Mia zitterte unter ihrer Decke. »Nachts hat hier absolute Ruhe zu herrschen, das wisst ihr doch!« Das Geräusch der Schritte näherte sich und hörte dann auf. Direkt vor Mias Bett. »Du wirst das auch noch lernen, Dummchen.« Atemlose Stille. »Ich bring es dir bei. Aufstehen!« Eine kurze Pause. »Hörst du schwer? Raus aus dem Bett, habe ich gesagt!«

Jetzt erst öffnete Mia ihre Augen und sah die breiten Rippen einer Cordhose direkt vor ihrer Nase. Eine schwielige Hand schnappte nach ihrem Oberarm und schloss sich wie eine eiserne Zange darum. »Komm schon! Wir haben nicht die ganze Nacht Zeit!« Er zerrte sie aus dem Bett. Im Bett über ihr hatte Karli den Kopf unter ihrem Kissen verborgen. Schnell schaute Mia wieder auf den Boden. Niemand hier würde ihr helfen. Die Mädchen waren froh, dass sie selbst verschont geblieben waren.

»Heul nicht! Dazu hast du später noch genug Zeit!« Ein massiges Lachen brach sich aus dem Brustkorb des Mannes Bahn. Mit Mias Arm im Schraubstock seiner großen Pranke, zog er sie hinter sich hinaus. Sie hatte nicht einmal Zeit gehabt, in ihre Pantoffeln zu schlüpfen.

»Und nun das Wetter.« Die Deutschlandkarte erschien. Mit halboffenem Mund starrte Mia auf den Fernseher. *Reiß dich zusammen, Mädchen! Das geht so nicht weiter!* Sie stand direkt vor dem Bildschirm. Das schnurlose Telefon lag neben ihr auf dem Teppich. Es musste ihr aus der Hand gerutscht sein. Wen hatte sie anrufen wollen? Vorsichtig beugte sie sich nach vorn, hob das schwarze Plastikgerät auf und legte es im Hinausgehen achtlos auf den Esstisch. Sie marschierte geradewegs in ihre Küche. Mia brauchte jetzt ein Glas Wein. Sonst trank sie wenig Alkohol, weil er sie durcheinanderbrachte, aber dies war eine Ausnahmesituation.

Und dann würde sie sich vor den Fernseher setzen und Boulevardmagazine anschauen. Nichts eignete sich besser, um abzuschalten, als Boulevardmagazine.

19

Die ersten beiden Adressen führten ihn nach Zwickau. Die Stadt hatte sich verändert. Matthias Hase betrachtete im Vorbeifahren die renovierten Häuserfassaden. Er war damals nicht oft hier gewesen. Und doch hatte sich ihm manches Detail aus dem Stadtbild eingeprägt. Einige Male hatten die Heimkinder eines der Kinos hier besucht. Es musste in den großen Ferien gewesen sein, denn während der Schulzeit gab es keine Ausflüge. Sie waren dann alle zusammen mit dem Bus in die Stadt gefahren und anschließend mit der ganzen Gruppe durch die Innenstadt gelaufen. Matthias spürte förmlich noch die Hitze der Sommernachmittage und die drückende Luft in dem stickigen Kinosaal. War die Sagorski dabei gewesen? Er konnte sich nicht entsinnen, aber das musste nichts heißen. Wahrscheinlich war, dass die Heimleiterin nicht mitgefahren war. Die Beaufsichtigung bei Ausflügen oblag den Erziehern der Tagesschicht.

Schloss Osterstein, das damals eine Ruine gewesen war, erstrahlte inzwischen in neuem Glanz. Den hell erleuchteten Tunnel, durch den er jetzt fuhr, gab es mit Sicherheit auch noch nicht lange. Matthias betrachtete das Display des Navigationssystems. Sein erster Haltepunkt rückte näher. Zweimal rechts abbiegen.

Noch einmal durchdachte er seine Strategie. Wenn die ehemalige Heimleiterin selbst ihm die Tür öffnete, würde er sie erkennen, dessen war er sich sicher. Sollte er einem anderen Familienmitglied gegenüberstehen, musste er herausfinden, ob dies überhaupt die richtige Adresse war, ohne zu viel von sich preiszugeben. Wenn er nun auf die richtige Sagorski treffen und diese danach plötzlich verschwinden sollte, würde man sich gewiss an den Unbekannten erinnern, der Fragen gestellt hatte. Und an einigen Fragen kam er nicht vorbei. Was jedoch brachte jemanden dazu, einem Fremden Auskunft zu erteilen? Eine Erbschaft von einem ehemaligen Zögling? Die Suche nach einem verlorenen Geschwisterkind? Was würde die Heimleiterin ihm eher abnehmen?

Er hatte lange nach einem passenden Gesprächsanfang gesucht. Damit ihn niemand so schnell wiedererkannte, auch die Sagorski nicht, hatte er sich mit Sonnenbrille und Baseballcap ausstaffiert und ein Sofakissen am Bauch festgeklebt. So wirkte er dicker. Es war nicht ohne Risiko, aber er musste es versuchen.

Matthias bremste und hielt vor dem Mehrfamilienhaus. Sein Herz raste. Mit einem Papiertaschentuch tupfte er sich die Schweißperlen von der Stirn und stieg dann aus. Am Klingelbrett standen acht Namen. Ganz langsam senkte sich der Zeigefinger auf das runde Knöpfchen bei »Sagorski«.

Der Türsummer ertönte. Niemand fragte nach, wer da Einlass begehrte. Das war schon mal leichter als gedacht. Langsam stieg Matthias in der dämmrigen Kühle nach oben und scannte dabei die Schilder an den massiven Holztüren. Im zweiten Stock fand er den gesuchten Namen. Die Wohnungstür war angelehnt. Er hatte gerade den rechten Arm ausgestreckt, um zu klopfen, als die Tür aufschwang. Ein kleiner buckliger Mann stand im dämmrigen Flur. »Wollen Sie zu mir?« Der Alte trat einen Schritt nach vorn und musterte den Besucher mit zusammengekniffenen Augen.

Matthias spulte sein vorbereitetes Programm ab. Am Gesichtsausdruck des Mannes konnte er ablesen, dass dieser keine Ahnung hatte, wovon er sprach.

»Da sind Sie wohl falsch. Ich wohne allein hier. Meine Frau ist vor zwei Jahren gestorben. Die Kinder und Enkel haben nie Zeit.« Der Alte zog die Nase hoch und schüttelte den Kopf. »Wollen Sie reinkommen?«

»Nein danke.« Matthias strahlte sein nettes Lächeln. »War Ihre Frau zu DDR-Zeiten in einem Kinderheim beschäftigt?«

»Nein. Ilse hat im Gardinenwerk gearbeitet. Ihr ganzes Leben lang.«

»Aha. Na, dann habe ich mich wohl geirrt. Nichts für ungut. Wiedersehen.« Jetzt ergriff Matthias die Hand des alten Mannes. Sie fühlte sich wie trockenes Pergamentpapier an. Der Alte blickte ihm nach. Es fühlte sich in Matthias' Rücken an, als bedaure Herr Sagorski, dass der Gast nicht doch Zeit für ein Schwätzchen gehabt hatte.

Auf der Straße blinzelte er und rückte die Sonnenbrille zurecht. Erster Versuch fehlgeschlagen. Im Auto summte eine Wespe. Er ließ die Scheibe herunter und wartete, bis das Insekt den Weg hinaus gefunden hatte. Dann programmierte er das nächste Ziel in sein Navigationssystem ein.

Die Ampel schaltete auf Gelb, und Matthias bremste. Es war schon weit nach Mittag, und er hatte nichts erreicht. Bei der zweiten Adresse hatte niemand geöffnet. Seine Unterlippe schob sich noch ein bisschen weiter nach vorn.

Jetzt musste er noch ins Vogtland. »Aller guten Dinge sind drei.« Matthias gab Gas. Fand er die Sagorski heute nicht, blieb ihm immer noch die Möglichkeit, die Umkreissuche im Internet auszudehnen oder darauf zu hoffen, dass ihm doch noch weitere Namen aus der Zeit im Heim einfielen. Vielleicht hatte sich auch sein neuer E-Mail-Freund inzwischen an weitere Einzelheiten erinnert.

Der Pfeil auf dem Display, der sein Auto symbolisierte, rückte schnell voran. Noch sieben Minuten bis zum Ziel, verkündete der Bildschirm. Er drückte ein bisschen aufs Gas und leckte sich über die trockenen Lippen.

»Guten Tag. Mein Name ist Wallau.« Die dicke ältere Frau in der halbgeöffneten Tür nickte abschätzig, ohne etwas zu sagen. Matthias versenkte seine Hände in den Hosentaschen, um ihr Zittern zu verstecken, ehe er weiterredete. »Ich suche eine Frau Sagorski.«

»Was wollen Sie denn von ihr?«

Erneut begann er mit seiner Geschichte von der verloren gegangenen Schwester. Im Gesicht der Dicken regte sich kein Muskel. Ihre kleinen Augen verschwanden fast zwischen den Hautfalten. Das Mopsgesicht hatte sich im Lauf der Jahre noch stärker ausgeprägt. Matthias hatte sie sofort erkannt. Sie jedoch schien sich nicht an ihn zu erinnern. Dabei war Sebastian Wallaus Aufenthalt im Kinderheim noch nicht so lange her wie sein eigener. Matthias hatte den Nachnamen seines neuen Freundes benutzt, weil er seinen eigenen nicht verwenden wollte, jemand namens Wallau jedoch tatsächlich dort gewesen war. Immer so nah wie möglich bei der Wahrheit bleiben. Es konnte auch sein, die Sagorski tat nur so, als habe sie alles vergessen. Das konnte er nicht einschätzen. Weit kam er jedenfalls nicht.

»Und da klingeln Sie bei mir?«

»Haben Sie denn nicht zu DDR-Zeiten ein Kinderheim geleitet?« Die Frau *wusste* genau, warum er bei ihr geklingelt hatte – er konnte es am lauernden Blick der Schweinsäuglein erkennen.

»Sie sind falsch hier. Wiedersehen!« Die Tür schloss sich mit einem Krachen. Matthias schaute sich um. Er betrachtete die exakt geschnittene Hecke vor dem Einfamilienhaus. Der Rasen war auf fünf Millimeter getrimmt. Nicht ein Gänseblümchen traute sich zwischen den Grashalmen hervor. Am Fenster neben der Eingangstür bewegte sich die Gardine. Er wandte den Blick nicht ab. Sollte sie ruhig sehen, dass er noch immer hier stand. Sie konnte ruhig wissen, dass er sie durchschaut hatte.

Frau Sagorski wollte nicht mit einem ehemaligen Heimbewohner reden. Das sprach dafür, dass sie ein schlechtes Gewissen hatte. Und wer ein schlechtes Gewissen hatte, der hatte auch Dreck am Stecken. Ein Klischee zwar, aber diesmal stimmte es. Langsam drehte er sich um. Matthias Hase hatte erfahren, was er wissen wollte. Die Sagorski genoss ihr Rentendasein, nur hundertfünfzig Kilometer von ihm entfernt, und erfreute sich bester Gesundheit. Sie sah noch genauso aus wie damals. Wahrscheinlich bekamen Dicke weniger Falten, oder diese fielen in dem aufgepolsterten Gesicht nicht so auf.

Die Zentralverriegelung vom Auto klickte. Ein Schwall heißer Luft kam ihm entgegen. Matthias stieg ein und stellte die Klimaanlage auf fünfzehn Grad. Während er das Auto mechanisch um die engen Kurven des kleinen vogtländischen Städtchens zirkelte, überschlugen sich seine Gedanken. Die Begegnung mit der ehemaligen Heimleiterin erzeugte Wellen in seinem Inneren, die wispernd an die Wände zu den Erinnerungen stießen. Sein Streben nach Gerechtigkeit war plötzlich ins Stocken geraten, weil er sich nicht entscheiden konnte, ob auch die Sagorski eine seiner drastischen Strafen verdient hatte. Bis jetzt war es seine Maxime gewesen, den Tätern das Gleiche anzudrohen, was diese den Kindern angetan hatten, um zu sehen, ob sie ihre Untaten bereuten. Weder Meller noch Isolde Semper hatten ihre Schuld eingestanden oder gar bedauert. Deshalb war es bei ihnen nicht bei Worten geblieben. Womit aber sollte er die Sagorski unter Druck setzen? Ihre Boshaftigkeit hatte sich in verbalen Angriffen, in Demütigungen der Kinderseelen erschöpft. Körperliche Übergriffe dagegen gab es, sofern ihn seine Erinnerungen nicht trogen, nie.

Matthias Hase beschloss, seinen neuen Freund Sebastian Wallau danach zu fragen. Konnte dieser ihm auch keine Beispiele für Züchtigungen nennen, würde er die Heimleiterin verschonen.

Er überdachte seine Pläne für die kommende Woche. Neue Namen waren ihm bis jetzt nicht eingefallen, und an eine Frau »Gurich«, die Sebastian erwähnt hatte, erinnerte er sich nicht. Das bedeutete, es fehlte an konkreten Anhaltspunkten für weitere Recherchen.

Vielleicht sollte er erst einmal nachschauen, ob seinem E-Mail-Partner in der Zwischenzeit etwas eingefallen war. Matthias lächelte und trat das Gaspedal durch.

20

»Das war ja wieder eine epische Besprechung. Hampelmann findet immer kein Ende. Ich brauche jetzt dringend einen Kaffee.« Tom Fränkel verdrehte die Augen, warf seinen Notizblock auf den Schreibtisch und marschierte in die kleine Redaktionsküche. Isabell folgte ihm wie an einer unsichtbaren Leine. Lara blickte ihnen nach. Der Kollege hätte es in Gegenwart des Redaktionsleiters nie gewagt, ihn mit seinem Spitznamen zu bezeichnen. War Gernot Hampenmann anwesend, tat Tom immer besonders devot und schleimte, wo er nur konnte.

»Ich geh runter, eine rauchen.« Auch Friedrich trug einen mürrischen Gesichtsausdruck zur Schau. Es war noch nicht einmal Mittag, und schon hatten alle die Nase voll von der Arbeit. Montags schien die Stimmung in der Redaktion immer besonders gereizt zu sein. Lara wusste nicht, ob das an der Aussicht auf die bevorstehende Arbeitswoche, der allmontäglichen Redaktionskonferenz oder an Hampelmanns endlosen Tiraden lag. Vielleicht war es auch alles zusammen. Sie blendete Isis überdrehtes Kichern, das aus der Küche herüberwehte, aus und sortierte ihre Utensilien.

Es waren zwar noch gut zwei Stunden Zeit, aber sie würde sich trotzdem gleich auf den Weg zum Gericht machen. Es gab keine reservierten Plätze für Journalisten. Und die für heute angesetzte Urteilsverkündung im Fall Doktor Schwärzlich würde eine Menge Neugieriger anziehen, das war sicher. Außerdem hatte sie vor, für ihren Artikel ein paar Stimmen von Prozessbeobachtern und, wenn sie Glück hatte, auch von den Beteiligten einzufangen. Lara wechselte die Akkus ihres Diktiergerätes und sprach probehalber ein paar Worte, um zu testen, ob es funktionierte. Dann trug sie sich in die Abwesenheitsliste ein und ging.

Ein Blick in die Küche zeigte, dass Tom dort noch immer mit Isabell Kaffee trank. Sie standen auffällig nah beieinander. Aber auch ohne diese Beobachtung wusste inzwischen jeder in der Redaktion, dass die zwei ein Verhältnis hatten. Außer Gernot Hampenmann natürlich.

Auf dem Weg zum Gericht dachte Lara über das zurückliegende Wochenende nach. Am Sonnabend war sie zu ihren Eltern gefahren und hatte dort übernachtet. Der Dorfklatsch hatte sie wunderbar von ihren Sorgen abgelenkt. Nur das ständige Insistieren ihrer Mutter, die sich anscheinend täglich fragte, wann ihre Tochter wieder einen Partner fände und ob sie selbst jemals Großmutter werden würde, hatte ein wenig genervt. Laras Vater hatte wie immer nur zustimmend gebrummelt. Die beiden wollten einfach nicht verstehen, dass eine Frau heutzutage auch sehr gut allein durchs Leben kam. Aber sie meinten es ja nicht böse.

Was Peter wohl machte? Lara hatte seit der Trennung nichts mehr von ihm gehört. War er noch in der Stadt? Im Gegensatz zu ihr war er fast hyperaktiv gewesen. Die Unternehmungen mit ihm – Ausstellungsbesuche, Wanderungen, Konzerte, Lesungen, sogar die regelmäßigen Kinobesuche – fehlten ihr. Allein konnte sie sich nie dazu aufraffen, blieb lieber zu Hause und las ein Buch.

Lara wechselte die Straßenseite, um im Schatten gehen zu können. Die Sonne hatte ihre schwarze Bluse an Schultern und Rücken aufgeheizt. Der Eisverkäufer in dem mobilen Wagen neben dem Springbrunnen grinste. Lara lächelte zurück und ging vorbei. *Heute nicht, mein Freund.* Sie konnte es sich nicht erlauben, jeden Tag ein Eis zu essen.

Ihre Freundin Doreen hatte sie auch schon ewig nicht mehr gesehen. Doreen hatte sich wieder mit ihrem Ex eingelassen, und nun fehlte ihr die Zeit, sich ab und zu auf ein Schwätzchen mit Lara zu treffen. Sie riefen sich zwar mindestens einmal die Woche an, aber es blieb immer nur bei Beteuerungen, sich wieder einmal zu treffen.

Gestern Abend hatte sie über eine Stunde mit Mark telefoniert. Er hatte ihr nach dem Gespräch vergangenen Dienstag versprochen, sich mit seinen Fachkollegen in Bezug auf Vorahnungen und Gesichte zu besprechen und deren Hypothesen und Behandlungsmöglichkeiten zu vergleichen. Als Ergebnis war herausgekommen, dass es doppelt so viele Meinungen wie Fachleute gab. Für die einen war es schlicht Humbug, für andere existierte so etwas wie Telepathie tatsächlich. Zwischen beiden Extremen gab es zahlreiche Zwischenmeinungen. Mark selbst tendierte dazu, an solche Phänomene zu glauben, da er diese schon öfter bei seinen Patienten beobachtet hatte. Es gab auch Erklärungen für solche Erscheinungen, die allerdings den Erkenntnissen der Schulmediziner widersprachen.

Lara betrat die Stufen zum Eingang des Landgerichtes. Die mächtige zweiflügelige Tür war dreimal so hoch wie sie selbst, und auch die Klinke befand sich in ungewöhnlicher Höhe. Öffentliche Gebäude früherer Zeiten hatten die Aufgabe, allein durch ihre immense Größe das Volk schon im Vorfeld einzuschüchtern. Die Übertreibung hatte aber auch etwas für sich. Im Landgericht war die Luft kühl und frisch. Lara hielt ihren Presseausweis so, dass der Beamte am Eingang hinter der Glasscheibe ihn sehen konnte, wartete sein Nicken ab und stieg die Haupttreppe hinauf.

Marks Zuspruch hatte sie irgendwie beruhigt und ihr die Angst, verrückt zu werden, genommen. Was ihre Gesichte allerdings mit gerade stattfindenden Straftaten zu tun hatten, konnte auch Mark Grünthal nicht sagen. Bei dem Fall des Serienmörders Martin Mühlmann im vergangenen Jahr hatten sie im Nachhinein feststellen müssen, dass Lara tatsächlich Details seiner Untaten »gesehen« hatte. Von Zeit zu Zeit schien es eine unerklärbare Verbindung zwischen ihrem Unterbewusstsein und in der Nähe stattfindenden Verbrechen zu geben.

Da die gegenwärtigen Visionen aber auch jetzt wieder unscharf waren und keine Einzelheiten über Ort und Zeit erkennen ließen, konnten weder Mark noch Lara sagen, was das erneute Auftauchen ihrer »Gabe« dieses Mal bedeutete. Sie hoffte jedoch gegen ihre Überzeugung, dass es einfach ein Zeitvertreib ihrer überbordenden Fantasie war.

»Hallo, Lara! Auch schon da?« Frank Schweizer kam aus dem Seitengang, in dem sich die Toiletten befanden, und ließ sich neben ihr auf die Holzbank plumpsen. »Es geht erst in anderthalb Stunden los.« Er flüsterte unwillkürlich, obwohl die anderen Besucher weitab standen.

»Die ersten Gaffer haben sich aber schon eingefunden.« Lara deutete auf die Menschentraube vor dem Gerichtssaal. »Das Interesse an dem Fall ist groß.«

»Das, was dieser pädophile Arzt unter dem Deckmantel wissenschaftlicher Untersuchungen angestellt hat, passiert ja zum Glück auch nicht alle Tage. Wann erscheint dein Artikel?«

»Wenn alles nach Plan verläuft und sie hier rechtzeitig fertig werden, morgen. Ich habe schon damit angefangen.«

»Das schaffst du. Es dauert heute sicher nicht ewig. Im Prinzip ist doch alles gesagt. Was, glaubst du, wird er kriegen?« Frank begann, in seiner Tasche zu kramen.

»Das ist schwer zu sagen. Für solche schweren Missbrauchsfälle sieht das Gesetz Gefängnisstrafen von zwei bis fünfzehn Jahren vor. Ich hoffe, er bekommt die Höchststrafe.« Lara zückte ihr Diktiergerät und stand auf. »Ich gehe ein paar Zuhörer befragen. Brauche noch ein bisschen O-Ton. Soll ich dir einen Platz freihalten?«

»Gern.« Frank Schweizer klang abwesend. Sein Blick war auf die hübsche Blonde vom Jugendamt gefallen, die gerade die Stufen heraufeilte. Lara sah aus den Augenwinkeln, wie er sich erhob und der Frau ein Zeichen machte, dann wandte sie sich ab und ging zu den wartenden Leuten.

»Bitte erheben Sie sich.« Eine Seitentür öffnete sich, und die Richter kamen herein. Danach wurde der Arzt von zwei Polizeibeamten in den Sitzungssaal geführt. Er war mit Handschellen gefesselt. Lara fragte sich, ob er diese auch zum Essen tragen musste, und was sie damit machten, wenn er zur Toilette ging, verscheuchte den Gedanken aber sofort. Der Angeklagte wurde zu seiner Bank an der linken Seite des Saales geführt. Sein Verteidiger marschierte hinterher und zerrte dabei an seinem Schlipsknoten, als sei dieser zu eng gebunden.

Das Scharren und Raunen erstarb. Aus den Augenwinkeln sah Lara, wie Frank Schweizer einen Stift zückte und sein Notizbuch vorsichtig auf der Lehne des Vordersitzes abstützte. Neben ihm saß die blonde Frau vom Jugendamt. Auch Lara griff nach ihrem Schreibblock. Sie hatte mehrmals versucht, Verhandlungen mit dem Diktiergerät aufzunehmen, aber der Hall in den riesigen Räumen und die Nebengeräusche der Anwesenden ergaben ein stetes Rauschen, das es unmöglich machte, die Aufzeichnung zu verstehen. So war sie wieder zur altmodischen Methode des Mitschreibens zurückgekehrt. Das hatte auch den Vorteil, dass sie beim Protokollieren gleich über den Artikel nachdenken und sich ein paar Gedanken dazu notieren konnte.

Während der vorsitzende Richter Präliminarien abspulte, betrachtete Lara den angeklagten Arzt. Die *Tagespresse* würde kein Foto von ihm abdrucken, aber es machte den Text lebendiger, wenn sie den Täter ein wenig charakterisierte. Das helle Neonlicht in dem dunkel getäfelten Saal betonte die zahlreichen Hautunregelmäßigkeiten des Mannes. Sein Haar war schütter, der graue Bart sauber gestutzt. Im Profil wirkte seine Nase kantiger als von vorn. Er trug eine Brille mit schmalem Metallgestell, die ihn wohl seriös aussehen lassen sollte. Sein leidender Gesichtsausdruck machte diesen Eindruck jedoch zunichte. Doktor Schwärzlich hatte die Hände auf der Holzplatte vor sich übereinandergelegt, möglicherweise, um ihr Zittern zu unterdrücken. Er trug einen Ehering, und Lara fragte sich, welche Frau mit so einem Mann verheiratet sein wollte. Aber vielleicht war er längst geschieden und trug den Ring demonstrativ, um allen zu zeigen, dass er im Grunde ein ehrbarer Mann war. Die beiden obersten Knöpfe seines schwarz-rot gestreiften Oberhemdes waren offen, sodass man die faltige Haut des Halses sehen konnte. Lara wandte angewidert den Blick ab. Ihre Augen begegneten denen der blonden Frau vom Jugendamt, und sie überlegte eine Sekunde, bis ihr der Name einfiel. Frau Sandmann zog kurz die Mundwinkel nach oben. Ihre Augen lächelten nicht. Die Finger hatte sie im Schoß verknotet, die Schultern hochgezogen.

Der Richter beendete seine Einleitung, und wie auf Kommando strafften sich die Körper und das Hintergrundgetuschel verstummte. Die Journalisten hielten ihre Stifte bereit und neigten die Köpfe über ihre Notizblöcke.

»... Nach Überzeugung des Gerichtes handelt es sich bei den Fällen ausnahmslos um unsittliche Berührungen ...«

Lara schluckte. Das war nicht gut. Die Staatsanwaltschaft war in der Anklage von mindestens zwei schweren Missbrauchsfällen ausgegangen. »Unsittliche Berührung« war längst nicht so schwerwiegend wie »Missbrauch«. Das Strafmaß für den Arzt würde sich wahrscheinlich im unteren Bereich bewegen. Der Verteidiger hatte sogar nur eine Strafe auf Bewährung gefordert. Rechts von ihr schüttelte Frau Sandmann heftig den Kopf, und bevor sie wieder nach vorn sah, bemerkte Lara, wie Frank Schweizer der Frau beschwichtigend die Hand auf den Arm legte.

»... wird somit wegen Kindesmissbrauchs in dreizehn Fällen, außerdem wegen Erwerbs und Besitzes kinderpornografischer Schriften zu einer dreieinhalbjährigen Haftstrafe verurteilt.« Der vorsitzende Richter machte eine kurze Pause. Lara blickte auf und sah den Angeklagten zusammenzucken, während sein Verteidiger mit versteinerter Miene geradeaus starrte.

»… Das Gericht legt außerdem ein Berufsverbot fest. Der Angeklagte darf nach seiner Haftentlassung für drei Jahre nicht als Mediziner arbeiten. Jegliche Tätigkeit, die eine ärztliche Behandlung von Patienten einschließt, ist ihm untersagt.«

Das war ja interessant. Berufsverbot, wenn auch nur für drei Jahre. Das hatten sie selten. Lara kritzelte die letzten Sätze im Telegrammstil auf ihren Block. Der Richter näherte sich unterdessen den üblichen Schlussfloskeln. Der Geräuschpegel im Gerichtssaal nahm zu. Vor Lara neigten zwei Frauen die Köpfe zueinander und begannen zu tuscheln. Das abschließende Geschehen war immer das gleiche und schnell beendet.

In einer Wellenbewegung erhoben sich die Zuhörer, um zu sehen, wie der Angeklagte hinausgeführt wurde. Sein Verteidiger begleitete ihn nicht, sondern ordnete stattdessen langsam, fast phlegmatisch, seine Unterlagen. Wahrscheinlich wollte er sich damit noch einen Moment sammeln, bevor er ins Getümmel vor dem Gerichtssaal treten musste. Da er eine Bewährungsstrafe gefordert hatte, konnte es gut sein, dass er nach Rücksprache mit seinem Mandanten in Berufung gehen würde. Lara erhob sich. Frank war ebenfalls aufgestanden. »Trinken wir gemeinsam noch irgendwo einen Espresso zum Abschluss, oder musst du gleich in die Redaktion?«

»Nicht sofort.« Lara sah zur Uhr und nickte. »Eine halbe Stunde ist noch drin.« Sie würde danach noch genug Zeit haben, ihren vorbereiteten Artikel rechtzeitig für die morgige Ausgabe fertig zu schreiben. Und die Aussicht, den Fall abschließend mit einem Kollegen zu diskutieren, gefiel ihr.

»Kommen Sie auch mit?« Frank wandte sich zu seiner Nachbarin, die unschlüssig in der Bankreihe stand. Ihre Arme hingen kraftlos herunter, die Finger hatte sie noch immer fest ineinanderverschlungen. »Ich weiß nicht recht.« An ihrer Körpersprache konnte man sehen, dass sie gern mitgekommen wäre, sich jedoch nicht traute.

»Wir trinken etwas und reden ein bisschen.« Frank berührte Frau Sandmann am Arm, und diese erwachte aus ihrer Starre. »Na gut. Wenn es nicht so lange dauert.« Dabei sah sie Lara an. In ihren Augen flackerte es kurz, dann verschleierten sie sich wieder.

»Es ist ja nicht so, dass er nicht wusste, was er tat. Der Mann hat zudem seine berufliche Stellung ausgenutzt.« Frank kniff die Augen zusammen. »Ein Klinikarzt, der bis zu sechshundert Kinder jährlich betreut hat! Ich möchte nicht wissen, wie viele Missbrauchsfälle es tatsächlich waren. Diese Typen geben doch nur zu, was man ihnen exakt nachweisen kann!«

»Das könnte sein.« Lara betrachtete die beiden vertikalen Falten über Franks Nasenwurzel. Im Hintergrund blubberte die Espressomaschine. »Es bringt aber nichts, im Nachhinein Verdächtigungen auszusprechen. Er hat gestanden, dreizehn Mädchen unsittlich berührt und gestreichelt zu haben. Und zwar von April 2005 bis Sommer 2009. Und dafür wurde er heute verurteilt.«

»Davor war also nichts?« Frank presste die Lippen aufeinander. »Und – wäre er nicht 2009 in Untersuchungshaft gekommen, was glaubst du, wie es weitergegangen wäre?«

»Hätte und wenn, das sind doch müßige Diskussionen, Frank. Ich denke auch, dass dieser Arzt nicht einfach aufgehört hätte, aber wollen wir es nicht dabei bewenden lassen, dass er nun rechtskräftig verurteilt ist? Was meinen Sie dazu?«

Frau Sandmann, die eben noch abwesend Krümel von der Tischdecke gewischt hatte, sah hoch. In ihren hellen Augen lag Schmerz. »Sie haben beide recht. Letztendlich ist es auch egal. Die Strafe kann das Geschehene nicht wiedergutmachen.«

»Aber ist es nicht für die Familien der Opfer eine Genugtuung, dass der Mann eine Haftstrafe und nicht nur Bewährung bekommen hat?«

»Für die Eltern vielleicht. Obwohl sie sich ein höheres Strafmaß erhofft hatten. Für die Mädchen jedoch ist es völlig gleichgültig, wie lange Doktor Schwärzlich im Gefängnis sitzt. Einen Missbrauch kann man nicht ungeschehen machen. So etwas begleitet einen ein Leben lang. Manche der Mädchen waren gerade erst zehn.« Frau Sandmann griff nach der Wasserflasche und schenkte sich nach. Ihre Hände zitterten. »Außerdem habe ich das Gefühl, dass der Verteidiger in Revision gehen will. Dann wird das alles wieder und wieder aufgewühlt.«

»Das stimmt auch wieder.« Frank kratzte sich hinter dem Ohr. »Werden die Familien und vor allem die Opfer psychologisch betreut?«

»Ja. Allerdings nicht alle. Die Entscheidung darüber liegt bei den Eltern. Wir können nur Angebote machen. Manche von ihnen denken, dass es das Beste ist, wenn ihre Kinder das Ganze schnell vergessen. Man kann ihnen keine Therapie aufzwingen.«

»Ein Freund von mir arbeitet auch als Psychologe.« Lara schaute kurz auf die Uhr und gab sich noch zehn Minuten. »Er sagt, die Opfer ›vergessen‹ nichts. Sie verdrängen es lediglich in ihr Unterbewusstsein. Der seelische und körperliche Missbrauch ist deswegen aber längst nicht verschwunden, sondern latent immer da. Manche dieser Erinnerungen sind dem Bewusstsein überhaupt nicht zugänglich, weil sie zu belastend für die Psyche sind. Und trotzdem richten sie zeitlebens unmerklich Schaden an, wenn sie nicht verarbeitet werden. Das müssen nicht immer psychische Störungen sein, auch Krankheiten treten auf oder selbstverletzendes Verhalten.«

»Ihr Freund hat vollkommen recht.« Frau Sandmann hatte sich gestrafft. Zum ersten Mal, seit sie in dem Café angekommen waren, schaute sie Lara in die Augen.

»Aber sie können die Eltern trotzdem nicht zwingen, ihr Kind behandeln zu lassen.« Frank war aufgestanden. »Ich verschwinde mal ganz kurz...« Er deutete in Richtung Toilette.

»Und ich muss dann auch in die Redaktion, sonst wird es zu spät.« Lara blickte sich nach der Bedienung um.

»Hören Sie.« Frau Sandmann zupfte an Laras Ärmel. Sie flüsterte, obwohl niemand in ihrer Nähe saß. »Ist Ihr Freund ein guter Psychologe?«

»Ich denke schon. Ich glaube, er ist sehr einfühlsam. Natürlich reden wir nicht über Details. Die ärztliche Schweigepflicht, Sie verstehen?«

»Ja, natürlich.« Eine kurze Pause. Lara sah, wie die Frau mehrmals schluckte und dann tief Luft holte. »Könnte ich mal mit Ihrem Bekannten reden?«

»Wegen des Schwärzlich-Falls?«

»Nein, nein. Ich ...« Die Kellnerin näherte sich. Gleichzeitig öffnete sich im rückwärtigen Bereich die Tür zum Gang und Frank Schweizer kam heraus. Frau Sandmann zog den Kopf zwischen die Schultern. »Es ... geht um etwas anderes.«

»Wenn Sie wollen, schreibe ich Ihnen gern die Telefonnummer auf. Er arbeitet allerdings nicht hier, sondern in Berlin.«

»Das macht nichts.«

Gleichzeitig mit der Bedienung war Frank angekommen und nahm Platz. Lara bezahlte ihren Espresso, blätterte dann in ihrem Filofax und schrieb Marks Namen und die Telefonnummer seiner Praxis auf eine Haftnotiz. »Sagen Sie ihm einen schönen Gruß von Lara, wenn Sie ihn anrufen.« Sie lächelte.

Schweineschwanz! Laras Lächeln erlosch wie eine ausgebrannte Glühbirne, während sie sich umdrehte. Kein Mensch saß in ihrer Nähe. Niemand hatte das Wort »Schweineschwanz« laut ausgesprochen. Es war nur in ihrem Kopf aufgetaucht.

»Vielen Dank.« Frau Sandmann klebte den Zettel in ihr Portemonnaie. Sie schien erleichtert. Ihre Schultern sackten nach unten, und ihr Gesicht wurde weicher. »Ich heiße Maria. Aber Sie können mich Mia nennen.«

21

Ein Erzieher aus meiner Gruppe, er hieß Festmann, war ganz in Ordnung. Man hatte mich ihm als »Beobachtungsobjekt« zugewiesen. Das muss es zu Deiner Zeit auch gegeben haben. Jedes Heimkind hatte einen persönlichen Betreuer. Sie mussten unsere Entwicklung beobachten und Berichte darüber für das Jugendamt verfassen. Wie hieß Dein Betreuer?

Matthias stützte die Ellenbogen auf den Schreibtisch, schloss die Augen und legte die Stirn in die Handflächen. Einem Herrn Festmann war er nie begegnet. Er musste gekommen sein, nachdem Matthias das Heim verlassen hatte. In seinem Kopf hämmerten die Handwerker lauter.

Sein neuer Brieffreund Sebastian hatte also einen persönlichen Betreuer im Heim gehabt. Wie er schrieb, schien es die übliche Vorgehensweise gewesen zu sein, jedem Kind einen Aufpasser an die Seite zu stellen. Warum konnte er selbst sich dann nicht an so etwas erinnern? Wenn es einen solchen Beobachter für ihn gegeben hatte, hatte der mit Sicherheit auch Berichte verfasst. Die Frage war nur, ob diese noch aufzufinden waren. In den Wirren der Wendezeit war vieles verloren gegangen. Matthias öffnete die Augen wieder. Die Schrift auf dem Monitor flimmerte.

Du hast mir von der Sagorski geschrieben. Du hattest Glück, dass Du außer ihrem Hochmut und den verächtlichen Bemerkungen nichts von ihrer dunklen Seite kennengelernt hast. Vielleicht lag es daran, dass Du und ich keine Mädchen waren. Die Sagorski hasste kleine niedliche Mädchen regelrecht. Ich hatte damals einen Freund – Konrad. Seine Schwester war auch mit in unserem Heim. Von Konrads Schwester weiß ich, was sich abspielte, wenn niemand in der Nähe war. Die Sagorski zitierte das jeweilige Mädchen »zum Gespräch« in ihr Büro und verschloss die Tür. Dann begann sie mit ihren Quälereien, wobei sie stets darauf achtete, keine Spuren zu hinterlassen. Ziehen an den Haaren und Herausreißen einzelner Strähnen war noch das Harmloseste. Am liebsten hat sie die Mädchen in die Nase gekniffen. Nicht außen – das hätte ja blaue Flecken hinterlassen –, nein, innen, links und rechts der Nasenscheidewand, drückte sie mit Daumen und Zeigefinger zu und bohrte ihre spitz gefeilten Fingernägel in das empfindliche Gewebe, bis es blutete. Es muss höllisch wehgetan haben! Ich glaube, dass das noch nicht das Schlimmste war, was sie getan hat, aber Glauben und Wissen sind zweierlei Dinge. Konrads Schwester hat mit Sicherheit nicht alles erzählt, und außerdem hatten die Mädchen solche Angst vor dieser Frau, dass sie es nicht wagten, über die Geschehnisse in dem Büro zu sprechen.

Matthias sah das breitflächige Gesicht der Heimleiterin vor sich, während er an seinem Daumennagel nagte. Die Frau hatte also kleine Mädchen gequält. Er dachte an Mandy und überlegte, ob auch seine Schwester ähnliche Erfahrungen gemacht hatte. Darüber gesprochen hatte sie nie, aber das, was Sebastian Wallau schrieb, traf zu. Die Kinder schämten sich der Dinge wegen, die ihnen widerfahren waren. Wenn sie sich doch jemandem öffneten, machten sie fast immer die schmerzliche Erfahrung, dass niemand ihren Schilderungen Glauben schenkte.

Jetzt tat es ihm fast ein bisschen leid, dass er sich entschlossen hatte, die Sagorski zu verschonen. Nur weil sie den Jungen nichts angetan hatte, war sie nicht gleich unschuldig. Wer weiß, was die armen kleinen Mädchen in ihrem Büro hatten durchmachen müssen. Dazu kam, dass die Frau als Leiterin des Kinderheims ihre Angestellten nicht kontrolliert hatte, sodass diese schalten und walten konnten, wie sie wollten. Oder noch schlimmer, wenn sie von deren Schandtaten gewusst, diese aber stillschweigend geduldet hatte, damit ihre eigenen Obszönitäten nicht ans Licht kamen. Oder sie womöglich sogar gutgeheißen hatte! So oder so, es war egal. Auch Frau Sagorski hatte gehörig Schuld auf sich geladen.

Matthias gewann zunehmend den Eindruck, dass alle Erzieher in diesem Heim Dreck am Stecken gehabt hatten. Forschte man tiefer, fand man bei jedem eine andere Obsession. Wie hatten sich so viele Perverse in einem einzigen Kinderheim versammeln können? Aber vielleicht war es ähnlich wie in *Haut de la Garenne* auf Jersey. Solche Orte zogen Kinderquäler magisch an. Manch einer von ihnen mochte es vorher woanders versucht haben, war aber an strengeren Kontrollen oder einem aufmerksameren Umfeld gescheitert. Irgendwann fanden die Peiniger dann den Ort, an dem sie ihre Perversionen ungehemmt ausleben konnten, weil es keine Überwachung gab oder die Kontrollinstanzen selbst an den Schandtaten beteiligt waren. So etwas kam immer wieder vor.

Schnell überflog Matthias die letzten Zeilen. Sebastian Wallau schrieb, er würde in dieser Woche seine Seiten überarbeiten und ein Gästebuch einrichten und dass er sich auf Matthias' Antwort freue. Er hatte nicht gefragt, wozu sein Mailpartner all die Informationen brauchte. Stattdessen schien er stillschweigend vorauszusetzen, dass der neue Brieffreund, genau wie Sebastian selbst, ein Interesse daran hatte, die Geschehnisse im Heim nicht in Vergessenheit geraten zu lassen. Matthias wollte ihn in diesem Glauben lassen.

Ein Gästebuch. Das war keine schlechte Idee. Trugen sich weitere Insassen des Kinderheims dort ein, konnte er Kontakt zu ihnen aufnehmen. Vielleicht waren sogar Bekannte darunter, Menschen, die zur gleichen Zeit wie Matthias dort gewesen waren und sich an ähnliche Dinge erinnerten.

Er strich sich mit den Fingerspitzen über die Stirn und lächelte abwesend. So einfach eröffneten sich neue Möglichkeiten zur Recherche. Manchmal musste man sich ein bisschen in Geduld üben. Seit der Bestrafung von Isolde Semper waren schon anderthalb Wochen vergangen, und in Matthias' Kopf verlangte etwas zunehmend dringlicher danach, mit der »Arbeit« weiterzumachen. Er würde nicht ewig Zeit haben, irgendwann kamen die Bullen jedem auf die Spur. Bevor die ihn erwischten, wollte er noch so viele Peiniger wie möglich drankriegen. Matthias lächelte breiter und schaltete den Computer aus.

Zunächst würde er die Sagorski noch einmal besuchen. Nach den neuesten Informationen war es an der Zeit, ihr ein paar detaillierte Fragen zu stellen. Er betrachtete die geschnitzte Schatulle mit den wenigen Erinnerungsstücken neben dem Monitor. Wen hatte die Heimleiterin außer der Schwester von Sebastians Freund noch alles im Geheimen gequält – seine Mandy, die kleine Melissa? Und würde sie einfach so mit den Informationen herausrücken? Wahrscheinlich nicht freiwillig.

Matthias Hase rief sich seine Maxime ins Gedächtnis: die Peiniger mit den gleichen Methoden konfrontieren, die sie selbst angewendet hatten. Die Sagorski würde schon reden, wenn sie echte Schmerzen litt. Besser jedoch, er besuchte sie nicht noch einmal bei sich zu Hause. Womöglich hatte ihn bei seiner Stippvisite letztes Wochenende jemand beobachtet und erkannte ihn nun wieder oder erinnerte sich an das Autokennzeichen. Das war viel zu gefährlich. Es gab nur zwei Möglichkeiten. Entweder tauchte er dort in einer erstklassigen Verkleidung auf, das Auto weit entfernt geparkt, oder er lockte sie unter einem Vorwand zu einem Ort, an dem er sie ungestört »befragen« konnte.

Ein weiterer Besuch bei der ehemaligen Heimleiterin zu Hause brachte zu viele unkalkulierbare Risiken mit sich. Weder kannte Matthias das Innere ihres Hauses, noch wusste er, ob es andere Familienmitglieder gab, die dort ein und aus gingen, noch, was die Nachbarn den ganzen Tag trieben. Es war auch nicht anzunehmen, dass die Sagorski einen »anderen« Fremden freudestrahlend hereinbitten würde, nachdem sie ihn gestern so harsch abgewiesen hatte. Er schüttelte, ohne es zu merken, den Kopf. Nein, er würde die Frau aus ihrer Festung herausholen müssen. Die Frage war nur: Mit welchem Köder?

Matthias Hase drückte den Rücken durch, streckte die Arme nach oben und dehnte sich. Er würde noch ein bisschen darüber nachdenken.

*

Laut Anklage hat sich der Arzt Doktor S. zwischen April 2005 und Juni 2009 an dreizehn Mädchen im Alter von zehn bis zwölf Jahren vergangen und dabei unter anderem in seinem Büro Scheinuntersuchungen für eine angebliche Studie über Bronchialasthma im Kindesalter in Deutschland vorgenommen. Er wurde außerdem wegen des Erwerbs und Besitzes von Kinderpornos angeklagt. Zudem filmte er selbst mehrere Taten mit versteckter Kamera. Er missbrauchte auch Kinder befreundeter Familien bei gemeinsamen Ausflügen oder im Schwimmbad.
Der Beschuldigte hat 17 Jahre als Anästhesist in der Klinik gearbeitet und galt unter den 1000 Beschäftigten als tadelloser Mitarbeiter.

Lara nahm die Finger von den Tasten und las das Geschriebene. Sie musste sich konzentrieren, um einen sachlichen Ton zu finden. Persönliche Ressentiments waren bei Gerichtsreportagen unangemessen.

Dr. Joachim S. hat die Taten gestanden. Die Staatsanwaltschaft hatte für den Mann eine Haftstrafe von dreieinhalb Jahren gefordert, da er als Arzt seine besondere berufliche Stellung ausgenutzt habe. Der vorsitzende Richter folgte dem Antrag der Staatsanwaltschaft und verhängte zusätzlich ein dreijähriges Berufsverbot. Der Verteidiger hatte dagegen auf eine Bewährungsstrafe plädiert, da sein Mandant vorhabe, eine Therapie anzutreten. Er will daher nun eine mögliche Revision prüfen.

»Hallo! Du bist ja noch da!« Lara brauchte sich nicht umzudrehen, um zu wissen, dass Jo hereingekommen war. Der Fotograf ging zu Toms Platz, legte seine Ausrüstung auf dessen Schreibtisch und zog sich den Stuhl heran.

»Ich habe gerade den Artikel über den Schwärzlich-Prozess fertig geschrieben. Heute war die Urteilsverkündung, und er soll morgen schon erscheinen. Wir saßen bis nach sechs im Gericht. Und du?«

»Ich muss noch ein paar Bilder auf den Server laden. Morgen bin ich den ganzen Tag unterwegs.« Jo stöpselte seine Kamera an Toms Computer. »Die anderen sind wohl alle schon weg?«

»Nur Hubert ist noch da.« Lara zeigte auf die Tür zum Nachbarraum. »Der hat Spätdienst. In einer Viertelstunde machen wir aber Schluss für heute.«

»Ich brauche auch nur fünf Minuten.« Konzentriert tippte Jo Befehle in die Tastatur.

Lara las noch einmal den gesamten Artikel und fügte zwei Absätze ein, damit es passte. Dann speicherte sie und schickte alles ab. »Das hätten wir.«

Wie auf ein Zeichen erschien Hubert in der Zwischentür und schaltete das Licht im Nachbarraum aus.

»Wollen wir noch etwas essen gehen?« Jo zog das Kabel ab und verstaute seine Kamera im Lederbehälter.

»Ich war zwar vorhin schon mit einem Kollegen von der *Tagespost* und einer Frau vom Jugendamt im Stadtcafé, aber gegessen haben wir da nichts.« Jetzt erst spürte Lara ihren leeren Magen. Sie dachte kurz an die blonde Frau. Maria Sandmann. *Sie können mich Mia nennen.*

»Also gut. Wenn es nicht zu spät wird ...«

»Wir müssen doch nicht bis Mitternacht da sitzen.« Jo erhob sich. »Kommst du auch mit?« Hubert, der wartend in der Tür stand, schüttelte mürrisch den Kopf. Lara warf eilig ihre Sachen in die Handtasche und folgte Jo.

»Tschüss, Lara! Komm gut nach Hause!« Jo zwinkerte ihr zu.

»Soll ich dich ein Stückchen mitnehmen?« Lara kramte nach ihrem Autoschlüssel.

»Nein, das brauchst du nicht. Ich gehe zu Fuß, genieße die Nachtluft und bewundere den Mond.« Jo zeigte nach oben in den Himmel. »Bis Mittwoch. War ein netter Abend.«

»Finde ich auch. Bis dann.« Lara sah zu, wie der Fotograf sich umdrehte und davonschlenderte. Die Jacke hatte er locker über die Schulter gehängt. Sie mochte es, dass er sie nicht so offensichtlich anbaggerte, sondern sein Interesse nur verhalten zeigte. Vielleicht täuschte sie sich aber auch, und er hatte gar kein Interesse an ihr, sondern fand sie nur nett. Das würde sich zeigen.

Es war erst halb zwölf, und die Stadt schien schon zu schlafen. Die Ampeln waren abgeschaltet, keine Fußgänger mehr zu sehen. Statt der üblichen Viertelstunde brauchte Lara nur wenige Minuten bis nach Hause. Ihre Gedanken kreisten um den pädophilen Arzt. Hoffentlich bekam der Verteidiger seine Revision nicht durch. Ihrer Meinung nach konnte man solche Typen nicht therapieren, oft gelang es ihnen jedoch, Behandlungserfolge vorzutäuschen. Viele dieser Straftäter waren manipulativ und sehr geschickt im Beeinflussen von Menschen.

Sie parkte ihr Auto ein und dachte im Treppenhaus über die Strategie des Verteidigers nach. Was brachte einen Rechtsanwalt überhaupt dazu, einen solchen Menschen zu vertreten? In dem Fall von Doktor Schwärzlich konnte der Verteidiger wohl kaum an dessen Unschuld glauben, zumal dieser einige Taten gestanden hatte. Wahrscheinlich war es Geltungssucht, denn ein Prozess dieser Größenordnung brachte immer reichlich Medieninteresse und Berichterstattung mit sich, sodass sich ein Strafverteidiger schnell einen Namen machen konnte. Nur was für einen Namen machte man sich damit? Lara schloss ihre Wohnungstür auf und schleuderte die Schuhe von den Füßen. Es war ein langer, aufregender Tag gewesen und doch war sie noch nicht müde. Sie beschloss, noch ein bisschen fernzusehen, um sich zu entspannen, bevor sie ins Bett ging.

Wer von euch Schlampen schmeißt seine benutzten Taschentücher einfach so auf den Boden?
Lara fuhr mit einem Aufschrei hoch und blickte sich mit weit aufgerissenen Augen um. Im Schlafzimmer war niemand. Leise knarrte das geöffnete Holzfenster. Davor raschelte der Apfelbaum leise mit den Blättern. Auf ihrer Stirn trockneten feine Schweißperlen. Ihr Herz klopfte gehetzt. Die herrische Frauenstimme hatte direkt neben ihrem Ohr gesprochen. Sie schob die Decke beiseite, schwang die Beine aus dem Bett und ging langsam zum Fenster. Die Straße lag friedlich im hellen Schein des Mondlichts, die kühle Luft beruhigte sie ein wenig. Der Vollmond schwebte wie ein schimmernder gelber Ballon über den Dächern.

So, da wären wir. Wenn ich dich wieder abhole, kannst du mir sagen, ob du etwas dazugelernt hast. Eine Tür fiel mit einem Krachen ins Schloss.

Lara zwinkerte mehrmals. Sie drehte sich um. Ihre Schlafzimmertür war zu. Sie war die ganze Zeit geschlossen gewesen, seit sie zu Bett gegangen war. Niemand hatte sie geöffnet, und niemand hatte sie zufallen lassen. Die barsche Frauenstimme und die Begleitgeräusche waren Halluzinationen, Täuschungen ihrer überreizten Psyche, Traumbilder.

Und wenn es wieder ein Gesicht ist?

Lara wischte sich mit dem Unterarm über die Stirn. Genau so

hatte es auch vor einem Jahr angefangen, als sie nachts von den Frauen geträumt hatte, die Martin Mühlmann – das Ungeheuer – durch den Wald gehetzt hatte. Und am Schluss war *sie selbst* von ihm gejagt worden.

Diese Gesichte hatten etwas zu bedeuten, so viel war sicher. Wenn sie nur wüsste, was.

Sie schloss das Fenster, tappte zu ihrem Bett und kuschelte sich unter die Decke.

Morgen früh würde sie Mark anrufen. Vielleicht gab es eine Möglichkeit, die Albträume abzustellen. Mit diesem Gedanken kehrte Lara zurück in das Reich der Träume.

22

War das nötig, Weichei?
Ich wusste doch keinen anderen Ausweg. Mia Sandmann drückte mit Daumen und Zeigefinger die Nasenwurzel zusammen. Angeblich ein Akupressurgriff, der Kopfschmerzen verscheuchen sollte. Bei ihr half es nicht viel. *Was nervst du mich schon wieder. Das geht so nicht weiter.*

Du hättest dich zusammennehmen können. Muss man denn gleich Fremde einweihen?

Mia schüttelte den Kopf und zog die Decke über die Beine. Vor ihr flimmerte stumm der Fernseher. Jetzt debattierte die Stimme in ihrem Kopf schon seit Stunden unentwegt mit ihr, bloß weil sie es gewagt hatte, die nette Journalistin anzusprechen. Lara Birkenfeld war ihr schon beim letzten Mal einfühlsam und hilfsbereit vorgekommen, ganz im Gegensatz zu ihrem Kollegen, der sie so offensichtlich angebaggert hatte.

Du kennst diese Frau doch kaum!

»Ja, aber ... Ich hab ihr doch auch gar keine Einzelheiten genannt!« Mia schlug die Handfläche vor den Mund und presste die Lippen zusammen. Nun redete sie schon laut mit sich selbst. Bisher waren es immer nur innere Dispute gewesen. Sie angelte nach der Fernbedienung und drückte auf die »Mute«-Taste. Der Nachrichtensprecher gab seine Pantomime auf und berichtete etwas von Terrorgefahr.

Wenn du denkst, dass mich das zum Schweigen bringt, hast du dich aber geschnitten! Mia stöhnte, warf die Fernbedienung neben sich auf das Sofa und presste die Hände an die Ohren. Was zu viel war, war zu viel. Das musste aufhören. Sie wollte diese unsäglichen Rückblicke und dieses ständige Gewisper in ihrem Kopf loswerden. Sie wollte ihr ganz normales Maria-Sandmann-Leben zurück und einfach wieder funktionieren wie zu der Zeit, bevor die ganzen Flashbacks begonnen hatten. Und wer konnte ihr besser dabei helfen als ein ausgebildeter Therapeut?

Ein Psychiater? Ein Hirnklempner!

»Na und?« Die innere Stimme war heute besonders penetrant. Mia sah sich im Wohnzimmer um. Die Fenster waren geschlossen, die Vorhänge zugezogen. Niemand außer dem biederen Nachrichtenmann konnte hören, wie sie – eine Frau von über vierzig – mit sich selbst redete. Sie betrachtete den Zettel, den die nette Journalistin ihr gegeben hatte. Mark Grünthal hieß der Arzt. Die Telefonnummer hatte eine Berliner Vorwahl.

Untersteh dich!

»Halt's Maul!« Mia musste kichern. Kraftausdrücke waren sonst gar nicht ihre Sache. Aber dieses ständige Insistieren nervte enorm. »Das entscheide ich immer noch selbst!«

Wenn du dich da mal nicht irrst. Jetzt kicherte es auch *in* Mias Kopf, und sie strampelte die Decke von den Füßen und sprang auf. Das musste s o f o r t aufhören. Ohne die Pantoletten anzuziehen, marschierte sie in die Küche.

Die Weinflasche wartete fein säuberlich verkorkt im Kühlschrank. Mit dünnem Strahl floss die rubinrote Flüssigkeit in das bauchige Glas. Es roch ganz schwach nach Brombeeren. Die Stimme schwieg. Vielleicht schnüffelte sie auch gerade das schwere Aroma des Rotweins. Im Hintergrund zerhackte die große runde Küchenuhr die Zeit in gleichmäßige Abschnitte. *Fünf – vor – zehn.*

Viel zu spät, um den Therapeuten heute noch anzurufen. Aber morgen Früh würde sie gleich nach dem Aufstehen zum Hörer greifen. Mia Sandmann tappte zurück in ihr Wohnzimmer, bemüht, nichts zu verschütten. Ihre Hände zitterten. Nur ein kleines bisschen. Aber das Geschwafel im Kopf hatte aufgehört. Endlich. Sie seufzte, stellte das Glas auf den Couchtisch und kuschelte sich wieder in ihre Sofaecke.

»Wie sieht's denn hier aus, ihr Schlampen?« Die Mädchen zuckten alle gleichzeitig zusammen. Karli ließ ihr Buch fallen und Sandra und Kerstin drängten sich enger hinter die halb geöffnete Schranktür. Nur die dicke Susi bewegte keinen Muskel. Ihre Schürze über dem Arm, stand sie neben dem ersten Doppelstockbett und wartete scheinbar gelassen auf das, was geschehen würde.

»Das ist vielleicht ein Saustall! Dass ihr nie von allein darauf kommt aufzuräumen!« Die Gurich hatte die Hände in die Seiten gestemmt und betrachtete die Mädchen mit finsterem Blick. Keines von ihnen wagte es, ihr zu antworten. Es hätte auch nichts genützt. Miss Piggy war übel gelaunt. Die Kinder wussten vorher nie, wann die Erzieherin wieder einen ihrer Anfälle haben würde. Es war nicht vorhersehbar. Das Einzige, was darauf hindeutete, waren ihre Mundwinkel, die noch stärker herabhingen als sonst. Aber dann war es meistens schon zu spät. Oft tauchte sie wie ein Racheengel unverhofft auf und schikanierte jeden, der ihr gerade über den Weg lief. Heute schien sie es auf die Mädchen abgesehen zu haben. »Ich gebe euch genau zehn Minuten. Dann komme ich zur Kontrolle. Und gnade euch Gott, ich finde noch ein Stäubchen!« Mia konnte spüren, wie Karli sich neben ihr entspannte. Das schien gerade noch einmal gut gegangen zu sein. Die Gurich drehte indessen den Kopf langsam von einer Seite zur anderen, so als habe sie noch nicht genug. *Geh doch endlich,* flehte etwas in Mias Kopf.

»Was ist bitte das?« Der linke Arm löste sich von der fleischigen Hüfte und wies in Richtung Tisch. Vorsichtig folgten die Blicke der Mädchen. Neben dem rechten Tischbein lag ein zerknülltes Stofftaschentuch. Es musste einer von ihnen aus der Tasche gefallen sein. Lange konnte es sich noch nicht dort befinden, denn sie waren gerade erst aus der Schule gekommen und hatten das Zimmer morgens blitzsauber verlassen.

»Wer von euch Schlampen schmeißt seine benutzten Taschentücher einfach so auf den Boden?« Die Gurich schaute von einem zum anderen. Die Mädchen erwiderten ihren Blick nicht, sondern sahen zu Boden. Mia biss die Zähne aufeinander, damit sie nicht klapperten. Die Muskeln an ihren Schläfen begannen zu schmerzen.

»Ihr wollt nicht antworten? Nun, dann schaue ich selbst nach.« Langsam watschelte die Erzieherin ins Zimmer hinein. Jetzt hingen ihre Mundwinkel nicht mehr herab, sondern wellten sich selbstgefällig nach oben. Ihr Tag war gerettet. Wäre ihr nicht dieses Taschentuch aufgefallen, hätte sie einen anderen Grund gefunden, eines der Mädchen zu bestrafen. Irgendetwas fand sich immer, sosehr sie auch achtgaben. Die Gurich würde gleich wissen, wem dieses Stück Stoff unter dem Tisch gehörte, auch wenn die Mädchen nichts sagten. Die Taschentücher im Kinderheim trugen genau wie persönliche Bekleidungsstücke Monogramme, damit man sie nach der Wäsche gut auseinanderhalten konnte.

Mit einem Ächzen bückte sie sich, packte das weiße Tuch mit spitzen Fingern und hielt es in gebührendem Abstand vor das Gesicht. Mit zusammengekniffenen Augen musterte sie die eingestickten Zeichen. Mia konnte ihr Gebiss nicht mehr kontrollieren. Mit vernehmlichem Klacken begannen die Zähne aufeinanderzuschlagen. Sie hörte Karli neben sich »Mia!« flüstern und sah mit weit aufgerissenen Augen, wie die Gurich näher kam.

»Na, ist es euch inzwischen eingefallen, wem das hier gehört?« Mit einer heftigen Handbewegung schleuderte sie das Taschentuch in Mias Gesicht. Karli sog scharf die Luft ein, und Mia spürte zwei warme Tränen über ihre Wangen nach unten rollen. Die dicke Susi kicherte ganz kurz und unterdrückte das Geräusch sofort.

»Von allen hier bist du die Oberschlampe, Mädchen!« Miss Piggy hatte sich von Anfang an auf die kleine Mia eingeschossen. Die Erzieherin hatte ein feines Gespür für die Schwächsten, für die, die am sensibelsten waren, die Demütigungen nicht einfach an sich abprallen lassen konnten.

»Du pisst ins Bett, du räumst nicht auf, du wirfst deine vollgerotzten Taschentücher einfach so auf den Fußboden. Das muss aufhören, Fräulein!« Die Gurich griff nach Mia und quetschte ihren dünnen Oberarm zusammen. »Ich finde es besonders schlimm, dass ich dir das nicht zum ersten Mal sage. Anscheinend bist du störrischer, als ich anfangs dachte. Du musst dir wirklich mehr Mühe geben!«

»Hören Sie, bitte! Ich werde Mia helfen!« Karli, die inzwischen ihr Buch aufgehoben hatte, bewegte sich auf die Erzieherin zu. Ein heldenhafter Versuch. Leider vergebens. Die Gurich zerrte ihr Opfer schon in den Flur, wobei sie so tat, als nähme sie die Worte des anderen Mädchens nicht wahr. Mias Oberarm im eisernen Klammergriff, stieg sie die Treppen hinab bis in den Eingangsbereich.

»Los, beweg dich ein bisschen! Ich habe nicht den ganzen Tag Zeit!« Mia konnte die Tränen nicht mehr aufhalten. Zwei heißen Rinnsalen gleich strömten sie über ihr Gesicht, an den Mundwinkeln vorbei, trafen sich am Kinn und tropften dann auf die gemusterten Steinfliesen. Rechts neben der Eingangstür ging es in den Keller. Die schwere Holztür schwang geräuschlos auf. Jemand ölte die Scharniere regelmäßig, damit sie keinen Lärm machten. Das Mädchen hinter sich herziehend, stapfte die Gurich abwärts. Trübes gelbes Licht erhellte den Gang nur unzureichend. Mia leckte salzige Flüssigkeit aus den Mundwinkeln und bemühte sich, nicht zu schniefen, denn das hasste die Gurich besonders.

Sie war noch nie hier unten gewesen. Die Luft hatte einen muffigen Geruch. Es ging an mehreren Brettertüren mit Vorhängeschlössern vorbei. Sie bogen zweimal ab. Dann stoppte die Erzieherin vor einer massiven Metalltür. »So, Mädchen. Da wären wir.« Während sie in ihrer Hosentasche nach den Schlüsseln suchte, rieb sich Mia den linken Oberarm, den die Gurich endlich aus der Schraubzwinge freigegeben hatte.

»Hier wirst du Zeit zum Nachdenken haben. Ausreichend Zeit. Nutze sie.« Der Schlüssel drehte sich im Schloss. »Wenn ich dich wieder abhole, kannst du mir sagen, ob du etwas dazugelernt hast.« Auch diese Tür öffnete sich lautlos. Die Erzieherin gab Mia einen Stoß in den Rücken, sodass sie in die Finsternis taumelte, und schlug die Tür hinter ihr zu.

Verblüfft betrachtete Mia Sandmann das gegenüberliegende Haus. Über dem Schornstein stand ein pausbäckiger heller Mond. Weiß blinkten ein paar Sterne. Weicher Duft von Geranien lag in der Luft. Sie stand auf ihrem Balkon, an die Brüstung gelehnt, und hatte die Finger um den Rand der Blumenkästen gekrallt. Der Saum des Nachthemdes wehte um ihre nackten Unterschenkel. Ihr Rücken schmerzte. Nur langsam löste sich die Starre. Wie lange stand sie schon draußen und stierte in den Mond? Sie musste im Schlaf aufgestanden und hier herausgekommen sein. Mia senkte den Blick und schaute auf die Straße hinab, auf die dunklen Buckel der Pflastersteine. Was hatte sie mitten in der Nacht auf ihrem Balkon gewollt? Sie fühlte getrocknete Tränen auf ihrem Gesicht. Vorsichtig löste sie die Finger und tastete sich zurück ins Wohnzimmer. Anscheinend schlafwandelte sie jetzt zu allem Unglück auch noch.

Erst in der Küche schaltete sie eine Lampe ein. Gelb blendete das Licht ihre müden Augen. Es war halb vier. Ihr Mund war völlig ausgetrocknet. Durst.

Die leere Weinflasche stand noch neben der Spüle. Zwei gierige Fruchtfliegen hatten es sich auf dem Rand gemütlich gemacht. Im Vorratsschrank lagerten noch mehrere Flaschen Rotwein. Aber sie konnte nicht schon wieder Alkohol trinken. Der machte ohnehin alles nur schlimmer, und einen Kater konnte sie nicht gebrauchen. In wenigen Stunden musste sie aufstehen. Mia goss sich ein Glas Orangensaft ein, setzte sich an den Küchentisch und vergrub das Gesicht in den Händen. Dieses furchtbare Kinderheim! Es tauchte in letzter Zeit immer dann auf, wenn sie am wenigsten damit rechnete, und raubte ihr den Schlaf und die Ruhe. Die ganzen Jahre hatte sie keinen bewussten Gedanken an ihre Kindheit verschwendet, hatte gearbeitet, gelebt, erstklassig funktioniert – trotz ihrer schlimmen Vergangenheit. Und auf einmal drehte das gesamte System durch wie ein Computer, der sich einen Virus eingefangen hatte. Entgegen ihren Hoffnungen hörte das Ganze auch nicht wieder von allein auf. Im Gegenteil, die Zustände schienen sich zu verschlimmern. Hier konnte wirklich nur noch professionelle Hilfe etwas bewirken.

Der Saft schmeckte bitter. Mia goss das halbvolle Glas in die Spüle, löschte das Licht und begab sich zurück in ihr Schlafzimmer. Vielleicht gelang es ihr, noch ein wenig zu schlafen.

»Und jetzt möchten Sie gern einen Termin?« Die Frauenstimme am anderen Ende hatte einen beruhigenden Klang.

»Eigentlich wollte ich mit Doktor Grünthal sprechen.« Mia schluckte. »Ich habe die Nummer von seiner Bekannten bekommen, Lara Birkenfeld.«

»Das habe ich verstanden, Frau Sandmann. Ich kann Sie aber im Moment nicht zum Doktor durchstellen. Vielleicht sagen Sie mir kurz, um was es geht, und ich schaue, ob ich einen freien Termin für Sie finde.« Papier raschelte.

Ich hab es dir doch gleich gesagt! Das bringt nichts! »Lass mich in Ruhe!«

»Haben Sie etwas gesagt?«

»Nein, nein.« Mia erhob sich vom Schreibtisch und begann, im Arbeitszimmer auf und ab zu gehen. Das fehlte noch, dass die Stimme ihr beim Telefonieren dazwischenquatschte. Die Sprechstundenhilfe schien nicht überrascht zu sein. Vielleicht hatte sie es öfter mit Patienten zu tun, die unsinnige Äußerungen machten. »So, Moment noch. Heute ist Dienstag.« Wieder raschelte es. »Wir haben diese Woche nur am Mittwoch, also morgen, noch etwas frei, weil ein Patient abgesprungen ist. Um sechzehn Uhr. Dann erst wieder nächste Woche am Dienstag. Von wo kommen Sie denn?«

»Leipzig.« Mia bewegte den Unterkiefer von links nach rechts.

»Aha. Soll ich Sie also für morgen einschreiben?« Die Schwester fragte nicht, warum die Anruferin sich nicht in ihrer eigenen Stadt nach Hilfe umsah, sondern stattdessen einen Psychotherapeuten in Berlin aufsuchen wollte.

»Ja.« In Mias Kopf summte ein Schwarm wildgewordener Wespen.

»Gut, Frau Sandmann. Mittwoch, das ist der 29. Juli, um sechzehn Uhr. Erscheinen Sie bitte etwas eher, damit ich Ihre Daten aufnehmen kann. Wenn etwas dazwischenkommt, verständigen Sie uns bitte vorher.«

»Geht in Ordnung.« Der Wespenschwarm brummte jähzornig.

»Sie wissen, wo unsere Praxis ist?« Die Sprechstundenhilfe begann zu erklären. Mia hörte nicht zu. Das Navigationssystem ihres Autos würde sie schon hinführen. Sie fixierte ihren aufgeschlagenen Terminplaner. Ohne es zu merken, hatte sie bereits für morgen »16:00 Uhr, Dr. Grünthal« notiert. Die Schwester verabschiedete sich und legte auf. Mia hielt den Hörer noch ein paar Sekunden lang ans Ohr gepresst, ehe sie ihn zurück in die Ladeschale steckte. In ihrem Schädel surrte es unentwegt. Eigentlich hätte sie erleichtert sein müssen, stattdessen fühlte sie sich zerschlagen. Das konnte jedoch auch eine Nachwirkung der letzten Nacht sein. Nach ihrem schlafwandlerischen Ausflug hatte sie nicht wieder einschlafen können und war kurz nach sechs wie gerädert aus dem Bett gekrochen. Wenn das die nächsten Tage so weiterging, würde sie spätestens am Wochenende einen Kreislaufkollaps erleiden. Es war höchste Zeit, etwas gegen die Kapriolen ihrer Psyche zu unternehmen.

Das wird doch sowieso nichts! Wer weiß, ob du morgen überhaupt dahin fährst. »Das werden wir ja sehen!« Mia biss die Zähne aufeinander, dass es knirschte. *Sie* traf hier die Entscheidungen, nicht die Stimme in ihrem Kopf, und *sie* hatte beschlossen, dass sie Hilfe brauchte.

In ihrem Magen ätzte der Frühstückskaffee. Die Armbanduhr mahnte: dreiviertel acht. Mia kämpfte mit der Übelkeit. Es ging ihr entschieden nicht gut. Sie musste sich endlich mal ausruhen und Kraft schöpfen.

23

»Hallo miteinander!« Lara blickte in die Runde. An allen Tischen wurde geschäftig gearbeitet. Nur Toms Platz war leer. Seit der gestrigen Redaktionsbesprechung hatte sie ihn nicht mehr zu Gesicht bekommen. Sie nahm sich vor, in der Abwesenheitsliste nachzuschauen, wo er heute war, und hatte es eine Minute später schon wieder vergessen.

»Hi, Lara.« Isabell stakste herbei. Die Absätze ihrer Schuhe waren mindestens zehn Zentimeter hoch. Lara fragte sich, wie die Praktikantin damit den ganzen Tag herumlaufen konnte, ohne Höllenqualen zu leiden. Aber vielleicht hatte sie auch Schmerzen und zeigte es nur nicht, nach dem altbewährten Prinzip: Wer schön sein will, muss leiden.

»Ich habe dich gestern gar nicht gesehen.« Isabell blieb vor Laras Tisch stehen, die Giraffenbeine in der Standbein-Spielbein-Stellung über Kreuz.

»Ich war im Gericht. Bin erst kurz vor Schluss noch einmal hier gewesen.« Lara begann, ihre Handtasche auszuräumen.

»Ach ja! Dieser Arzt, der die Kinder begrabscht hat. Steht ja heute drin!«

Isi klang aufgeregt. Lara überlegte kurz, sich zur Ausdrucksweise der Praktikantin zu äußern, ließ es dann aber. Es hatte in der Vergangenheit nichts gebracht, und außerdem lief Isabells Zeit in der Redaktion ab. Sinnlos, sie missionieren zu wollen.

»Genau.«

»Und was machst du heute so?«

Jetzt sah Lara doch hoch. Die junge Frau stand neben ihrem Schreibtisch und wartete auf eine Antwort. Die Arme hatte sie dekorativ in die Seiten gestemmt, wo ein überbreiter Gürtel die schmale Taille betonte. Der Rock reichte gerade bis zur Mitte der Oberschenkel. Ihre Augen waren dunkel geschminkt. »Smoky eyes«, wie nett. Sollte wohl verrucht aussehen.

»Dies und das.« Was sollte das hier werden? Ein netter kleiner Büroplausch? Die Praktikantin war doch sonst nicht so neugierig. Womöglich vermisste sie auch nur ihren eigentlichen Gesprächspartner. Jetzt fiel es Lara wieder ein. »Wo ist eigentlich Tom?«

»Keine Ahnung.« Isabell schürzte die Lippen. »Steht nur ›außer Haus‹ in der Liste.« Sie schien enttäuscht.

»Ach so.« Lara starrte auf ihren Bildschirm. Sie hatte sich vorgenommen, heute an der begonnenen Hintergrund-Rubrik zu »Gewalt gegenüber Wehrlosen – Verbrechen an Kindern« weiterzuarbeiten. Wenn sie das Thema nicht ab und zu hervorholte, geriet es zu sehr ins Hintertreffen und war dann irgendwann gestorben. Das wäre schade um die bereits investierte Zeit. Und zudem war das Thema zu bedeutsam, um es einfach fallenzulassen.

»Möchtest du einen Kaffee?«

»Nein danke.«

»Ein Wasser?«

Erneut blickte Lara auf. Wollte die Praktikantin jetzt ersatzweise *sie* bemuttern? »Ich möchte gar nichts, Isi. Ich habe zu tun.« Im Abwenden sah Lara den enttäuschten Gesichtsausdruck. Schon tat es ihr wieder leid, dass sie so schroff gewesen war, daher setzte sie noch hinzu: »Danke für das Angebot. Du musst mich aber nicht bedienen.« Sie hasste es, wenn die Männer Isabell als Laufburschen missbrauchten, aber anscheinend hatte diese ihre Rolle schon so verinnerlicht, dass sie gar nicht anders konnte.

»Na gut. Dann geh ich mal eine rauchen.« Mit gekonntem Hüftschwung stelzte sie hinaus. Seit wann rauchte Isabell eigentlich? Lara zuckte mit den Schultern, rief ihre Dateien auf und bemühte sich, sich auf die Inhalte zu konzentrieren, aber ihre Gedanken schweiften ständig ab. Schließlich gab sie auf. Sie war wohl heute nicht in Stimmung für tragische und trostlose Schicksale. Die Schandtaten des Doktor Schwärzlich saßen ihr noch in den Knochen. Sie konnte sich nicht *jeden* Tag mit misshandelten Kindern befassen, zwischendurch brauchte ihr Geist auch mal etwas Ruhe und Abwechslung durch ganz alltägliche Themen. Für Donnerstag hatte sie noch einen Termin außer Haus, die Einweihung einer evangelischen Grundschule. Eigentlich nicht ihr Ressort, aber Friedrich hatte sie darum gebeten, weil er zum Zahnarzt musste.

Um die Neueröffnung des renovierten Stadtbades in Gohlis am Sonnabend »pokerten« sie noch. Keiner hatte bei diesem Wetter Lust, am Wochenende Dienst zu tun. Auch Lara hoffte, dass der Kelch an ihr vorübergehen würde. Berichte über lokale Begebenheiten an Wochenenden wurden sonst meist von den Freien geschrieben. Die fest angestellten Redakteure waren weniger zu Außeneinsätzen an Sonnabenden und Sonntagen unterwegs. Aber momentan war Urlaubszeit und viele der freien Mitarbeiter waren nicht da.

Mitten in ihre Überlegungen hinein piepte das Handy. Eine SMS. »Kommst du am Sonnabend mit zur Ladies' Night? Ruf mich an. Doreen.« Und ein tanzender Smiley. Lara grinste. Keine schlechte Idee. Sie packte ihr Telefon und ging nach draußen. Die Nachricht hatte sie an etwas erinnert.

Im Treppenhaus war es wie immer kühl und dunkel. Aus dem ersten Stock ringelten sich Gesprächsfetzen zu ihr nach oben. Wahrscheinlich hatte die Redaktion vom *Stadtanzeiger* wieder die Tür geöffnet, um sich Abkühlung zu verschaffen.

Lara wählte die Nummer von Marks Praxis. Wenn sie Glück hatte, wäre er gerade nicht im Gespräch und die Sprechstundenhilfe konnte sie direkt durchstellen.

»Hallo, Lara. Schön, deine Stimme zu hören.«

»Ich freue mich auch. Hast du ein paar Minuten Zeit für mich?«

»In zehn Minuten kommt ein Patient. Reicht dir das? Wenn es länger dauert, müssten wir heute Abend noch einmal telefonieren.«

»Das können wir ja immer noch tun.« Lara sah unwillkürlich auf die Uhr. Gleich zehn. Sie holte tief Luft und legte los. »Meine Halluzinationen sind zurück. Ich dachte, diese kurze Sequenz letzte Woche sei nur ein einmaliger ›Ausrutscher‹ gewesen, aber heute Nacht ging es weiter.«

»Was war es diesmal?« Marks tiefe Stimme klang beruhigend.

»Worte ... Sätze. Etwas in der Art ›Welche Schlampe schmeißt benutzte Taschentücher auf den Boden?‹ und ›Du bleibst hier und kannst etwas dazulernen, bis ich dich wieder abhole‹. Ziemlich unverständlich, nicht?«

»Hm. Wann ist es aufgetreten?«

»Mitten in der Nacht. Ich bin davon aufgewacht, aber es war definitiv kein Traum.« Lara schaute über das Geländer nach unten auf die grün-braune Steinrosette im Erdgeschoss. Irgendwo weiter oben brummte eine Fliege. »Mark, ich mache mir Sorgen. Erinnerst du dich an den Fall Mühlmann?« Sie konnte es nicht sehen, wusste aber, dass er nickte. »Damals hatte ich, wie du ja weißt, im Vorfeld auch solche«, sie wusste nicht recht, wie sie sich ausdrücken sollte, »solche Halluzinationen. Ich glaube, sie traten immer zu dem Zeitpunkt auf, als er gerade die Taten verübte.«

»Ich erinnere mich gut.« Mark dachte kurz nach, ehe er fortfuhr: »*Zu* gut. Wenn wir das eher in Zusammenhang gebracht hätten – wer weiß.«

»Hinterher ist man immer schlauer.« Lara tadelte sich selbst für diese Plattitüde, noch ehe sie ganz ausgesprochen war.

»Konntest du außer den Worten auch etwas ›sehen‹?«

»Nein, dieses Mal nicht. Ich habe nur diese herrische Frauenstimme gehört.« Sie seufzte kurz. »Wie immer ist alles sehr vage.«

Auf Marks Seite knarrte eine Tür. Dann flüsterte eine Frau. Die Sprechstundenhilfe wahrscheinlich. Als er sprach, hatte Marks Stimme einen geschäftsmäßigen Ton. »Wir müssen Schluss machen, Lara. Meine Sprechstunde beginnt gleich. Fass doch bitte alles, was dir bisher aufgefallen ist, zusammen, und versuche, Struktur hineinzubringen. Lass uns heute Abend noch einmal telefonieren, und wir schauen es uns gemeinsam an.«

»Das mache ich. Danke erst einmal.«

»Um neunzehn Uhr bin ich hier fertig. Ruf mich auf dem Handy an.«

»Alles klar.« Auf dem Handy, soso. War seine Frau noch immer so eifersüchtig? Lara verzog die Mundwinkel. Es bestand kein Anlass dazu.

»Ach, Lara, ganz kurz noch: Heute früh hat eine Frau Sandmann aus Leipzig einen Termin bei mir vereinbart. Sie hat sich auf dich berufen. Kennst du sie?«

»*Maria* Sandmann?«

»Ja.«

»Flüchtig. Ich habe sie bei Gericht getroffen, und als ich gestern nach der Urteilsverkündung mit einem Kollegen noch einen Kaffee trinken wollte, ist sie mitgegangen. Durch den Prozess sind wir ganz allgemein auf das Thema Psychologen, Gutachter und Therapeuten gekommen, und ich habe dich erwähnt. Ist das schlimm?«

»Nein, keineswegs. Ich wollte bloß nachfragen, ob die Referenz stimmt.«

»Und – nimmst du sie dran?«

»Ja. Sie kommt morgen. Mehr möchte ich aber dazu nicht sagen, versteh mich nicht falsch, die Schweigepflicht...«

»Ist schon o. k.« Lara war ein bisschen sauer, obwohl sie es verstand, aber schließlich hatte er mit dem Thema angefangen. »Bis heute Abend.«

»Mach's gut.« Er legte als Erster auf. Im Erdgeschoss fiel eine Tür ins Schloss. Hochhackige Absätze klapperten auf den Steinstufen. Eine Hand, geschmückt mit einem großen Strassring, glitt das polierte Geländer nach oben. Lara beugte sich noch ein wenig nach vorn und erhaschte einen Blick auf Isis tiefen Ausschnitt und den Rand eines spitzenbesetzten BHs in Rot. Schnell zog sie den Kopf zurück und betrat die erste Stufe nach unten. So würde es für die Praktikantin so aussehen, als sei sie auf dem Weg zur Toilette. Im gleichen Augenblick klingelte ihr Handy und Lara fuhr zusammen. Die Nummer auf dem Display war ihr nicht bekannt. War das heute der Tag der Anrufe?

»Lara, hallo?« Es dauerte zehn endlose Sekunden, bis sie die

Stimme erkannte. Das lag zum einen daran, dass sie mit diesem Anrufer überhaupt nicht gerechnet hatte und zum anderen daran, dass der Mann flüsterte. »Es gibt Neuigkeiten im Fall der Plattenbauleiche.«

»Ja?« Unwillkürlich dämpfte auch Lara ihre Lautstärke.

Kriminalobermeister Schädlich redete noch einen Deut leiser. »Ich dachte, das könnte Sie interessieren.«

Isabell war oben angekommen und betrachtete die Kollegin im Vorübergehen neugierig. Ihr Mund stand ein wenig offen. Lara hielt sich die freie Hand ans Ohr und ging zwei Stufen nach unten. Die Praktikantin verstand den Wink und verschwand in den Redaktionsräumen. »Neuigkeiten, sagen Sie?«

»Genau. Aber das kann ich nicht am Telefon erzählen, Lara.«

Wieso rief er sie dann an? Lara verdrehte die Augen. Und der Kripomann hatte sie schon wieder beim Vornamen genannt. Sie wartete.

»Wollen wir uns treffen? Im *Lindencafé*? Heute Abend?«

Jeder Satz eine Frage. Lara verkniff sich ein hörbares Ausatmen, während sie sich gleichzeitig fragte, ob sie überhaupt noch Interesse an dem Fall mit der Leiche in der Badewanne hatte. Schließlich war das Ganze jetzt schon zwei Wochen her, und nichts war so alt wie die Nachrichten von gestern. Noch eine Plattitüde. Der Tag der Anrufe und der Tag der Plattitüden. »An welche Zeit hatten Sie denn gedacht?« Vielleicht hatte Schädlich *wirklich* spannende Neuigkeiten zu bieten. Einen Versuch war es wert. Besser sie als Tom. Im Erdgeschoss quietschte die Eingangstür. Schnelle Schritte spurteten die Treppe nach oben.

»Neunzehn Uhr?«

Noch eine Frage. Ab neunzehn Uhr sollte Lara Mark anrufen. Sie musste sich etwas einfallen lassen. »Also gut. Um sieben im *Lindencafé*. Ich muss jetzt wieder an die Arbeit.« Jos schlanke Gestalt bog um die Ecke. Er erblickte Lara, und seine Augen begannen zu funkeln.

»Also bis dann!« Kriminalobermeister Schädlich legte im selben Moment auf, als der Fotograf Lara erreichte und ihre Hand nahm. »Hallo, schöne Frau!«

Die Anrede, die sie bei jedem anderen als plump empfunden hätte, brachte Laras Herz ins Stolpern. »Hallo, Jo. Lange nicht gesehen.« Sie hob zum Zeichen der Ironie eine Augenbraue.

»Eigentlich wollte ich ja heute gar nicht herkommen. Aber ich habe gestern Abend meine Speicherkarte hier liegenlassen.«

»Aha. Ja dann.« Unbeweglich standen sie voreinander. Noch immer sahen seine blauen Augen in ihre. Und noch immer hielt er ihre Hand.

»Hast du Lust, unser nettes Abendessen von gestern heute zu wiederholen?«

»Äh…« Lara leckte sich über die Lippen und wandte dann den Blick ab. »Ich bin schon verabredet.«

»Da kann man nichts machen.«

Jetzt erst ließ er sie los. Lara fühlte noch die Wärme seiner Haut an ihren Fingern. »Es ist eher dienstlich. Wir könnten uns ab halb neun treffen, wenn dir das nicht zu spät ist.« Was zum Teufel machte sie da? Wie viele Verabredungen wollte sie noch an einem Abend eingehen?

»Halb neun, hm?«

»Ja. Du könntest mich auch abholen. Am *Lindencafé*.« Das würde Schädlich und dem, was er sich womöglich vorstellte, Grenzen setzen.

»Gut. Dann machen wir das so. Und jetzt hole ich meinen Speicherchip und verschwinde wieder, sonst schaffe ich meine Termine nicht.« Er ging voraus und hielt Lara die Tür auf.

24

JEMANDEM KÖRPERLICHE SCHMERZEN ZUZUFÜGEN, WAR SCHON IMMER EIN PROBATES MITTEL, UM IHN EINZUSCHÜCHTERN, GESTÄNDNISSE ZU ERZWINGEN ODER DENJENIGEN DAZU ZU BRINGEN, ETWAS ZU TUN, WAS MAN IHM BEFAHL. NICHT JEDE ART VON ZÜCHTIGUNG IST AUF DEN ERSTEN BLICK AM KÖRPER NACHWEISBAR. ERFAHRENE FOLTERKNECHTE BEDIENEN SICH DABEI BESTIMMTER METHODEN, DIE SICHTBARE SPUREN VERMEIDEN UND DESHALB MEDIZINISCH SCHWER NACHWEISBAR SIND. IN FRÜHEREN JAHRHUNDERTEN WÄHLTE MAN HIERZU KÖRPERÖFFNUNGEN DES OPFERS: DIE NASE, DIE MUNDHÖHLE ODER DEN ANUS; HEUTE GEHT MAN MEHR UND MEHR DAZU ÜBER, MITTELS LICHT, DUNKELHEIT ODER EXTREMEM LÄRM ZU QUÄLEN ODER STELLVERTRETEND ANGEHÖRIGE ZU FOLTERN.

Matthias bemerkte, dass seine Finger unablässig das Gewebe des Schals kneteten, und befahl ihnen, damit aufzuhören. Allmählich schmerzten seine Knie und er erhob sich kurz, streckte die Arme nach oben und schüttelte die Beine aus, ehe er sich wieder hinter die Sträucher hockte. Von Weitem musste es aussehen, als verrichte er hier ein Geschäft. Nur dass er schon eine halbe Stunde da kauerte.

Würde die Sagorski kommen? Sie hatte noch genau zehn Minuten. Er leckte sich über die Lippen.

Wenn sie erschien, hieß das, dass sie seine Geschichte mit den belastenden Beweisstücken geglaubt hatte. Und das wiederum bedeutete, sie hatte tatsächlich an den Misshandlungen teilgenommen.

Gestern Abend hatte er sie angerufen und ihr die Anschuldigungen unterbreitet. Am Stocken ihrer Stimme und dem schneller gehenden Atem hatte er gemerkt, dass sie seine Worte ernst nahm, und da war ihm klar gewesen, dass er gewonnen hatte. Sie *wusste*, dass seine Behauptungen der Wahrheit entsprachen, und hatte ein schlechtes Gewissen. Aber reichte das aus, dass sie sich mit ihm treffen würde, um »die Dinge zu besprechen«, wie er sich ausgedrückt hatte? Hatte sie ihm die Story mit dem einmaligen Schweigegeld abgenommen?

Das Summen herannahender Reifen ließ ihn erstarren. Seine Ohren fokussierten sich auf das Geräusch. Die Hände krallten sich fester um den Schal.

Als der Wagen vorbeifuhr, entwich ihm ein enttäuschter Seufzer, dann lockerte Matthias seine angespannten Muskeln und gestattete seinem Körper, sich ein wenig an den Baum in seinem Rücken anzulehnen. Noch drei Minuten bis zum vereinbarten Termin.

Zum wiederholten Mal malte er sich den Ablauf der nächsten halben Stunde aus. Die Sagorski würde mit dem Auto kommen und auf den Parkplatz fahren. Der Rastplatz an der Schnellstraße lag zwar ruhig, aber nicht abgelegen. Er hatte diesen Ort mit Absicht gewählt, weil er annahm, dass sie sich nicht zu einem Waldstück locken lassen würde, schließlich war die Frau nicht dumm. Ein Parkplatz an einer Schnellstraße jedoch erschien ihr bestimmt nicht übermäßig bedrohlich. Seinen Wagen hatte er in dem Wäldchen hundert Meter entfernt abgestellt und war zu dem Rastplatz gelaufen.

So würde ihr Auto das einzige sein, und wenn ihm das Glück hold war, würde die Sagorski annehmen, der Erpresser sei noch nicht da, und warten. Das verschaffte ihm den Vorteil, sein Opfer zuerst ein bisschen beobachten zu können und in Ruhe abzuchecken, ob sie allein gekommen war.

Irgendwann – so hoffte er – würde sie aussteigen, um sich umzusehen. Und dann konnte er sie überwältigen. Die Sagorski war eine alternde, übergewichtige Vettel, es würde kein Problem geben, ihr den Schal um den Hals zu werfen und sie zu würgen, bis sie bewusstlos war. Das nachfolgende Fesseln und Knebeln hatte er ja schon bei Siegfried Meller und Isolde Semper geprobt. Im Anschluss daran würde er die Frau in ihr Auto bugsieren und zu der Stelle fahren, die er sich für die »Befragung« ausgesucht hatte. Eigentlich ein stimmiger Plan. Ob er jedoch funktionierte, musste sich erst noch zeigen.

Erneut fingen seine Ohren das Rauschen eines herannahenden Autos ein. Es wurde schnell lauter. Matthias duckte sich tiefer hinter die Sträucher und zügelte seine Atmung. Das Sirren der Reifen wurde langsamer.

Zwei schmale gelbe Lichtkegel schwenkten seitlich herüber, glitten über die Randbefestigung. Der Wagen bog auf den Parkplatz ein und rollte im Schritttempo über den Asphalt. Matthias spürte, wie seine Augen bei der Anstrengung, den Fahrer zu erkennen, hervortraten. Am Steuer saß eine kleine Person. Die Sagorski?

Das Auto, ein dunkler Audi A4, fuhr an seinem Versteck vorbei. Kleine Steinchen wurden aufgewirbelt, als der Wagen beschleunigte, ohne zu blinken auf die Schnellstraße zurückkehrte und davonbrauste. Matthias unterdrückte ein Schluchzen. Auch wenn er die Sagorski nicht richtig hatte sehen können, sie musste es gewesen sein! Wer sonst hatte zu dieser späten Stunde etwas auf diesem Parkplatz zu suchen? Die Frau war misstrauischer, als er es sich erhofft hatte. Was nun? Vorsichtig schob er sich am Stamm nach oben, streckte die Beine durch und schüttelte sie aus. Seine Rückenmuskeln schmerzten. Leise wisperte der Wald im Hintergrund. Der Mond war zwischen zwei Wolken hervorgekommen und verlieh der Szenerie eine gespenstische Stimmung.

Ein Käuzchen schrie. Matthias ließ die Schultern ein paarmal kreisen, warf sich den Schal um den Hals und tastete in der Hosentasche nach seinem Autoschlüssel. Er würde sich etwas anderes einfallen lassen müssen, um die Sagorski aus ihrem Schneckenhaus herauszulocken. Seine Ohren vernahmen erneut ein feines Rauschen, das zu einem sich schnell nähernden Surren wurde. Mit gerecktem Hals fixierte Matthias die Einfahrt zum Parkplatz. Das Fahrgeräusch wurde schnell lauter. Er erwartete den Lichtschein der Scheinwerfer, aber es blieb dunkel.

Als kurz vor der Einmündung Bremsen quietschten, erstarrte Matthias für den Bruchteil einer Sekunde und ging dann in seinem Versteck schnell wieder in die Hocke. Er hatte sich kaum hingekauert, als auch schon der dunkle Audi erneut auf den Parkplatz rollte, dieses Mal mit ausgeschalteten Lichtern. Die Sagorski war wahrscheinlich zu dem Schluss gekommen, dass ihr Gegenüber noch nicht hier war, und wollte jetzt im Dunkeln auf seine Ankunft warten. Matthias wagte es kaum, Luft zu holen, während er hinüberschaute. Das Auto stand nur wenige Meter von ihm entfernt. Die Frau hinter dem Steuer rührte sich nicht.

Mondlicht tünchte den Lack der Kühlerhaube silbrig. Schorfige Borke drückte sich in seinen Rücken. Er reckte den Hals noch ein bisschen nach vorn. Kein Zweifel, das war die Heimleiterin. Jetzt bewegte sie sich, beugte den Oberkörper zur Seite, setzte sich wieder aufrecht hin, hielt die Hand an den Kopf. Sie telefonierte. Vielleicht hatte sie irgendwem von der »Verabredung« erzählt und berichtete nun davon, dass niemand hier war. Andererseits – würde jemand, der erpresst wurde, so etwas tun? Im Endeffekt war es nicht wichtig. Wichtig war, dass die Frau hier war und dass sie allein gekommen war. Er glaubte nicht, dass sich auf der Rückbank jemand versteckte, um ihr im Notfall Beistand zu leisten. Diese Frau war so arrogant, dass sie meinte, keinen Beistand zu brauchen.

Jetzt musste er sie nur noch aus dem Auto locken, dann konnte er seinen Plan in die Tat umsetzen. Matthias lächelte. Die Sagorski legte ihr Handy beiseite. Er trat aus dem Dunkel der Sträucher.

Die Kofferraumklappe glitt geräuschlos nach oben. Die beiden kleinen Lämpchen an den Seiten erleuchteten das Innere. »So, liebe Frau Sagorski. Da wären wir.« Matthias betrachtete die zusammengekrümmte Gestalt. »Sie sagen ja gar nichts.« Ein kleiner Witz. Natürlich konnte die Heimleiterin nichts sagen, da sie geknebelt war. Jetzt bewegte sie sich, drehte den Kopf nach oben und funkelte Matthias böse an. Unter dem Knebel drangen dumpfe Geräusche hervor. Sie versuchte, die Beine zu strecken. Der Kofferraum des Audis bot ihr viel Platz zum Herumzappeln. Er hatte von vornherein geplant, die Frau in *ihrem* Wagen zu transportieren. Zum einen, um nicht sein eigenes Auto mit ihren Spuren zu verunreinigen, zum anderen, um ihr Auto nicht auf diesem Parkplatz zurücklassen zu müssen. Hier, in diesem unwegsamen Waldstück würde es, wenn er Glück hatte, länger dauern, bis man sie fand.

Darüber, dass nun von ihm Hautschüppchen oder Fingerabdrücke im Audi verblieben, machte er sich keine Gedanken. Es ließ sich sowieso nicht völlig vermeiden und die Bullen hatten schließlich nichts, womit sie es vergleichen konnten. Die Sagorski lag jetzt wieder still, aber ihre Augen funkelten noch immer vor Zorn.

»Also gut. Dann wollen wir mal.« Matthias legte die Sackkarre neben den Kofferraum, dann beugte er sich über die Öffnung und versuchte, sein Opfer herauszuwuchten. Die gefesselte Frau kam ihm noch schwerer vor als beim Hineinheben. Aber davon ließ sich ein starker Mann mit trainierten Muskeln nicht abschrecken, und gleich darauf plumpste das verschnürte Paket auch schon auf den Weg. Er rollte das Bündel Mensch auf die Karre, wickelte Spanngurte um Körper und Metallstreben und richtete dann das Vehikel auf. »Und los geht's!« Sie antwortete mit einem dumpfen Laut. Die Räder holperten über Wurzeln und Steinchen.

Matthias betrachtete den grauen Haaransatz, der vor ihm

von links nach rechts schwankte. Mindestens vier Wochen nicht nachgefärbt. Nicht sehr sorgfältig, meine Liebe. Mondlicht zeichnete den Waldweg als hellen Streifen zwischen den Bäumen vor. Der Weg öffnete sich auf eine Lichtung, in deren Mitte ein abgestorbener Baum einen dunklen Buckel bildete. Matthias stellte das Gefährt mit der Frau neben der nach oben ragenden Wurzelscheibe ab. Die Naturgewalten hatten ihm hier ein schönes tiefes Erdloch zur Verfügung gestellt, ohne dass er lange graben musste. Die Sagorski schien zu ahnen, was sie erwartete, denn sie zappelte jetzt stärker und sog heftig schnaufend Luft durch die Nase.

Er würde sie erst einmal beruhigen müssen, um sie in dem Glauben zu lassen, sie könne das Geschehen noch beeinflussen. Zuerst die Informationen, dann die Strafe, aber das brauchte die Heimleiterin jetzt noch nicht zu wissen. Mit einem schnellen Ruck zog er ihr das Paketband vom Gesicht. Sie riss den Mund auf und schnappte nach Luft. Matthias gab ihr ein paar Sekunden zur Beruhigung, ehe er sprach. »Nun, Frau Sagorski, Sie wollten bisher nicht mit mir sprechen. Das war vorgestern, am Sonntag – erinnern Sie sich?« Der Mond leuchtete so hell, dass er seine Taschenlampe nicht brauchte. Die Frau presste als Antwort nur die Lippen aufeinander, und so fuhr er fort. »Ich habe Ihnen erzählt, dass ich im Kinderheim ›Ernst Thälmann‹ war und dass ich auf der Suche nach meiner Schwester bin. Sie war mit mir in diesem Heim und verschwand eines Tages. Wahrscheinlich wurde sie adoptiert. Mandy hieß sie.« Das sommersprossige Gesichtchen seiner Schwester tauchte vor Matthias' innerem Auge auf. Die Zöpfchen schaukelten sacht.

»Ich ...«, die dicke Frau räusperte sich und leckte mit der Zungenspitze über ihre Lippen, »ich kenne Ihre Schwester nicht.«

»Soso. Können Sie sich denn an mich erinnern?«

»Was, wenn ich es tue?« Der schmale Mund hatte einen hinterlistigen Zug bekommen. Die kleine dicke Frau wagte es doch tatsächlich, in ihrer Lage zu pokern.

»Sie sollten sich in Ihrem eigenen Interesse lieber fragen, was geschieht, wenn Sie es *nicht* tun!« Matthias versetzte dem Metallgestell einen Fußtritt, und die Karre kippelte, fiel aber nicht um.

»Also gut. Ja, ich erinnere mich, dass Sie im Heim waren.«

»Sehr schön, Frau Sagorski. Und was ist nun mit meiner kleinen Schwester? Mandy war zierlich, rotblond, mit vielen Sommersprossen und trug gern Zöpfe.«

»Nein. Tut mir leid.« Sie schüttelte den Kopf, so gut das mit den ganzen Fesseln möglich war.

»Frau Sagorski! Ich rate Ihnen zum letzten Mal, kooperativ zu sein!« Noch ein energischer Tritt. »Dann kann das Ganze hier noch glimpflich für Sie ausgehen!« Würde sie ihm das abnehmen?

»Aber ... ich weiß es wirklich nicht! Ich würde es Ihnen sagen, wenn ich etwas wüsste! Bitte!« Jetzt begann sie zu schniefen. Selbstmitleid.

»Ab wann waren Sie Heimleiterin im ›Ernst Thälmann‹?«

»Mai 1984.« Sie zog die Nase hoch.

Matthias benagte seinen rechten Daumennagel, während er nachrechnete. Er wusste nicht genau, wann Mandy verschwunden war, aber sie war etwa zehn Jahre alt gewesen. Es konnte stimmen. Vielleicht war seine Kleine schon weg gewesen, als die Sagorski die Heimleitung übernommen hatte. »Also gut. Vielleicht haben Sie sie wirklich nicht mehr kennengelernt.« Die ehemalige Heimleiterin nickte hastig und schniefte noch einmal.

»Ich hätte aber noch ein paar andere Fragen.« Er nahm Notizbuch und Kugelschreiber aus der Tasche und betrachtete seine Stichpunkte. Dem Vollmond fehlte zwar rechts inzwischen ein schmales Stückchen, aber das silbrige Licht reichte aus, um die Zeilen zu erkennen.

»Bereit? Dann hören Sie gut zu, und geben Sie sich Mühe mit den Antworten. Erstens: Wie hießen die Erzieher, die außer Ihnen in dem Heim gearbeitet haben?«

Die Sagorski überlegte kurz, dann sprudelte sie die Namen so schnell hervor, dass er Mühe hatte, mit dem Schreiben nachzukommen. Anscheinend hatte sie jetzt beschlossen, kooperativ zu sein. Der Kugelschreiber fuhr über das Blatt; in Matthias' Kopf wirbelte das Gedankenkarussell Gesichter und Namen durcheinander: Meller, Semper, Gurich. Dazu ein paar, die er noch nie gehört hatte.

Es dauerte mindestens eine Minute, bis er aus seiner Versenkung erwachte und feststellte, dass die Sagorski längst schwieg. Sie starrte ihn mit einem halb erwartungsvollen, halb ängstlichen Gesichtsausdruck an. »Gut. Es geht doch. Machen wir weiter.« Matthias blinzelte auf seine Notizen. »Wer war denn vor Ihnen Heimleiter?«

»Herr Grünkern.«

»Vorname?«

»Rainer, glaube ich.«

»Sie haben ihn nicht persönlich kennengelernt?«

»Nein.« Log sie?

»Ging Herr Grünkern in Rente oder warum haben Sie ihn abgelöst?« In Matthias' Bauch flatterte es ganz sacht.

»Rentner war der noch nicht.« Die Sagorski kniff die Augen zusammen, während sie nachdachte. »Er wurde versetzt oder ist umgezogen. Ich weiß es nicht genau.«

»Rainer Grünkern also. Wie sah er aus?« Matthias hielt den Kugelschreiber über dem Papier. Der Stift zitterte leicht.

»Das müssten Sie doch wissen. Wenn Sie und Ihre Schwester schon vor 1984 im Heim waren, wie Sie sagen.«

Die Frau hatte recht. Das Flattern wurde stärker. Gleichzeitig wirbelten weiße Nebelfetzen in seinem Kopf herum. Warum konnte er sich nicht an den Heimleiter erinnern? Und wo war dieser Mann jetzt? Der Nebel verdichtete sich zu silbergrauen Schwaden. Plötzlich riss der Wolkenvorhang in der Mitte auseinander und ein hämisch dreinblickendes Männergesicht grinste kurz daraus hervor, bevor eilige Dunstwölkchen von den Seiten heranzogen und das Loch wieder verschlossen.

Matthias löste seinen Blick von den dunklen Umrissen der Baumwipfel und zwang ihn zurück auf die Notizen. Sinnlos, die Sagorski weiter nach ihrem Vorgänger zu fragen. Er glaubte ihr, dass sie in dem Fall nichts wusste.

»Drittens: Haben Sie noch Kontakt zu ehemaligen Kollegen?«

»Nein.« Die Sagorski schob das Kinn vor. Im Zwielicht konnte er nicht erkennen, ob sie die Wahrheit sagte. Matthias machte ein Kreuzchen hinter die Frage. Er würde sie nachher noch einmal stellen.

»Wissen Sie wenigstens, wo Ihre Kollegen von damals jetzt wohnen?«

»Nein. Das Kinderheim wurde kurz nach der Wende aufgelöst.«

»Das ist mir bekannt, aber es ist nicht die Antwort auf meine Frage. Sie sollten sich doch ein bisschen Mühe geben, Frau Sagorski. Noch einmal also: Sie haben also keine Ahnung, wo ich die ehemaligen Erzieher finden kann?«

»Nein.« Sie setzte eilends noch ein »Tut mir leid« hinzu, wahrscheinlich in der Hoffnung, ihn damit zu beruhigen, fragte aber nicht, warum er all das wissen wollte. Vielleicht nahm sie an, er wolle auch ihre ehemaligen Kollegen nach seiner verschwundenen Schwester befragen. Und dieses Missverständnis wollte er so lange wie möglich aufrechterhalten, damit sie kooperierte. Denn sobald ihr schwante, wie der Abend tatsächlich enden sollte, würde er nichts von Bedeutung mehr aus ihr herausbekommen. Wieder zog die Frau auf der Sackkarre die Nase hoch, und er hätte sie am liebsten angeherrscht, gefälligst ein Taschentuch zu benutzen, hielt sich aber zurück.

»Wenn Sie ehemalige Heimkinder wie Ihre Schwester suchen – vielleicht steht etwas darüber in den Akten. Von *jedem* Kind wurde eine Akte angelegt.«

Matthias nickte versunken. Auch sein neuer Brieffreund, Sebastian Wallau, hatte etwas von Akten geschrieben. Es war eine Möglichkeit, wenn auch eine vage, mit der er sich bis jetzt nicht näher befasst hatte. Vielleicht jedoch konnten diese Akten bei seinen zukünftigen Plänen noch von Bedeutung sein. Es war immer besser, sich auf Fakten, auf Aufzeichnungen berufen zu können als auf das eigene Gedächtnis, das zudem, wie er in den letzten Wochen leider hatte feststellen müssen, nicht unfehlbar war.

»Erzählen Sie mir mehr davon.«

»Von den Akten?« Die Sagorski klang hoffnungsvoll. Matthias nickte, setzte sich auf den Stamm des umgestürzten Baumes und zückte sein Notizbuch.

»Über jedes Heimkind gab es ein solches Dossier. Am Anfang befand sich die Heimeinweisungskarte. Jedem Zögling wurde dann von uns ein persönlicher Betreuer zugeordnet. Dieser beobachtete das jeweilige Kind, führte Gespräche und nahm Eintragungen in die Akte vor. Von Zeit zu Zeit wurden diese Dokumentationen mit dem Jugendamt besprochen.« Matthias legte seinen Zorn, der bei den bürokratischen Ausdrücken wie »Zögling« oder »Betreuer« hochkriechen wollte, an die Kette. Noch brauchte er ihre Kooperationsbereitschaft. Zumindest log sie nicht. Genau das, was sie ihm eben erzählt hatte, hatte auch Sebastian Wallau in seiner letzten E-Mail geschrieben. Er wischte die Frage, warum er selbst sich nicht an seinen »persönlichen Betreuer« und die Gespräche mit ihm erinnern konnte, beiseite. Darüber konnte er später nachdenken. »Wo wurden diese Akten gelagert?«

»Solange der Zögling bei uns im Heim war, haben wir sie dort behalten.«

»Und danach?«

»Wurden sie noch zehn bis maximal fünfzehn Jahre aufbewahrt. Das hing unter anderem vom Platz im Archiv ab.«

Der Zorn in Matthias' Bauch hatte sich aufgerichtet und zerrte an seinen Fesseln. »Das bedeutet also, heute sind alle Akten aus dem Kinderheim ›Ernst Thälmann‹ vernichtet?«

»Nicht unbedingt. Außer der Heimakte gab es in den zuständigen Jugendämtern noch Adoptions- und Erziehungshilfeakten für jeden Zögling. Darüber weiß ich allerdings leider nichts.«

»Wo könnten diese Dokumente heute sein?«

»In den Archiven der zuständigen Jugendämter oder im Landesarchiv.« Die Sagorski bewegte den Hals von rechts nach links. »Mir tut alles weh. Vielleicht könnten Sie meine Fesseln ein wenig lockern.« Es klang weinerlich, aber Matthias meinte, einen beleidigten Unterton herauszuhören. Glaubte die Frau, ihn mit diesen vagen Auskünften zufriedengestellt zu haben?

»Liebe Frau Sagorski – wir sind noch nicht fertig. Gedulden Sie sich ein wenig. Das Wichtigste fehlt noch.« Sie hatte ihn mit der Erwähnung der Akten von seinem ursprünglichen Fragenkatalog abgelenkt. Es wurde Zeit, zum eigentlichen Anliegen dieses »Treffens« zurückzukehren. Mal sehen, wie die Heimleiterin mit der Erkenntnis fertigwurde, dass sie nicht wegen ein paar unwichtiger Fragen zu ihren ehemaligen Kollegen hier war.

Matthias klappte sein Notizbuch zu und legte es neben den umgestürzten Baum ins weiche Moos. Für das, was jetzt kam, brauchte er seine Stichpunkte nicht. Er erhob sich und trat dicht vor die Frau. »Können Sie als Heimleiterin mir sagen, ob die Kinder bei Ihnen immer menschenwürdig behandelt wurden?«

Die Sagorski zögerte. Ihr Mund öffnete sich, dann schloss sie ihn wieder und presste die Lippen aufeinander. Am giftigen Funkeln ihrer Schweinsäuglein konnte er erkennen, dass sie wusste, worauf seine Frage hinauslief, sich aber entschlossen hatte, nichts mehr zu sagen.

»Na? Sie waren doch eben noch so gesprächig! Warum auf einmal so still?« Er versetzte ihr einen Schlag auf die schlaffe Haut der Wange. Das wütende Glitzern ihrer Augen verstärkte sich. Ohne die Fesseln hätte sie wahrscheinlich zurückgeschlagen. Diese Leute lernten es nie. Wussten nie, wann es genug war, wann es besser für sie war, ihre Wut in den Griff zu bekommen.

»Ich frage Sie noch einmal: Haben Sie und Ihre Kollegen die Ihnen anvertrauten Kinder, die Sie so abfällig ›Zöglinge‹ nennen, immer anständig behandelt?«

»Nicht alle fügten sich den Regeln.« Das presste sie zwischen fast geschlossenen Lippen hervor, als sei es eine Erklärung für ihr eventuelles Fehlverhalten.

»Ach so. Und das hatte zur Folge?«

»Verstehen Sie doch, wir *mussten* einige von ihnen disziplinieren. Manche kamen aus asozialen Elternhäusern, waren keine Ordnung und Manieren gewöhnt!« Der hochmütige Zug um den Mund war noch immer da.

»Wie sind Sie dabei vorgegangen?«

»Wobei?«

»Beim Disziplinieren, wie Sie es so poetisch ausgedrückt haben.«

»Äh, wir…« Sie zögerte, dachte wohl darüber nach, wie sie die Quälereien mit harmlosen Worten umschreiben konnte. »Es gab verschiedene Maßnahmen.«

»Welche?« Matthias horchte in sich hinein. Er hatte sich vorgenommen, geduldig zu sein, sich nicht von blinder Wut überrennen zu lassen. Die Frau sollte von selbst darauf kommen, was sie falsch gemacht hatte.

»Das hing von den Verfehlungen ab.«

»Frau Sagorski!« Jetzt war er doch ein bisschen lauter geworden. »Reden Sie nicht um den heißen Brei herum. Sie wissen doch genau, was mit den Kindern geschah, die sich nicht fügen konnten oder wollten!«

»Die Kinder mussten zusätzliche Arbeiten verrichten. Aufräumen, saubermachen, in der Kleiderstube helfen.«

»Das war alles?«

»Manchmal gab es auch Arrest.«

»Wo war dieser Arrest?«

»Im Keller.«

»Im Keller des Kinderheims?«

»Ja. Diese Strafe haben wir aber nur im Notfall angewendet.« Die Sagorski seufzte. Melodramatisch, wie es ihm vorkam.

»Im Notfall, aha.« In Matthias' Kopf flammte das Wort »Katakomben« auf. Er notierte es sich im Geist. Anscheinend gab es verborgene Erinnerungen an das Eingesperrtsein im Keller in seinem Unterbewusstsein. Er würde sie später hervorholen.

»Ich fasse mal zusammen, Frau Sagorski: Aufräumen, saubermachen, in der Kleiderstube helfen. Dazu Arrest bei manchen Kindern. War das jetzt alles?« Die Frau schwieg, presste die Lippen so fest aufeinander, dass sie nicht mehr zu sehen waren.

»Gut, dann stelle ich die Frage anders: Gab es auch körperliche Züchtigungen?«

»Davon ist mir nichts bekannt.«

»Du lügst!« Er schlug ihr direkt ins Gesicht. Sie zuckte zusammen. »Antworte gefälligst!«

»N ... Nein.«

»Du weißt, was das bedeutet? Ich hasse Lügner.« Er beugte sich nach vorn, betrachtete das fette, widerwärtige Gesicht und kehrte zum höflichen »Sie« zurück, um seinem Zorn die Möglichkeit zur Beruhigung zu geben. »Ich gebe Ihnen noch eine letzte Chance, die Wahrheit zu sagen. Nutzen Sie sie.«

»Ich ... Es ... Also gut. Ab und zu hat es wohl auch weitergehende Strafmaßnahmen gegeben ...«

»Waren Sie auch an solchen Sanktionen beteiligt?«

Sie überlegte. Zu lange. Schon das verriet sie. Aber anscheinend glaubte sie noch immer, ihm etwas vorspielen zu können. Matthias trat einen halben Schritt nach vorn, sodass seine Fußspitzen das herausgeklappte Metallgestell der Karre berührten, und krümmte Daumen und Zeigefinger dicht vor ihren Augen zu einer Zange. Sie holte tief Luft. Dann fuhr die geöffnete Zange links und rechts in ihre Nase und krallte sich in die Nasenscheidewand. Die Heimleiterin gab ein dumpfes Gurgeln von sich, das in ein langes »Aahh« mündete. Matthias ließ los und wischte seine Finger an der Cargohose ab. Das Blut hinterließ zwei Schmierer auf dem Baumwollstoff, die im Mondlicht schwärzlich aussahen.

»Was fällt Ihnen hierzu ein?«

»Das... Das habe ich ab und zu mit unartigen Kindern gemacht.« Aus den Nasenlöchern der Sagorski sickerte schwarzrote Flüssigkeit, rann zäh in Richtung Oberlippe und tröpfelte geräuschlos auf ihre Brust.

»Sehr gut! Endlich begreifen Sie, was ich von Ihnen möchte! Was haben Sie den Ihnen anvertrauten Kindern außerdem angetan?«

»An den Haaren gezogen. Hab sie geschubst und ab und zu ein paar Ohrfeigen verteilt. Sonst nichts.«

»Sonst nichts? Gar nicht so schlimm, hm? Eigentlich waren Sie ganz harmlos?« Matthias hörte seine Stimme im Wald nachhallen. Ganz harmlos... Ganz harmlos... Was das Schlimmste dabei war – der Kommentar stimmte. Von all den Peinigern war die Sagorski *zweifellos* die Harmloseste gewesen. »Waren das *solche* Ohrfeigen?« Er ließ seine Rechte spielerisch auf die aufgedunsene Wange klatschen. »Oder eher solche?« Jetzt schlug die Hand härter zu. Die Sagorski antwortete nicht. Ihre Augen schimmerten feucht. Nun hatte sie wirklich Angst. Matthias genoss es einen Augenblick lang, ehe er sich zur Räson rief. Er wurde das Gefühl nicht los, dass sie sich jetzt richtig Mühe gab mitzuarbeiten, und gestattete sich ein Lächeln.

»Es gab Schlimmere als mich.«

»Wie recht Sie haben.« Im gleichen Augenblick, in dem er ihr antwortete, sah Matthias das Begreifen in ihren Augen aufflatckern, weil ihr klar wurde, dass sie einen Fehler gemacht hatte. Durch ihre Aussage hatte sie ihm verraten, dass sie die ganze Zeit von den Untaten ihrer Angestellten gewusst und nichts dagegen unternommen hatte. »Und wie armselig von Ihnen! Sie wussten die ganze Zeit, all die Jahre, was Ihre Untergebenen mit den Kindern anstellten, und haben es hingenommen. Die Quälereien, die Misshandlungen, die Folter. Haben Sie kein schlechtes Gewissen?«

»Doch. Es tut mir *sehr* leid!« Sie schluchzte die Worte heraus, und Matthias brauchte einige Sekunden, um zu begreifen, dass die Frau log. Sie log, um sich reinzuwaschen. Und um der Vergeltung zu entgehen. Was sie dabei nicht bedachte, war, dass er sie nach all dem hier nicht einfach freilassen konnte. Nicht nur, dass sie ihn und seine Geschichte jetzt kannte, es wäre für die Polizei auch ein Leichtes, aus den Schilderungen der Heimleiterin Parallelen zu ziehen, was mit Siegfried Meller und Isolde Semper geschehen war. Und damit wäre sein Rachefeldzug mit einem Schlag beendet, und das jetzt, wo er neue Namen hatte, um die er sich kümmern konnte. *Tut mir leid, Frau Sagorski, aber das geht nicht.*

Außerdem hatte sie genug Verfehlungen gestanden, um sein Gewissen zu beruhigen. Die Frau hatte ihre Strafe redlich verdient. Nicht nur, weil sie selbst Kinder gequält hatte, nein, als Leiterin einer solchen Einrichtung wäre sie verpflichtet gewesen, ihre Angestellten zu kontrollieren und deren Schikanen und Misshandlungen zu verhindern. Nichts davon hatte sie getan.

»Schön, dass Sie es bedauern.« Er blickte ihr in die Augen, sah Trotz, gemischt mit Entrüstung, und dahinter Furcht. Aber keine Reue. Wie von selbst fanden seine Finger den Schal, der rechts über dem Baumstamm hing. Schritt für Schritt tastete er sich um die Sackkarre herum zur Rückseite. Die Sagorski begann, ihn wüst zu beschimpfen. Als er ihr den Schal um den Hals legte, verlegte sie sich aufs Flehen. Dann gurgelte und röchelte sie nur noch.

Eine Wolke hatte sich vor den Mond geschoben. Matthias fröstelte und lauschte in die Nacht, aber der Wald war viel zu still. Dann fiel sein Blick auf den grauen Haaransatz vor ihm. Die Heimleiterin hing schlaff in den Fesseln, der Kopf war zur Seite gesunken. War sie tot? Vorsichtig, um nicht zu stolpern, ging er um das Gefährt herum und betrachtete das geschwollene Gesicht aus der Nähe. Die Augen waren halb geöffnet, die Iris getrübt. Wie ein Stück schwärzliches Fleisch hing die Zunge halb aus dem Mund. Der Schal hatte sich so tief in ihren fleischigen Hals eingegraben, dass er von zwei Hautfalten fast überdeckt wurde.

Matthias musste nicht nach ihrem Puls suchen, um zu wissen, dass sie nie wieder Bedauern heucheln würde.

Der Mond kam wieder hervor und färbte die Ränder einer von ihm wegdriftenden Wolke silbrig. Es war an der Zeit, das, was von der Heimleiterin noch übrig war, einzugraben. Matthias holte den Klappspaten und das Teppichmesser aus der Tasche. Er musste den Tatort noch von Spuren säubern, das Auto der Heimleiterin an einen unverdächtigen Ort bringen und sein eigenes aus dem Wäldchen bei der Schnellstraße abholen. Allerhand zu tun, bis der Morgen kam.

Und auch dann konnte er sich nicht ausruhen. Interessante Aufzeichnungen und neue Namen harrten ihrer Erkundung.

25

Mia schaute kurz auf den winzigen Bildschirm des Navigationsgerätes und richtete den Blick dann wieder auf die Straße. Die A9 schwang sich in weiten Bogen durch ein Waldgebiet. Halb drei. Sie lag gut in der Zeit. Der Motor schnurrte beruhigend, während die Räder Kilometer fraßen. Mia trat das Gaspedal noch ein bisschen weiter durch. Sie gähnte und hielt sich die rechte Hand vor den Mund, während sie mit der linken das Lenkrad umklammerte. Seit dem Anruf gestern Morgen hatte sie unentwegt darüber nachgedacht, den Termin bei Doktor Grünthal wieder abzusagen, und war alle halbe Stunde zu einer anderen Entscheidung gekommen. In ihrem Kopf hatten die Stimmen miteinander diskutiert und gestritten, und Mia war das Gefühl nicht losgeworden, dass sie selbst nur eine unbeteiligte Zuhörerin war. Die Entscheidungen trafen andere. Auch zwei Kopfschmerztabletten, in kurzem Abstand hintereinander eingenommen, hatten das innere Getöse nicht vermindert. Sie war froh, sich heute krankgemeldet zu haben und nicht ins Amt zu müssen. Den Small Talk der Kollegen, die dauernden Anrufe und all das Leid in den Akten hätte sie heute nicht ertragen. Vielleicht konnte ihr der Psychotherapeut eine Krankschreibung ausstellen. Nur für den Rest der Woche. Nach ein paar Tagen der Ruhe wäre sie mit Sicherheit wieder funktionsfähig.

Mia sah das Schild mit der Geschwindigkeitsbegrenzung im letzten Moment und bremste. Noch zwei Kilometer bis zum Berliner Ring. Wenn es auf der Stadtautobahn nicht noch irgendwo Stau gab, war sie eine halbe Stunde vor dem Termin in Charlottenburg.

Unsichtbare Bodenwellen versetzten das Auto in Schwingungen. Das leise Gedudel aus dem Radio nervte plötzlich. Gab es denn hier keine vernünftigen Sender? Mia ließ die Programme durchlaufen, bis sie einen Nachrichtensender gefunden hatte, und kniff dabei mehrmals die Lider fest zusammen, nur um sie gleich darauf wieder aufzureißen. Ihre Augen brannten. Es fühlte sich an, als hätte ihr jemand feinkörnigen Sand auf die Hornhaut geblasen. Wieder gähnte sie. In den Nackenmuskeln ziepte es. Es kam ihr so vor, als habe sie die ganze Nacht kein Auge zugetan, dabei war sie heute Vormittag gegen neun aus einem traumlosen Schlaf erwacht und hatte auch nach längerem Nachdenken keine Erinnerungen an ein erneutes Schlafwandeln oder Albträume gefunden. Das Ganze könnte auch ein allgemeiner Erschöpfungszustand sein, die Vorstufe eines Burn-out-Syndroms oder so. Sie arbeitete zu viel und gönnte sich nur wenig Erholung. Oder sie hatte, ohne davon zu wissen, im Schlaf Atemaussetzer. Schlafapnoe kam häufiger vor, als die Leute ahnten.

Vielleicht bist du einfach nur ein Hypochonder, Mia Sandmann. Was für Krankheiten wünschst du dir denn noch alles?

»Nicht schon wieder. Sei einfach still, und lass mich in Ruhe nachdenken, ja?«

Wenn du meinst, dass dich das weiterbringt. Perlendes Gekicher klingelte durch Mias Kopf. *Nachdenken, hihi! Du musst es ja wissen.*

Mia drehte das Radio auf volle Lautstärke. Knisternd und rauschend wurden Sportnachrichten verlesen. Draußen sauste die Stadt vorbei. Sie fuhr zu schnell, aber es war egal.

»So, Frau Sandmann. Ich nehme zuerst Ihre Daten auf.« Die Sprechstundenhilfe schaute von ihrem Schreibtisch hoch und lächelte. Auf ihrem Namensschild stand »Schwester Annemarie«.

»Haben Sie Ihre Chipkarte mit?« Mia nickte und reichte das Kärtchen über den Tresen.

Das Wartezimmer war leer. Vielleicht gab es noch einen zweiten Eingang, damit sich die Patienten nicht über den Weg liefen. In der Luft lag ein kaum wahrnehmbarer Geruch nach Damaszenerrosen. An der hellgrünen Wand hingen Bilder mit Naturaufnahmen: schaumgekrönte Wellen, Alpengipfel im Licht der Abendsonne, ein Bauerngarten.

»Nehmen Sie doch bitte noch einen Moment Platz. Der Doktor hat gleich Zeit für Sie.« Schwester Annemarie deutete auf die mit dunkelgrünem Stoff bezogenen Stühle. Grüne Stühle, grüne Tapete, grüne Übergardinen. Wahrscheinlich sollte das beruhigend wirken. Mia lächelte abwesend und setzte sich; den Rücken gerade, die Beine eng nebeneinander, die Finger im Schoß verschlungen. Die Stimmen in ihrem Kopf schwiegen. Sie hatte das Gefühl, alles warte atemlos darauf, was weiter geschehen würde.

»Frau Sandmann?« Eine doppelwandige Tür schwang auf, ein großer, schlanker Mann steckte seinen Kopf heraus und lächelte aufmunternd, bevor er einen Schritt ins Wartezimmer hinein machte und die Hand ausstreckte. »Grünthal. Kommen Sie herein.«

Mia spürte ihr Herz schlagen. Es rappelte in der Brust herum, als wolle es sich aus einem zu engen Käfig befreien. Langsam setzte sie einen Fuß vor den anderen. Hinter ihr glitt die Tür mit einem sachten Schnappen zu. Nichts war, wie sie es sich vorgestellt hatte. Es gab nur einen mickrigen kleinen Schreibtisch, der an der rückwärtigen Wand stand und nicht aussah, als ob er in den Behandlungen viel zum Einsatz käme. Rechts von ihr befand sich eine gemütlich aussehende Sesselgruppe, die um einen runden Tisch herum gruppiert war. Außerdem hatte der Arzt keinen weißen Kittel an. Stattdessen trug Doktor Grünthal so etwas wie Freizeitkleidung: eine dunkle Hose und ein hellblaues Hemd, dazu schwarze Slipper. Keinen Schlips.

Wenigstens die erwartete Couch war da. Mia sah sich darauf liegen, die Augen geschlossen, den Arzt an ihrem Kopfende Fragen murmelnd, und schüttelte heftig den Kopf. *Kommt gar nicht infrage!*

Doktor Grünthal hatte inzwischen auf einem der bequem aussehenden Sessel Platz genommen und schlug die Beine übereinander, das einnehmende Lächeln noch immer im Gesicht. Mia suchte sich den Platz ihm gegenüber aus. Sie wusste, dass er die Handtasche auf ihrem Schoß, von beiden Händen fest umklammert, als Barriere deuten würde, und fühlte sich doch sicherer so.

»Frau Birkenfeld hat mich empfohlen?« Der Arzt lächelte etwas breiter. Seine lange, kantige Nase, die wie ein spitzwinkliger Balkon aus dem hageren Gesicht hervortrat, erinnerte Mia an den Vogel mit dem Brief aus dem Tryptichon »Die Versuchung des heiligen Antonius« von Hieronymus Bosch. Die Assoziation rief ein zaghaftes Lächeln hervor. Doktor Grünthal schien es seiner Präsenz zuzuschreiben und lehnte sich ein wenig zurück. Die Hände hatte er locker vor dem Bauch gefaltet.

Wer analysiert hier wen? Sei still, stör mich jetzt nicht. Mia rief sich die Frage des Arztes ins Gedächtnis zurück. »Ja. Ich habe Frau Birkenfeld bei einem Gerichtsprozess kennengelernt. Sie arbeitet für die *Tagespresse*. Ich war als Vertreterin des Jugendamtes dort.« Der Arzt nickte freundlich, und so fuhr sie fort: »Vorgestern sind wir nach der Urteilsverkündung noch einen Kaffee trinken gegangen, und Frau Birkenfeld hat Sie erwähnt.«

»Lara und ich kennen uns schon lange.« Doktor Grünthal erklärte nicht, woher, und fragte auch nicht, warum seine neue Patientin es so eilig gehabt hatte und zwei Tage nach einem, wie sie es schilderte, belanglosen Gespräch bereits einen Termin bei ihm vereinbart hatte. »Es ist nett, dass sie mich empfohlen hat.«

Mia versuchte, unauffällig das Zifferblatt ihrer Armbanduhr zu erkennen. Bis jetzt plauderten sie einfach so daher. Wann begann die Analyse?

Wovor hast du Angst? Dass er etwas Peinliches oder Unangenehmes über dein Innenleben herausfinden könnte? Du musst nichts sagen, wenn du nicht willst. Das weiß ich selbst. Mia sah kurz hoch, ehe sie den Blick wieder auf ihre Hände richtete, die den Griff der Handtasche zusammenpressten. Hatte sie laut gesprochen? Anscheinend nicht. Der Arzt machte noch immer sein »Ich-bin-ganz-Ohr«-Gesicht.

»Und nun sind Sie hier.« Er wartete. Schaute begütigend, als wolle er sagen: Reden Sie es sich von der Seele. Ich urteile nicht.

Mia räusperte sich. Atmete tief ein und wieder aus. Löste die Finger, einen nach dem anderen, stellte die Tasche neben dem Sessel auf den Boden und legte die Handflächen auf die Oberschenkel. Der Arzt wartete geduldig, als sei er solches Verhalten gewöhnt. Anscheinend war sie nicht die einzige Patientin, der es schwerfiel, mit der Sprache herauszurücken.

»Ich habe Probleme.« *Ganz toll, Mia! ›Probleme‹! Was für eine Plattitüde! Dass ich nicht lache.*

»Können Sie das etwas näher erläutern?«

»Also, ich ... ich schlafwandle anscheinend. Jedenfalls bin ich neulich nachts aufgewacht, stand auf meinem Balkon und habe den Mond angestarrt.«

Doktor Grünthal wippte sacht mit dem Kopf. »Schlafwandeln kommt häufiger vor, als man denkt, besonders bei Vollmond. Viele Menschen wissen nur morgens nichts mehr davon. Ist es in Ordnung, wenn ich mir ein paar Notizen mache?«

Mia nickte und beobachtete, wie er eine Karteikarte und einen Stift von dem Bord neben dem Tisch nahm. Der Arzt hatte lange, schlanke Finger mit breiten Fingernägeln. Er kritzelte etwas in einer unleserlichen Handschrift auf die Linien und blickte sie dann wieder aufmerksam an, schwieg, wartete. Sekunden verloren sich im Grün des Raumes. Es war sehr still. Keine störenden Geräusche.

»Kann so etwas gefährlich werden?«

»Das Schlafwandeln?«

»Ja.«

»Eher nicht. Bei Kindern kommt es sogar ziemlich oft vor, man schätzt eine Häufigkeit bis zu dreißig Prozent. Meist verschwindet dieser ›Somnambulismus‹ mit Einsetzen der Pubertät. Die neuesten Erkenntnisse besagen, dass die Ursache in einem gestörten Aufwachmechanismus liegt. Oft dauert es nur wenige Minuten. Bei den Erwachsenen sind etwa ein Prozent betroffen, und das Phänomen kann jederzeit wieder verschwinden. Es gibt verschiedene Erscheinungsformen. Fast alle sind ungefährlich. Wir sollten das vorerst im Auge behalten. Es wäre nützlich, wenn Sie notieren, wann Sie geschlafwandelt sind und wo Sie sich dabei befanden, falls Sie erwachen. Im Anschluss könnte man über eine Untersuchung in einem Schlaflabor nachdenken. Dort wird ein Schlaf-EEG, also ein Hirnstrombild angefertigt. Alles ganz schmerzlos natürlich.« Er lächelte.

Mia dachte über die Erläuterungen des Arztes nach. Das klang alles ganz plausibel. Vielleicht war sie nicht halb so verrückt, wie sie geglaubt hatte.

»Gibt es denn sonst noch Dinge, die Sie beunruhigen?«

»Ich bin dauernd erschöpft, aber ich kann Ihnen nicht sagen, wovon. Vielleicht ist es das Schlafwandeln?«

»Das könnte sein. Sie arbeiten beim Jugendamt?« Er hob fragend die Augenbrauen, wohl, um sie zum Sprechen zu animieren, denn diese Informationen hatte er schon.

»Ja. In Leipzig.«

»Das ist sicher ein anstrengender Job. Machen Sie viele Überstunden?«

»Öfters. Aber die Kinder liegen mir am Herzen. Ich kann nicht Dienst nach Vorschrift machen, wenn die Kinder darunter leiden.«

»Das verstehe ich, Frau Sandmann.« Er wartete, bis sie ihn ansah, dann fuhr er fort: »Sie sagten vorhin, Sie hätten Probleme.«

Er hat dich durchschaut! Jedes deiner Worte ist registriert! Du hast »Probleme« gesagt – Mehrzahl, Mia! Niemand geht doch nur wegen Erschöpfung und gelegentlichem Schlafwandeln zu einem Hirnklempner! Halt dein elendes Schandmaul. Das weiß ich selbst. Ich habe nur überlegt, wie ich mich am besten ausdrücken soll!

»Ich höre manchmal Stimmen.« Mia zwang ihre Finger auseinander, die sich schon wieder ineinander verknoten wollten. »Sie kommentieren das, was ich mache, oder geben Ratschläge. Manchmal machen sie sich auch über mich lustig. Das ist nicht nur lästig, sondern auch nervtötend. Ich kann es auch nicht immer abstellen. Neulich habe ich sogar laut geantwortet. Ich fürchte mich davor, dass mir das eines Tages auf der Arbeit passiert!«

»Sie machen sich Sorgen, das verstehe ich sehr gut. Aber viele Menschen führen einen inneren Monolog. Nicht wenige reden wie Sie mit sich selbst.« Anscheinend wollte ihr dieser Doktor Grünthal das Gefühl vermitteln, es sei alles nicht so schlimm. Mia wusste nicht, ob sie das gut oder schlecht fand.

»Ab und zu träume ich schreckliche Dinge. Erlebnisse von früher.« Mehr brachte sie nicht heraus.

»Erlebnisse von früher?« *Die klassische Seelenklempner-Masche. Statt zu antworten wiederholt er deine Aussage. Damit will er dich dazu bringen, noch mehr auszupacken.*

»Aus meiner Kindheit. Ich war in einem Kinderheim.«

»Und davon träumen Sie?« Schnell huschte der Kugelschreiber über die Karteikarte, während er sprach. Mia versuchte zu erkennen, was der Arzt da schrieb, aber es gelang ihr nicht.

»Ich träume in der Nacht davon, und ich habe Erinnerungsblitze am Tag. Das nennt man Flashbacks, nicht wahr?«

»Ich sehe, Sie kennen sich aus!« Ein anerkennendes Lächeln huschte über das kantige Gesicht.

Er will dich einlullen!

»Ach was!« Mia schlug sich die Hand vor den Mund. »Sehen Sie! Jetzt habe ich der Stimme geantwortet!«

»Was hat sie denn gesagt?« Dr. Grünthal hatte sich nach vorn gebeugt.

»Er will dich einlullen.«

»›Er‹ – damit bin ich gemeint?« Mia nickte knapp. »Scheint nicht mit mir einverstanden zu sein, Ihre innere Stimme.« Er lächelte breit. »Wie sehen Sie denn das Ganze?«

»Ich brauche Hilfe, sonst wäre ich nicht hier.« Jetzt war sie wieder ganz die lebenstüchtige Geschäftsfrau, die ein paar Schwierigkeiten hatte. »Mit Sicherheit gibt es in jedem Menschen Widerstände gegen eine psychotherapeutische Beratung. Aber ich bin mir bewusst, dass ich diese überwinden muss. Und ich möchte endlich wieder normal funktionieren, so wie all die

Jahre vorher. Dieses ständige Getuschel in meinem Kopf, diese schauderhaften Retrospektiven, das alles muss aufhören. Mich nervt das. Und da ich es anscheinend nicht allein schaffe, brauche ich Ihren Beistand.«

Der Gesichtsausdruck des Arztes hatte sich, während sie sprach, von gutmütig zu ernst und konzentriert gewandelt. »Das heißt, diese Stimmen und Träume sind erst in letzter Zeit aufgetreten?«

»Ja.«

»Wissen Sie, seit wann?«

»Nein. Es begann schleichend. Ich kann Ihnen keinen Auslöser nennen.«

»Nun gut, Frau Sandmann. Wir werden uns bemühen, das herauszufinden. Nur wenn wir die Ursache kennen, können wir auch an die Beseitigung der Folgen gehen.« Mark sah zur Uhr. »Erzählen Sie mir noch ein bisschen über sich.«

»Was wollen Sie wissen?«

»Alles, was Sie mir mitteilen möchten. Kindheit, Eltern, Geschwister – so Sie davon wissen oder sich erinnern, Ihr Werdegang. Wie leben Sie heute? Was interessiert Sie? Womit beschäftigen Sie sich in Ihrer Freizeit?«

Während Mia redete, machte der Arzt sich in seiner unleserlichen Schrift Notizen. Ab und zu nickte er ihr ermunternd zu. Du machst das prima, sollte das wohl heißen.

»Gut, Frau Sandmann, danke. Wir sind leider am Ende unserer Zeit. Lassen Sie uns nach den nächsten Terminen schauen. Wie oft pro Woche und an welchen Tagen könnten Sie denn kommen? Von Leipzig bis Berlin ist es ja doch ein ganz schönes Stück.«

»Mittwochs und freitags würde es gehen. Eventuell auch montags. Wir haben Gleitzeit, und ich könnte Überstunden abbauen.«

»Ab sechzehn Uhr?« Er wartete ihr Nicken ab und kritzelte dann wieder etwas auf seine rosa Karteikarte.

»Wie lange wird denn die Behandlung dauern?« Von ihrer Krankmeldung sagte Mia nichts, obwohl sie vorgehabt hatte, den Arzt um eine Bescheinigung zu bitten. Es widerstrebte ihr plötzlich. Sie konnte auch ohne Krankschreibung bis zu drei Arbeitstage fehlen. Und sie hatte die Regelung im Gegensatz zu einigen anderen Kollegen noch nie ausgenutzt.

»Das kann ich momentan ganz schlecht einschätzen. Dazu müssten wir tiefer schürfen. Vielleicht wissen wir beim nächsten Mal schon mehr. Sie sollten sich aber auf mehrere Wochen einrichten. Am Anfang treffen wir uns mindestens zweimal die Woche, später können wir auf einen Termin reduzieren.« Mark Grünthal war aufgestanden, und auch Mia erhob sich. »Schwester Annemarie wird mit Ihnen die konkreten Daten vereinbaren.« Er ging zur Tür und öffnete sie. Die Sprechstundenhilfe wartete schon.

Nachdenklich blickte Mark der Frau hinterher. Sie war interessant und vielschichtig. Und hatte eindeutig Probleme. Irgendetwas hatte die Lawine der geschilderten Ereignisse in ihr ausgelöst. Aber er wusste noch zu wenig über seine neue Patientin, um etwas dazu sagen zu können.

26

Mittwoch, der 29.07.
Liebe Mandy,

da bin ich wieder. Wie Du am Datum erkennen kannst, hat es fast zwei Wochen gedauert, bis ich Dir den nächsten Brief schreiben konnte. Da die ersten beiden noch in meiner Schatulle liegen, ist es jedoch egal, wie groß der Zeitraum zwischen

*ihnen ist, denn Du bekommst sie ja nicht im gleichen Abstand zugeschickt, wie ich sie verfasse.
Vielleicht sende ich schon bald den ersten Brief an Dich ab. Fischgesichts Tod liegt ja nun schon drei Wochen zurück. Du musst mir nur versprechen, alles für Dich zu behalten – tust Du das, meine kleine Mandy?
Fragst Du Dich nun, warum es so lange gedauert hat, bis ich Dir wieder etwas Neues berichten konnte? Ich will es Dir erklären.
Es lag daran, dass ich eine Art Blackout hatte, dass ich mich weder an Namen noch an Gesichter, geschweige denn an weitere Details erinnern konnte. Ich fischte im Trüben. Das hat mich ziemlich runtergezogen, wie Du Dir vorstellen kannst. Wie soll man seine Peiniger finden und bestrafen, wenn man nicht einmal mehr weiß, wie sie hießen oder was sie mit den Kindern gemacht haben?*

*Der Zufall (oder vielleicht war es auch gar kein Zufall, sondern eine höhere Fügung?) brachte mich weiter: Ich fand eine neu angelegte Internetseite über unser Kinderheim. Stell Dir vor, da setzt sich jemand hin und gestaltet freiwillig eine Website zu diesem furchtbaren Ort!
Ich habe dem Verfasser eine Mail geschrieben. Er heißt Sebastian Wallau. Du wirst ihn nicht kennen, weil er erst nach uns ins Heim gekommen ist.
Wir haben uns ausgetauscht. Ich schrieb ihm von meiner Zeit im Heim und dass ich auf der Suche nach ehemaligen Gefährten bin. Dieser Sebastian hat mir viele neue Informationen und Denkanstöße gegeben. Und so ist mein Gedächtnis ein wenig aufgefrischt worden...*

Wer es ist, fragst Du mich? Ich muss ein wenig lächeln, meine kleine Mandy. Du warst früher schon immer so überaus wiss-

begierig. Und nur der Form halber – Du solltest Dich nicht erkundigen, wer es ist, sondern wer es war. Jetzt lächelst Du auch, nicht wahr? Denn wenn Du erst einmal den ersten und zweiten Brief gelesen hast, wirst Du wissen, dass ich Dir immer dann schreibe, wenn ich einen Fall abgeschlossen habe.
Schließ kurz die Augen, und stell Dir eine kleine dickliche Frau mit Mopsgesicht vor. Siehst Du sie vor Dir? Frau Sagorski war ab Mai 1984 Heimleiterin im ›Ernst Thälmann‹.
Ich hatte diese Person vollkommen vergessen. Erst nachdem mein neuer Brieffreund mir den Namen gemailt hatte, fiel es mir wieder ein, wenn ich selbst mich auch nicht darauf besinnen konnte, dass sie mir persönlich Schaden zugefügt hätte. Gestern Nacht habe ich sie mir vorgeknöpft. Auf eine neue Art und Weise. Ich habe es zuerst aussehen lassen, als sei es eine Erpressung wegen ihrer damaligen Vergehen. Sie hat sich darauf eingelassen, und das war für mich der endgültige Beweis, dass sie Dreck am Stecken hatte.
Auf einer abgelegenen Waldlichtung befragte ich sie ausführlich, nachdem wir ein bisschen mit ihrem Auto durch die Gegend gefahren waren.
Ja, ja, liebe Mandy, ich weiß. Ich hatte nach der Causa Meller geschrieben, dass ich niemanden mehr mit dem Wagen transportieren wollte, aber es ging in diesem Fall nicht anders. Das Risiko, sie zu Hause zu erledigen, war zu groß: Ich kannte weder die Wohnverhältnisse in ihrem Eigenheim, noch wusste ich, ob Angehörige dort lebten. Und ich war ja auch nicht allzu lang mit dem »Paket« im Kofferraum unterwegs. Letzten Endes zählt immer das Ergebnis, nicht?
Und so kam es, dass unsere ehemalige Heimleiterin den Weg alles Irdischen ging, um es poetisch auszudrücken. Sie hat ganz schön gegurgelt und geröchelt, als sich der Schal um ihren Hals fester und fester zuzog. Strampeln konnte sie nicht, weil ich sie an eine Sackkarre gefesselt hatte.

Vorher hat sie mir aber ein paar Namen von Kollegen verraten. Außerdem hat sie mich noch auf etwas anderes aufmerksam gemacht. Von jedem Kind gab es eine Heimakte und ein Dossier, das beim Jugendamt geführt wurde. Vielleicht existieren diese Akten noch...

Wie mein nächtlicher Ausflug endete, kannst Du Dir bestimmt vorstellen. Nach all dem Keuchen und Röcheln kehrte wieder Frieden auf der Lichtung ein. Die Sagorski sah zum Totlachen aus. Wie ein überschminkter Clown, dem eine blauschwarze Zunge aus dem Hals hängt, die hervorquellenden Augen denen eines Chamäleons gleich. Sie war schwer wie ein Zwei-Zentner-Mehlsack. Gut, dass ich die Karre dabeihatte. Der Wald hatte mir schon eine Grube ausgehoben – ich musste die Überbleibsel bloß noch hineinheben und das Ganze zuschaufeln. Trotzdem war das eine Heidenarbeit. Dafür kann ich mir mindestens zwei Sporteinheiten schenken!

Liebe Mandy, ich hoffe, dies alles erfreut Dich genauso wie mich. Wahrscheinlich fragst Du zum Schluss, wie es nun weitergeht. Ein Instinkt sagt mir, ich solle mich zuerst um Rainer Grünkern kümmern.
Ach, den Namen habe ich ja noch gar nicht erwähnt! Ich werde vergesslich... Sagt er Dir etwas?
Grünkern war Heimleiter, bevor die Sagorski kam, also bis 1984. Wie sie erzählt hat, ist er nicht in Rente gegangen, sondern wurde versetzt. Die Frage ist nun: Warum geschah das? Wäre er befördert worden, hätte die Sagorski das mit Sicherheit gewusst. Wahrscheinlicher ist deshalb aus meiner Sicht, dass er sich etwas hat zuschulden kommen lassen. Etwas, das auch in der ehemaligen DDR so folgenschwer war, dass man ihn nicht als Heimleiter im ›Ernst Thälmann‹ halten konnte. Siehst Du das nicht auch so, kleine Mandy?

Sebastian Wallau kann ich leider nicht fragen, denn weil er viel später ins Heim kam, hat er keine Bekanntschaft mehr mit Rainer Grünkern gemacht. Aber es gibt ja noch andere Ehemalige.

Sei also unverzagt, liebes Schwesterherz. Ich werde fleißig sein und Dir weiterhin Bericht erstatten.
Für heute soll es das gewesen sein. Ich kann es kaum noch erwarten, Dir endlich den ersten dieser Briefe zu schicken. Gedulde Dich noch ein kleines bisschen. Es dauert nicht mehr lange, versprochen.

Bis zum nächsten Mal.
In Liebe,
Dein Matthias

Zufrieden faltete Matthias das Papier, strich noch einmal zärtlich darüber und legte den Brief dann in die geschnitzte Schatulle. Es war kurz vor Mitternacht, doch er fühlte sich energiegeladen wie lange nicht. Es ging voran. Sein Blick glitt über die Aufzeichnungen.

- Siegfried Meller: erledigt
- Isolde Semper: erledigt

Den Vornamen der Heimleiterin hatte er erst am Schluss herausgefunden. In ihrem Ausweis stand »Birgit«. Ein typischer Durchschnittsname der fünfziger Jahre. Er nahm einen schwarzen Fineliner und malte mit kalligrafischer Sorgfalt: »Birgit Sagorski: erledigt« unter die beiden anderen.

Drei Bestrafte. Gute Arbeit bis jetzt, aber kein Grund, sich auszuruhen.

Die Aufzeichnungen seiner nächtlichen Befragung waren

nicht so gestochen scharf, eher hastig hingeworfene Buchstaben. Matthias legte das Notizbuch neben seine Arbeitsmappe, stützte die Stirn mit den Fingerspitzen ab und fixierte die Namen, die die ehemalige Heimleiterin genannt hatte.

Dazu die, die er schon kannte. So viele Erzieher. Aber manche von ihnen waren nicht lange da gewesen, ein halbes Jahr, ein ganzes, dann waren sie weggezogen oder hatten den Arbeitsplatz gewechselt, er wusste es nicht. Andere dagegen blieben ewig. Das waren die, denen die Atmosphäre in diesem Kinderheim behagte; die, die schnell merkten, dass die Verhältnisse dort ihren persönlichen Vorlieben entgegenkamen. Matthias begann, sich Stirn und Schläfen zu massieren, während er weiter auf die Wörter starrte und auf Bilder in seinem Kopf wartete, Erinnerungen, die ihm etwas über das Verhalten dieser Erzieher verrieten.

Von Sebastian Wallau hatte er zusätzlich den Namen Arnold Festmann bekommen. Festmann war Sebastians persönlicher Betreuer gewesen. Matthias konnte sich nicht an einen Erzieher dieses Namens entsinnen, aber was bedeutete das schon. Viel wichtiger war, dass er selbst auch einen persönlichen Betreuer gehabt haben musste. Wer von ihnen war es gewesen? Mann oder Frau? Noch einmal glitt sein Blick über die Liste. Er hätte die Sagorski danach fragen können, hatte aber in seiner Aufregung nicht daran gedacht, und nun war es zu spät. Matthias löste den Blick, lehnte sich zurück und schloss die Augen. Er atmete tief ein und aus und versuchte, seinen Kopf zu leeren, an nichts zu denken. Man konnte Erinnerungen nicht herbeizwingen. Sie waren da, ließen sich aber nicht vom Willen dominieren. Die Gedanken kamen immer dann zu ihm, wenn er sich entspannte. Matthias wartete einige Minuten, in denen er sich bemühte, an nichts zu denken, dann gab er auf und beschloss, seinem Gedächtnis anderweitig auf die Sprünge zu helfen. Wenn die sanfte Methode nichts brachte, dann half vielleicht die Holzkeule. Es schmerzte, aber es rüttelte den Verstand wach. Er schaltete den

Computer ein. Vergleichende Betrachtungen, das war es, was er jetzt brauchte.

Suche nach Leichen –
Das Kinderheim des Grauens

Am Anfang standen die Überreste der Leiche eines toten Kindes. Inzwischen ist die Polizei auf der Kanalinsel Jersey einem Missbrauchsskandal unbekannten Ausmaßes auf der Spur. Seit 1960 sollen Angestellte des Kinderheims *Haut de la Garenne* über Jahrzehnte hinweg Minderjährige missbraucht und mindestens ein halbes Dutzend von ihnen getötet haben.
Auf dem Grundstück des ehemaligen Kinderheims hatte man vor zwei Wochen verweste Leichenteile eines Kindes gefunden, das vermutlich in den achtziger Jahren gestorben war. Spürhunde der Polizei entdeckten die Reste des kleinen Körpers unter einer massiven Betondecke.
Im weiteren Verlauf der Untersuchungen fanden die Beamten im Kellergeschoss des Skandalheimes vier geheime Räume, darin Handschellen, eine blutverschmierte Badewanne und Kinderzähne. In einen Holzbalken hatte jemand die Wörter »Ich bin seit vielen Jahren böse« geritzt.

Matthias tastete nach seiner Cola und setzte das Glas an. Es war leer. Blicklos marschierte er in die Küche, holte sich eine neue Flasche, trank im Gehen, verschluckte sich an der Kohlensäure und setzte sich wieder vor den Monitor.

Immer mehr Kinderleichen

Das Waisenhaus *Haut de la Garenne* auf Jersey sorgt weiter für schreckliche Schlagzeilen.
Von den Einwohnern des kleinen Örtchens wird das Kinder-

heim seit Wochen nur noch »Horrorhaus« genannt. Nun machten Ermittler erneut einen grausigen Fund.
Im Keller des Hauses wurden weitere Überreste mehrerer Kinderleichen gefunden. Der grausige Fund bestand unter anderem aus 65 Milchzähnen und mehr als 100 menschlichen Knochenteilen, die zu Kindern im Alter von vier bis elf Jahren gehören. Darunter waren ein kindlicher Beinknochen und ein Gehörknöchelchen. Nach Polizeiangaben wurde vermutlich zwischen Ende der sechziger und Anfang der siebziger Jahre versucht, die Toten zu verbrennen, um Beweise zu vernichten. Das ehemalige Erziehungsheim ist damit der Schauplatz eines der größten Fälle von Kindesmisshandlung auf den Britischen Inseln.
Untersuchungen der Überreste ergaben, dass die Opfer wahrscheinlich ermordet wurden. Da das genaue Alter der Funde bislang nicht ermittelt werden konnte, wird es außerordentlich schwierig werden, Mordanklage zu erheben, da der Tatzeitraum nicht eingegrenzt werden kann. Die Ankündigung der Polizei, dass es womöglich nicht zu einer Anklage kommen werde, löste Proteste von Kinderschützern aus. Jerseys ehemaliger Gesundheitsminister forderte, dass die britische Regierung in die Ermittlungen eingreifen solle.

Das Bild verschwamm vor Matthias' Augen. Was war den Kindern Grauenhaftes angetan worden, bevor man sie ermordet und verbrannt hatte? Er konnte die ängstlichen kleinen Gesichter vor sich sehen, hörte ihre Schmerzensschreie und das Flehen um Gnade. Mit zusammengebissenen Zähnen klickte er auf den nächsten Link.

Die »Bestie von Jersey«

Jahrelang hatte es im beschaulichen St. Martins Gerüchte über schwerste Misshandlungen im dortigen Kinderheim gegeben. Doch erst seit Polizisten einen Kinderschädel und weitere Leichenteile auf dem Gelände fanden, kommen immer mehr grausige Details ans Licht.
Auch der pädophile Serientäter Edward Paisnel, genannt die »Bestie von Jersey«, habe das Heim des Öfteren aufgesucht.
Edward Paisnel hatte in den sechziger und siebziger Jahren ganz Jersey in Panik versetzt. Elf Jahre lang soll er Kinder nachts in ihren eigenen Betten brutal überfallen und vergewaltigt haben. Er quälte seine Opfer unter anderem mit nägelbewehrten Armbändern, verbarg dabei sein Gesicht hinter einer Gummimaske.
Jetzt bringen britische Medien ihn mit den Knochenfunden in dem ehemaligen Kinderheim in Verbindung. Bereits 1972 hatte Paisnels Ehefrau von Besuchen ihres Gatten in dem Waisenhaus berichtet. Er habe sich dabei oft als Weihnachtsmann verkleidet, mit den Kindern gespielt und sie gebeten, ihn »Onkel Ted« zu nennen, schrieb sie in einer Biografie über ihn.
Die örtliche Polizei weist jede Spekulation über einen Zusammenhang zurück. Es gebe »keine Beweise« für eine Verbindung Paisnels mit den Knochenfunden. Doch inzwischen sind Fotos aufgetaucht, die den pädophilen Kinderschänder im roten Pelzmantel mit angeklebtem Bart im *Haut de la Garenne* zeigen – mit Kindern auf dem Schoß.
Paisnel wurde 1971 wegen Körperverletzung, Vergewaltigung und Unzucht zu 30 Jahren Haft verurteilt. Er starb 1994.

Matthias sah das Bild vor sich, obwohl es nicht auf dem Monitor abgebildet war. Sein Körper fühlte verstohlene Berührungen, die

Haut erschauerte unter tastenden Fingern, an seinem Hintern spürte er den unnachgiebigen Druck von etwas Festem. *Er selbst saß auf dem Schoß dieses Mannes im Weihnachtsmannkostüm und konnte sich nicht wehren, während der Perverse ihm mit heiserer Stimme abstoßende Dinge ins Ohr flüsterte.* Er nahm einen Schluck Cola, schmeckte nichts, zwang seine Augen, sich zu öffnen, weiterzulesen, das Unfassbare aufzunehmen und in seinen Kopf zu schicken, wo all die verschlossenen Erinnerungen darauf warteten, dass er den Schlüssel fand und sie herausließ.

Mehr als fünfzig ehemalige Heimkinder aus *Haut de la Garenne* hatten sich inzwischen bei der Polizei gemeldet. Mehr als fünfzig Zeugen der schrecklichen Ereignisse, die nach ihren Angaben in dem früheren Kinderheim vergewaltigt oder misshandelt worden waren. In Matthias' Brustkorb rasselte es bei jedem Atemzug. »Mehr als fünfzig« – und das war sicher nur die Spitze des Eisbergs.

Wo sind eigentlich deine Leidensgenossen? Es kann doch nicht sein, dass du der Einzige bist, der sich an Quälereien und Misshandlungen in deinem Kinderheim erinnert! Matthias schluckte trocken. Er *war* nicht allein. Sein Körper erinnerte sich an alles, was ihm zugestoßen war, auch wenn er nicht bewusst auf alles zurückgreifen konnte. Hatten sich denn die ehemaligen Kinder aus *Haut de la Garenne* vor den schrecklichen Entdeckungen der letzten Wochen gemeldet? War irgendeiner der fünfzig bei der Polizei gewesen und hatte Anzeige erstattet? Oder hatte jeder von ihnen für sich isoliert mit der Vergangenheit gekämpft, gelitten und sich alleingelassen gefühlt? Die schlimmere Variante jedoch war, dass sich einige tatsächlich an die Behörden gewandt hatten, man ihnen aber nicht geglaubt hatte. Das kam öfter vor, als der brave Bürger annahm, auch in Deutschland.

Matthias spürte, wie die Kopfschmerzen zurückkamen. Es begann immer auf die gleiche Art und Weise: Zuerst pulste es kaum wahrnehmbar, dann verdichtete das Pochen sich zu einem Hämmern, schließlich schien sich der ganze Kopf auszudehnen und wieder zusammenzuziehen, bis er das Gefühl hatte, er würde platzen wie ein überdehnter Ballon. Wenn er seine Medikamente nicht spätestens beim Pochen einnahm, war der Prozess nicht mehr aufzuhalten. Matthias verwarf die ärztliche Anordnung, nahm zwei *Triptan* auf einmal und würgte sie trocken hinunter. Die ganzen Berichte über *Haut de la Garenne* hatten nur eines gebracht: dass es ihm schlechter ging als vorher. Neue Erinnerungen, Gesichter hinter den Namen auf der Liste, hatten die grausigen Schilderungen nicht zutage gefördert. Die Schnitzereien auf der Schatulle mit den Briefen glänzten im Licht der Schreibtischlampe rötlich braun. Ein pelziger Falter war, angelockt vom Licht, unbemerkt hereingekommen und gaukelte nun um den Lampenschirm. Die Migränetabletten wärmten Matthias' Bauch.

Es gab nur eine Möglichkeit weiterzukommen. Er musste weitere Heimkinder befragen. Vielleicht konnten sie seinem Gedächtnis auf die Sprünge helfen. Hatte Sebastian Wallau nicht geschrieben, dass mehrere Ehemalige mit ihm Kontakt aufgenommen hatten? Der Brieffreund hätte sicher nichts dagegen, ihm die E-Mail-Adressen zu geben, damit er sich mit ihnen in Verbindung setzen konnte – der alten Zeiten wegen.

In der Zwischenzeit wollte Matthias Hase sich um den Mann kümmern, dessen Name etwas, wenn auch nur Verschwommenes, in ihm geweckt hatte: Rainer Grünkern.

27

Lara betrachtete im Vorüberfahren das dreieckige Verkehrsschild mit der roten Umrandung. »Achtung, Kinder«. Es war erst kürzlich aufgestellt worden. Das Piktogramm mit den beiden schwarzen Strichmännchen stand sinnbildlich für die Kinder, die ab nächster Woche hier die Straße überqueren würden. Wieso wurde die evangelische Grundschule eigentlich an einem Donnerstag eingeweiht? Sie parkte ihren gelben Mini neben einem dicken schwarzen Volvo und überprüfte ihre Ausrüstung. Ein Kleinbus bog in den Schulhof ein und hinterließ zwei Staubfahnen. Nur langsam legte sich der helle Nebel wieder. Lara nahm ihre Tasche und folgte dem Transporter. Einzelne Töne einer Trompete durchstießen die Luft. Noch ehe sie um die Ecke bog, hörte sie aufgeregte Kinderstimmen.

Auf dem Schulhof hatten sich mindestens hundert Menschen versammelt. Neben dem Hintereingang war eine kleine Bühne errichtet worden, auf der sich gerade etwa zwanzig Kinder postierten. Eine mütterlich wirkende Lehrerin stand vor ihnen und gestikulierte temperamentvoll. Neben dem Podest wartete das Blasorchester der freiwilligen Feuerwehr auf seinen Einsatz. Die Instrumente glänzten in der Sonne.

»Hallo, Lara!« Ein leichter Klaps auf ihre Schulter begleitete die Worte. Lara drehte sich um. Frank Schweizer von der *Tagespost* grinste, dass sein Schnurrbart wackelte. »*Du* berichtest über die Eröffnung?«

»Wie du siehst.« Sie erwiderte die Begrüßung mit einem Knuff gegen seinen Oberarm.

»Sollte nicht Friedrich Westermann hier sein?« Frank grinste immer noch und knipste dabei unentwegt.

»Der hat einen Zahnarzttermin.« Lara fragte sich, wo ihr bestellter Fotograf blieb. Der Kinderchor sang zur Einstimmung ein paar Tonfolgen. Friedrich hatte Rolf Martin bestellt. Jo wäre ihr persönlich lieber gewesen, aber Jo hatte keine Zeit gehabt. Rolf war nicht immer der Zuverlässigste. Und *sie* hatte keinen Fotoapparat mit. Lara hasste es, selbst Bilder zu machen. Erstens fehlte ihr dafür die Ausrüstung, zweitens entsprachen die Fotos in ihrer Qualität nie dem, was Hampenmann sich vorstellte. Und drittens konnte sie sich dann nicht auf ihre Reportage konzentrieren. Mitten in ihre Gedanken hinein schmetterte das Blasorchester einen Tusch. Voller Inbrunst malträtierten die jungen Leute ihre Instrumente. Frank Schweizer verzog das Gesicht. Sagen konnte er nichts, weil das Getöse der Trompeten, Hörner, Posaunen und Tuben alles überschallte.

Nachdem das enthusiastische Klatschen der Zuhörer verklungen war, kündigte die mütterliche Lehrerin mehrere offizielle Gäste mit Grußworten an, und Lara machte sich eine Notiz, die Schreibweise der Namen und die Dienstbezeichnungen nachzufragen. Rolf Martin war noch immer nicht da. Ein grauhaariger Mann im Anzug betrat die Bühne und begann mit einer Rede. Frank Schweizer stupste Lara in die Seite und machte ihr ein Zeichen, ihm zu folgen. Vorsichtig bahnten sie sich einen Weg durch die Menschen bis in den Schatten eines übermächtigen weißen Zeltes, neben dem schon ein monströser Würstchengrill rauchte.

»Ich habe dich am Dienstagabend im *Lindencafé* gesehen!« Franks Schnurrbart wellte sich mitsamt seinen Mundwinkeln nach oben. »Mit Kriminalobermeister Schädlich.« In seinen Augen glitzerten Lachfünkchen.

»Oh ... Das war dienstlich.«

»Ah, ja. Verstehe.«

»Nichts verstehst du. Schädlich hat mich angerufen. Wir haben einen aktuellen Fall besprochen. Mehr nicht.« Das musste reichen. Lara hatte keine Lust, dem Kollegen Details zu erzählen. Und letztendlich *war* es dienstlich gewesen. Schädlich hatte am Telefon angeboten, ihr bei einem Treffen unter dem Siegel der Verschwiegenheit die aktuellen Ermittlungsergebnisse im Fall der Plattenbauleiche zu verraten. Etwas aufregend Neues war jedoch nicht dabei gewesen. Die Kripo hatte inzwischen ermittelt, wer der Tote gewesen war: ein Rentner namens Siegfried Meller aus Wurzen. Die DNA-Spuren waren immer noch nicht vollständig ausgewertet. Ein Motiv für die Tat hatten sie angeblich auch noch nicht.

Lara hatte sich bei der Verabschiedung gefragt, warum der Kriminalobermeister sie überhaupt angerufen hatte. Wegen der Informationen konnte es nicht gewesen sein. Die waren wertlos, der Fall schon über zwei Wochen alt. Wahrscheinlich hatte Schädlich nur einen Vorwand gesucht, um sich mit ihr zu verabreden. Das nächste Mal würde sie nicht darauf hereinfallen.

Wahrscheinlich würde Ralf Schädlich sie jetzt ohnehin nicht mehr anrufen, um ihr vertrauliche Informationen zukommen zu lassen, aber damit konnte sie leben. Der Polizist hatte ein ganz schön bedeppertes Gesicht gemacht, als Jo gegen zwanzig Uhr dreißig aufgetaucht war, um Lara abzuholen.

Es zischte, und weiße Schwaden zogen vorbei. Der Duft nach gegrilltem Fleisch waberte schwerfällig durch die warme Luft. Lara schluckte mehrmals. Der Anzugträger verließ die Bühne, und das Blasorchester setzte erneut zu ohrenbetäubendem Lärm an. Lara dachte an das Essen mit Jo. Sie sah sich im *Bella Italia* sitzen und vermeinte noch immer den harzigen Nachgeschmack des schweren Rotweins an ihrem Gaumen zu schmecken. Bei der Unterhaltung über Bücher, Kinofilme und ihre jeweilige Lieblingsmusik war die Zeit wie mit Siebenmeilenstiefeln davongeeilt, und ehe sie es sich versahen, waren sie die beiden letzten Gäste in dem Restaurant gewesen. Sie hatten getrennt bezahlt und noch zehn Minuten draußen gestanden; betäubt vom süßen Duft der Linden Belanglosigkeiten ausgetauscht und den Mond bewundert. Dann waren sie in ihre Autos gestiegen und nach Hause gefahren. Kein Abschiedskuss, nicht einmal der Versuch. Lara hatte sich eingeredet, dass sie das besser fand, als wenn Jo ihr beim ersten richtigen Date gleich Avancen gemacht hätte. Aber war es überhaupt ein Date gewesen? Jetzt, zwei Tage später, war sie sich dessen nicht mehr so sicher. Eigentlich waren ja nur zwei befreundete Kollegen essen gegangen.

»Dieser Grillgeruch macht mich noch wahnsinnig. In meinem Magen rumort es, als hätte ich seit Tagen nichts mehr gegessen.« Frank Schweizer redete leise vor sich hin, während er den nächsten Redner, einen kleinen beleibten Mann mit Stiernacken, fotografierte. »Ich habe einen Bärenhunger! Hoffentlich sind die mit dem offiziellen Teil bald fertig, damit wir uns eine Bratwurst holen können. Wir stehen strategisch günstig.«

Lara warf einen Blick auf den Grill. Steaks und Würste. Alles schon schön knusprig. Das Essen erinnerte sie an etwas, was ihr Kollege vorhin gesagt hatte.

»Du hast mich also am Dienstag im *Lindencafé* beobachtet, hm?«

»Nicht *beobachtet*. Gesehen, Lara. Ich habe dich *gesehen*.«

»Das heißt, du warst auch dort?«

Frank Schweizer ließ seine Kamera sinken und schaute zu ihr. Dann wanderte der Schnurrbart nach oben. »Gut geschlussfolgert, meine Liebe. Ja, ich bin dort gewesen.«

»Allein?« Jetzt war Laras Neugierde geweckt.

»Nein.«

»Mit jemandem, den ich kenne?« Warum tat er so verschwörerisch? Rolf Martin, Laras bestellter Fotograf, schoss in diesem Moment um die Ecke und prallte auf eine dicke Frau. Ohne sich zu entschuldigen, drängte er sich durch die Menge, den Hals gereckt, und hielt nach ihr Ausschau. Die Dicke sah ihm mit entrüstetem Gesichtsausdruck nach. Lara trat einen Schritt beiseite, sodass sie von Franks massiger Gestalt verdeckt wurde. Sollte der unpünktliche Kollege ruhig erst einmal ein bisschen suchen.

»Ich war mit Frau Sandmann dort. Du weißt schon – die Blonde vom Jugendamt.« Ein verschwörerischer Puff auf ihren Oberarm, begleitet von einem verschmitzten Lächeln.

»Was?«

»Maria Sandmann. Erinnerst du dich nicht? Sie war bei dem Gerichtsprozess gegen den pädophilen Arzt dabei.«

»Ja. Ich weiß, wen du meinst.« Lara erinnerte sich nur zu gut. Erst vorgestern hatte sie mit Mark über die Frau gesprochen. Sie hatte um einen Termin bei dem Psychotherapeuten gebeten. Ob Frank davon wusste? Er machte nicht den Eindruck. Siedend heiß fiel ihr ein, dass sie Mark noch einmal wegen ihrer Vorahnungen hatte anrufen sollen. Auch am Dienstagabend. Als sie mit Schädlich im Café gesessen hatte und danach mit Jo ausgegangen war. Lara hatte es komplett vergessen, und Mark hatte sich seitdem auch nicht mehr gemeldet.

»Sie hat mich angerufen, stell dir vor!« Der Kollege schüttelte den Kopf, noch immer fassungslos über so viel Glück.

»Toll.« Frau Sandmann hatte am Montag nach Laras Dafürhalten nicht den Eindruck gemacht, als ob sie Interesse an Frank Schweizer hätte, aber vielleicht war das auch ein Irrtum gewesen. Rolf Martin hatte Lara entdeckt, winkte und kam näher.

»Ja, und dann hat sie mich gefragt, ob wir nicht mal zusammen ausgehen können!«

»Das freut mich für dich.«

»Da konnte ich doch nicht nein sagen! Das *Lindencafé* ist ein schönes Restaurant, um gemütlich zusammenzusitzen, nicht? Ich finde es besonders im Sommer klasse. Man kann draußen im Grünen sitzen und die Natur genießen. Und das Essen ist dort auch gut.« Das Hochgefühl über das unerwartete Treffen hatte Frank Schweizer so euphorisch gemacht, dass er redete wie ein Wasserfall. »Am Wochenende wollen wir ins Kino gehen.«

Rolf Martin hatte sich herangekämpft. »Sorry, Lara. Ein Auffahrunfall auf dem Autobahnzubringer. Alles verstopft. Was soll ich fotografieren?« Lara gab ihm ein paar knappe Instruktionen, und der Fotograf setzte sich in Bewegung. Auf der Bühne sprach inzwischen eine Business-Lady. Ihr Mund war zu dicht am Mikro, sodass es bei jedem Wort rauschte.

»Los, pirschen wir uns an den Grill ran.« Frank verstaute seine Kamera. »Ich hab alles, was ich für meinen Artikel brauche.

Nachher noch ein bisschen O-Ton und das wär's.« Lara folgte ihm zu dem weißbekittelten Würstchenmann.

»So. Ich bin hier fertig. Und du?«

»Ich auch.« Lara schaltete ihr Diktiergerät ab. »Ich hoffe, Rolfs Fotos werden gut. Nur der nackte Text – das ist langweilig.«

»Hm. Wo hast du dein Auto geparkt?« Frank Schweizer marschierte voneweg. Seine Schuhsohlen ließen bei jedem Schritt feine Wölkchen aufwirbeln.

»Gleich vor der Schule.« Lara wühlte in ihrer Handtasche nach dem Autoschlüssel.

»Ich hab dich übrigens vorgestern vermisst.«

»Wie meinst du das?« Lara verstand den Sinn der Frage nicht. Sie sah sich mit Ralf Schädlich im *Lindencafé* sitzen. Frank war mit Maria Sandmann dort gewesen. Wie konnte er sie dabei vermissen?

»Bei Gericht.«

»Bei Gericht?« Laras Stimme machte bei dem Wort »Gericht« einen kleinen Quiekser.

»Ja, bei der Eröffnung des Verfahrens gegen diese vier Hooligans, am Dienstag. Der Termin kam, glaube ich, erst Montagnachmittag rein.«

»Die Fußballrowdys, die auf dem Bahnhof zwei Passanten zusammengeschlagen haben? Sollte das nicht erst nächste Woche losgehen?« Lara dachte darüber nach, wo sie am Montagnachmittag gewesen war. Zuerst beim Prozess gegen Doktor Schwärzlich, dann mit Frank und Maria Sandmann etwas trinken. Danach aber war sie noch einmal in die Redaktion gefahren, um ihren Artikel über den Klinikarzt abzuspeichern.

»Genau die. Man hat sich kurzfristig dazu entschieden, das vorzuverlegen, um die Zeitspanne zwischen Straftat und Prozess zu verkürzen. Das sei dann für die zum Teil noch jugendlichen Täter nachvollziehbarer.«

»Von der Terminverschiebung habe ich nichts mitbekommen.« Warum hatte ihr niemand Bescheid gesagt? Sonst riefen die Kollegen sie an oder legten ihr wenigstens einen Zettel auf den Schreibtisch. Am Montagabend aber war weder eine Notiz da gewesen noch eine Nachricht auf der Mailbox eingegangen. Noch während Lara darüber nachsann, hatte Frank schon weitergeredet.

»Es war aber, glaube ich, ein Kollege von dir da.«

»Ein *Kollege*?«

»Ich weiß nicht, wie er heißt. Könnte aber auch sein, dass er von einer anderen Zeitung kam.« Frank drückte auf die Fernbedienung, und sein Auto begrüßte ihn mit einem Blinken. In Laras Kopf lief ein Kurzfilm ab: sie am Dienstag an ihrem Computer, Isabell daneben. Sie fragte die Praktikantin, wo Tom sei und Isabell antwortete: »Keine Ahnung. Steht nur *außer Haus* in der Liste.« In ihrem Bauch ballte sich ein heißer Klumpen. »Wie sah der *Kollege* aus?«

»Mittelgroß, blonder Strubbelkopf, attraktiv. Ein Frauenversteher.« Frank war neben der Fahrertür stehen geblieben, nestelte eine Zigarette aus einer zerdrückten Packung und steckte sich das krumme Stäbchen zwischen die Lippen.

»Tom Fränkel?« Der Klumpen glühte jetzt, schleuderte Teilchen gegen Laras Magenwände.

»Fränkel, hm. Könnte sein.« Franks Feuerzeug klickte. Erst jetzt sah er Lara an. »Oh. Hat der dir den Termin weggeschnappt?«

»Gerichtsberichte sind mein Ressort! Ich wurde nicht einmal informiert!«

»Ich dachte, du hättest einen anderen Termin und der Schnösel vertritt dich.«

»Ich wurde übergangen. Dieser Typ will mir das Wasser abgraben.«

»Denkst du wirklich? Nicht paranoid werden, Lara!« Frank

blies einen Rauchring und klopfte Lara dann auf die Schulter. »Ich muss los. Wir sehen uns. Vielleicht im *Lindencafé*.« Er kniff verschwörerisch das rechte Auge zu, warf die halb gerauchte Kippe in den Sand und stieg in sein Auto.

Lara versuchte, tief Luft zu holen, aber das Engegefühl in ihrem Hals wollte nicht weichen. Dieser hinterlistige Kotzbrocken! Tom Fränkel hatte sie erneut hereingelegt, aber dieses Mal würde er nicht ungeschoren davonkommen. Wütend sah sie Frank Schweizer hinterher.

»Hallo, Lara! Wieder da? Wie war's?« Friedrich sah nicht auf. Seine Finger huschten über die Tasten. Ohne ihn zu beachten, warf Lara ihre Handtasche auf den Stuhl und stampfte zum Zimmer des Redaktionsleiters. Toms Platz war leer. Und das war gut so. Wer weiß, ob sie sich beim Anblick seiner dummdreisten Miene hätte beherrschen können. Sie hieb ihre Fingerknöchel gegen die Tür und drückte, ohne ein »Herein« abzuwarten, die Klinke nieder.

»Was ist denn jetzt…« Hampenmann saß hinter seinem Schreibtisch und musterte seine Angestellte mit hochgezogenen Augenbrauen. Auf seiner Stirn hatten sich mehrere vertikale Falten eingekerbt. »Frau Birkenfeld! Ich kann mich nicht erinnern, Sie hereingebeten zu haben!«

»Ich muss etwas klären. Sofort.« Lara warf die Tür hinter sich ins Schloss und blieb kurz stehen, um sich zu sammeln. Von hier aus konnte sie das Bänkchen sehen, auf das der Redaktionsleiter seine Füße stellte, weil seine Beine so kurz waren, dass sie von dem mächtigen Chefsessel aus nicht bis zum Boden reichten. Hampenmann bemerkte ihren Blick und wusste, was sie gesehen hatte. Seine Stirnfalten vertieften sich. »Jetzt nicht, Frau Birkenfeld. Ich habe zu arbeiten. Kommen Sie in einer halben Stunde wieder.«

»Nein! Wir besprechen das jetzt gleich!« Gernot Hampenmann, der den Blick in Erwartung, dass Lara seinen Anweisungen Folge leisten würde, wieder auf seinen Schreibtisch gesenkt hatte, sah hoch. Sein Mund stand ein wenig offen, die Augen waren weit geöffnet. »Wie bitte?«

»Es ist wichtig!«

»Drei Minuten.« Der Redaktionsleiter hob die Hand, Daumen, Zeige- und Mittelfinger ausgestreckt, eine symbolische Drei andeutend.

»Tom Fränkel sabotiert meine Arbeit!«

»Was?«

»Er reißt Berichte an sich, die in mein Ressort fallen.« Hampenmann öffnete den Mund, um etwas zu erwidern, aber Lara hatte schon weitergesprochen. »Er verschweigt mir Termine, die für mich bestimmt sind, und geht stattdessen selbst hin.«

»Haben Sie Beweise für Ihre Anschuldigungen?«

»Am Montagnachmittag kam ein neuer Gerichtstermin für Dienstag herein. Ich war unterwegs. Normalerweise werde ich in so einem Fall angerufen, wenn es eilig ist, oder man legt mir eine Notiz auf den Schreibtisch. Weder das eine noch das andere ist passiert, und ich war am Montagabend noch einmal hier, da hätte ich den Zettel doch finden müssen, nicht?«

»Und wie kommen Sie darauf, dass es gerade Tom war?«

»Weil *er* am Dienstag im Gericht war!« Lara hörte ihre Stimme wie durch Watte. Sie klang kurzatmig und deutlich höher als sonst.

»Das muss doch noch lange nicht heißen, dass er Ihnen den Termin böswillig verschwiegen hat, wie Sie unterstellen. Was, wenn *ich* ihn hingeschickt habe, weil Sie nicht erreichbar waren?« Der Redaktionsleiter verzog verächtlich das Gesicht. Lara fühlte, wie ihr Mund sich erstaunt öffnete. Wahrscheinlich trug sie gerade den Gesichtsausdruck eines hypnotisierten Kaninchens zur Schau.

»So, Frau Birkenfeld.« Hampenmanns Rechte machte eine

Wegwerfbewegung in Richtung der Tür. »Ich schlage vor, Sie gehen jetzt nach draußen und überlegen sich in aller Ruhe, was Sie da eben getan haben. Aufgrund obskurer Verdächtigungen und falscher Annahmen schwärzen Sie einen kompetenten Kollegen bei mir an. Halten Sie das für ein seriöses Verhalten? Denken Sie gründlich darüber nach. Ich werde Tom vorerst nichts davon sagen.« Die Hand wedelte noch einmal, und Lara schloss ihren Mund mit einem Schnappen. Wie in Trance ging sie hinaus, die Augen auf einen entfernten Punkt gerichtet. Nahm Hampenmann Tom nur in Schutz, oder hatte er ihn tatsächlich selbst zu der Prozesseröffnung beordert? Lara setzte sich an ihren Schreibtisch, faltete die Hände im Schoß und stierte, ohne zu blinzeln, geradeaus.

28

»Tschüss! Ich bin dann weg. Schönes Wochenende!« Maria Sandmann winkte ihrer Kollegin zu. Diese nickte, den Blick auf die Akten gerichtet, und murmelte ein »Bis Montag«, das Mia nicht mehr hörte, weil sie schon halb auf dem Flur war. Es war erst Mittag, aber an den Freitagen hatte das Amt ohnehin nur bis zwölf geöffnet, sodass nicht mehr mit unangemeldeten Besuchern zu rechnen war. Jeder von ihnen kam dadurch ab und zu in den Genuss, Überstunden abzubauen. Heute war sie dran. Mia hatte kein schlechtes Gewissen. Sie arbeitete fast jede Woche länger, als es ihre Dienstzeiten vorsahen, und ihr Überstundenkonto wuchs und wuchs. Bezahlt wurde die Mehrarbeitszeit nicht, und wenn man sie nicht rechtzeitig abbummelte, verfielen die Stunden.

Mia hatte als Grund für ihr zeitiges Verschwinden einen Arztbesuch genannt. Es war immer besser, man hatte eine Begründung. Und »Arztbesuch« war nicht einmal gelogen. Die Kollegen glaubten natürlich, es hinge mit dem Brechdurchfall zusammen, der Mia am Mittwoch von der Arbeit ferngehalten hatte. Erbrechen und Durchfall konnten jeden treffen, und es gab unzählige Ursachen dafür. Da die Kollegin am nächsten Tag schon wieder ins Amt gekommen war, hatte niemand ernsthaft nachgehakt. Und nun musste sie eben noch einmal in die Sprechstunde. Dass es sich bei dem Arzt um einen Psychologen handelte, der seine Praxis in Berlin hatte, brauchte niemand zu wissen.

Mia öffnete die Tür zum Treppenhaus. Als hätte ein einziges Gespräch mit Doktor Grünthal am Mittwoch ausgereicht, hatte sie seitdem keinerlei Symptome mehr gespürt. Kein Wispern im Kopf, kein Schlafwandeln, keine Flashbacks. Ja, sie hatte sogar darüber nachgedacht, den heutigen Termin abzusagen, sich dann aber dagegen entschieden. Ein weiteres Gespräch konnte nichts schaden.

Sie ließ ihre Hand über das Metallgeländer gleiten. Jemand hatte »fuck you all« an die weißgraue Wand geschmiert. Im Treppenhaus dieses alten Kastens roch es immer ein wenig muffig, wie in einem schlecht belüfteten Keller. Maria Sandmann hörte ein Schluchzen.

»Sei still, sonst kriegen wir Ärger!« Die Stimme war nur ein Hauch. Mia wischte sich mit dem Unterarm über Mund und Nase und gab sich Mühe, ihr Wimmern zu unterdrücken.

»So ist es viel besser. Sie mögen es hier nicht, wenn wir jammern. Du musst die Zähne zusammenbeißen und tapfer sein.« Mia spürte eine zarte Berührung an ihrer Schulter. »Wie heißt du?«

»M... Mia.«

»Schöner Name. Rück ein bisschen herüber. Ich sitze links von dir.«

»Ich kann nichts sehen!«

»Das ist auch kein Wunder, Kleine. Wir sind in einem Keller ohne Fenster, da gibt es kein Licht. Aber wir können leise miteinander sprechen und uns aneinanderkuscheln.« Eine Hand zog an ihrem Oberarm. »Komm.« Mia konnte sich nicht erinnern, wo rechts und wo links war, und so rutschte sie einfach ein paar Zentimeter in die Richtung, aus der die Berührung kam.

»Warum bist du hier?«

»Die G...«, noch immer wurde Mia von Schluchzern geschüttelt, »die Gurich hat mich hergebracht. Ich bin eine Schlampe, weil ich Taschentücher einfach so ins Zimmer schmeiße.«

»Das bist du nicht. Sicher ist dir das Tuch nur aus der Tasche gefallen, und du hast es nicht gleich bemerkt, oder?«

»Ja, aber ich ... ich ...«

»Atme tief durch. So ist es gut.«

»Ich bin ein Schwein. Ich mache ins Bett!« Jetzt war es heraus. Mia hatte die schreckliche Tat nur beichten können, weil es so finster war, dass die andere nicht sehen konnte, wie sehr sie sich schämte.

»Das kann doch jedem mal passieren. Mach dir nichts draus. Du bist weder ein Schwein noch eine Schlampe. Du bist ein kleines, verängstigtes Mädchen.« Die andere streichelte ihren Arm. »Und nun hör auf zu weinen. Ich bin bei dir.«

»Ich fürchte mich im Dunkeln!«

»Das brauchst du nicht. Außer uns beiden ist niemand hier, keine Monster, keine Geister. Wir müssen bloß die Dunkelheit aushalten. Und das schaffen wir gemeinsam locker, nicht?«

Allmählich wurde Mia ruhiger. Das Schluchzen verebbte und sie versuchte, ruhig ein- und wieder auszuatmen. »Wer bist du?«

»Ich heiße Michaela.«

»Ich hab dich hier noch nie gesehen!«

»Ich bin neu.«

»Und da hat dich die Gurich auch gleich in den Keller gesperrt?«

»Um mich zu disziplinieren, vermutlich.« Mia konnte hören, dass das andere Mädchen dabei lächelte. »Ich war bei meiner Ankunft nicht besonders folgsam. Aber ist es nicht auch ein Glück, dass ich hier bin? So bist du wenigstens nicht allein in dieser Arrestzelle!«

»Ja, das stimmt. Bleibst du jetzt hier?«

»Einige Zeit mit Sicherheit.«

»Ich muss mal!«

»Versuch, es auszuhalten, Schatz. Wenn es gar nicht anders geht, krabbelst du da rüber in die Ecke und machst es dort. Besser wäre es aber, du könntest es anhalten. Wenn sie es nämlich mitbekommen, gibt es mächtig Ärger.«

»Ich versuch's.« Mia schniefte. Sie konnte es bestimmt noch eine Weile aushalten.

»Hör zu. Ich erzähle dir gleich eine Geschichte, dann wird die Zeit nicht so lang. Nur eins noch: Wenn sie uns holen, tun wir so, als hätten wir uns ganz doll gefürchtet, und versprechen, in Zukunft *immer* brav zu sein. Wir versprechen, uns Mühe zu geben, und sagen, dass wir alles tun werden, was sie von uns verlangen. Verstehst du?«

»Ja. Dann brauchen sie uns nicht mehr einzusperren.«

»Genau. Und nun können wir uns aneinander festhalten und ich erzähle dir die versprochene Geschichte.« Zwei Arme umschlangen Mia, und sie fühlte sich geborgen. Fest drückte sie sich an das andere Mädchen. Sie hatte eine neue Freundin gefunden.

Maria Sandmann öffnete die Augen. Ihr Blick fiel auf verschmierte schwarze Buchstaben. *Fuck you all.* Die rechte Hand hatte sich in einem schmerzhaften Krampf um das Treppengeländer gekrallt, die Fingernägel schnitten in den Handballen. Weiß traten die Knöchel hervor. Sie konnte sich selbst keuchen hören. Auf ihren Wangen trockneten Tränen.

So viel zum Ausbleiben der Flashbacks.

Weiter oben klappte eine Tür, unmelodisches Pfeifen ertönte, schnelle Schritte näherten sich. Mia löste ihre Finger. Ihre Muskeln fühlten sich an, als seien sie aus Pudding. Die Armbanduhr verkündete, dass sie eine geschlagene Viertelstunde hier im Treppenhaus gestanden hatte. Fünfzehn Minuten, die Mia Sandmann in einer Arrestzelle im Keller des Kinderheims gewesen war. Behutsam setzte sie einen Fuß vor den anderen. Die Beine funktionierten. In ihren Armen kribbelte eine Ameisenarmee.

»Tag, Frau Sandmann! Schönen Feierabend!« Der Kollege eilte vorbei. Mia sah ihm nach, während sie sich weiter wie eine Blinde die Stufen hinuntertastete. Noch immer konnte sie die Umarmung fühlen, hörte die tröstenden Worte der Leidensgenossin. Der Erinnerungsschub war erschreckend real gewesen. Ungewöhnlich auch, dass er sich am helllichten Tag ereignet hatte. Was mochte der Auslöser gewesen sein?

Vorsichtig öffnete Maria Sandmann die Tür zum Hof und blinzelte in die Mittagssonne. Ein Gutes hatte das Ganze jedenfalls – jetzt hatte sie etwas, das sie dem Doktor erzählen konnte.

*

»Guten Tag, Frau Sandmann. Kommen Sie herein.« Der Arzt lächelte, hielt die Tür auf und folgte ihr. Mias Blick fiel auf die Couch, und sie schaute schnell weg. Schnurstracks steuerte sie auf das Tischchen zu. Die Sitzgruppe schien ihr am ungefährlichsten. Der Doktor wartete, bis sie Platz genommen hatte, und setzte sich dann in den Sessel ihr gegenüber. Heute hatte er ein rosafarbenes Hemd an. Es machte ihn jünger. Mia faltete die Hände über dem Griff der Handtasche. Als ihr einfiel, dass sie kooperieren wollte, stellte sie die Tasche auf den Boden und legte die Arme auf die Oberschenkel.

»Nun, Frau Sandmann – wie fühlen Sie sich denn heute?«
»Es geht so.«
»Das hieße weder schlecht noch gut?«

»Ich hatte heute Mittag wieder einen dieser Flashbacks. Bis dahin war allerdings alles in bester Ordnung, und ich dachte schon, die Störungen hätten nach unserem Gespräch am Mittwoch aufgehört und alles wäre wieder beim Alten.« *So schnell hört das nicht auf, Schätzchen.* Etwas kicherte zu den Worten in Mias Kopf, und sie schob den Unterkiefer vor.

»Erzählen Sie mir davon.«

Während Mia berichtete, schaute der Arzt aufmerksam in ihr Gesicht, nickte zwischendurch und kritzelte ab und zu ein paar unleserliche Krakel auf seine Karteikarte.

»Es war also eine Rückblende an ein Erlebnis in dem Kinderheim, in dem Sie waren.«

»Ja.« Der ferne Klang ihres eigenen Schluchzens hallte in Mias Kopf nach, und sie fühlte Michaelas Arme um sich.

»Wie wirklich kam Ihnen die Situation in dem Moment, als die Erinnerung Sie überfiel, vor?«

»Ich war *dort*. In dem dunklen, stickigen Keller, zusammen mit diesem neuen Mädchen, Michaela. Es war *Realität*.«

»Ich verstehe.« Noch ein Krakel auf der Karteikarte. »Das war also im Gegensatz zu vorherigen Erlebnissen dieses Mal ein sehr plastischer und detailgetreuer Blick in die Vergangenheit, wenn ich das richtig verstanden habe?«

»Das kann man so sagen.« Mia erschauerte. Es war nicht nur »detailgetreu«; in den fünfzehn Minuten im Treppenhaus war das die *Wirklichkeit* gewesen.

»Gut, Frau Sandmann. Wenn ich Sie das letzte Mal richtig verstanden habe, kommen Erinnerungen an Ihren Aufenthalt im Kinderheim immer wieder hoch, meist jedoch unscharf und unvollständig.« Mia nickte. »Sind auch positive Dinge dabei?«

Jetzt schüttelte Mia den Kopf und beobachtete dabei, wie der Stift über das Papier flog. »Nein. Schöne Sachen habe ich bisher nicht gesehen.« *Da wird auch nichts kommen, Dummchen. Weil es nichts Positives gab.*

»Ich verstehe.« Doktor Grünthal schaute Mia in die Augen. Er wirkte ganz gelassen. So, als sei es für ihn kein Problem, ihre Schwierigkeiten in den Griff zu bekommen. Aber vielleicht war gerade das seine Masche: Gelassenheit zu vermitteln.

»Haben Sie eine Vorstellung, warum gerade diese Erinnerungen an das Kinderheim Sie immer wieder verfolgen?«

»Ich war lange dort.« Er hob die Augenbrauen. Das war keine Erklärung, Mia wusste es selbst. Sie würde mit etwas mehr herausrücken müssen, schließlich wollte sie, dass der Arzt ihr half. *Willst du das wirklich?* Sei still. Jetzt bin ich dran.

»Dinge sind dort geschehen, dessen bin ich mir sicher. Unangenehme Dinge. Ich kann aber nicht sagen, was es im Einzelnen war. Es gibt bis auf diese kurzen Flashbacks nur das Gefühl einer ständigen Bedrohung.« Der Arzt nickte, und Mia setzte hinzu: »Genauer kann ich es nicht ausdrücken.«

»Das ist in Ordnung. Deswegen sind Sie ja jetzt bei mir. Ich bin überzeugt, wir bekommen das alles in den Griff.« Er lächelte sein wohlwollendes Lächeln. »Zuerst einmal müssen wir herausfinden, was die eigentliche Ursache Ihrer Probleme ist. Dann können wir darangehen, alles aufzuarbeiten. Das wird einige Zeit dauern, denn ich glaube, es ist noch vieles verborgen, von dem Ihr Bewusstsein nichts ahnt. Das Unterbewusstsein hält die Erinnerungen verschlossen, um Sie nicht zu sehr damit zu belasten. Stellen Sie sich das Ganze wie einen großen Apothekerschrank mit unzähligen kleinen Schubladen vor. In jeder Schublade liegt ein Teil der Vergangenheit. Manche können Sie ganz einfach aufziehen, andere sind verriegelt, weitere sehen Sie im Moment noch gar nicht. Ich nenne sie die ›Geheimfächer‹. Zu den verschlossenen Schubfächern verwahrt Ihr Unterbewusstsein die Schlüssel, aber es rückt sie nicht heraus. Verstehen Sie das?« Mia nickte. Ihre Hände zitterten leicht. Was der Arzt sagte, machte ihr Angst.

»Sie arbeiten sehr gut mit, Frau Sandmann. Es ist auch ganz

normal, dass Sie sich ein wenig fürchten. Dem Bewusstsein bereitet nämlich die Vorstellung, dass es einen unbewussten Seelenzustand gibt, beträchtliche Schwierigkeiten. Es gibt sogar eine Instanz in uns, die das Unbewusste unbewusst halten will.« Er lächelte stärker. »Klingt verrückt, nicht?«

»Und das ist bei jedem so?«

»Davon können wir ausgehen.« Der Arzt wurde wieder ernst. »Im Laufe der Therapie schauen wir uns nun zuallererst einmal die Schubladen von außen an. Dann suchen wir den Schlüssel und öffnen sie ganz vorsichtig, Fach für Fach. Wir müssen dabei behutsam vorgehen und die Inhalte nach und nach hervorholen, damit es nicht zu schmerzhaft für Sie wird.«

Mias Hände zitterten stärker. »Was ist mit den Geheimfächern?«

»Die Geheimfächer... Sie können es sich bestimmt denken. Warum sollte das Unterbewusstsein sie verstecken?« Er holte Luft. »Dort sind Inhalte verborgen, die das Weiterleben der betroffenen Person bedrohen können, wenn sie ungefiltert ins Bewusstsein gelangen. Das Unterbewusstsein hält sie nicht umsonst geheim.«

»Was passiert dann damit?« Mia hörte ihre eigene Stimme wie durch Watte. Sie klang wie die eines ängstlichen Kindes. In ihrem Kopf flüsterte jemand, sie solle sich bloß in Acht nehmen.

»Wenn wir auf so etwas stoßen, lassen wir die Schublade zuerst einmal geschlossen. Man darf sie auf keinen Fall mit der Brechstange aufhebeln. Was wir dann damit tun, entscheiden wir, wenn es so weit ist.«

»Kann man sie nicht einfach zulassen?« Jetzt flehte Mia fast. Sie wünschte, sie hätte ihre Handtasche nicht auf den Boden gestellt. Dann hätte sie jetzt etwas, um ihre zitternden Hände zu beschäftigen.

»Natürlich lassen wir sie geschlossen, keine Angst, Frau Sandmann. Nichts geschieht ohne Ihr Einverständnis. Möchten Sie etwas trinken?« Doktor Grünthal wartete nicht, bis sie genickt hatte, sondern hatte sich schon erhoben und war zu einem kleinen Schränkchen neben dem Schreibtisch gegangen. Mit einer Flasche stillen Mineralwassers kehrte er zurück, goss ein und setzte sich wieder. Mia trank, ohne abzusetzen, das halbe Glas leer und atmete tief durch. Das hier war anstrengender, als sie es sich vorgestellt hatte. Der Arzt wartete geduldig, die Hände locker vor dem Bauch gefaltet. »Geht es wieder?« Sie nickte, und er sah zur Uhr. »Wollen wir fortsetzen?«

Nein! Pack deine Sachen und verschwinde! Der Quacksalber bringt dich nur noch mehr durcheinander! »Ja. Machen wir weiter.«

»Was die Sache mit den Flashbacks angeht, Frau Sandmann: Könnten Sie bitte in Zukunft alles genau dokumentieren: Datum und Uhrzeit, wo Sie sich gerade befanden, als der Rückblick begann, und was der Auslöser dafür gewesen sein könnte. Scheuen Sie sich nicht vor Vermutungen. Außerdem sind alle Einzelheiten wichtig: Was sehen, hören, riechen Sie dabei? Wenn Sie nicht gern schreiben, sprechen Sie es auf ein Diktiergerät. Jedes Detail ist von Bedeutung.« Mia trank noch einen Schluck. Das Wasser war lauwarm. Ganz leise klingelte irgendwo ein Telefon.

»Sie haben letztes Mal auch erwähnt, dass Sie Stimmen hören.« Er wartete, bis sie ihn ansah. »Sind es verschiedene? Ist das, was sie sagen, situationsangemessen, oder kommt es Ihnen eher sinnlos vor? Geben Ihnen die Stimmen Befehle?«

»Darauf habe ich noch nicht so geachtet. Das, was sie sagen, ist schon unterschiedlich. Manchmal sind es auch Anweisungen.« *Genau! Zum Beispiel, dass du jetzt verschwinden sollst! Es reicht wirklich!*

»Dann nehmen wir das mit in die Dokumentation auf. Und dazu auch die Träume, von denen Sie sprachen. Wir sollten eine Art Tagebuch mit den Rubriken ›Flashbacks‹, ›Träume‹ und ›Stimmen‹ führen. Schaffen Sie das?«

»Ich werde mir Mühe geben.« Sie schielte auf den linken Arm des Doktors. Nirgendwo im Sprechzimmer war eine Uhr zu sehen. Wahrscheinlich brachte das die Patienten bloß durcheinander. Mia unterdrückte den plötzlichen Würgereiz beim Anblick der gekräuselten schwarzen Härchen, die den Handrücken des Arztes bedeckten.

»Gut, Frau Sandmann. Das nächste Mal unternehmen wir einen kleinen Ausflug in Ihr Unterbewusstsein und vielleicht auch in die Vergangenheit. Ich möchte mir Ihren Apothekerschrank einmal genauer ansehen.« Er lächelte kurz.

Das kannst du vergessen, Hirnklempner! Auf gar keinen Fall!

»In Ordnung.« Mia überlegte noch, ob sie dem Arzt sagen sollte, dass die Stimme in ihrem Kopf schon wieder unentwegt Kommentare abgab, als er sich erhob. Die Sprechstunde war beendet. Vor ihren Augen flackerte das Bild eines altertümlichen Apothekerschrankes mit hunderten von Geheimfächern.

29

Die Walking-Stöcke hinterließen bei jedem Schritt ein klickendes Geräusch auf dem Asphalt, das noch eine Weile in der Luft zu schweben schien, bevor es vom nächsten »Klack« übertönt wurde.

Rainer Grünkern stieß die Arme dynamisch nach vorn und ließ sie dann zurückschwingen, wobei er sich bei jedem Schwung kraftvoll abstieß. Von Weitem sah er aus wie ein Skilangläufer, der unbedingt das Rennen gewinnen wollte. Noch dreihundert Meter bis zu den grauen Blocks der Heizungshäuser, und dann konnte er auf einen Weg ins Grüne abbiegen, der aus dem Wohngebiet hinaus in Richtung See führte.

Er sog im Takt der Schritte Luft bis in den Bauchraum und

blies den Atem gleichmäßig wieder aus. Ein. Aus. Ein ruhiger Strom. Weder keuchte noch hechelte er. Rainer Grünkern war stolz auf den Zustand seines Körpers, auch wenn er sich unaufhaltsam den siebzig näherte. Sport hielt fit. Und er wollte noch lange fit bleiben. Das Leben hatte noch so viel Interessantes zu bieten.

Obwohl es erst kurz vor zehn war, brannte die Sonne ihm schon heftig auf Kopf und Schultern. Links hinter den Garagenreihen röhrte ein Benzinrasenmäher. Das Gras an den Wegrändern war vertrocknet. Er schaute kurz nach oben in den Himmel. Nicht ein Wölkchen trübte das Gletscherblau. Von vorn näherte sich ein älterer Mann mit einem kleinen schwarzen Hund. Der Köter kläffte schon von Weitem. Rainer Grünkern ergötzte sich kurz an der Vorstellung, dem Tier im Vorübergehen einen festen Tritt in die Seite zu versetzen, sodass das Vieh hochkant in die Büsche flog, ehe er seine Stöcke fester packte und mit einem Grinsen vorbeiwalkte. Der Pfad führte jetzt leicht bergab. Das dichte Laubdach der Bäume spendete Schatten. Rainer Grünkern war jetzt ganz allein. Ein Luftzug kühlte seinen Nacken und die nackten Unterarme. Er erhöhte das Tempo.

An den Wochenenden absolvierte er nur seine »kleine Tour« – genau sieben Kilometer und dreihundert Meter, beginnend an seiner Haustür und wieder zurück. Er hatte die Distanz ausgemessen. Sieben Kilometer und dreihundert Meter am Sonnabend und sieben Kilometer und dreihundert Meter am Sonntag. Machte zusammen knapp fünfzehn Kilometer. Genug, um in Form zu bleiben. An den Wochentagen nahm er sich die längere Strecke vor. Elf Kilometer und sechshundert Meter, um genau zu sein. Die große Tour in der Woche vormittags, wenn die Schönwettersportler nicht unterwegs waren. Er wollte seine Ruhe haben und wählte deshalb an den Wochenenden, wenn alle und jeder unterwegs waren, die kurze Strecke. Da er Rentner war, konnte er sich darauf einstellen.

Sport war essentiell, auch im Alter. Er verachtete die fettgewordenen Krüppel, die sich nur noch von zu Hause zum Supermarkt und wieder zurück bewegten. Rainer Grünkern hatte sein Leben lang Sport getrieben. Sein Körper war ihm wichtig. Früher war es Kraftsport gewesen, jetzt Ausdauersport. Nachdem er in Rente gegangen war, hatte er es zuerst mit Jogging versucht, aber schnell festgestellt, dass seine Kniegelenke die Dauerbelastung nicht mitmachten. Und so war es bei Nordic Walking und Fahrradfahren geblieben. Er wechselte die Art der Ertüchtigung ab. Im Sommer gleichmäßig: vormittags Walking, nachmittags und für Besorgungen das Fahrrad. Einen Ruhetag gab es nicht. Im Winter musste er das Fahrrad manchmal im Keller lassen, wenn es zu viel geschneit hatte, aber Walking ging immer. Er gestattete sich selbst keine Auszeit. Frische Luft förderte die Gesundheit, sommers wie winters. Ausreden à la schlechtes Wetter, Mattigkeit oder einfach nur Unlust gab es bei ihm nicht.

Rainer Grünkern schaute auf seinen Pulsmesser und erhöhte die Schrittfrequenz. Zehn Schläge mehr waren noch im grünen Bereich.

Plötzlich fühlte er sich beobachtet. Die Bäume schüttelten ihre Wipfel, das Rauschen der Blätter nahm für einen Moment zu, und er fröstelte leicht. Doch ein Blick über die Schulter bewies, dass niemand da war. Nur der Wald und er. Obwohl das hier kein richtiger Wald war, eher ein Wäldchen. Noch fünfhundert Meter, dann traf man auf einen Bach, der sich durch die Wiesen mäanderte und an dem sich der Weg gabelte. Linksherum kam man wieder ins Wohnviertel zurück, rechtsherum ging es noch etwa einen Kilometer am Bach entlang durch den Wald, bis man auf eine Siedlung von Einfamilienhäusern stieß.

Rainer Grünkern walkte immer allein. Für die Frauengruppen, die ihm ab und zu bei schönem Wetter entgegenkamen und die man schon lange, bevor sie sichtbar wurden, hören konnte, hatte er nur Verachtung übrig. Die Weiber missbrauchten den

Sport zum Tratschen. Außerdem hatten sie keine Ahnung, wie die Stöcke richtig eingesetzt wurden. Es ging ihnen nicht um Körperertüchtigung, sondern um Kaffeeklatsch ohne Kaffee.

Um ihn herum war es still. Nur die Stöcke gaben ihr regelmäßiges Geräusch von sich, das jetzt kein Klacken mehr war, sondern einem gedämpften »Pock, Pock« glich. Rainer Grünkern dachte an seine Vorhaben für den restlichen Tag. Nach dem Mittagessen würde er Einkäufe erledigen und auf dem Rückweg in der Videothek vorbeiradeln. An den Samstagabenden gönnte er sich immer etwas Besonderes. Der Nachmittag war für seine Chat-Freunde reserviert. Bei der Vorstellung, wer heute alles online sein würde und was sie miteinander besprechen würden, befeuchtete er unbewusst die Lippen mit der Zunge. Er konnte zwar jederzeit chatten, aber an den Wochenenden waren immer besonders viele nette Ansprechpartner im Netz. Sein Puls galoppierte davon und überschritt den idealen aeroben Bereich, ohne dass er die Schrittfrequenz erhöht hatte.

Rainer Grünkern drosselte das Tempo ein wenig und bemühte sich, tiefer zu atmen.

Am Bach bog er rechts ab. Sein Blick glitt über die Erlensträucher. Weiter vorn schimmerte in Augenhöhe etwas Helles zwischen den Stämmen hindurch.

Eine Frau in zartblauem Jogginganzug kam ihm entgegen. Ihr blondes Haar umrahmte das Gesicht und wippte bei jedem Schritt. Von Weitem sah sie sehr hübsch aus. Rainer Grünkern stand auf blondes Haar – immer noch.

Die Blondine kam schnell näher, und er bemerkte, dass sie älter war, als es aus der Ferne den Anschein gehabt hatte. Als sie dicht vor ihm war, korrigierte er seine Schätzung auf vierzig. Viel zu alt für seinen Geschmack, er mochte junges, zartes Fleisch. Trotzdem bekam die Frau ein herzliches Lächeln, das sie schüchtern erwiderte.

Ein kräftiger Mann folgte in etwa hundert Metern Abstand.

Rainer Grünkern wunderte sich einen Augenblick lang über den Betrieb auf dieser abgelegenen Strecke, erklärte sich das Ganze aber schnell damit, dass Wochenende und bestes Wetter war. Das trieb mehr Leute als sonst aus ihren Behausungen. Ein Blick auf die Pulsuhr zeigte, dass er wieder im aeroben Bereich war. Der kräftige Mann war herangekommen, und Rainer Grünkern hatte das Gefühl, zu gründlich gemustert zu werden. Er fühlte sich für einen Moment unwohl und sah sich nach der Blondine um, die schon fast an der Gabelung angekommen war. Der Unbekannte war dunkel gekleidet. Nichts Sportives, eher das, was gewöhnlich Spaziergänger trugen. Er hatte beide Hände in den Taschen. Sein intensiver Blick blieb an Rainers Stöcken hängen, wanderte dann zu dessen trainierten Armen. Dann war er vorbei.

Rainer Grünkern verbot es sich, zurückzuschauen. Das war ein harmloser Wanderer gewesen, sonst nichts. Und wovor sollte er – ein älterer Herr von fast siebzig – sich fürchten? Anscheinend wurde er allmählich paranoid. Vielleicht war es besser, zukünftig auf Sendungen wie *Aktenzeichen XY* zu verzichten.

Die Stöcke pendelten weit aus. Rainer Grünkern stieß die Arme dynamisch nach vorn und ließ sie dann zurückschwingen, wobei er sich bei jedem Schwung kraftvoll abstieß.

Den Blick, der ihn durch die borkigen Stämme verfolgte, bis er nicht mehr zu sehen war, spürte er nicht.

*

Lara prüfte ihren Fotoapparat. Der Ladezustand war gut. Zur Sicherheit steckte sie noch zwei Ersatzakkus ein. Heute würde sie wohl oder übel selbst Bilder machen müssen. Auch die Fotografen wollten ihr Wochenende genießen, und es war schwierig, einen von den guten für solch einen Job zu bekommen. Dazu kam, dass die Neueröffnung des Stadtbades in Gohlis keines der bedeutsamsten Events war. Vielleicht brachten sie in der Montagsausgabe auch gar kein Bild zum Text. Das hing ganz davon ab, was am Wochenende noch so reinkam und wie viel Platz für den Artikel blieb. Aber sie wollte gewappnet sein. Nicht dass der Hampelmann sich hinterher beklagte, weil keine Fotos verfügbar waren. Und für die Online-Ausgabe konnte man sie allemal verwenden.

Blütenduft drängte zum geöffneten Fenster herein und lockte Lara hinauszuschauen. Die Sonne schickte Lichtfinger durch die Blätter des alten Apfelbaumes im Garten. Sie blickte auf die eingetrockneten Grashalme. Seit Anfang Juli hatte es keinen Tropfen mehr geregnet. Und jetzt war noch nicht einmal Mittag und das Thermometer zeigte schon achtundzwanzig Grad im Schatten.

Lara schloss das Fenster und zog es in die Kippstellung. Sie würde ein ärmelloses Top zur Jeans anziehen. Das war nicht gerade das, was sie im Büro trug, aber erstens war Wochenende, und zweitens handelte es sich um einen Außentermin bei hochsommerlichen Temperaturen. Außerdem hatte die Berichterstattung über das Stadtbad ursprünglich zu Hubert Bellis Aufgaben gehört, aber er hatte gestern so lange auf sie eingeredet, gebettelt und beteuert, er werde sich revanchieren, bis sie nachgegeben hatte. Genug Gründe für legere Kleidung. Lara ging sich umziehen.

Die Zeit würde knapp werden. Das Festprogramm umfasste drei Stunden: Reden lokaler Politiker, Auftritte von Musikgruppen, Showeinlagen, Wasserballett. Sie musste danach durch die halbe Stadt zurückfahren, duschen und sich für den Abend umziehen. Aber niemand verlangte, dass sie bis zum Ende der Veranstaltung blieb. Sie machte oft genug Abstriche in ihrem Privatleben. Der heutige Abend war für die *Ladies' Night* reserviert. Doreen wollte sie um sieben abholen, damit sie vorher noch in Ruhe etwas essen gehen und den neuesten Klatsch austauschen konnten.

Tack, tack. Tack, tack. Rhythmisches Klappern.

Lara drehte sich um. Ihr Schlafzimmer war leer wie immer. Sie stand in Unterwäsche vor ihrem Kleiderschrank, Jeans und Top über dem Arm.

Tack, tack. Und noch einmal: *Tack, tack.*

Es klang wie das Klappern von Metall auf Stein. Lara schloss die Augen, horchte in sich hinein. Rötlich gelb drang das Licht der Mittagssonne durch ihre geschlossenen Lider. Dann erschien ein verwackelter Umriss, der sich bewegte. Eine Gestalt, leicht nach vorn gebeugt, die Arme schwangen vor und zurück, vor und zurück: *tack, tack.*

Es glich einer Art Trickfilm. Ein Männlein beim Skilanglauf. Kurz bevor es verschwand, schärfte sich das Bild für den Bruchteil einer Sekunde, und Lara sah ein zerklüftetes Altmännergesicht. Großporige Nase, Tränensäcke, tiefe Falten links und rechts des Mundes, angestrengter Gesichtsausdruck. Im Hintergrund flimmerte Sonnenlicht durch Stämme und Laub. Sie spürte kurz das Vorhandensein einer schattenhaften Gefahr, dann öffnete sie die Augen wieder, und der Spuk war vorbei.

Lara streifte sich das Top über und ging, um ihr Telefon zu holen. Es war an der Zeit, dass sie aufhörte, vor diesen Gesichtern davonzulaufen. Den Anruf bei Mark, bei dem sie über die Visionen hatten sprechen wollen, schob sie jetzt seit Dienstag vor sich her. Sie hatte weder seinen Rat befolgt, alles aufzuschreiben, was sie bisher »gesehen« hatte, noch ernsthaft über die Bedeutung dieser Halluzinationen nachgedacht. Wie von selbst wählten ihre Finger Marks Nummer.

»Hallo?« Eine Kinderstimme. Lara brauchte einen Augenblick, um sich zurechtzufinden. Die Kinderstimme musste Marks Tochter Joanna gehören.

»Ist dort Grünthal? Mein Name ist Lara Birkenfeld, und ich möchte gern mit Mark sprechen.«

»Papi? Der ist nicht da.« Ein Seufzen, dann trappelten Schritte.

Lara konnte hören, wie das Kind mit jemandem flüsterte. Dann meldete sich eine Frau. »Grünthal.«

»Frau Grünthal? Lara Birkenfeld. Ich wollte eigentlich Ihren Mann erreichen.«

»Der ist auf einer Fortbildung, Frau Birkenfeld.« Marks Frau wusste sofort, wer sie war. »Er kommt erst morgen Abend zurück. Versuchen Sie es doch auf dem Handy, wenn es dringend ist.« Sie klang unterkühlt. Lara dachte an die Eifersucht der Frau. Hoffentlich hatte sie in ihrer Entschlossenheit, Mark sofort anzurufen, keinen Fehler begangen.

»Danke. Das werde ich versuchen. Ein schönes Wochenende noch!«

»Auf Wiederhören.« Es klickte. Anna Grünthal hatte den Wunsch nicht erwidert.

Lara wog nachdenklich das schwarzglänzende Mobiltelefon in ihrer Hand und wischte dann mit dem Daumen über einen Fleck auf dem spiegelnden Display, bevor sie es beiseitelegte und in ihre Jeans schlüpfte. Vielleicht hatte Mark gerade Mittagspause. Und wenn nicht, konnte sie eine Nachricht auf der Mailbox hinterlassen. Ihre Finger wählten schon, noch ehe der Gedanke ganz zu Ende gedacht war.

»Grünthal?«

»Hi, Mark. Ich bin's, Lara.«

»Hallo, Lara! Was für eine Überraschung. Ich habe gerade an dich gedacht. Das muss Telepathie sein! Stell dir vor, ich bin ganz in deiner Nähe!« Im Hintergrund ertönte Stimmengewirr und das Klappern von Geschirr.

»Du bist hier in der Nähe?«

»Ja, zu einem Kongress. Das Thema heißt ›Biologische, interaktionelle und soziokulturelle Modelle psychischer Störungen‹.« Er lachte. »Klingt interessant, was?«

»Na, ich weiß ja nicht.«

»Eigentlich diskutiert die Deutsche Gesellschaft für Psychologie aber seit heute früh über geänderte Zugangsvoraussetzungen für die Ausbildung zum psychologischen Psychotherapeuten. Durch die Bologna-Reform werden die Studiengänge verändert, und das bedeutet für uns, dass die erforderlichen Kompetenzen nicht mehr gegeben sind. Nun wird ein Vorschlag von Mindestanforderungen erarbeitet. Wie du dir vorstellen kannst, kostet das Zeit und Nerven. Aber deswegen hast du mich bestimmt nicht angerufen.«

»Klingt schrecklich.« Lara lachte auch. Die Fachbegriffe schwirrten durch ihren Kopf. Obwohl sie wusste, dass die Bildungsminister in Bologna vor zehn Jahren beschlossen hatten, einen »gemeinsamen europäischen Hochschulraum« mit gleichwertigen Master- und Bachelorabschlüssen zu schaffen, hörte sich »Bologna-Reform« für sie immer wie ein italienisches Nudelgericht an. Jedenfalls war Mark ihr anscheinend nicht böse, dass sie ihn nicht wie vereinbart bereits am Dienstagabend zurückgerufen hatte. »Wo bist du denn genau?«

»Auf Schloss Wolfsbrunn. Ein schönes Umfeld, großzügige Zimmer, riesiger Park, gute Küche. Nur leider sitzen wir den ganzen Tag in den Beratungen.«

»Ein sehr schönes Hotel. Ich kenne es. Wir haben ab und zu über die Veranstaltungen, die dort stattfinden, berichtet.« Lara sah das große weiße Gebäude mit dem grünen Dach inmitten der alten Bäume vor sich. Mark schwieg. Die alte Psycho-Masche. Er wartete darauf, dass sie mit dem Grund ihres Anrufes herausrückte. »Ich wollte dich ja eigentlich schon am Dienstagabend anrufen, aber da ist mir leider etwas dazwischengekommen.« Zwei Verabredungen mit verschiedenen Männern. Der eine gefiel ihr, der andere nicht. Lara überlegte kurz, warum sie Mark darüber nichts sagen wollte, und fuhr fort: »Dann war die ganze Woche was anderes los. Du kennst das ja.«

»Hm.«

»Ich habe inzwischen meine neuesten Erlebnisse übersinnlicher Art«, Lara kicherte kurz über den absurden Begriff und fand sich dabei ein bisschen hysterisch, »systematisiert und geordnet. Und nun wollte ich dich fragen, wann wir denn mal in aller Ruhe darüber reden können.« Nichts hatte sie getan. Aber die eben gemachte Aussage würde sie dazu zwingen, das schnellstens nachzuholen.

»Weißt du was?« Sie konnte ihn gehen hören. Schnelle Ledersohlen auf Steinfußboden. »Bist du morgen zu Hause?«

»Ja. Ich muss hier mal wieder ein bisschen für Ordnung sorgen.«

»Fein. Unser letzter Vortrag morgen fällt nämlich aus, und ich bin zwei Stunden eher fertig. Ich könnte auf der Heimfahrt bei dir vorbeischauen, wir trinken gemütlich ein Tässchen Kaffee und reden.«

»Das finde ich super.« Lara durchdachte ihr Programm fürs Wochenende. Das würde knapp werden. Heute würde sie garantiert nicht mehr dazu kommen, ihre Vorahnungen aufzuschreiben. Wer weiß, wann sie heute Nacht von der *Ladies' Night* zurück war. Blieb nur Sonntagvormittag.

»Wir waren doch letztes Jahr im Sommer ein paarmal in diesem wunderbaren Freiluftrestaurant, wie hieß es noch gleich, irgendwas mit Bäumen... Wollen wir uns dort treffen? Wie geht es eigentlich Jo?«

»Du meinst das *Lindencafé*. Und Jo geht es prima.« Dass sie miteinander ausgingen, brauchte sie Mark nicht auf die Nase zu binden.

»Dann lad ihn doch mit ein! Ich hab ihn ja ewig nicht gesehen. Oder stört es dich, wenn er dabei ist?« Mark und Jo hatten sich im letzten Jahr bei der Jagd auf den Serienkiller Martin Mühlmann kennengelernt und waren Freunde geworden.

»Ja und Nein.« Lara sah zur Uhr und erschrak. Seit zehn Minuten hätte sie auf der Fahrt nach Gohlis sein müssen. »Ja zur Einladung, nein zum Stören. Ich muss los, ein dienstlicher Termin.« Das Telefon am Ohr schlüpfte sie in ihre Ballerinas. »Wann bist du morgen in etwa hier?«

»Gegen zwei, denke ich. Soll ich dich abholen?«

»Gern! Bis morgen, Mark. Und danke.« Sie legte auf.

*

Der Bleistift trug am hinteren Ende zahlreiche kleine Kerben. Spuren ihrer Zähne. Mia drehte ihn hin und her und ließ die gelb-schwarzen Streifen vor ihren Augen flimmern.

In dem kleinen Buch, das sie gestern Abend gekauft hatte, waren viele leere Seiten. Seiten, die mit Inhalten gefüllt werden sollten. Retrospektiven, Fragmente, Fragen. »Schreiben Sie alles auf, was Ihnen einfällt, zensieren Sie nichts«, hatte Doktor Grünthal gesagt. Sie hatte ein kleines Format gewählt, damit es in jede Tasche passte, denn sie musste es immer dabeihaben, weil die Erinnerungen jederzeit wie ein Rudel hungriger Hyänen über sie herfallen konnten.

Zuerst hatte Mia überlegt, ein Register in das Notizbuch hineinzuschneiden, den Gedanken aber wieder verworfen. Es widerstrebte ihr, das feste elfenbeinfarbene Papier zu beschädigen. Stattdessen hatte sie die Seiten gezählt – es waren exakt einhundertzweiundneunzig – und die Anzahl durch vier geteilt. Zum Glück ging es genau auf – achtundvierzig Seiten pro Rubrik.

Mit einem roten Gelschreiber hatte sie dann in Druckbuchstaben die Überschriften hineingemalt: *Flashbacks*, *Träume*, *Stimmen* und *Sonstiges*. Was Sonstiges sein würde, wusste sie selbst noch nicht, aber es war immer gut, eine Reserve für das zu haben, was sich nicht zuordnen ließ.

Sorgsam kringelte der rote Stift über jede der vier Rubriken das Datum des heutigen Tages: 01.08. Es gefiel Mia, dass die Eintragungen nicht mitten in einem Monat beginnen würden.

Dann dachte sie über ihr Vorgehen nach. Die Seiten zu den Träumen würde sie immer gleich nach dem Aufstehen ausfüllen.

Da waren die Schlafbilder noch frisch. Für die vergangene Nacht hatte sie leider nichts. Kein noch so winziges Fitzelchen eines Traumes, keine Bilder, keine Geräusche, kein Hochschrecken. Sie hatte geschlafen wie eine Tote.

Mia griff nach dem Bleistift, zögerte, die Graphitspitze zitterte über dem Papier. Schließlich entschloss sie sich, bei *Träume* »keine« unter das Datum des heutigen Tages zu schreiben, weil es ihr widerstrebte, die Seite freizulassen. Etwas in Mia wollte dem Arzt gefallen, wollte alles sorgfältig ausfüllen; keine Seite, kein Tag durfte ohne Notizen sein. Sie wusste, dass das illusorisch war, weil sie nicht vorhersagen konnte, ob jeden Tag mindestens eins der Ereignisse eintreten würde, und trotzdem bestand ihre innere Stimme darauf, dass es so sein musste. Und ihr Unterbewusstsein hatte auf einem Bleistift bestanden, damit die Eintragungen korrigiert werden konnten. Sie schob den Stift in die Lasche an der Seite, klappte das Gummiband um den Buchblock, legte das Büchlein in ihre Handtasche und zog den Terminplaner heraus. Die nächsten Besuche bei Doktor Grünthal waren am kommenden Dienstag und Freitag. Sie durfte ihre Arbeit über all dem nicht vernachlässigen, die Kinder brauchten sie, aber der Arzt hatte für den Anfang zwei Termine pro Woche für nötig gehalten. Als »Therapie« konnte man allerdings das, was bis jetzt geschehen war, nicht bezeichnen: Sie redete, und er hatte für alles Verständnis.

Vielleicht hatte die Stimme in ihrem Kopf recht, und der ganze Psychotherapie-Kram war nur Quacksalberei, Zeitverschwendung, leeres Gerede. Was konnte schon durch Plaudern bewirkt werden? Mia schüttelte unmerklich den Kopf. Das musste nicht sofort entschieden werden. Erst einmal abwarten, was in den nächsten Tagen geschah. Heute war Sonnabend, sie hatte genügend Zeit, darüber nachzudenken, ob sie am nächsten Dienstag wieder nach Berlin fahren wollte oder nicht. Viel schlimmer war das, was im Terminplaner für heute Abend stand: Kino, Frank

Schweizer, vorher 18:00 Uhr, *Bella Italia*. Schon das Essen im *Lindencafé* am Dienstagabend war im Nachhinein ein Fehler gewesen.

Manchmal verstand Mia sich selbst nicht. Welcher Teufel hatte sie geritten, den Journalisten anzurufen und sich mit ihm zu verabreden? Am Montag im Gericht hatte sie ihn noch nicht einmal eines zweiten Blickes für wert befunden, und am nächsten Tag fahndete sie nach seiner Telefonnummer und rief ihn an, um ihn zu fragen, ob er mit ihr essen gehen würde. Mia erhob sich und ging ins Bad. Das helle Licht verlieh ihrem Gesicht im Spiegel eine ungesunde Blässe. Die Haut unter ihren Augen wirkte durchscheinend bläulich. Hatte sie den Abend im *Lindencafé* eigentlich nett gefunden? Sie konnte sich nur undeutlich erinnern. Und war der Vorschlag mit dem heutigen Kinobesuch von ihm oder von ihr gekommen?

Tu nicht so unschuldig! Glaubst du, dieser ungelenke Zeitungsschreiber hätte sich getraut, dich ins Kino einzuladen? Natürlich war es dein Vorschlag, wessen sonst?

Mia sah im Spiegel, wie ihre Augen sich weit öffneten und dabei die Farbe wechselten. Von meeresgrün zu türkisblau. Auch ihr Mund stand ein wenig offen.

Du siehst aus wie ein Schaf.

Sie kniff die Augen zu, drehte sich um und rannte hinaus. Jetzt hatte sie schon am helllichten Tag Halluzinationen. Das Notizbuch schien in der Handtasche auf sie gewartet zu haben. Der schwarze Einband fühlte sich warm an, als sie es herausnahm und zu der Seite mit *Stimmen* blätterte. Hastig glitt der Bleistift über das Papier. Zum ersten Mal, seit die Stimme Kommentare in ihrem Kopf abgab, dachte Mia bewusst darüber nach, wie sie geklungen hatte. Es war eine weibliche Stimme gewesen, der Tonfall irgendwo zwischen amüsiert, schnippisch und ein bisschen anklagend. Sie las die Sätze während des Schreibens, dachte über den Inhalt nach und wie Doktor Grünthal das wohl finden würde. Der Arzt hatte gesagt, jeder Mensch habe in seinem Innern Kontrollinstanzen, führe ab und zu Selbstgespräche, das sei nichts Verwunderliches. Vielleicht war das alles also ganz normal, und sie machte sich unnötig Gedanken?

Jetzt jedoch musste sie erst einmal die Sache mit Frank Schweizer wieder ins Lot bringen. Nicht dass der Typ sich noch einbildete, sie würde etwas von ihm wollen. Mia schob das Notizbuch wieder in die Handtasche. Es war schon nach eins, und sie hatte noch viel vor. Von zwei bis vier Fitnessstudio wie jeden Samstag. Sie trainierte hart, um in Form zu bleiben. Dann einkaufen. Danach würde sie sich mit dem Journalisten treffen und ihm sagen, dass sie kein Interesse hatte. Mia atmete tief durch und lächelte. Guter Plan.

»Wach auf.« Die heisere Stimme flüsterte direkt an ihrem Ohr, so dicht, dass sie den Atemstrom spüren konnte. »Komm.« Eine warme Hand tastete nach ihrem Oberarm, streichelte erst und packte dann zu. »Es nützt dir nichts, wenn du dich schlafend stellst.« Ein sauer-alkoholischer Lufthauch fächelte über Hals und Ohrmuschel. Dazu mischte sich beißender Geruch von Männerschweiß. Der Druck auf den Oberarm wurde stärker. »Ich möchte nicht, dass die anderen wach werden. Also los jetzt.« Die Hand zog an ihrem Ellenbogen. »Komm aus deinem Bett.« Grobe Finger tasteten sich vom Arm auf den Rücken, schoben und drückten. »Du brauchst keine Schuhe. Ich trage dich.« Ihr Oberkörper wurde angehoben, die Bettdecke rutschte beiseite. Eisige Nachtluft berührte die nackten Beine. Die schwieligen Hände brannten auf ihrem Nachthemd, kratzten über ihre Schultern, dann wurde sie hochgehoben. Über ihr knarrten Bettfedern, ein Geräusch, als drehe sich jemand um, aber gleich darauf herrschte wieder die gleiche atemlose Stille wie vorher. Die Stimme war jetzt an ihrer Schläfe, schien geradewegs in ihrem Kopf zu flüstern. »Ich will dir etwas Schönes zeigen. Es wird dir gefallen.« Kehliges Kichern, dann ein gedämpftes Stöhnen. Es ging hinaus.

Mit einem Schrei erwachte Mia. Ihre weit geöffneten Augen brauchten einige Sekunden, bis sie sich an die Dunkelheit gewöhnt hatten, dann hob sie den Kopf und sah an sich herunter. Nackte Beine. Sie musste sich im Traum freigestrampelt haben. Kühl strich die Nachtluft über ihren Körper. Mia berichtigte sich. Nicht nur die Beine waren nackt. Sie war komplett unbekleidet. Neben ihr raschelte das Bettzeug. Dann bewegte sich ein schwerer Körper, und eine Männerstimme murmelte etwas Unverständliches.

Mias zweiter Schrei war gellender. Das Kreischen prallte auf die Wände und kam als vielfaches Echo zurück.

»Mein Gott, was ist denn los?« Neben Mia richtete sich ein großer Körper auf. Sie unterdrückte einen weiteren Aufschrei. Weiße Haut, bedeckt mit dunklem Pelz, das Gesicht in der Finsternis nicht mehr als eine helle Scheibe. Die Männerstimme ein tiefer Bass. »Beruhige dich doch. Hast du schlecht geträumt?«

Mia brauchte schier endlos erscheinende Sekunden, bis sie erkannt hatte, wer der pelzige Mann in dem Bett neben ihr war: Frank Schweizer, der Journalist von der *Tagespost*. Er beugte sich von ihr weg. »Warte, ich mache das Licht an.« Ein Klicken, dann flammte eine kleine Lampe auf. Gelbes Licht blendete Mias Augen, und sie blinzelte. In ihrem Hals hatte sich ein dicker Knoten gebildet, der auf die Luftröhre drückte. Hinter ihrer Stirn begann das altbekannte Hämmern. Der Mann neben ihr schwieg. Vielleicht wartete er, bis sie zu sich kam.

Erst jetzt sah sie sich um. Das war ein fremdes Schlafzimmer. Auf dem Nachttisch neben ihr standen eine halbvolle Sektflasche und zwei Gläser. Und sie lag nackt in einem Doppelbett mit einem ebenso nackten Mann, den sie gerade mal eine Woche kannte. Die Situation war eindeutig. Hastig griff Mia nach der

Bettdecke und zog sie bis an die Nasenspitze. In ihrem Innern schrie etwas noch immer wie ein verwundetes Tier.

»Geht's wieder?« Frank Schweizer legte seine Hand auf ihre Schulter. Es fühlte sich genauso an wie in ihrem Traum und Mia atmete scharf ein. Ihre letzte Erinnerung war die an das Training im Fitnessstudio. Sonnabendnachmittag von zwei bis vier. Und jetzt war es mitten in der Nacht. Wie war sie hierhergekommen? Hatte der Typ neben ihr sie betrunken gemacht, abgeschleppt und vergewaltigt? Sie öffnete den Mund, wollte etwas sagen, aber es kam kein Ton heraus.

»Du hattest bestimmt einen Albtraum. Aber jetzt ist es wieder gut, nicht?« Die Männerhand begann zu streicheln, und Mia erstarrte, während er weiterredete. »Komm, wir schlafen noch ein bisschen. Es ist erst kurz vor vier. Und morgen, oder besser heute, ist Sonntag. Möchtest du noch einen Schluck Sekt?« Er zeigte auf die Flasche. »Oder lieber etwas Alkoholfreies? Ein Wasser? Wasser ist besser, nicht?« Er machte Anstalten, das Bett zu verlassen, da erst fand Mia ihre Stimme wieder. Es war nur ein raues Krächzen. »Nein. Nichts. Ich möchte nichts.« Die Decke fest um den Körper gewickelt, stand sie auf und hielt nach ihren Kleidungsstücken Ausschau. Überall im Zimmer waren Teile verstreut. Höschen und BH lagen halb unter dem Bett, die Strumpfhose neben der Tür. Die durchsichtige rote Spitze schrie ihr das Wort »Nutte« entgegen. Wer solche Dessous trug, hatte nicht vor, den Abend allein zu beenden. Der graue Bleistiftrock und die elfenbeinfarbene Seidenbluse befanden sich im Flur, genau wie die hochhackigen Pumps.

Sie selbst hatte sie dorthin geworfen. Das sah ganz nach freiwilligem, wildem Sex aus.

Frank Schweizer saß im Bett, die Arme über der behaarten Brust verschränkt, und schaute ihrem Tun ungläubig zu. Irgendwo tief in ihrem Innern verstand Mia ihn sogar. Zuerst war sie wie wild über ihn hergefallen, und nun spielte sie die Prüde.

Aber auf seine Gefühle konnte sie jetzt keine Rücksicht nehmen. Sie musste hier weg. Und zwar schnell. »Wo ist das Bad?«

»Zweite Tür rechts.« Frank Schweizer zeigte nach draußen in den Flur, sein Gesichtsausdruck noch immer bestürzt über den plötzlichen Stimmungswandel der Frau, die ihm vor drei Stunden noch die Kleider vom Leib gerissen hatte. Die Sachen über dem Arm, verschwand Mia in dem angegebenen Raum. Ihr Körper schrie nach einer Dusche, so heiß, dass die Haut davon taub wurde, wollte Seife und Bürste, verlangte wieder und wieder danach, abgescheuert zu werden, aber sie unterdrückte das unbändige Bedürfnis. Nicht in diesem fremden Männerbadezimmer. Das musste warten, bis sie wieder daheim war, in der Sicherheit ihrer Wohnung. Auch die Wäsche ekelte sie an, diese glühend rote Spitze, die auf der Haut brannte wie Feuer und permanenten Juckreiz verursachte. Im Aufrichten erhaschte Mia einen Blick auf ihr bleiches Gesicht und wandte sich sofort ab. Das Rasierzeug neben dem Waschbecken ließ Bilder des Brustpelzes aufblitzen, und sie schaffte es gerade noch bis zur Toilette, ehe ein Schwall grünlich gelber Flüssigkeit sich ins Becken ergoss. Der Brechreiz hielt minutenlang an, und Mia schaffte es nicht, sich aufzurichten. Was hatte sie getan? Wo waren ihre Erinnerungen? Erst nach einigen Minuten erhob sie sich, zog die Spülung und tastete sich zum Waschbecken. Kaltes Wasser rauschte aus dem Hahn, und Mia schöpfte und rieb sich das Gesicht ab, ehe sie einige Schlucke trank. Ihr Gesicht trocknete sie mit dem Ärmel, weil sie die beiden Handtücher neben dem Waschbecken nicht berühren konnte.

Auch jetzt schaute sie nicht in den Spiegel.

Die Klinke der Badtür in der Hand blieb sie stehen und sortierte ihre Gedanken. Ihr fehlten Pumps und Handtasche. Beides lag im Flur. Sie musste nicht noch einmal in das Schlafzimmer. Ungestüm stieß sie die Tür auf und schlüpfte im herausdringenden Lichtkegel der Badezimmerlampe in ihre Schuhe.

»Willst du gehen?« Frank Schweizer stand im Türrahmen des Schlafzimmers. Er hatte sich inzwischen eine Boxershorts angezogen. Mia sah seine behaarte Brust und fühlte, wie ihr Magen sich erneut zusammenkrampfte, während sie blind nach ihrer Handtasche tastete. Ihr war, als hielte jemand ihre Kehle umfangen und drückte immer fester zu. Endlich fanden die Finger den Taschengriff.

»Mia?« Der Journalist machte einen Schritt auf sie zu, und Mia floh. Floh, ohne sich auch nur einmal umzudrehen, ohne auf den Weg zu achten, die glatten Steinstufen hinunter bis auf die Straße, rannte, ohne nachzudenken, in die Nacht. In ihrem Kopf höhnte die Stimme Beleidigungen wie »Flittchen« und »Schlampe«.

30

MITHILFE VON DAUMENSCHRAUBEN KONNTE DIE INQUISITION DIE FINGERGLIEDER DES DELINQUENTEN LANGSAM ZERQUETSCHEN, SO LANGE, BIS DAS BLUT HERVORSPRITZTE. DIE PROZEDUR DAUERTE BIS ZU EINER STUNDE. GESTAND DER GEFOLTERTE NOCH IMMER NICHT, GRIFF MAN ZU DEN BEINSCHRAUBEN, DIE AUCH »SPANISCHER STIEFEL« GENANNT WURDEN. AUCH DAS HINEINTREIBEN SPITZER GEGENSTÄNDE WIE NÄGEL, NADELN ODER KLINGEN UNTER FINGER- ODER FUSSNÄGEL WAR EINE BELIEBTE METHODE, JEMANDEN ZUM REDEN ZU BRINGEN.

Matthias Hase sah dem Mann vom Auto aus nach. Die im Takt schwingenden Stöcke gleißten wie flüssiges Silber. Rainer Grünkern entfernte sich schnell. Matthias scannte das Ziffernblatt seiner Armbanduhr und rechnete die Ankunftszeit aus. Sein Zielobjekt funktionierte wie ein mechanischer Affe. Er walkte jeden

Tag, am Wochenende anderthalb Stunden, in der Woche eine Stunde länger, weil er da eine größere Tour absolvierte. Heute war Sonntag, das hieß, Matthias hatte insgesamt neunzig Minuten zur Verfügung, bis der Mann wieder hier war. Das war ausreichend Zeit, um sich ein wenig in Grünkerns Wohnung umzusehen. Die Uhr zeigte 9:55 Uhr. Mit dem eingeplanten Sicherheitspuffer musste er spätestens um elf wieder in seinem Auto sitzen. Matthias öffnete die Fahrertür und stieg aus.

Das Klingelbrett zeigte zwanzig Namen. Grünkern stand ganz oben. Also wohnte er vermutlich in der obersten Etage. Matthias Hase fand das sehr gut. Je weiter oben jemand wohnte, desto weniger Leute gingen an dessen Eingangstür vorbei und desto weniger Menschen würden etwaige Geräusche hören, die aus der Wohnung drangen. Matthias studierte die Namen nur kurz, damit für einen außenstehenden Beobachter nicht der Eindruck entstand, er wisse nicht, wohin. Wenn er erst einmal drin war, konnte er sich Zeit lassen. Der Zeigefinger fuhr sanft über die schwarzen Knöpfe und legte sich dann auf einen von ihnen.

Die Gegensprechanlage knackte und knisterte. Dann ertönte der Summer. Matthias konnte sich ein breites Grinsen nicht verkneifen, während er die Tür mit dem Fuß aufstieß. Die Leute in diesen Plattenbaublocks waren nur an sich selbst interessiert. Klingelte es unten, fragten die meisten von ihnen gar nicht erst, wer da war, sondern drückten einfach den Türöffner. Dass so auch Vertreter und womöglich auch Einbrecher oder Penner ins Haus gelangten, schien sie nicht zu stören.

Matthias sah sich flüchtig im Eingangsbereich um und lauschte auf Geräusche, die darauf hindeuteten, dass derjenige, der eben die Tür geöffnet hatte, nun auf einen Besucher wartete. Als alles still blieb, machte er sich auf den Weg nach oben. Zur Sicherheit trug er das, was er seine »Berufsbekleidung« nannte: eine blaue Baumwollkluft, die wie ein Arbeitsanzug aussah, dazu die dunkle Baseballkappe. Zwei große Pakete mit *Hermes*-Etiketten vervollständigten die Maskerade. Sie waren leer, und er konnte sie so hoch halten, dass sie sein Gesicht verdeckten.

Niemand achtete auf einen Postboten. Er war ein Dienstleister. Die große Umhängetasche mit dem Logo des Paketdienstes unterstützte seine Verkleidung.

Im zweiten Stock roch es nach Schmorbraten und gedünsteten Zwiebeln. Bruchstücke eines Violinkonzertes schwebten durch das Treppenhaus. Matthias zwinkerte die Schweißperlen beiseite, die ihm über die Stirn rannen. Die Luft schien von Etage zu Etage stickiger zu werden. Er hatte recht gehabt. Rainer Grünkern wohnte ganz oben. Blitzschnell ließ er den Blick über die beiden benachbarten Eingänge gleiten. Keine Türspione. Zu DDR-Zeiten hatte man das nicht für nötig befunden. Es gab auch so genug Aufpasser. Nach der Wende hatte sich manch ein Mieter nachträglich einen einbauen lassen, aber diese hier nicht. Matthias stellte die Pakete ab und öffnete seine Umhängetasche. Die Wohnung ganz oben, keine heimlichen Beobachter. Das Glück war ihm hold. Jetzt musste er nur noch das Türschloss knacken.

Er hatte geübt. Mit nagelneuen Zylinderschlössern aus dem Baumarkt. Zum »Lockpicking«, wie es die Experten nannten, gab es sogar Anleitungsvideos im Internet. Das Werkzeugbesteck ähnelte dem eines Zahnarztes. Mittlerweile schaffte er es in knapp einer Minute. Er drückte und ruckelte an den beiden dünnen Metallstäbchen, bis es klickte und sich der Riegel drehen ließ.

Schnell schob Matthias die beiden Pakete in den Flur und schloss die Tür. Er war drin. Sein Puls raste. Ein kurzer Check zeigte, dass es zwei Minuten nach zehn war. Noch fast eine Stunde. Jetzt konnte er sich Zeit lassen.

Zuerst musste die Tür wieder verschlossen werden. An einer Hakenleiste neben der Gegensprechanlage hingen ein braunes Lederetui und mehrere einzelne Schlüssel. Rainer Grünkern hatte ein Schlüsselband um den Hals hängen gehabt, als er losmarschiert war. Matthias griff nach dem Etui. Gleich der erste

Schlüssel passte. Er drehte ihn zweimal um und steckte ihn dann in die rechte Hosentasche. Ein kleiner Puffer, falls sein Freund eher als errechnet zurückkehrte. Nicht dass er das erwartete, aber es schadete nicht, gewappnet zu sein.

Matthias stellte die Umhängetasche neben die Pakete auf den Kokosteppich und sah sich um. Rechts ging eine Tür ab, links waren es zwei. Wie ein Tänzer setzte er vorsichtig einen Fuß vor den anderen, bis er in den ersten Raum links schauen konnte. Die Küche. Ein typischer schlauchförmiger Raum mit Einbauschränken links und rechts, der in vielen DDR-Plattenbaublocks gleich aussah. Es gab keinen Platz zum Sitzen. Nur weißes Holz und Chromgriffe; die Ceranfläche des Herdes spiegelte das hereinfallende Sonnenlicht. Die Arbeitsflächen waren leer, überall ungewöhnliche Sauberkeit. Das Einzige, was herumlag, war der Karton eines Fertiggerichtes. Das war nicht die klassische Küche eines alten Mannes, aber es hatte auch nicht den Anschein, dass eine Frau mit Rainer Grünkern hier lebte.

Die zweite Tür links war geschlossen. Matthias streifte sich Latexhandschuhe über, ehe er die Klinke herunterdrückte. Hier verbarg sich das Bad. Auch hier erwartete ihn klinische Reinheit. Weiße Badewanne, weißes Waschbecken, weißer Toilettendeckel, weiße Fließen, weiße Handtücher. Das Weiß war so hell, dass es in den Augen schmerzte. Jetzt war sich Matthias sicher: Rainer Grünkern lebte allein. Frauen hinterließen vor allem in Badezimmern nicht zu übersehende Spuren: Parfümflaschen, Haarbürsten, Schmuck, irgendwelchen Schnickschnack. Hier fand sich nichts davon. Er drehte sich einmal um die eigene Achse, erhaschte einen Blick auf sein verwirbeltes Bild im Spiegel und ging wieder hinaus. Küche und Bad konnte er vergessen. Außer dass die Person, die hier lebte, ein Reinlichkeitsfanatiker war, sagten sie nichts über den Charakter des Bewohners aus. Im Hinausgehen zog Matthias schnüffelnd die Luft ein. Ein unmerklicher Duft nach Lavendel und Koriander, darunter etwas Eichenmoos gemischt mit Minze und Neroli. Er ging zurück und öffnete aufs Geratewohl den Spiegelschrank über dem Waschbecken. Die karibikblaue Flasche stand neben dem Rasierzeug. *Davidoff Cool Water*. Nachdenklich schloss Matthias die Schranktür. Ging der Typ etwa parfümiert walken? Wenn ja, war das außer der auffallenden Hygiene die erste Eigentümlichkeit, die er entdeckt hatte.

Zwölf nach zehn. Er hatte noch eine gute Dreiviertelstunde, um etwas zu finden. Wenn es etwas gab. Eigentlich hatte Matthias geplant, sich die Wohnung des Mannes anzusehen, um sich ein Bild von dessen heutigem Lebensstil zu machen. Außer nebelhaften Erinnerungsblitzen und der unbestimmten Ahnung, dass da etwas Schreckliches im Verborgenen schlummerte, hatte sein Gedächtnis bis jetzt noch nichts Relevantes über den ehemaligen Heimleiter zutage gefördert. Dabei war dieser Mann laut Aussagen seiner Nachfolgerin Birgit Sagorski für mindestens zehn Jahre Leiter im Kinderheim *Ernst Thälmann* gewesen.

Matthias Hase wollte niemanden zu Unrecht verurteilen und bestrafen, sondern sich sicher sein. Und dazu musste er in diesem Fall zuerst versuchen, mehr über das Zielobjekt herauszufinden.

Die Tür, die rechts vom Flur abging, führte in ein Wohnzimmer, das von einer großen Fensterfront mit Balkon dominiert wurde. Auch hier herrschten helle Farben vor. Die Couch war mit cremefarbenem Leder bezogen, das mit dem gelblichen Birkenfurnier der Schrankwand harmonierte. Matthias betrachtete die Buchrücken. Technisches und Historie. Keine Romane. Kein Nippes hinter den Glastüren. Keine Familienbilder in kitschigen Rahmen. Nichts auch nur irgendwie Persönliches. Die gesamte Wohnung strahlte Ablehnung und soziale Kälte aus, die Einrichtung verkündete: Hier wohnt ein kaltherziger Mensch, der klinische Verhältnisse schätzt.

Ohne sich der Balkontür zu sehr zu nähern, spähte Matthias

hinaus. Die Blumenkästen waren leer. Tote braune Erde. Der gegenüberliegende Block lag so nah, dass sich die Bewohner, wenn sie es wollten, etwas zurufen konnten.

Neben dem Ledersofa gab es eine weitere Tür. Das Schlafzimmer. Die Armbanduhr zeigte 10:16 Uhr. Matthias drückte die Klinke nieder und blieb, verblüfft über die Finsternis, im Türrahmen stehen. Links flackerten ein paar winzige Lämpchen, blau und grün. Sonst war es Nacht in Rainer Grünkerns Schlafzimmer.

Seine Finger tasteten nach dem Lichtschalter, und als das Licht aufflammte, wechselte Matthias Hases Gesichtsausdruck von überrascht zu konsterniert.

Der Raum sah aus wie die Schaltzentrale eines Flughafentowers. Links befand sich ein von Wand zu Wand reichender Schreibtisch mit übereinandergestapelten Ablagen, darunter und daneben auf dem Boden mehrere Computer, zwei Monitore und verschiedene Geräte, mit denen Matthias nichts anfangen konnte, graue und schwarze Kästchen, an denen kleine Leuchtdioden blinkten. Die der Tür gegenüberliegende Wand wurde von einem bis zur Decke reichenden Regal eingenommen, vor dem ein braungemusterter Vorhang hing.

Matthias machte zwei schnelle Schritte in den Raum hinein. Die Luft war unangenehm stickig. Erst jetzt bemerkte er die Liege, die an der rechten Wand, halb von der Tür verborgen, stand. Schwarze Satinbettwäsche. Matthias fühlte ein kaltes Rinnsal seinen Rücken herablaufen.

Das Fenster hinter dem Schreibtisch war von einem blickdichten Metallrollo verschlossen, durch das kein Lichtstrahl drang. Die Eisfinger an Matthias' Rücken kribbelten aufwärts in Richtung Nacken. Wozu brauchte jemand solch eine Barrikade, wenn er nichts zu verbergen hatte? Unschlüssig ließ er den Blick von den Computern zu dem verhangenen Regal und wieder zurück schweifen. Neben den beiden Monitoren blinkten die grünen Ziffern einer Digitaluhr: 10:20 Uhr. Noch vierzig Minuten. Matthias entschied sich für das Regal. Vier schnelle Schritte brachten ihn an sein Ziel. Der Vorhang war am oberen Brett nur mit Reißzwecken angeheftet. Er würde vorsichtig sein müssen. Der Stoff roch ein bisschen muffig, wenn man direkt davorstand. So, als würde hier nie gelüftet. Behutsam schob er die Latexfinger unter den Stoff.

Videos. Es mussten hunderte sein. Reihen von Videokassetten, penibel nebeneinander aufgereiht. Im oberen Fach stand die moderne Variante: DVDs. Auch hier die gleiche erbarmungslose Ordnung wie in den anderen Räumen. Rainer Grünkern war ein fanatischer Pedant. Die glänzenden Oberflächen der Schutzhüllen reflektierten das Licht, und er konnte die Titel auf den Rücken nicht lesen. Matthias trat noch dichter an das Regal, bis seine Nasenspitze die spiegelnden Oberflächen fast berührte.

»Kleine Wilde«. »Freche Gören«. »Schulmädchenreport«. »Feucht und feurig.« »Klein, aber oho.«

Es reichte. Er wandte den Blick ab. An seiner Schläfe hatte eine Ader begonnen, zu pulsieren. Matthias fröstelte es trotz der stickigen Wärme. Mittlerweile hatte die Eiseskälte seinen ganzen Körper erfasst. Der Vorhang fiel und verdeckte die unsägliche Parade von Filmen.

Einen Schritt vor dem Schreibtisch blieb Matthias stehen. An beiden Monitoren leuchtete ein orangefarbenes Lämpchen. Das bedeutete, sie waren nicht ausgeschaltet, sondern liefen im Standby-Modus. Auch das Flackern der LED-Lampen an den Kästchen deutete darauf hin, dass hier irgendetwas im Gange war. Die Computer waren an. Würde die Technik aufzeichnen, dass jemand in Grünkerns Abwesenheit hier herumgespielt hatte? Wen kümmerte das noch. Matthias streckte die Hand aus und legte sie ganz sachte auf die Maus.

Mit einem Knistern erwachte der Bildschirm zum Leben. Ein Fenster verkündete: »67 % von 1 Datei. 25 Minuten verbleibend«. Ohne den Blick vom Monitor zu wenden, zog Matthias den

Drehstuhl heraus, setzte sich und rollte dicht an den Schreibtisch heran. Der Chefsessel war weich gepolstert. Auch nach stundenlangem Sitzen würde man keine Beschwerden verspüren.

Die Digitaluhr neben ihm blinkte: 10:32 Uhr.

Matthias legte das Download-Fenster unten ab und öffnete den Internet Explorer. Jetzt würde sich zeigen, ob der gute Rainer Grünkern ein echter Crack war. Jeder Internetbrowser speicherte die besuchten Seiten, es sei denn, man änderte die Einstellungen und ließ den Verlauf bei jedem Herunterfahren löschen. Ein paar schnelle Tastenbewegungen zeigten, dass der Mann dies nicht für nötig gehalten hatte.

Ohne sich zu bewegen, fixierte Matthias die URLs. Er wusste, welche Portale der ehemalige Heimleiter besucht hatte, konnte es an den Bezeichnungen nach dem www. ablesen, und doch brauchte er Gewissheit. Der Zeigefinger senkte sich und drückte die rechte Maustaste nieder. Ein feines Klicken ertönte und die erste Seite baute sich auf.

Matthias Hase seufzte jämmerlich, und dann rollten seine Augen nach oben, sodass nur noch das Weiße zu sehen war.

Leises Knirschen eines Schlüssels im Schloss. Eine Tür klappte. Rascheln. Dann das Tappen bestrumpfter Füße über einen Kokosteppich. Murmeln.

Wie eine altersschwache Schlafpuppe öffnete Matthias die Augen. Vor ihm flimmerten Sterne über einen schwarzen Monitor. Die rechte Hand lag neben dem Mauspad. In seiner Kehle ätzte Säure, die Augen brannten, Nacken- und Rückenmuskulatur hatte sich zu harten Strängen zusammengekrampft. Eine weitere Tür klappte. Dann plätscherte Wasser. Leises Summen ertönte. Es klang wie ein Kinderlied, intoniert von einer Männerstimme. Matthias rieb sich mit den Fingern über die Stirn, schaute sich um. Bett mit schwarzer Satinwäsche, Regal mit Vorhang, Schreibtisch mit Computern.

Wie ein Blitz gleißte die Erinnerung an das, was er gesehen hatte, auf. Das Summen wurde lauter, näherte sich.

Matthias sprang von dem Drehstuhl hoch, seine Füße verhedderten sich in den Kabeln unter dem Schreibtisch, kamen frei, er stolperte in letzter Sekunde hinter die geöffnete Schlafzimmertür, wobei er im Vorbeitaumeln mit dem Ellenbogen das Licht ausschaltete. Er versuchte, das Röcheln in seiner Kehle zu unterdrücken. In seinen Eingeweiden rumorte es.

Rainer Grünkern kam hereinmarschiert. Das Kinderlied, das er summte, war »Hänschen Klein«. Er ging, ohne sich umzusehen, zum Schreibtisch und beugte sich nach vorn. Der Bildschirm erwachte zum Leben. Weiß strahlte das Licht in den dunklen Raum hinein. Grünkern beugte sich noch etwas weiter nach vorn. Matthias hielt die Luft an und versuchte, einen klaren Gedanken zu fassen, aber sein Gehirn war leer wie eine Wüste nach dem Sandsturm.

Dann, als spüre er die Anwesenheit von etwas Fremden im Raum, drehte der Mann am Schreibtisch sich ganz langsam um, die Hand noch immer auf das Mousepad gestützt. Matthias' Muskeln erzitterten kurz und verkrampften sich dann noch mehr.

»Ich grüße Sie.« Rainer Grünkern hatte nicht einmal die Stimme erhoben. Ein kurzes Runzeln der Stirn, als er sah, wer da hinter der Tür stand. Dann erschien ein Lächeln im Gesicht des Mannes, das Matthias' Herz ins Trudeln brachte. »Wir haben uns doch beim Walken gesehen, nicht?«

31

»Hast du schon Mittag gegessen?« Mark drehte den Kopf nach rechts und links und kurvte rückwärts in die Parklücke.

»Nein. Ich habe spät gefrühstückt.« Lara angelte ihre Handtasche vom Rücksitz. »Sonntags gönne ich mir den Luxus, auszuschlafen.«

»Super. Ich habe Hunger. Wann kommt Jo?«

»Wir treffen uns gegen zwei, habe ich ihm gesagt.«

»Das ist ja bald.« Er bot ihr seinen angewinkelten Arm an, und Laras Hand schlüpfte wie von selbst neben dem Ellenbogen durch. »Dann schlage ich vor, wir essen zuerst in aller Ruhe etwas und reden dann über deine – wie du es nennst – übersinnlichen Erlebnisse.« Er grinste kurz und schaute in den Himmel. »Suchen wir uns einen Platz im Schatten. Die Sonne brennt ganz schön.«

Lara sah sich um. Fast alle Tische im Außenbereich waren besetzt. Familien mit Kindern, Ausflügler, eine Rentnergruppe, Liebespärchen, alle schienen sich verabredet zu haben, das schöne Wetter zu genießen. Für die nächsten Tage hatten die Meteorologen einen Umschwung gemeldet.

Lara betrachtete den feinen weißen Staub auf ihren frisch geputzten schwarzen Pumps. Es wurde auch Zeit, dass es mal wieder regnete. Mark steuerte auf eine der Nischen zu, die jeweils an drei Seiten von hohen Hecken eingefasst waren. Der ideale Platz für ein Tête-à-tête.

»Ich brauche noch in einer anderen Sache deinen Rat.« Lara rückte das Stuhlkissen zurecht und setzte sich. Mark nahm ihr gegenüber Platz und wartete mit hochgezogenen Augenbrauen, dass sie weitersprach.

»Kannst du dich noch an meinen Kollegen Tom erinnern? Tom Fränkel?«

»Den blonden Schönling?«

»Genau den.«

»Das war doch der, der letztes Jahr unter deinem Namen Artikel veröffentlicht hat, oder?«

»Beweisen konnte ich es ihm nie.«

»Was ist mit ihm? Hat er wieder etwas als ›Lara Birkenfeld‹ geschrieben?«

»Nein, das nicht.« Lara sah Jo um die Ecke biegen. Die Fotoausrüstung baumelte von seiner Schulter. Mit schnellen Schritten kam er näher. Seine Augen leuchteten in der Mittagssonne fast violett. Ihr Herz kam ins Stolpern, und sie senkte den Blick auf die Tischdecke.

»Hallo, ihr zwei! Lange nicht gesehen, Mark!« Jo schlug dem Psychologen freundschaftlich auf die Schulter und ging um den Tisch herum zu Lara. »Wir beide treffen uns ja dauernd, nicht?« Lara nickte, weil sie nicht wusste, was sie darauf antworten sollte, und spürte Jos warme Handfläche auf ihrem Arm. Beim Aufblicken bemerkte sie Marks nachdenkliches Lächeln.

»Habt ihr schon bestellt?« Jo hängte die Ledertaschen über die Stuhllehne, setzte sich und griff nach der Karte.

»Nein. Wir sind auch gerade erst gekommen. Lara wollte mir eben etwas erzählen…« Mark wartete kurz und setzte dann zu Lara gewandt hinzu: »Ist es vertraulich?« Sie schüttelte den Kopf, und er fuhr fort. »Dann lass uns das gleich als Erstes besprechen, aber vorher suchen wir uns etwas zu essen aus. Bei dem Betrieb hier wird es sicher eine Weile dauern, bis wir es bekommen.«

Er wartete, bis der Kellner die Bestellung aufgenommen hatte und davoneilte.

»Also, schieß los. Es ging um Tom Fränkel. Was hat er angestellt?«

Jo sah Lara an, als er den Namen des Redakteurs hörte.

»Ich werde das Gefühl nicht los, dass er hinter meinem Rücken intrigiert.« Lara rieb sich die Unterarme. »Gerichtsreportagen, Verbrechen, Kriminalität gehören seit Jahren in mein Ressort. Wenn etwas Derartiges reinkommt, ist es selbstverständlich, dass ich das auf den Tisch kriege, es sei denn, ich bin im Urlaub. Daran hat sich nichts geändert, und auch die Aufgaben wurden nicht neu verteilt. Vor knapp drei Wochen hatten wir dann einen bisher ungeklärten Mordfall. Eine Leiche in einem Plattenbaublock, der abgerissen werden sollte.«

»Der Mann in der Badewanne, von dem du mir erzählt hast?« Mark dämpfte seinen Tonfall, weil der Kellner mit den Getränken nahte. Sie warteten, bis er sich wieder entfernt hatte, dann sprach Lara weiter. »Genau der. Die Information kam über den News-Ticker. Bei der Redaktionskonferenz hat Tom den Fall an sich gerissen.«

»Bist du sicher, dass das böse Absicht von ihm war?« Jo strich mit dem Handrücken Kondenswasser von der Oberfläche seines Bierglases.

»Ja. Er muss das geplant haben, denn er hatte schon vor der Besprechung wegen dieses Falles mit Kriminalkommissar Stiller telefoniert. Toms Argument gegenüber Hampenmann war aber nicht, dass er den Fall unbedingt *haben* wollte, sondern dass ich in der Woche sowieso schon einige Gerichtstermine hätte und dauernd außer Haus sei. So, wie er es sagte, klang es, als wollte er mir nur Arbeit abnehmen. Im Intrigieren ist er wirklich Spitze. Es sieht jedes Mal so aus, als sei alles ganz zufällig geschehen.«

»Geschickt eingefädelt.«

»Er hat dann mehrere Artikel dazu geschrieben. Die waren sogar nicht mal schlecht.«

»Egal, was man über Tom Fränkel denken mag, seine Texte sind gut. Hat er nicht die Fotos zu dem Fall auch selbst geschossen?« Jo hob das Glas und prostete ihnen zu. Nachdem Lara getrunken hatte, fuhr sie fort.

»Das stimmt. Er hat reichlich Lob für seine Berichterstattung vom Chef eingeheimst. Das ist aber noch nicht alles. Diesen Donnerstag war ich zur Einweihung einer evangelischen Grundschule und habe Frank Schweizer getroffen. Das ist ein Kollege von der *Tagespost*.« Lara dachte daran, dass Frank mit Mia Sandmann an dem gleichen Abend hier im *Lindencafé* gewesen war, als sie sich mit Kriminalobermeister Schädlich getroffen hatte. »Ich muss dazu ein bisschen ausholen.« Jo und Mark nickten synchron.

»Ich sollte über einen Prozess gegen vier Fußballrowdys, die auf dem Bahnhof zwei Passanten zusammengeschlagen haben, schreiben. Das Verfahren sollte ursprünglich kommende Woche eröffnet werden. Frank hat mir nun erzählt, dass es eine Terminverschiebung gegeben hatte, über die man auch die Presse – wenn auch ziemlich kurzfristig – informiert hat. Es wurde vorverlegt, um die Zeitspanne zwischen Straftat und Prozess zu verkürzen. Langer Rede kurzer Sinn – ich habe von dem geänderten Zeitpunkt nichts erfahren. Normalerweise kriege ich bei solchen Sachen sofort eine Nachricht auf den Tisch oder werde angerufen, wenn ich nicht in der Redaktion bin.«

»Lass mich raten.« Jos Augen funkelten. »Tom war dort und hat dich ›vertreten‹.«

»So ist es.« In ihrem Bauch schäumte der Zorn auf Tom Fränkel gegen die Magenwände. »Und der Hampelmann steht voll auf seiner Seite!«

»Woraus schließt du das?« Mark trug sein Psychologengesicht zur Schau. Gelassen und abgeklärt.

»Ich war gleich nach der Schuleinweihung am Donnerstag bei ihm, um mich zu beschweren. Wisst ihr, was er gesagt hat? *Er* hätte Tom dahin geschickt, weil ich nicht erreichbar gewesen sei! Und dass ich Tom nur bei ihm anschwärzen wolle!« Lara schnappte nach Luft. »Ich habe gestern Abend meiner Freundin Doreen davon erzählt, und sie hat gesagt, das sei ein Paradefall von Mobbing.«

»Starker Tobak.« Jo trank sein Glas leer und sah sich nach dem Kellner um.

»Was könnte der Grund für Toms Verhalten sein?« Mark redete mit seiner beruhigenden Stimme, was Lara nur noch wütender machte.

»Was weiß denn ich. Er kann mich nicht leiden. Voriges Jahr hat er mir Avancen gemacht, und ich habe ihn abblitzen lassen. Vielleicht ist es das.« Lara seufzte.

Jo schüttelte den Kopf. »Ich denke, er ist karrieregeil. Man munkelt doch schon seit Längerem, dass Hampenmanns Stelle frei wird, weil er nach Berlin geht. Und mit Sicherheit wird man auf seine Empfehlungen in Bezug auf einen potenziellen Nachfolger hören, meint ihr nicht auch? Da kann man sich doch schon mal andienen.«

»Einschleimen meinst du wohl.« Lara war noch immer wütend, aber der Sturm legte sich allmählich. »Ich weiß nicht, was ich tun soll. Wenn tatsächlich Hampenmanns Weggang der Grund ist, wird Tom sicher nicht mit seinen Intrigen aufhören, bis er sein Ziel erreicht hat.«

»Zuerst müssen wir Beweise sammeln und sichern, Lara. Du hast uns jetzt schon einiges erzählt, was tatsächlich auf Mobbing hindeutet. Schreib noch einmal alles auf, was bisher passiert ist, so genau wie möglich, mit Datum, Uhrzeit, Zeugen. Du führst also eine Art ›Mobbing-Tagebuch‹.« Mark war ganz pragmatisch.

»Soll ich Tom sagen, dass ich sein Tun bemerke, oder lieber nicht?«

»Er kann ruhig wissen, dass es dir aufgefallen ist und dass du seine Aktivitäten im Auge behältst. So ein Verhalten verstärkt sich nämlich, wenn es keine Antwort erfährt. Du musst ihm unmissverständlich klarmachen, dass du über seine Machenschaften Bescheid weißt und etwas dagegen unternehmen wirst. Sonst wird er immer dreister. Parallel dazu schreibst du alles auf, was dir auffällt. Wir werden des Ganzen schon Herr werden.« Mark lächelte aufmunternd.

»Und ich halte auch Augen und Ohren offen. Weiß Tom, dass wir uns privat treffen?« Jo legte seine Hand auf ihre, und Lara sah ein Glitzern in Marks Augen, das sie nicht einordnen konnte.

»Nein, ich glaube nicht.« Die Luft schien mit einem Mal elektrisch aufgeladen wie kurz vor einem Gewitter.

»Dann lassen wir es auch vorerst dabei. So kann ich mich besser in der Redaktion umhören.«

»Ist gut. Danke, Jungs. Das hat mir schon geholfen.« Lara

schenkte beiden ein breites Lächeln. Der Kellner kam mit vollbeladenen Tellern und servierte.

»Was ist eigentlich aus dem Fall dieser Plattenbauleiche geworden? Ich fand das aus psychologischer Sicht ziemlich interessant: Ein toter Mann liegt in einer leeren Badewanne und wurde offensichtlich ertränkt, aber es gibt keinen funktionierenden Wasseranschluss in dem Abbruchhaus, und niemand hat etwas gesehen oder gehört. Hat die Polizei inzwischen eine heiße Spur?« Mark sägte an seinem Rumpsteak, während er sprach. Entweder war das Fleisch zäh oder das Messer stumpf.

»Kriminalobermeister Schädlich hat mir im Vertrauen erzählt, dass sie inzwischen wissen, wer der Tote war: ein Rentner aus Wurzen. Er hieß Siegfried Meller.«

»Siegfried Meller.« Nachdenklich murmelte Mark den Namen vor sich hin. »Wurde der Mann denn gar nicht vermisst?«

»Anscheinend nicht.«

»Das ist merkwürdig. Hatte er niemanden, der ihm nahestand? Es war eine Beziehungstat, dessen bin ich mir sicher. Und auch diese absonderliche Todesart hat etwas zu bedeuten. Man müsste im Vorleben des Opfers nachforschen, um ein Motiv und Verdächtige zu finden. Außerdem stellt sich mir die Frage, welchen Bezug der Täter zu diesem Plattenbaugebiet hier hatte. Das ist ja nicht gerade der nächste Weg von Wurzen bis hierher. Er muss sich hier in der Gegend auskennen, um zu wissen, dass die Blocks abgerissen werden sollen. Entweder also stammt er selbst von hier oder hat Beziehungen hierher. Der Täter ist bestimmt ein Einheimischer. Wenn wir es mit einer Serientat zu tun hätten, könnten wir *geographic profiling* einsetzen.« Marks Worte hörten sich an, als fehle ihm die Tätigkeit als Fallanalytiker. Er hatte endlich einen Streifen Fleisch abgetrennt, schob sich den Bissen in den Mund und kaute darauf herum.

»Es gibt wohl auch DNA-Spuren, die aber, soweit ich weiß, noch nicht ausgewertet sind.«

»Leider nicht besonders nützlich, wenn man kein Vergleichsmaterial hat.«

»Deshalb müssen sie sich ja mit der Analyse auch nicht sonderlich beeilen. Es sei denn, die DNA ist schon mal in einem anderen Fall aufgetaucht und in der Datenbank gespeichert. Aber das weiß man ja vorher nicht.« Lara tunkte ein Stück Salatbeilage in die Bratensoße. Im wahren Leben ging es leider nicht so zu wie in den amerikanischen Serien, in denen man das zu untersuchende Material ins Labor schickte und einen Tag später die Ergebnisse hatte. Wenn ein Fall nicht absoluten Vorrang besaß, konnte es Wochen dauern. Die Labore in Deutschland waren chronisch überlastet.

»Hast du Kontakt mit der Kripo, Lara, oder macht das alles Tom?« Jos Teller war schon fast leer.

»Schädlich erzählt mir ab und zu etwas. Mit Stiller habe ich nichts zu tun. Ich bezweifle auch, dass er mir etwas mitteilen würde.«

»Ich auch.« Mark grinste. Er hatte Kriminalkommissar Stiller letztes Jahr persönlich kennengelernt und ihm den Spitznamen »Blechmann« – angelehnt an die Figur des eisernen Holzfällers aus dem *Zauberer von Oz* – verliehen. »Ein spannender Fall trotzdem. Du kannst mich ja auf dem Laufenden halten.«

»Das mache ich.« Lara hob die Gabel, um das letzte Stückchen Tomate aufzuspießen.

Eine viel zu weiße Hand legte zwei Zangen auf einen Teppich: eine schwarze Kneifzange und eine Wasserrohrzange. Die Hand verschwand aus dem Fokus und kehrte gleich darauf mit einem Schraubenzieher zurück. Der lange Metallstab mit dem roten Griff landete neben den Zangen. Mehrere Nadeln folgten, eine davon mit einer Öse am Ende. Dann kamen eine Rolle Paketband, das silbrig glänzte, und ein Teppichmesser mit blaugeriffeltem Griff.

Lara schloss den Mund und betrachtete die Gabel in ihrer Rechten, die über einer Tomatenhälfte schwebte. Ihr Blick fiel auf Mark, der sie verblüfft betrachtete, und dann auf Jo, der einen identischen Gesichtsausdruck hatte.

»Du hattest gerade eins deiner Gesichte.« Es war eine Feststellung, keine Frage. Lara nickte, noch immer benommen. In Marks Stimme schwang ein bisschen Aufregung mit, obwohl er sich bemühte, ganz ruhig zu sprechen. »Was war es?«

»Werkzeuge. Ich habe Werkzeuge gesehen. Schraubenzieher und Zangen, so etwas wie Paketband und ein Teppichmesser.«

»Handwerksgeräte?« Mark schien enttäuscht. »Mehr nicht?«

»Ein paar Nadeln waren noch dabei. Und eine Hand.«

»Eine Hand?« Jo hörte sich bestürzt an.

»Es ist nicht das, wonach es sich anhört. Die Hand gehörte zu jemandem, aber das konnte ich nicht sehen. Ich habe nur diese Hand wahrgenommen, wie sie die Werkzeuge nebeneinander auf eine Art Teppich gelegt hat.«

»Sehr seltsam.«

»So ist es immer.« Lara betrachtete die Gruppe Spatzen, die leise zeternd um die Tischbeine hüpfte. »Es sind stets nur Bruchstücke.«

»Kannst du noch mehr sehen? Versuch es noch einmal.« Mark hatte die Hände um sein Glas gelegt und fixierte Lara wie ein seltenes Insekt. Sie kniff die Augen zusammen und versuchte, sich das eben gesehene Bild ins Gedächtnis zurückzurufen. Die Sonne schimmerte orangebraun durch die dünne Haut ihrer Lider. Helle Flecken tanzten hin und her. Im Hintergrund tschilpten die Sperlinge. »Nichts.« Sie hob die Schultern und ließ sie wieder fallen. »Es funktioniert nicht auf Kommando.«

»O.k. Wir sind ja quasi mitten ins Thema gefallen.« Mark lächelte jetzt wieder. »Vielleicht gelingt es uns, ein wenig Ordnung in deine neuerlichen Gesichte zu bringen. Hast du alles aufgeschrieben?«

»Ja. Warte.« Lara nestelte nach ihren Aufzeichnungen. Sie hatte heute Vormittag versucht, Tage, Uhrzeiten und zugehörige Gedankenblitze chronologisch aufzulisten. Während sie die Notizen vorlas, kritzelte Mark unleserliche Schnörkel auf eine wie aus dem Nichts aufgetauchte Karteikarte, und Jo faltete seine Serviette zu einem Schiffchen. Sie unterbrach ihre Schilderungen nur kurz, als der Kellner zum Abräumen kam und Jo drei Tassen Espresso bestellte, und dann noch einmal, als das schwarze Gebräu gebracht wurde.

Als sie fertig war, saßen die beiden Männer ein paar Sekunden schweigend vor ihren dampfenden Tassen. Mark schüttete ein Tütchen Zucker in den Kaffee und nahm dann die Karteikarte in die Hand. »Ich fasse mal zusammen. Wollen wir sehen, ob das ein Bild ergibt. Beim ersten Mal war es eine Stimme. Du befandest dich gerade im Auto. Die Stimme hat sinngemäß gesagt ›Iss das‹. Dazu hast du Geräusche gehört.« Mark wartete, ob Lara nickte, ehe er fortfuhr. »Drei Tage später hast du zuerst etwas Geschriebenes gesehen. Eine Art Kochrezept mit scharfen Gewürzen. Dann ging es um eine Katze, die weggelaufen war. Diese Gedankenblitze hattest du bei dir zu Hause. Dann war über eine Woche Funkstille. Das nächste Erlebnis hattest du mitten in der Nacht.«

»Ich dachte zuerst, es wäre ein Traum, aber das war es nicht.«

»Du bist von einer Stimme aufgewacht, die jemanden angeherrscht hat, er sei schlampig und den- oder diejenige dann eingesperrt hat.«

»So hat es sich angehört.«

»Eben war es eine optische Einblendung. Werkzeuge und dazu die Hand. Insgesamt kann ich weder eine bestimmte Zeit feststellen, an denen die Gesichte bevorzugt auftauchen, noch einen Ort. Mal ist es das Auto, dann dein Zuhause, dann eine Gaststätte. Mal bist du allein, mal in Gesellschaft, so wie eben. Bis jetzt waren es vor allem isolierte Geräusche und Bilder.«

»Richtig.« Lara trank einen Schluck. Der Espresso schmeckte bitter.

»Voriges Jahr hast du aber mehr wahrgenommen, nicht?« Jo klang ein wenig heiser.

»Ja. Da liefen teilweise richtige Filme in meinem Kopf ab. Jetzt dagegen sind es nur Fetzen. So wie eben.« Lara seufzte.

»Ich fürchte, wir können im Moment gar nichts machen, obwohl ich annehme, dass die Ereignisse auch diesmal wieder nichts Gutes zu bedeuten haben.« Mark überflog noch einmal seine Notizen. »Wenn du wieder etwas siehst, schreib es auf. So genau wie möglich. Und dann rufst du mich gleich an, egal zu welcher Tages- oder Nachtzeit.«

»Jawohl, Chef.«

»Man müsste wissen, was deine Bilder dieses Mal zu bedeuten haben. Dann könnte man vielleicht etwas unternehmen.« Jo betrachtete den Kaffeesatz in der winzigen Espressotasse. »Aber es ist alles zu vage.«

»Du sagst es. Aber es hat mir gutgetan, darüber zu reden.« Lara dachte noch darüber nach, was Marks Frau dazu sagen würde, wenn sie ihn mitten in der Nacht aus dem Bett klingelte, um ihm von einem Albtraum zu berichten, als in ihrem Kopf ein wilder Schrei, gefolgt von einem Gurgeln, ertönte. Lara erstarrte auf ihrem Stuhl, während sich das Gurgeln in ein Keuchen verwandelte. Die tiefgrüne Hecke im Hintergrund, davor die entgeisterten Gesichter der beiden Männer, der Tisch mit den Espressotassen, alles verblasste, während der Film vor Laras Augen die Szenerie wie ein durchsichtiger Bildstreifen überblendete.

Ohne etwas um sich herum wahrzunehmen, beobachtete sie, wie sich die lange Nadel mit der Öse, die sie eben noch neben dem Teppichmesser liegen gesehen hatte, unter einen gerillten Fingernagel schob. Beidseits des Metallstreifens erschien eine dunkle Linie, die schnell breiter wurde. Dann perlte ein zäher

Tropfen dunkelroter Flüssigkeit unter dem Nagelbett heraus, und Lara hörte sich selbst wie durch Watte nach Luft schnappen.

Vielleicht hilft dir das, dir die Qualen deiner Opfer besser vorstellen zu können. Zusammen mit der Stimme bewegte sich die Nadel, wackelte hin und her, begleitet von hohem Wimmern. *Lass dir nicht alles aus der Nase ziehen! Was glaubst du, welche Alternativen du hast!* Zwei Schleimfäden liefen aus einer Nase.

Bevor das Bild verschwand, sah Lara noch, dass der Finger, die Hand und der zugehörige Arm auf einem Brett festgebunden waren, dann erlosch die Vision, und die angespannten Gesichter von Mark und Jo materialisierten sich vor der Ligusterhecke. Laut zwitscherten die Sperlinge. Zwei Tische weiter lachte eine Frau grell. Lara löste ihre Finger voneinander und sah von einem zum anderen. Die Männer hatten die ganze Zeit kein Wort gesagt, wohl, um sie nicht abzulenken. Auch jetzt schienen sie zu warten, bis sie das Wort ergriff.

Sie wünschte sich, Jo und Mark hätten sie aus ihrem Trancezustand geholt, hätten den grässlichen Film angehalten, damit sie nicht wieder tage- und monatelang diese Bilder mit sich herumtragen musste, wusste aber gleichzeitig, dass sie das nicht hatten tun können.

»Was war es?« Jo hatte sich nun doch entschieden, etwas zu sagen.

»Ich habe erlebt, wie« – Lara schluckte trocken und setzte noch einmal an –, »... wie jemand gefoltert wurde. Mithilfe der Werkzeuge, die ich vorhin gesehen habe.«

»Gefoltert?« Mark flüsterte.

»Der Person – ich kann nicht sagen, ob es ein Mann oder eine Frau war – wurde eine Nadel unter den Fingernagel geschoben. Jemand hat gesagt, das helfe demjenigen, die Qualen der Opfer besser zu verstehen und dass der Angesprochene sich nicht alles aus der Nase ziehen lassen solle.«

Jo sog Luft ein. Mark hatte die Karteikarte wieder hervorgeholt und stenografierte mit. »Was hast du außerdem gesehen?«

»Nur den Arm, sonst nichts. Er war auf einer Art Brett festgebunden.«

»Hast du ein Gefühl dafür, ob das in der Zukunft oder in der Vergangenheit stattgefunden hat?«

»Weder noch. Es geschieht gerade eben. In diesem Moment.« Lara sah Mark aufblicken. Seine Pupillen hatten sich verengt. In ebendieser Minute, als sie drei friedlich in der Sommersonne in diesem idyllischen Restaurant saßen, wurde irgendwo ein Mensch gefoltert.

*

Matthias öffnete den Mund, brachte aber keinen Ton heraus. Rainer Grünkern hatte inzwischen einen Schritt auf ihn zu gemacht. In seinen Augen irrlichterte ein heimtückisches Glitzern. »*Waren* Sie das oder nicht? Ich bin mir ziemlich sicher. Sie sind mir entgegengekommen. Unten am Bach.«

Der Aufruhr in Matthias' Innerem steigerte sich zu einer Kakophonie aus Schmerzen und Geschrei. Etwas lief hier ganz und gar nicht so, wie er sich das vorgestellt hatte. Warum fragte der Mann nicht, was sein Besucher hier wollte oder wie er in die Wohnung gelangt war? Und warum schien er überhaupt keine Angst zu haben?

»Haben Sie sich ein bisschen bei mir umgesehen?« Das ölige Grinsen in dem faltigen Gesicht vertiefte sich. »Alles sauber aufgeräumt, nicht? Wie hat Ihnen meine Filmsammlung gefallen?« Eine Hand schwenkte zu dem Regal. Gleichzeitig machte Rainer Grünkern noch einen Schritt auf seinen Besucher zu.

»Und dann die ganze Technik. Ich bin ziemlich stolz darauf, wie Sie sich bestimmt vorstellen können. Nicht jeder Rentner kennt sich mit Internetforen, Tauschbörsen und Chatrooms aus.«

Noch ein Schritt näher. »Haben Sie sich auch angeschaut, was ich gerade herunterlade?« Er sprach jetzt leiser, seine Stimme hatte einen höhnischen Beiklang. »Heutzutage gibt es alles im Netz. Wirklich alles.« Rainer Grünkern stand jetzt vor der Tür zum Wohnzimmer, das hereinfallende Tageslicht zeichnete seine Gestalt als verzerrten Schattenriss auf den Boden. »Ich wusste, dass jemand hier ist, als ich zur Wohnungstür hereinkam. Ihre Pakete stehen im Flur. Wie unvorsichtig! Oder hatten Sie die etwa vergessen? Reden Sie doch mit mir! Ich spiele ungern den Alleinunterhalter.« Er drückte auf den Lichtschalter. »Jetzt wollen wir beide mal im Hellen plaudern.« Er trat noch einen Schritt nach vorn und stand jetzt nur noch einen halben Meter entfernt. Matthias konnte sich noch immer nicht rühren. Wenn ihm nicht sofort etwas einfiel, würde das hier gewaltig schieflaufen.

»Warte mal eben.« Etwas flackerte in Rainer Grünkerns Augen, dann kratzte er sich an der Stirn. »Mir kommt da gerade eine Idee. Ich habe dich dort im Park nicht zum ersten Mal gesehen! Wir kennen uns doch von früher, stimmt's? Du hast dich verändert, aber nicht so sehr, dass man dich nicht mehr wiedererkennen würde. Du warst damals schon ein hübsches Kind.« Der Mund zog sich noch etwas mehr in die Breite und gab den Blick auf gelbe Zähne frei. »Bist du hier, um mit mir über das Kinderheim zu sprechen?«

Matthias spürte, wie der Kloß in seiner Kehle fester wurde und auf die Luftröhre drückte. Ihm war schlecht. Das Gesicht des Mannes vor ihm schien sich aufzublähen und wieder zusammenzufallen. Dass der Typ ihn auf einmal duzte, war kein gutes Zeichen. Rote Schlieren züngelten vor seinen Augen auf und ab.

»Warum schweigst du? Ich habe doch recht, oder?« Rainer Grünkern streckte eine Hand aus, um seinen Besucher zu berühren. Dies weckte Matthias aus seiner Erstarrung. »Weg da! Wagen Sie es nicht, mich anzufassen!«

Konsterniert über den plötzlichen Lärm, zog der Mann seine

Finger zurück, rührte sich aber sonst keinen Millimeter von der Stelle. »Schrei doch nicht so. Ist ja schon gut.« Er reckte den faltigen Hals nach vorn. »Was willst du denn nun von mir? Es ist nicht verboten, sich Pornos herunterzuladen, weißt du? Und die Filme dahinten sind alle legal gekauft.«

»Ist das so?« Matthias hörte seine eigene Stimme wie die eines Fremden, der ein bisschen heiser war. In seinem Kopf brodelte noch immer die Nebelmaschine. »Sind Sie sicher, dass die Polizei keine Kinderpornos findet, wenn sie Ihren Rechner durchsucht?«

Rainer Grünkerns Mundwinkel zuckten kurz, doch er fing sich sofort wieder. »Ich mag eben Kinder. Das verstehen Sie doch sicher. Wer mag Kinder nicht?« Das Schwein grinste noch immer. Er schien überhaupt keine Angst vor dem Besucher zu haben.

»Sie... Sie elender...« Matthias versuchte, den siedenden Zorn unter Kontrolle zu bekommen. Die Finger seiner Rechten ballten sich wie von selbst um den Schlüsselbund in seiner Hosentasche, während der Mann ihm gegenüber weiterredete.

»In diesem Zusammenhang – darf ich fragen, was du damit meinst, die Polizei könnte meinen Computer durchsuchen? Hattest du etwa vor, mich anzuzeigen? Das finde ich aber gar nicht nett von dir. Erst dringst du in meine Wohnung ein – Hausfriedensbruch könnte man das nennen –, dann durchsuchst du meine Zimmer, stiehlst womöglich Dinge, und dann willst *du mich* anzeigen? Dass ich nicht lache!« Noch während er sprach, machte Rainer Grünkern einen Satz auf Matthias zu und packte ihn an der Kehle. »Das hast du dir so gedacht!« Wie die Klauen eines Greifvogels krallten sich seine Finger in das nachgiebige Gewebe von Matthias' Hals. »Schreien ist nutzlos! Das ist hier die Eckwohnung. Keiner wird dich hören!«

Matthias hörte sein eigenes Röcheln, dann kam sein Knie nach oben geschossen und rammte sich in den Unterleib seines Gegners, der augenblicklich zu Boden sackte und wimmerte. Wo war seine Umhängetasche? Der zusammengekrümmte Mann würde höchstens ein paar Minuten außer Gefecht gesetzt sein.

Hastig rannte Matthias in den Flur und kam mit der Tasche zurück, holte im Gehen schon das Paketband und den Cutter hervor. Rainer Grünkern lag, wie er ihn zurückgelassen hatte, auf dem Teppich vor seiner Liege, beide Hände in den Unterleib gepresst, und stöhnte leise. Willenlos ließ er sich fesseln. Auf einen Knebel verzichtete Matthias. Hatte der Typ nicht eben selbst gesagt, schreien sei nutzlos? Außerdem wollte er ihn noch zu seiner Vergangenheit befragen.

»So, Herr Grünkern. Das hätten wir. Wie fühlen Sie sich?«

»Meine Frau kommt jeden Moment vom Einkaufen zurück!« Grünkern spuckte die Worte hervor.

»Ihre Frau!« Matthias fühlte, wie sich seine Anspannung in einem unkontrollierbaren Kichern auflöste. »Ihre Frau ... Für wie blöd halten Sie mich? Es gibt hier keine Frau. Niemand kommt gleich von irgendwoher, um Sie zu ›befreien‹. Wir beide sind allein in dieser Wohnung und werden es auch bleiben.« Der gefesselte Mann schob die Lippen vor. Dann kam seine Zunge heraus und leckte darüber. »Ich habe Durst.«

»Na und? Glauben Sie im Ernst, ich hole Ihnen auf Kommando etwas zu trinken?« Matthias zog den Drehstuhl vom Schreibtisch heran, schloss die Schlafzimmertür und setzte sich. »Jetzt plaudern wir erst einmal ein wenig.« Rainer Grünkern hatte ganz recht gehabt. Die Festung, die er sich hier eingerichtet hatte, um ungestört seinen perversen Neigungen frönen zu können, war dazu angelegt worden, keine Informationen herausdringen zu lassen. Es war mit den massiven Rollos und seiner Lage an der Außenwand des Blocks das ideale Zimmer, um jemanden zu »befragen«.

»So, Herr Grünkern. Ich muss Sie nicht erst fragen, ob Sie sich an das Kinderheim *Ernst Thälmann* erinnern. Sie haben es vorhin ja selbst angesprochen. Sie haben mich sogar wiedererkannt.«

»Klar hab ich dich erkannt. Du warst ja lange genug unter meiner Obhut, nicht?« Die gelben Zähne erschienen, als Rainer Grünkern sein schmieriges Lächeln lächelte. Matthias fühlte einen Schauer über sein Rückgrat laufen. Sein Verstand weigerte sich noch immer, ihn die Dinge sehen zu lassen, die der Heimleiter den Kindern und vielleicht auch ihm selbst angetan hatte. Aber eigentlich reichte das, was er hier gefunden hatte, aus. Das Schwein ging noch immer seinen abartigen Vorlieben nach.

»Ich möchte mich mit Ihnen unterhalten.« Zuerst die Informationen. Dann die Strafe. »Was haben Sie damals mit den Kindern angestellt?«

»Du weißt es also nicht mehr? Dann werde ich lieber auch nicht darüber sprechen. Es könnte alte Wunden wieder aufreißen, und das wollen wir doch nicht, oder?«

»Ich will Antworten!« Matthias stieß dem Mann am Boden eine Fußspitze in die Seite.

»Binde mich los, dann reden wir in Ruhe darüber. Es war eine schlechte Zeit damals. Ich möchte dich gern für das geschehene Ungemach entschädigen. Ich habe Goldmünzen. Eine größere Menge. Die kannst du mitnehmen.« Bot der Kerl ihm etwa Schweigegeld an? Und wieso duzte er ihn noch immer?

Matthias schob den Stuhl nach hinten, kniete sich hin und näherte seinen Mund dem Gesicht des ehemaligen Heimleiters, um ihm etwas zuzuflüstern. Die Poren auf dessen Nase wirkten in diesem Abstand wie Krater. Aus der Nähe sah man die geplatzten Äderchen. Noch ehe er jedoch ein Wort sprechen konnte, überrollte ihn der bittere Schweißgeruch des Mannes wie eine Flutwelle, plötzlich sah er vor seinem inneren Auge einen behaarten weißen Hintern auf und nieder zucken, und dann schoss das, was vor einigen Stunden sein Frühstück gewesen war, mit einem sauren Schwall hervor und ergoss sich auf Hals und Oberkörper von

Rainer Grünkern. Es wollte gar nicht aufhören. Matthias würgte mit geschlossenen Augen, bis nur noch zäher Schleim kam. Verzweifelt versuchte er, das Bild aus seinem Kopf zu verbannen, es zurückzuschieben in eine finstere Ecke seines Bewusstseins. Vor ihm ächzte Rainer Grünkern und murmelte dann etwas, das wie »ekelhaft« klang. Es war egal. Wenigstens musste er so den Körpergeruch des alten Mannes nicht mehr riechen. Er wurde komplett von dem des Erbrochenen überdeckt. Mühsam öffnete Matthias die Augen und sah bräunliche Bröckchen inmitten gelber Flüssigkeit auf dem Hemd des Mannes. Der ehemalige Heimleiter hatte seinen überheblichen Ausdruck verloren.

Matthias erhob sich. Seine Knie schmerzten. Und auch im Unterleib fühlte er brennenden Erinnerungsschmerz. Den besudelten Mann zurücklassend, ging er ins Bad, drehte den Hahn auf und schöpfte sich mit beiden Händen Wasser ins Gesicht, um die wiedergekehrten Gedächtnisbilder loszuwerden. Aber statt zu verblassen, kamen nur immer neue Details hinzu, und zum Schmerz gesellte sich der Zorn.

Er ließ sich Zeit. Das kalte Wasser besänftigte den Aufruhr. Aus dem Schlafzimmer drang die zeternde Stimme von Rainer Grünkern. Der Mann hatte noch immer nicht begriffen, dass es für ihn um Leben oder Tod ging. Matthias hob das tropfnasse Gesicht und betrachtete sich im Spiegel. Die Entschlossenheit hatte zwei feine Linien neben seinen Mund gekerbt. Er löste den Blick und ging zurück. Es war an der Zeit, dass der ehemalige Heimleiter das büßte, was er getan hatte.

»Hast du Kinder missbraucht? Antworte!« Im Takt seiner Worte trommelte Matthias' Hand ein Stakkato auf die trockenen Wangen. Mit fest zusammengepressten Lippen schüttelte Rainer Grünkern den Kopf.

»Du kannst es ruhig zugeben. Ich weiß es auch so.« Erneutes Schütteln. »Nun gut. Du wirst mir schon noch antworten.«

»Ich werde *nichts* sagen!« Einzeln kamen die Worte zwischen den Lippen hervorgezischt. »Lassen Sie mich in Ruhe!« Stellvertretend für die Machtverhältnisse im Raum hatten sie die Anrede gewechselt. Matthias duzte, und Grünkern siezte jetzt sein Gegenüber.

»Du *wirst* reden, mein Bester, du wirst.« Die Hand tätschelte das verkniffene Gesicht jetzt fast liebevoll. »Warte kurz.« Er hatte sich schlau gemacht. Es gab unzählige Möglichkeiten, jemanden zum Reden zu bringen. Die große Umhängetasche stand inzwischen neben der nun wieder verschlossenen Schlafzimmertür. »Ich habe verschiedene Hilfsmittel dabei.«

Mit großen Augen beobachtete Rainer Grünkern, wie ein Werkzeug nach dem anderen erschien und fein säuberlich neben ihm auf dem Teppich drapiert wurde. Zwei Zangen, ein Schraubenzieher, mehrere Scheren, Nadeln verschiedener Größe, zwei Rollen grausilbernes Gewebeband, ein Cutter und einige Teile, mit denen er nichts anfangen konnte.

Matthias richtete sich auf und nahm wieder auf dem Sessel Platz. »Löst dieser Anblick deine Zunge?«

Grünkern zog den Kopf zwischen die Schultern und schwieg.

»Nicht? Dann werde ich nachhelfen. Ich habe nämlich noch einige Fragen, die du mir beantworten sollst, zum Beispiel, wer außer dir noch an den Misshandlungen beteiligt war, was die Personen im Einzelnen getan haben und was nach der Wende aus ihnen wurde. Du hast doch bestimmt noch Kontakt mit einigen, oder?«

»Nein!« Rainer Grünkern spuckte das Wort aus und verschloss den Mund sofort wieder.

»Auch gut. Ich stelle dir die Fragen gleich noch einmal. Zuerst muss ich dich ein bisschen zurechtrücken.« Matthias packte den Mann an den Schultern und rollte ihn auf die Seite, um die Fesseln zu prüfen. Arme und Beine waren fest verschnürt. Aber nicht fest genug für das, was jetzt kommen würde. Außerdem hatte er vorhin in der Eile das Klebeband über die Kleidung gewickelt. Wenn der Mann heftig genug zerrte, würde er sich womöglich befreien können. Und für die geplante Aktion mussten die Finger freiliegen.

Mit der großen Stoffschere schnitt er die Hosenbeine auf. Rainer Grünkern begann fast sofort auszukeilen, und es brauchte einen weiteren festen Tritt zwischen seine Beine, damit er aufhörte und sich stattdessen wieder zu einem Haken zusammenkrümmte. Matthias wickelte ein paar Lagen Paketband um die Knöchel, knickte die Beine dann an den Knien nach hinten und zurrte die Unterschenkel an die Rückseite der Oberschenkel.

Die Fesseln an den Armen waren schnell durchtrennt. Den linken Arm zog Matthias, soweit die Sehnen es zuließen, auf den Rücken und führte das Klebeband um den Hals herum wieder zurück. Fuchtelte das Opfer unnötig herum, würde es sich selbst strangulieren.

Dann wälzte er den Mann wieder auf den Rücken. Obwohl der ehemalige Heimleiter einen eher knochigen Körper hatte, war er schwer wie ein nasser Sandsack. Nur der rechte Arm blieb frei. Als Matthias ihn ergreifen wollte, krümmte sich die Hand, Fingernägel krallten nach seinem Arm, erwischten aber nur Luft. Grünkern knurrte wütend, während er zusehen musste, wie sein Arm auf ein Brett geklebt wurde und sich das Klebeband in mehreren Umdrehungen um das Handgelenk und bis über den Handrücken nach vorn wickelte. Die Fingerspitzen ließ Matthias frei.

»So, mein Lieber. Noch ein letztes Mal versuche ich es im Guten. Wer war außer dir noch an den Misshandlungen beteiligt?«

»Hab ich vergessen.« Rainer Grünkern klang noch immer entrüstet, aber das würde sich gleich ändern. Matthias nahm die Rouladennadel. Sie war schön lang und hatte am hinteren Ende eine Öse. Damit ließ sie sich besser handhaben als eine Stopfnadel. »Denk nach, mein Freund. Denk nach.« Die Fingernägel des ehemaligen Heimleiters waren dick und gerillt. Erst jetzt, als er sah, wie Matthias die Spitze probehalber an den Rand des mittleren Nagels hielt, ahnte Rainer Grünkern, was gleich geschehen würde, und begann zu ächzen.

Matthias drückte die Nadel ein wenig unter den vorstehenden Teil, ohne jedoch das zarte Gewebe zu verletzen. »Wer war außer dir noch an den Misshandlungen beteiligt?« An Grünkerns Schläfe erschien ein harter Muskelstrang, so fest biss er die Zähne aufeinander. »Hab ich vergessen.«

»Na gut. Ich werde deiner Erinnerung nachhelfen.« Mit einem Ruck schob er die Spitze unter den Fingernagel des Mittelfingers.

Rainer Grünkern schrie zuerst wie ein angefahrenes Tier, dann spuckte und gurgelte er. Speichel flog durch die Luft und rann in Form schaumiger Fäden von der Unterlippe zum Kinn. Es war ein widerlicher Anblick. Endlos scheinende Minuten vergingen, bis der Mann sich wieder beruhigt hatte. »Das hat ganz schön weh getan, nicht? Mir scheint, du kannst eigenen Schmerz schlecht ertragen. Aber vielleicht hilft dir das, dir die Qualen deiner Opfer besser vorstellen zu können.«

Matthias betrachtete die Hand. Die Rouladennadel verlängerte den Mittelfinger auf bizarre Weise. Von oben war der dünne Metallstreifen als dunkle Linie im Nagelbett zu sehen, die von zwei roten Streifen flankiert wurde. »Nachdem du dich nun beruhigt hast, frage ich noch einmal: Wer war außer dir noch an den Misshandlungen beteiligt?«

»Meller!« Rainer Grünkern spuckte den Namen hervor und versprühte dabei ein bisschen Speichel.

»Siegfried Meller, das wusste ich zwar schon«, ein Bild des Fischgesichtes mit den Glubschaugen loderte in Matthias' Kopf auf, »aber gut, dass du mir die Wahrheit sagst. Wer aber hat außer dir noch Kinder missbraucht?«

»Niemand.«

»Wirklich niemand?« Ein Griff zur Öse der Nadel, ein sanftes Rütteln und der ehemalige Heimleiter jaulte auf wie eine Sirene im Nebel. Warum schützte der Mann seine Mittäter? Oder hatte jeder der Erzieher im Verborgenen gehandelt, ohne dass die anderen es mitbekommen hatten? Matthias dachte darüber nach. In jeder seiner Erinnerungen agierte nur einer von ihnen. Es war also möglich, dass einer vom anderen nichts gewusst hatte. Allerdings zeigte sein Gedächtnis keine vollständigen Filme, nur Ausschnitte, einige Zeitlupenaufnahmen und Standbilder. Das Ganze hatte über viele Jahre hinweg angedauert, es hatte zahlreiche Opfer und etliche Täter gegeben, was die Tatsache mehrerer Einzeltäter sehr unwahrscheinlich machte. »Also?«

»Hel... Vogl.«

»Wie bitte?« Er berührte die Öse, und Rainer Grünkern beeilte sich, den Namen zu wiederholen. »Helmut Vogel.«

Auf Matthias' Stirn erschienen zwei senkrechte Falten zwischen den Augenbrauen. Der Name kam ihm fremd vor. Er fand kein Bild dazu. »Wie sah der aus?«

Unterbrochen von permanentem Schniefen stammelte der ehemalige Heimleiter die Beschreibung hervor. »Nicht sehr groß, stämmig. Dunkle Haare.«

»Irgendwelche besonderen Merkmale?«

»Nein.«

»Von wann bis wann war der im Heim?«

»Genau weiß ich es nicht mehr.«

»Dann ungefähr, Blödmann! Lass dir nicht alles aus der Nase ziehen! Was glaubst du, welche Alternativen du hast?« Die Nadel ließ sich nur schwer weiterschieben. Grünkern heulte jetzt und wimmerte dabei. Wahrscheinlich war ihm eben klar geworden, dass dies hier schlecht für ihn enden würde. Dünner Schleim floss aus seinen Nasenlöchern in Richtung Mund.

Matthias hatte für einen Moment Mitleid mit dem alten Mann. Was tat er hier eigentlich? War das, was er hier machte, nicht genau das Gleiche, was die Heimerzieher damals mit den Kindern getan hatten? Ein Blick zu den Computerbildschirmen brachte ihn zur Besinnung. Es gab einen entscheidenden Unterschied – die anderen hatten willkürlich die Schwächsten ausgewählt, kleine Kinder, die sich nicht wehren konnten, und diese grundlos gequält, gedemütigt und missbraucht. *Er* bestrafte Leute, die sich bereits etwas hatten zuschulden kommen lassen – Täter.

Vertraulich blinkerten die Leuchtdioden vom Schreibtisch herüber. Matthias sah auf die Digitaluhr. 14:25 Uhr. Eben war es noch kurz vor elf gewesen, und schon waren über drei Stunden vergangen. Die Zeit verstrich wie im Flug. Grünkern lag als verschnürtes Bündel mit einem anklagend ausgestreckten Arm vor ihm. Er hatte die Augen geschlossen, als wolle er die Gegenwart ausblenden. Aber das würde ihm nichts nützen. Vom Mittelfinger lief ein dünner Blutfaden über das Holzbrett und sickerte in den Teppich. Das Neonlicht in dem Raum veränderte die Farben. Das Blut schillerte violett-schwärzlich, und Rainer Grünkerns Haut hatte eine grünlich graue Tönung.

Matthias merkte sich vor, nachdem er mit dem Häufchen Unglück hier fertig war, die Festplatte in Bezug auf ehemalige Kollegen von Rainer Grünkern zu durchsuchen. Vielleicht sagte das Würstchen trotz der Schmerzen nicht alles. Aber einen Versuch war es noch wert. Der Mann hatte ja nicht nur diesen einen Finger.

Matthias betrachtete nachdenklich seine bereitgelegten Utensilien und erstarrte. Es klingelte an Rainer Grünkerns Wohnungstür.

32

»Guten Morgen.« Lara schloss die Tür hinter sich und schaute sich um. In der Redaktion summte es wie in einem Bienenstock. Auch wenn sich manche von ihnen die ganze Woche über nicht sahen, montags traf man sie fast alle hier an. Sie nickte Hubert und Friedrich zu und drapierte die Henkeltasche neben dem Rollcontainer. Nur Tom fehlte schon wieder.

»Hi, Lara!« Isabell trippelte heran. Heute trug sie einen kurzen braunen Wildlederrock mit Fransen, die bei jedem Schritt wippten, und dazu Stiefel, die bis ans Knie reichten. Es erinnerte ein bisschen an Julia Roberts in *Pretty Woman*. Sie hatte ihren Blick »zutrauliches Rehkitz« aufgesetzt. »Wie war dein Wochenende?«

»Sehr schön.« Das musste reichen. Es war eine rhetorische Frage. Die Praktikantin wollte mit Sicherheit nicht wirklich wissen, dass Lara am Sonnabend bis drei Uhr früh mit ihrer Freundin auf der *Ladies' Night* getanzt hatte und am Sonntag mit gleich zwei Männern aus gewesen war. Sie setzte sich und schaltete den Computer ein. »Und du?«

»Ich war zu Hause.« Isabell zog einen Flunsch. »Hab ferngesehen und gelesen und mal wieder richtig sauber gemacht.« Anscheinend wollte sich die Kleine doch unterhalten.

»Du warst gar nicht aus?«

»Nein. Diesmal nicht.« Die Unterlippe schob sich noch ein Stückchen weiter vor. Sonst war sie doch jedes Wochenende mit Tom um die Häuser gezogen. Hatte der Kollege die kleine Praktikantin etwa abserviert?

»Das muss auch mal sein. Wo ist eigentlich Tom?«

»Weiß ich nicht. Kommt bestimmt gleich.« Wenn sie so weitermachte, konnte sie mit ihrer Lippe den Fußboden wischen. Im gleichen Moment wurde die Tür schwungvoll aufgestoßen, und der Gesuchte kam hereingefegt. Seine Wangen waren gerötet, die Augen blitzten. »Morgen allerseits!« Lara beobachtete, wie auf Isabells Gesicht ein verzücktes Lächeln erschien. Die Praktikantin lief strahlend auf ihn zu, aber Tom ließ sie mit einem schnellen »Morgen, Isi« links liegen und verschwand im Nachbarzimmer. Isabell stand wie eine Marmorstatue mitten im Raum und sah nach nebenan, während ihr Unterkiefer im Zeitlupentempo nach unten sank.

Lara wandte den Blick ab und überflog die News. Da war eindeutig etwas faul zwischen den beiden Turteltauben, aber anscheinend wusste nur Tom Fränkel, *was* es war. Sie beschloss, bis zur Redaktionskonferenz an ihrem Hintergrundbericht über häusliche Gewalt weiterzuarbeiten, konnte sich aber nicht konzentrieren. Die geplante Aussprache mit Tom ging ihr nicht aus dem Kopf. Nachdem sie sich gestern Nachmittag von ihrem Schock über die Folterbilder erholt hatte und wieder klar denken konnte, hatten Mark, Jo und sie eine Strategie festgelegt, wie sie mit dem intriganten Kollegen umgehen sollte. Ein Gespräch, in dem sie ihm klarmachte, dass sie über alles Bescheid wusste, stand am Anfang. Lara war sich nur noch nicht sicher, ob sie es vor oder nach der Redaktionskonferenz führen sollte.

Als hätte er ihre Gedanken gelesen, kam Tom aus dem Nachbarzimmer, nahm ihr gegenüber Platz und begann übergangslos, auf die Tasten zu hämmern. Lara sah sich nach Isabell um, aber die Praktikantin war in der Küche verschwunden. Wahrscheinlich kochte sie Kaffee für alle.

»Wann wird denn der Prozess gegen die vier Hooligans fortgesetzt, die auf dem Bahnhof zwei Passanten zusammengeschlagen haben?« Lara hatte sich zurückgelehnt und die Hände flach auf die Tischplatte gelegt. Sie konnte nicht bis nach der Redaktionskonferenz warten.

»Der Prozess...? Was für ein...?« In Toms Augen flackerte es kurz, dann hatte er sich gefangen. »Du meinst die Fußballrowdys?«

»Genau die. Warst du nicht letzten Dienstag deswegen im Gericht?«

»Richtig. Der Jugendrichter hat den Termin vorgezogen.« Tom redete zu schnell. Und er gestikulierte zu viel. Lara kräuselte ihre Augenbrauen.

»Es kam erst Montagnachmittag rein. Hampenmann hat mich hingeschickt, weil du nicht erreichbar warst.«

»Weil ich nicht erreichbar war, hm. *Wo* habt ihr denn versucht, mich zu erreichen?«

»Das weiß ich doch nicht, Lara. Ich habe erst davon erfahren, als der Chef mich damit beauftragt hat.«

»Ich verstehe.« Wenn du glaubst, ich nehme dir das ab, mein Freund, hast du dich geschnitten. Lara fühlte die glühenden Wellen des Zorns in ihrem Bauch und zwang ihre Mundwinkel zu einem süffisanten Lächeln nach oben. »Also, wann ist denn nun die nächste Verhandlung? Ich möchte mich vorbereiten. Gerichtsberichte sind schließlich mein Ressort.« Es schadete nichts, dem Kollegen das noch einmal deutlich unter die Nase zu reiben, hatte Mark geraten. »Ich wüsste es gern, *bevor* wir in der Konferenz weitere Termine festlegen, damit ich planen kann.«

»Morgen.« Tom quetschte das Wort heraus, als ekle er sich davor.

»Welche Zeit?« Lara schlug ihr Notizbuch auf und wartete, den Stift gezückt. Sie war sich sicher, dass Tom auch diesen Termin an ihrer Stelle hatte wahrnehmen wollen, wenn sie nicht danach gefragt hätte.

»Elf.«

»Um elf?«

»Ja.« Tom kniff die Augen zusammen.

»Wir haben ja noch nichts über den Fall gebracht, oder?« Lara wusste, dass noch nichts darüber in der *Tagespresse* gestanden hatte, weil sie die Ausgaben seit Mittwoch durchgesehen hatte, aber das brauchte Tom nicht zu erfahren.

»Nein.« Er war offensichtlich wütend, aber wahrscheinlich eher darauf, dass Lara ihm auf die Schliche gekommen war, als auf das, was er getan hatte.

»Aber du hast doch sicherlich schon etwas vorbereitet, Aufzeichnungen, Stichpunkte?«

Tom rollte mit seinem Stuhl von links nach rechts, antwortete aber nicht.

»*Hast* du etwas zu dem Fall vorbereitet, Tom? Antworte mir, bitte.«

»Ja.« Seine Augen waren nur noch zwei schmale Schlitze.

»Dann schick es mir auf meinen Rechner. Ab jetzt übernehme ich das. Und in Zukunft möchte ich wieder rechtzeitig über alles informiert werden, was in mein Ressort fällt.« Er antwortete nicht, sondern blickte stur auf seinen Monitor, aber Lara war noch nicht ganz fertig. »Eine Frage habe ich noch. Wenn ich Montag nicht erreichbar war, warum hast du mir am nächsten Tag nichts von dem geänderten Termin gesagt?«

»Hab's vergessen.« Fast konnte sie seine Zähne aufeinander knirschen hören.

»Ah, ja. Nun gut. In Zukunft wird das nicht wieder vorkommen, hoffe ich.« Jetzt hörte sie sich wie ihre Mutter an. Lara nahm die Hände von der Tischplatte. Ihre Handflächen hatten zwei feuchte Abdrücke hinterlassen, die sich schnell verflüchtigten. Was wäre geschehen, wenn sie Tom heute nicht darauf angesprochen hätte? Wäre er dann morgen wieder ins Gericht gegangen, ohne ihr etwas davon zu sagen? Und hatte das eben gereicht, um ihm einen Schuss vor den Bug zu geben? Laras Nacken kribbelte.

»Kaffee?« Isi stiefelte herbei, in jeder Hand eine bauchige Tasse mit dem Zeitungslogo.

»Sehr gern. Das ist ganz lieb von dir.« Tom sah hoch, ein breites Lächeln im Gesicht. Der Mann war ein Chamäleon. Eben noch hatte er vor Wut kaum sprechen können, und nun bezirzte er die Praktikantin, dass es nur so knisterte. Isabell stellte eine Tasse neben Laras Mauspad und ging hüftschwenkend hinüber zu Tom, um sich auf einer Ecke seines Schreibtisches niederzulassen. Lara schüttelte unmerklich den Kopf, schrieb »Tom Notizen Hooligan-Prozess« auf eine Haftnotiz und klebte diese an den Rand des Bildschirms, ehe sie sich wieder ihrem Hintergrundbericht zuwandte.

»So, liebe Kollegen. Das war alles. Gibt es noch Fragen?« Hampenmann hatte sich vor dem großen Konferenztisch aufgebaut und schaute in die Runde. Mit den auf die Tischplatte gestützten Fäusten sah er aus wie ein gebieterisches Gorillamännchen. Ein sehr kleines gebieterisches Gorillamännchen. Lara verkniff sich ein Grinsen.

»Dann zurück an die Arbeit, Leute.« Gemurmel setzte ein. Stühle scharrten.

»Kommst du mit essen?« Hubert berührte Laras Unterarm. »Wir wollen zu *Curry-Fritz*.«

»Gern. Jetzt gleich?« Hubert nickte, und sie folgte ihm. Auch Isabell stakste hinterher. Im Hinausgehen sah Lara, wie Tom nach vorn zum Redaktionsleiter ging. Dann fiel die Tür hinter ihnen ins Schloss.

Auf der Straße schlug ihnen schwüle Luft entgegen. Bleierne Wolken hingen über den Dächern. Kaum dass sie aus der Tür waren, steckte Friedrich Westermann sich eine Zigarette zwischen die Lippen, zündete sie aber nicht an. Hubert wischte sich mit dem Ärmel über die Stirn und betrachtete dann nachdenklich den feuchten Fleck auf dem Stoff, ehe sie sich alle in Bewegung setzten. Aus der Currywurstbude drang der scharfe Geruch von verschiedenen Gewürzen, Ketchup und gebratenem Fleisch. Lara stellte sich hinter Friedrich, der den Glimmstängel jetzt vom Mundwinkel hinter das linke Ohr verfrachtete. Sie betrachtete den fettig schwarzen Belag auf dem Grillrost und entschloss sich, nichts zu essen, sondern nur eine kalte Cola zu trinken. Eine richtige mit Zucker. Das würde ihren Kreislauf hoffentlich wieder in Schwung bringen. Auch Isabell nahm keine Bratwurst, sondern ließ sich ein Wasser geben. Zu viert standen sie um den Bistrotisch.

»Meine vorletzte Woche.« Isi schaute betrübt.

»Die Zeit ist wie im Flug vergangen, nicht?« Hubert sprach mit vollem Mund. »Was machst du denn danach?«

»Ich gehe nach Berlin, studieren.«

»Und was?«

»Eigentlich hatte ich Journalistik und Kommunikationswissenschaft geplant, aber das hat nicht geklappt. Jetzt versuche ich es mit Lehramt.« Isi schob wieder die Unterlippe vor, während Lara versuchte, sich die Praktikantin vor einer Schulklasse vorzustellen.

»Na dann, viel Glück. Gibst du nächste Woche noch einen Ausstand?« Hubert schluckte den letzten Bissen hinunter und wischte sich mit der Papierserviette das Fett von den Lippen.

»Sollte ich das?«

»Wir würden das gut finden, nicht?« Hubert schlug Friedrich, der die ganze Zeit kein einziges Wort gesagt hatte, mit der Handfläche auf den Rücken. Friedrich nickte, zog dabei seine Zigarette hinter dem Ohr hervor und zündete sie an.

»Na, mal seh'n.« Isabell warf ihren Becher in den Müllständer.

»Wenn du willst, helfe ich dir bei den Vorbereitungen.« Lara fragte sich im selben Augenblick, in dem sie die Worte sprach, was plötzlich in sie gefahren war.

»Das wäre toll!«

»Dann ist ja alles klar. Sieht nach Regen aus.« Hubert legte den Kopf in den Nacken. Hinter dem großen Kaufhaus auf der anderen Straßenseite türmten sich blauschwarze Wolken. »Sehen wir zu, dass wir zurückkommen.« Als sie die Tür zum Seiteneingang öffneten, platschten die ersten schweren Tropfen auf die Gehwegplatten.

Die Luft in der Redaktion war elektrisch geladen. Lara sah zu ihren Schreibtischen hinüber. Tom saß vor seinem Rechner, die Finger flogen über die Tasten. Er blickte nicht auf. Hatte er sich vorhin nach der Konferenz beim Redaktionsleiter über sie beschwert?

Sie registrierte Isabells sehnsüchtigen Blick. Die Praktikantin tat ihr leid. Die Kleine hatte all die Monate tatsächlich geglaubt, Tom meine es ernst mit ihr. Und nun ließ er sie links liegen – vielleicht weil sie sowieso bald nicht mehr da war oder weil er ihrer einfach überdrüssig geworden war.

Sie war noch nicht ganz an ihrem Schreibtisch angekommen, als das Handy in ihrer Hosentasche einen langen Piepton von sich gab. Lara nestelte das Mobiltelefon heraus und setzte sich. »Eine Kurznachricht erhalten«, verkündete das Display. Aus den Augenwinkeln sah sie Toms lauernden Blick. Der Typ beobachtete sie auf Schritt und Tritt. Sie drehte ihm den Rücken zu, um die Nachricht ungestört aufzurufen.

Wieder Leiche in Plattenbaublock gefunden. Grünau, Ringstraße 15, Ralf.

Lara fixierte die Buchstaben. Ralf? Ihr gegenüber setzte Tom Fränkel sich aufrecht hin und machte dann Anstalten aufzustehen. Erst jetzt ging ihr die Bedeutung der Botschaft auf. Man hatte einen weiteren Leichnam entdeckt, und zwar in dem gleichen Stadtteil, in dem auch der Tote in der Badewanne gefunden worden war. Und jetzt wusste sie auch, von wem die Nachricht stammte. »Ralf« war Kriminalobermeister Ralf Schädlich. Sie hatte ihn in den letzten Tagen ein bisschen vernachlässigt, er jedoch dachte anscheinend öfter an sie. Hastig erhob Lara sich, den Stuhl mit den Kniekehlen nach hinten schiebend. »Ich muss noch mal los. Ein Termin im Konservatorium.« Etwas Besseres fiel ihr im Moment nicht ein. »Kann länger dauern.« Im Reden fuhr sie den Computer herunter und checkte ihre Tasche. »Bis später!«

Tom stand an seinem Tisch und sah seiner Kollegin nach. Seine Nasenspitze zuckte.

Nachdem sie Hals über Kopf aus der Redaktion aufgebrochen war, dachte Lara auf der Fahrt nach Grünau darüber nach, was die SMS bedeutete. Der Polizist hatte sie nicht angerufen, sondern nur eine Nachricht im Telegrammstil gesendet. Das konnte verschiedene Gründe haben. Entweder fehlte ihm die Zeit für ausführlichere Informationen oder er konnte nicht frei sprechen, weil andere mithörten. Und trotzdem hatte Ralf Schädlich sie verständigt. Weil er sie mochte? Lara verscheuchte den Gedanken und gab Gas. Wenn sie Glück hatte, würde sie die einzige Journalistin am Tatort sein. Wahrscheinlich wollte der Kriminalobermeister einfach vermeiden, dass seine Vorgesetzten erfuhren, von wem ihre Informationen gekommen waren. Dann würde sie so tun müssen, als habe sie sie aus einer anderen Quelle.

In der Ringstraße wimmelte es nur so von Polizeiautos. Der Eingangsbereich von Nummer fünfzehn war weiträumig mit rot-weißem Flatterband abgesperrt. Ermittler der Spurensicherung schafften Gegenstände in ihre Autos. Lara hatte ihren Mini auf dem *Netto*-Parkplatz gegenüber abgestellt. Es war nicht zu erwarten, dass man sie an den Tatort ließ, aber sie konnte Anwesende befragen und versuchen, an den einen oder anderen Beamten heranzukommen. Hauptsache, sie lief dem »Blechmann« nicht über den Weg. Kriminalkommissar Stiller hasste Lara, seit sie denken konnte. Auf der dem Haus gegenüberliegenden Straßenseite hatte sich eine Menschentraube gebildet, und sie marschierte auf die Leute zu.

Der Menschenauflauf bestand aus mindestens zwanzig Leuten, die entweder miteinander diskutierten oder mit halboffenen Mündern das Spektakel auf der anderen Seite bestaunten. Ein Jugendlicher mit Lippenpiercing schoss Handyfotos. Ein komplett schwarzgekleidetes Mädchen mit rosagefärbten Haaren klammerte sich wie eine Ertrinkende an seinen Arm. Während Lara noch die Leute taxierte und versuchte, ihre Glaubhaftigkeit einzuschätzen, hatte die Gruftibraut sie am Ärmel gezupft und gesagt: »Sie sind doch von der Presse, nicht?«

Erst nach einigen Sekunden war es Lara eingefallen, woher sie die beiden kannte. Bei ihren Recherchen zur ersten Plattenbauleiche hatte sie vor ungefähr zwei Wochen drüben an der Kaufhalle mit einer Gruppe Jugendlicher, darunter auch mit der Rosagefärbten und ihrem Freund, gesprochen.

33

Matthias malte den Namen: Rainer Grünkern. Er betrachtete die Buchstaben kurz, ehe er dahinterschrieb »erledigt«. Ein zufriedenes Lächeln kroch in seine Mundwinkel. Ein Kinderschänder weniger auf der Welt. Sein Hals schmerzte an den Stellen links und rechts des Kehlkopfes, an denen der ehemalige Heimleiter ihn gepackt hatte, noch immer, obwohl nichts zu sehen war.

Regen prasselte ans Fenster und tränkte die durstige Erde. Der Abend war herangeschlichen, ohne dass Matthias es bemerkt hatte. Er überflog noch einmal die Namen auf der Liste und überlegte dabei, ob er zuerst den Brief mit dem Grünkern-Memorandum an Mandy schreiben oder seine Pläne für die nächsten Sünder konkretisieren sollte. Er entschied sich für die Recherche. So würde er seiner Schwester gleich die weiteren Projekte ankündigen können. Die Tabelle der Übeltäter war noch lange nicht abgearbeitet.

Helmut Vogel, Uwe Kalender, Sigrid Erzig und Gisela Schönbrunn – das waren die Namen, welche die Sagorski ihm genannt hatte. Keiner der vier sagte ihm etwas. Grünkern hatte dem nichts Neues hinzugefügt, und doch war die Auflistung mit Sicherheit noch nicht vollständig. Matthias ließ die Namen auf sich wirken, aber es stellten sich keine Bilder dazu ein. Entweder hatte er die Erzieher nicht selbst erlebt oder sie und ihre Schandtaten einfach verdrängt. Aber es gab eine Möglichkeit, das herauszufinden. Seinen Brieffreund Sebastian Wallau. Er konnte ihn danach fragen. Hatte dieser nicht geschrieben, dass mehrere Ehemalige mit ihm Kontakt aufgenommen hatten? Der Mailfreund hätte sicher nichts dagegen, Matthias deren E-Mail-Adressen zu geben, damit er sich mit ihnen in Verbindung setzen konnte – der alten Zeiten wegen. Der Computer summte aufnahmebereit, und Matthias loggte sich ins Internet ein. Ohne darüber nachzudenken, rief er zuerst die News auf.

Erneuter Leichenfund

In Grünau ist gestern ein Rentner tot in seiner Wohnung gefunden worden. Ein Nachbar entdeckte den Leichnam am gestrigen Sonntagabend in seinem Schlafzimmer. Die genauen Todesumstände sind noch unklar, Polizei und Staatsanwaltschaft ermitteln.
Bereits am 14. Juli war ebenfalls in Grünau eine Leiche – allerdings in einem Abbruchhaus – gefunden worden. Hier hat die Obduktion mittlerweile bestätigt, dass es sich um ein Gewaltverbrechen handelt. Ob es einen Zusammenhang zwischen beiden Fällen gibt, ist noch nicht geklärt.

Matthias spürte, wie sich seine Kopfhaut nach hinten zog. Man hatte Rainer Grünkerns Leiche schon gefunden? Oder war es ein anderer Toter? Hastig tippten seine Finger Wörter in die Suchmaschine, und sein Blick flog über die Ergebnisse. Nach einer Weile lehnte er sich zurück und durchdachte das Gelesene. Der Tote war Rainer Grünkern, daran bestand kein Zweifel, auch wenn in den Artikeln der volle Name nicht genannt wurde. Ein Wohnungsnachbar hatte die halb geöffnete Eingangstür entdeckt, nach Grünkern gerufen und war, als sich niemand meldete, in die Wohnung eingedrungen, weil er fürchtete, der Alte könne bewusstlos sein oder sich verletzt haben.

In Matthias' Kopf begann eine Armada von Waldarbeitern ihre Motorsägen anzuwerfen. Es kreischte und gellte. Wieso hatte diese Tür offen gestanden? Den Gestank von Grünkerns verwesendem Leichnam hätte man frühestens nach ein paar Tagen bemerkt. Eine offene Wohnungstür dagegen stach jedem sofort ins Auge. Wollte etwas in ihm, dass er erwischt wurde?

Er schloss die Augen und ließ den letzten Teil des Films vom Sonntag in seinem Kopf ablaufen.

Nachdem weiteres Rütteln an der Rouladennadel nichts mehr gebracht hatte, hatte Matthias zur Kneifzange gegriffen. Aber auch Zwicken, bis das Blut kam, oder Herausreißen des rechten Daumennagels führten leider nicht mehr dazu, dass der Mann noch interessante Details preisgegeben hatte. Weder nannte er neue Namen von Erziehern, noch schien er zu wissen, wo sich die restlichen seiner Kollegen heute aufhielten. Anscheinend hatte der ehemalige Heimleiter seit vielen Jahren keinen Kontakt mehr zu ihnen gehabt, und Matthias neigte dazu, ihm zu glauben, weil die sauber platzierten Stiche der großen Stopfnadel in den Hoden jeden Mann dazu gebracht hätten, mit der Wahrheit herauszurücken. Stattdessen hatte Rainer Grünkern bis ins kleinste Detail die Dinge zugegeben, die er damals den Kindern angetan hatte. Seine Favoriten waren kleine, blonde Mädchen gewesen, aber er nahm auch mit Jungen vorlieb, wenn sie ihm gefielen. Abends, wenn nur noch die Nachtschicht anwesend war, hatte der Heimleiter sich seinen jeweiligen Liebling geholt und ihn mit in den Keller genommen, in einen Raum mit dicken Mauern, aus dem keine Geräusche nach außen drangen. Was er dort mit den Kindern anstellte, beschrieb er nicht genauer, aber das musste er auch nicht. Matthias erinnerte sich, während er mit dem wiederkehrenden Brechreiz kämpfte, nur zu gut. Er erinnerte sich vor allem an den entseelten Ausdruck in den Augen manch kleinen Mädchens am nächsten Morgen. Jedes Licht war aus ihrem Blick verschwunden.

An ein Kind namens Mandy konnte sich Rainer Grünkern angeblich nicht erinnern, aber Matthias nahm an, dass der Heimleiter über der Vielzahl von Opfern einzelne Namen vergessen hatte. Es war auch nicht mehr wichtig.

Nachdem er ihm zur Abwechslung noch den kleinen Finger mit der Wasserrohrzange zerquetscht hatte, flüchtete sich Rainer Grünkern in die Bewusstlosigkeit und ließ sich durch mehrere Ohrfeigen und viel kaltes Wasser nur kurz wieder erwecken. Aber auch dann waren keine weiteren Informationen mehr aus ihm herauszuholen. Der Typ lag auf dem Teppich, die Augen verdreht, sodass nur noch das Weiße zu sehen war, Schleim und Spucke liefen ihm aus dem Mundwinkel, die Hemdbrust war mit dem Erbrochenen seines Rächers verschmiert. Er hatte seinen Zweck erfüllt.

Matthias hatte den Computer laufen lassen, damit die Polizei, wenn sie Rainer Grünkern fand, nicht erst mühselig nach einem Passwort suchen musste. Die Beamten sollten sehen, was er gesehen hatte, das Zimmer eines Pädophilen, der mit Minderjährigen chattete und hunderte von Kinderpornos besaß. Das würde die Suche nach einem Mordmotiv in die richtigen Bahnen lenken.

Aber trotz alledem – Matthias öffnete die Augen wieder –, trotz alledem war nicht geplant gewesen, dass man die Leiche *so schnell* fand. Nachdem es an der Wohnungstür geklingelt hatte, war er für ein paar Sekunden wie gelähmt gewesen, aber der Störenfried hatte sich damit zufriedengegeben, dass niemand öffnete, und war wieder verschwunden. Danach hatte Matthias es eilig gehabt, das wusste er noch, und da aus dem ehemaligen

Heimleiter nichts mehr herauszuholen gewesen war, beschloss er, der Posse ein schnelles Ende zu bereiten. Ungeachtet seiner Anstrengungen, sich zu erinnern, endete der Film damit, dass er Grünkern eine seiner Krawatten um den Hals wickelte und immer fester zuzog.

Weder sah er sich seine Utensilien zusammenpacken noch die Wohnung verlassen. Da die beiden leeren Pakete heute früh noch auf dem Rücksitz seines Autos gelegen hatten, konnte er sich wenigstens sicher sein, diese nicht in Grünkerns Flur zurückgelassen zu haben. Und auch die Tasche mit den Werkzeugen war an Ort und Stelle.

Auf dem Bildschirm flogen kleine weiße Punkte durch einen schwarzen Nachthimmel. Der Bildschirmschoner war angesprungen. Matthias ließ seinen Kopf kreisen und lockerte die Schultern. Im Netz stand, die genauen Todesumstände seien noch unklar, aber er wurde das Gefühl nicht los, sich beeilen zu müssen.

Sein Postaccount zeigte elf neue Nachrichten. Die Hälfte davon war Werbemüll. Aber sein Freund Sebastian Wallau hatte geschrieben. Die Betreffzeile lautete »Ich auch«. Matthias runzelte die Stirn und klickte auf die E-Mail.

Lieber Matthias,

vielen Dank für Deine letzte Mail. Das war ja sehr interessant, was Du mir berichtet hast. Interessant und schrecklich zugleich. Ich weiß nicht, ob es Dich tröstet, aber Du bist nicht der Einzige, dem so etwas widerfahren ist. Auch ich habe dort Abscheuliches erlebt, wenn auch die schlimmsten Sadisten zu meiner Zeit wohl schon weg waren. Dieses Heim war über viele Jahre hinweg ein Hort des unsagbar Bösen, eine Kinderhölle, und niemand hat etwas davon bemerkt.

Matthias las den ersten Absatz noch einmal. Worauf bezog sich Sebastian Wallau mit »Du bist nicht der Einzige, dem so etwas widerfahren ist«? Das klang ja geradewegs so, als wisse er, was Matthias Hase in dem Kinderheim Schreckliches erlebt hatte. Und zwar von ihm selbst, mitgeteilt in seiner letzten E-Mail. Die Worte »schrecklich« und »abscheulich« blendeten aus dem Text heraus, fraßen sich glühend durch sein Gehirn und verstärkten das Aufheulen der Motorsägen-Armada. Schnell rief Matthias den Ordner mit den gesendeten Objekten auf, um zu lesen, was er Sebastian Wallau geantwortet hatte, aber dieser enthielt nicht eine einzige E-Mail. Auch der Papierkorb war leer. Im Kopf pulsierte ein glühender Ball. Er musste eine Antwort verfasst und abgeschickt haben und danach alle Mails, die von ihm selbst stammten, gelöscht haben. Warum erinnerte er sich nicht an den Inhalt? Was hatte er noch alles geschrieben? Langsam erhob sich Matthias. Die Kopfschmerzen würden sich zu einem Taifun auswachsen, wenn er nicht sofort eine *Triptan* schluckte oder besser gleich zwei. Er spülte sie mit Leitungswasser hinunter und marschierte zurück an seinen Rechner, um den Rest der E-Mail zu lesen.

Seit Deiner Mail überlege ich, was man tun kann, um die Dinge, die damals dort geschehen sind, an die Öffentlichkeit zu bringen. Es reicht sicher nicht, alles auf der Homepage bekanntzumachen, man müsste andere Wege finden.

Ein grelles Blitzlicht flammte in Matthias' Kopf auf. Das musste er verhindern! Keinesfalls durften die Verbrechen der Heimerzieher jetzt schon publik werden! Nicht nur, dass die Kriminalpolizei dann sofort Parallelen zwischen den Todesfällen ziehen würde, was noch viel schlimmer war: Weitere Erzieher, die er noch nicht bestraft hatte, wären dann gewarnt. Matthias schmeckte den bitteren Nachgeschmack der zwei Migränetabletten, während er grübelte, wie er dem Brieffreund das Vorhaben ausreden konnte. Vielleicht sollte er ihm vorschlagen, zuerst einmal alles zusammenzutragen und Bestätigungen und Zeugen aufzulisten. Sonst würde genau das geschehen, was mit den Verbrechern in dem Kinderheim auf Jersey passiert war, Beweise würden verschwinden, Menschen sich an nichts erinnern, alles verliefe im Sande. Verjährte der Missbrauch von Kindern eigentlich? Sein Blick kehrte auf den Bildschirm zurück, und er sah, dass Sebastian Wallau selbst zweifelte, mit der Aufdeckung der Schandtaten etwas erreichen zu können.

Warum ich mich nicht längst an die Polizei gewendet habe, fragst Du vielleicht? Nun, ich schäme mich. Schäme mich für das, was mir widerfahren ist, auch wenn ich weiß, dass ich keine Schuld daran trage. Was mich aber noch mehr abschreckt, sind ähnliche Fälle, in denen bereits Verfahren stattgefunden haben. Von Meerane hast Du doch sicher gehört? Das Kinderheim »Erich Hartung« war ganz in unserer Nähe. Es war ein sogenanntes Spezialkinderheim, in dem verhaltensauffällige und angeblich schwer erziehbare Jugendliche lebten. Ein einstiges Heimkind, Mario S., ist als Hauptbelastungszeuge aufgetreten, drei weitere Ehemalige haben sich ihm angeschlossen. Die Erzieher dort haben die Kinder misshandelt: Stockschläge in die Kniekehlen, »Entengang«, stundenlanges Strammstehen, Reinigen von Toiletten mit Zahnbürsten.
Sie haben Kindern den Kopf in die Kloschüssel gedrückt und die Spülung gezogen. Auch sexuellen Missbrauch soll es gegeben haben. Und – was mich am meisten mitgenommen hat – auch in diesem Kinderheim gab es eine Arrestzelle im Keller, fünf mal fünf Meter groß. Erinnert Dich das an irgendetwas?

Matthias spürte das Hämmern hinter seiner Stirn wie einen Vorschlaghammer. Das *Triptan* schien heute überhaupt keine

Wirkung zu zeigen. Er konnte sich nicht an ein Kinderheim in Meerane erinnern, geschweige denn an einen Prozess, aber das konnte er nachrecherchieren. Viel interessanter war, was Sebastian Wallau über das Gerichtsverfahren schrieb. Es gab ihm und seinen Handlungen recht und bewies, dass es sinnlos war, auf die Justiz zu vertrauen. *Seine* Maßnahmen waren fraglos die besseren, um die ehemaligen Tyrannen zu bestrafen.

Das erste Verfahren fand im August 2000 vor dem Landgericht in Chemnitz statt. Als Ergebnis stellten die Richter das Verfahren ein, da die Straftaten angeblich verjährt waren.
Mario S. gab jedoch nicht auf, und drei Jahre später hob der Bundesgerichtshof dieses Urteil auf und ordnete einen neuen Prozess vor dem Leipziger Landgericht an.
Leider brachte auch dieses Verfahren keine Genugtuung für die Opfer. Der Prozess wurde gegen Zahlung minimaler Geldbußen eingestellt.
Ich verstehe nicht, wie die Staatsanwaltschaft so etwas vorschlagen konnte! Die Opfer wurden nicht einmal vernommen, angeblich damit ihnen die »unangenehme Konfrontation« und »schwierige persönliche Befragungen« erspart blieben. Wie findest Du das?
Der Richter begründete die Entscheidung damit, dass die Taten schon lange zurücklägen und dass die juristischen Auseinandersetzungen nun schon neun Jahre andauerten.
Was ich aber am ärgsten finde, ist das, was danach geschah. Wenn Du denkst, die Heimerzieher von Meerane hätten irgendeine Art von Schuldbewusstsein entwickelt, hast Du Dich geschnitten. Ganz im Gegenteil.
Von den fünf Angeklagten hat einer noch lange danach im Heim gearbeitet, soweit ich weiß, bis mindestens 2005. Ein Zweiter war bis 1997 als Heimleiter tätig gewesen. Zwar musste er diesen Posten dann aufgrund der Ermittlungen räumen, war

aber noch lange danach in dem Gebäude aktiv – er leitet den Förderverein, der dem mittlerweile diakonischen Kinderheim vorsteht.
Der Dritte, der unter anderem einem Kind eine Gitarre auf den Kopf geschlagen haben soll, war mehr als zehn Jahre lang stellvertretender Bürgermeister von Meerane. Das ist doch der Knaller, nicht? Die Kinderschänder machen auch noch Karriere.

Die unsichtbaren Druckstellen an Matthias' Hals schmerzten. Sebastian Wallau wusste gar nicht, wie sehr er den Nagel auf den Kopf traf. Leider konnte er seinem Brieffreund momentan noch nicht schreiben, dass es eine funktionierende Methode gab, die Scheusale zu einem Eingeständnis ihrer Schuld zu zwingen, auch wenn diese mit dem Tod der Betroffenen endete. Nur kurz dachte er darüber nach, die Schurken aus Meerane auch mit in seine Liste aufzunehmen, entschied sich aber dagegen. *Seine* Erzieher gingen vor, Menschen, zu denen er einen Bezug herstellen konnte, Menschen, die ihm oder Mandy persönlich etwas angetan hatten. Später würde man sehen, ob es eine Gelegenheit gab, sich weiteren Schuldigen zuzuwenden.

Das Gefühl, es sei überall so wie bei ihm oder in Meerane gewesen, wuchs. Sicherlich war das geschilderte Beispiel nicht das einzige, in dem die Peiniger von damals ungeschoren davonkamen.

Lieber Matthias, Du hattest mich in Deiner letzten Mail gefragt, ob ich Dir Kontakt zu anderen Ehemaligen verschaffen kann. Ich habe ihnen Deine E-Mail-Adresse geschickt und sie gebeten, mit Dir Kontakt aufzunehmen, weil ich nicht wusste, ob es ihnen recht ist, wenn ich ihre Daten einfach an Dich weitergebe. Ich freue mich auf Deine Antwort,
Dein Sebastian

Matthias spürte sein Herz rasen. Wie von selbst klickte er auf »Beantworten« und fing an, zu schreiben. Er würde Sebastian vorschlagen, gemeinsam eine Liste der Erzieher und Lehrer des Kinderheims »Ernst Thälmann« zusammenzutragen. Dann konnten sie mithilfe anderer Heimkinder die Verfehlungen jedes Einzelnen konkretisieren und Beweise sammeln. Wenn auch nicht jeder alles wissen würde, so wie er selbst sich zum Teil nur bruchstückhaft erinnerte, konnte doch der eine oder andere von ihnen ein paar Puzzleteile beisteuern, die am Ende ein komplettes Bild ergeben würden. Dass einige der ehemaligen Peiniger schon längst bestraft worden waren, brauchte ja jetzt noch keiner zu wissen. Durch die Gemeinschaft würde es ihm gelingen, seine Liste zu erweitern und konkrete Untaten zu erfassen, als Rechtfertigung und Beweismaterial gleichermaßen.

Danach würde er Mandy einen Brief über Rainer Grünkerns plötzliches Ende schreiben und anschließend nach den nächsten Übeltätern fahnden. Matthias lächelte. Das Pulsieren in seinem Kopf hatte nachgelassen.

34

Lara stolperte, taumelte und fing sich im letzten Moment wieder. Die Pumps waren nicht das richtige Schuhwerk für dieses altertümliche Pflaster. Mit den spitzen Absätzen blieb man in jeder zweiten Fuge hängen. Wenn längere Wege zu Fuß anstanden, trug sie immer flache Schuhe.

Für einige Stunden im Gerichtssaal schienen ein paar schicke Absatzschuhe jedoch allemal geeignet, und so hatte sie sich heute Morgen für die Pumps entschieden. Lara unterdrückte einen Fluch, als der rechte Fuß von einem Pflasterstein abrutschte. Wenn sie sich schon nicht den Knöchel brach, so ruinierte sie sich zumindest die Absätze der teuren Schuhe. Bei ihren wunderbaren Planungen hatte sie nicht bedacht, dass dienstags Markttag war und alle Parkplätze in der Nähe des Gerichts belegt sein würden. Sie war zweimal alle Nebenstraßen abgefahren und hatte sich am Ende doch mit mindestens fünfzehn Minuten Fußmarsch abfinden müssen.

Und nun war es schon acht Minuten vor elf, und sie hatte noch zwei Querstraßen vor sich. Wenn man zu spät zu einer Verhandlung kam, waren die Türen des Gerichtssaals verschlossen, und man musste eine Pause abwarten, um hineingelassen zu werden. Sie hasste es, zu spät zu kommen. Außer Atem erreichte sie das Eingangsportal und hastete die Stufen nach oben. Noch vier Minuten. Gerade noch rechtzeitig! Die drei Meter hohe Flügeltür schwang schwerfällig auf, und Lara nickte dem Pförtner zu und eilte zur Mittelhalle hinauf. Oben angekommen blieb sie kurz stehen und sah sich um. Beide Seitengänge waren menschenleer. Rechts hinten saßen drei Leute. Das war alles.

Auf ihrer Stirn bildeten sich zwei steile Falten. Kurz vor Verhandlungsbeginn wimmelte es auf dem entsprechenden Flur immer von Menschen – Anwälte in ihren schwarzen Roben eilten Fledermäusen gleich über den Gang, Zeugen rutschten auf den glattgescheuerten Holzbänken hin und her, Pressevertreter hielten Leuten Mikrofone vors Gesicht.

Die große runde Uhr im Mitteltrakt zeigte zwei Minuten vor elf. Es war in ihrer gesamten Zeit als Gerichtsreporterin noch nie vorgekommen, dass Richter vorzeitig mit der Verhandlung begannen. Eher verspäteten sie sich. Sie hätte hinunter zur Pforte gehen und den Beamten fragen können, aber das hätte einen ziemlich unprofessionellen Eindruck gemacht.

Langsam schritt Lara nach rechts und checkte die Aushänge an den Türen. Am kleinen Schwurgerichtssaal hing »ihre« Verhandlung aus. Eilends überflog sie die Zeilen und blieb bei der Anfangszeit hängen: Dienstag, 04.08, Beginn: 10:00 Uhr.

Lara trat noch einen Schritt näher und las die angegebenen Zeiten noch einmal, aber es blieb dabei. Die Verhandlung gegen die Fußballrowdys hatte bereits vor einer Stunde begonnen.

Es dauerte ein wenig, bis ihr klar wurde, was das zu bedeuten hatte: Tom hatte sie eiskalt angelogen. Er wollte, dass sie zu spät kam und den Termin verpasste. Und sie hatte überhaupt nicht darüber nachgedacht, dass solch eine späte Anfangszeit ungewöhnlich war, dabei begannen die Richter nie so spät, weil sie spätestens um eins in die Mittagspause gingen. Aber das war ihr gestern gar nicht aufgefallen. Rotglühende Wut ballte sich in ihrem Bauch zusammen. Da war sie nun so stolz auf sich gewesen, hatte sich als Siegerin gefühlt, weil sie geglaubt hatte, Tom in seine Schranken gewiesen zu haben, und der Kerl besaß die Frechheit, sie im gleichen Atemzug erneut über den Tisch zu ziehen! Und sie war auch noch zu blöd gewesen, um seine Aussage zu überprüfen! Nach allem, was vorgefallen war!

Lara hatte schon das Telefon in der Hand, um in der Redaktion anzurufen und ihm die Hölle heiß zu machen, als ihre Vernunft zurückkehrte. Das wäre genau das, was Tom erwartete – eine aufgebrachte Kollegin, die sich in ihrer Rage um Kopf und Kragen redete. Aber die Blöße würde sie sich nicht geben! Noch immer wütend, marschierte Lara zu einer der Holzbänke und setzte sich.

Wenn sie nicht kampflos aufgeben wollte – was nicht infrage kam –, würde ihr nichts anderes übrig bleiben, als bis zur nächsten Verhandlungspause hier zu warten. Wenn sie Glück hatte, war einer ihrer Zeitungskollegen im Saal und konnte ihr nachher eine Zusammenfassung geben. Sie atmete tief ein und aus, ließ dabei die Schultern nach unten sinken und dachte an Marks Ratschläge. *Lass den Gegner nie wissen, was du als Nächstes planst. Versuche herauszufinden, was der Rivale erwartet, und tu das Entgegengesetzte.*

Tom nahm mit Sicherheit an, dass Lara zornentbrannt in die

Redaktion zurückkehrte. Doch darauf konnte er lange warten. Sie würde ihren Job machen und ihm freundlich gegenübertreten, ihre verspätete Ankunft bei Gericht jedoch mit keinem Wort erwähnen. *Lass es nie zu persönlich werden, Lara,* hatte Mark ihr geraten. *Sieh es als Wettbewerb.* Tom würde verwirrt sein und gleichzeitig nicht wissen, was sie als Nächstes plante. Lara lächelte einem vorbeikommenden Beamten zu und steckte ihr Handy in die Tasche. In der Zwischenzeit konnte sie an ihrer Materialsammlung über die zweite Plattenbauleiche arbeiten. Lara kramte nach ihrem Diktiergerät und dem Notizbuch.

Nach einer Weile warf sie einen schnellen Blick zur Uhr. Noch eine Stunde bis zur Mittagspause, wenn sich der vorsitzende Richter an den angegebenen Zeitplan hielt. Sie würde schon einmal damit beginnen, ihre Notizen über die zweite Plattenbauleiche zu einem Zeitungstext umzuschreiben, damit sie heute nicht bis Ultimo in der Redaktion sitzen musste. Wenn das hier heute schnell voranging, würde morgen auch der erste Artikel über den Hooligans-Prozess fällig sein.

»Zweite Plattenbauleiche« war eigentlich nicht der richtige Ausdruck für den Fall, denn soweit ihre Recherchen ergeben hatten, gab es nur wenige Parallelen zwischen den beiden Fällen. Der erste Leichnam hatte in einer Badewanne in einem zum Abriss bestimmten Block gelegen, und der Mann war ertränkt worden. Auch stammte das Opfer nicht aus Leipzig, sondern aus Wurzen. Der Tote in der Ringstraße dagegen war in seiner Wohnung umgekommen. Ein aufmerksamer Nachbar hatte die Leiche entdeckt. Fand man Leichen in Wohnungen, handelte es sich meistens um Beziehungstaten.

Allerdings hatten beide Fälle auch Gemeinsamkeiten. Das Alter der Ermordeten stimmte annähernd überein, beide waren Rentner gewesen und hatten allein gelebt. Das reichte zwar nicht aus, um einen gemeinsamen Fall daraus zu konstruieren, dazu wusste sie auch noch zu wenig, aber auffällig war es schon.

Lara schrieb an ihrem Artikel, bis sie Raunen und Scharren aus dem Gerichtssaal hörte. Gleich würden die Leute herausströmen, und sie musste zusehen, dass sie die Informationen zu den Fußballrowdys und den verpassten Geschehnissen vor Gericht bekam. Die Flügel der Tür klappten nach links und rechts auf, und während die murmelnde Menge aus dem Saal strömte, stand Lara vor der Bank und bemühte sich, bekannte Gesichter auszumachen. Außer denen, die dienstlich hier waren, gab es immer auch zahlreiche Neugierige, die öffentliche Prozesse besuchten.

»Hi, Lara! Du bist ja doch da! Wir haben schon jemanden von euch vermisst. Hast du es nicht rechtzeitig geschafft?«

»So könnte man es sagen. Grüß dich.« Lara lächelte Frank Schweizer zu, der ihr entgegenkam. Neben ihm ging, den Unterarm unter seinem durchgeschoben, die blonde Frau vom Jugendamt, Maria Sandmann. »Hallo, Frau Birkenfeld.« Die Blonde streckte den Arm aus, und Lara berührte eine kalte Handfläche.

»Kommst du mit in die Cafeteria? Wir sollten uns beeilen, sonst kriegen wir keinen Platz mehr.« Frank sah den Rechtsanwälten nach, die hastig in Richtung Kantine eilten.

»Gern. Kannst du mir nachher ein kurzes Update geben, was heute Vormittag gelaufen ist? Ich muss mir die falsche Anfangszeit notiert haben.«

»Klar.« Frank nickte gutmütig. »Wir haben anderthalb Stunden Zeit, bis es weitergeht. Das sollte doch wohl reichen.« Er zog Maria Sandmann mit sich die Treppen hinunter.

In der Kantine roch es nach Frittierfett und Bratensoße. An der Selbstbedienungstheke standen mindestens zwanzig Leute. Frank Schweizer nahm sich ein Tablett vom Stapel und reichte seiner Begleiterin ein zweites. Lara beobachtete, wie die blonde Frau ganz kurz ihren Kopf an seine Schulter lehnte, und fragte sich, seit wann die beiden so vertraut miteinander waren, bis ihr Franks Bemerkung bei der Schuleröffnung einfiel, er habe sie im *Lindencafé* gesehen, als er selbst mit Mia Sandmann dort war.

Und dass er mit ihr am Wochenende ins Kino wollte. Anscheinend lief da etwas zwischen den beiden. Lara griff nach einer Hühnersuppe und folgte ihnen zu einem freien Tisch.

»Die Verteidiger haben also eine Bewährungsstrafe gefordert.« Lara schrieb ein paar Stichpunkte in ihr Notizbuch. Frank Schweizer nickte kauend.

»Was kommt jetzt noch?«

»Es sind einige Zeugen geladen, die die Tat beobachtet haben. Ich glaube aber nicht, dass sich noch viel Neues ergibt.« Der Kollege ordnete sein Besteck in der Mitte des Tellers an. Mia Sandmann hatte die ganze Zeit in ihrem Salat herumgestochert, den gesamten Schafskäse und die Maiskörner auf die Seite geschaufelt und Gurken- und Tomatenscheiben hin- und hergeschoben. Jetzt legte auch sie Messer und Gabel beiseite. Heute trug sie eine kurzärmelige fliederfarbene Bluse, und man konnte ihre dünnen, aber sehr muskulösen Arme sehen. Lara betrachtete die knochigen Handgelenke der Frau. Die Haut war braungebrannt. Vielleicht fielen deshalb die feinen weißen Linien an beiden Unterarmen umso mehr auf. Eine Vielzahl dünner Striche, die quer zum Gelenk über die gesamte Innenseite reichten. Links waren es mehr. Lara hatte so etwas schon einmal gesehen. Bei einer Reportage über Menschen, die sich selbst verstümmelten. Das Aufschneiden oder Aufkratzen der Haut mit Rasierklingen, Messern, Scheren oder Glasscherben wurde »Ritzen« genannt. Es gehörte zum autoaggressiven Verhalten und hatte viele Ursachen, die aber fast immer mit zurückliegenden Traumatisierungen, Zurücksetzungen, Demütigungen oder Missbrauch zu tun hatten. Als spürte sie die auf ihre Narben gerichtete Aufmerksamkeit, ließ Mia Sandmann beide Arme unter dem Tisch verschwinden.

»Ich bin gespannt, ob die heute pünktlich fertig werden.« Frank Schweizer blickte zu seiner Begleiterin. Lara fand, dass er dabei ein Gesicht machte wie ein verliebter Ochsenfrosch.

»Ich kann leider nicht bis zum Schluss dableiben, ich habe noch einen Termin außerhalb.« Mia Sandmanns Arm bewegte sich unter dem Tisch nach links.

»Wann musst du denn weg?«

»Spätestens um drei. Ich komme nach der Pause nicht wieder mit in den Gerichtssaal. Eigentlich war ich heute nur wegen dir hier.« Frank Schweizers Gesichtsausdruck wandelte sich zu dem eines verzückten Schlafwandlers. Lara fragte sich, wieso die Frau einfach freinehmen konnte, um an dem Prozess teilzunehmen. Sie hatte stillschweigend angenommen, Maria Sandmann sei in ihrer Funktion als Mitarbeiterin des Jugendamtes hier, schließlich waren zwei der Angeklagten noch minderjährig. Ihr Blick folgte der Bewegung des linken Armes, der noch ein Stückchen weiter in Richtung von Frank Schweizer gewandert war. Was machte die Frau da?

Lara beugte sich ein wenig zur Seite und tat so, als suche sie etwas in ihrer Tasche, die auf dem Boden stand, während sie versuchte, unter die Tischplatte zu schielen. Die Hand der blonden Frau lag auf dem Oberschenkel des Kollegen, verdächtig nah an seinem Schritt. Jetzt bewegte sie sich zur Mitte und rieb sacht auf und ab. Lara tauchte mit hochrotem Kopf wieder auf, ihr Mobiltelefon in der Rechten, und deutete auf das Handy. »Ich muss schnell noch ein Gespräch führen. Hältst du mir einen Platz frei?« Frank Schweizer nickte entrückt, und Lara schnappte sich ihre Tasche und eilte hinaus. Den Teller und das Glas ließ sie stehen. Das traute man dieser sanften Frau gar nicht zu, wenn man sie so sah. Aber sollten der Kollege und seine neue Freundin machen, was sie wollten. Lara war nicht ihre Anstandsdame.

»Ist der Chef noch da?« Lara warf ihre Tasche in hohem Bogen auf den Schreibtisch. Isabell, die schon den Schirm am Arm hängen hatte, stand neben dem Platz ihres Angebeteten. Tom hatte die Hände von den Tasten genommen und schaute verblüfft.

»Er sitzt in seinem Büro. Was willst du denn von ihm? Es ist gleich Feierabend.«

»Ich habe etwas mit ihm zu besprechen.« Die Verhandlung war eher zu Ende gewesen, als sie gedacht hatten, weil zwei der geladenen Zeugen nicht erschienen waren. Auf der Rückfahrt vom Gericht hatte Lara die ganze Zeit darüber gegrübelt, was passiert wäre, wenn Frank ihr nicht haarklein alle Details vom Vormittag berichtet hätte. Und mit jeder Ampelkreuzung war ihr Zorn ein bisschen gewachsen. Tom machte den Mund auf, um etwas zu erwidern, als Gernot Hampenmann in der Tür zu seinem Zimmer erschien. »Ich gehe jetzt.« Der Redaktionsleiter drehte sich um, verschloss seine Tür und wandte sich in Richtung Ausgang.

»Halt, warten Sie!« Laras Ausruf klang wie ein Schrei. Hampenmann und Isabell zuckten gleichzeitig zusammen.

»Ich möchte etwas klären!«

»Frau Birkenfeld. Was ist denn nun schon wieder?« Es klang genervt. »Ich muss los.«

»Ich war heute im Gericht. Ein Prozess gegen vier Hooligans.«

»Ja und?« Hampenmann machte einen Schritt auf die Tür zu, und Lara sprudelte schnell die nächsten Sätze heraus.

»Zum Verhandlungsauftakt letzten Dienstag ist Tom gegangen, weil Sie ihn hingeschickt haben. Angeblich war ich ja nicht erreichbar. Aber da das eigentlich mein Ressort ist, wollte ich wenigstens über den Rest berichten. Es war ja auch noch nichts erschienen.«

»Frau Birkenfeld.« Gernot Hampenmann atmete hörbar aus. »Das ist doch alles Schnee von gestern.«

»Das ist es nicht!« Lara spie die Worte heraus. Ihr Blickfeld hatte sich rot eingefärbt, und die Stimme der Vernunft, die ihr zuflüsterte, sie solle sich nicht noch mehr in Rage reden, wurde immer schwächer. »Gestern habe ich Tom gefragt, wann es weitergeht. Und er hat mir die falsche Anfangszeit genannt! Dadurch bin ich heute eine Stunde zu spät gekommen!« Sie wies anklagend auf ihren Kollegen.

»Das habe ich nicht.« Tom sprach langsamer als sonst. Er hatte die Hände vor dem Bauch gefaltet und guckte mitleidig. »Zehn Uhr geht die Verhandlung los, sagte ich. Ich weiß es noch ganz genau. Ich kann nichts dafür, wenn du dir das falsch aufschreibst.«

Lara schnappte nach Luft, verschluckte sich und hustete. Jetzt log der Kerl ihr auch noch dreist ins Gesicht. Hampenmann stellte seine Aktentasche auf den Boden und kam zu ihren Schreibtischen. »Eigentlich wollte ich das in Ruhe mit Ihnen beiden besprechen und nicht zwischen Tür und Angel. Aber wenn wir einmal dabei sind... Herr Fränkel und ich hatten gestern nach der Konferenz noch ein interessantes Gespräch.«

Also doch! Hatte sie doch gestern richtig gesehen. Der Schleimscheißer hatte sich beim Chef beschwert. Lara verschränkte die Arme vor der Brust.

»Tom hat das Gefühl, Sie intrigieren hinter seinem Rücken gegen ihn. Das, was Sie eben behauptet haben, spricht dafür. Und ich habe nicht vergessen, dass Sie sich schon mehrmals beschwert haben, er reiße Berichte an sich, die eigentlich in Ihr Ressort fallen.«

Lara fühlte, wie etwas ihr den Boden unter den Füßen wegzog. Zweimal öffnete und schloss sie den Mund wie ein Karpfen, ohne etwas erwidern zu können.

»Dazu kommt noch, dass Sie mit der Polizei nicht klarkommen. Kriminalkommissar Stiller hat schon öfters über Probleme bei der Zusammenarbeit mit Ihnen berichtet. Gerade dieses Zusammenspiel aber ist immens wichtig, wenn man Gerichtsreportagen schreibt. Und nicht zuletzt...« Der Redaktionsleiter machte eine bedeutungsvolle Pause, und Lara konnte die Stille in den Redaktionsräumen fast körperlich spüren. Alle Anwesenden schienen dem Disput zu lauschen, »...nicht zuletzt sind Sie unzuverlässig!« Den Satz donnerte er heraus wie eine Rakete.

»Ich bin nicht...« Lara schnappte erneut nach Luft.

»Frau Birkenfeld! Ich nenne Ihnen ein Beispiel. Wo waren Sie gestern Nachmittag nach der Redaktionskonferenz?«

»Ich, äh...« Lara sah Toms Miene. Er gab sich Mühe, sorgenvoll dreinzuschauen, aber sie wusste, dass er das Ganze genoss.

»Ich war im Konservatorium.«

»Ah ja. Was war das für ein Termin?«

»Ein... ein Interview.« Sie ritt sich immer tiefer hinein. Warum erklärte sie nicht, wo sie wirklich gewesen war? Es würde sowieso demnächst herauskommen. Leute hatten Lara in Grünau gesehen, und schließlich wollte sie noch über den Fall schreiben. Also würde sie irgendwann damit herausrücken müssen. Nur leider war ihr gestern nichts Besseres eingefallen, als einen Termin im Konservatorium vorzuschieben. Wenn sie heute etwas anderes behauptete, würde das Hampelmanns Theorie, Lara Birkenfeld lüge und mobbe seinen Lieblingsangestellten, nur untermauern.

»Ein Interview, soso. Sollen die Kollegen sich nicht in den Abwesenheitskalender eintragen, wenn sie außer Haus arbeiten?«

»Ich hab es vergessen.« Lara hob resigniert die Schultern. Es war ihre eigene Dummheit. In Toms Augen funkelte es kurz, und Lara hasste ihn einen Moment lang so sehr, dass sie ihn auf der Stelle umbringen wollte. Isabell, die noch immer neben dem Schreibtisch stand, so als wisse sie nicht, wohin, beobachtete die Auseinandersetzung mit weit aufgerissenen Augen.

»Also gut, Frau Birkenfeld. Die Diskussion ist hiermit beendet.« Hampenmann bückte sich nach seiner Aktentasche und sah sich im Aufrichten in der Redaktion um. »Wie gesagt – eigentlich wollte ich das Problem morgen Vormittag mit Ihnen beiden in Ruhe klären, aber Sie haben mir keine Wahl gelassen.« Isabells Augen irrlichterten zwischen den drei Personen hin und her. Der Redaktionsleiter straffte sich und fuhr fort. »Fürs Erste lege ich fest, dass Herr Fränkel ab jetzt die Gerichtsreportagen übernehmen wird, damit ein bisschen Ruhe hineinkommt. Übergeben Sie alles, was Sie haben, an ihn. *Heute* noch. Unser Kollege Bert Anders hatte einen Bandscheibenvorfall und wird für längere Zeit ausfallen. Sie betreuen vorerst seine Panorama-Seiten. Haben wir uns verstanden?«

Aus den Augenwinkeln sah Lara Tom mit dem Kopf nicken, als habe er das alles schon gewusst. Wahrscheinlich hatte er das Ganze gestern mit Hampenmann zusammen ausgekocht. Der rote Schleier vor ihren Augen schlierte hin und her. Ihr ganzes Gebiss schmerzte. Der Redaktionsleiter nickte auch, schwenkte mit einem militärischen Dreh herum und stolzierte zur Tür hinaus.

Lara setzte sich schwerfällig in Bewegung. Ein paar Sekunden später fand sie sich in der Küche wieder, eine Cola in der Rechten, von der sie nicht wusste, wie sie dahin gekommen war. Neben ihr stand Isabell und guckte besorgt.

»Das war nicht nett von Tom.« Die Praktikantin flüsterte.

»Lass mich bitte in Ruhe, Isi.« Der Deckel der Flasche öffnete sich mit einem Zischlaut. Die Kohlensäure brannte im Rachen. Lara setzte erst ab, als die Flasche halb leer war.

»Ich weiß, dass du recht hast.« Isabell wisperte nun fast unhörbar. »Es tut mir leid.«

»Schön für dich. Und nun geh bitte nach draußen.« Wie ein sprudelnder Vulkan kochte der Zorn. Sie wollte ihn nicht an der Praktikantin auslassen. Isi zog eine Schnute und stakste hinaus. Lara trank noch einen Schluck Cola und wartete, dass die brodelnde Lava allmählich zur Ruhe kam. Die Notizen über den Hooligan-Fall konnte Tom gern haben. Nicht den angefangenen Artikel, diese Arbeit sollte er schön selber machen; ihre Aufzeichnungen aus dem Gericht jedoch würde sie ihm übergeben. In der Anwesenheit von Zeugen. Aber nur das, was heute Nachmittag gelaufen war. Schließlich war sie durch seine Lüge zu spät gekommen. Sollte er sehen, wo er die Informationen vom

Vormittag herbekam. Lara trank die Flasche leer und stellte sie weg.

Aber es gab noch einen weiteren Fall, an dem sie dran war. Die zweite Plattenbauleiche. Vielleicht wusste Tom davon noch nichts. Und wenn es nach ihr ging, sollte es auch dabei bleiben. Das war *ihr* Fall, und *sie* würde darüber schreiben! Lara lockerte ihre Kaumuskeln. Sie musste jetzt wieder da raus und der Hyäne am Schreibtisch gegenüber ins Lügengesicht sehen. Aber sobald sie Tom die Informationen ausgehändigt hatte, würde sie sich nach Grünau aufmachen und an ihrem Fall weiterrecherchieren. Und wenn sie den fertigen Artikel einer anderen Zeitung anbieten musste, Tom Fränkel würde ihn nicht bekommen!

35

»Die Stimme hat also zu Ihnen gesagt: ›Tu nicht so unschuldig‹ und ›Du siehst aus wie ein Schaf‹?« Mark Grünthal hielt das kleine Notizbuch aufgeschlagen in der Hand und betrachtete die nach rechts geneigte Schrift. Mia nickte. »Und es war eine Frauenstimme.« Mia nickte noch einmal. »In welchem Ton hat sie mit Ihnen gesprochen?«

»Ein bisschen schnippisch. So, als verachte sie mich.« *Ich bin nicht schnippisch! Nur ehrlich!*

»Warum sollte die Stimme das tun?«

»Weil ich mit dem Journalisten ausgehen wollte.« Von dem, was in der Nacht danach passiert war oder wie sie sich heute Mittag in der Cafeteria des Gerichts aufgeführt hatte, sagte Maria Sandmann dem Arzt nichts.

»Hm.« Der Psychologe blätterte um. »Das war alles an Kommentaren, was Sie seit unserem Treffen letzten Freitag gehört haben?« Er machte ein skeptisches Gesicht, und Mia hatte das Gefühl, der Arzt wisse ganz genau, dass sie nicht alles notiert hatte. Insbesondere die Beschimpfungen als Nutte und Dreckstück nicht.

»Bei Träume haben Sie geschrieben: ›keine‹ und bei Flashbacks steht überhaupt nichts.« Die Skepsis war jetzt auch in seiner Stimme zu hören. »Heißt das, dass Sie in den letzten Tagen nichts dergleichen erlebt haben?«

»Nichts, an das ich mich erinnern könnte.« Mia Sandmann hörte sich selbst zu. Das, was sie sagte, klang beherrscht und selbstsicher. Sie hatte sich zwar entschlossen, den Termin heute wahrzunehmen, einfach weil sie ungern etwas absagte, das fest ausgemacht war, aber schon auf der Fahrt nach Berlin waren ihre Zweifel gewachsen. Mittlerweile war sie sich sicher, dass das hier vergeudete Zeit war. Die schrecklichen Erinnerungsschübe an das Kinderheim waren ausgeblieben, und ihr Leben verlief wieder in normalen Bahnen. Bis auf diese Hals-über-Kopf-Affäre mit dem Journalisten, den sie, wenn sie es recht bedachte, nicht einmal attraktiv fand. *Und was ist mit dem Traum von Sonnabendnacht? Als du bei deinem neuen Stecher im Bett gelegen hast?* Mia schlug sich die Hand vor den Mund und wusste im gleichen Moment, dass sie einen Fehler gemacht hatte.

»Ist Ihnen noch etwas eingefallen?« Der Arzt schaute gelassen drein. »Etwas, das Sie vergessen haben aufzuschreiben? Wollen Sie darüber reden?«

»Es war nichts von Belang.« Mia wandte den Blick ab und sah auf ihre im Schoß verschränkten Finger.

»Manchmal sind auch unwichtig erscheinende Dinge von Bedeutung. Sie können offen zu mir sein. Niemand erfährt etwas davon. Ich bin auf Ihrer Seite und möchte Ihnen helfen.«

»Ich ... ich glaube, ich habe wieder von früher geträumt.« Nur kurz huschte ihr Blick zu dem des Arztes. »Ich hatte es vergessen.« *Das wollten wir doch für uns behalten! Wie blöd bist du eigentlich?*

»Von diesem Kinderheim, in dem Sie waren? Wissen Sie noch, worum es in dem Traum ging?«

»Es war nur ein Fragment, kein vollständiger Traum. Jemand hat mich geweckt, aus dem Bett geholt und hinausgetragen. Ein Mann.«

»Verstehe.« Doktor Grünthal sah ein bisschen betrübt aus. Verstand er wirklich? Zum Glück hatte er nicht gefragt, wo sie diesen Traum gehabt hatte. Wahrscheinlich nahm er stillschweigend an, Maria Sandmann habe allein bei sich zu Hause in ihrem Bett gelegen.

»Ich hatte Sie das letzte Mal schon danach gefragt: Haben Sie eine Erklärung dafür, dass Ihre Albträume immer mit diesem Kinderheim zu tun haben?«

»N… nein.« Mias Finger schlangen sich wie von selbst ineinander und lösten sich wieder. Sie hatte keinen blassen Schimmer. Sie wollte ihre Ruhe haben und dass der innere Terror aufhörte. War das zu viel verlangt?

»Das ist in Ordnung. Zwingen Sie sich zu nichts. Wir werden anders herangehen.« Forschend blickte der Arzt in Mias Gesicht. »Ich hatte Ihnen ja schon das letzte Mal angekündigt, dass ich gern ein wenig tiefer schürfen würde. Wie Sie mir erzählt haben, gibt es keine bewusste Erinnerung an Ihre frühe Kindheit. Sie wissen nicht, wer Ihre Eltern waren oder ob Sie Geschwister haben. Wahrscheinlich sind Sie schon sehr früh in dieses Heim gekommen. Kleine Kinder erinnern sich nur an sehr wenig, wenn überhaupt. Das ist also nichts Ungewöhnliches. Aus welchem Grund man Sie dorthin gebracht hat, wissen wir auch nicht. Sie erinnern sich nicht, jemals bei Adoptiveltern gewesen zu sein. Aufzeichnungen, Fotos, Schriftstücke oder Akten besitzen Sie nicht. Habe ich das richtig wiedergegeben?« Jetzt schaute er väterlich, fast so, als täte ihm seine Patientin ein wenig leid. Mia zwang sich ein »Ja« heraus. Der Arzt hatte im Telegrammstil das Dilemma zusammengefasst.

»Gut. Ich möchte nun sehen, ob Ihr Unterbewusstsein mehr weiß.« Mia verkrampfte sich, und er setzte hinzu: »Keine Angst, es tut nicht weh.«

»Was wollen Sie machen?« Mia fand, dass sie sich nun anhörte wie ein ängstliches kleines Mädchen. Wenigstens schwiegen die Stimmen in ihrem Kopf.

»Ich würde Sie gern hypnotisieren. Das hatte ich Ihnen ja das letzte Mal schon angekündigt. Erinnern Sie sich noch an den Vergleich mit dem Apothekerschrank?« Er wartete, bis Mia genickt hatte, und fuhr dann fort: »Ich möchte ihn betrachten und schauen, ob ich ein paar Schubladen öffnen kann. Falls ich etwas Beängstigendes finde, lasse ich es nicht hervorkommen, versprochen. Aber wir können Ihre Probleme nur lösen, indem wir sie erkennen. Wenn man nicht weiß, was die Ursache der Schmerzen ist, kann man den Schmerz nicht beseitigen. Ich kann Sie jedoch nicht gegen Ihren Willen hypnotisieren, Sie müssen es selbst wollen. Möchten Sie sich darauf einlassen?«

Mia betrachtete ihre Finger. Künstliche Nägel verdeckten die abgekauten echten. Dann sah sie hoch. »Versuchen wir es.«

»Gut, Frau Sandmann. Zuerst erkläre ich Ihnen unser Vorgehen bei dieser Therapieform. Danach teste ich Ihre Suggestibilität, das heißt Ihre Hypnotisierbarkeit. Die erste echte Sitzung werden wir erst am Freitag durchführen, denn dafür reicht heute die Zeit nicht aus. Was ich vorher noch nicht genau sagen kann, ist der Zeitraum, in dem wir arbeiten werden. Die Anzahl der Sitzungen kann variieren.« Er machte eine kurze Pause. Es kam Mia so vor, als lauschten die Stimmen in ihrem Kopf andächtig, was der Arzt sagte, und prüften, ob er vertrauenswürdig war. »Das, was ich Ihnen jetzt in Grundzügen erläutere, können Sie zu Hause noch einmal ausführlich nachlesen.« Er griff in die Ablage neben dem Tisch und reichte Mia eine Broschüre: *Hypnose in der Psychotherapie – Hinweise und Erklärungen.*

»Wenn beim Lesen des Heftes noch Fragen auftauchen, können wir diese gern das nächste Mal besprechen. Bevor wir damit weitermachen, würde ich gern mit Ihnen eine Therapievereinbarung abschließen.«

»Eine was?«

»Eine Therapievereinbarung. Es gibt einige Punkte, die Sie während der Therapie bei mir beachten sollten, und einige Punkte, die ich Ihnen zusichere. Lesen Sie das bitte und fragen Sie, wenn Ihnen etwas unklar sein sollte.«

Ich bin keine Patientin! Das hört sich ja so an, als wäre ich krank! Mia nahm das Blatt, das der Arzt ihr reichte, und überflog die Stichpunkte.

…Patient verpflichtet sich, alle Sitzungen pünktlich wahrzunehmen… verpflichtet sich, die Therapie zu Ende zu führen… verpflichtet sich, dem Therapeuten gegenüber völlig offen zu sein… verpflichtet sich, andere therapeutische Maßnahmen während der Therapie mit dem Therapeuten abzusprechen und keine sonstigen analytischen Therapien gleichzeitig durchzuführen… *Vergiss es. Nimm deine Tasche und verschwinde!*

Der Arzt selbst verpflichtete sich laut dem Papier auch zu bestimmten Dingen, zum Beispiel zur Einhaltung der vorgesehenen Termine, zur besonderen Wahrung der gesetzlichen Schweigepflicht auch gegenüber Angehörigen. Die Worte »Therapie«, »Therapeut« und »Patient« schwirrten durch Mias Kopf. War das, was da stand, nicht alles selbstverständlich? Und welche Rechtskraft hatte so ein Schriftstück? *Keine,* höhnte es in Mias Kopf. *Nada. Du kannst das getrost unterschreiben. Es ist nichts als Makulatur.*

Der Arzt hatte sich zurückgelehnt und die Beine übereinandergeschlagen. »Soll ich Ihnen das noch näher erklären?«

»Nein. Ich verstehe alles.« Mia griff nach dem Stift, den er ihr hinhielt, und unterschrieb mit ihrem vollen Namen. Nutzloser Quatsch, das Ganze, aber wenn er es so wollte, sollte er seinen Willen bekommen.

»Gut, Frau Sandmann. Bitte halten Sie sich daran. Wenn Sie einen Termin absagen möchten, geben Sie uns bitte mindestens einen Tag vorher Bescheid.« Er unterschrieb seinerseits und legte das Blatt beiseite. »Sie bekommen nachher eine Kopie von der Schwester. Und nun zum Ablauf der Hypnosetherapie.« Während der Arzt schilderte, wie Einleitung, Durchführung und Rückführung ablaufen würden, dachte Mia über ihre nächsten Vorhaben nach. Vielleicht sollte sie sich einfach wieder krankmelden. Die Grippe von letzter Woche war doch noch nicht auskuriert. Wie auf Befehl begann es, in ihrem Kopf zu pochen. Und dann musste sie unbedingt diesen Journalisten wieder loswerden. Nicht dass er sich noch in sie verliebte. Der Typ klebte schon richtig an ihr. Mia spürte den Blick des Arztes auf sich. Er schien auf eine Antwort zu warten. Weil sie nichts erwiderte, wiederholte er seinen letzten Satz.

»Bereit für den Pendelversuch?«

»Pendelversuch, ja.« Mia sah schwarze Kerzen flackern, hörte Beschwörungsformeln und unterdrückte ein hysterisches Kichern.

»Damit zeige ich Ihnen Ihre Hypnotisierbarkeit. Nehmen Sie das hier.« Doktor Grünthal reichte Mia einen etwa dreißig Zentimeter langen Faden, an dessen unterem Ende ein goldener Ring befestigt war. »Stützen Sie den Ellenbogen so auf den Tisch«, er machte es vor, »und legen Sie das Ende des Fadens über den Mittelfinger.« Er reichte Mia das Pendel. »Schön entspannt lassen und nicht verkrampfen. Nun hängt der Ring locker nach unten. Konzentrieren Sie sich jetzt darauf, dass das Pendel beginnt, von rechts nach links zu schwingen. Es schaukelt hin und her. Sehen Sie?«

Verblüfft beobachtete Mia, wie der Ring begann, leicht zu pendeln. Es funktionierte tatsächlich, obwohl sie keine bewussten Anstalten machte, die Finger zu bewegen. Und sie selbst war die Ursache dieses Phänomens.

»Ganz toll, Frau Sandmann. Nun versuchen Sie einmal, dass der Ring eine Kreisbewegung vollführt.« Das Pendel schien die Worte des Arztes gehört zu haben und begann, auf wundersame Weise im Kreis zu schwingen. Auch ein Richtungswechsel gelang.

»Sehen Sie. Das hat doch prima geklappt. Ihr Unterbewusstsein hört auf uns. Das war's auch schon für heute. Ich bin sehr optimistisch, dass wir Ihre Probleme nach und nach in den Griff bekommen werden.« Er lächelte wieder väterlich, legte das Pendel zurück in seine Holzschale und erhob sich. »Dann bis Freitag, Frau Sandmann.« Er reichte ihr eine warme Hand und öffnete dann die Tür. Wie in Trance marschierte Mia hinaus.

Weiber! Ihr seid doch alle gleich! Kaum redet eine »Autorität« mit euch, knickt ihr allesamt ein und könnt das Maul nicht halten.

Mia nahm den Fuß vom Gas und warf einen schnellen Blick auf ihr Gesicht im Rückspiegel. Ihr Mund hatte einen verächtlichen Zug. Analytisch notierte sie sich im Geiste den Wortlaut des Gesagten. Sie würde es beim nächsten Halt in ihr Büchlein eintragen. Die Stimme schimpfte weiter. *Was gehen denn den Seelenklempner deine Träume an? Und das mit der Hypnose kannst du dir auch klemmen. Niemand wird hier in Trance versetzt. Das wäre ja noch schöner, wenn wir jeden Weißkittel in unser Gehirn schauen lassen! Vergiss es.*

»Halt's Maul. Das entscheide ich.« Mia lachte kurz auf und wurde wieder ernst. Sie führte ein Gespräch mit einer ihrer Stimmen. Wenn das nicht das gefundene Fressen für Doktor Grünthal war!

Du sagst es, dumme Trine. Wenn du so weitermachst, kommst du in die Klapsmühle. Dann wirst du ja sehen, was du davon hast. Wag es bloß nicht, am Freitag wieder nach Berlin zu fahren!

»Hörst du gar nicht zu? *Ich* entscheide, wann ich wohin fahre!« Zur Bestätigung schlug Mia mit der Hand auf das Lenkrad.

Wir werden ja sehen. Niemand schaut sich unseren »Apothekerschrank« an! Und was war das eigentlich heute Mittag in der Gerichtskantine? Du benimmst dich wie eines dieser billigen Flittchen.
»Es tut mir leid. Ich weiß nicht, was da in mich gefahren ist.«
Wird wohl die Nutte in dir gewesen sein.
Mia drückte den Einschaltknopf des Autoradios und regelte die Lautstärke so hoch, wie es nur ging, um das Gemecker zu übertönen. Das war ja heute nicht zum Aushalten! Was hatte die Stimmen so rebellisch gemacht? Der Besuch bei Doktor Grünthal und was der Arzt mit ihr vorhatte? Wovor fürchtete sich ihr Unterbewusstsein?

*

»Gibt es denn inzwischen Neuigkeiten? Was ist mit dem Obduktionsbericht?« Lara fuhr mit dem Finger über den grauen Belag auf ihrem Armaturenbrett. Die schrägstehende Abendsonne trübte die Windschutzscheibe zu schlierigem Milchglas. Die Luft im Auto war schwülwarm, und das Mobiltelefon in ihrer Rechten fühlte sich feucht an.

»Kannst du nicht den Pressesprecher deswegen anrufen, Lara?« Ralf Schädlich war dazu übergegangen, sie permanent zu duzen. Und sie hatte es hingenommen, ohne zu protestieren. »Ich darf nichts von den Ermittlungen an die Presse herausgeben.« Er klang bekümmert.

»Oh. Verstehe.« Wahrscheinlich hatte Stiller seinen Angestellten einen Maulkorb verpasst. »Na, macht nichts. Dann rufe ich da morgen mal an.« Dass Lara gar nicht mehr für die Sache zuständig war, brauchte der Kripobeamte nicht zu wissen. Er würde es noch früh genug erfahren.

»Kannst du mir wenigstens sagen, ob Parallelen zwischen der ersten Plattenbauleiche und dieser zweiten gefunden wurden?« Die vertrauliche Anrede wollte nur schwer über ihre Lippen.

»Du gibst nicht auf, was?« Jetzt wechselte Schädlichs Tonfall zu amüsiert. »Wie so ein kleiner Bullterrier. Wenn du dich einmal in etwas verbissen hast, lässt du nicht locker.«

»Das gehört dazu, wenn man gute Arbeit leisten will.« Lara sah in den Rückspiegel und streckte ihrem Spiegelbild die Zunge heraus. »Bullterrier« war ja nicht gerade ein schmeichelhafter Vergleich, um eine Frau zu charakterisieren. Schädlich war etwas ungelenk, wenn es um Komplimente ging. »Ich versuche eben, gründlich zu sein. Nicht alle Hintergrundinformationen werden auch veröffentlicht.« Merkte der Mann, dass sie ihm eine Brücke baute? »Ich bin einfach eine neugierige Frau.« Sie lachte ihr herzlichstes Lachen.

»Ich glaube, das muss man in dem Beruf auch sein.« Auch Ralf Schädlich lachte jetzt. Lara gab die Hoffnung auf, etwas aus ihm herauszulocken. Der Typ war eine Auster. Wenn der Kriminalobermeister ihr nichts sagen wollte, würde sie sich die Informationen eben anderweitig besorgen. Was sie eigentlich damit wollte, wusste sie selbst nicht. Auch wenn sie keinen Artikel zu dem Thema mehr schreiben dürfte, sie wollte zumindest einen Wissensvorteil gegenüber Tom haben.

Inzwischen war sie in Grünau angekommen. Sie konnte die Gruftibraut und ihren tätowierten Freund innerhalb einer Gruppe Jugendlicher ausmachen, die es sich auf dem *Netto*-Parkplatz gemütlich gemacht hatten. Lara beobachtete, wie sie eine Wodkaflasche kreisen ließen, und hörte dabei Ralf Schädlich sagen: »Wollen wir mal wieder essen gehen?« Das rosahaarige Mädchen nahm einen tiefen Schluck und reichte die Flasche an den Freund weiter.

»Lara?«

»Äh … Entschuldigung. Ich war gerade in Gedanken. Wollen wir essen gehen? Na klar, warum nicht? Wann denn?«

»Heute ist Dienstag. Ich denke, du hast auch die ganze Woche über viel zu tun. Wie wäre es mit Freitag?« Da sie schwieg, setzte er schnell hinzu: »Oder Sonnabend?«

»Sonnabend ist mir lieber. Wohin denn?« Lara wusste, dass sie einen Fehler machte – und doch gelang es ihr nicht, das Treffen abzuwiegeln. Allerdings, was wäre, wenn Schädlich bis dahin neue Informationen hatte? In einem Restaurant bei einem Glas Wein war er sicher redseliger als am Telefon.

»Warst du schon mal im *Domizil*?«

»Das kenne ich. Es ist sehr schön da. Gute italienische Küche.«

»Super, dann fahren wir dorthin.« Man konnte Ralf Schädlich die Freude anhören, und Laras schlechtes Gewissen blähte sich auf wie ein überdehnter Ballon.

»Um neunzehn Uhr? Soll ich dich abholen?«

»Nein, das ist nicht nötig. Wir treffen uns dort.« Das würde sie davon abhalten, Alkohol zu trinken, und so entging sie wenigstens der Peinlichkeit, sich von dem Kripomann wieder nach Hause fahren lassen zu müssen.

»Na gut. Dann bis Sonnabend! Ich freu mich.« Klick. Kriminalobermeister Schädlich hatte aufgelegt. Was war bloß aus ihren Prinzipien geworden?

Lara sah noch einmal zu den fünf Schwarzgekleideten hinüber, checkte ihr Diktiergerät und stieg aus. Was tat sie eigentlich hier? Die Jugendlichen hatten schon vor zwei Wochen nichts gewusst, keiner von ihnen hatte etwas gesehen oder gehört. Wahrscheinlich waren sie sowieso den ganzen Tag zu betrunken, um sich etwas merken zu können, aber einen letzten Versuch war es noch wert. Und was Schädlich betraf: Noch war nichts passiert. Sie konnte das vermeintliche Date jederzeit absagen.

Die Regenwolken hatten sich verzogen und einem hypnoseblauen Himmel Platz gemacht. In der frischgewaschenen Luft lag ein Geruch nach sauberem Leinen. Langsam ging sie zu den Jugendlichen hinüber.

»Hallo Sie!« Ein kurzes Kläffen ertönte. Lara drehte sich um. Zuerst sah sie den struppigen weißen Hund, der an seiner Leine zerrte, dann fiel ihr Blick auf die alte Frau, die heftig winkte. Hinter sich zog sie einen Einkaufstrolley. »Frau Birke! Von der Zeitung!« Kein Zweifel, die Alte in Jogginghosen und Flauschjacke meinte sie. Noch ehe sie ganz heran war, hatte Lara einen Geistesblitz und sah sich in einer Küche mit bejahrter Einrichtung sitzen und mit der Frau Kaffee trinken.

»Ich heiße Birken*feld*. Guten Tag, Frau Ehrsam. So trifft man sich wieder.«

»Sie waren doch bei mir, um mich zu dieser Leiche zu befragen, und haben mir Ihr Kärtchen dagelassen. Struppi, hör auf damit!« Die Alte zog an der Leine, um den Hund von Laras Hosenbeinen, die er ausgiebig beschnüffelte, fernzuhalten. »Ich habe jeden Tag nachgeschaut, ob Sie etwas dazu geschrieben haben, aber unter den Artikeln stand nie Ihr Name!«

»Mein Kollege hat die Berichterstattung übernommen.«

»Aha. Und jetzt sind Sie wegen der nächsten Leiche hier?« Die Alte senkte die Stimme. »Der ältere Herr, der gleich hier um die Ecke, nur zwei Straßen weiter, in seiner Wohnung ermordet wurde?«

»Im Prinzip schon. Kannten Sie das Opfer?«

»Flüchtig. Ich kannte ihn flüchtig.« Frau Ehrsam rückte an ihrer Brille.

»Darf ich Ihnen dazu ein paar Fragen stellen?« Lara schaute zu dem Schild der Bäckereifiliale neben der Eingangstür des Supermarktes. »Ich spendiere Ihnen einen Kaffee.«

»Hm.« Die Alte kratzte sich ausgiebig unter der rechten Brust. »Ich müsste Struppi draußen anbinden.« Sie blickte zu dem Hund, der sein Interesse inzwischen undefinierbaren Überresten in einer Betonfuge zugewandt hatte. »Aber das ist er ja gewöhnt. Komm, Struppi!« Mit einem Ruck zog sie das Tier zu sich heran und schlurfte dann zum Eingang.

»Grünkern hieß er also. Den Vornamen wissen Sie nicht?«

»Nein.« Frau Ehrsam schüttelte den Kopf. »Viele wohnen schon dreißig Jahre oder länger hier. Wir sind zusammen alt geworden. Aber ich kenne natürlich nicht jeden. Den Herrn Grünkern habe ich immer beim Spazierengehen mit meinem Struppi getroffen.« Sie blickte schnell nach draußen, wo ihr Hund mit hängendem Kopf wartete. »Er geht immer mit seinen Stöcken wandern, Warrking nennt man das wohl. Jeden Tag. Hinten an den Heizhäusern vorbei und dann runter zum Wäldchen. Da gehe ich mit Struppi auch oft hin. Es ist schöner als hier zwischen den Hochhäusern.« Die Alte entblößte beim Lächeln schiefe Zähne. Sie hatte tatsächlich »Warrking« statt Walking gesagt. Lara lächelte auch.

»Man trifft immer die Gleichen. Manchmal schwatzt man dann auch ein bisschen.«

»Und so haben Sie auch Herrn Grünkern kennengelernt.«

»Na ja, richtig *kennengelernt* habe ich ihn nicht. Er hatte ja nie Zeit für ein Schwätzchen, weil er immer gelaufen ist. Stehen bleiben wollte er nicht. ›Da kommt man aus dem Rhythmus‹, waren seine Worte. Aber eine Bekannte von mir wohnt mit ihm im selben Haus.« Frau Ehrsam runzelte kurz die Stirn und setzte hinzu: »Ich sollte wohl besser sagen ›hat gewohnt‹.«

»Aha. Das ist ja interessant! Was wissen Sie denn noch über Herrn Grünkern?«

»Er ist ... war ein seriöser Mann. Hat immer höflich gegrüßt und sehr zurückgezogen gelebt. Es gab nie Ärger mit den anderen Hausbewohnern, soweit ich weiß. Er hat die Hausordnung immer pünktlich und ordentlich erledigt.«

»War er alleinstehend?« Eigentlich erübrigte sich die Frage. Welcher verheiratete Mann machte schon die Hausordnung selbst?

»Ich glaube schon.«

»Vielleicht könnte ich mal mit Ihrer Bekannten sprechen?«

»Meinen Sie, das bringt was?« Die Alte schien ein wenig beleidigt zu sein, dass nicht mehr sie selbst im Fokus stand.

»Das weiß ich nicht. Aber ich bräuchte noch ein paar Hintergrundinformationen über den Toten. Womöglich hat sie auch etwas beobachtet.« Lara fand, dass sie sich schon anhörte wie einer dieser unsäglichen Privatdetektive aus dem Fernsehen. Aber ohne zusätzliche Angaben würde eine Recherche über das Opfer schwierig werden, zumal es anscheinend keine näheren Verwandten gab, die man hätte befragen können.

»Wir könnten uns auch zusammensetzen, Ihre Bekannte, Sie und ich. Wie heißt sie denn?«

»Leonie Stengel.«

Nachdem Lara noch ein bisschen Überzeugungsarbeit geleistet hatte, gab Frau Ehrsam nach und versprach, ihre Freundin anzurufen und ein Treffen zu vereinbaren. Sie bestand jedoch darauf, es in ihrer Wohnung durchzuführen. Lara war das recht. Wenn es stimmte, dass diese Leonie Stengel im Haus des Ermordeten wohnte, war es riskant, dort aufzutauchen, denn sie hatte dort nichts verloren. Wenn überhaupt, dann würde Tom Fränkel über den Fall berichten und nicht sie. Und im Normalfall reisten die Redakteure auch nicht in der Weltgeschichte herum und beschafften sich ihre Informationen, indem sie selbst nach Zeugen suchten und sie befragten. Aber das hier war auch kein Normalfall. Sie musste besser sein als Tom und vor ihm herausfinden, was die beiden Todesfälle verknüpfte.

36

Donnerstag, der 06.08.

Liebe Mandy,
nun haben wir schon August. Die Zeit vergeht wie im Flug.
Ich komme gut voran.
Inzwischen weiß ich auch, dass es keine Alternative zu meiner Methode gibt, denn Sebastian Wallau hat mir von einem

Gerichtsverfahren gegen ehemalige Erzieher aus einem Kinderheim in Meerane (ganz in unserer Nähe – gruselig, nicht?) berichtet. Obwohl es mehrere Zeugen für Missbrauch und körperliche Misshandlungen gab, wurde der erste Prozess wegen Verjährung eingestellt, und in der Berufung bekamen einige der Täter lediglich geringfügige Geldstrafen. Manche arbeiteten sogar weiter in diesem Heim, und einer von ihnen war zehn Jahre lang stellvertretender Bürgermeister!
Du bist bestimmt genauso empört wie ich, meine Kleine. Ich denke aber, da steckt Methode dahinter. Sicher kannst Du Dir vorstellen, was in unserem Fall geschehen würde, falls wir die Verbrecher anzeigten. Auch sie kämen mit einem blauen Auge davon, wenn es überhaupt zu einer Verurteilung reichen würde. Weil für solche Leute eine Geldbuße eine viel zu geringe Strafe wäre, müssen sie außerhalb der Gesetzlichkeit bestraft werden, da stimmst Du mir doch sicher zu, nicht?
Und wenn alles vorbei ist, wenn ich alle gefunden habe, können wir uns endlich in die Arme schließen und werden Ruhe finden. Wir und all die anderen Kinder aus dem Heim »Ernst Thälmann«.

Nun aber zu den neuesten Ereignissen!
Im letzten Brief hatte ich Dir ja schon geschrieben, dass die Sagorski mir den Namen ihres Vorgängers verraten hat: Rainer Grünkern. Zuerst konnte ich mich gar nicht an ihn erinnern, obwohl dieser Mann viele Jahre als Heimleiter tätig gewesen war, auch in unserer Zeit. Mein Unterbewusstsein hatte alles fein säuberlich verdrängt. Aber so einfach lässt sich ein Matthias Hase nicht abspeisen! Ähnliche Vorfälle in einem Kinderheim auf Jersey haben meinem Unterbewusstsein auf die Sprünge geholfen.
Grünkern war ein pädophiles Schwein. Nachdem ich ihm ein bisschen Beine gemacht hatte, ist er mit der Sprache heraus-

gerückt. Ich möchte die unsäglichen Dinge nicht wiederholen, die er den Kindern – bevorzugt kleinen Mädchen, wie Du eines warst – angetan hat. Vielleicht ist Dein Gehirn gnädig und erspart Dir die schändlichen Bilder. Lass sie im Verborgenen ruhen! Es ist nicht gut für die Psyche, wenn man alles hervorzwingt.
Rainer Grünkern wird jedenfalls nie wieder einem kleinen Kind Unheil zufügen. Er hat gebüßt, und das nicht wenig. Es war auch höchste Zeit, ihm den Garaus zu machen. Dieses Monstrum hat auch als Rentner nicht von seinen abscheulichen Neigungen gelassen. Er besaß hunderte von Kinderpornos und war im Internet in einschlägigen Foren und Chatrooms aktiv. In mir steigt sofort wieder die Wut auf, wenn ich daran denke, was dieses Scheusal Tag für Tag in seinem abgeschotteten Schlafzimmer getan hat.

Man hat die Leiche schon gefunden, stell Dir vor! Ich muss die Wohnungstür offen gelassen haben. Aber das macht nichts. Die Polizei wird inzwischen seinen Computer durchsucht und seine Internetaktivitäten entdeckt haben. Es wimmelt dort nur so von Motiven für einen Mord an Rainer Grünkern.

Ich arbeite mehrgleisig weiter. Über Sebastian Wallau bekomme ich Kontakt zu anderen Heimkindern. Wir erstellen gemeinsam eine Beweisliste mit Namen und Taten. Dabei muss ich mich ein bisschen in Acht nehmen. Es darf nicht herauskommen, dass schon vier der Verbrecher von damals in kurzer Folge nacheinander getötet wurden. Aber soweit ich recherchiert habe, hat die Polizei die Fälle ja auch noch nicht miteinander verknüpft. Wenn wir Glück haben, dauert das auch noch ein bisschen.
Mein dringlichstes Vorhaben ist die Suche nach meiner/unserer Akte.

Bis jetzt habe ich herausbekommen, dass Dokumente über jedes Kind in den Heimen selbst angelegt und bis zu fünfzehn Jahre nach Ausscheiden aufbewahrt wurden. Manchmal wurden sie dann vernichtet, manchmal auch nicht. Auch die Jugendämter haben Akten geführt. Entweder wurden sie dort gelagert oder aber in die Landesarchive gebracht. Dass die Wende dazwischenkam, ist für unsere Vorhaben schlecht. In den Wirren dieser Zeit ging vieles an Information verloren. Mit Sicherheit hatten auch unsere Erzieher ein Interesse daran, die Aufzeichnungen verschwinden zu lassen. Aber ich will es zumindest versuchen. Vielleicht ist mir das Glück hold. Ich muss also heute zuerst zum zuständigen Jugendamt fahren, und wenn ich dort nichts finde, zum Landesarchiv. Ich nehme an, dass die Kinderheimakten in Chemnitz lagern, aber genau weiß ich es nicht. Das wird man mir aber bestimmt beim Jugendamt sagen.
Du siehst, meine liebe Mandy – es gibt unheimlich viel zu erledigen. Deshalb beende ich hier meinen Brief mit dem Versprechen, Dich auf dem Laufenden zu halten.

Bis bald!
In Liebe,
Dein Bruder

Matthias Hase faltete den Brief sorgsam und klappte die Schatulle auf. Die Schreiben an Mandy häuften sich allmählich. Liebevoll strichen seine Fingerspitzen über das Papier, während er versunken lächelte. Dann drückte er den Deckel des Holzkästchens zu und gähnte. Er war heute sehr früh aufgestanden. Inzwischen war es kurz vor halb acht, und er wollte vor seiner Fahrt noch duschen und Kaffee trinken. Er gähnte noch einmal und erhob sich. An die Arbeit!

Matthias parkte seinen Golf am Straßenrand, schloss die Augen und dachte nach. Er wusste genau, wo er war. Etwas hatte ihn vom Weg abgebracht. Ein unerbittlicher Zwang hatte seinen Körper genötigt, das Auto hierherzulenken. Jetzt sollte er aussteigen und sich dem Anblick stellen, aber er brauchte noch einen Moment. Eine Wolke schob sich vor die Sonne und verdunkelte die Straße. Matthias fröstelte. Am liebsten wäre er wieder davongebraust, hätte das Gaspedal bis zum Bodenblech durchgetreten und wäre um die nächste Ecke gerast, aber er wusste, dass das nicht möglich war. Nicht, bevor er sich umgesehen hatte. Mit einem Ruck öffnete er die Augen und betrachtete die Umgebung.

Sein Auto stand in einer alleeähnlichen Straße. Mächtige Kastanien säumten die breiten Gehwege. Hinter dunklen Mauern protzten Villen, manche restauriert, manche noch im grau-bröckeligen Originalzustand ihres DDR-Daseins. Das Anwesen, vor dem er parkte, war noch nicht wieder hergerichtet worden. Düster blickten die nackten Fenster in den verwilderten Garten. Matthias musste sie nicht zählen. Er wusste, dass es im Erdgeschoss sieben waren, darüber noch einmal sieben, von denen die drei mittleren auf einen Balkon mit Eisengeländer hinausführten. Im Dachgeschoss überragte ein griechisch anmutender Giebel drei der gläsernen Augen. Im Licht der Vormittagssonne wirkte das Haus hinter der Natursteinmauer weniger düster, als er es in Erinnerung hatte. Nichts erinnerte an die schrecklichen Dinge, die hinter dem eisernen Tor passiert waren. Von Weitem betrachtet, war es einfach nur eine leerstehende Villa in einem parkähnlichen Grundstück, dem Verfall preisgegeben, wenn sich nicht jemand fand, der das Gebäude sanierte.

In der abgelegenen Straße war es still. Man konnte den Eindruck gewinnen, sich fernab jeglicher Zivilisation zu befinden. Matthias schloss die Augen wieder und horchte in sich hinein. In seinem Kopf herrschte gläserne Leere. Er konnte sich nicht entscheiden auszusteigen, und so blieb er einfach sitzen, die Hände im Schoß gefaltet, den Kopf an die Nackenstütze gelehnt. Ganz weit entfernt erklang ein Kinderlied, gesungen von einem feinen Stimmchen. Dann weinte ein kleines Mädchen, fast unhörbar.

Ein Poltern ließ Matthias die Augen aufreißen. Er stand direkt vor dem Seiteneingang des ehemaligen Kinderheimes, die Rechte um das Geländer gekrallt, den Fuß erhoben, um ihn auf die erste Stufe zu setzen. Neben ihm lag ein Brett, an das er wohl gestoßen sein musste und das beim Umfallen den Krach verursacht hatte. Vorsichtig sah er in Richtung Straße. Das Tor war verschlossen, die Mauer versperrte die Sicht auf Fußweg und Autos. Wie war er über den Zaun gekommen? Ein Blick auf seine Jeans zeigte ihm, dass er wohl darübergeklettert sein musste. Die Knie waren mit hellem Staub und schmierigem Algengrün beschmutzt. Die Handflächen zeigten die gleichen Flecken. Er war über die Mauer gestiegen, und jetzt hatte er vor, wie ein Einbrecher in dieses Haus einzudringen.

Bedächtig stieg Matthias die drei Stufen nach oben und betrachtete die zweiflügelige Holztür. Die beiden Glasscheiben im oberen Bereich waren von innen mit Brettern vernagelt. Wie von selbst fanden seine Finger die Klinke und drückten sie nieder, aber die Tür gab nicht nach. Wie hätte es auch anders sein können. Dieses Haus stand seit Jahren leer. Man hatte es gesichert, vor Vandalismus, Einbrechern, Pennern und Tieren, die einen Unterschlupf suchten. Auf dem steinernen Podest stand man wie auf dem Präsentierteller. Aber es gab noch andere Möglichkeiten. Er kannte dieses Haus in- und auswendig und würde hineingelangen, egal welche Barrieren dies zu verhindern suchten.

Was willst du denn da drin?, wisperte ein Stimmchen in ihm.

»Mich erinnern! Ich will mich *endlich* an alles erinnern. Stör mich nicht.«

Schritt für Schritt ging Matthias wieder nach unten und tastete sich wie in Trance um das Gebäude herum. Im Garten wiegten sich die alten Bäume und schüttelten leise ihr Laub. Grüngefiltert flimmerte Sonnenlicht durch das Blattwerk.

An der Rückseite gab es ein Zimmer mit einer in den Garten hinausgebauten Veranda, in dem der jeweilige Heimleiter residiert hatte. Das Grundstück im hinteren Bereich war riesig und verwildert. Danach kam nur noch ein kleiner Hang, dann Wald. Keine weiteren Häuser, keine Straße. Niemand würde ihn sehen können, wenn er eine Scheibe einschlug, um in das Haus zu gelangen.

Matthias bog um die Ecke und erstarrte. Die Veranda war verschwunden. Man hatte sie abgerissen und die Öffnung zugemauert. Stattdessen fand er nun einen betonierten Platz vor und auf der anderen Seite einen zweistöckigen Anbau mit zehn Fenstern auf jeder Etage, der zu seiner Zeit noch nicht existiert hatte. Das alte Heizhaus war durch einen Neubau ersetzt worden. Er stützte sich an der Wand ab und überdachte die neue Situation. Den Anbau und die neuen Funktionsgebäude konnte er vergessen. Da sie zu seiner Zeit noch nicht da gewesen waren, würde es hier auch keine Erinnerungen an früher geben. Für ihn waren nur das Hauptgebäude und das Pförtnerhaus relevant. Der Begriff »Pförtnerhaus« rief schlierige Verwirbelungen in seinem Kopf hervor, und Matthias hörte sich ächzen und rief sich zur Räson. Wenn er sich nicht ein bisschen konzentrierte, konnte er die ganze Aktion auch gleich ganz abblasen.

Zuerst das Hauptgebäude. Hier hatten er und Mandy viele Jahre gewohnt, gegessen, geschlafen. Die Räume mussten vor Erinnerungen nur so strotzen. Die Fenster im Erdgeschoss waren samt und sonders mit Brettern vernagelt. Es wäre ja auch zu schön gewesen. Aber sie hatten die Kellerfenster vergessen, schmale Vierecke, durch die ein schlanker Körper vielleicht passen würde. Einen Versuch war es wert. Matthias ging ein paar Schritte und suchte nach einem passenden Stein. Er wählte das Viereck in der Mitte.

Im Keller roch es muffig, ein Gemisch aus Schimmel, Fäulnis und Salpeter, untersetzt von einem Hauch nach Verwesung, so als verrotteten in den Winkeln kleine Tiere, die den Weg nicht wieder hinausgefunden hatten. In den Ecken türmte sich Abfall. Matthias kniff die Augen zusammen und riss sie sofort wieder auf, aber das Flimmern auf seiner Netzhaut verschwand nicht. Er ärgerte sich, dass er nicht daran gedacht hatte, eine Taschenlampe mitzunehmen. Im Halbdunkel konnte man nur wenige Details erkennen. Nach drei Schritten war er an der Holztür angekommen und drehte sich noch einmal um. Diesen Raum hier schien sein Unterbewusstsein nicht zu erkennen. Nichts von dem, was sich ihm hier darbot, weckte irgendwelche Erinnerungen. Matthias drückte mit der Hand gegen die Klinke, und die Tür schwang quietschend auf und gab den Blick auf einen nachtschwarzen Gang frei. »Na, mach schon.« Seine eigene Stimme hörte sich wie die eines Fremden an. Zittrig und ein wenig heiser.

Mit nach links und rechts gestreckten Armen tappte er durch den schmalen Gang und befühlte dabei die Wände. Als seine Finger auf eine Längsfuge trafen, wusste Matthias, dass er die nächste Tür erreicht hatte. Von ganz weit weg hörte er das dünne Kinderstimmchen von vorhin das zittrige Lied singen. Zögernd drückte er gegen die glatte Oberfläche, bis sie nachgab.

Auch hier gab es ein Fenster, das einen müden Schein spinnwebverhangenen Lichtes hereinließ. Zu seiner Zeit hatten sie nicht geahnt, dass da ein Fenster gewesen war, denn man hatte es vernagelt, damit die Kinder, die hier Buße für ihr vermeintliches Fehlverhalten tun sollten, nichts sahen. Sie sollten in absoluter Dunkelheit sitzen und nicht wissen, wann man sie wieder ans Tageslicht ließ, frierend, hungrig, durstig, allein. Manchmal waren auch Erwachsene hier gewesen. Zusammen mit den Kindern.

Matthias begann zu zittern und schlang beide Arme um den

Körper. Die Arrestzelle schien eine finstere Kälte auszustrahlen, als sei all das Leid im Mauerwerk gespeichert worden.

*

»Halt das Balg fest!« Die Männerstimme klang barsch. »Dieses Gezappel macht mich rasend!«

»Ich gebe mir Mühe.« Eine Frau. »Aber leicht ist es nicht. Die da wehrt sich ganz schön.«

»Gib ihr halt noch eine Ohrfeige, was soll's? Wir wollen doch keinen Aufruhr.« Der Mann keuchte jetzt. »Aber pass auf, dass keine Spuren zurückbleiben. Ich möchte nicht morgen Früh erklären müssen, dass das kleine Dummerchen gegen einen Schrank gelaufen ist, weil sie zu blöd ist, im Dunkeln aufs Klo zu gehen.« Zweimal klatschte es. Ein ersticktes Wimmern ertönte.

»Na, siehst du. Schon viel besser. Wenn du machst, was wir dir sagen, geht es viel leichter und du liegst ganz schnell wieder in deinem Bett. Und morgen Früh hast du alles vergessen. Und jetzt zieh dein Nachthemd aus.« Das Wimmern wurde zu einem Schluchzen. »Na, na. Wer wird denn gleich heulen? Mach schon!« Die Frauenstimme wechselte übergangslos von einem tröstenden zu einem keifenden Tonfall. »Wir haben nicht ewig Zeit. Leg dich da hin!«

Kerzenlicht flackerte. Die Ziegelwände strömten einen Geruch von Moder aus. Ein Reißverschluss zirpte. Dann ließ sich der Mann auf alle viere nieder und kroch zu der Matratze. Sein Keuchen wurde zu einem Hecheln. Die Frau drehte sich ins Licht. Sie lachte hämisch. Ihr Schweinsgesicht glänzte im Kerzenschein.

Leise wisperten die Blätter der Linden. Matthias sah nach oben. Die Sonne blendete durch das Laub. Draußen auf der Straße tuckerte ein Moped vorbei. Dann war es wieder still. Der verwilderte Park schlief im Mittagslicht.

Matthias drehte den Kopf von links nach rechts und spürte

den Schmerzen in seinem Nacken nach. Das Halsgelenk knackte bei jeder Bewegung. Er musste das Haus verlassen haben, ohne es zu merken. Genauso, wie er vorhin die Mauer überklettert hatte. Die Szene aus dem Kellerverlies brannte in ihm wie Salzsäure.

Der Mann war Rainer Grünkern gewesen. Ein jüngerer Rainer Grünkern, das reliefartige Gesicht, die großporige Nase – es gab keinen Zweifel. Aber die Frau ... Wo hatte er dieses Schweineantlitz schon einmal gesehen? Und wer war das Mädchen gewesen? Er hatte ihr Gesicht nicht sehen können, weil die beiden Teufel ihr einen Stoffbeutel über den Kopf gezogen hatten. Aber die Kleine war höchstens sieben, acht Jahre alt gewesen.

Matthias spuckte auf die mit Moos überwucherten Gehwegplatten. Der Name dieser fetten Frau würde ihm einfallen. Er hatte ihn schon einmal gehört, er wusste es. Zu Hause würde er seine Aufzeichnungen durchsehen, die Mails von Sebastian Wallau alle noch einmal lesen und dann musste ihm ihre Identität ins Gesicht springen.

Wie von selbst setzten sich seine Füße in Bewegung. War er eigentlich in den oberen Etagen des Hauptgebäudes gewesen? Nichts als weißen Nebel im Kopf, marschierte Matthias Hase auf das Pförtnerhaus zu. Das Bauwerk mit den beiden unterschiedlich großen Spitzdächern war von Birken und anderem Gesträuch zugewuchert. Zu DDR-Zeiten hatten die Erzieher das Gebäude als Abstellmöglichkeit für Gartengeräte und Gerümpel verwendet. Gewohnt hatte hier niemand, und es war den Kindern strengstens untersagt gewesen, sich hier aufzuhalten. Und doch kannte er das Innenleben des Häuschens. Rechts neben der Eingangstür gab es eine Art Vorraum, wo Straßenschuhe und Mäntel abgelegt werden konnten. Vorsichtig strich Matthias mit den Fingern über die rostigen Nagelköpfe an den Brettern vor dem Eingang. Die Tür dahinter schien zu fehlen. Ein kräftiger Ruck und das Machwerk würde auseinanderfallen. Vom Vorraum aus kam man in ein größeres Zimmer, das nach vorn und nach hinten heraus je ein Fenster hatte. Im Erdgeschoss gab es dazu nur noch eine winzige Toilette. Über eine schmale Holztreppe gelangte man nach oben in das spitzgiebelige Dachgeschoss, das nur aus einem einzigen Raum bestand. Matthias riss an den Planken und machte einen Satz rückwärts, als ihm das ganze Brettergeflecht entgegenkam. Grauer Staub wirbelte im Sonnenlicht, ein paar Spinnen huschten zurück ins Dunkle. Er konnte nicht verhindern, dass seine Zähne klapperten.

*

»Leg ihn auf die Seite! Na mach schon, zum Teufel!« Hektisches Scharren. Das heisere Flüstern wurde drängender. »Hast du seinen Mund kontrolliert? Die Atemwege müssen frei sein!«

»Er muss sich erbrochen haben. Vorhin. Als wir drüben waren! Ich fühle keinen Puls! Ist er etwa erstickt?«

»Such am Hals, los! Am Handgelenk ist es zu unsicher.«

»Nichts.«

»Lass mich mal ran.« Feste Schritte. Dann war Stille, nur unterbrochen von leisem Atmen.

»Mach mal Licht.« Ein dünner Lichtstrahl glitt über einen verkrümmten kleinen Körper. »Leuchte ins Gesicht, dumme Kuh, nicht auf die Füße!« Hervorquellende Augen, weite Pupillen.

»Und?«

»Nichts. Der sieht irgendwie tot aus.«

»Scheiße.« Der Lichtstrahl wanderte über die Dielen zu einem Paar metallbeschlagener Stiefel. »Bist du dir sicher?«

»Ziemlich.«

»Scheiße, Scheiße, Scheiße. Und nun?«

»Wir müssen das Balg wegschaffen. Heute Nacht noch.«

»Wohin?«

»Weiß ich noch nicht. Vielleicht in das Wäldchen. Wir buddeln ihn richtig tief ein.«

»Wird denn niemand fragen, wo er auf einmal hin ist?«

»Lass mich das machen. Den vermisst keiner. Seine Eltern sind tot, Geschwister hat er nicht und er war auch erst ein paar Tage da. Wir können die Akten verschwinden lassen. Nach dem fragt doch niemand. Ist er halt adoptiert worden.«

»Glaubst du, das klappt?«

»Sicher wird das funktionieren. Aber wir müssen uns in den nächsten Monaten hier ein bisschen zurückhalten und unsere Aktivitäten einschränken.« Ein Klicken. Dann raschelte etwas.

»Hast du das gehört?« Der Strahl der Taschenlampe huschte zum Fenster. »Ist da jemand draußen?«

»Ich geh nachschauen. Bleib hier, bin gleich wieder da.« Die Stiefel klapperten über den Boden.

In Matthias' Kopf heulte eine Sirene los. Er presste die Hände auf die Ohren und schrie, um das Jaulen zu übertönen.

37

»Hallo, Frau Sandmann. Schön, dass Sie da sind.« Mark reichte seiner Patientin die Hand. Sie erwiderte den Druck nicht. Sowie er sie losgelassen hatte, fiel ihre Rechte wie ein toter Vogel nach unten.

»Wie viel Zeit haben wir?« Maria Sandmann ging unsicher zum Tisch und setzte sich, die Beine eng zusammengepresst, den Rücken stocksteif.

»Eine Stunde. Warum fragen Sie das?«

»Ich habe einiges zu erzählen. Und wie Sie letztens sagten, dauert die Hy…«, sie brachte das Wort nicht heraus und setzte noch einmal neu an, »die Hy-pnose mindestens eine Stunde.«

»Das ist richtig, Frau Sandmann.« Er schenkte ihr ein beruhigendes Lächeln, aber sie entspannte sich nicht. »Da heute Freitag ist und dies mein letzter Termin, macht es nichts, wenn wir ein bisschen überziehen.« Mark versuchte, zu ihr durchzudringen. Seine Patientin wirkte heute wie ein unsicheres Kind. Beim letzten Termin am Dienstag hatte sie fast die ganze Zeit selbstbewusst und rational agiert. Es war ihm nicht so vorgekommen, als beunruhige die bevorstehende Hypnose sie so stark. Hier stimmte etwas nicht.

»Wenn Sie möchten, können wir auch nur reden. Wir werden nichts unternehmen, was Sie nicht wollen.«

Maria Sandmann konnte ihn nicht ansehen. Sie saß auf der vordersten Stuhlkante, wie beim letzten Mal die große Handtasche wie einen Schutzschild vor sich. Ihre Augen waren zusammengekniffen, die Schultern hochgezogen. Wovor hatte sie Angst? Sie musste zweimal ansetzen, ehe es ihr gelang, die Worte herauszubringen. »Ich habe mich gestern krankgemeldet. Mir geht es nicht gut.«

»Waren Sie bei einem Arzt?«

»Nein. Ich bin doch heute hier.«

»Ich meinte einen Allgemeinmediziner, Frau Sandmann. Ich bin Psychotherapeut.«

»Sind Sie kein richtiger Arzt?« Das kam fast flehend.

»Ich habe zwar Medizin studiert, mich danach aber auf Psychologie spezialisiert. Was fehlt Ihnen denn genau?«

»Seit zwei Tagen fühle ich mich schlecht. Irgendwie schlapp, müde, die Knochen tun mir weh, und es zerreißt mir fast den Schädel.« Sie schloss kurz die Augen, horchte in sich hinein. Das war noch nicht alles. Mark konnte sehen, dass noch mehr aus ihr herauswollte, also wartete er geduldig.

»Am Mittwoch bin ich abends mit einem Bekannten essen gegangen, der mich eingeladen hatte. Auf dem Heimweg musste ich mich übergeben. Damit hat alles angefangen. Könnte es eine Lebensmittelvergiftung sein?«

»Sie haben einmal gebrochen und dann nicht wieder?« Die Patientin nickte so zaghaft, dass man es kaum sehen konnte.
»Hatten Sie Durchfall?«
»Nein.«
»Was ist mit Fieber?«
»Auch nicht.«
»Ging es Ihnen besser, nachdem Sie erbrochen hatten?«
»Nein. Schlechter. Es ging mir schlechter. Ich habe mich so schrecklich gefühlt, dass ich Donnerstag früh im Amt angerufen und mich krankgemeldet habe.« Während sie weitersprach, musterte Mark seine Patientin unauffällig. Ihr Gesicht hatte eine rosige Farbe, das Augenweiß war klar, und ihre Körperspannung war exzellent. Keine äußeren Anzeichen einer Krankheit.

»Ich kann mich gar nicht mehr erinnern, was ich gestern den ganzen Tag gemacht habe. Als ich zu mir kam, lag ich in meinem Bett und es war fast Abend. Ich muss den ganzen Tag verschlafen haben!«

»Das ist nichts Schlimmes. Wie fühlten Sie sich danach?«

»Immer noch mies. Eigentlich hätte ich ja ausgeruht sein müssen, aber ich bin dauernd todmüde, obwohl ich heute auch bis Mittag im Bett geblieben bin.« Maria Sandmann hatte sich offensichtlich vor irgendetwas in den Schlaf geflüchtet. Das kam öfter vor, als der Laie annahm. Depressive zum Beispiel benutzten den Schlaf als Fluchtmöglichkeit vor der unerträglich scheinenden Realität. Was mochte der Auslöser gewesen sein? Das Essen mit dem »Bekannten«, nach dem sie sich erbrochen hatte? Etwas, das davor oder danach passiert war?

»Und... und... ich...« Die Patientin hatte die Hände vom Taschengriff gelöst. Unentwegt verschränkte und löste sie ihre Finger. »Ich bin wieder schlafgewandelt. Heute Nacht. Ich weiß nicht, wie es dazu kam, aber auf einmal fand ich mich in der Badewanne wieder, lag bis zum Hals in schönem warmem Wasser, umgeben von duftendem Seifenschaum.« Sie stockte kurz und setzte dann fort. »Auf dem Wannenrand lag das schärfste Messer, das ich in der Küche habe – ein Hocho-Sushi-Messer. Es gleitet durch Fisch und Fleisch wie durch Butter.«

»Wissen Sie, wie es dorthin gekommen ist?«

»Ich muss es wohl selbst da deponiert haben. Obwohl ich mich nicht daran erinnere.«

»Was glauben Sie, warum es dort lag?«

»Eine Warnung. Es war eine Warnung an mich selbst.«

»Wovor sollten Sie gewarnt werden?« Mark lehnte sich zurück, bemüht, ihr nicht durch seine Körpersprache zu verraten, dass er alarmiert war. Er hatte die Narben auf ihren Unterarmen wohl bemerkt. Sie konnten noch aus der Pubertät stammen. Selbstverletzendes Verhalten kam bei Mädchen öfter vor, als man annahm. Es gab viele Varianten davon, und am häufigsten begann es im Alter zwischen zwölf und fünfzehn Jahren. Menschen, die so etwas taten, sich zum Beispiel »ritzten«, wie sie es selbst nannten, wollten die Erleichterung spüren, die sich einstellte, wenn sie in ihre unversehrte Haut schnitten. Und meist steckte kein versteckter Suizidversuch dahinter. »Ritzer« wollten nicht sterben, wollten sich nicht die Pulsadern öffnen, sondern sie taten es, weil nur so der aufgestaute Druck in ihnen nachließ. Das Ritzen wurde als Lösungsweg für Probleme benutzt, und schleichend zu einer Sucht. Schmerzen fühlten die Betroffenen dabei nicht. Im Gegenteil: Die Endorphin-Ausschüttung, die beim Schneiden entstand, fühlte sich für sie gut an.

Maria Sandmann hatte zahlreiche Narben. Und nun hatte die Frau sich nachts in ihrer Badewanne wiedergefunden, neben sich ein scharfes Messer. Das war außerordentlich bedenklich.

»Ich habe keine Ahnung, wovor ich gewarnt werden soll.« Maria Sandmann hob kurz die Schultern und ließ sie wieder fallen. »Ich weiß es wirklich nicht.« Sie sah Mark an. Ihre Augen verdunkelten sich für eine Millisekunde, sie richtete sich auf und sprach mit festerer Stimme als eben weiter. »Also, Doktor, meinen Sie nicht auch, dass mit mir etwas nicht stimmt?« Jetzt lächelte sie. Ein bisschen ironisch. Ihre eben noch sichtbare Niedergeschlagenheit schien wie weggeblasen. »Diese Mia Sandmann ist ganz schön verkorkst, was?«

»Denken Sie das von sich selbst?«

»Was sonst sollte man von einer Frau halten, die nach dem Essen mit ihrem neuen Freund auf die Straße kotzt, sich nach Hause bringen lässt und anschließend zwei Tage im Bett liegt, nur unterbrochen von einem nächtlichen Ausflug in die Badewanne, begleitet von einem Hocho-Messer?«

»Machen Sie sich nicht selbst schlecht, Frau Sandmann. ›Verkorkst‹ ist nicht der richtige Ausdruck. Sie haben Probleme, das wissen wir beide, und wir werden versuchen, diese zu lösen.«

»Na gut. Dann legen Sie mal los.«

Mark sah zur Uhr. Sie hatten noch eine halbe Stunde. »Sind Sie einverstanden, wenn wir heute um eine halbe Stunde verlängern? Dann könnten wir es gleich heute noch mit der ersten Hypnosesitzung versuchen.« Mia Sandmann biss sich auf die Unterlippe. Jetzt schaute sie wieder wie ein erschrockenes Reh. Er wurde das Gefühl nicht los, dass sie nicht bis nächste Woche Zeit hatten, weil etwas im Unterbewusstsein dieser Frau eskalierte, auch wenn er noch keine Ahnung hatte, was es war.

»Von mir aus. Deshalb bin ich ja heute hier, nicht?«

»Sehr gut. Über den Ablauf haben wir ja am Dienstag schon gesprochen. Es wäre gut, wenn Sie sich hinlegen. Wenn Sie wollen, können Sie sich gern ein bisschen zudecken.« Mark zeigte auf die leichte Wolldecke. Mia Sandmann stellte ihre Handtasche auf den Fußboden, erhob sich wie ein Roboter, ging zur Liege, legte sich hin und zog sich die Decke bis ans Kinn. Er begann mit der Ruheeinstimmung und bat die Patientin, sich ganz auf ihre Atmung zu konzentrieren. Die leichte Hyperventilation würde eine natürliche Absenkung des Wachzustandes bewirken. Therapeuten saßen bei der Hypnose nicht ohne Grund am Kopfende.

Der Patient sah sie so nicht, konnte aber die Stimme hören. Ließ man ihn nun die Aufmerksamkeit auf den über der Stirn schwebenden Finger richten, musste er leicht nach oben starren. Die Fixation der Augen auf ein Objekt führte zu einer Schielstellung nach oben innen. Wurden beide Augen in diesem Zustand offen gehalten, so kam es zuerst zu einem Austrocknen der Bindehäute und im Anschluss durch die Ermüdung der entsprechenden Muskeln zu Unscharf- oder Doppeltsehen. Das Anzeichen dafür war eine Erweiterung der Pupillen. Gleich darauf erfolgte eine reflektorische Umschaltung der Bewusstseinslage, die den Abläufen beim Einschlafen glich. Das kritische und selbstbewusste Denken trat in den Hintergrund, die äußere Umwelt wurde ausgeblendet. Maria Sandmann gab sich Mühe. Sie blinzelte nicht und starrte auf seinen Finger. Mark wiederholte mit ruhigen Worten die Atemanweisungen. Als ihre Pupillen sich erweiterten, wartete er auf das Vibrieren ihrer Lider, das ihm anzeigte, dass sie so weit war, während er unentwegt mit eintöniger Stimme die dazugehörigen Suggestionen wiederholte. Die Augenlider begannen zu zittern. Er war kaum dazu übergegangen, ihrem Unterbewusstsein zu sagen, dass die Augen ganz müde und schwer seien, da fielen sie auch schon zu. Mia Sandmann atmete flacher. Ihre Gesichtszüge wurden weicher.

Nun kam die Vertiefung der Hypnose. Er betrachtete das entspannte Gesicht der Patientin und wartete auf die charakteristischen Bewegungen der Augäpfel, aber nichts geschah. Weder antwortete sie auf seine Frage nach dem Wärmegefühl in Armen und Beinen, noch gab sie sonst irgendwelche Zeichen. Stattdessen öffnete sich ihr Mund, und sie begann, leise gurgelnd zu schnarchen. Mark Grünthal beugte sich nach vorn und versuchte noch einmal, zu ihr durchzudringen, Zugang zu ihrem Unterbewusstsein zu bekommen, hatte aber keinen Erfolg.

Mia Sandmann war eingeschlafen.

38

»Sonnabend, der achte August, vierzehn Uhr fünfzehn. Ich spreche mit Frau Herta Ehrsam und Frau Leonie Stengel.« Lara blickte bei der Nennung der Namen von einer zur anderen, und die beiden Alten nickten. Sie schienen fasziniert von dem Diktiergerät, das die Journalistin sich vor den Mund hielt. Lara verkniff sich ein Lächeln, drückte auf den Stopp-Knopf und fuhr fort. »Meine Damen, falls ich Sie zitiere, brauche ich die exakten Namen. Sie sind damit einverstanden, dass ich das, was Sie mir erzählen, auch veröffentlichen darf?«

Die beiden Frauen nickten, und Lara legte ihnen ein vorbereitetes Blatt auf den Tisch. »Dann unterschreiben Sie mir bitte hier.«

»Das ist spannend, nicht, Leonie?« Herta Ehrsam schob die Brille nach oben und kritzelte dann ihre Unterschrift auf das Papier. Ihre Freundin zog das Blatt zu sich herüber und unterschrieb ebenfalls. Struppi, der kleine zottige Terrierverschnitt, saß mit aufgerichteten Ohren neben seinem Frauchen und schien zuzuhören.

»Danke. Ich schalte gleich das Diktiergerät wieder an, und dann kann es losgehen.« Lara betrachtete den Berg Haferkekse und das Geschirr mit dem Goldrand. »Oder vielleicht trinken wir zuerst Kaffee und reden danach über den Fall. Mit vollem Mund erzählt es sich so schlecht.«

Man konnte sehen, dass die beiden Alten darauf brannten, ausgefragt zu werden, aber sie rissen sich zusammen. Nachdem jede von ihnen eine Anstandstasse Kaffee und ein paar Kekse zu sich genommen hatte und auch Frau Ehrsams Hund nicht zu kurz gekommen war, lehnte sich Leonie Stengel zurück und seufzte wohlig. Ihre Augen funkelten. Sie wusste, dass *sie* hier die

Hauptperson war, denn was hatte ihre Freundin schon zu erzählen – schließlich war nicht sie die Nachbarin eines ermordeten Mannes.

»Gut, Frau Stengel. Los geht's.« Lara schaltete ihr Diktiergerät ein. »Rainer Grünkern hat also in Ihrem Haus gewohnt.«

»Ja. Ganz oben. Ich wohne im zweiten Stock.«

»Kannten Sie ihn näher?«

»Na ja, ein bisschen. Wie man sich so kennt, wenn man viele Jahre im gleichen Haus lebt. Er ist... war... ein unauffälliger Mann. Sehr sportlich. Jeden Tag war er radfahren oder spazieren. Wirklich *jeden* Tag, auch im Winter! Und er hat immer freundlich gegrüßt.«

»Rainer Grünkern war Rentner, nicht?« Lara kannte die Antwort, aber es schadete nichts, wenn die alte Dame das Gefühl hatte, ihre Fragen beantworten zu können.

»Schon ein paar Jährchen. Genau wie wir beiden alten Truden.« Leonie Stengel stupste ihre Freundin am Arm, und der Hund ließ einen kurzen Kläffer los. »Der muss so um die siebzig gewesen sein, auch wenn er jünger ausgesehen hat.«

»Wissen Sie, wo er vor seinem Ruhestand gearbeitet hat?«

»Der war in der Schraubenbude – also, wir haben das immer so genannt. Diese Metallteilefirma in der Halleschen Straße. Davor soll er Lehrer oder so etwas in der Art gewesen sein, aber nicht hier. Irgendwo bei Zwickau. Das weiß ich aber nicht genau. Hab's bloß mal irgendwo gehört. Wahrscheinlich war er bei der Stasi, und sie haben ihn nach der Wende aus der Volksbildung rausgeschmissen. Da ist er dann in diese Schraubenbude gegangen.« Herta Ehrsam pflichtete ihrer Freundin durch heftiges Nicken bei.

»Verstehe. Zuerst vermutlich Lehrer bei Zwickau und dann ›Schraubenbude‹.« Lara lächelte der Alten aufmunternd zu.

»Hatte Herr Grünkern Angehörige?«

»Gelebt hat er jedenfalls allein. Ich kann mich nicht erinnern, dass er verheiratet war. Jedenfalls nicht, solange er bei uns in der Ringstraße gewohnt hat.«

»Wissen Sie, ob er Kinder hatte?«

»Nein.« Leonie Stengel zog die Nase hoch. »Also ich meine, ich weiß es nicht. Aber ich glaube eher, er hatte keine. Sonst hätten sie ihn doch mal besucht, nicht wahr?«

»Das ist anzunehmen. Kamen denn andere Verwandte von Herrn Grünkern zu Besuch? Oder Freunde und Bekannte?«

»Auch nicht. Eigentlich hat er sehr zurückgezogen gelebt.«

Lara checkte ihr Diktiergerät und überflog dann die nächsten Fragen, die sie sich notiert hatte. Das war nicht sonderlich ergiebig. Bis auf die schwammige Aussage zu Grünkerns ehemaligen Arbeitsstätten hatte sie keinen einzigen Anhaltspunkt für weitere Recherchen.

»Nun gut, Frau Stengel. Dann wenden wir uns jetzt mal dem Tattag zu.« Herta Ehrsam beugte sich ein wenig nach vorn, und ihre kleinen Vogelaugen huschten von links nach rechts. Sie saugte das Gespräch auf wie ein Schwamm.

»Das war am Montag. Waren Sie zu Hause, als die ...« Lara zögerte kurz und fuhr dann fort: »... als Rainer Grünkern gefunden wurde?«

»Ja!« Das einfache »Ja« schleuderte sie triumphierend heraus. Endlich konnte Leonie Stengel wieder etwas beisteuern.

»Sehr gut, Frau Stengel.« Ein kleines Lob konnte Wunder wirken. Nötig war es bei dieser Frau nicht, weil sie von Haus aus gesprächig zu sein schien, aber es trug zur Zusammenarbeit bei.

»Wie wurde denn die Leiche entdeckt, wissen Sie das?«

»Sven Bräger hat ihn gefunden. Der wohnt ganz oben. Ein arbeitsloser junger Mann. Die Wohnungstür stand halb offen, und da hat er angeklopft und gerufen. Als niemand antwortete, ist er reingegangen. Hätte ja auch sein können, dass Herr Grünkern gestürzt war und sich nun nicht mehr selbst helfen konnte, nicht wahr?«

»Sven Bräger? Wie schreibt sich das?« Leonie Stengel buchstabierte, und Lara schrieb zur Sicherheit mit, auch wenn alles auf Band war.

»Was wissen Sie noch darüber?«

»Der Sven ist dann rein, wie ich schon gesagt habe. Er hat Herrn Grünkern im Schlafzimmer gefunden. Sven wusste sofort, dass er mausetot war. Der Mann soll auf dem Fußboden gelegen haben, mit Klebeband gefesselt, der Arm war auf ein Holzbrett geklebt. Unter dem Fingernagel steckte eine lange Nadel. Und er hatte einen Schlips um den Hals.« Herta Ehrsam schüttelte sich bei den Worten ihrer Freundin.

»Einen Schlips?«

»Damit ist er erwürgt worden!«

»Tatsächlich.« Lara bemühte sich, es nicht wie eine Frage klingen zu lassen. Anscheinend hatte die alte Dame diesen Sven Bräger nach allen Regeln der Kunst ausgehorcht. Was nicht verwerflich war. Ein Leichenfund im eigenen Wohnhaus würde wohl jeden dazu bringen, Informationen zu sammeln.

»Aber, was noch viel schlimmer ist...«, vor Aufregung flüsterte die Alte jetzt, »Sie glauben nicht, was Sven noch entdeckt hat. Im Schlafzimmer von diesem Grünkern...« Jetzt war aus dem netten Herrn Grünkern »dieser Grünkern« geworden. So schnell änderten sich Wertschätzungen.

»Was denn?«

»Schweinskram! Massenhaft Pornozeitungen. Ein ganzes Regal voller Sexfilme mit Kindern. Lauter grässliches Zeug!« Anscheinend hatte der Nachbar sich gründlich umgesehen, wenn stimmte, was Frau Stengel da erzählte. Aber welchen Grund sollte es für ihn geben, sich so etwas auszudenken? Der Vorwurf der Kinderpornografie war starker Tobak. Lara runzelte die Stirn. Sie hatte alles recherchiert, was die Polizei an die Presse gegeben hatte, aber davon hatte nicht ein Wort in den Berichten gestanden.

»Das hätte ich nie von dem gedacht! Der wirkte immer so gediegen, und er hat immer so nett gegrüßt.« Leonie Stengel schien bitter enttäuscht.

»So kann man sich täuschen.« Herta Ehrsam, die die ganze Zeit mit offenem Mund zugehört hatte, schien nicht sonderlich verwundert zu sein. »Die Unauffälligen sind immer die Schlimmsten. Das wissen wir doch aus jeder Fernsehserie.« Struppi bellte ein kurzes »Wau«, als stimme er zu.

»Ist sich Herr Bräger sicher?« Lara checkte noch einmal das rote Aufnahmelämpchen des Diktiergerätes. Es leuchtete. Aber sie würde die Aufzeichnung nicht brauchen, um die Informationen zu behalten. Sie hatten sich auch so eingegraben.

»Hundert Prozent! Der Computer war auch noch an, hat er gesagt. Wer weiß, was der Schweinehund damit alles angestellt hat. Heutzutage kann man doch mit diesem Internet alles Mögliche machen.« Leonie Stengel schüttelte den Kopf. Sie schien es noch immer nicht fassen zu können.

»Sie haben doch vorhin erzählt, die Wohnungstür habe offen gestanden?«

»Genau.«

»Wissen Sie, ob das Schloss aufgebrochen war?«

»Ich glaube nicht. Keine Einbruchsspuren, hat Sven gesagt.« Das musste ja wirklich ein gründliches Gespräch gewesen sein. Leonie Stengels Augen leuchteten auf, als ihr die Erkenntnis dämmerte. »Das heißt, er hat dem Mörder die Tür aufgemacht, nicht?«

»Könnte sein.«

»Vielleicht kannte er ihn!«

»Lassen Sie uns nicht spekulieren, Frau Stengel. Das überlassen wir besser anderen.« Die beiden Alten wirkten ein bisschen enttäuscht. »Ich würde gern auch noch mit Sven Bräger reden. Er ist arbeitslos, sagten Sie vorhin? Dann müsste er ja zu Hause anzutreffen sein.«

»Leider nein. Er ist am Mittwoch weggefahren und kommt erst übernächste Woche wieder.« Leonie Stengel schien gar nicht böse darüber zu sein, dass ihr Informant nicht erreichbar war. So war gesichert, dass sie vorerst die einzig wichtige Quelle blieb.

»Schade. Na gut.« Lara schielte unauffällig auf die Uhr. Fast eine Stunde war vergangen. Sie hatte ihren Fragenkatalog abgearbeitet und interessante Neuigkeiten erfahren. Damit konnte sie heute Abend Ralf Schädlich ein bisschen auf den Zahn fühlen. Die beiden alten Frauen schienen enttäuscht, dass sie schon loswollte. Nicht jeder Sonnabend war so spannend wie der heutige. Sie verabschiedeten sich mit dem Versprechen, alle Neuigkeiten sofort weiterzugeben. Noch auf der Straße hatte Lara das Gefühl, ihr starrten zwei sensationslüsterne Augenpaare Löcher in den Rücken.

In ihrem Auto stand schwülwarme Luft. Die Sonne hatte den gelben Mini auf Backofentemperaturen aufgeheizt. Lara öffnete beide Türen, setzte sich mit halbem Hintern, die Beine nach draußen, auf den Fahrersitz und suchte nach ihrem Handy. Sie musste das mit Mark besprechen. Hoffentlich war er erreichbar.

»Grünthal.«

»Hier ist Lara.«

»Lara? Hallo.« Mark klang gehetzt. Er fragte nicht, was sie am Sonnabendnachmittag von ihm wollte, aber Lara hatte das Gefühl, sie störe. »Wolltest du mit mir über deinen Kollegen reden?«

»Nein. Es hängt zwar entfernt auch mit Tom zusammen, aber vordergründig geht es um etwas anderes. Ich habe neue Informationen im Fall dieser zweiten Plattenbauleiche. Hast du ein paar Minuten Zeit, um das kurz mit mir zu besprechen?«

»Im Fall der *zweiten* Plattenbauleiche?« Marks Stimme war etwas höher als sonst. »Wie meinst du das?«

»Äh ...« Lara rutschte ein bisschen nach hinten. Hatte sie in der Hektik der letzten Tage vergessen, Mark davon zu erzählen?

»Am Montag haben sie hier in der Grünau wieder einen Toten gefunden. Allerdings diesmal nicht in einem Abbruchhaus, sondern in seiner Wohnung.« Aus Marks Telefonhörer kam Kindergeschrei. Sie hörte Mark flüstern: »Es ist dienstlich«, bevor er sagte: »Warte, ich gehe ins Arbeitszimmer.« Eine Tür klappte und es wurde still. Im Telegrammstil fasste Lara die Ereignisse zusammen und endete mit den Worten: »Ich glaube, die zwei Fälle gehören zusammen. Ich weiß nur noch nicht, wie.«

»Es waren also beides Männer im Rentenalter, alleinstehend, sie hatten keine näheren Angehörigen. Und die Tatorte liegen nur wenige hundert Meter voneinander entfernt. Du hast recht, das sind ausgeprägte Parallelen. Aber die Unterschiede sind auch nicht zu übersehen. Was weißt du noch?«

»Die Wohnungstür war anscheinend nicht aufgebrochen.«

»Das spräche dafür, dass er den Täter kannte.«

»Zumindest erschien er ihm nicht gefährlich, sodass Grünkern unbesorgt die Tür geöffnet hat.«

»Du bist eine richtige kleine Detektivin, Lara.« Man konnte Mark grinsen hören. »Und weiter?«

»Angeblich wurde das zweite Opfer gefoltert.«

»Wie?«

»Er soll gefesselt gewesen sein. Sein Arm war auf einem Brett befestigt, und unter dem Fingernagel steckte eine lange Nadel ...«

»Lara? Bist du noch dran?«

»Mir ist gerade etwas eingefallen.« Erst jetzt verknüpfte ihr Gehirn den Hinweis von Leonie Stengel, dass der Arm von Rainer Grünkern auf ein Holzbrett geklebt worden war, mit ihren Halluzinationen von letztem Wochenende. War Rainer Grünkern just in dem Augenblick gefoltert worden, als sie mit Mark und Jo im *Lindencafé* gesessen hatte?

»O mein Gott ... Ich habe *gesehen*, wie der Täter ihn gefoltert hat! Letzten Sonntag. Erinnerst du dich an meine Halluzination, als wir mit Jo in dem Gartenlokal saßen?«

»Ja. Nur zu gut: Werkzeuge, eine Hand, eine Nadel, die unter einen Fingernagel geschoben wurde. Das klingt ziemlich nach dem, was dem Mann angetan wurde.«

»Und ich habe eine Stimme gehört, die gesagt hat: ›Vielleicht hilft dir das, dir die Qualen deiner Opfer besser vorstellen zu können‹.«

»Die Qualen deiner Opfer ...«

»In Grünkerns Wohnung wurde angeblich Kinderpornografie gefunden. Was, wenn ein Betroffener sich an ihm gerächt hat?«

»Das klingt nach einem guten Motiv. Dort solltest du ansetzen. Der Mann war fast siebzig. Pädosexualität entsteht nicht erst im Rentenalter. Dabei kann es sich um bloße sexuelle Fantasien, aber ebenso um konkrete sexuelle Handlungen mit Kindern handeln. Ich kann nur mutmaßen, denke aber, dass er vorher schon in der Richtung aktiv gewesen sein wird. Sagtest du nicht, er wäre Lehrer gewesen?«

»Die Nachbarin war sich nicht ganz sicher. Aber anscheinend hat er zumindest in einer Bildungseinrichtung gearbeitet. Sie meinte, er habe in Zwickau gelebt, bevor er nach Leipzig gezogen sei.«

»Wenn das zutrifft, was die Frau sagt, dann könnte auch das ein Zeichen sein. Pädosexuelle ergreifen oft Berufe oder gehen in ihrer Freizeit ehrenamtlichen Tätigkeiten nach, bei denen sie mit Kindern zu tun haben: Lehrer, Erzieher, Chorleiter, Trainer. Nimm es als Arbeitshypothese, dass dieser Grünkern damals schon einschlägig aktiv war. Wenn du ein bisschen in seiner Vergangenheit wühlst, findest du wahrscheinlich Beweise dafür. Vielleicht wurden nach der Wende Tatbestände aus den Akten gelöscht. Aber es müsste in seinem damaligen Umfeld Zeugen geben, die sich erinnern; einstige Arbeitskollegen, Schüler, Eltern. Diese Leute könnte man befragen.« Ein Löffel klapperte in einer Tasse. Sie hörte Mark schlucken. »Aber Lara – versprich mir, dass du vorsichtig bist. Wenn der Täter, der diesen Grünkern ermordet hat, mitbekommt, dass du in dessen Vergangenheit rumwühlst, könnte er auf dich aufmerksam werden. Wir wollen doch nicht, dass du in Gefahr gerätst.«

»Ich werde morgen erst mal im Netz recherchieren und meine Quellen ausschöpfen. Dann sehen wir weiter.« Sie betrachtete das aufgeschlagene Notizbuch auf ihren Knien. Hoffentlich konnte sie das Gekrakel zu Hause noch entziffern. Die Sonne war gewandert und brannte jetzt auf ihren Unterarmen. Am Eingang des Supermarktes hatten sich drei ältere Männer eingefunden. Sie standen mit ihren Bierflaschen im Schatten des Vordaches und unterhielten sich.

»Warum verbeißt du dich eigentlich so in diesen Fall?«

»Weil ich damit angefangen habe. Und was ich anfange, führe ich auch zu Ende. Kriminalobermeister Schädlich hat gesagt, ich sei ein Bullterrier.«

Mark lachte. »Nicht sehr schmeichelhaft. Aber ganz unrecht hat er da nicht.«

»Übrigens hat mir Hampelmann am Dienstag das Gerichtsressort entzogen. Das macht jetzt alles Tom. Ich musste alle Unterlagen an ihn übergeben. Es kam zu einem kleinen Eklat, nachdem ich wegen Tom beinahe einen Gerichtstermin verpasst habe und mich deswegen bei Hampenmann über ihn beschwert habe. Aber da reden wir besser ein andermal drüber.«

»Oh, okay. Aber solltest du dich dann nicht besser aus dem Fall raushalten, um dir nicht noch mehr Ärger einzuhandeln?«

»Muss ich darauf eine Antwort geben?«

»Nein. Ich meinte es auch eher ironisch.« Mark kannte Lara. Nie im Leben würde sie sich von so etwas ins Bockshorn jagen lassen. Im Gegenteil, das weckte ihre Kämpfernatur.

»Übrigens – heute Abend horche ich Schädlich ein bisschen zu dem Fall aus.«

»Schädlich? Aber heute ist Sonnabend. Wieso ...« Eine Sekunde verging, dann holte Mark Luft und setzte fort. »Du triffst dich privat mit ihm?«

»Na ja ... ich ...« Lara druckste herum. War Mark etwa eifersüchtig? »Ich dachte, er packt vielleicht mehr aus, wenn er nicht unter der Fuchtel von Stiller steht.«

»Na, dann viel Glück damit. Und halte mich auf dem Laufenden.«

»Ich rufe dich spätestens am Montag an.«

»Bis achtzehn Uhr habe ich Patienten. Aber danach erreichst du mich in der Praxis.«

»Fein. Dann bis Montag. Und danke, Mark.«

»Sei vorsichtig.« Er legte auf. Lara betrachtete das Handydisplay. Ein feiner Feuchtigkeitsfilm hatte sich über das Glas gelegt. Auch ihr Ohr war schweißnass. Bis zu der Verabredung mit Kriminalobermeister Schädlich war nicht mehr viel Zeit. Sie musste noch den Inhalt ihres Diktiergerätes auf die Festplatte überspielen, damit es bereit für neue Informationen war, duschen, sich umziehen und ein bisschen zurechtmachen. Lara setzte sich zurecht und fuhr los.

39

Mark klappte die Patientenakte auf und überflog seine Aufzeichnungen. Maria Sandmann hatte in einer Viertelstunde ihren nächsten Termin, und er wollte vorbereitet sein. Letzten Freitag war sie von der Einleitung der Hypnose übergangslos in tiefen Schlaf gefallen. Dieses Verhalten war ein sicheres Anzeichen dafür, dass das Unterbewusstsein sich mit allen Mitteln gegen einen Zugriff von außen wehrte. Mark Grünthal hatte es erst zweimal erlebt, dass Patienten, statt in einen vertieften Ruhezustand zu gelangen, einfach einschliefen. Es war die letzte Bastion einer verletzten Psyche, sich vor der Preisgabe unerträglicher Erinnerungen zu schützen. Eine Heilung war jedoch nur möglich, wenn die verborgenen Inhalte ganz behutsam aufgedeckt und verarbeitet wurden.

Außerdem hatte Maria Sandmann davon gesprochen, Warnungen von ihrem Unterbewusstsein zu erhalten. Sie hörte Stimmen, schlafwandelte und hatte Gedächtnislücken. Die geschilderte Episode mit dem Sushi-Messer durfte man nicht auf die leichte Schulter nehmen. Es war dabei gleichgültig, ob sie sich wirklich ereignet hatte oder nur in der Fantasie der Patientin existierte. Sie signalisierte Selbstmordgedanken. So etwas konnte schneller eskalieren, als man sich gemeinhin vorstellte. Mark schlug das siebenhundert Seiten starke *Handbuch der Hypnose* zu und brachte es zurück zum Bücherregal. Noch einmal überdachte er sein Vorgehen. Er würde für eine ausreichende Hypnosetiefe die Vier-Schritt-Strategie anwenden müssen.

Er hatte Maria Sandmann einen Folgetermin gleich an diesem Montag empfohlen und ihr seine Handynummer gegeben, weil er sich Sorgen machte, aber sie hatte nicht angerufen. Mark wusste nicht, ob das ein gutes oder ein schlechtes Zeichen war, aber das würde sich in wenigen Minuten zeigen. Er klappte die Akte zu.

Die Wechselsprechanlage blinkte. Schwester Annemarie kündigte an, dass Frau Sandmann eingetroffen sei, und Mark ging zur Tür, um sie zu begrüßen.

Die Hand der Patientin war kühl, ihr Händedruck fest. Im Gesicht hatten sich feine Fältchen eingegraben, die letzte Woche noch nicht da gewesen waren. Mark wandte den Blick ab, um ihr nicht das Gefühl zu geben, sie werde inspiziert, und ging voran zum Tisch. Die Augenringe deuteten darauf hin, dass sie am Wochenende wenig Schlaf bekommen hatte. Sie setzte sich wie beim letzten Mal, den Rücken ganz gerade, die Handtasche auf den Knien.

»Bevor wir mit der vertieften Ruhebehandlung anfangen«, Mark hatte sich entschieden, das Wort »Hypnose« nicht mehr zu verwenden, weil es die Patientin zu erschrecken schien, »besprechen wir zuerst die zurückliegenden beiden Tage. Haben Sie Aufzeichnungen gemacht?«

»J... ja.« Mia Sandmann zögerte, ehe sie in ihre Tasche schaute und das Notizbuch herausholte. »Es ist bloß ...« Ihre Finger glitten wie suchend über den Einband. »Ich kann mich gar nicht erinnern, es geschrieben zu haben. Es sind größtenteils Beleidigungen.«

»Kann ich es sehen?« Zögerlich reichte sie ihm das Büchlein herüber, und Mark schlug es auf. Die Seiten mit *Flashbacks* enthielten nichts, was er nicht schon wusste. Auch bei *Träumen* und *Stimmen* gab es seit Maria Sandmanns letztem Besuch keine weiteren Eintragungen. Er blätterte weiter zu *Sonstiges*. Rote Buchstaben leuchteten auf dem elfenbeinfarbenen Papier. *Mia Sandmann ist eine Schlampe! Sie hurt herum und wirft sich Kerlen an den Hals! Nutte! Widerliches Drecksstück! Sieh zu, dass das aufhört! Schäm dich!* So ging das über zwei Seiten.

Mark schaute kurz zu seiner Patientin, die ihn mit aufgerissenen Augen anstarrte, als warte sie auf ein Urteil. Dann blätterte er zurück und verglich die Eintragungen. Die Schrift unterschied sich. Hatte Mia Sandmann alle vorhergehenden Notizen in einer sehr geradlinigen, sauberen Form verfasst, bei der alle Wörter gut lesbar waren, die Wortabstände einheitlich und der Fluss ebenmäßig, so zeigte sich bei den leuchtend roten Sätzen eine schwungvolle, nach rechts geneigte Schrift mit druckvoll ausgeführten Buchstaben, die auffallende Über- und Unterlängen besaßen.

»Und Sie haben keine Erinnerung daran, das geschrieben zu haben?«

»Nein. Gestern stand es noch nicht drin, und als ich das Buch vorhin einstecken wollte, hatte jemand diese Sätze hineingeschrieben. Vielleicht ist es wieder im Schlaf passiert?«

»Das kann durchaus sein, Frau Sandmann. Was glauben Sie, hat das zu bedeuten?«

»Na ja...« Mark konnte sehen, wie sie sich auf die Innenseite der Unterlippe biss, ehe sie fortsetzte. »Ich gehe doch seit zwei Wochen mit diesem Journalisten aus. Vielleicht ist es das.«

»Ihr Unterbewusstsein scheint etwas dagegen zu haben.«

»Ich habe genauso ein Recht auf Geselligkeit wie alle anderen!« Mia Sandmanns Augen blitzten bei diesen Worten. »Deshalb bin ich noch lange keine Hure! Und verbieten lasse ich mir das auch nicht! Von niemandem!«

»Keiner *verbietet* Ihnen, mit einem Mann auszugehen.« Mark hörte sich selbst zu. Er klang väterlich. »Selbstverständlich dürfen Sie sich amüsieren. Dagegen ist überhaupt nichts einzuwenden.«

»Anscheinend doch!«

»Sie dürfen sich selbst keine Vorwürfe machen. Nehmen Sie das nicht so ernst. Es sind affektive Aufwallungen, Gefühlsausbrüche. Das kommt bei allen Menschen vor, nicht jeder schreibt es allerdings auch auf. Gab es sonst irgendwelche Vorfälle am Sonnabend und Sonntag, von denen Sie mir berichten möchten? Erneutes Schlafwandeln, Messer an ungewöhnlichen Stellen, andere Dinge?«

»Nichts. Außer dass ich fast das ganze Wochenende verschlafen habe. Ich glaube, ich habe die Schlafkrankheit.« Jetzt lächelte sie ein schüchternes Kinderlächeln.

»Sie wirken ein bisschen erschöpft. Aber ich glaube nicht, dass Sie ernsthaft krank sind.« Mark gab ihr das Notizbuch zurück. »Schreiben Sie auch weiterhin alles auf.« Maria Sandmann steckte ihre Aufzeichnungen in die Tasche.

»Dann wollen wir jetzt zum eigentlichen Teil kommen.« Bei diesen Worten zuckte Maria Sandmann sichtbar zusammen. »Das letzte Mal haben Sie sich wunderbar bis in die Entspannung führen lassen. Heute versuchen wir, einen Schritt weiterzugehen.« Mark würde ihr nicht sagen, dass die Hypnose am Freitag nicht funktioniert hatte, um keine negative Erwartungshaltung zu erzeugen. Sie sollte das Gefühl haben, alles laufe nach Plan. »Wenn Sie nicht mit mir allein arbeiten wollen, können wir auch Schwester Annemarie bitten, hinzuzukommen.«

»Es... es wird schon gehen.«

»Fein. Haben Sie etwas dagegen, wenn ich unsere Sitzung aufzeichne?«

»N... nein.« Ihre Stimme klang jetzt kindlicher als vorhin und ein wenig verängstigt. »Warum wollen Sie das tun?«

»Ich kann mich so ganz auf Sie konzentrieren und muss während Ihrer Ruhebehandlung nichts mitschreiben.«

»Aha?«

»Keine Angst. Alles unterliegt der ärztlichen Schweigepflicht.«

»Na gut.« Ganz überzeugt klang Maria Sandmann noch nicht, aber sie würde ganz schnell vergessen, dass da eine Kamera war, die alles aufnahm, und für Mark war es im Nachhinein viel einfacher, die Ereignisse in der Hypnose auszuwerten. Sie erhob sich, ohne dass er sie dazu auffordern musste, ging zur Couch, legte sich hin und zog sich wie beim letzten Mal die Decke bis zum Kinn. Heute brauchte sie nur wenige Minuten, bis das Vibrieren der Lider einsetzte. Das war normal, weil das Unterbewusstsein die Einleitungsphase schon kannte und sich so leichter führen ließ. Mark ließ sie die Augen schließen und begann mit Phase eins, der bildhaften Vertiefung des Ruhezustandes. Dieses Mal glitt Mia Sandmann nicht in den Schlaf ab, sondern blieb seiner Lenkung zugänglich. Ihre Augäpfel begannen, hin und her zu zucken, und ihr Gesichtsausdruck wurde weicher. Mark formte mit beiden Handflächen eine Schale, ließ sie in einigen Zentimetern Abstand über der Stirn der Patientin schweben und suggerierte ihr dabei die von den Händen ausgehende Wärme und Ruhe. Die Fußspitzen der Patientin kippten auseinander. Ein Zeichen für Muskelentspannung. Er hatte sich mit ihr auf verbale Antworten geeinigt. Das bedeutete, dass sie mit ihm sprechen würde, statt Zeichen zu geben. Zeichen hatten den Nachteil, dass man seine Fragen im Ja-Nein-Modus formulieren musste. Eine tiefgründige Analyse war so kaum möglich. Mark betrachtete die Patientin. Ganz entspannt lag sie da, die Arme locker neben dem Körper. Ihr Brustkorb unter der Decke hob und senkte sich regelmäßig. Die Augen bewegten sich unter den Lidern von links nach rechts. Mia Sandmann war so weit.

»Wenn ich Ihnen Fragen stellen werde, können Sie ganz frei und gelöst antworten. Sie können alles aussprechen, was Ihnen in den Sinn kommt; alles, was Sie sehen, denken, fühlen. Alles ist *richtig*, alles gilt, egal, was es ist. Verstehen Sie das?«

Er wartete auf ein Zeichen, dass ihr Unterbewusstsein die Botschaft verstanden hatte, und als sie mit einem schwachen »Ja« antwortete, setzte er fort. Mark hatte sich entschieden, Maria Sandmann in ihre Vergangenheit zurückzuführen. Zuerst in die Zeit vor dem Kinderheim – nach ihren Angaben war sie dabei noch sehr klein gewesen –, dann in die darauffolgenden Jahre. Aufgrund ihrer Aufzeichnungen und Flashbacks hatte er einige Anhaltspunkte, die er abfragen konnte. Er würde sehr vorsichtig vorgehen müssen, um nicht zu viel auf einmal aufzudecken. Auch wenn man der Patientin suggerierte, dass sie nach der Hypnose alles wieder vergessen sollte, blieben doch Spuren seines Eingreifens in ihrem Unterbewusstsein zurück, die nachwirken konnten. Und er wollte keinesfalls weitere Suizidversuche oder andere autoaggressive Handlungen provozieren.

»Jetzt sehen Sie den Zeitstrahl vor sich. Der Zeiger ist auf das heutige Datum gerichtet. Können Sie es erkennen?« Ein weiteres dünnes »Ja«.

»Sehr gut. Nun bewegt sich der Zeiger ganz langsam nach links zum vorhergehenden Jahr: 2009. Von dort aus gleitet er weiter zu 2008. Sie sehen jetzt die Jahreszahl 2007. Und weiter rutscht der Jahreszeiger rückwärts. Sie gehen jetzt in das Jahr

2006 zurück. Die Jahreszahlen ticken an Ihnen vorbei wie auf einer Schautafel... 1999, 1998, 1987...« Mark beobachtete das Gesicht der Patientin. Ihre Augen huschten hinter den halbgeschlossenen Lidern hin und her, als verfolgten sie den Zeitstrahl.

»Nun verändern sich die Ziffern immer langsamer. Der Jahreszeiger bewegt sich nur noch ganz gemächlich rückwärts.« Mark veränderte seinen Sprechrhythmus, sprach die Zahlen bedächtiger aus. »1972, 1971. Nun sind wir im Jahr 1970 angekommen. Jetzt können Sie das Fotoalbum vor sich sehen, in dem die Bilder des Jahres 1970 sind.« Mia Sandmann war 1968 geboren. Ihr Wachbewusstsein wusste nicht, wann sie in das Kinderheim gekommen war. Mark hatte sich entschlossen, es zuerst mit 1970 zu versuchen. Weiter zurückzugehen, hatte nicht viel Sinn. Zwar war im Gehirn *alles* gespeichert, auch die Erinnerungen aus frühester Kindheit, sogar aus der Babyzeit, aber man konnte sie nicht verständlich abrufen. Der Befragte befand sich immer gerade in dem Alter, in das er ihn zurückversetzt hatte, und verfügte demzufolge auch nur über die dazugehörigen Ausdrucksmöglichkeiten. Eine Zweijährige verstand zum großen Teil, was er fragte, wenn es mit einfachen Worten geschah, und konnte sich schon ein wenig artikulieren. Die Patientin war jetzt ein zwei Jahre altes Mädchen im Jahr 1970.

»Siehst du das Bilderbuch vor dir?«

»J... Ja.« Ein Kleinmädchen-Ja, ganz leise und schüchtern. Auch Mia Sandmanns Gesichtszüge besaßen jetzt etwas Weiches, Kindliches. Alle Fältchen schienen verschwunden, die Haut hatte einen rosigen Schimmer.

»Sehr schön. Du nimmst es in die Hände und schlägst es auf. Ganz vorsichtig.« Er hatte als Unterstützung für die Gedächtnisinhalte das Fotoalbum gewählt. Bei weniger diffizilen Fällen konnte man die Erinnerungen auch als Film in einem Kino ablaufen lassen, bei dem der Befragte als Betrachter im Zuschauerraum saß, aber das war in diesem Fall zu gefährlich, weil belebte

Bilder der Psyche realer vorkamen. Da er noch nicht wusste, was in Maria Sandmanns Kopf alles verborgen war, hatte er statische Darstellungen gewählt.

»Betrachte nun die erste Seite.« Mark beobachtete den Gesichtsausdruck der Patientin. Sie lächelte.

»Was siehst du?«

»Wauwau.«

»Einen Wauwau, sehr schön. Was ist noch auf dem Bild?«

»M... M...«

»Mia?«

»Nee! M...ama!« Jetzt hatte sie es heraus.

»Ist noch jemand da?«

»Wauwau, Mama.« Sie setzte noch etwas hinzu, das wie »Gadda« klang. Mark hatte keine Ahnung, was sie damit meinte. Nachfragen würde nicht viel bringen. Die zweijährige Mia Sandmann wusste zwar, was »Gadda« war, konnte es aber nicht besser ausdrücken. Das war das Problem bei der Sache. Die ganz Kleinen waren noch nicht in der Lage, sich deutlich zu artikulieren, und manchmal verstand man nicht, was sie meinten.

»Du machst das toll. Nun wollen wir einmal umblättern und uns das nächste Bild anschauen. Was siehst du jetzt?«

»Ball. Mimi Ball werf.« Eine Mimi, die einen Ball warf. Mark ließ sie noch mehrere Fotos des Jahres 1970 mit ihrer Zwitscherstimme kommentieren. Alle schienen von einem normalen Alltag zu künden, soweit er das Gesagte verstand. Die Mutter kam mehrmals vor, ein Vater dagegen nicht. Keine außergewöhnlichen Ereignisse. Maria Sandmann schien zufrieden und glücklich zu sein. Mark beschloss, es mit 1971 zu versuchen. Er vertiefte noch einmal die Ruhesuggestion für das emotionale System, um ihre Gefühle zu beruhigen, und ließ sie dann das Album mit der Jahreszahl 1971 zur Hand nehmen und aufschlagen. Die ersten Bilder kommentierte sie – jetzt mit deutlich größerem Wortschatz – noch wie eben. Es kamen »Drachensteigen«, »Pilzesuchen« und »Kindergarten« vor. Etwa bei Seite acht spürte Mark, wie Maria Sandmann sich unter der Decke verkrampfte. Ihre Stirn bekam ein paar Falten, und sie kniff die Lider fester zusammen. Anscheinend wusste ihr Körper schon, was auf dem nächsten Foto zu sehen sein würde. Es dauerte einige Minuten, bis er sie wieder in den entspannten Zustand zurückgeführt hatte. »Es ist alles gut. Nichts kann passieren. Du bist hier ganz sicher. Und nun blättern wir um und schauen uns das nächste Bild an. Was siehst du?«

»Haus. Kinder. Tante mit Schürze.«

»Kennst du die Leute auf dem Bild?«

»Nein. Kenne ich nicht.«

Mark war sich sicher, dass sie den einschneidenden Moment gefunden hatten. Er ging die nächsten Fotos mit ihr durch, und es zeigte sich, dass er recht hatte. Die Mama tauchte nicht wieder auf, stattdessen irgendwelche »Tanten« und auch ein paar »Onkel«, eine Menge fremde Kinder, ein unbekanntes Haus. Ziemlich sicher war Maria Sandmann irgendwann im Laufe des Jahres 1971 ins Kinderheim gekommen. Sie wussten zwar noch nicht, weshalb, aber dies war zumindest ein Anfang, ein loser Faden, an dem sie beginnen konnten, das Knäuel zu entwirren. Mark blickte kurz auf seine Uhr. Er hatte noch eine Viertelstunde inklusive Rückführung und Nachbesprechung. Die Patientin befand sich noch immer in tiefer Hypnose, und so beschloss er, zum Abschluss noch einen Blick auf ein späteres Jahr ihrer Kindheit zu werfen.

Im Nachhinein sagte er sich, dass er die Reaktion hätte vorhersehen müssen, es war schließlich schon die ganze Zeit absehbar gewesen, dass bei Maria Sandmann entsetzliche Erlebnisse im Verborgenen liegen mussten, aber sie hatte so ruhig gewirkt, dass er sich hatte täuschen lassen.

Mark ließ sie das Fotoalbum von 1975 öffnen. Er konnte später nicht erklären, was ihn dazu gebracht hatte, gerade dieses

Jahr zu wählen. Er hieß die Patientin, das erste Bild anzuschauen, und fast im selben Moment begann sie, konvulsivisch zu zucken und vor sich hin zu stammeln. »Nein, nein ... das Fischgesicht kommt. Hilf mir ... Nicht mich ... Nein, nicht da runter!« Die Kinderstimme wurde lauter, schrie fast. »Ich war's nicht. Bitte nicht, Herr Meller! Nicht in das Toilettenbecken, o nein ...« Gurgeln, Röcheln. Maria Sandmann strampelte unter der Wolldecke.

Mark brauchte eine Sekunde der Besinnung. Dann begann er damit, ihr das Fotoalbum und die aufgewühlten Erinnerungen fortzunehmen. Es dauerte fast zehn Minuten, bis sie sich einigermaßen beruhigt hatte und wieder auf seine Suggestionen reagierte.

»Ich werde Sie jetzt wieder aus der Hypnose zurückführen, wobei ich von zehn bis eins zählen werde. Bei ›eins‹ können Sie die Augen wieder öffnen und fühlen sich ganz frisch und munter. Zehn – Ihre Beine werden wieder ganz frei und leicht, die Müdigkeit beginnt zu weichen. Neun – Ihr Unterleib wird ganz leicht, die wohltuende innere Ruhe bleibt auch nach der Hypnose im Nervensystem erhalten. Acht – der Oberkörper wird ganz frei und leicht, die Müdigkeit weicht. Jede weitere Hypnose wird Sie ganz einfach und immer tiefer in diesen angenehmen Ruhezustand führen ... Eins – Sie fühlen sich erfrischt und wohl, auch die Lider werden wieder ganz leicht und frei und können gut geöffnet werden.« Maria Sandmann schlug die Augen auf und räkelte sich. Dann sah sie sich im Behandlungsraum um. Mark ließ ihr ein paar Sekunden Zeit, sich zurechtzufinden, ehe er sprach. »Nun haben wir die zweite vertiefte Ruhebehandlung durchgeführt. War es so, wie Sie es sich vorgestellt haben? Wie haben Sie es empfunden?«

»Ich erinnere mich an nichts. Nur dass es mir gut geht. Ich fühle mich frei und unbeschwert.«

»Das ist wunderbar.«

»Was ist denn passiert? Haben Sie etwas erfahren?«

»Das habe ich. Wir waren in Ihrer Vergangenheit.« Mark sah, wie sie die Kaumuskeln anspannte. »Was... was haben Sie gesehen?«

»Wahrscheinlich sind Sie 1971 ins Kinderheim gekommen. Deswegen entsinnen Sie sich dessen auch nicht mehr. Sie waren erst drei.«

»Warum bin ich dahin gebracht worden?«

»Das scheinen Sie nicht zu wissen.«

»Ach?«

»Wir können gern in einer der nächsten Sitzungen noch einmal danach forschen, aber wahrscheinlich ist Ihnen der Grund dafür tatsächlich nicht bekannt.«

»Haben Sie sonst noch etwas herausgefunden, was ich wissen sollte?« Maria Sandmann klang jetzt bestimmter. Sie hatte sich aufgesetzt, ihre Augen funkelten kämpferisch.

»Nichts Bedeutsames.« Noch war sie nicht so weit, die Ereignisse bewusst aufnehmen zu können. Mark dachte an ihren plötzlichen Ausbruch, als sie sich im Jahr 1975 befunden hatten. Wer mochte »Fischgesicht« sein, und was hatte der so Bezeichnete mit dem Mädchen vorgehabt? Er nahm sich vor, sich bei der Auswertung der Aufzeichnung besonders auf diese Stelle zu konzentrieren und bei einer späteren Therapiestunde darauf zurückzukommen.

»Nichts Bedeutsames, hm...« Sie schob die Decke beiseite und erhob sich. »Hat das Ganze dann überhaupt weiter Sinn?« Jetzt zweifelte sie wieder an allem.

»Auf jeden Fall, Frau Sandmann. Sie dürfen jetzt nicht aufgeben. Wir haben heute schon einen entscheidenden Schritt nach vorn gemacht. Und dass Sie das Gefühl haben, es funktioniert nicht, ist eher ein Zeichen vom Gegenteil. Ihr Unterbewusstsein fürchtet sich vor dem, was wir nach und nach zutage fördern, und suggeriert Ihnen deshalb, es habe keinen Zweck.«

»Das ist ja interessant.« Maria Sandmann schien in sich hineinzuhorchen, ehe sie fortsetzte. »Wenn Sie es sagen. Es klingt plausibel. Dann wollen wir mal damit weitermachen, nicht?« Sie sprang fast von der Couch. »Unsere Zeit ist um, nicht wahr? Wann soll ich wiederkommen?«

»Ich würde Sie gern diese Woche noch mindestens einmal sehen. Sind Sie noch krankgeschrieben? Vereinbaren Sie bitte einen Termin mit Schwester Annemarie.« Je höher das Ziel, desto häufiger die Sitzungen. Es gab viel zu erforschen und aufzuarbeiten.

»In Ordnung!« Sie schnappte sich ihre Tasche vom Sessel.

»Rufen Sie mich an, wenn Sie das Gefühl haben, Sie wollen reden. Jederzeit.«

»Mach ich. Wiedersehen.« Ein fester Händedruck, dann marschierte sie hinaus. Mark sah der Patientin nachdenklich hinterher. Er wurde das Gefühl nicht los, dass gar nichts »in Ordnung« war, konnte aber den Gedanken nicht präzisieren. Irgendetwas an den Äußerungen der Patientin störte ihn, aber er kam einfach nicht darauf, was es war.

40

Matthias Hase schloss die Internetseite von Sebastian Wallau. Das Betrachten der Bilder des Kinderheims hatte die Ereignisse wieder hervorgelockt. In seinem Kopf hämmerte der Vorschlaghammer. So wie jeden verfluchten Tag, seit er letzten Donnerstag dort gewesen war.

Er war mit rasenden Kopfschmerzen wieder zu sich gekommen. Hinter seinen geschlossenen Lidern hatten Lichtblitze gezuckt, die Gedanken waren einer Achterbahn gleich im Kreis gerast, eine Jahrmarktssirene gellte beharrlich. Ohne die Augen zu öffnen, hatte Matthias den Rest seines Körpers überprüft. Er saß den Rücken an eine weiche, glatte Oberfläche gelehnt, die Beine angewinkelt. Der Hinterkopf stützte sich an eine feste Unterlage. Als er die Augen langsam öffnete, war sein Blick zuerst auf die Trübungen an der Innenfläche der Windschutzscheibe gefallen und hatte sich danach vorsichtig nach außen vorgetastet. Die Sonne stand tief. Ihr roter Schein übergoss alles mit Flammenfarbe. Die alten Alleebäume wiegten ihre Blätter im Abendhauch. Neben ihm die mannshohe Mauer. Dahinter wartete das ehemalige Kinderheim schweigend auf weitere Eindringlinge. Er hatte es von seinem Sitz aus nicht sehen können, auch wenn er sich weit auf den Beifahrersitz hinüberbeugte, aber er wusste, dass es da war. Wie eine dunkle Bedrohung thronte das Haus inmitten des Parks und hatte noch immer Macht über ihn. Die Spuren der Fingernägel in seinen Handflächen spürte Matthias heute noch – vier Tage nach seinem Besuch.

Wie ein Zombie hatte er die Heimfahrt angetreten, und erst am nächsten Tag war ihm eingefallen, dass er über den Vorkommnissen in dem leerstehenden Gebäude völlig die Aktensuche vergessen hatte. Da war es schon Freitagmittag gewesen, und es hätte keinen Sinn mehr gehabt, den Weg nach Chemnitz auf sich zu nehmen, weil in den Behörden niemand mehr zu sprechen sein würde. So hatte er die Suche auf diese Woche verschoben.

Matthias massierte seine Schläfen. Das *Triptan* wirkte schon lange nicht mehr. Am vergangenen Wochenende hatte er versucht, sich zu betrinken, aber auch der Alkohol hatte keinerlei Wirkung gezeigt. Er hätte stattdessen auch Wasser zu sich nehmen können. Und nun war bereits Montagabend, und er hatte sich noch immer nicht aufraffen können, etwas zu tun. Allmählich lief ihm die Zeit davon. Er hatte das Gefühl, etwas sei ihm auf den Fersen, etwas verfolge ihn, etwas durchschaue seine Pläne, sodass er schnell handeln musste, um seine Ziele zu erreichen, und doch saß er seit Tagen herum wie gelähmt. Migräne hin oder her, das musste ein Ende haben.

Die Erinnerungen an die Ereignisse in dem Pförtnerhaus waren so plastisch gewesen, dass er das Gefühl nicht loswurde, er sei *dabei* gewesen. Hatten die Erzieher – unten ihnen Rainer Grünkern – tatsächlich den Tod eines Kindes verschuldet? Und was war danach geschehen? Was hatten sie mit der Leiche gemacht? Würde man bei einer Suche auf dem Grundstück des ehemaligen Kinderheimes Knochenfragmente finden, so wie in den Kellern von *Haut de la Garenne*?

Und wer war diese Frau mit der Schweinenase gewesen, die Grünkern Gesellschaft geleistet hatte? Die Sagorski hatte auch ein Mopsgesicht gehabt, aber er war sich ziemlich sicher, dass sie nicht die Frau in dem Keller gewesen war. Es musste eine Person sein, die ihr ähnelte.

Matthias stürzte eine eiskalte Cola hinunter und rief seine Liste auf. Mithilfe von Sebastian Wallau und zwei anderen Ehemaligen hatte er eine stattliche Anzahl von Namen zusammenbekommen. Bei einigen fehlten noch diverse Details, bei anderen häuften sich die Anmerkungen. Er ließ seinen Blick über die Namen huschen. Bei einem von ihnen blieb er hängen, und Matthias dachte einen Augenblick nach, dann glitten seine Finger schnell über die Tasten.

Er musste nicht lange in den gespeicherten E-Mails von Sebastian Wallau suchen, bis er die Stelle gefunden hatte. Die Sätze sprangen ihn regelrecht an, und als er sie noch einmal gelesen hatte, fragte er sich, warum ihm das nicht schon viel eher eingefallen war.

Sebastian hatte in einer seiner ersten Mails von einer Frau geschrieben, die »Miss Piggy« genannt wurde, weil »ihre Nase wie die eines Schweines aussah«. Das musste die Gesuchte sein. Ihr Nachname war Gurich.

Matthias nahm die Finger von der Tastatur. Wenn er selbst als Kind diese Gurich im Pförtnerhaus gesehen hatte – wieso konnte er sich dann nicht an sie erinnern? Noch einmal schloss er die

Augen und rieb sich die Stirn, aber es wollten keine Bilder zum Vorschein kommen. Vielleicht war das aber auch gar nicht nötig. Er wusste jetzt, wer die Frau war, und konnte nach ihr suchen. Wenn er sie gefunden hatte, würde sie schon mit der Sprache herausrücken, was sie im Keller des Kinderheims und im Pförtnerhaus zu tun gehabt hatte und was mit dem verschwundenen Jungen geschehen war.

Mit einem Aufatmen lehnte Matthias sich zurück. Seine Kopfschmerzen waren wie weggeblasen. Er hatte wieder eine Aufgabe: Miss Piggy finden und bestrafen.

*

Das Schild hing ein bisschen schief. Die blauen Buchstaben leuchteten auf dem weißen Untergrund. Neben der Bezeichnung *Metallteile HandelsGmbH – Fließpressteile* prangte eine riesige silberne Schraubenmutter. Lara checkte die Zeit. Die »Schraubenbude«, in der Rainer Grünkern vor seiner Rente gearbeitet hatte, war seit einer Viertelstunde geöffnet.

Sie hatte diese Woche Mittagsschicht, musste also erst später in der Redaktion erscheinen und konnte vormittags ihren eigenen Recherchen nachgehen. In der gestrigen Redaktionssitzung hatte Hampenmann sie keines Blickes gewürdigt. Und Tom war auffallend fröhlich gewesen. Nur Isabell schlich herum, als sei sie krank, und verfolgte Tom mit waidwunden Blicken. Lara hatte kurz daran gedacht, dass sie der Praktikantin versprochen hatte, ihr bei der Vorbereitung des Ausstandes zu helfen, es aber sofort wieder vergessen.

Sie öffnete die Tür. Eine Klingel spielte eine kleine Melodie, die einen Mann im grauen Kittel aus einem der hinteren Räume hervorlockte. Er lächelte skeptisch, als er Lara sah, und quetschte ein »Was kann ich für Sie tun?« heraus. Sie hielt ihm ihren Presseausweis vor die Nase und murmelte etwas von Recherchen. Das weckte seine Aufmerksamkeit. Er bat Lara um den

Verkaufstresen herum in ein benachbartes Zimmer und bot ihr einen Stuhl an.

»Es geht um einen Ihrer ehemaligen Kollegen, Rainer Grünkern.« Lara bemerkte, dass sie den Mann gar nicht gefragt hatte, welche Funktion er in diesem Betrieb innehatte, aber das konnte sie ja später nachholen. An seinem Gesichtsausdruck sah sie, dass der Angestellte, auf dessen rechter Brustseite *M. Petermann* aufgestickt war, den Genannten kannte.

»Rainer arbeitet nicht mehr hier. Er ist seit drei Jahren in Rente.«

»Das weiß ich, Herr...«, Lara zögerte kurz und entschied sich dann, dass es unwahrscheinlich war, dass in dem Kittel von »M. Petermann« nicht auch M. Petermann steckte, »... Herr Petermann. Kannten Sie Rainer Grünkern?«

»Klar! Hab mindestens zehn Jahre mit ihm zusammengearbeitet!«

»Sehr gut.« Das erhöhte die Wahrscheinlichkeit, dass der Mann auch private Details über seinen ehemaligen Arbeitskollegen kannte. »Darf ich Ihnen ein paar Fragen zu ihm stellen?«

»Warum denn das?« Rechts hinter Herrn Petermann öffnete sich eine Tür, und ein zweiter Mitarbeiter erschien. Auch er trug einen grauen Kittel. Bei ihm war »F. Häuser« eingestickt. Mit fragendem Blick sah er zuerst zu Lara und dann auf seinen Kollegen, der sich beeilte zu erklären, dass die junge hübsche Frau von der *Tagespresse* käme. Im vorderen Raum ertönte die Türklingel, und der zweite Arbeiter verschwand mit einem Nicken in Richtung Laden. Lara sah ihm einen Moment lang nach und entschied sich für die Wahrheit. Oder zumindest für einen Teil der Wahrheit. »Erinnern Sie sich an den Leichenfund von letztem Montag in Grünau?«

»Da hab ich was drüber gelesen.«

»Der Tote war Rainer Grünkern, Ihr ehemaliger Kollege. Ich recherchiere für einen Artikel.«

»*Rainer* war das? In den Nachrichten im Radio haben sie nie

einen Namen erwähnt. Da konnte ich doch nicht ahnen, dass ...«
Er brach ab. »Ich glaub's nicht. Komm mal her, Frieder! Das musst du dir anhören!«

Aus dem Verkaufsraum kam ein gemurmeltes »Wart mal«, dann dudelte erneut die Türklingel, und der Gerufene erschien. Nachdem »M. Petermann« seinem Kollegen die brisante Neuigkeit im Telegrammstil erzählt hatte, zog dieser sich einen Stuhl heran und setzte sich dazu. Es dauerte keine zehn Minuten, bis die beiden Lara mit ausgiebigen Informationen versorgt hatten. Sie kam kaum mit dem Mitschreiben nach, so schnell schossen sie Hinweise heraus. Dummerweise hatte sie ihr Diktiergerät daheim liegenlassen.

Rainer Grünkern war geschieden – laut seinen ehemaligen Kollegen »lange vor der Wende« – und hatte keine Kinder. Jedenfalls keine, von denen die beiden Kenntnis hatten. In seiner Freizeit hatte er viel Sport getrieben und war ab und zu mit den Kollegen einen trinken gegangen. Nach seinem Ausscheiden hatten sie den Kontakt zu ihm verloren. Rainer Grünkern war ihrer Ansicht nach kein besonders geselliger Mensch. Es gab keinerlei Anhaltspunkte für Abnormitäten. Von einer Vorliebe für Pornografie oder gar einer Neigung zu Kindern war keine Rede, und Lara traute sich auch nicht, gezielt danach zu fragen.

»Wissen Sie denn, was Ihr Kollege vor der Wende gemacht hat? Soviel ich gehört habe, war er als Lehrer tätig?«

»Nee, *Lehrer* war der nicht.« M. Petermann grinste. »Aber so was Ähnliches. Ich glaube, Erzieher.«

»Erzieher, ich verstehe. Das ist ja nicht viel anders.« Lara schrieb das Wort in ihr Notizbuch. »Wissen Sie auch, wo er tätig war?«

»Viel hat er nicht aus der Zeit erzählt. War wohl nicht so ganz einfach damals.« F. Häuser kratzte sich hinter dem Ohr. »Wenn ich mich richtig entsinne, war es ein Kinderheim. Irgendwo in der Nähe von Zwickau.«

Lara fügte ihren Aufzeichnungen »Kinderheim« und »nahe Zwickau« hinzu und starrte einen Augenblick auf die Buchstaben. »Haben Sie eine Ahnung, wo das genau war?« Beide Männer zuckten die Schultern. »Na gut, vielen Dank. Das hat mir schon geholfen.« Lara packte Buch und Stift weg und erhob sich.

»Was ist denn mit ihm passiert? War doch sicher kein Herzinfarkt oder Ähnliches, wenn sich die Zeitung dafür interessiert?« Kollege Petermann war auch aufgestanden. Sein Blick war durchdringend.

»Das haben Sie ganz richtig erkannt.« Lara überlegte, wie viel sie erzählen konnte, ohne Interna zu verraten. »Er wurde ermordet. Mehr darf ich aus Ermittlungsgründen nicht sagen.« Jetzt verwendete sie selbst schon die Floskeln der Kripo.

»Ermordet! Welchen Grund sollte es geben, jemanden wie Rainer zu ermorden?«

»Wenn wir das wüssten, wären wir einen entscheidenden Schritt weiter.« Lara zuckte mit den Schultern und rückte ihre Tasche zurecht. »Vielen Dank nochmals.« Als sie hinausging, standen die beiden Graubekittelten wie eineiige Zwillinge neben dem Verkaufstresen und schauten ihr nach.

Das Faxgerät piepte und spuckte dann Papier aus. Isabell eilte hinüber, nahm die Seiten aus der Ablage und stierte darauf. Lara tippte mechanisch. Ihre Gedanken kreisten um das Gespräch von heute Morgen. Die letzte Frage hatte genau ins Herz der Ereignisse gezielt: Welchen Grund gab es, jemanden wie Rainer Grünkern zu ermorden? Sie musste Mark anrufen. Und dann würde sie nach Kinderheimen in der Nähe von Zwickau recherchieren und herausfinden, wo Rainer Grünkern als Erzieher gearbeitet hatte und was damals passiert war. Sie speicherte den Artikel, an dem sie gerade geschrieben hatte, ab und seufzte. *Panorama* war langweilig. Aber man konnte Zeit einsparen, wenn man schnell die passenden Themen fand.

Sie warf einen Blick zum gegenüberliegenden Schreibtisch. Auf Toms Platz saß Elsa Breitmann, eine von den Freien, und schrieb, ohne hochzusehen. In der Abwesenheitsliste stand unter Fränkel »Landgericht« und in der Zeitschiene »bis 18:00 Uhr«. Das bedeutete, dass er heute wahrscheinlich gar nicht mehr in die Redaktion zurückkehren würde. Lara beschloss, dass sie gar nicht wissen wollte, welchen Prozess Tom begleitete. Wenigstens konnte er so nicht hinter ihr her schnüffeln. Sie schaute in ihr Notizbuch und begann dann, im Internet nach Kinderheimen zu suchen. *Kinderheim Meerane, Kinderheim Glauchau, Kinderheim Hartmannsdorf…*

Google war eine tolle Erfindung, aber manchmal überfrachtete einen die Suchmaschine mit Treffern. Lara wusste inzwischen, dass es in der DDR in den letzten Jahren vor der Wende 474 Kinderheime, darunter zahlreiche sogenannte Spezialheime für angeblich schwer erziehbare Kinder und 32 Jugendwerkhöfe, in denen Heranwachsende zu regimetreuen sozialistischen Persönlichkeiten umerzogen werden sollten, gegeben hatte. Das machte pro Bezirk um die dreißig. Wie viele Kinder insgesamt dort untergebracht gewesen waren, stand nirgends. Sie hatte eine Zahlenangabe zu 1981 gefunden, demnach hatte es über 25 000 Heimkinder gegeben, von denen 3200 in den Spezialkinderheimen und 2900 in den Jugendwerkhöfen gelebt hatten.

Erst jetzt – zwanzig Jahre später – begann man, das in den DDR-Kinderheimen begangene Unrecht wahrzunehmen. 2009 hatte es ein Urteil des Bundesverfassungsgerichts gegeben, und nun konnten ehemalige Insassen auch in Sachsen auf eine Rehabilitierung und in manchen Fällen sogar auf eine SED-Opferrente hoffen. Allein in den ersten drei Monaten nach der Bekanntgabe dieses Urteils waren nur in Leipzig weit über hundert Anträge eingegangen. Es war das erste Mal, dass Lara mit dem Thema konfrontiert wurde. In den letzten Jahren hatte es eine Aufdeckungswelle über Missbrauch und unmenschliche Züchtigungen in den Heimen der ehemaligen Bundesrepublik gegeben, Bücher waren erschienen, Artikel verfasst worden. Dass auch in den DDR-Kinderheimen nicht alles mit rechten Dingen zugegangen war, kam erst jetzt ans Licht. Vielleicht konnte man eine Artikelserie daraus machen. Lara speicherte ihre Ergebnisse auf dem USB-Stick. Auf dem Dienstcomputer waren sie nicht sicher. Jeder kannte ihr Passwort und konnte auf die Dateien zugreifen. Und wie sich letztes Jahr gezeigt hatte, geschah das auch ab und an. Elsa Breitmann stieß einen Seufzer aus und erhob sich. »Ich verschwinde dann wieder. Wenn etwas ist«, sie kam um den Tisch herum und hob grüßend die Hand, »könnt ihr mich auf dem Handy erreichen.«

Lara nickte und wandte ihre Aufmerksamkeit wieder den Suchseiten zu. Es gab eine Menge Foren zu Heimkindern. Ehemalige tauschten sich aus, suchten nach Kindern, die zur gleichen Zeit dort gewesen waren, oder gaben sich gegenseitig Tipps und unterstützten sich bei Recherchen. Vielleicht fanden sich hier erste Hinweise darauf, *wo* Rainer Grünkern gearbeitet hatte. Man konnte auch mit den angemeldeten Nutzern Kontakt aufnehmen und nachfragen, ob jemand den Namen schon einmal gehört hatte.

Erst als Isabell »Kaffee?« aus der Küche trompetete, tauchte Lara aus ihrer Versunkenheit wieder auf, reckte die Arme über den Kopf und streckte sich mit einem Ächzen. »Brauchst ihn nicht rauszubringen, Isi, ich komme in die Küche.« Die Praktikantin nickte ihr zu und verschwand wieder.

»Ich nehm auch einen!« Jo kam aus dem Nachbarraum und ging auf Lara zu. Ein halbes Lächeln hing in seinem Mundwinkel. »Hallo! Du warst vorhin so vertieft, da wollte ich dich nicht stören.« Er folgte ihr in die Küche. »Hast wohl spannende Themen?«

»Eher nicht. Ich mache ja seit neuestem die Panoramaseiten. Das ist eher unspektakulär.«

»Ach, je. Tom hat ja jetzt das Gerichtsressort.« Jo strich Lara über den Arm. »Ärgere dich nicht darüber. Es wird auch wieder andere Zeiten geben.« Dann wandte sich der Fotograf Isabell zu, die gerade ausschenkte. »Und du, flotte Biene? Freust du dich schon auf neue Herausforderungen?«

»Na ja.« Isabell stellte die Glaskanne zurück auf die Heizplatte und zog einen Flunsch. »Klar ist es spannend, wenn etwas Neues beginnt, aber ich war auch gern hier.« Dabei warf sie einen schnellen Blick nach draußen in Richtung Toms Arbeitsplatz.

»Das verstehe ich. Gibst du einen Ausstand?«

»Am Freitag.« Es klang wie eine Frage. Isabell pustete über ihren Kaffee, obwohl das Gebräu höchstens lauwarm war, nippte und schielte dann zu Lara. »Du wolltest mir doch dabei helfen.«

»Aber klar doch!« Lara riss die Augen auf. Dieses Versprechen hatte sie völlig verdrängt. »Hast du schon einen Plan gemacht?«

»Nicht wirklich.«

»Dann reden wir lieber gleich darüber, sonst vergesse ich es womöglich noch. Was hattest du dir denn vorgestellt?«

»Hubert hat mir erzählt, die vorhergehende Praktikantin hätte so eine Art kaltes Buffet aufgebaut.«

»Das war aber ziemlich übertrieben.« Jo grinste die beiden Frauen an. »Mach nicht so einen Riesenaufwand, Isi. Das dankt dir doch keiner. Ein paar Schnittchen, ein Gläschen Sekt. Das reicht.«

»Jo hat recht.« Lara stellte die Wasserflasche auf die Arbeitsplatte. »Therese hat damals viel zu viel aufgefahren.« Ganz kurz kam die Erinnerung an die zierliche junge Frau mit den hellblond gefärbten Haaren zurück. Sie betrachtete Isabell, während sie weiterredete. »Wir könnten einen Fleischer damit beauftragen, ein paar Platten anzurichten. Das kostet nicht die Welt.« Auch die kleine Therese hatte perfekt in Toms Beuteschema gepasst. Er stand auf junge blonde Hüpfer, wie er selbst einmal behauptet hatte. Lara war sich nicht ganz sicher, aber wahrscheinlich hatte Tom auch mit Isabells Vorgängerin etwas gehabt. Therese war noch nicht einmal drei Wochen weg gewesen, da hatte er schon mit Isabell geflirtet. Er stellte sich jedoch immer so geschickt dabei an, dass es niemandem auffiel. Sexuelle Verhältnisse mit Praktikantinnen wären sicherlich auch nicht so gut beim Chef angekommen. Hampenmann hasste es, wenn die Kollegen zu privat miteinander waren.

»Gute Idee.« Isabells Wangen waren gerötet. »Wie viele bräuchten wir denn?«

»Rechne zwanzig Personen.« Jo goss sich noch eine halbe Tasse Kaffee nach. »Das kalkuliert der Fleischer. Die haben Erfahrung damit. Was übrig bleibt, kannst du mitnehmen.«

»Könnt ihr mir einen empfehlen?« Während Lara ihr antwortete, griff die Praktikantin nach einem Notizblock, der immer auf dem Regal neben der Spüle lag, und begann zu schreiben.

»Wir sollten das am Freitag in der Mittagspause anliefern lassen. Den Ausstand gibst du aber erst kurz bevor alle gehen, sonst meckert Hampenmann womöglich wegen des Alkohols in der Arbeitszeit. Und du solltest den Kollegen das Ganze mit einem kleinen Aushang ankündigen.«

»Das ist eine gute Idee.« Isabell schrieb die Hinweise auf. »Danke, Lara.« Sie wurde rot und drehte sich zur Seite. »Und danke, Jo. Das war nett von euch.«

»Keine Ursache.« Lara lächelte. Die Kleine tat ihr ein bisschen leid. Tom hatte sie in den letzten Tagen abblitzen lassen, und sie hatte keine Ahnung, warum. »Jetzt habe ich noch ein paar Dinge zu erledigen. Du rufst beim Fleischer an?« Lara wartete, bis Isabell nickte, und stellte ihre Tasse in den Geschirrspüler. »Fein. Den Sekt kaufe ich. Drei Flaschen reichen. So viele sind am Freitag nicht hier.«

Sie lächelte Isabell zu und verließ die Küche. Sie wollte noch ein bisschen in den Kinderheim-Foren stöbern und ein paar Fragen an Ehemalige posten. Vielleicht hatte sie Glück, und es antwortete ihr jemand, der Rainer Grünkern gekannt hatte.

*

Der Kilometerzähler addierte Zahlen. Leise summte der Golf vor sich hin. Bäume huschten vorbei und hinterließen ein feines Flackern auf Matthias' Netzhaut. Es war nicht mehr weit. Nachdem er mithilfe seiner E-Mail-Freunde auch den Vornamen der Erzieherin – Karin – herausgefunden hatte, war die Recherche im Netz nicht mehr sehr schwierig gewesen. Miss Piggy war in der Nähe ihres ehemaligen Wirkungsortes geblieben. Sie wohnte in Chemnitz. Chemnitz war sehr gut, denn dort lagerten vermutlich auch die gesuchten Akten. So konnte Matthias zwei Dinge auf einmal erledigen. Zuerst wollte er ins Staatsarchiv. Danach war ein kleiner Besuch bei Madam Schweinenase geplant. Das blaue Hinweisschild kündigte an, dass es noch zwei Kilometer bis zur Autobahnabfahrt waren. Matthias war lange nicht hier gewesen. Die Planer hatten ein monströses System von Schleifen, Brücken und Betonpisten gebaut, das für eine Stadt wie Chemnitz völlig überdimensioniert schien.

Er blinkte und bog in Richtung Zentrum ab. Auch in Glauchau hatte es zu DDR-Zeiten ein Landesarchiv gegeben, das nach 1990 ins sächsische Staatsarchiv Chemnitz eingegliedert worden war. Das schien ein gutes Vorzeichen für seine Suche zu sein.

Matthias schirmte die Augen mit der Handfläche ab und sah an dem dreistöckigen Fabrikgebäude nach oben. Die Ziegelsteine leuchteten im Licht der Vormittagssonne. Man durfte hier als Besucher nicht parken, aber das war ihm egal. Seine Beinmuskeln fühlten sich wie Gelee an, als er aus dem Auto stieg. Im Eingangsbereich hing eine Schautafel, auf der die Lage der Zimmer eingezeichnet war. Nach der Anmeldung konnte man in einem der beiden »Benutzerräume« in sogenannten Findemittel-Dateien und im Bibliothekskatalog recherchieren. Während sich Matthias noch fragte, was eine Findemittel-Datei war und welcher Bürokrat sich diesen unverständlichen Begriff ausgedacht haben mochte, kam eine Schar schwatzender, kichernder Mädchen die Treppe herunter und stöckelte an ihm vorbei. Studentinnen wahrscheinlich. Eine von ihnen drehte sich nach ihm um und grinste, aber Matthias vermochte es nicht, ihr Lächeln zu erwidern. Das Gezwitscher verstummte, und er setzte sich langsam in Bewegung, im Geiste ständig die Formulierungen aus den Gesetzestexten wiederholend. *Die Behörde hat den Beteiligten Einsicht in die das Verfahren betreffenden Akten zu gestatten, soweit deren Kenntnis zur Geltendmachung oder Verteidigung ihrer rechtlichen Interessen erforderlich ist.*

Das war sehr schwammig formuliert. Wen wollte man damit schützen? Schlimmer noch klang der nächste Absatz. *Die Behörde ist zur Gestattung der Akteneinsicht nicht verpflichtet, soweit die Vorgänge wegen der berechtigten Interessen der Beteiligten oder dritter Personen geheim gehalten werden müssen.*

Matthias war vor der Tür zur Anmeldung angekommen. Sein Herz sprang wie ein verrückt gewordener Pingpongball in der Brust herum.

Der schwarze Golf heulte auf. Reifen quietschten über bucklige Pflastersteine. Dann schoss das Auto über den Hof hinaus auf die Straße. Vor der nächsten Ampel kam Matthias gerade so zum Stehen. In seinem Kopf pfiff ein startender Düsenjet. Vor den Augen flirrten rote Schlieren. Die ältliche Beamtin mit den Omalöckchen hatte ihn eiskalt abgebügelt. *Selbstverständlich* gestatte die Behörde den Bürgern Akteneinsicht. Aber erstens ging es in seinem Fall, soweit sie erkennen konnte, nicht um rechtliche Interessen, zweitens lagerten die gesuchten Akten gar nicht hier. Nachdem sie diese Auskunft zwischen den rosabemalten Lippen herausgequetscht hatte, war er nicht mehr existent gewesen. Sie hatte sich wieder ihren Unterlagen zugewandt.

Soweit sie erkennen konnte? Matthias hatte sich das Namensschild der Frau angesehen und beschlossen, sich bei ihren Vorgesetzten über die unfreundliche Art der Beamtin zu beschweren. Schließlich wurde sie von seinen Steuergeldern bezahlt. Dieser Vorsatz hatte nur leider nicht dazu geführt, dass sich der Sturm in seinem Inneren gelegt hätte.

Erst nach einer Minute hatte die Frau bemerkt, dass er noch immer vor ihrem Tresen stand, und mit herabgezogenen Mundwinkeln zu dem ungebetenen Gast aufgesehen.

Den Blick starr auf die Straße gerichtet, die linke Hand am Lenkrad, klappte Matthias das Handschuhfach auf und tastete nach den *Triptan*. Sie halfen nicht, aber er musste etwas einnehmen, nur um das Gefühl zu haben, Medizin herunterzuschlucken. Erst nachdem sie einen zweiten, längeren Blick auf ihn geworfen hatte, schien der Frau aufzugehen, dass Matthias Hase nicht so schnell aufgeben würde. Sie war damit herausgerückt, dass Akten ehemaliger Kinderheime in das Ressort »Soziales, Gesundheit und Familie« fielen und, wenn überhaupt, dann in Dresden zu finden waren. Oft seien sie jedoch auch vernichtet worden. Für eine weitere Suche empfahl sie ihm das Standesamt seines Geburtsortes. Dort könne man eine beglaubigte Abstammungsurkunde mit allen Daten erhalten.

Sein Geburtsort! Matthias lachte verächtlich. Er kannte weder den Ort, in dem er geboren worden war, noch die Namen seiner Eltern. Und ob es Sinn hatte, nach Dresden zu fahren, würde er sich noch überlegen.

Hinter seinen Schläfen pulsierte der Zorn. Er brauchte diese Akten nicht. Zumindest nicht für das, was jetzt kam. Jetzt würde er sich die Gurich vornehmen. Nur das konnte den Aufruhr in seinem Innern wieder etwas beruhigen.

41

»Ja, das ist interessant. Scheint mir eine gute Spur zu sein, Lara.« Mark drückte das Telefon fester ans Ohr und betrachtete das Foto auf seinem Schreibtisch. Seine Frau schaute ernst, Franz ein bisschen mürrisch – wie es Teenager beim Posieren für ein Familienfoto eben so machten –, nur Joanna lachte breit. »Vielleicht hast du Glück und es antwortet dir jemand.« Er lauschte kurz und setzte dann hinzu: »Du darfst nicht so ungeduldig sein. Nicht alle Leute schauen täglich in ihre Mails oder chatten im Netz. Gib ihnen ein paar Tage Zeit. Hat Schädlich dir denn letztes Wochenende noch Neuigkeiten berichten können?«

Während Lara ihm erzählte, dass man laut Aussagen des Kriminalobermeisters auf der Leiche Erbrochenes vom Täter gefunden habe und sie nicht wisse, ob sie Schädlichs Angabe, die DNA-Analyse der Spuren läge noch immer nicht vor, Glauben schenken konnte, versuchte Mark, möglichst geräuschlos seine Aktentasche einzuräumen. Es war schon kurz nach halb sechs. Eigentlich hätte er seit zehn Minuten im Auto sitzen sollen. Es war Mittwoch. Mittwoch gehörte der Familie. Heute hatte Anna sich etwas wünschen dürfen, und es war das *Kim-Chu* in der Leibnizstraße geworden. Mark mochte koreanisches Essen nicht so, genauso wenig wie die Fast-Food-Tempel, die Franz immer aussuchte, fügte sich aber in das gemeinsame Ritual.

Schwester Annemarie streckte den Kopf zur Tür herein und deutete auf ihre Armbanduhr. Er nickte ihr zu, dass sie gehen könne. Nachdem Lara versprochen hatte, ihn spätestens am Freitag von ihren Fortschritten in Sachen »zweite Plattenbauleiche« zu informieren, legte Mark auf. Eigentlich hatte er sich in Vorbereitung der morgigen Sitzung mit Maria Sandmann noch die Aufzeichnung von Montag ansehen wollen, aber das konnte er auch morgen früh noch erledigen. Er ließ die Finger über den dünnen Leinenstoff des Jacketts gleiten und warf es sich dann über die Schulter. Draußen waren noch mindestens fünfundzwanzig, sechsundzwanzig Grad. Er würde keine Jacke brauchen. Mitten im Raum stehend, checkte er das Sprechzimmer und prüfte, ob alle Geräte abgeschaltet waren. In dem Augenblick, als er den ersten Schritt in Richtung Wartezimmer machte, summte die Türklingel. Marks Nackenmuskeln spannten sich an.

Auf dem Schreibtisch blinkte fordernd das rote Lämpchen. Er zögerte einen Augenblick lang, drückte dann den Zeigefinger auf den Knopf der Wechselsprechanlage und neigte den Kopf über das Mikrofon. »Ja bitte?«

»Doktor Grünthal?« Eine völlig aufgelöste Frauenstimme. Viel zu hoch, hysterisch. Erst nach den nächsten Sätzen erkannte Mark die Person.

»Kann ich mit Ihnen sprechen? Ich brauche Ihre Hilfe!«

»Kommen Sie rauf.« Mark betätigte den Türöffner und ging dann ins Wartezimmer, um auf die Patientin zu warten. Hastiges Klappern von Absätzen verriet ihm, dass sie es eilig hatte. Dann klopfte es, und die Eingangstür schwang auf.

»Entschuldigen Sie bitte. Ich weiß, die Praxis hat schon geschlossen, und ich habe auch erst morgen einen Termin, aber Sie hatten gesagt, ich... ich könnte Sie jederzeit anrufen... aber das kann ich nicht am Telefon...« Sie schüttelte sich kurz und sah sich im Sprechzimmer um. Dann sprach sie mit fester Stimme weiter. »Ich glaube, wir haben ein Problem.«

Sie kam auf ihn zu, und Mark streckte die rechte Hand aus. »Guten Tag, Frau Sandmann. Kommen Sie herein. Wir kümmern uns darum. Gehen Sie doch bitte schon ins Sprechzimmer und nehmen Sie Platz. Ich komme sofort.« Er ging, um die Eingangstür zu schließen, die Maria Sandmann in ihrer Eile offen gelassen hatte. Dann folgte er der Frau ins Sprechzimmer. Sie hatte bereits auf dem Sessel Platz genommen, auf dem sie immer saß. Mit versteinertem Gesicht schaute sie geradeaus.

»Einen kleinen Moment noch.« Mark durchsuchte seine Aktentasche nach dem Handy. »Ich bin gleich für Sie da.« Er tippte eine SMS an Anna, dass er wegen eines Notfalles später käme und sie inzwischen mit den Kindern losfahren sollte, und schaltete das Gerät dann auf lautlos. Seine Frau würde wütend sein, aber das nützte nichts. Dies hier ging vor.

Mark setzte sein väterliches Lächeln auf, nahm im Sessel neben der Patientin Platz und wartete darauf, dass sie mit dem Problem herausrückte. Sie saß ganz gerade, ohne sich anzulehnen, die Augen auf die Wand gerichtet, Unterkiefer und Kinn kämpferisch nach vorn geschoben. Nur ihre Hände verrieten die Nervosität. Sie waren verflochten, die Finger wanden sich unentwegt umeinander, lösten und verschränkten sich aufs Neue. Ihr Mund öffnete sich und schnappte dann wieder zu. Es fiel ihr sichtlich schwer zu sprechen, und so ergriff Mark das Wort.

»Sie sagten vorhin, es gäbe ein Problem.«

»Ja.«

»Können Sie beschreiben, worum es sich dabei handelt?«

»Ja.« Wieder schnappte der Mund zu. Die Finger hielten einander jetzt so fest, dass die Knöchel weiß hervortraten. Sie sagte »Ja«, und ihr Körper sprach »Nein«.

»Hat es etwas mit Ihrer Vergangenheit zu tun, Frau Sandmann? Oder ist es etwas Aktuelles?« Sie schüttelte mit fest zusammengepressten Lippen den Kopf, und Mark setzte nach. »Ich möchte Ihnen gern helfen. Das geht aber nur, wenn ich weiß, worum es sich handelt. Es ist etwas Unvorhergesehenes passiert, etwas, das nicht bis morgen Zeit hat, sonst wären Sie nicht hier. Nicht wahr?«

Jetzt nickte sie. Die Hände lösten sich voneinander, und sie griff nach ihrer Handtasche. »Also gut. Deswegen bin ich da, ganz richtig. Ich habe einen Brief bekommen.«

»Aha? Von wem?« Mark sah, wie sie am Reißverschluss riss und dann in die Tasche spähte, als verstecke sich darin eine Schlange. »Haben Sie den Brief mit?«

»Ja.« Die rechte Hand verschwand und kam gleich darauf mit einem hellgelben Kuvert wieder zum Vorschein. »Es ist ein Brief von einem Mann namens Matthias. Er schreibt, er sei mein Bruder.« Sie schloss kurz die Augen und öffnete sie dann ganz schnell wieder. »Aber ich *habe* gar keinen Bruder!«

*

»Tschüss, bis morgen dann!« Isabell blieb noch einen Augenblick neben Laras Schreibtisch stehen, als wolle sie noch etwas sagen, traue sich aber nicht. Schließlich fasste sie sich doch ein Herz. »Ich habe den Fleischer angerufen. Wegen der Platten.«

»Das ist gut. Morgen kaufe ich den Sekt. Wir sollten halbtrockenen nehmen, was meinst du?« Lara schaute hoch. Isabells Augen waren gerötet, und ihre Mascara war verschmiert. Sie sah aus, als hätte sie geweint.

»In Ordnung. Einen Aushang habe ich auch gemacht.« Die Praktikantin zeigte auf die Pinnwand über dem großen Kopierer.

»Na, dann kann ja nichts mehr schiefgehen.« Lara schrieb »Sekt, Isi« auf eine Haftnotiz und klebte diese an den Rand ihres Bildschirms. Gleich morgen Vormittag würde sie sich der Sache annehmen.

»Weißt du, wo Tom heute war?«

Lara, die den Blick schon wieder auf den Bildschirm gerichtet hatte, wandte sich erneut der Praktikantin zu. »Gestern hat er wohl den ganzen Tag im Gericht verbracht, aber heute? War er nicht am Vormittag hier? Hast du mal in der Abwesenheitsliste nachgeschaut?«

»Da steht nichts.« Isabells Unterlippe bebte leicht. »Seit Tagen weicht er mir aus. Ich...« Sie brach ab. Die Unterlippe zitterte stärker.

»Das ist allerdings komisch. Ich wurde letztens noch gemaßregelt, weil ich vergessen hatte, mich einzutragen, aber für ihn gelten wohl andere Regeln.«

»Ich weiß.« Isabell war einen Schritt an Laras Schreibtisch herangetreten und flüsterte jetzt. »Er mag dich nicht.«

»Was?« Lara hatte die Stimme auch gesenkt.

»Tom meine ich. Er hasst dich regelrecht; denkt, du bist überheblich und karrieregeil. Und dass du ihn ausstechen willst. Das hat er mir mal erzählt. Ist allerdings schon eine Weile her.« Jetzt schniefte Isabell und drückte sich den Handrücken an die Nase.

»Na, wenn das mal nicht seine eigenen Machenschaften sind, die er da auf mich projiziert. Du darfst dich nicht so von ihm beeinflussen lassen, Isi. Sieh mal«, Lara berührte die Hand der jungen Frau, »egal, was er behauptet hat, er wird dir keine Träne nachweinen, wenn du nicht mehr da bist. Da bin ich mir sicher. Besser, du vergisst ihn ganz schnell.«

»Er hat mich nur ausgenutzt!«

»Da muss ich dir leider zustimmen, Kleine. Aber das stehst du schon durch. Du bist doch eine starke Frau.« Lara betrachtete das zitternde Häufchen Elend, das vor ihr stand und in nichts einer »starken Frau« glich, und Isabell tat ihr leid. Niemand hatte es verdient, von Tom Fränkel ausgenutzt zu werden.

»Danke dir. Du bist wirklich nett.« Noch einmal wischte sich Isabell über die Nase und versuchte dann ein schiefes Lächeln. »Schade, dass ich mich so habe von ihm beeinflussen lassen, was dich betrifft. Aber vielleicht kann ich es wiedergutmachen.« Mit diesen Worten drehte sie sich um und stakste davon. Lara sah ihr nach und überlegte, was die Praktikantin gemeint haben mochte, vergaß aber den Gedanken schnell wieder und wandte sich ihren Recherchen zu.

In den Redaktionsräumen war es still geworden. Nur Friedrich hockte noch vor seinem Rechner. Alle anderen hatten schon

Feierabend gemacht und saßen jetzt wahrscheinlich draußen in den Biergärten, genossen die Abendsonne und ließen es sich gut gehen. Lara unterdrückte ein Seufzen. In den Sommermonaten war ihr die Frühschicht lieber. Aber einen Vorteil hatte der Spätdienst, es waren kaum Kollegen in der Redaktion, und so konnte sie ungestört von Toms heimlichen Blicken recherchieren. Die Panorama-Seiten hatte sie fertig. Lara rief ihren Posteingang auf. Von den zwanzig eingegangenen E-Mails waren elf dienstlich, fünf nicht zuzuordnen, und vier hatten die Betreffzeile: »Re: Recherche zu Kinderheimen nahe Zwickau«. Sie zwang sich, zuerst die geschäftlichen Mitteilungen durchzusehen. Darunter war nichts, was nicht bis morgen warten konnte. Auch die fünf Nachrichten mit unklarer Betreffzeile waren längerfristige Informationen oder Anfragen an die *Tagespresse*.

In Laras Fingerspitzen kribbelte es. Sie sortierte die »Kinderheim-Mails« chronologisch nach Eingangszeit und klickte die erste davon an.

Sehr geehrte Frau Birkenfeld!
Sie fragten in Ihrer gestrigen E-Mail nach Namen von ehemaligen Erziehern aus DDR-Kinderheimen, die sich in der Nähe von Zwickau befanden. Das ist ein bisschen diffus ausgedrückt. Was recherchieren Sie denn konkret?
Ich selbst war im Kinderheim Meerane. Das liegt nahe Zwickau. Vielleicht haben Sie von dem Prozess gehört, den vier Ehemalige vor ein paar Jahren wegen Misshandlungen und sexuellem Missbrauch geführt haben. Leider ist nicht viel dabei herausgekommen. Darf ich fragen, was Sie mit den Namen anfangen wollen?
Ich selbst war nur ein halbes Jahr im Heim – zum Glück! Daher kenne ich auch nicht so viele Leute wie manch anderer. Posten Sie Ihre Frage doch direkt in den Foren! Da ist die Chance, dass mehr Leute sie lesen, größer. Angehängt finden

Sie eine Liste der Internetadressen. Ich hänge Ihnen außerdem eine Liste der Erzieher an, an die ich mich erinnern kann, allerdings sind sie ohne Gewähr. Es ist fünfundzwanzig Jahre her, dass ich dort war, und ich habe vieles vergessen. Auch bin ich mir bei manchen mit der Schreibweise nicht sicher.
Schöne Grüße,
Kerstin Brotkorb

Lara kopierte die Links zu den Kinderheimforen und die Namen – es waren fünf – in ein leeres Word-Dokument und schloss die E-Mail. Die zwei nächsten waren vom Inhalt her ähnlich. Eine »Carola S.« war ebenfalls in Meerane gewesen, ein oder eine »U. Gerisch« im Kinderheim in Hartmannsdorf. Beide lieferten keine neuen Informationen. Carola S. nannte die gleichen Namen, die schon in der ersten E-Mail gestanden hatten, U. Gerisch pöbelte nur ein bisschen herum und beleidigte die Presse in Bausch und Bogen.

Aber Lara hatte ja auch nicht direkt nach Rainer Grünkern gefragt. Sie hob die Arme über den Kopf und räkelte sich. Durch das geöffnete Fenster drang der abendliche Lärm der Stadt herauf. Lara war hungrig. Sie konnte die Pizza förmlich schon vor sich sehen, die sie sich als Belohnung für die Plackerei versprochen hatte. Das Wasser lief ihr im Mund zusammen, aber sie war hier noch nicht ganz fertig. Eine Nachricht war noch ungelesen, und die Höflichkeit gebot es, allen vieren wenigstens eine kurze Antwort zu geben. Sie beschloss, sich bei den Schreibern für die Auskünfte zu bedanken und als Grund für ihre Anfrage eine geplante Reportage über Kinderheime in der DDR anzugeben. Das musste reichen. Detailfragen würde sie nicht beantworten. Lara betrachtete die Zeile mit der letzten ungelesenen E-Mail und klickte dann darauf.

Abs.: postmaster@kinderheim-ernst-thaelmann.de
Betreff: Re: Recherche zu Kinderheimen nahe Zwickau

Hallo, Frau Birkenfeld,
es ist schon ein bisschen seltsam, wie alle Welt auf einmal nach Erziehern in Kinderheimen fragt. Duplizität der Ereignisse? Erst kürzlich habe ich mich ausgiebig mit einem Ehemaligen, der auch in meinem Heim war, darüber ausgetauscht. Das ist komisch, nicht!?
Sie schreiben, Sie arbeiten bei der Zeitung. Wollen Sie Dinge aufdecken, die damals geschehen sind? Das wird schwierig. Das meiste davon ist nämlich verjährt.
Nun, mal sehen, was ich trotzdem für Sie tun kann.
Hier die Liste der Erzieher:

Lara scrollte ein bisschen nach unten, und in ihrem Kopf spiegelte sich der gesuchte Name, noch bevor ihr Verstand ihn erfasst hatte: *Rainer Grünkern.*

Scharf sog sie Luft ein. Sie *hatte* ihn. Eilends überflog sie den Rest.

Ich habe eine eigene Website zu unserem ehemaligen Heim eingerichtet. Vielleicht ist etwas von Interesse für Sie dabei. Halten Sie mich doch auf dem Laufenden! Ich kann Ihnen auch Kontakte mit anderen Heimkindern vermitteln, wenn Sie möchten.
Mit freundlichen Grüßen,
Sebastian Wallau

Lara stand auf und ging in die Küche. Plötzlich hatte sie Durst. Was meinte dieser Sebastian Wallau damit, dass sie Dinge »aufdecken« wollte, die damals geschehen waren? Er schrieb von Tatsachen, die »verjähren« konnten. Demnach musste es sich um Verbrechen handeln. Was war in seinem Heim passiert? Im Kühlschrank war kein Wasser mehr. Jemand hatte vergessen, es nachzufüllen. Lara nahm sich stattdessen eine lauwarme Flasche aus dem Kasten und kehrte zurück an ihren Schreibtisch. Sebastian Wallau hatte geschrieben, er hätte sich mit einem anderen Ehemaligen über die Erzieher ausgetauscht. Sollte sie ihn nach Namen fragen? Und was wusste er über den Erzieher Rainer Grünkern? Sie setzte die Flasche an und schluckte. Die Kohlensäure kribbelte am Gaumen. Lara dachte an Mark und erwog, ihn anzurufen, um ihm die Neuigkeiten mitzuteilen, verwarf den Gedanken aber nach einem Blick auf die Uhr wieder. Es war halb sieben. Und es war Mittwoch. Mark würde mit Frau und Kindern in irgendeinem schicken Restaurant sitzen und es sich gut gehen lassen. Es war auch morgen noch Zeit, ihm mitzuteilen, dass sie jemanden gefunden hatte, der Rainer Grünkern kannte, und dass er als Erzieher in einem Kinderheim gearbeitet hatte. Vielleicht konnte sie in der Zwischenzeit noch weitere Informationen von diesem Sebastian Wallau einholen. Lara stellte das Wasser ab, klickte auf »Antworten« und begann zu schreiben.

*

»Kann ich den Brief sehen?« Mark streckte die Hand aus, aber Maria Sandmann zog ihren Arm zurück.

»Es stehen lauter komische Sachen drin! Schlimme Dinge!«

»Ich verstehe. Trotzdem würde ich gern einen Blick darauf werfen. Vielleicht finden wir heraus, worum es geht. Was darin geschrieben wurde, ist nicht Ihr Verschulden.«

»Es muss sich um eine Verwechslung handeln! Außerdem ist der Brief an eine *Mandy* gerichtet!« Mit jedem Satz klang Maria Sandmanns Stimme ein wenig schriller.

»Hm. Das ist in der Tat seltsam.« Mark versuchte, die Adresse auf dem Kuvert zu entziffern, konnte aber nichts erkennen, weil die Hände der Frau das Papier fest umkrampft hielten. Es gab in ihr starke Widerstände dagegen, ihn ins Vertrauen zu ziehen. Er würde sich der Sache spiralförmig von außen nähern müssen. Das konnte länger dauern, als er gedacht hatte. Nur kurz schweiften seine Gedanken zu Anna und den Kindern, dann kehrten sie ins Sprechzimmer zurück.

»Wann haben Sie denn den Brief erhalten?«

»Heute Vormittag.«

»War er in Ihrem Briefkasten?«

»Ja. Aber er kann nicht mit der normalen Post gekommen sein.« Jetzt zeigte sie ihm das Kuvert, zog es aber sofort wieder zurück, als habe sie Angst, er könne danach greifen. »Es sind weder Briefmarke noch Stempel darauf.«

»Aber Ihr Name?«

»Nein, nichts. Außen steht überhaupt nichts.«

»Der Absender muss ihn also selbst in Ihren Briefkasten eingeworfen haben.«

»Das denke ich.« Maria Sandmann glättete das elfenbeinfarbene Papier. Immer wieder strichen ihre Hände über den Umschlag. Sie schien etwas ruhiger zu werden.

»Ich sehe das auch so.« Mark nickte ihr zu. Wenn jemand das Schreiben persönlich in ihren Briefkasten eingeworfen hatte, hieß das, der Schreiber konnte sich nicht vertan haben. Maria Sandmann *war* die Adressatin. Es sei denn, der Verfasser der Zeilen hatte jemand anderes mit der Überbringung beauftragt. Aber auch dann war es unwahrscheinlich, dass derjenige den Brief in einen Briefkasten mit anderem Namen einwarf. Mark äußerte seine Vermutung nicht. Die Patientin wollte an eine Verwechslung glauben, und ihr Unterbewusstsein hatte wahrscheinlich gute Gründe dafür. Andererseits wäre natürlich auch denkbar, dass der Absender Frau Sandmann tatsächlich verwechselte und sie fälschlicherweise für seine Schwester hielt. Um das jedoch herauszufinden und auch das, was an diesem Brief so verstörend war, würde er ihn aber lesen müssen. »Sie haben das Kuvert dann geöffnet.«

»Heute Vormittag.« Sie wiederholte sich. »Er war in meinem Briefkasten. Ich dachte, er ist für mich.«

»Und er ist an eine Mandy von ihrem Bruder Matthias gerichtet. Wohnt in Ihrem Haus eine Frau namens Mandy?« Jetzt überlegte sie. Ihre Augen wanderten nach oben und dann nach links. »Nein.«

»Wahrscheinlich liegt wirklich einfach eine Verwechslung vor. Lassen Sie mich einmal hineinschauen. Vielleicht gibt es Anhaltspunkte, anhand derer wir den wahren Adressaten feststellen können.« Er belog ihr Unterbewusstsein, aber es gab keine andere Möglichkeit. Warum wühlte das Geschriebene sie so auf, dass sie hundertfünfzig Kilometer nach Berlin fuhr, um ihren Therapeuten aufzusuchen – wegen eines Briefes, der nicht an sie gerichtet war und dessen Inhalt ihr egal sein konnte? Etwas darin hatte Maria Sandmann ziemlich verstört, aber sie wagte nicht, es sich einzugestehen. Er musste den Text lesen. Behutsam streckte Mark die Hand aus, und jetzt reagierte die Frau und gab ihm das Kuvert.

Dienstag, der 14.07.

Liebe Mandy,

wahrscheinlich wirst Du diesen Brief nie zu Gesicht bekommen. Wenn Du ihn aber liest, ist entweder irgendetwas verdammt schiefgegangen, oder ich habe meine Vorhaben geschafft. ...

Wenn das Datum stimmte, war er vor vier Wochen geschrieben worden. Es waren zwei Blätter, eine Kopie des Originals. Auf Seite zwei hatte jemand mittendrin einen Teil herausgeschnitten. Mark Grünthal überflog die erste Seite, ohne konkrete Inhalte wahrzunehmen. Stattdessen analysierte er die Schrift des Verfassers. Das Bewegungsbild zeigte eine eilige, druckvolle Schrift, die Buchstaben waren fast durchweg miteinander verbunden, die n- und m-Bögen girlandenförmig. Es dominierten magere, spitze Formen, i-Punkte waren vorauseilend gesetzt. Formbild und Raumbild erschienen relativ normal. Die Anfangsbuchstaben waren betont, die Schrift griff weit nach oben und unten aus. Es war nur eine flüchtige graphologische Analyse. Für exakte Angaben würde er nachmessen und vergleichen müssen, aber fürs Erste reichte das, um den Verfasser einzuschätzen. Ein Mensch, der flexibel im Denken war und Zusammenhänge gut erfasste. Sachverstand überwog gegenüber Gefühlen und Fantasien. Der Verfasser besaß klare Zielvorstellungen, blieb meist innerlich kühl und distanziert und vertraute auch im mitmenschlichen Kontakt mehr dem Kopf als dem Herzen. Jemand, der sich in seinem Tun nicht gern aufhalten ließ, manchmal etwas hastig und ungeduldig sein konnte, meist aber dynamisch und unternehmungslustig war.

Mark ließ den Brief sinken. Maria Sandmann hatte die Hände auf die Oberschenkel gelegt. Sie rührte keinen Muskel, nur ihre Augen wanderten. Von Marks Gesicht zu dem Brief in seiner Hand und wieder zurück. Sie schien auf etwas zu warten.

»Sehr interessant. Darf ich es noch einmal in Ruhe durchgehen?« Mark hob die Seiten kurz an. Das Nicken der Frau war unmerklich. Er begann zu lesen.

Jetzt, meine liebe Mandy, jetzt aber will ich Dir endlich vom ersten Schritt berichten! Sicher bist Du schon gespannt, wen ich mir als Erstes vorgenommen und wie ich ihn bestraft habe…
Ist Dir Siegfried Meller noch gegenwärtig? »Fischgesicht« nannten wir ihn im Geheimen, weil er diese hervorstehenden Augen hatte und seine aufgequollenen, viel zu roten Lippen immer die Form eines erstaunten »Os« hatten. Eigentlich sah er ganz

*harmlos aus, fast ein bisschen dumm, was er nicht war.
Er liebte Wasser in jeder Form, dieses Schwein …*

Mark sah auf und runzelte die Stirn. Die Beschreibung erinnerte ihn an etwas, aber er konnte nicht sagen, was es war, also blätterte er um und las weiter.

*Ich habe es gesehen. Als die kleine Heike aus dem Keller zurückkam, war ihr Blick wie tot, und sie ist gelaufen wie einer dieser Blechroboter zum Aufziehen. Es hat Tage gedauert, bis sie wieder mit uns gesprochen hat. Wahrscheinlich erinnerst Du Dich nicht daran, denn Du warst damals ja auch noch ziemlich klein, und ich habe so gut es ging versucht, Dich von solchen Erlebnissen fernzuhalten …
Mellers Zappeln wurde schnell schwächer. Ich zählte bis fünfzehn und zog seinen Kopf dann mit einem Ruck aus dem Wasser. Er röchelte und hustete. Es klang genauso wie bei uns, wenn das Gesicht aus dem Waschkessel auftauchte. Da wusste ich, dass er das Gleiche empfand wie die kleine Heike und all die anderen Kinder, die er aus purer Lust am Quälen gepeinigt hatte. Diese Panik, wenn man keine Luft bekommt, wenn die Kehle immer enger wird, wenn der Brustkorb sich zusammenzieht, wenn man weiß, man muss den Mund geschlossen halten, und es doch nicht beherrschen kann. Dann dieses schreckliche Gefühl, nach Luft zu schnappen und Wasser einzuatmen – Todesangst.
Ich gab ihm ein paar Sekunden Zeit, dann drückte ich seinen Kopf wieder unter Wasser. Nachdem wir das viermal wiederholt haben, hat Meller irgendwie aufgegeben. Dann hat er sich nassgemacht. Irgendwann war plötzlich Ruhe. Ich habe ihn noch exakt fünf Minuten untergetaucht, um sicher zu sein, dass er auch wirklich tot war.
Zum Schluss habe ich das Wasser abgelassen und ihn so da liegen lassen. In einer leeren Badewanne.*

Die nächsten Schritte sind nicht mehr ganz so einfach. Zuerst muss ich die anderen Scheusale finden, eines nach dem anderen. Ich hoffe nur, sie leben noch alle. Einige waren damals ja schon älter. Aber ich schwöre Dir, dass ich alles Mögliche tun werde, um unsere Rache zu vollenden. ALLES.
Meine liebe Mandy, mit diesem Versprechen möchte ich meinen Brief beenden. Ich werde ihn an einem sicheren Ort verwahren, bis es an der Zeit ist, ihn abzuschicken.

In Gedanken bin ich immer bei Dir, meine Kleine. Ich bin mir sicher, Du spürst das.
Bis bald.
Ich liebe Dich.
Dein Matthias

Darunter hatte der Verfasser noch ein paar Sätze gekrakelt: »Sei nicht böse, kleine Mandy. Ich kann Dir nur Seite eins und vier schicken. Alles, was dazwischen steht, muss noch im Verborgenen bleiben, um das Projekt nicht zu gefährden. Du wirst den fehlenden Teil zu gegebener Zeit erhalten. Aber dieser Ausschnitt dürfte ausreichen, um Dich zu informieren. Ich konnte es einfach nicht mehr aushalten, Dich im Unklaren zu lassen. Halte durch. Lass Dich nicht verrückt machen.«

Mark legte die Blätter auf den Tisch, betrachtete seine Patientin und ärgerte sich, dass er die Analyse der Videoaufzeichnung von Maria Sandmanns Hypnosesitzung immer wieder aufgeschoben hatte. Die exakten Details wären jetzt sehr nützlich. So aber musste er sich auf das verlassen, was sein Gedächtnis hergab.

Sie hatte sich in der ganzen Zeit nicht bewegt, saß noch immer wie eine bleiche Marmorstatue auf der Vorderkante des Sessels, die Hände im Schoß gefaltet, und schwieg, den Blick über seine Schulter in die Ferne gerichtet. Er lächelte ihr zu und versuchte, aus dem steinernen Gesicht Emotionen abzulesen. Ihr Körper war angespannt, die Schultern hatte sie hochgezogen, die Finger ineinander zu einem Gebilde verschränkt, das in der Fachsprache »Igel« genannt wurde, weil die mittleren Fingerknöchel alle nach außen stachen. Eine Abwehrhaltung.

Mark dachte darüber nach, was die Maria Sandmann, die hier neben ihm saß, *wusste*. Sie hatte den Brief gelesen, schien sich jedoch nicht zu erinnern, dass sie den Begriff »Fischgesicht« kannte und dass sie in ihrer Vergangenheit je einem Herrn »Meller« begegnet wäre. Ihr Unterbewusstsein schützte sie, kapselte die Erinnerungen ab, versteckte sie in unzugänglichen Kammern. Aber wie lange würde dieses Konstrukt stabil bleiben? Vor einer halben Stunde, bei ihrer Ankunft, war die Frau noch völlig aufgelöst gewesen. Ihre Persönlichkeit schien aus dem Leim zu gehen, löste sich auf wie Zucker im warmen Wasser. Und nun wirkte sie wie eingefroren, stählern, unnahbar. Welcher Zustand war der beständigere?

»Ein sehr interessanter Brief.« Ihr Blick zuckte kurz zu ihm und versenkte sich dann wieder in einem der Bilder an der Wand. »Finden Sie nicht auch?«

»*Interessant* ist wohl nicht das richtige Wort. Da schreibt jemand, er wolle Scheusale finden und bestrafen. Für mich klingt das nach einem Verbrechen.«

»Wenn das stimmt, was da steht.« Mark glättete die Seiten. Wenigstens redete sie mit ihm.

»Das kann man nicht wissen.«

»Nein. Jemand könnte sich das alles ausgedacht haben.«

»Aber wozu?«

Wenn wir das wüssten, liebe Maria Sandmann. »Was glauben Sie?«

»Ich habe keine Ahnung.« Sie sprach jetzt mit abgehackter, herrischer Stimme. »Sagen Sie es mir, Sie sind doch der Seelenklempner.«

»Ich weiß es auch nicht.« Mark log nicht einmal. Er war sich selbst im Unklaren, ob das, was da beschrieben wurde, reine Fantasie war oder ob ein Teil davon tatsächlich stimmte. Was er jedoch inzwischen glaubte, mit relativer Sicherheit sagen zu können, war, dass dieser Brief seiner Patientin zugedacht war, auch wenn sie es anscheinend nicht wahrhaben wollte. Aber was mochte auf den fehlenden Seiten stehen? Einzelheiten, anhand derer man den Schreiber identifizieren konnte? Details über die Adressatin Mandy?

»Und jetzt?«

»Darf ich mir das kopieren?«

»Nur zu.« Sie machte eine wegwerfende Handbewegung zu ihren Worten, und Mark erhob sich.

»Danke. Einen Moment bitte. Ich bin gleich wieder da.« Der Kopierer stand im Wartezimmer. Im Hinausgehen grübelte Mark, was er jetzt tun sollte. Was hatte die Patientin sich erhofft, als sie mit dem Schreiben zu ihm gekommen war? Vorhin hatte sie den Eindruck gemacht, kurz vor einem Zusammenbruch zu stehen, aber ihr Befinden hatte sich ohne sein Zutun konsolidiert. Durfte er sie nach Hause schicken? Sie musste hundertfünfzig Kilometer fahren. War die Frau stabil genug dafür? Und würde sie daheim stabil bleiben? Sie hatte suizidale Fantasien geäußert, sie schlafwandelte, in ihrer Psyche gab es verschlüsselte Geheimnisse. Der Kopierer erwachte summend zum Leben, ratterte und fuhr den Wagen mit den Druckerpatronen hin und her. Im Sprechzimmer war Totenstille. Wahrscheinlich saß Maria Sandmann noch immer wie festgewachsen auf ihrem Sessel und rührte kein Glied. Mark klappte den grauen Deckel hoch und legte die erste Seite auf das Glas.

Andererseits – was könnte er sonst für sie tun? Die Probleme dieser Frau waren mit einer einzigen Hypnosesitzung nicht zu bewältigen. So, wie er die Sache einschätzte, würden sie mindestens ein halbes Jahr brauchen. Er hatte ein schlechtes Gewissen.

Aber was gab es sonst für Alternativen? Es war inzwischen kurz vor sieben. Seine Frau und die Kinder warteten, dass er endlich zum gemeinsamen Essen erschien. Das zweite Blatt glitt ins Ablagefach, und Mark schaltete das Gerät aus und ging zurück zu seiner Patientin. Sie stand neben dem Sessel, in den Händen das leere Kuvert.

»Können Sie morgen wiederkommen, Frau Sandmann?«

»Wann?« Sie nahm das Original, faltete es und schob die Seiten zurück in den Umschlag.

»Um zehn hätte ich einen Termin frei.«

»Gut.« Jetzt sah sie ihm direkt in die Augen. Ihr Blick war klinisch kalt. Mark hatte für eine Sekunde das Gefühl, *sie* analysiere *ihn*, dann war der Moment vorbei. Maria Sandmann zog sich die Tasche über die Schulter und warf ihm im Hinausgehen ein »Dann bis morgen! Wiedersehen!« zu. Es machte den Eindruck, als könnte sie gar nicht schnell genug verschwinden. Die Tür fiel ins Schloss. Weg war sie. Im Spiegel sah Mark die Querfalten zwischen seinen Augenbrauen. Er wurde aus ihr nicht schlau. Einmal war sie wie ein hilfloses Kind, dann wieder spielte sie die kühle, rationale Frau. Etwas stimmte ganz entschieden nicht mit ihr, aber er konnte einfach nicht erkennen, was es war.

Für die morgige Sitzung mit ihr würde er sich besonders gründlich vorbereiten müssen. Mark beschloss, sich noch zehn Minuten zu nehmen, setzte sich in seinen Sessel, nahm den Brief noch einmal zur Hand und vertiefte sich in das Geschriebene.

Dass er den Namen Meller schon einmal in anderem Zusammenhang gehört hatte, fiel ihm in diesem Moment nicht ein. Noch nicht.

42

»Guten Morgen, Thorwald.« Mark grinste, als er die brummige Stimme seines Freundes aus Studientagen hörte. »Ich weiß, es ist früh, aber ich bräuchte deinen Rat in einer diffizilen Angelegenheit. Hast du ein paar Minuten?« Mark lauschte der Antwort und sah dabei flüchtig die Briefe durch, die Schwester Annemarie bereits geöffnet hatte. Ab und zu berieten er und Thorwald sich gegenseitig. Er selbst war Spezialist für Fallanalysen, Thorwald Friedensreich für Hypnosetherapie. Bei jedem Telefonat versicherten sie sich, dass es an der Zeit sei, sich wieder einmal zu treffen. In den letzten drei Jahren hatten sie es nicht geschafft. Und wahrscheinlich würde es auch heute wieder bei dem Versprechen bleiben.

Mark setzte fort. »Ich habe derzeit eine problematische Patientin. Sie kommt in einer halben Stunde. Ich bin mir unschlüssig, ob die Hypnosetherapie in diesem Fall nicht sogar kontraproduktiv ist.« Er war heute eine Stunde eher in die Praxis gegangen, um sich die Aufzeichnung der letzten Sitzung mit Maria Sandmann anzusehen und seine Notizen durchzugehen. »Sie ist noch nicht sehr lange bei mir in Behandlung. Das erste Mal kam sie vor zwei Wochen mit diffusen Befindlichkeitsstörungen.« Mark fasste kurz zusammen, was in der Zwischenzeit passiert war, und beschrieb die suizidalen Fantasien, das Schlafwandeln und die Gedächtnisausfälle. In der gedrängten Form seiner Aufzeichnungen wirkten die Symptome noch beunruhigender. Er endete mit dem gestrigen Besuch Maria Sandmanns und dem Inhalt des Briefes. Thorwald ließ sich noch einmal den genauen Ablauf der Hypnosesitzung erläutern und wiederholte dann die Details stichpunktartig. Vor dem geöffneten Fenster zwitscherte eine Amsel. Es würde wieder ein heißer Tag werden. Marks Augen glitten über das Familienbild, und er runzelte die Stirn. Anna war auch heute Morgen noch wütend auf ihn gewesen. Und wie er sie kannte, würde ihr Zorn noch ein paar Tage anhalten. Er beschloss, ihr heute Abend einen Blumenstrauß mitzubringen. Thorwald war fertig mit seiner Zusammenfassung. »Es ist natürlich immer schwierig, eine Ferndiagnose zu stellen, aber ich schlage dir vor, dass du diese Patientin heute nicht hypnotisieren solltest, Mark. Ich glaube, sie ist noch nicht so weit. Da schlummern bedrohliche Dinge in der Psyche, die du nicht zu schnell hervorholen darfst, sonst gefährdest du ihre Stabilität noch weiter. Ich muss jetzt los, aber ich werde über den Fall nachdenken. Kannst du mir eine Zusammenfassung faxen? Dann telefonieren wir heute Abend noch einmal.« Er verabschiedete sich und legte auf. Mark sah zum Fenster. Gelbgefiltertes Licht drängte durch die Blätter der Kastanie. Ein Auto hupte, dann war es wieder still. Die Patientenakte lag aufgeschlagen auf dem Schreibtisch. Ein schneller Blick zur Uhr zeigte ihm, dass ihm noch fünfzehn Minuten blieben, bis Maria Sandmann kam. Gerade ausreichend Zeit, um seine Notizen an den Freund zu faxen. Er würde Schwester Annemarie die privaten Daten und den Namen schwärzen lassen, um die Schweigepflicht nicht zu verletzen. Mark klemmte sich die Papiere unter den Arm und ging zur Tür.

»Fahr doch, du Heini! Mann, Mann, Mann...« Mark schüttelte den Kopf. Das Auto vor ihm zuckelte mit sechzig über die Schnellstraße. Das Kennzeichen verriet ihm, dass es sich um ein Auto aus dem Landkreis Dahme-Spree handelte. Diese Fahrer waren bei den Berlinern als schlimme Trödler verschrien. Und der Mann trug einen Hut. Das war ein schlechtes Zeichen. Welcher normale Mensch ließ im Auto seinen Hut auf? Und erst recht bei der Hitze?

In letzter Minute bremste Mark seine linke Hand, die gerade die Lichthupe betätigen wollte. Er führte sich auf wie ein Neandertaler. Aber da nützte das ganze Psychologiestudium nichts. In ihren Autos wurden sie alle wieder zu Steinzeitmenschen. Er konnte die psychologischen Hintergründe dafür erklären. Und doch war er manchmal nicht in der Lage, das Wissen darum auf sein eigenes Verhalten anzuwenden. Der Hutfahrer bog ab, und Mark trat aufs Gas. Er hatte es eilig.

Auf der Autobahn stellte er den Tempomat auf hundertvierzig und dachte über sein weiteres Vorgehen nach. Maria Sandmann war nicht zur vereinbarten Zeit erschienen. Nachdem er ihr eine Viertelstunde Karenzzeit gegeben hatte, war Mark unruhig geworden und hatte seine Sprechstundenhilfe angewiesen, die Patientin anzurufen – die Nummern hatten sie in der Akte, aber diese war weder an ihr Festnetztelefon noch an ihr Handy gegangen. Freunde oder Verwandte, die im Notfall verständigt werden konnten, hatte sie nicht angegeben. Den für elf Uhr bestellten Patienten hatte Mark abwesend und ziemlich schnell abgefertigt, nur um sich danach sofort wieder seinen Aufzeichnungen im Fall Maria Sandmann zuzuwenden. Die Gewissensbisse, sie in ihrem derangierten Zustand gestern Abend einfach so wieder nach Hause geschickt zu haben, nahmen von Minute zu Minute zu.

Nach einer weiteren Viertelstunde hatte Mark es nicht mehr ausgehalten und die Nachmittagstermine abgesagt. Und jetzt saß er hier in seinem Auto und war auf dem Weg zu Maria Sandmann, in dem Wissen, dass es im höchsten Maße unprofessionell war, eine Patientin zu Hause aufzusuchen.

Aber falls seine Vermutung stimmte, dass die Frau durch diesen Brief inzwischen hinter das tief in ihr verborgene Geheimnis gekommen war, war sie akut gefährdet. Mark gab Gas.

*

»Was willst du denn schon hier?« Tom redete, ohne hochzusehen. »Ist doch erst zehn.«

»Ich habe einiges zu recherchieren.« Lara hängte ihre Tasche über den Stuhl und grüßte die anderen in der Redaktion, indem sie in die Runde winkte. Musste sie sich jetzt schon vor dem Kollegen rechtfertigen, dass sie vor Schichtbeginn da war?

»Na, dein Problem. Wenn du so arbeitsgeil bist, bitte schön.«

Lara antwortete nichts. Tom Fränkel schien schlechte Laune zu haben. Er achtete jedoch stets darauf, dass kein Außenstehender seine Pöbeleien mitbekam, schon gar nicht Hampenmann. Dem Chef gegenüber präsentierte er sich als arbeitseifriger, kompetenter Journalist.

Sie setzte sich und fuhr ihren Computer hoch. Nur kurz dachte sie an das »Mobbing-Tagebuch«, das sie hatte anlegen wollen. Irgendwann würde Tom seine gerechte Strafe bekommen, so viel war sicher.

Zuerst checkte Lara den Newsticker, fand aber nichts, das ihr interessant genug erschien, um gründlicher nachzulesen. Der Hampelmann war außer Haus. Sie konnte in Ruhe ihre Nachforschungen abwickeln. Natürlich hätte sie auch zu Hause recherchieren können, aber sie kam von außen nicht in den Dienstcomputer, und da sie gestern Abend die Mails hier am Arbeitsplatz geschrieben und dann vergessen hatte, die Antworten auf ihren Privataccount umzuleiten, konnten eingehende E-Mails an Lara Birkenfeld auch nur hier abgefragt werden. Zuerst aber wollte sie sich die Seiten zum Kinderheim *Ernst Thälmann* ansehen, die Sebastian Wallau gestaltet hatte. Lara rief ihre Notizen auf, klickte auf den Link und verschwand im Jahre 1988.

»Hubert und ich gehen essen. Kommt jemand mit?« Friedrich stand in der Tür, die obligatorische Zigarette hinter dem Ohr, und blickte in die Runde.

»Ich hab zu tun. Sorry, Jungs.« Tom tippte unentwegt. Isabell kam aus dem Nebenraum und schüttelte den Kopf, wobei sie zu Tom sah. Nur Lara nickte und angelte ihre Tasche von der Lehne.

Der Ausflug an die frische Luft bot eine gute Gelegenheit, Mark anzurufen, ohne dass die halbe Redaktion mithörte.

»Ich bin vielleicht vollgefressen!« Friedrich strich sich über den deutlich sichtbaren Bauch. »Aber das war lecker!« Hubert nickte und stampfte hinter ihm die Treppe hoch. Lara folgte den beiden und verkniff sich ein Grinsen. Sie hatte im Gegensatz zu den Männern nur einen Salat mit Thunfisch gegessen und fühlte sich erfrischt. Leider war Mark nicht an sein Handy gegangen, und als sie es in der Praxis versuchte, hatte sie von seiner Sprechstundenhilfe nur erfahren, dass er überraschend seine Nachmittagstermine abgesagt hatte, um zu einem wichtigen Termin zu fahren. So hatte Lara ihm lediglich eine Nachricht auf der Mailbox hinterlassen, dass sie Neuigkeiten im Fall Grünkern habe und er sie schnellstmöglich zurückrufen sollte.

Oben angekommen, schnaufte Friedrich hörbar. Mit einem atemlosen »Dann wollen wir mal wieder« öffnete er die Tür. Hintereinander marschierten sie in die Redaktion. Die beiden Männer verschwanden im Nebenraum. Lara sah sich um. Tom war verschwunden, und auch Isabell war nirgends zu sehen. Vielleicht hatten die beiden sich doch für eine gemeinsame Pause entschieden. Laras Lächeln verblasste, als ihr Blick auf das Standby-Lämpchen ihres Rechners fiel. Der USB-Stick war noch immer angesteckt. Sie hatte vergessen, ihn mitzunehmen. *Du lernst es nie, Lara Birkenfeld.*

Mit einem Schnaufen setzte sie sich auf ihren Drehstuhl und erweckte den Computer zum Leben.

Zumindest eines hatte sie voriges Jahr gelernt: herauszufinden, wann die Dokumente auf ihrem Rechner zuletzt geöffnet worden waren. Mit drei schnellen Klicks stellte sie fest, dass vor fünfzehn Minuten jemand die Dateien zu »Plattenbauleiche eins«, »Plattenbauleiche zwei« und »Recherche Kinderheime« angeklickt hatte.

Lara machte einen Bildschirmschuss zum Beweis. Sobald Tom zurück war, würde sie ihm die Hölle heiß machen. Dieses Mal würde er nicht ungeschoren davonkommen! Mit zusammengebissenen Zähnen betrachtete sie den Beweis noch ein paar Sekunden lang und beschloss dann, sich abzulenken. Sie hatte noch eine Dreiviertelstunde bis zu ihrem eigentlichen Dienstbeginn. Gerade genug Zeit, um die Mailbox abzufragen. Lara loggte sich ein.

Hallo, Frau Birkenfeld,
das scheint ja ein reger Briefwechsel zu werden...
Sie haben den Knackpunkt in meiner Mail gleich erkannt.
Ganz richtig, wenn etwas »verjähren« kann, dann muss es sich um etwas Unrechtes handeln, etwas, das eine Gesetzesstrafe nach sich ziehen würde.
Was ist in unserem Heim passiert?, fragen Sie. Das ist nicht mit wenigen Worten zu beschreiben. Es waren viele Kleinigkeiten und daneben auch richtig schlimme Dinge. Ich bin mir noch unschlüssig, ob ich Ihnen meine Erfahrungen einfach so anvertrauen kann....
Sie haben nach Herrn Grünkern gefragt. Leider kann ich dazu nicht viel sagen. Er war bis Mitte der achtziger Jahre Heimleiter im Ernst Thälmann. Danach kam Frau Sagorski. Ihn selbst habe ich also gar nicht kennengelernt, sein Name ist mir nur aus den Berichten einiger anderer Heimkinder bekannt, mit denen ich gemailt habe.
Er war ein sehr böser Mann. Mehr möchte ich dazu nicht sagen. Nur so viel: Grünkern stand auf Kinder, wenn Sie wissen, was ich meine. Angeblich bevorzugte er blonde Mädchen, je jünger, desto besser.

»Na, du bist ja voll konzentriert!« Lara schrak zusammen und drehte sich zu Tom um, der direkt hinter ihr stand und ihren Bildschirm fixierte.

»Das geht dich überhaupt nichts an!« Der Satz kam lauter heraus, als sie es gewollt hatte, und Lara bemerkte, wie die anderen aufhorchten.

»Hoppla! Hast du schlechte Laune, Liebchen? Lass das bitte nicht an mir aus.«

»Ich bin ziemlich verärgert, Tom. Und du weißt genau, warum. Stell dich also nicht dümmer, als du bist! Und nenn mich *bitte* nicht ›Liebchen‹.«

»Was ist denn auf einmal mit dir los?« Tom runzelte die Stirn, und Lara bewunderte seine schauspielerischen Fähigkeiten.

»Du hast in meinen Dokumenten herumgeschnüffelt, als ich vorhin mit Hubert und Friedrich essen war! Und zwar exakt um zwölf Uhr drei. Ich habe Beweise!« Jetzt war es totenstill in der Redaktion.

»Das ist nicht dein Ernst.« Auch Tom hatte nun die Stimme erhoben. Wahrscheinlich, damit ihn auch alle hören konnten. »Ich bin fünf vor zwölf runtergegangen, um ein paar belegte Brötchen aus der Brasserie zu holen, und war viertel eins wieder hier. Frag Isabell, wenn du mir nicht glaubst.« Lara merkte, dass ihr Mund ein wenig offen stand, und schloss ihn. Das konnte der Typ doch nicht ernst meinen? Wer war dann an ihren Dateien gewesen? Lara glaubte nicht, dass Isabell für Tom lügen würde. Aber irgendjemand hatte sich an ihren Dokumenten zu schaffen gemacht, während sie essen gewesen war. Und sie würde herausfinden, wer der Verräter war.

»Ich dachte, das nimmt ein Ende, nachdem der Chef mit dir gesprochen hat, Lara.« Tom sah sich kurz um, ob auch die ganze Redaktion hörte, was er zu sagen hatte, dann fuhr er fort. »Du kannst mich nicht leiden. Okay, das muss ich akzeptieren. Aber dass du versuchst, mir Dinge unterzuschieben, die ich nie tun würde, ist eine Frechheit. Das muss aufhören. Und zwar sofort.« Er blähte seinen Brustkorb auf wie ein entrüsteter Puter und stemmte die Arme in die Seiten.

»Aber...« Lara wandte den Blick ab, weil sie das Schauspielgehabe nicht mehr sehen konnte. Ihr Zorn verdampfte wie ein Wassertropfen auf einer heißen Herdplatte, während sie mit halboffenem Mund auf die letzten Zeilen in Sebastian Wallaus Mail starrte.

Ich habe den ganzen Abend über das Heim und die Ereignisse nachgedacht. Dabei ist mir eingefallen, dass ich in meiner Liste noch jemanden vergessen habe: Herrn Meller. Ich glaube, er hieß mit Vornamen Siegfried, aber wir nannten ihn nur »Fischgesicht«.

Laras Brust verengte sich, und sie bekam keine Luft mehr. Hinter ihr schwafelte Tom. Sie hörte seine Worte wie durch Watte.

»Entschuldigt mich... Ich muss dringend telefonieren!« Lara Birkenfeld schnappte sich ihre Handtasche und rannte hinaus, verfolgt von den verblüfften Blicken der Kollegen.

*

Matthias versuchte, die Tabletten aus der Blisterpackung zu drücken, aber seine Finger gehorchten ihm nicht. Zweimal fiel sie zu Boden, ehe er es aufgab und zum Messer griff. In seinem Kopf kreischte eine Horde wildgewordener Affen. Die Metallspitze bohrte sich in die dünne Aluminiumhaut und riss mit einem heftigen Ruck die Hülle ein. Drei Tabletten purzelten heraus, und Matthias griff danach, warf sie sich in den Mund und spülte mit Cola nach. Er ließ Messer und Tablettenpackung fallen und hastete zurück ins Arbeitszimmer.

Unerschütterlich stand die Holzschatulle mit aufgeklapptem Deckel auf seinem Schreibtisch. Die Schnitzereien wirkten im gelben Licht der Schreibtischlampe plastischer als sonst. Seine Hände zitterten noch immer. Matthias hob das Kästchen hoch und drehte es mit einem Ruck um. Leise raschelnd fielen die Zettel heraus. Er betrachtete das Durcheinander auf der Unterlage. Dann setzte er sich, rutschte mit dem Stuhl dicht an die Kante des Schreibtischs und betrachtete die Papiere, wobei er beide Hände fest auf die Ohren presste, um den Lärm in seinem Kopf nicht zu laut werden zu lassen. Zehn Minuten verstrichen, ohne dass er sich rührte. Es kam ihm so vor, als könne er das Auflösen der Tabletten in seinem Magen als feines Brennen spüren. Ganz langsam krochen seine Finger auf den schmalen Stapel zu, und dann begann Matthias ein weiteres Mal, die Papiere durchzusehen.

Nachdem er alles zweimal auseinandergefaltet, aufgeschüttelt und dann wieder sortiert hatte, war klar, dass er sich nicht geirrt hatte. Der erste Brief an Mandy war verschwunden. Ein wildes Jaulen, wie von einem Tier, verschaffte sich Bahn, dann kreischten die Stimmen in seinem Kopf, lauter als je zuvor. *Wo ist dieser verdammte Brief?*

Hatte er ihn versehentlich abgeschickt? Aber warum konnte er sich dann nicht daran erinnern? Matthias stopfte die restlichen Papiere zurück in die Schatulle und versuchte nachzudenken. Die Gedanken spielten Fangen in seinem Gehirn, versteckten und jagten sich. Zwischendurch flammten immer wieder Wörter wie eine grellrote Neonreklame auf: *Wo – ist – der – Brief?*

Er sah sich selbst am Tisch sitzen, die Haare zerrauft, sah, wie die Finger unablässig einen Marsch auf das Holz trommelten. Er musste sich zusammenreißen. Etwas in seinem Kopf funktionierte nicht mehr richtig.

Plötzlich sprang er hoch, machte zwei schnelle Schritte und klappte den Deckel des Kopierers auf. Auf dem Vorlagenglas lag der Brief. Seine erste Nachricht an Mandy. Fast wären ihm die Tränen gekommen, aber er konnte sich gerade noch beherrschen. Die Kopien waren verschwunden, aber nachdem er den Papierkorb durchsucht hatte, fand er fein säuberlich abgetrennte Ausschnitte. Matthias legte die Teile neben das Original und verglich Zeile für Zeile. Die fehlenden Textpassagen waren unerheblich. Wenn das die Teile waren, die Mandy erhalten hatte, bestand keine unmittelbare Gefahr. Langsam beruhigte er sich wieder. Das Geschrei im Kopf wurde zu einem leisen Murmeln. Endlich wirkten die Tabletten. Matthias Hase war wieder funktionsfähig. Er ballte mehrmals die Fäuste und lockerte sie wieder, dann fühlte er sich bereit zu neuen Taten.

Vielleicht hatte Mandy den Brief gar nicht ernst genommen. Wie es aussah, hatte er ihr nur Auszüge geschickt. Und trotzdem spürte er, dass die Zeit knapp wurde. Wenn er sich Miss Piggys annehmen wollte, dann musste er sich beeilen.

43

»Mark? Hier ist Lara. Ich weiß nicht, wo du gerade steckst, aber ruf mich bitte schnell zurück. Ich habe hier etwas entdeckt, eine Verbindung zwischen Meller und Grünkern, unseren beiden Plattenbauleichen. Beide waren zu DDR-Zeiten als Erzieher in einem Kinderheim bei Zwickau tätig.« Sie wusste nicht, was sie noch hinzufügen sollte, und legte auf. Mark würde sie zurückrufen, wenn er seine Mailbox abhörte. Lara erwog kurz, ihn in der Praxis anzurufen, verwarf den Gedanken aber ganz schnell wieder. Er hasste es, bei der Arbeit gestört zu werden. Außerdem hatte seine Sprechstundenschwester vorhin gesagt, er sei unterwegs.

... dass ich in meiner Liste noch jemanden vergessen habe: Herrn Meller. Ich glaube, er hieß mit Vornamen Siegfried, aber wir nannten ihn nur »Fischgesicht«... Wieder und wieder wurde der Text der E-Mail in Laras Kopf eingeblendet. Sie sah am Redaktionsgebäude nach oben. Die verspiegelten Fenster gleißten in der Mittagssonne. Rainer Grünkern und Siegfried Meller hatten

beide in dem gleichen Kinderheim gearbeitet. Die Sonne verursachte ihr Kopfschmerzen, und Lara trat in den Schatten.

Sebastian Wallau hatte außerdem geschrieben, dass Grünkern ein »sehr böser Mann« gewesen sei, der auf Kinder stand. Was, wenn das auch auf Meller zutraf? Nachdenklich betrachtete Lara ihr Mobiltelefon. Sie musste die Polizei informieren. Das Nussknackergesicht von Kriminalkommissar Stiller erschien vor ihrem inneren Auge. *Auf gar keinen Fall rufst du den Blechmann an!* Zögernd drückte sie die Eingangstür auf und begab sich auf den Weg nach oben.

»Lara ist telefonieren gegangen. Sie kommt bestimmt gleich wieder.« Isabells helle Stimme drang durch die halbgeöffnete Tür ins Treppenhaus. Lara setzte den Fuß auf die oberste Stufe und blieb dann stehen.

»Die dreht langsam durch, scheint mir. Zuerst erhebt sie dauernd haltlose Anschuldigungen gegen mich. Dann verpasst sie Termine und vergisst, sich in die Abwesenheitsliste einzutragen. Und jetzt verschwindet sie einfach von ihrem Arbeitsplatz. So geht das nicht weiter.« Tom klang freudig erregt. »Wenn der Chef zurückkommt, werde ich mit ihm darüber sprechen müssen.«

»Wo könnte Lara denn hingegangen sein?«

»Keine Ahnung. Zuerst hat sie mir vorgeworfen, ich hätte in ihren Dokumenten rumgeschnüffelt, und dann ist sie wie von der Tarantel gestochen aufgesprungen und hat irgendwas von ›telefonieren‹ gefaselt. Jetzt ist sie schon eine Viertelstunde weg.«

»Sie kommt bestimmt gleich zurück.« Jetzt hörte Isabell sich ängstlich an.

»Und wenn. Das ist auch egal, Isi. So verhält man sich einfach nicht. Ich werde jetzt mal in ihrem Rechner nachschauen, was Lara so aufgebracht haben könnte. Das ist legitim. Du bist meine Zeugin, dass ich nichts an ihren Dokumenten manipuliere.«

Lara drehte sich auf dem Absatz um und schlich abwärts. Wenn sie erst einmal durch diese Tür zurück in die Redaktionsräume gegangen war, würde sie nicht mehr von ihrem Arbeitsplatz wegkommen. Und ihr fehlte die Lust, um sich jetzt mit Tom auseinanderzusetzen. Auf der Straße schlug ihr heiße Luft entgegen. Lara kramte nach ihrem Autoschlüssel. Sie musste den Blechmann nicht informieren. Es gab auch nette Beamte, die einen Ermittlungserfolg viel eher verdient hatten als KK Stiller. Vielleicht machte Ralf Schädlich auch gerade Mittagspause und hatte Lust, sich mit ihr auf einen Kaffee zu treffen.

Dass sie in der Aufregung ihr E-Mail-Programm geöffnet gelassen hatte, sodass Tom nun endlich die Gelegenheit hatte, nach Belieben in ihren Mails herumzuschnüffeln, war Lara nicht aufgefallen.

*

Mark ließ den Finger auf der Klingel ruhen und betrachtete dabei die Namensschilder. Maria Sandmann schien nicht zu Hause zu sein. Er unterdrückte einen Fluch und ließ den Knopf los. Was nun? War die Patientin daheim und öffnete nur nicht? Oder hielt sie sich woanders auf? Es gab für ihn keine Möglichkeit, nur aufgrund eines diffusen Gefühls in ihre Wohnung einzudringen. Noch einmal klingelte er, aber es tat sich nichts. Langsam ging er zu seinem Auto zurück und dachte über die Situation nach. Vielleicht hatte er überreagiert. Aber die Frau war heute Vormittag nicht zu dem vereinbarten Termin erschienen und seitdem nicht erreichbar. Anhand ihrer Anamnese war Suizidgefahr keine unwahrscheinliche Annahme. Als Psychologe durfte er jedoch nicht einfach so bei einem Patienten die Tür aufbrechen, auch wenn er noch so beunruhigt war.

Mark setzte sich hinters Steuer, ließ die Fahrertür offen und schloss die Augen, um nachzudenken. Im Amt war sie nicht. Er hatte dort angerufen, sich als Kunde ausgegeben, der mit Frau

Sandmann sprechen wollte, und die Auskunft erhalten, dass die Kollegin bis Ende der Woche krank sei.

Vielleicht hatten die anderen Hausbewohner einen Schlüssel zu ihrer Wohnung oder wussten, wo sie sich aufhielt? Er würde jetzt noch einmal beide Telefonnummern durchprobieren und dann bei den Nachbarn klingeln. In der gleichen Sekunde, als er die Augen wieder aufschlug, erblickte er sie.

Mit festen Schritten, die Unterarme angewinkelt, einen maskulinen Zug um den Mund, kam sie heranmarschiert. Sie trug eine Jeans und ein ärmelloses T-Shirt. Es war Mark noch nie aufgefallen, dass die Frau trotz ihrer Magerkeit klar definierte Muskeln hatte. Aber er sah ihre Oberarme jetzt auch zum ersten Mal.

Er wollte aus dem Auto springen, blieb mit dem rechten Fuß hängen und konnte sich gerade noch abfangen. Als er sich wieder aufgerichtet hatte, war die Frau stehen geblieben und schaute ihn mit weit aufgerissenen Augen an.

»Frau Sandmann? Hallo!«

Maria Sandmann öffnete den Mund. Sie sah aus, als hätte sie ihn noch nie gesehen. Dann drehte sie sich um und spurtete davon. Der Rucksack auf ihrem Rücken wurde hin und her geschleudert, so schnell rannte sie. Mark rief ihr ein »Halt! So warten Sie doch!« nach, aber da war sie schon an der nächsten Kreuzung abgebogen. Es dauerte zu lange, bis er sich endlich von seiner Überraschung erholt hatte und ihr nacheilte.

Maria Sandmann war verschwunden.

*

Lara hob den Arm, um sich ein Mineralwasser zu bestellen. Ralf Schädlich hatte nicht viel Zeit für sie gehabt, ihr aber versprochen, sich um die Sache zu kümmern und sie auf dem Laufenden zu halten. Es machte ihr nichts aus, wenn er die Ergebnisse als seine ausgab. Wichtig war nur, dass sie den Täter fassten. Womöglich hatte er noch weitere Menschen im Visier. Lara hatte kein Mitleid mit Leuten, die Kinder quälten, aber sie hielt auch nichts von Selbstjustiz. Das hier war ein Rechtsstaat, und es gab Staatsanwälte, die Täter anklagten, und Richter, die sie verurteilten. Niemand musste höchstpersönlich Rache üben. Sie betrachtete den dunklen Bodensatz in ihrer Kaffeetasse und entschied sich, nach dem Wasser zurück in die Redaktion zu fahren. Sie hatte sich weder abgemeldet noch etwas in die Abwesenheitsliste eingetragen. Wenn Hampenmann das mitbekam, würde die Hölle los sein.

In ihrer Tasche klingelte das Handy. Fast wäre die Mailbox angesprungen, weil sie so lange brauchte, um es zu finden, aber sie schaffte es in letzter Sekunde.

»Lara? Mark hier. Ich habe gerade erst deine Nachricht abgehört, entschuldige. Ich war unterwegs.«

»Das macht nichts. Ich kann dir auch jetzt noch alles erzählen. Von der Verbindung zwischen den beiden Fällen habe ich inzwischen Kriminalobermeister Schädlich informiert, und er hat mir versprochen, sich der Sache anzunehmen.«

»Das ist gut, aber es gibt da noch ein anderes Problem.« Mark hörte sich abgehetzt an. »Es würde zu lange dauern, dir das am Telefon zu erklären. Wo bist du gerade?«

»Wo ich gerade bin?« Lara sah sich um. Drei Tische weiter saß eine alte Dame und fütterte ihr Hündchen mit Essensresten. Die Familie, die am Nachbartisch gesessen hatte, war gerade im Aufbruch begriffen. »Ich sitze im *Lindencafé* und habe gerade mit Ralf Schädlich Kaffee getrunken. Jetzt muss ich leider zurück in die Redaktion. Warum willst du das wissen?«

»Im *Lindencafé*, das ist gut. Bleib dort, ich komme hin. Bin in zehn Minuten da.«

Lara sah der Familie, die gerade um die Ecke bog nach. »Wie meinst du das, du bist gleich da?« Sie verstand nicht, wie Mark das anstellen wollte.

»Ich bin ganz in der Nähe. Frag mich jetzt nicht länger, ich erkläre dir gleich alles.« Er legte auf. Lara wollte ihr Handy gerade in die Tasche zurückstecken, als es erneut klingelte. »Ja, Mark? Hast du was vergessen?«

»Lara? Ich bin's, Jo.«

»Jo?« Ihre Augenbrauen zogen sich zusammen und Lara schob die Lippen vor. Das war ja das reinste Hexenhaus heute.

»Hör mal, ich war gerade in der Redaktion. Wo steckst du denn?«

»Ich hatte einen Termin mit einem Informanten.«

»Ich wollte dich nur vorwarnen. Hier ist die Hölle los. Ich weiß nicht, was vorgefallen ist, aber dein netter Kollege Tom Fränkel führt sich auf wie der Rächer höchstpersönlich.« Lara verdrehte die Augen, während Jo weiterredete. Es war genau das eingetreten, was sie befürchtet hatte.

»Ich habe keine Ahnung, wie er da rangekommen ist, aber er hat deine Dokumente abgecheckt und deine Mails gelesen. Und nun regt er sich auf, dass du weiter in Fällen recherchierst, die dich nichts angehen. Vorhin, als Hampenmann wiedergekommen ist, ist Tom sofort zu ihm gestürmt und hat ihm von deinem ›Fehlverhalten‹ berichtet. Und nun ist der Hampelmann auf hundertachtzig, wie du dir bestimmt vorstellen kannst. Du solltest zusehen, dass du zurückkommst und das geraderückst.«

»Himmel hilf! Das war leider vorherzusehen. Danke, Jo, aber ich kann hier nicht weg. Ich treffe mich gleich mit Mark.«

»Mark *Grünthal*?«

»Genau der.«

»Ach was! Der war doch erst Sonntag vor einer Woche hier. Und jetzt ist er schon wieder im Lande?«

»Er hat sich ziemlich vage ausgedrückt. Aber ich gehe davon aus, dass es etwas mit den beiden Plattenbauleichen zu tun hat.«

»Oh, das interessiert mich auch. Wo seid ihr denn verabredet?«

»An altbekannter Stelle.« Lara musste grinsen.

»Im *Lindencafé* doch nicht etwa?«

»Du sagst es.« Auf der Stuhllehne neben Lara hatte ein kleiner dicker Spatz Platz genommen und sah sie mit schräggelegtem Kopf aus schwarzen Knopfaugen an.

»Weißt du was? Ich komme auch hin, wenn du nichts dagegen hast. Dann machen wir einen gemütlichen Plausch zu dritt. Oder wolltet ihr allein sein?« Er verlieh seiner Frage einen neckenden Beiklang.

»Nein, nein. Es geht um nichts, was du nicht wissen dürftest.«

»Dann mache ich mich gleich auf den Weg. Bin in zehn Minuten da!«

*

Matthias Hase öffnete die Augen und sah sich um. Der Fahrersitz war ganz nach hinten gekippt. Er lag mehr, als dass er saß. Direkt links neben seinem Kopf befand sich der Seitenholm.

Schatten zitterten über die Windschutzscheibe. Langsam richtete er sich auf und sah nach draußen. Das Auto stand in einer Parkbucht unter hohen Bäumen. Er hatte keine Ahnung, wo er sich befand. Sein Nacken war verkrampft. Hatte er geschlafen? Und wo befand er sich? Obwohl die Seitenscheibe ein paar Zentimeter heruntergelassen war, wirkte die Luft im Auto stickig und heiß.

Mit steifen Beinen stieg er aus dem Wagen und wischte sich den Schweiß von der Stirn. Sein rechter Fuß war eingeschlafen. Rechts befand sich ein großer Park. Vorsichtig, als traute er seinen Muskeln nicht, machte Matthias ein paar Schritte und beschleunigte dann das Tempo. Noch bevor er an der Kreuzung angekommen war und das Straßenschild gelesen hatte, fiel ihm wieder ein, wo er sich befand. In Chemnitz, am Rande des Küchwalds. Aber was hatte ihn dazu gebracht hierherzufahren? Mit dem Versuch, seine Akten einzusehen, war er ja letztens schon gescheitert. Und wieso schlief er am helllichten Tag in seinem Auto ein?

Geistesabwesend ging Matthias zum Auto zurück, stieg wieder ein und schraubte die Rückenlehne in eine aufrechte Position. Die Leuchtziffern der Uhr zeigten vierzehn Uhr dreiunddreißig. Er stellte das Radio an und bekam gerade noch die Verkehrsmeldungen mit. Sein Gehirn wollte noch immer nicht damit herausrücken, was los war. Die halbvolle Cola war lauwarm und schmeckte widerlich süß. Er trank sie trotzdem aus. Erst als er die leere Flasche auf den Rücksitz werfen wollte, erweckte ein dunkler Klumpen hinter dem Beifahrersitz seine Aufmerksamkeit. Als er den Rucksack mit den Werkzeugen nach vorn holte, wusste er plötzlich wieder, warum er hier war. Am Küchwaldring wohnte Miss Piggy. Und sie erwartete seinen Besuch.

*

»Das ist ja eine Überraschung!« Jo umarmte Mark zur Begrüßung und klopfte ihm dabei zweimal kräftig auf den Rücken. Lara ertappte sich dabei, wie sie verzückt lächelte, und verdeckte das dümmliche Grienen, indem sie eine Hand vor den Mund hielt.

»Wir haben uns zwar erst vor anderthalb Wochen gesehen«, Mark klopfte zurück, »aber es ist mir immer wieder ein Vergnügen, du alter Haudegen.« Dann nahmen die beiden Männer Platz.

»Da sitzen wir nun wieder zu dritt hier.« Jo schlug die Karte auf.

»Es ist ein bisschen wie ein Déjà-vu, nicht?«

»Das kommt mir auch so vor. Und wieder haben wir etwas Ähnliches zu besprechen. Wenn das nicht seltsame Zufälle sind.« Mark lächelte kurz und fuhr fort: »Aber es gibt keinen Zufall. Das ist alles vorherbestimmt.« Er sah Lara an. Ihr Haar war inzwischen wieder schulterlang. Es glänzte im Licht golden. »In deiner Nachricht hattest du gesagt, es gäbe eine Verbindung zwischen den beiden Plattenbauleichen. Meller und Grünkern waren beide als Erzieher in dem gleichen Kinderheim tätig?«

Lara nickte.

»Kannst du deine Ergebnisse in Kurzform für uns beide zusammenfassen?« Sie warteten, bis der Kellner wieder verschwunden war, und dann begann Lara, von ihren Recherchen zu berichten. Sie beschrieb ihre Besuche bei den beiden alten Damen in Grünau und in der »Schraubenbude«, die Internetsuche nach dem Heim, in dem Grünkern tätig gewesen war, ihren Briefwechsel mit Sebastian Wallau und wie sich eine unerwartete Parallele zu Siegfried Meller ergeben hatte. Als sie fertig war, herrschte einen Augenblick lang Stille am Tisch. Sogar die Spatzen waren verstummt.

»Das klingt alles sehr plausibel, insbesondere wenn man bedenkt, dass bei diesem Meller Kinderpornografie gefunden worden sein soll.« Jo nahm einen Schluck Bier.

»Die Tätigkeit im Kinderheim ist die Verbindung zwischen den beiden Opfern. Das waren keine Morde durch einen Unbekannten. Da wollte sich jemand rächen.« Mark nickte bekräftigend zu seinen Worten.

»Aber warum erst jetzt?« Lara spürte, wie trocken ihr Mund war, und nahm einen Schluck Wasser.

»Wenn wir das wüssten ...«

»Und die Kripo weiß schon über das alles Bescheid?« Jo wischte mit dem Bierdeckel über eine feuchte Stelle auf der Tischplatte.

»Ja. Ich habe Ralf Schädlich« – Lara sah zur Uhr – »vor einer knappen Stunde alles berichtet. Ich bin sicher, er gibt das sofort weiter. Jetzt habe *ich* aber genug geredet. Du bist mir noch eine Erklärung schuldig.« Sie sah Mark an, der ihr zunickte.

»Ganz recht. Und so komisch es klingen mag, es hängt mit deinem Fall zusammen. Deshalb meinte ich vorhin auch, es gäbe keine Zufälle.« Er hob das fast leere Glas und wartete, bis der Kellner sein Zeichen bemerkt hatte, ehe er begann, von seiner Patientin zu berichten.

»Das ist ja erstaunlich.« Jo runzelte die Stirn. »Sie war als Kind in einem Heim und hat den Namen Meller erwähnt?«

»Ja. Unter Hypnose. Ihr Wachbewusstsein weiß nichts davon.« Von dem Brief erzählte Mark nichts. Er wollte nicht zu viele Details ausplaudern, um Maria Sandmann zu schützen, auch wenn er von ihr immer nur als einer »Patientin« gesprochen hatte.

»Vielleicht kennt sie dann auch den Täter!« Jo schien noch immer konsterniert. »Aber wie kommt die Frau gerade auf dich? *Hier* gibt es doch sicher auch kompetente Psychotherapeuten, oder?«

»Durch Lara.« Mark unterdrückte ein Seufzen. »Lara hat in einem Gespräch, bei dem die Patientin zufällig dabei war, erwähnt, mich zu kennen.«

»Sie kennt auch Lara?« Jos Gesichtszüge wurden immer entgeisterter. »Das ist doch ... unglaublich.«

In Laras Kopf macht etwas Klick. Sie wusste jetzt, wer Marks Patientin war, auch wenn er ihren Namen nicht genannt hatte. An seiner Miene sah sie, dass auch er ihr Begreifen bemerkt hatte, aber er tat so, als sei nichts geschehen.

»Jedenfalls hatte ich sie heute Vormittag in die Praxis bestellt, und sie ist nicht erschienen. Telefonisch habe ich sie auch nicht erreicht. Sie ist suizidgefährdet. Weil ich mir Sorgen gemacht habe, bin ich hierhergefahren, um nach ihr zu sehen.«

»Und?«

»Sie kam mir entgegen, als ich vor ihrem Haus wartete.«

»Also ist sie putzmunter, und du hast dir umsonst Sorgen gemacht.« Lara sah kurz Maria Sandmanns Gesicht vor sich.

»Zumindest äußerlich schien sie in Ordnung zu sein. Aber als sie mich gesehen hat, ist sie weggerannt.«

»Ich glaube das alles nicht ...« Jo war noch immer verblüfft. »Und was willst du jetzt unternehmen?«

»Ich denke, ich fahre nachher noch einmal zu ihr und sehe, ob sie zu Hause ist. Trotz der Tatsache, dass sie vorhin relativ stabil gewirkt hat, mache ich mir Sorgen. Ich denke, sie braucht meine Hilfe.«

»Und ich muss zurück in die Redaktion. Da brennt die Luft, hat Jo gesagt.« Lara lächelte den Fotografen an.

»Ich komme mit. Vielleicht brauchst du Beistand gegen die Aasgeier.« Er lächelte zurück und winkte nach der Rechnung.

»Wollen wir danach gemeinsam irgendwo zu Abend essen, ehe ich wieder nach Berlin zurückfahre?« Den Gedanken an die Reaktion seiner Frau auf sein ständiges Zuspätkommen verdrängte Mark. Sie einigten sich schnell auf einen Italiener nahe dem Opernhaus, bezahlten und brachen auf. Dass der Abend noch einige Überraschungen für sie bereithalten würde, wussten weder Mark noch Jo, und auch Lara hatte nicht den Hauch einer Ahnung.

44

DER BEGRIFF OVERKILL BEZEICHNETE IM KALTEN KRIEG DIE FÄHIGKEIT EINES STAATES, DEN GEGNER MEHR ALS NUR EINMAL ZU VERNICHTEN. URSPRÜNGLICH SOLLTE ER DIE SINNLOSIGKEIT DES ATOMAREN WETTRÜSTENS HERVORHEBEN. IN DER KRIMINALISTIK SPRICHT MAN VON OVERKILL, WENN DER TÄTER HANDLUNGEN BEGEHT, DIE MEHRFACH ZUM TODE DES OPFERS GEFÜHRT HÄTTEN, ER ALSO NACH TODESEINTRITT WEITER AUF SEIN OPFER EINSTICHT ODER ES VERLETZT.

In einiger Entfernung bellte ein Hund. Matthias spürte spitze Steinchen an seinen Knien und öffnete die Augen. Grün und sonnengelb blendete Licht durch dichtes Laubwerk. Gehetzt sah er sich um. Er hockte in einem Park hinter einer Reihe von Rhododendronbüschen. Sein Rücken schmerzte. In seinem Kopf zeterten die Stimmen.

Die dicke Frau vor ihm röchelte. Ihre Augen waren verdreht, die Arme lagen vom Körper abgespreizt, Hände und Unterarme wiesen zahlreiche Schnittwunden auf. Auch Brust und Bauch zeigten ein unregelmäßiges Muster aus zerrissenem Stoff mit unzähligen roten Flecken. Es mussten mindestens dreißig Stiche gewesen sein, wahllos über den fetten Oberkörper verteilt. An ihrem Hals klaffte eine Schnittwunde von einem Ohr bis zum anderen wie ein viel zu rotes, zahnloses Maul.

Matthias betrachtete das Stillleben mit Unglauben. Lautlos tropfte Blut von der breiten Messerklinge in seiner Rechten ins vertrocknete Gras und sickerte ein. Das stetige Rinnsal aus der Halswunde der Frau hatte sich in einem kleinen roten See versammelt, der schon bald den dürstenden Boden nähren würde. Sie röchelte jetzt schwächer. Matthias beugte sich ein wenig nach vorn und sah in die mattblauen Augen. Etwas in ihr schien ihn zu erkennen, aber dann erlosch das Leben in ihnen, und ihr Kopf sackte zur Seite.

Wer war diese dicke Frau mit der Schweinenase? Jemand hatte ihr in wilder Raserei den Hals durchgeschnitten, und so wie es aussah, war er selbst dieser Jemand gewesen. Er beugte den Kopf noch ein wenig nach vorn und erkannte, dass die Schnittwunden auf dem rechten Unterarm der Frau kein wahlloses Durcheinander bildeten, sondern Buchstaben darstellten. Ungelenk war ein Name eingeritzt: *Peter*.

Das Hundegebell war verstummt. Matthias richtete den schmerzenden Rücken auf und spähte durch die Äste. Er kannte keinen Peter. Nur wenige Meter von ihm und der sterbenden Frau entfernt führte ein sauber geharkter Weg durch die Sträucher. Das war kein abgelegenes Waldstück, sondern ein öffentlicher Park. Jeden Moment konnte ein Spaziergänger hier entlangkommen und die Bescherung entdecken. Hastig wischte Matthias das Messer an der zerfetzten Bluse der Frau ab und sah sich dann um. Achtlos hingeworfen lag sein Beutel etwa drei Meter entfernt hinter ihm zwischen zwei Haselnusssträuchern. Ein Zangengriff lugte aus der Öffnung. Schnell überprüfte Matthias den Boden rund um die dicke Frau, griff dann nach ihrer Handtasche, die noch immer halb über ihrer Schulter hing, und zerrte daran, bis sie sich löste.

Von vorn schlängelte sich Kindergeschrei zwischen den Ästen hindurch, und er erhob sich hastig. Die Jeans hatte ein paar Blutflecken im Bereich der Oberschenkel, aber das war jetzt nicht zu ändern. Schnell stopfte er das Messer und die Handtasche der unbekannten Toten in seine Tasche und fuhr mit den Handflächen über die Hose, um die losen Blätter abzustreifen. Die Kinderstimmen kamen näher. Es eilte. Ein schneller Blick nach rechts und links. Noch waren die Spaziergänger weit genug entfernt. Er würde sich durch die Sträucher davonschleichen und dann sein Auto suchen. Im Fahrzeug war er relativ sicher, solange ihn niemand anhielt und kontrollierte.

Matthias irrte eine halbe Stunde am Rande des Küchwalds entlang, bis er seinen Golf am Straßenrand nahe des Klinikums fand, immer darauf bedacht, sich niemandem zu zeigen.

Erst in der heißen Stille seines Autos, umgeben von dem schützenden Metallgehäuse, öffnete er die Handtasche und wühlte darin herum, bis er ein blaues Lederportemonnaie fand, in dem auch der Ausweis steckte. Er betrachtete das Bild und las den Namen, und es brach aus ihm heraus. Zuerst war es nur ein hysterisches Kichern, das sich jedoch schnell zu einem schrillen Gelächter auswuchs, welches in ein wildes Kreischen überging. Matthias lachte, bis er keine Luft mehr bekam. Dann wischte er sich die Tränen aus dem Gesicht und startete den Motor.

Karin Gurich!

Erst an der Autobahnauffahrt Chemnitz-Glösa fielen ihm die

Details wieder ein: Wie er zur Wohnung der Gurich gefahren war und in der Nähe ihres Hauses im Auto eingeschlafen war. Wie sie plötzlich aus der Tür gekommen war. Wie er sie vorsichtig verfolgt hatte, fast durch den ganzen Küchwald, bis zu einer Stelle mit zahlreichen Rhododendronbüschen. Er hatte sie fast angesprungen und ins Gebüsch gezerrt. Die Gurich hatte keinen Mucks von sich gegeben, so überrascht war sie von der plötzlichen Attacke gewesen.

Eigentlich hatte er sie nur ein bisschen befragen wollen, zu ihrem Vorleben, zu den Dingen, die sie im Heim getan hatte, aber dann war der Zorn wie eine meterhohe Welle über ihn gekommen und hatte alle Vernunft hinweggespült. Dieser Overkill war nicht geplant gewesen, aber was vorbei war, war vorbei. Matthias gab Gas. Die Gurich war erledigt. Miss Piggy hatte das Zeitliche gesegnet. Er konnte jetzt nach Hause fahren und sich endlich ausruhen.

45

»Isabell? Du klingst so abgehetzt!« Lara machte Jo ein Zeichen und fuhr langsamer. »Ja, ich bin auf dem Weg zurück in die Redaktion.« Sie lauschte und zog dabei die Augenbrauen über der Stirn zusammen. »In zehn Minuten. Wenn du meinst.« Lara schaltete das Handy aus und sah Jo an, der ein fragendes Gesicht machte. »Sie hat etwas für mich. Was es ist, wollte sie nicht sagen.«

»Geheimnisse?«

»Sie wartet am Seiteneingang. Ich weiß noch nicht, um was es sich handelt.« Lara gab Gas und überquerte die Kreuzung bei Gelb.

Im Parkhaus mussten sie bis in die vierte Etage fahren, um einen freien Platz zu bekommen. Anscheinend hatten sich alle

Leute den Donnerstagnachmittag zum Shoppen ausgesucht. Vor dem Zeitungsgebäude roch es nach heißem Staub und Frittierfett. Lara wünschte sich eine kalte Dusche. Isabell stand in der halb geöffneten Tür und trat von einem Fuß auf den anderen. Sie wirkte erregt. »Da bist du ja. Hampenmann wartet auf dich.«

»Ich weiß schon. Er ist wütend.« Lara blickte kurz zu Jo. »Gehst du hoch?«

»Ich bin schon weg.« Der Fotograf rückte seine Taschen auf der Schulter zurecht und verschwand im Treppenhaus.

»So. Wir sind unter uns. Was hast du denn?«

»Komm mit rein.« Obwohl niemand in der Nähe war, flüsterte Isabell und zog Lara dabei an einem Ärmel ins Haus. »Ich habe Beweise.«

»Beweise? Wofür denn?«

»Tom hat doch behauptet, er wäre nicht an deinem Rechner gewesen. Vorhin, in der Mittagspause.«

»Richtig.«

»Er war aber doch dran. Ich habe es fotografiert. Mit dem Handy. Hier.« Isabell klickte an ihrem Mobiltelefon herum und hielt es Lara dann vor die Nase. Eine schnelle Bildfolge zeigte Tom Fränkel, wie er Lara nachsah, die hinausging. Im nächsten Bild erhob er sich von seinem Schreibtisch. Die zusammengekniffenen Augen hatten einen lauernden Ausdruck. Dann sah man ihn um die beiden Schreibtische herumgehen und im Anschluss am Computer seiner Kollegin stehen, den Rücken gebeugt, die rechte Hand auf der Maus. Die große Wanduhr im Hintergrund zeigte die Zeit: drei Minuten nach zwölf.

»Ich hatte also doch recht. Na warte, Freundchen!«

»Es tut mir leid.« Isabell hatte den Kopf gesenkt. »Er wollte mich mit hineinziehen, aber das ist endgültig vorbei. Du bist vorhin so schnell weg gewesen, dass ich es dir nicht gleich zeigen konnte.«

»Ich bin dir wirklich dankbar, Isi.« Lara streckte die Hand aus. »Darf ich mir dein Handy kurz ausleihen?«

»Warte. Ich hab noch was.« Isabell schaute jetzt schuldbewusst. »Ich konnte ja nicht wissen, dass ich ihn heute beim Spionieren erwischen würde. Also habe ich gestern Abend etwas unternommen.«

»Du hast etwas *unternommen*?«

»Na ja, ich hatte dir gestern doch versprochen, dass ich dir helfe.« Von oben näherten sich Schritte, und Isabell sprach leiser. »Ich habe gestern Abend diese Therese angerufen – meine Vorgängerin quasi. Und was soll ich dir sagen...« Isabell machte eine bedeutungsvolle Pause, und Lara wusste, was jetzt kam. »Sie hatte auch eine Affäre mit Tom! Oder sollte ich besser sagen, er mit ihr?« Sie lachte kurz und schluchzte gleich darauf. »Sie hat gesagt, er hätte mit *jeder* etwas gehabt, mit dem Mädchen, das vor ihr da war, mit deren Vorgängerin, mit ihr! Leider hat sie das auch erst hinterher spitzgekriegt. Dieses Schwein!«

Friedrich kam die Treppen herabgeschlichen, die unvermeidliche Zigarette hinter dem Ohr. Er trug einen undefinierbaren Gesichtsausdruck zur Schau. Wahrscheinlich hatte er gelauscht. Es fehlte nur, dass er ein Liedchen pfiff. Mit einem knappen Nicken marschierte er hinaus. Lara wartete, bis die Tür hinter ihm ins Schloss gefallen war, ehe sie sprach. »Geahnt habe ich das schon längst. Aber Beweise hatte ich keine dafür.«

»Die hast du jetzt.« Isabell nestelte in ihrer kleinen Umhängetasche und brachte einen länglichen Gegenstand heraus. »Hier ist alles drauf.«

Verblüfft betrachtete Lara das silberfarbene Diktiergerät. »Wie meinst du das, da ist alles drauf?«

»Warte, ich spiele es dir vor.« Isabell drückte den Abspielknopf, und Toms Stimme ertönte.

»Na und? Was geht dich das an? Das ist außerdem eine Weile her. Sie haben mir eben gefallen, die kleinen Biester.«

»Kleine *Biester*?« Isabell hörte sich auf dem Band an, als ob sie gleich losheulen würde.

»Ach komm, Isabell! Tu doch nicht so! Ihr seid doch alle gleich. Lauft in ultrakurzen Röckchen herum, bei denen man euch bis sonst wohin schauen kann, wackelt mit den Ärschen, dass es jedem halbwegs normalen Mann die Sinne raubt, und seid zu allem bereit. Wie man es bei dir unschwer nachweisen konnte. Du hast ja sogar mit mir auf der Redaktionstoilette gefickt!« Er lachte meckernd. »*Natürlich* habe ich sie rangenommen. Dich und diese Therese und ihre Vorgängerin, Maureen hieß sie, glaub ich. Was ist dabei? Ihr habt mich angehimmelt, und ich habe euch die Bestätigung gegeben, die ihr wolltet. Mein Gott! Wie ich dieses scheinheilige Getue hasse!« Man hörte Isabell schnaufen, und dann fuhr Tom in seiner Tirade fort: »Warum fragst du überhaupt danach? Es ist vorbei, Isichen. *Vorbei!* Es war nett mit uns beiden, aber es hatte nichts zu bedeuten. Verstehst du das? Natürlich hast du mich angehimmelt, das tun sie doch alle. Aber mehr war da nicht. Und nun sind wir damit fertig. Sprich mich bitte nicht mehr darauf an. Ist das klar?« Ein gehauchtes »Ja« von Isabell, dann verabschiedete sich Tom mit einem »Fein«. Und legte auf.

Lara sah Isabell in die Augen. »Du hast ihn angerufen?«

»Gestern Abend. Nachdem ich mit dieser Therese telefoniert hatte. Natürlich ist er nicht auf die Idee gekommen, ich könnte das Gespräch aufzeichnen. Aber ganz so dumm, wie er glaubt, bin ich auch nicht. Bitte.« Isabell reichte Lara Handy und Diktiergerät. »Mach damit, was du willst.«

»So viel Unverfrorenheit. Ich glaube es nicht. Danke, Isi. Ganz großen Dank.« Lara tätschelte der Praktikantin das Gesicht und spürte die Feuchtigkeit auf ihrer Wange. »Sei nicht traurig. Es ist wirklich nicht schade um ihn.«

»Ich weiß.« Isabell zog die Nase hoch.

»Du möchtest jetzt bestimmt nicht mit hochkommen. Geh

einen Kaffee trinken. Ich werde Tom zur Rede stellen. Hampenmann und die anderen müssen nichts davon erfahren. Du kriegst das nachher gleich zurück.« Sie wedelte kurz mit Handy und Diktiergerät und rannte die Treppen nach oben.

»Das wird aber auch Zeit, meine Liebe!« Tom stand neben dem Kopierer und hatte einen selbstgerechten Ausdruck im Gesicht. »Der Chef wartet schon seit zwei Stunden, dass du wieder auftauchst! Wo warst du eigentlich?«

»Das geht dich gar nichts an.«

»Wenn du meinst. Jetzt solltest du aber ganz schnell zu ihm gehen, sonst nimmt das noch ein böses Ende. Wenn es das nicht schon hat.« Er grinste süffisant und beugte sich nach vorn, um die Kopien aus der Ablage zu nehmen, aber Laras nächste Worte bewirkten, dass er sich wieder aufrichtete und sie mit verblüfftem Gesichtsausdruck ansah.

»Ich hoffe, es nimmt für *dich* kein böses Ende. Komm mit nach draußen, ich muss dir etwas zeigen.«

»Wie?«

»Ich sagte, *komm mit mir nach draußen*. Ich habe etwas, das dich interessieren dürfte. Du möchtest doch nicht, dass die ganze Redaktion zuhört, was du für ein Lügner bist?« Irgendetwas an ihrem Tonfall schien Tom zu sagen, dass sie nicht bluffte, denn er folgte ihr ohne weiteres Widerstreben auf den Flur.

»Schau dir einfach die Fotos an.« Lara hielt ihm das Handy vors Gesicht und ließ die Bildfolge ablaufen. Sein Unterkiefer sackte von Foto zu Foto weiter nach unten.

»Hast du die Uhrzeit bemerkt?«

»Lara, ich kann das erklären.« Er klang weinerlich.

»Das glaube ich nicht, mein Lieber. Und ich möchte deine Erklärungen auch gar nicht hören. Du ahnst sicher, was ich stattdessen erwarte.«

»Wer hat diese Fotos eigentlich gemacht? Ist das nicht Bespitzelung am Arbeitsplatz? Ich glaube nicht, dass das erlaubt ist.« An Toms Nasenspitze konnte man sehen, dass er glaubte, einen Ausweg aus seiner Lage entdeckt zu haben, aber Lara fuhr ihm in die Parade.

»Das ist nicht wichtig. Ich hätte da noch etwas. Hör einfach zu.« Sie ließ die Aufzeichnung des Telefongesprächs gerade so weit ablaufen, dass er erkannte, was sie da gegen ihn in der Hand hatte. In Toms Gesicht jagten sich die Emotionen, aber er schwieg. Er wusste, wann er verspielt hatte.

»Ich sehe, du verstehst. Hampenmann ist gegen Beziehungen am Arbeitsplatz. Schon gar nicht würde es ihm gefallen, wenn Kollegen etwas mit einer Praktikantin anfangen. Oder besser gesagt, mit einer Praktikantin nach der anderen, meinst du nicht auch?«

»Was möchtest du, dass ich tue?«

»Das mit Isabell und Therese kann unter uns bleiben. Vorerst. Ich behalte die Aufzeichnung zur Sicherheit. Und es existieren mehrere Kopien. Komm also nicht auf dumme Gedanken.« Sie sah ihm dabei in die Augen und meinte ein kurzes Auflodern von Hass zu sehen. Das mit den Kopien würde sie nachher erledigen. Mochte er ruhig glauben, sie existierten schon längst. »Aber deine Anschuldigungen gegen mich solltest du schnellstens zurücknehmen.«

Friedrich kam langsam zurück und huschte an ihnen vorbei. Er roch nach Zigarettenrauch und hatte ein merkwürdiges Grienen im Gesicht. Tom bemerkte davon nichts. Er schlang, ohne es zu merken, die Finger ineinander und löste sie wieder. Als der Kollege in den Redaktionsräumen verschwunden war, fragte er: »Wie?«

»Du gehst jetzt sofort zu Hampenmann und sagst ihm, dass du dich geirrt hast, dass deine Vorwürfe gegen mich haltlos sind und dass es dir leidtut. Lass dir etwas einfallen. Du bist doch sonst nicht auf den Mund gefallen. Dann kann das hier«, sie hob das Diktiergerät hoch, »unter uns bleiben. Isi wird nichts sagen.

Ich werde die Beweise allerdings aufheben. Damit du auch in Zukunft nicht auf dumme Gedanken kommst.«

Tom presste die Lippen aufeinander, drehte sich ohne ein Wort um und stieß die Tür zur Redaktion auf. Mit einem feinen Lächeln sah Lara ihm nach, wie er zur Tür des Redaktionsleiters schlurfte und klopfte. Dann verschwand er in dessen Zimmer, und sie ging, um Jo zu suchen und ihm von den Vorfällen zu erzählen. Ihr Herz klopfte wie wild, und doch fand sie, dass sie sich gut gehalten hatte.

*

Mark legte auf und sah nach draußen. Auf seiner Frontscheibe klebten zerquetschte Fliegen. In der Praxis war alles in Ordnung. Schwester Annemarie würde noch bis achtzehn Uhr dableiben und die Stellung halten, falls unangemeldete Patienten kamen. Seine Gedanken schweiften zu seiner eigenen Telefonnummer, aber er entschied sich dagegen, zu Hause eine Nachricht zu hinterlassen. Es war auch später noch Zeit, ihnen mitzuteilen, dass er sich auch heute wieder verspäten würde.

Das Haus, in dem Maria Sandmann wohnte, stand schweigend am Straßenrand. Rotes Sonnenlicht spiegelte sich in den oberen Fenstern wider. Niemand hatte auf sein Klingeln hin geöffnet, weder sie selbst noch irgendein Nachbar. Mark hatte ihr eine Visitenkarte mit der Bitte, sie möge ihn zurückrufen, in den Briefkasten gesteckt und sich entschieden, es für heute aufzugeben. Um sich abzulenken, würde er noch ein bisschen durch die Stadt bummeln. Vielleicht fand sich in den zahlreichen Boutiquen eine hübsche Kleinigkeit, um Annas Zorn zu besänftigen.

Er schnallte sich an, startete den Motor und hielt dann inne. Einen letzten Anrufversuch auf ihrem Handy würde er noch unternehmen. Nur um sein Gewissen zu beruhigen. Er drückte die Wähltaste und betrachtete sein angespanntes Gesicht im Rückspiegel.

»Hallo?« Eine aufgeregte Männerstimme.

Mark nahm das Telefon vom Ohr und betrachtete verblüfft das Display, ehe er antwortete. »Hier ist Mark Grünthal. Ich wollte Maria Sandmann sprechen.«

»Sind Sie der Psychofritze?«

»Das könnte man so sagen. Und Sie?«

»Schweizer, Frank Schweizer. Ich bin Mias Freund.«

Psychofritze, hm? Sehr viel schien der Mann ja nicht gerade von seiner Tätigkeit zu halten. »Kann ich bitte mit Frau Sandmann sprechen?«

»Im Moment ist es schlecht. Sie hat sich vor einer halben Stunde bei mir im Bad eingeschlossen und will nicht herauskommen.«

»Wie ist es denn dazu gekommen?« Marks Alarmglocken begannen zu schrillen.

»Das weiß ich nicht so genau. Zuerst kam sie zu mir und war völlig aufgelöst. Ich konnte jedoch nicht aus ihr herausbekommen, wieso. Nach einer Weile hat sie sich dann beruhigt, und wir haben einen Tee getrunken.« Der Mann machte eine kurze Pause und schien zu überlegen, ehe er mit leiserer Stimme fortsetzte: »Ich glaube, es war, weil ich sie küssen wollte. Als ich sie umarmt habe, hat sie angefangen zu toben, sich losgerissen und mich dabei angesehen, als sei ich der Teufel höchstpersönlich.« Frank Schweizer seufzte laut. »Und dann ist sie, wie gesagt, ins Bad geflüchtet und hat abgeriegelt.«

»Wissen Sie, was sie da drin macht?«

»Nein. Zuerst hat sie herumgeschrien, lauter unverständliches Zeug. Dann habe ich die Dusche gehört. Jetzt ist es schon seit zehn Minuten still. Ich weiß nicht, was ich machen soll.«

»Ich komme zu Ihnen. Wo wohnen Sie?« Mark kritzelte die Adresse auf einen zerknitterten Parkschein und setzte hinzu: »Und jetzt brechen Sie die Tür auf, und zwar sofort! Ich bin gleich da.« Er wartete nicht, bis der andere aufgelegt hatte, sondern trat aufs Gas. Der Motor heulte auf, und der Audi schoss mit quietschenden Reifen auf die Straße.

»Herr Schweizer? Ich bin's, Mark Grünthal.« Der Türsummer ertönte, und Mark eilte nach oben. Im zweiten Stock stand eine Wohnungstür halb offen, und er hastete hinein.

Frank Schweizer war ein kleiner, dicklicher Mann mit schütter werdendem Haar. Er trug eine ausgewaschene Jeans und ein Poloshirt. Mit hängenden Schultern stand er in der Küche. Sein Robben-Schnauzbart zitterte leicht.

»Grünthal.« Mark ergriff die ausgestreckte Hand. »Wo ist sie?«

»Im Schlafzimmer.« Frank Schweizer deutete nach rechts und wischte sich dann den Schweiß von der Stirn. »Als ich die Badtür aufgebrochen habe, lag sie in der Wanne und hat an die Decke gestarrt. Ohne Wasser. Ich habe sie ins Bett gebracht.«

»Alles klar. Ich gehe jetzt zu ihr. Sie können gern mitkommen, aber halten Sie sich bitte im Hintergrund.« Mark ging in die Richtung, in die Frank Schweizer eben gezeigt hatte, und öffnete behutsam die Tür. Maria Sandmann lag auf dem Bett, eine karierte Decke war über sie gebreitet. Im Näherkommen sah er, dass sie die Augen zwar geöffnet hatte, jedoch nicht reagierte. Auch als er sich leicht über sie beugte und sie ansprach, reagierte sie nicht. Ihre Gesichtszüge blieben starr und ausdruckslos. Sie atmete flach. Mark nahm ihre Hand, drückte sie und legte den gesamten Arm dann quer über den Bauch, wo er liegen blieb. Er würde ihre Handtasche durchsuchen müssen, glaubte aber nicht, dass sie Medikamente genommen hatte, die diesen Zustand hervorgerufen hatten. Dies hier war ein *psychogener* Stupor. Ein dramatisches Ereignis hatte ihr Innenleben so durcheinandergebracht, dass sie sich zum Schutz in diesen Zustand geflüchtet hatte. Mark machte Frank Schweizer ein Zeichen, ihm zu folgen, und ging zurück in die Küche.

»Was hat sie?« Der schnauzbärtige Mann griff nach einer halbvollen Teetasse, die auf dem Tisch stand.

»Man nennt es Stupor. Das ist ein Zustand des Körpers, der durch Bewegungslosigkeit, maskenhafte Gesichtsstarre, Stummheit und fehlende Reaktion auf Außenreize gekennzeichnet ist. Die Ursache ist fast immer eine heftige emotionale Erschütterung, hervorgerufen durch extreme Ereignisse. Der Patient ist dann gewissermaßen ›starr vor Schreck‹. Frau Sandmann kann zwar alles hören und sehen, was um sie herum geschieht, reagiert jedoch nicht darauf. Das allerdings könnte auch eine Chance sein, sie zurückzuholen. Ihr Unterbewusstsein nimmt wahr, was ich ihr sage. Ich werde dann gleich wieder zu ihr gehen und mit ihr sprechen. Vielleicht dringe ich durch.«

»Was hat denn dazu geführt, dass sie plötzlich in diesen Zustand verfallen ist? Es kann doch nicht nur deswegen sein, weil ich versucht habe, sie zu küssen?«

»Mit Sicherheit nicht. Zuerst hat sie sich doch gewehrt, wie Sie mir vorhin erzählt haben?«

»Ja, sie hat mich aufs Übelste beschimpft, dann ist sie aufgesprungen und ins Badezimmer gerannt.«

»Wissen Sie, was sie da drin gemacht hat?«

»Ich glaube, zuerst wollte Mia duschen. Jedenfalls habe ich, nachdem sie aufgehört hatte herumzuschreien, das Wasser rauschen hören. Nach ungefähr zehn Minuten war plötzlich Ruhe. Warten Sie!« Frank Schweizer war aufgestanden, ging hinaus und kam gleich darauf mit einem Rucksack wieder zurück. »Den hatte sie mit im Bad.«

»Würden Sie bitte einmal schauen, was darin ist?«

»Moment.« Frank Schweizer zog die Schnüre am oberen Ende auf und spähte in den Beutel, bevor er seine Rechte darin versenkte. Es raschelte. Dann kam die Hand mit einem Bündel Briefe wieder zum Vorschein. Die Kuverts waren nicht beschriftet. Jemand hatte eines von ihnen aufgerissen.

Er betrachtete die Umschläge und legte sie dann auf den Tisch, um den Rucksack weiter zu durchsuchen.

»Halt! Das ist es!« Mark streckte den Arm aus und nahm den geöffneten Brief, während Frank Schweizer innehielt. Er zog die gefalteten Seiten hervor, glättete sie und legte sie dann auf den Küchentisch. Gemeinsam lasen sie die ersten Zeilen.

Samstag, der 18.07.
Liebe Mandy,

nur wenige Tage sind vergangen, seit ich den ersten Brief an Dich geschrieben habe, und heute sitze ich schon wieder an meinem Schreibtisch, um Dir von spannenden Neuigkeiten zu berichten – das geht ziemlich schnell, nicht?

Mark blätterte schnell bis zum Ende, betrachtete den Absender und schob den Brief beiseite. Den Rest konnte er später analysieren. Das, was er gesehen hatte, reichte. Mandys Bruder Matthias hatte weitere Briefe verfasst und Maria Sandmann zukommen lassen. Einen davon musste sie in Frank Schweizers Badezimmer geöffnet haben, und der Inhalt hatte dann den Stupor hervorgerufen.

»Ich verstehe das nicht.« Frank Schweizer starrte noch immer auf die erste Seite, einen verdutzten Ausdruck im Gesicht.

»Aber *ich* weiß jetzt, was passiert ist.« Mark hub zu einer Erklärung an, wurde aber unterbrochen.

»Was machen Sie da?« Maria Sandmann stand in der Tür, die karierte Decke fest um sich gewickelt, und hielt sich mit der anderen Hand am Rahmen fest. Ihre Augen waren groß und rund, der Blick huschte von einem zum anderen. Sie sah aus wie ein verängstigtes Kind.

»Frau Sandmann?« Mark versuchte, ihren unsteten Blick festzuhalten. »Setzen Sie sich doch zu uns.«

Maria Sandmann schwankte leicht, und Frank Schweizer machte Anstalten, aufzuspringen und ihr beizustehen, aber Mark bedeutete ihm, sitzen zu bleiben. Zögernd kam die Frau näher und nahm den am weitesten von den beiden Männern entfernten Stuhl. Als ihr Blick auf die Briefe fiel, zuckte sie zusammen, sagte aber nichts.

»Wie fühlen Sie sich?« Mark sprach betont langsam. Sie war von selbst wieder aus ihrem Stupor erwacht, ein Zeichen, dass ihr Unterbewusstsein stärker war, als er geglaubt hatte. Das hieß auch, sie wollte sich den Erkenntnissen stellen, aber er musste trotzdem sehr vorsichtig herangehen, um sie nicht wieder zu Tode zu erschrecken.

»Es geht so.« Sie kratzte die ganze Zeit heftig den linken Unterarm, anscheinend, ohne es zu bemerken.

»Haben Sie diese Briefe mitgebracht?« Er zeigte auf die Kuverts. Maria Sandmann nickte und zog dann den Kopf zwischen die Schultern, als fürchte sie Schläge.

»Und Sie haben einen davon geöffnet?«

»Zuerst« – sie leckte sich über die Lippen und sprach dann weiter –, »zuerst habe ich mich nicht getraut.«

»Aber dann waren Sie doch mutig.« Wieder nickte sie und betrachtete dabei ihren linken Arm. Die Haut zeigte rote und weiße Striemen. Hautfetzen hatten sich durch das exzessive Kratzen abgelöst.

»Haben Sie alles gelesen?«

»J... ja.«

»Was denken Sie darüber?«

»Mir hat das nicht gefallen, was da steht. Dieser Matthias..., der den Brief geschrieben hat..., das ist ein schlimmer Mann.«

»Wenn der Inhalt stimmt. Vielleicht hat er sich das Ganze auch nur ausgedacht.« Mark wusste, dass zumindest ein Teil dessen wahr sein musste, denn in dem ersten Brief, den Maria Sandmann gestern mit in seiner Praxis gehabt hatte, war von einem

Mann die Rede gewesen, der jetzt tatsächlich tot war. Aber das musste die Patientin jetzt noch nicht wissen. »Sie sind jedenfalls sehr tapfer.«

»Finden Sie?«

»Ganz sicher. Ich bin davon überzeugt, dass Sie den Inhalt dieser beiden Briefe *richtig* verstanden haben, oder?« Mark riskierte einen kurzen Blick zu Frank Schweizer, der das Ganze mit offenem Mund verfolgte. Er wollte nicht, dass sich der Mann in das, was jetzt kam, einmischte.

»Ich ... glaube schon.« Jetzt klang sie wie ein kleines Mädchen, das sich in der Dunkelheit fürchtet. Mark überlegte noch einen Moment lang. Das, was er jetzt vorhatte, barg ein großes Risiko, dessen war er sich bewusst, aber es konnte auch eine heilsame Wirkung haben.

»Sie – haben – die – Briefe – verstanden.« Er machte eine kleine Pause und setzte hinzu: »Nicht wahr, Mandy?«

46

»*Maria Sandmann* ist diese Mandy?« Lara schüttelte den Kopf.

»Du sagst es.« Mark tupfte sich mit der Serviette den Mund ab. »Ich habe das schon relativ zeitig vermutet. Schon als ich dieses Fragment des ersten Briefes in der Hand hielt und ihre Vorgeschichte hörte, habe ich mir so etwas gedacht.«

»Hast du die anderen Briefe auch gelesen?« Jo betrachtete betrübt seinen Teller. Über Marks Bericht hatte er die Pizza völlig vergessen, und jetzt war sie kalt.

»Noch nicht. Ich musste mich erst einmal um meine Patientin kümmern, versteht ihr? Das hat auch später noch Zeit. Heute Abend können wir eh nichts mehr unternehmen.«

»Hast du sie dabei?« Laras Augen funkelten im Kerzenlicht.

»Ja, aber«, er hob abwehrend die Hand, »das bedeutet *nicht*, dass ihr sie lesen dürft. Einerseits unterliegt das Ganze noch immer der ärztlichen Schweigepflicht, andererseits habe ich keine Erlaubnis von Frau Sandmann, auch die anderen Briefe zu öffnen. Der, den wir in Frank Schweizers Wohnung überflogen haben, war schließlich schon geöffnet. Es reicht außerdem, dass Lara herausgefunden hat, wer meine Patientin ist. Das müsst ihr strikt für euch behalten. Es kann mich meine Approbation kosten.«

Jo und Lara nickten gleichzeitig. Lara sprach zuerst. »Und glaubst du, diese Briefe sind tatsächlich von Maria Sandmanns Bruder?«

»Möglich ist es. Warum sonst sollte jemand ihr diese Nachrichten schicken? Dazu kommt ja noch, dass die Kuverts außen nicht beschriftet und doch in ihrem Briefkasten waren. Der Absender muss sie selbst eingeworfen haben. Er kannte also seine Adressatin ganz genau.«

»Das bedeutet doch aber, dieser Bruder wohnt in der Nähe, oder?«

»Könnte sein. Könnte aber auch sein, dass er eigens dazu hierhergefahren ist. Das kann man nur mutmaßen.« Mark nahm die Speisekarte und schlug sie auf. »Ich nehme noch einen Nachtisch. Ihr auch?«

»Nur einen doppelten Espresso.« In Laras Kopf wirbelten die Ereignisse der letzten Stunden herum. »Aber wieso weiß sie dann nichts von einem Bruder?«

»Das kann mehrere Ursachen haben. Vielleicht war sie noch zu klein, als sie getrennt wurden. Sie kann es aber auch einfach verdrängt haben.«

»Wo ist sie denn jetzt?«

»Bei diesem Frank Schweizer. Ich habe ihr ein Beruhigungsmittel gegeben, und sie schläft. Er passt auf sie auf. Sollte sich ihr Zustand verschlechtern, ruft er mich an. Morgen sehen wir weiter. Ich übernachte im Hotel und werde Frau Sandmann dann morgen früh an einen Kollegen hier vor Ort überweisen. Zwar ist sie derzeit stabil, aber das kann auch schnell wieder kippen. Meine Sprechstunde beginnt morgen erst um zehn Uhr, sodass ich es gut schaffen müsste, danach wieder zurückzufahren.« Von Annas Zorn erzählte Mark Jo und Lara nichts. Seine Frau war so wütend gewesen, dass sie aufgelegt hatte, ohne ihn zu Ende anzuhören. Es würde Tage dauern, das wieder auszubügeln.

»Frank Schweizer ist tatsächlich ihr fester Freund? Ich hatte eher den Eindruck, das war eine rein« – Lara hielt kurz inne und überlegte, wie sie sich ausdrücken sollte – »körperliche Sache.«

»Ich denke schon. Zumindest hat er den Eindruck erweckt.«

»Ich habe die beiden schon zusammen erlebt.« Lara rührte zwei Päckchen Zucker in ihre Espressotasse und sah dann auf. »Es war immer ein wenig seltsam. Mal hat sie sich ihm förmlich an den Hals geschmissen, dann wieder war sie sehr ablehnend.«

»Seid ihr Frauen nicht alle so?« Jo grinste, Lara versetzte ihm einen spielerischen Schlag an den Oberarm und wurde gleich wieder ernst. »Wie geht es denn nun weiter?«

»Das wird eine länger dauernde Therapie. Ich vermute, in diesem Kinderheim sind schlimme Dinge passiert. Das deutete sich jedenfalls während der Hypnose an. Es wird eine Weile dauern, dies bewusst zu machen und aufzuarbeiten. Mehr möchte ich dazu im Moment nicht sagen.« Mark sah, wie Laras Augen sich plötzlich weiteten und ihr Mund sich öffnete. Sie schien durch ihn hindurchzusehen.

»Du Untier! Hör sofort auf damit! Lass – sie – in – Ruhe!« Eine Messerklinge blitzte. Keuchendes Atmen. »Das könnte dir so passen! Sich heimlich über sie herzumachen! Aber da bist du an den Falschen geraten!« Geräusche, als ob zwei Menschen miteinander rangen. Dann ein dumpfer Schlag gefolgt von einem Stöhnen. Jemand wimmerte.

»Das hast du nun davon, perverses Schwein!« Dicke Blutstropfen fielen im Zeitlupentempo zu Boden, zerplatzten zu sternförmigen Gebilden. Dann landete eine Messerklinge daneben. Auch sie war mit rotem Blut verschmiert. Das Wimmern wurde stärker und brach abrupt ab.

Lara betrachtete die Espressotasse in ihrer Hand. Sie zitterte. Mark und Jo hatten sich beide nach vorn gebeugt und betrachteten sie. Noch ehe einer von beiden etwas sagen konnte, begann Marks Handy zu klingeln. Er runzelte die Stirn und beugte sich zur Seite, um die Aktentasche aufzuklappen, die auf dem Boden stand. »Eigentlich schalte ich mein Handy in der Gaststätte immer aus.« Ein entschuldigender Blick, dann hielt er sich das Mobiltelefon ans Ohr. Lara und Jo beobachteten, wie sein Gesichtsausdruck immer fassungsloser wurde. Er sagte mehrere Male: »Beruhigen Sie sich doch« und dann: »Ich komme sofort.« Er legte auf, nahm die Aktentasche hoch und suchte darin herum. »Ich muss ganz schnell weg. Ein Notfall. Entschuldigt mich. Bezahlt ihr bitte meine Rechnung mit?«

»War das Frank Schweizer?« Lara sah noch immer die schwebenden Blutstropfen und die Messerklinge, überblendet von Mark, der vor ihr mit seinem Jackett herumwurstelte und den Kopf schüttelte. »Nein ... Nein. Das war Maria Sandmann.«

»Maria Sandmann? Aber ...«

»Sie hat sich angehört wie ein verwirrtes Kind. Das was sie gesagt hat, war außerdem ziemlich konfus.« Endlich hatte Marks Hand den Ärmel gefunden und schlüpfte hinein. »Ich glaube, sie braucht Hilfe. Angeblich«, jetzt dämpfte er seine Stimme und sah sich im Lokal um, »angeblich wollte Frank Schweizer sie vergewaltigen. Sie hat sich gewehrt. Und nun, so sagte sie, liege er da und rühre sich nicht.«

»Was?« Wieder sah Lara das Messer blitzen, hörte die Worte »Das hast du nun davon, perverses Schwein« und das leise Wimmern. Mark musste nicht weiterreden. Sie wusste auch so, was geschehen war.

»Wir kommen mit.« Auch Jo war aufgesprungen, nestelte in seiner Tasche und warf einen Fünfzigeuroschein auf den Tisch. »Vielleicht können wir helfen.«

Mark protestierte nicht, und sie rannten hinaus.

»Fahr nicht ganz so schnell, bitte.« Lara hielt sich an dem Griff über der Tür fest und schielte dabei auf die Tachonadel, die irgendwo um die neunzig herumzitterte. »Ich möchte nicht verunglücken. Außerdem gibt es hier auch einige Blitzer an den Ampelkreuzungen.« Mark bremste kurz, und die Tachonadel sank auf die siebzig. Jo und Lara hatten ihre Autos in der Seitenstraße neben dem Restaurant stehen lassen und waren in Marks Audi eingestiegen.

In jeder Kurve wurde Lara gegen den neben ihr sitzenden Jo gedrückt, und trotz der dramatischen Situation konnte sie den Gedanken nicht unterdrücken, dass das ganz angenehm war. Vor einem fünfstöckigen Mietshaus bremste Mark so abrupt, dass ihre beiden Köpfe synchron nickten und fuhr dann schräg in eine winzige Parklücke. Die Aktentasche in der Rechten sprang er aus dem Auto und hastete, ohne auf die anderen zu warten, auf die Eingangstür zu, wo er alle Klingelknöpfe gleichzeitig mit der flachen Hand niederdrückte. Der Summer ertönte, und sie verschwanden im Hausflur, gefolgt von einem schnarrenden »Ja, bitte?«.

Im zweiten Stock blieben sie vor der Tür stehen. Jo schnaufte heftig, und auch Lara rang nach Luft. Mark zögerte kurz und drehte sich dann zu Jo und Lara um. »Geht ein bisschen zurück, bitte. Wenn Maria Sandmann die Tür aufmacht, soll sie nicht gleich vom Anblick dreier Leute erschlagen werden. Ich denke, zu mir hat sie inzwischen Vertrauen, also soll sie zuerst mich wahrnehmen.«

Wenn sie die Tür aufmacht. Lara dachte den Satz nur, während sie zusah, wie Mark den Klingelknopf drückte. Danach warteten sie, hielten die Luft an und lauschten. Mark klingelte noch einmal, etwas länger jetzt. Nichts geschah. Ein drittes Summen. Dann begann Mark, an das Holz des Rahmens zu klopfen, und rief: »Frau Sandmann? Herr Schweizer? Ich bin's, Mark Grünthal. Bitte öffnen Sie!« Er legte das Ohr an die Tür und horchte. Dann flüsterte er aus dem Mundwinkel: »Sie ist da drin. Ich höre es rascheln.« Dann lauter: »Frau Sandmann! Machen Sie die Tür auf! Ich will Ihnen helfen!«

Von oben schrie jemand »Ruhe da unten, elendes Pack!« herunter, dann wurde eine Tür heftig zugeworfen.

Mark klingelte noch einmal. Lara bekam noch immer keine Luft, obwohl so ein paar Treppen sie eigentlich nicht so schnell außer Atem brachten. Als sie es kaum noch erwarteten, öffnete die Tür sich einen Spalt breit und Maria Sandmann lugte heraus. »Gehen Sie bitte.« Sie flüsterte kaum hörbar.

»Frau Sandmann, Sie haben mich vor wenigen Minuten angerufen und um Hilfe gebeten.« Auch Mark sprach jetzt leise.

»Das habe ich nicht.« Sie schob die Tür langsam wieder zu. Ihr Blick huschte zu Lara, die neben dem Aufgang stand. »Lassen Sie mich in Ruhe. Ich muss nachdenken.«

»Wir sind gekommen, um Ihnen zu helfen, *Mandy*.« Mark sprach den Namen betont aus. »Sie brauchen keine Angst vor uns zu haben. Bitte machen Sie die Tür auf.«

Maria Sandmann duckte sich, als erwarte sie einen Schlag, steckte den Daumen in den Mund und biss auf ihm herum. Dann ließ sie die Klinke los und drehte sich zur Seite. Vorsichtig drückte Mark die Tür auf und winkte Lara heran, damit sie ihm folgte. Jo blieb im Eingangsbereich stehen. Maria Sandmann – oder sollten sie besser Mandy Sandmann sagen? – schlurfte wie ein Zombie vor ihnen her. Mark legte den Finger auf die Lippen und sah Lara dabei an. Sie nickte.

»Wo ist Herr Schweizer?«

»Weiß nicht.« Es klang kläglich. Sie blieb in der Tür zur Küche stehen. »Wer ist das?«

»Ihr Freund. Frank Schweizer.« Mark war auch stehen geblieben.

»Hab keinen Freund.«

»Aha. Sind Sie allein in der Wohnung?«

»Weiß nicht.« Wieder wanderte der Daumen in den Mund. Jetzt lutschte sie darauf herum wie ein Baby. Lara verstand nicht, was hier vor sich ging. Bis jetzt hatte sie Maria Sandmann immer entweder als kompetente Jugendamtsmitarbeiterin oder als verliebte, um nicht zu sagen liebestolle Frau erlebt, jedoch noch nie in der Rolle des verwirrten Kleinkindes.

Während Mark noch immer beruhigend auf seine Patientin einredete, fiel ihr Blick auf die fast geschlossene Tür rechts, und Lara wusste nicht, was sie dazu trieb, aber sie stupste dagegen, und die Tür glitt langsam auf. Zuerst realisierte sie nicht, was sie dort erblickte, aber dann erkannte sie mit hellsichtiger Klarheit, dass das, was sie vorhin im Restaurant »gesehen« hatte, keine Halluzination, sondern Realität gewesen war.

Auf den weißen Fliesen vor der Badewanne lag ein zusammengekrümmter Mann halb auf dem Bauch, das Gesicht nach unten, das Hemd blutdurchtränkt, neben ihm ein großes gezacktes Brotmesser mit blutiger Klinge.

Lara registrierte, dass das Haar an seinem Hinterkopf dünn wurde – ein völlig unwichtiges Detail –, dann schrie sie auf, und die Ereignisse überschlugen sich. Mark drehte sich mit einem fast zornigen Gesichtsausdruck zu ihr um, während Jo herbeigestürzt kam. Lara machte einen Schritt in das Badezimmer hinein, rutschte auf der Blutlache aus und fiel auf die Knie. Mark, der das Bad eher als Jo erreicht hatte, stolperte, taumelte, fing sich am Wannenrand ab und fluchte. Jos Gesicht schwebte wie ein bleicher Halbmond über ihnen, die Augen fragend aufgerissen, der Mund ein großes dunkles Loch. Erst als Mark sie unsanft beiseitedrängte, konnte Lara ihre Starrheit abschütteln. Doch sie hatte keine Zeit nachzudenken, weil Mark ihnen unentwegt Anweisungen erteilte: Sie sollten den Notarzt rufen, sie sollten seine Tasche herbeibringen, sie sollten in den Schränken nach Verbandsmaterial suchen – und zwar schnell –, zur Not täten es auch saubere Handtücher und Klebestreifen, sie sollten verdammt noch mal aus dem Weg gehen.

Nach zehn hektischen Minuten wischte er sich den Schweiß von der Stirn, sah hoch und entschuldigte sich.

»Er ist stabil. Hoffentlich kommt der Notarzt bald. Habt ihr gesagt, dass es um Leben oder Tod geht?« Er wartete, bis sie nickten, und fuhr dann fort: »Legt eine Decke über ihn. Er hat viel Blut verloren. Wo ist Maria Sandmann?«

Lara und Jo sahen sich an. Keiner von ihnen hatte darauf geachtet, was die Frau in der Zwischenzeit gemacht hatte. Schnell durchforsteten sie die Zimmer und kehrten dann zu Mark zurück, der noch immer neben Frank Schweizer kniete und dessen Puls fühlte. Er sah die Antwort in ihren Gesichtern. »Sie ist weg? Scheiße. Das dachte ich mir.«

»Sollten wir nicht die Polizei informieren?« Lara schloss das Fenster und setzte sich dann an Frank Schweizers Küchentisch. »Es ist doch davon auszugehen, dass Maria Sandmann ihn niedergestochen hat. Und jetzt treibt sie sich irgendwo da draußen herum. Die Frau ist gemeingefährlich!«

»Kommt die nicht ohnehin gleich? Die Krankenwagenbesatzung wird doch bestimmt Meldung machen, dass sie gerade das Opfer eines Messerattentats abgeholt hat«, erwiderte Jo.

Seine Worte blieben unbeantwortet in der Luft hängen. Es war eine merkwürdige Situation. Sie saßen zu dritt in der Küche eines Fremden, der gerade mit Blaulicht abtransportiert worden war, weil seine vermeintliche Freundin ihn niedergestochen hatte, und wussten nicht so recht, wie es weitergehen sollte.

»Ich hatte vorhin eher den Eindruck, dass sie gar keine Ahnung hatte, was passiert ist.« Jo stand auf, öffnete den Kühlschrank und sah hinein. »Wer möchte einen Schluck Saft?« Er wartete nicht auf die Antwort, sondern kam mit dem Karton zurück zum Tisch.

»Das habe ich auch so empfunden.« Mark lehnte ab, als Jo ihm ein Glas hinhielt. »Ich verstehe auch nicht, wie sie plötzlich so agil sein konnte. Das Beruhigungsmittel, das ich ihr verabreicht habe, hätte ein Pferd niedergestreckt.«

»Aber wie kann sie denn nicht wissen, dass sie kurz vorher ihren Geliebten niedergestochen hat, angeblich, weil er sie vergewaltigen wollte! Das ist doch absurd!« Lara schüttelte heftig den Kopf. »Außerdem hat sie dich doch vorhin eben deshalb angerufen und es gestanden.«

»Nicht direkt. Sie hat gesagt, er liege da und rühre sich nicht.«

»Glaubst du, dass noch jemand in dieser Wohnung war?«

»Nein.«

»Na bitte. Dann *muss* sie es gewesen sein.« Lara nahm einen Schluck Saft und verzog das Gesicht. »Ich rufe Schädlich an. Sollen die entscheiden, was passiert.« Sie griff sich ihr Handy und verschwand im Flur. Mark sah auf die große Wanduhr. Es war noch nicht einmal neun, aber er hatte das Gefühl, es sei schon nach Mitternacht. Laras Stimme drang leise zur Tür herein, aber man konnte nicht verstehen, was sie sagte. Jo, der die ganze Zeit geschwiegen hatte, öffnete gerade den Mund, um etwas zu sagen, als Marks Handy klingelte.

»Bestimmt meine Frau.« Mark verdrehte die Augen. »Kontrolle.« Ein Blick auf die Telefonnummer belehrte ihn eines Besseren. Noch ein unerwarteter Anrufer. Er fragte sich, ob das den ganzen Abend so weitergehen würde, und hob ab.

Jo ließ seinen Blick durch die Küche schweifen und hörte mit einem Ohr auf Marks Gespräch. Es schien um etwas Medizinisches zu gehen. Dann erhob er sich, um den Saftkarton zurückzubringen. Aus den Augenwinkeln sah er, wie Mark ein Notizbuch aus der Aktentasche nahm, eine Seite herausriss und zu schreiben begann. Lara tauchte auf, ihr Mobiltelefon in der Hand, und blieb in der Tür stehen, als sie bemerkte, dass Mark ebenfalls telefonierte. Sie machte Jo ein Zeichen, ihr zu folgen, und er ging in den Flur hinaus.

»Schädlich hat natürlich längst Feierabend, aber er schickt jemanden vorbei.« Sie deutete auf die halboffene Badtür. »Wir sollen alles so lassen. Ob es sich um einen Mordversuch gehandelt hat, wollte er wissen.«

»Einen Mordversuch?«

»Na, könnte doch sein, oder? Schließlich hat sie ihn ziemlich schwer mit dem Messer verletzt.« Die Blutlache auf den weißen Fliesen erschien im hellen Neonlicht dunkel, fast schwarz.

»Aber sagte Mark nicht vorhin irgendetwas von Vergewaltigung? Dann war es doch Notwehr, oder?« Jo schüttelte den Kopf. »Außerdem ist der Typ angeblich ihr Freund. Wieso sollte sie ihn plötzlich umbringen wollen? Ich werde da absolut nicht schlau draus.«

»Das mit der Vergewaltigung stammt ja auch von Maria Sandmann. Und wer kann das beweisen?«

»Da hast du auch wieder recht.« Jo stieß mehrmals mit der Fußspitze gegen einen hochstehenden Teppichrand. »Man muss abwarten, was dieser Frank Schweizer zu der Situation sagt. Aber bis man ihn befragen kann, wird es wohl noch ein wenig dauern, schätze ich.« Er ging zwei Schritte zurück und schaute in die Küche, wo Mark gerade dabei war, sich von seinem Gesprächspartner zu verabschieden.

In dem wuchtigen Garderobenschrank aus der Gründerzeit, der im hinteren Bereich des Flures stand, raschelte es kurz, aber das hörten weder Lara noch Jo, weil sie im gleichen Augenblick in die Küche zurückkehrten.

Mark saß am Tisch und stützte seinen Kopf mit beiden Händen. Zwischen den Ellenbogen lag ein vollgekritzeltes Blatt. Er sah aus, als habe ihn der Blitz getroffen.

Lara setzte sich und versuchte zu erkennen, was auf Marks Zettel stand, konnte aber seine Schrift nicht entziffern. »Es wird jemand von der Polizei hier vorbeikommen. Ich habe mit Kriminalobermeister Schädlich telefoniert.«

»Das ist gut.« Mark sprach verlangsamt, als bremsten seine Überlegungen die Zunge. »Ist ihr Rucksack noch hier?«

»Wenn ich mich recht entsinne, hängt er an der Flurgarderobe. Soll ich ihn holen?« Jo drehte sich um, ging hinaus und kam gleich darauf mit dem Tornister wieder.

»Schau mal, ob ein kleines Notizbuch drin ist.« Mark, der sich nicht von der Stelle gerührt hatte, beobachtete, wie Jo in dem Rucksack kramte und schließlich das gesuchte Buch zutage förderte. Er nahm es entgegen, schlug es auf, blätterte, nickte mehrmals und klappte es dann wieder zu. Lara hatte das Ganze schweigend verfolgt. Sie verstand nicht recht, was Mark wollte, aber ihr Puls raste.

»Setz dich bitte auch, Jo. Ich habe euch einiges zu erzählen.« Erst als der seinen Stuhl zurechtgerückt hatte und Mark erwartungsvoll ansah, fuhr er fort. »Das war ein Kollege und Freund, Thorwald Friedensreich. Ich hatte ihn im Fall Maria Sandmann um Rat gebeten und ihm meine Aufzeichnungen gefaxt. Ich war gar nicht davon ausgegangen, dass er so schnell zurückruft...« Mark schien noch immer verblüfft. »Aber das, was er herausgefunden hat, ist bizarr. Kein Wunder, dass...« Eine erneute Pause. »Je länger ich jedoch darüber nachdenke, desto glaubhafter finde ich seine Theorie... Ich fange lieber von vorn an, sonst versteht ihr nur Bahnhof.« Mark erhob sich, ging zum Kühlschrank, holte den Saftkarton wieder heraus und goss sich ein Glas ein. Jetzt hatte er doch einen trockenen Hals bekommen. Er nahm einen langen Zug, dann atmete er tief aus und setzte fort. »Maria Sandmann war als Kind in einem Heim. Und zwar über Jahre hinweg. Wie lange genau, wissen wir noch nicht. Als sie dorthin kam, war sie noch sehr klein. Ohne Details zu kennen, ist es trotzdem sicher, dass dort ungeheuerliche Dinge geschehen sein müssen. Das war zumindest mir und zu Teilen auch Lara bereits bekannt.« Er sah seine Freundin an, und sie nickte zur Bestätigung.

»Gestern kam meine Patientin dann mit diesem ominösen Brief zu mir, der von einem Matthias an seine Schwester Mandy geschrieben worden war. Obwohl Maria Sandmann sich weigerte, einen Bezug zwischen sich und dieser Mandy herzustellen, war mir relativ schnell klar, dass es eine solche Verbindung geben musste. Ich bin nach den Erkenntnissen der Therapiegespräche und der Hypnose davon ausgegangen, dass Maria Sandmann tatsächlich diese Mandy ist, sich jedoch nicht mehr daran erinnern kann, da sie bei der Trennung von ihrem Bruder vermutlich nicht älter als drei Jahre alt war. Ich habe vermutet, dass man ihr damals einen neuen Vornamen gegeben hat, und dachte, dass ihr Bewusstsein dies alles verdrängt hätte, sich ihr Unterbewusstsein aber noch erinnern könnte.«

»Klingt logisch.« Jo malte mit dem Zeigefinger Kringel auf der Tischplatte.

»Das dachte ich auch. Bis zu Thorwalds Anruf.«

»Dein Kollege sieht das wohl anders?«

»Das könnte man so sagen. Ich muss dazu ein bisschen ausholen.« Mark machte eine Pause und zog seinen Zettel mit den Notizen heran. »Bitte denkt daran, dass ich hier meine Schweigepflicht verletze, aber ihr seid eh schon viel zu sehr involviert. Trotzdem bitte ich euch darum, für euch zu behalten, was ich jetzt erzähle. Sagt Bescheid, wenn es zu viele Fachbegriffe werden.« Erst als beide nickten, fuhr er fort. »Die Patientin hat Depressionen und Angstzustände. Sie zeigt selbstverletzendes Verhalten, das heißt, sie schneidet sich in die Haut. Man nennt das auch ›Ritzen‹. Ich vermute, dass sie auch eine Essstörung hat. Auch das gehört in den Bereich des autoaggressiven Verhaltens.«

»Das kommt mir auch so vor.« Lara dachte daran, wie Maria Sandmann in der Kantine die Salatblätter hin- und hergeschoben hatte und wie dünn sie war.

»Dazu treten bei Maria Sandmann Flashbacks auf, das sind Erinnerungsbilder traumatischer Erfahrungen, ausgelöst durch scheinbar neutrale Reize. Ich hatte sie gebeten, dies zu dokumentieren.« Mark zeigte auf das Notizbuch. »Ab und zu hört sie auch Stimmen und hat hier notiert, was diese zu ihr sagen.«

»So wie Schizophrene?« Jo rieb die Fingerspitzen aneinander, während er sprach. »Die hören doch auch Stimmen, die ihnen Befehle geben, oder?«

»Ja und nein. Du hast recht, dass bei Schizophrenie auch oft Stimmen wahrgenommen werden. Aber in diesem Fall ist das nicht die passende Krankheit. Maria Sandmanns Stimmen geben auch gar keine Anweisungen, sondern kommentieren ihr Tun oder beleidigen sie.«

»Was hat sie denn dann?« Lara sah zur Uhr und fragte sich, wo die Polizei blieb.

»Es ist komplizierter.« Mark musterte noch einmal seine Notizen. »Zu all dem kommt noch eine Art Gedächtnisverlust. Manchmal scheinen ihr Stunden oder gar Tage verlorenzugehen, und sie kann sich nicht daran erinnern, was sie in dieser Zeit gemacht hat. Und sie verhält sich sehr widersprüchlich. Das ist sogar Lara schon aufgefallen.« Mark sah kurz hoch, und Lara nickte ihm zu. »Manchmal ist sie wie ein Kind, manchmal eine kühle, distanzierte Person, zu anderen Zeiten wieder eine Art männermordender Vamp. Und doch ist sie unfähig, sich an wichtige persönliche Informationen zu erinnern. Diese ›Vergesslichkeit‹ ist weit umfassender als das, was wir gewöhnlich als Gedächtnisschwäche kennen.«

»Und was soll das bitte für eine Krankheit sein?«

»Tja« – Mark machte eine Pause –, »genau deshalb habe ich mir auf Thorwalds Hinweise hin auch ihre Aufzeichnungen noch einmal angeschaut. Seht selbst.« Er schlug das Notizbuch auf, blätterte und deutete auf mehrere Seiten. »Seht ihr? Ganz unterschiedliche Schriften.« Lara wünschte sich, das Dickicht in ihrem Kopf möge sich lichten. Jo schaute verstört auf die Sätze.

»Also um es kurz zu machen: Maria Sandmanns Krankheitsbild ist der klassische Fall einer dissoziativen Identitätsstörung, im Volksmund besser bekannt als multiple Persönlichkeit.«

»Eine Multiple?« Jo zog den Kopf zwischen die Schultern.

»Ganz genau. Solche Patienten bestehen aus zahlreichen unterschiedlichen Innenpersonen, die abwechselnd die Kontrolle über ihr Verhalten übernehmen. An das Handeln der jeweils ›anderen‹ Personen kann der Betroffene sich entweder gar nicht oder nur schemenhaft erinnern.«

»Wie? In einer Frau stecken verschiedene andere? Wie bei einer dieser russischen Puppen?« Jo hatte noch immer einen ungläubigen Blick.

»So ähnlich kannst du es dir vorstellen.«

»Wie soll denn das funktionieren?«

»Nun, die unterschiedlichen Persönlichkeiten sind abwechselnd, aber nie gemeinsam sichtbar. Sie besitzen getrennte Gedanken, Erinnerungen und Verhaltensweisen. Den Wechsel von einer Person zur anderen können sie selbst meist nicht wahrnehmen, und das Handeln der einzelnen Persönlichkeiten unterliegt oft vollständiger Amnesie.«

»Das heißt, eine weiß nicht, was die andere macht?« Lara schüttelte abwesend den Kopf. »Ich habe mal einen Film gesehen, *Dorothy Mills* hieß der. Da ist etwas Ähnliches vorgefallen. Aber ich dachte immer, multiple Persönlichkeiten sind eine Erfindung zu ambitionierter Psychiater.« Erst als sie es ausgesprochen hatte, bemerkte Lara, was sie da gerade gesagt hatte, und lächelte Mark entschuldigend an. »Du bist natürlich nicht gemeint.«

»Das denken viele. Es ist auch bis heute eine der umstrittensten psychiatrischen Diagnosen. Aber als Arbeitshypothese finde ich es am passendsten, denn es erklärt alle auftretenden Symptome, auch die Stimmen, die sie ab und zu hört. Manche Innenpersonen ›kommentieren‹ das Tun der derzeit agierenden Person, und das nimmt sie als Stimme im Kopf wahr.«

»Was denkst du, wo sie jetzt ist?« Jo musterte den Rucksack, den er vorhin einfach auf den Boden gelegt hatte.

»Ich glaube, sie versteckt sich irgendwo. Wahrscheinlich weiß die Person, die gerade ›draußen‹ ist, gar nicht, was in den letzten Stunden alles geschehen ist. Sie wird verunsichert sein und ein diffuses Angstgefühl verspüren.«

Im Garderobenschrank im Flur raschelte es erneut. Dann öffnete sich die Tür einen Spalt breit. Die drei in der Küche bemerkten nichts davon.

»Wie kommt es denn zu so einer Spaltung?« Auch Lara betrachtete den Rucksack. Sie hatte das Gefühl, dass sich darin die Lösung verbarg, verspürte aber eine unerklärliche Scheu, danach zu greifen und sich das Innenleben anzusehen.

»Ich bin auch kein Fachmann für dissoziative Identitätsstörungen. Laut meinem Kollegen ist es fast immer eine Folge schwerer Kindesmisshandlung. Studien zufolge soll das Phänomen mit einer Häufigkeit von 0,5 bis ein Prozent der Bevölkerung auftreten, aber auch das ist umstritten. Manche behaupten auch, es sei iatrogen, das heißt vom behandelnden Arzt erzeugt. Ich weiß es nicht genau. Man müsste sie länger untersuchen.«

»Und diese Frau hat einen Bruder, der sich an den Peinigern von damals rächt...« Lara rieb sich versunken den Handrücken. In ihrem Kopf ratterten ein paar Relais. »Wartet!« Jetzt griff sie doch nach dem Rucksack. »Wir haben doch noch die anderen Briefe! Ich finde, wir sollten sie lesen. Womöglich versteckt sie sich bei ihm... Vielleicht finden wir etwas heraus, bevor die Polizei kommt. Apropos« – sie hielt inne –, »müssten die nicht längst hier sein?« Ein Blick zur Uhr belehrte sie, dass seit Marks Eröffnungen erst eine Viertelstunde vergangen war. Vorsichtig klappte sie die Stoflasche nach hinten. Im Flur öffnete sich die Schranktür etwas weiter.

Lara räusperte sich und legte das letzte Blatt auf die anderen. Mark und Jo schwiegen geschockt, und so sprach sie als Erste. »Glaubt ihr, dass das, was da über diese beiden Frauen, Isolde Semper und Birgit Sagorski, drin steht, wahr ist? Wurden sie auch getötet? Oder ist das lediglich seiner Fantasie entsprungen?«

»Das, was er über Meller und Grünkern schreibt, stimmt, soweit wir wissen, bis ins kleinste Detail. Warum sollte er sich dann die anderen beiden Fälle ausdenken?« Jo rieb sich die Arme. »Mir ist kalt. Wo mag dieser Matthias jetzt stecken? Womöglich plant er schon das nächste Verbrechen? Egal was die Leute getan haben, er hätte es der Justiz überlassen müssen, über sie zu urteilen.«

Aus dem Flur drangen Geräusche herein, und Lara stand auf. »Die Polizei kommt. Ihr habt wohl vorhin die Wohnungstür gleich offen gelassen?«

Mark erhob sich ebenfalls und öffnete den Mund, um zu antworten. Lara drehte sich um, wollte hinausgehen und erstarrte.

Im Türrahmen stand Maria Sandmann, mit wirren Haaren, einen verblüfften Ausdruck im Gesicht, die Augen gerötet, als habe sie geweint, und starrte verständnislos auf die drei Menschen in der Küche. Das Messer in ihrer Rechten zitterte leicht, und doch trug sie es zum Zustoßen bereit vor sich her.

Mark fasste sich als Erster. »Guten Tag. Sind Sie Mandy?« Maria Sandmanns Augen verengten sich kurz, und ihr Mund nahm einen hochmütigen Zug an, dann erschlaffte ihr Gesicht wieder, und sie schüttelte den Kopf.

»Wer *sind* Sie denn?«

Wieder schüttelte die Frau den Kopf. Dann stotterte sie: »Wir reden nicht mit Fremden.«

»Das ist auch richtig.« Mark schob seine Füße ein paar Zentimeter auf die Frau zu. »Aber ich bin kein Fremder. Ich bin Doktor Grünthal. Maria kennt mich.« Das Messer sank nach unten, dann straffte sich die Frau wieder und kniff die Lippen fest zusammen. Mark bewegte sich noch etwas in Richtung Tür. Lara und Jo verfolgten das Ganze, ohne sich zu rühren.

»Kann ich *bitte* mit Maria sprechen?«

»Nein.« Das klang hart und abweisend. Lara betrachtete die Emotionen, die sich auf dem Gesicht der Frau widerspiegelten, während sie sich fragte, wer da jetzt zu ihnen sprach.

»Ich kann Ihnen helfen. Lassen Sie mich mit Maria reden, bitte!« Mark machte zwei Schritte auf die Frau zu, und diese hob drohend das Messer, sodass er wieder zurückwich.

»Ich weiß, dass sie da ist. Und auch Mandy und die anderen. Ich denke, ihr könnt mich hören. Ich *muss* jetzt mit Maria sprechen!«

»Lassen Sie uns in Ruhe!« Maria Sandmann kreischte den letzten Satz heraus, ließ das Messer fallen und machte einen Satz rückwärts. Dann verschwand sie im Flur.

Im selben Moment klingelte Laras Handy, und alle erstarrten zu einer seltsamen Pantomime. Sie schielte auf die Anzeige und sah den Namen des Anrufers »R. Schädlich«. Die Wohnungstür klappte. Lara drückte das Telefon ans Ohr, hörte die aufgeregte Stimme des Polizeibeamten und sah gleichzeitig, wie Jo und Mark hinausrannten.

»... ich habe es auch erst vorhin erfahren, als mich der diensthabende Beamte angerufen hat... Ich war schon zu Hause. Sind die Kollegen schon bei Ihnen?«

»*Was* haben Sie erfahren?« Lara stand noch immer neben ihrem Stuhl. Auf dem Tisch glühte das Papier der vier Briefe.

»Das Ergebnis der DNA-Analyse. Ich sagte es doch eben schon!«

»Die DNA-Analyse? Was ist denn damit?« Während sie sich

aufmachte, den Männern zu folgen, und sich gleichzeitig fragte, was an dieser DNA-Analyse so bedeutsam war, sprudelte es weiter aus Kriminalobermeister Schädlich heraus.

»Es gibt eine Übereinstimmung! Die gefundene DNA im Fall Meller ist mit der identisch, die man in dem Erbrochenen bei Grünkern gefunden hat.« Schädlich schnappte nach Luft. Lara dachte daran, dass sie das schon wussten und der Kripo nachher allerhand erklären mussten. Jetzt jedoch war es erst einmal vorrangig, Maria Sandmann zu finden.

»Dann war es also der gleiche Täter.«

»Nicht ganz, Lara, nicht ganz...« Er machte eine Pause, holte tief Luft und setzte dann hinzu: »Es war nicht derselbe *Täter*. Die gefundene DNA gehört zu einer *Frau*.«

Mit einem Mal rückten alle Puzzleteilchen an die richtige Stelle.

Es gab keinen Matthias.

»Matthias« war eine Frau. Eine Frau mit einer multiplen Persönlichkeit, die aus mehreren getrennt voneinander agierenden Innenpersonen bestand, von denen keine von den anderen wusste.

Im Nachhinein dachte Lara, man hätte förmlich sehen können, wie ihr ein Licht aufging.

47

Mark musterte die teilnahmslos dasitzende Maria Sandmann. Der Aufenthalt im Haftkrankenhaus tat ihr nicht gut. Sie war verschlossen, und er konnte kaum noch zu einer ihrer Personen durchdringen, obwohl mittlerweile einige von ihnen ihn als Arzt kannten. Mal schüttelte sie den Kopf, dann wieder nickte sie, so als höre sie inneren Stimmen zu. Ihre Körperhaltung und die Gesichtsausdrücke wechselten ständig. Einmal nahm sie den Daumen in den Mund und schaute aus wie ein entmutigtes Kleinkind, kurz darauf richtete sie sich auf und streckte die Arme über den Kopf, wobei sie mit tiefer Stimme leise ächzte.

Er hätte alles dafür gegeben zu wissen, was da drin vor sich ging, aber so einfach würde das nicht werden. Das angeforderte Gutachten würde wochenlange Tests und Untersuchungen erfordern, bei denen er auf ihre Kooperation angewiesen war.

Mark sah kurz auf seine Notizen, dann kehrte sein Blick zu der Patientin zurück, während er sich fragte, welche ihrer Persönlichkeiten gerade draußen war.

»*Hallo, Mia. Ich freue mich, dass wir uns endlich einmal in Ruhe unterhalten können.*« *Das Mädchen lächelte. Maria Sandmann betrachtete das großflächige Gesicht. Die blauen Augen leuchteten. Sie hatte das undeutliche Gefühl, dieses Mädchen schon einmal gesehen zu haben, wusste aber nicht, wo und wann das gewesen war.*

»*Du erinnerst dich nicht, stimmt's? Ich bin Michaela.*«

»*Michaela.*« *Noch immer wollte die Erinnerung nicht hervorkommen.*

»*Wir waren zusammen in den Katakomben. In der Arrestzelle im Keller des Kinderheims.*«

Mit einem Knirschen tauchte die Szene vor Mias innerem Auge auf: wie sie im Finstern gehockt und geweint hatte, ihre Angst vor den Peinigern, ihr leises Schluchzen, und dann hörte sie die tröstende Stimme von Michaela, die ihr Mut zusprach, und spürte deren weiche Hand in ihrer. Jetzt lächelte auch sie.

»*Immer, wenn du dich allein und verängstigt fühlst, komme ich zu dir.*« *Michaela streckte den Arm aus und ergriff Mias Hand.* »*Willkommen in der Familie.*« *Sie zeigte auf ein kleines Kind, das sich, den Daumen im Mund, hinter einem größeren Jungen versteckte.* »*Das ist Melissa. Melissa ist noch sehr klein und ein wenig schüchtern. Und sie spricht nicht. Es wird eine Weile dauern, bis* sie Vertrauen zu dir gefasst hat. Sie ist sehr zurückhaltend und hat viel Schlimmes durchgemacht. Irgendwann werden wir darüber sprechen, aber nicht jetzt. Körperkontakt vermeidet sie. Du kannst ihr aber zuwinken.« Michaela hob Mias Hand, die sie noch immer festhielt, und schüttelte sie. Die Kleine rührte sich nicht.

»Und schau mal, da drüben im Rosengarten – das Mädchen in der Schürze. Das ist Mandy. Sie war auch in dem Kinderheim. Eines Tages war sie verschwunden. Wir haben erst sehr viel später gemerkt, dass sie unter der Wacholderhecke eingeschlafen war. Fast wie Dornröschen. Jetzt, wo ihr Bruder Matthias zurückgekehrt ist, ist sie aufgewacht.« Michaela lächelte stärker. »Es gibt noch ein paar andere, aber die stelle ich dir das nächste Mal vor, damit es nicht zu viel wird. Nicht alle sind Kinder, und nicht alle sind nett. Mary zum Beispiel ist eine Schlampe. Wenn sie ›on stage‹ ist – so nennen wir es, wenn einer von uns das Ruder übernimmt –, wirft sie sich jedem Mann in ihrer Nähe an den Hals. Außerdem säuft sie wie ein Loch. Aber ich quatsche zu viel. Komm mit.« Sie zog Mia hinter sich her. »Zwei sollst du noch kennenlernen.« Gemeinsam gingen sie zu einer hell beleuchteten Stelle, an der ein Mann mit gebeugtem Rücken am Tisch saß.

»Mia – darf ich dir Matthias, unseren Beschützer, vorstellen?« Michaela machte einen Knicks und schubste Mia ein bisschen dichter an den Tisch. »Matthias – sag hallo zu unserer Mia.« Der Mann drehte sich halb herum und sah Mia lange in die Augen. Dann streckte er die Hand aus. Feine Lachfältchen zerknitterten seine Augenwinkel. »Hallo, kleine Mia.«

»Er hat Sorgen. Wahrscheinlich wird er bald eingesperrt und kommt vor Gericht.« Michaela seufzte kurz. »Wir sind trotzdem stolz darauf, was er getan hat. Es war richtig. Und wir sind ja immer bei ihm und können ihm in den schweren Zeiten beistehen.«

»Habt ihr meine Briefe an Mandy gelesen?« Er richtete sich auf, ächzte und streckte die Arme über den Kopf, und Mia konnte sehen, wie groß und stark er war.

»Sie hat sie mir anvertraut. Ich habe sie bei mir.« Michaela zeigte auf ihre Umhängetasche. *»Mia und ich lesen sie nachher gemeinsam. Sie ist noch ein bisschen verwirrt über das Ganze.«*

Matthias lächelte sie an und legte Mia dann den Arm um die Schulter. *»Bis gestern wusste ich auch nicht, wer hier noch alles ist. Ich war immer nur auf der Suche nach meiner Schwester Mandy. Und jetzt habe ich auf einmal ganz viele Geschwister. Ich freue mich darauf, euch alle näher kennenzulernen. Wir werden später noch viel Zeit haben, uns zu unterhalten. Jetzt muss ich mich leider um andere Dinge kümmern.«*

»Das ist in Ordnung.« Mia hörte sich selbst sprechen und wunderte sich darüber, wie furchtsam sie sich anhörte. *»Bis bald, Matthias.«*

Michaela zog sie vom Tisch weg, ging ein paar Schritte und zeigte auf eine zierliche blonde Frau mit Pagenkopf, die zusammengesunken auf einer Art Sessel saß. *»Und das ist Maria Sandmann – unser Host. So nennen wir die Person, die ihren Körper für uns zur Verfügung stellt und den normalen Alltag bestreitet. Sie ist sich nicht bewusst, dass wir alle da sind. Es würde sie auch überfordern. Aber sie hat ihre Sache bis jetzt gut gemacht. Wenn du möchtest, kannst du für einen Augenblick das Ruder übernehmen. Möchtest du? Dann los!«*

Michaela gab ihr einen Schubs, und Mia trat für einen Moment ins Rampenlicht und blickte durch die Augen der Gastgeberin nach draußen. Sie sah einen großen, schlanken Mann mit Hakennase, der sie nachdenklich betrachtete. Er schien auf etwas zu warten.

Die Luft schien zu oszillieren, und Mia kehrte zurück zu ihrer wiedergefundenen Freundin. *»Wer ist das?«*

»Unser Psychotherapeut, Doktor Grünthal. Du kannst ihm vertrauen. Er will uns helfen.« Michaela grinste schelmisch. *»Sein Vorname beginnt auch mit einem M, genau wie bei uns. Das ist ein Zeichen, nicht? Wenn er uns anspricht, redet meistens einer von den Großen mit ihm. Und jetzt lass uns einen Kakao trinken und*

ein paar Kekse essen. Die managen das schon.« Arm in Arm gingen sie davon.

48

»Wie geht es denn nun weiter?« Lara betrachtete die vorbeiflanierenden Menschen. Es war fast schon ein bisschen zu kalt, um im Straßencafé zu sitzen, aber Mark hatte es sich so gewünscht. Ihr gemeinsames Erlebnis brauchte einen Abschluss. Nur dass Jo heute nicht dabei war. Jo hatte Termine, und so war Lara allein nach Berlin gefahren.

»Die Begutachtung wird noch eine geraume Zeit dauern. Und ich bin ja auch nicht der einzige Gutachter. Ich glaube, so einen Fall hatten wir in Deutschland noch nie.« Mark strich sich über die Haare. »Es gibt hier außer Thorwald Friedensreich auch keine Experten auf dem Gebiet dissoziativer Identitätsstörungen. Das wird also nicht ganz einfach. Eigentlich dürfte man nur Matthias Hase verurteilen, aber wie soll das gehen? Die anderen sind ja auch alle in diesem Körper, darunter auch Kinder. In den USA gab es schon Freisprüche in solchen Fällen. Hier allerdings steht man eher auf dem Standpunkt, die Diagnose sei eine Erfindung der Therapeuten, die ihren Patienten die Persönlichkeitsspaltung eingeredet oder während der Hypnose eingepflanzt hätten.«

»Das ist alles ziemlich kompliziert, nicht?« Lara hatte in der Zwischenzeit ausgiebig recherchiert. »Vielleicht wäre man ihr nie auf die Spur gekommen... Warum hat sie überhaupt diese Briefe an sich selbst geschickt? Lägen sie noch heute in der Schatulle, wüsste womöglich niemand, dass es eine Verbindung zwischen all den Fällen gibt.«

»Du hast recht und auch wieder nicht.« Mark sah einem Doppelstockbus nach. »Ich denke, eine oder mehrere ihrer Innenpersonen wollten dem Ganzen ein Ende bereiten, während andere sich dagegen sträubten. Dieser Zwiespalt führte dazu, dass zuerst nur ein Teil des ersten Briefes abgeschickt wurde. Maria Sandmann – die Gastgeberin – bekam von dem ganzen Vorgeplänkel nichts mit und war natürlich über den Inhalt bestürzt. Das brachte dann den Stein ins Rollen.«

»Ich habe inzwischen zwei Bücher zum Thema gelesen *Aufschrei* und *Die Leben des Billy Milligan*.« Lara rührte gedankenverloren den Satz in ihrer Espressotasse um. »Und trotzdem ... ich begreife vieles nicht. Wie konnte so eine zierliche Frau solche Taten vollbringen? Sie hat für Mellers Bestrafung unzählige Kanister Wasser und dann ihn selbst in den vierten Stock transportiert. Ich weiß zwar, dass die DNA-Spuren an den Tatorten eindeutig bewiesen, dass sie es war, aber es erscheint mir doch schier unmöglich. Einen Helfer kann sie nicht gehabt haben, oder?«

»Nein. Sie war es allein. Vergiss nicht, Maria Sandmann ging regelmäßig ins Fitnessstudio und hat trainiert. Sie war stark. Außerdem hat die Taten ja Matthias verübt – der Vollstrecker, und nicht Maria Sandmann.«

»Aber trotzdem steckt dieser Matthias doch im Körper dieser Frau!« Lara mäßigte ihre Lautstärke. Ein Auto hupte. Mark verzog den Mund kurz zu einem schiefen Lächeln.

»Die verschiedenen Innenpersonen können sich komplett anders verhalten und sogar eine andere körperliche Verfassung haben. Das geht bis hin zu Blutwerten, Krankheitsbildern und Ähnlichem. Es ist noch nicht genau geklärt, wie das funktioniert. Aber je nachdem, wer gerade ›draußen‹ ist, wechseln die Eigenschaften.«

»›Draußen‹ heißt?«

»So nennt man es, wenn eine Person ins Rampenlicht tritt und agiert. Alle anderen halten sich dann entweder zurück oder wissen gar nicht, dass in der Zeit jemand anders das Ruder übernommen hat. Dominante Innenpersonen kommen öfter hervor und beanspruchen mehr Zeit ›draußen‹ als schwächere.«

Lara schüttelte den Kopf. »Was *denken* denn die anderen, was in dieser Zeit passiert ist?«

»Nichts. Sie wissen es meist gar nicht. Einige ruhen sich in der Zeit aus. So hat zum Beispiel Maria Sandmann geglaubt, sie habe fast den gesamten Donnerstag und einen Teil des darauffolgenden Freitags ›verschlafen‹, während Matthias Hase zu dieser Zeit sehr aktiv war – er hat das ehemalige Kinderheim besucht. Davon hat sie nichts mitbekommen.« Mark wurde wieder ernst.

»Unglaublich!« Lara betrachtete ihr Handy, das sie auf den Tisch gelegt hatte. Normalerweise schaltete sie das Mobiltelefon in Restaurants aus, weil sie fand, dass es sich nicht gehörte, dort zu telefonieren, aber heute erwartete sie eine Nachricht.

»Nicht wahr? Die Person, die den größten Teil des Alltags bestreitet, bezeichnet man als ›Host‹, als ›Gastgeber‹. Das ist in unserem Fall Maria Sandmann. Der Host ist sich der anderen Persönlichkeitszustände nur teilweise oder oft auch gar nicht bewusst, sodass er sich auch nicht an deren Handlungen erinnert. Die Betroffenen wissen daher manchmal nicht, wie sie an den Ort gekommen sind, an dem sie sich gerade befinden, oder wer die Person ist, mit der sie da so vertraut zusammensitzen.«

»Hat sie deswegen Frank Schweizer mit dem Messer angegriffen?« Lara sah wieder die tiefrote Blutlache auf den weißen Fliesen vor sich. Der Kollege hatte die Attacke gut überstanden und war inzwischen wieder voll hergestellt. Erst letzte Woche hatte sie ihn im Gericht getroffen.

»Mit Sicherheit. Ich hatte ihr ja am Nachmittag ein sehr starkes Beruhigungsmittel gegeben. Nur leider wirken Medikamente nur bei *der* Innenperson, die sie auch eingenommen hat. Andere spüren davon gar nichts.«

»Das klingt unglaublich!«

»Du hast recht. Aber es ist tatsächlich so. Nach einer Weile muss eine andere Persönlichkeit aufgetaucht sein, hat deinen Kollegen Frank – für sie einen völlig Fremden – bemerkt, wie er sich über sie beugte und sie küssen wollte, und fühlte sich bedroht. Dann muss Matthias, der große starke Mann, auf der Bildfläche erschienen sein und ihn mit dem Messer angegriffen haben. Nachdem die ›Arbeit‹ erledigt war, ist er wieder verschwunden, und danach ist ein anderes Wesen nach vorn gekommen – wahrscheinlich ein älteres Kind –, hat das Blutbad gesehen, nicht gewusst, was passiert ist, und mich angerufen.«

»Wenn du es so erklärst, klingt es ganz logisch.«

»Aus der Sicht der Leute in Maria Sandmann ist es das auch.«

»Dann hat sie sich nach dem Anruf im Schrank versteckt, weil gerade ein Kind ›draußen‹ war?«

»Wahrscheinlich. Dieses Kind muss alles gehört haben, was wir in der Küche besprochen haben. Irgendwann kam dann jemand anderes hervor und bedrohte uns.«

»Und als ich mit Ralf Schädlich telefoniert habe, ist sie geflohen und unten auf der Straße den beiden Polizisten in die Arme gelaufen...« Lara schaute erneut zu ihrem Handy. »Was geschieht denn nun mit ihr?«

»Sie ist noch im Haftkrankenhaus, aber ich kann sie als ihr behandelnder Psychotherapeut besuchen. Trinken wir noch was?« Mark sah sich nach der Bedienung, einer hübschen jungen Frau mit raspelkurzen schwarzen Haaren, um.

»Und dann? Kommt sie in eine geschlossene Anstalt?«

»Das ist zwar nicht der exakte Begriff, aber möglich ist es. Wir müssen den Prozess abwarten. Ich bin ja nicht der Einzige, der sie begutachtet.« Die Kellnerin kam, und Mark bestellte zwei Cappuccino. Dann fuhr er fort. »Ich habe schon mit einigen Innenpersonen gesprochen. Es gibt noch mindestens sechs weitere, wahrscheinlich sind es sogar mehr. So eine Spaltung hat ihre Ursache fast immer in Missbrauchserlebnissen in früher Kindheit.«

»Das habe ich in den Büchern auch gelesen.« Lara dachte an Truddi Chase und Billy Milligan. Beide gab es wirklich, und das, was sie in ihren Büchern über ihre Kindheitserlebnisse schilderten, war grausig.

»Interessant ist, dass alle ihre Vornamen mit *M* beginnen. Maria, die sich selbst auch Mia nennt, obwohl sie nicht weiß, dass es in ihr noch ein Kind gleichen Namens gibt, kennst du ja. Maria ist die Alltagsperson, die Frau, die das tägliche Leben meistert. Sie hat allerdings die wenigsten Erinnerungen an das, was geschehen ist. Die anderen bedienen sich ihrer, treten in den Vordergrund, übernehmen sie und agieren dann ihre eigenen Vorstellungen aus. Matthias und Mandy – seine kleine Schwester – haben sich schon getroffen. Es war für beide seltsam, weil sie sich für Geschwister, also eigenständige Personen hielten. Jetzt tauschen sie sich über ihr bisheriges Leben aus, und Matthias berichtet Mandy bis ins Detail, wie er ihre Peiniger bestraft hat. Dann sind da zum Beispiel noch eine Melissa, eine Mary und eine Michaela.«

»Aber gehen wir mal davon aus, dass die Person, die sich für Matthias hält, sich im Spiegel ansieht. Da hätte er doch sehen müssen, dass er eine Frau ist?« Lara hörte sich selbst beim Sprechen zu und fand, dass es sich anhörte, als sei sie selbst nicht ganz klar im Kopf. Sie musste lächeln.

Mark lächelte auch. »So läuft das nicht, Lara. Er sieht natürlich einen Mann.«

»Das ist schwer zu verstehen.«

»Das ist es, aber besser kann ich es dir auch nicht erklären. Matthias ist der Beschützer der inneren Kinder; der Rächer, er hat die Erzieher ›bestraft‹. Er erinnert sich nicht genau, wie alt er gewesen ist, als er ins Heim kam, nimmt aber an, dass er etwa acht Jahre alt war. Das ist jedenfalls der Zeitpunkt, als er zum ersten Mal auftauchte, weil man ihn brauchte. Die Personen entstehen ja nicht alle zur gleichen Zeit, sondern spalten sich immer erst dann ab, wenn sie von den anderen oder der Hauptperson gebraucht werden. In Wirklichkeit kam die kleine Mia aber schon mit zwei ins Heim, also 1971, und sie blieb bis zu ihrem achtzehnten Geburtstag 1987.«

»Eine ungeheuer lange Zeit... Warum ist sie denn überhaupt dorthin gekommen?«

»Das wissen wir noch nicht. Die Akten sind unauffindbar. Aber auch das werden wir mit Sicherheit noch herausfinden.«

»Und glaubst du, die Ereignisse, an die Matthias und die anderen sich erinnern, haben wirklich stattgefunden?« Lara betrachtete den Aufdruck auf dem winzigen Zuckertütchen und rollte es dann zusammen.

»Ich denke schon. Kein kleines Kind denkt sich so etwas aus. Andere Heimkinder, die wir inzwischen befragt haben, bestätigen dies. Du hast ja selbst mit einigen von ihnen gemailt. In Matthias' Erinnerung haben sich die Erzieher nur den Mädchen zugewandt. Er selbst hat nur undeutliche Erinnerungen an Züchtigungen und Missbrauch, denn seine Person wurde geschaffen, um Rache zu üben, nicht um Leid zu ertragen. Er hat fünf seiner Peiniger erwischt, die letzte, eine Frau Gurich, hat er einfach mitten in einem Park in Chemnitz abgeschlachtet, am helllichten Tag, ohne sorgfältige Vorbereitung, ohne auf eventuelle Spuren oder Zeugen zu achten. Ich glaube, er wusste selbst, dass ihm nicht mehr viel Zeit zur Rache bleiben würde.«

Lara nickte gedankenvoll. Erst nach und nach hatte man die Taten und Opfer systematisieren und vergleichen können.

Mark sprach inzwischen weiter. »Um die Schmerzen und das Leid aufzufangen, gab es die anderen: Mandy, Melissa, Michaela. Andere haben andere Seiten der Persönlichkeit ausgelebt. Für Liebe und Sex war Mary zuständig. Sie war es auch, die sich an deinen Kollegen rangemacht hat. Die anderen haben das missbilligt und sich deswegen geschämt. Sobald Mary nicht mehr ›on stage‹ war, versuchten einige von ihnen, das Geschehen zurückzudrehen. Matthias hingegen hat die E-Mails geschrieben und die Einträge in den Foren gepostet. Über Sebastian Wallau bekamen sie Kontakt mit anderen Heimkindern, und so konnten sie ihre Beweisliste mit Namen und Taten vervollständigen.« Mark blickte in Laras Augen, die im Licht der Herbstsonne fast violett wirkten. Sein Herz machte ein paar langsame Schläge, die in der Brust schmerzten. »Im Moment wird noch einmal das gesamte Gelände des ehemaligen Kinderheims auf den Kopf gestellt. Die Kripo hält sich sehr bedeckt, aber soweit ich weiß, wurden Spuren gefunden.«

»Spuren?«

»Nun, um ehrlich zu sein, es handelt sich um Knochenfragmente und reichlich Asche. Es wird schwierig werden herauszufinden, von wem die Überreste stammen und wann sie verbrannt wurden.«

Lara nahm ihre Strickjacke vom Nachbarstuhl und zog sie an. Sie fror plötzlich. »Irgendwie habe ich Verständnis für das, was Maria/Matthias getan hat.«

»Das wiederum verstehe ich sehr gut.« Mark lächelte erneut sein schiefes Lächeln, und Lara dachte, dass ihr noch nie aufgefallen war, dass sein linker Schneidezahn ein wenig schief stand. »Und doch ... Sie hatte eine Liste mit weiteren Erziehern und deren Taten, die sie nacheinander ›abarbeiten‹ wollte. Es ist gut so, wie es gekommen ist.«

»Vielleicht hast du recht.« Lara leerte ihre Tasse und schielte wieder auf das Handydisplay. Noch immer keine Nachricht.

»Wie geht es in der Redaktion vorwärts?«

»Es ist schwer. Tom ist jetzt der Redaktionsleiter, seit Hampenmann nach Berlin gegangen ist, und fühlt sich mächtig. Aber ich habe das Gerichtsressort zurück. Er kann sich ja schließlich nicht um alles selbst kümmern, nicht?«

»Dass du den Artikel über den Fall Sandmann an eine andere Zeitung verkauft hast, nimmt er dir bestimmt immer noch übel, oder?«

»Das kannst du laut sagen. Allerdings habe ich etwas gegen ihn in der Hand. Falls er mal wieder den dicken Max markieren sollte.« Das Handy piepte zweimal kurz, und Lara nahm es vom Tisch. Das Plastikgehäuse war sonnenwarm. Sie kippte es, sodass Mark die Nachricht nicht sehen konnte, und las. »Bleibt es bei heute Abend? CU, Jo.« Lara lächelte. Dann winkte sie der Schwarzhaarigen, um zu bezahlen. »Danke, dass du mir alles erklärt hast, Mark. Jetzt muss ich los. Ich habe heute noch etwas vor. Wir telefonieren. Grüß deine Frau.«

Marks Augen verdunkelten sich, als Lara aufstand und ihm einen Kuss auf die Wange drückte.

Sein Blick fiel auf die beiden leeren Espressotassen, und er fürchtete sich ein bisschen vor dem Heimkommen.

Sie ging davon, voller Schwung. Ihr helles Haar, das in der Sonne wie flüssiges Gold schimmerte, schwang bei jedem Schritt leicht mit, während in Marks Kopf das Electric Light Orchestra *Midnight Blue* spielte.

I see the lonely road that leads so far away,
I see the distant lights that left behind the day.
But what I see is so much more than I can say.
And I see you in midnight blue.

blanvalet

Er taucht in ihren schlimmsten Alpträumen auf – und manchmal ist es sicherer, nicht zu erwachen ...

Thriller. 352 Seiten. Originalausgabe
ISBN 978-3-442-37354-3

Lesen Sie mehr unter: **www.blanvalet.de**

Der erste Fall für die Kölner Kommissarin Mara Sturm!

432 Seiten. ISBN 978-3-442-37441-0

Mara Sturm ist Kriminalkommissarin aus Überzeugung, aber sie steckt in der Krise: Ihr Vorgesetzter teilt der rebellischen Ermittlerin einen überkorrekten Partner zu, privat liegt sie im Streit mit ihrem Bruder, einer bekannten Halbwelt-Größe. Da verschwindet in Köln eine junge Frau. Eine erste Spur führt Mara zu einem groß angelegten Coup der Russenmafia. Vom Chef im Stich gelassen und mit einem Partner, dem sie nicht traut, ermittelt Mara Sturm allein – und gerät als Geisel in die Fänge ihrer Gegner. Sturms Jagd ist der härteste Einsatz ihres Lebens …

Lesen Sie mehr unter: **www.blanvalet.de**